BIBLIOTECA MONUMENTA : 3

ODES OLÍMPICAS

BIBLIOTECA MONUMENTA

Direção
Alexandre Hasegawa

Conselho Editorial
Adriane da Silva Duarte
Eleonora Tola
Jacyntho Lins Brandão
José Marcos Macedo
Maria Celeste Consolin Dezotti
Paulo Sérgio de Vasconcellos
Teodoro Rennó Assunção

PÍNDARO

Odes
Olímpicas

Introdução, tradução e notas de
Robert de Brose

© Copyright 2023.
Todos os direitos reservados à Editora Mnēma.

Título original: Ολυμπιονίκαις

Editor	Marcelo Azevedo
Diretor	Alexandre Hasegawa
Produção editorial	Felipe Campos
Direção de arte	Jonas de Azevedo
Projeto gráfico e capa	Marcelo Girard
Preparação	Pedro Barbieri
Revisão técnica	Alexandre Hasegawa
Revisão final	Felipe Campos
Diagramação	IMG3

Dados Internacionais de Catalogação na Publicação (CIP)
(Câmara Brasileira do Livro, SP, Brasil)

Píndaro, 518 a.C-437 a.C
    Odes Olímpicas / Píndaro ; introdução, tradução e notas de Robert de Brose. – Araçoiaba da Serra, SP : Editora Mnēma, 2023. – (Biblioteca Monumenta ; 3)

    Título original: Ολυμπιονίκαις
    ISBN 978-65-85066-05-1

    1. Poesia grega I. Brose, Robert de.
II. Título. III. Série.

23-159374   CDD-881

    Índices para catálogo sistemático:
    1. Poesia : Literatura grega clássica 881
    Eliane de Freitas Leite - Bibliotecária - CRB 8/8415

Editora Mnēma
Alameda Antares, 45
Condomínio Lago Azul – Bairro Barreiro
CEP 18190-000 – Araçoiaba da Serra – São Paulo
www.editoramnema.com.br

Sumário

Abreviações bibliográficas   9

Siglas e símbolos   12

Agradecimentos   15

Introdução   17
  1. Píndaro: vida e obra   17
    1.1. Biografia   17
    1.2. Visão sinóptica da história do texto pindárico   22
    1.3. Os epinícios   27
    1.4. Recepção dos epinícios   41
  2. Grécia Antiga e atletismo   47
  3. Olímpia e os Jogos   57
    3.1. Mitos fundadores dos Jogos Olímpicos   63
    3.2. O santuário de Olímpia   66
    3.3. Organização dos Jogos   74
    3.4. As provas – *agônes*   87
  4. Sobre a tradução   123
    4.1. Sobre a introdução e notas às odes   144

ΟΛΥΜΠΙΟΝΙΚΑΙΣ | ODES OLÍMPICAS   145
  Ὀλυμπιονίκαις I | Olímpica 1   147
  Ὀλυμπιονίκαις II | Olímpica 2   183
  Ὀλυμπιονίκαις III | Olímpica 3   219
  Ὀλυμπιονίκαις IV | Olímpica 4   239
  Ὀλυμπιονίκαις V | Olímpica 5   253

Ολυμπιονίκαις VI | Olímpica 6	269
Ολυμπιονίκαις VII | Olímpica 7	299
Ολυμπιονίκαις VIII | Olímpica 8	335
Ολυμπιονίκαις IX | Olímpica 9	369
Ολυμπιονίκαις X | Olímpica 10	405
Ολυμπιονίκαις XI | Olímpica 11	429
Ολυμπιονίκαις XII | Olímpica 12	439
Ολυμπιονίκαις XIII | Olímpica 13	453
Ολυμπιονίκαις XIV | Olímpica 14	487

Apêndices
  Apêndice 1 — 499
    Vidas e apotegmas de Píndaro — 501
    Vida tomana ou vaticana — 503
    Vida ambrosiana — 505
    Vida métrica — 507
    Verbete do dicionário bizantino *Suda* — 509
    Apotegmas de Píndaro — 510
  Apêndice 2 — 511
    Tabela sinóptica das *Odes Olímpicas* — 513

Referências bibliográficas — 515

Abreviações bibliográficas

ABEL	E. Abel, *Scholia Recentia in Pindari Epinicia*. Budapest-Berlin, 1891.
AG	H. Beckby (ed.), *Anthologia Graeca*, 4 vols., 2ª ed. Munich: Heimeran, 1957-8.
CGL	J. Diggle *et al.* (ed.), *Cambridge Greek Lexicon*. Cambridge: Cambridge University Press, 2021.
DAGM	E. Pohlman e M. L. West (eds.), *Documents of Ancient Greek Music*. Oxford: Clarendon Press, 2001.
DGP	D. Malhadas; M. C. C. Dezotti; M. H. de Moura Neves (orgs.), *Dicionário Grego-Português*, 2ª ed. São Paulo: Ateliê Editorial e Mnēma, 2022.
DELG	P. Chantraine. *Dictionnaire étymologique de la langue grecque*, 2 vols. Paris: Éditions Klincksiek, 1968.
DRACHMANN	A. B. Drachman (ed.), *Scholia Vetera in Pindari*, 4 vols. Bibliotheca Scriptorum Graecorum et Romanorum Teubneriana. Stuttgart e Leipzig: Teubner, 1997 (1903).
EDG	R. Beekes. *Etymological Dictionary of Greek*, 2 vols. Leiden/Boston: Brill, 2010.
FGE	D. L. Page (ed.), *Further Greek Epigrams: Epigrams before AD 50 from the Greek Anthology and other sources, not included in 'Hellenistic Epigrams' or 'The Garland of Philip'*. Cambridge: Cambridge University Press, 1981.
FGH	K. W. L. Müller (ed.), *Fragmenta Historicorum Graecorum*, 5 vols., 1841-1870.
FGrH	F. Jacoby (ed.), *Die Fragmente der Griechischen Historiker*, 15 vols. Weidmann, Berlin, 1923-1959.
HOUAISS	*Dicionário Houaiss da Língua Portuguesa*. Versão em CD-ROM, 2009.
IEG^2	M. L. West (ed.), *Iambi et Elegi Graeci ante Alexandrum Cantati*. 2ª ed. Oxford: Clarendon Press, 1998.

INPGL	M. H. Prieto & J. M. Prieto, *Índice de nomes próprios gregos e latinos*. Lisboa: Fundação Calouste Gulbenkian, 1992.
KAMBYLIS	A. Kambylis (ed.), *Proomion* = Eustathios von Thessalonike, *Prooimion zum Pindarkommentar*. Göttingen: Vandenhoeck & Ruprecht, 1991.
LSJ	H. Liddell George, R. Scott, H. S. Jones e R. McKenzie. *A Greek-English Lexicon*. Ed. revisada e aumentada. Oxford/New York: Clarendon Press; Oxford University Press, 1996.
MOST	G. W. Most (ed.), *Hesiod*. Vol. 1: *Theogony, Works and Days, Testimonia*. Vol. 2: *The Shield, Catalogue of Women, Other Fragments*. Loeb Classical Library. Cambridge, Massachusetts: Harvard University Press, 2006 e 2007.
M.-W.	R. Merkelbach e M. L. West, *Fragmenta Hesiodea*. Oxford: Clarendon Press, 1967.
OCD	S. Hornblower, A. Spawforth, E. Eidinow, *Oxford Classical Dictionary*. 4ª ed. Oxford/New York: Oxford University Press, 2012.
P. Oxy.	*Papiro de Oxirrinco*.
PEG	Alberto Barnabé (ed.), *Poetarum Epicorum Graecorum Testimonia et Fragmenta*. Bibliotheca Scriptorum Graecorum et Romanorum Teubneriana. Stuttgart e Leipzig: Teubner, 1996.
PFEIFFER	R. Pfeiffer (ed.), *Callimachus*, 2 vols. Oxford: Oxford University Press, 1954.
PMG	D. L. Page (ed.), *Poetae Melici Graeci*. Oxford: Clarendon Press, 1962.
PMGF	M. Davies (ed), *Poetarum Melicorum Graecorum Fragmenta*. Vol. 1. Oxford: Clarendon Press, 1991.
POLTERA	O. Poltera (ed.), *Simonides Lyricus: Testimonia und Fragmente*. Einleitung, Kritische Ausgabe, Übersetzung und Kommentar. Basel: Schwabe, 2008.
SEG	A. Chaniotis *et. al.* (eds.), *Supplementum Epigraphicum Graecum*. Leiden: Bril.

SLG	D. L. Page (ed.), *Supplementum Lyricum Graecum*. Oxford: Oxford University Press, 1974.
Snell-Maehler	B. Snell e H. Maehler. *Pindari Carmina cum Fragmentis*, 2 vols, 6ª ed. Leipzig: Teubner, 1980 (1971).
TLG	M. C. Pantelia (ed.), *Thesaurus Linguae Graecae*. Thesaurus Linguae Graecae® Digital Library. University of California, Irvine. Disponível em: <http://www.tlg.uci.edu>.
TrGF	B. Snell; R. Kannicht; S. Radt, (ed.). *Tragicorum Graecorum Fragmenta*. Göttingen: Vendenhoeck & Ruprecht, 1971-2004.
VLG	F. Montanari (ed.), *Vocabolario della lingua greca*, 3ª ed. Torino: Loescher, 2013 (1995).
Voigt	E.-M. Voigt (ed.), *Sappho et Alcaeus: Fragmenta*. Amsterdam: Athenaeum – Pollak & Van Gennep, 1971.

Siglas e símbolos

AEC e EC	Respectivamente, "antes da Era Comum" e "Era Comum", notação que substitui a.C. e d.C.
fl.	lat. *floruit*, "floresceu". Marca o período em que um autor esteve ativo, quando se desconhecem suas datas de nascimento e morte.
fr. e frr.	Respectivamente, "fragmento" e "fragmentos". Acompanhado de um asterisco (*), indica que a atribuição da autoria não está assegurada.
l. e ll.	Respectivamente, "linha" e "linhas".
O., P., I., N.	Respectivamente, ode *Olímpica*, *Pítica*, *Ístmica* e *Nemeia*, seguida do número da ode e do verso ou intervalo, contínuo ou discreto, de versos. Assim, *P.* 1.3 significa "*Pítica* 1, verso 3"; *O.* 1.23-8 significa "*Olímpica* 1, do verso 23 ao 28".
Supp.	Suplemento a uma lacuna num papiro ou outro texto.
s.v.	*sub voce*. Indica o verbete sob o qual a explicação de uma determinada palavra aparece.
v. ou vv.	Respectivamente, "verso" e "versos".
Σ	Escólio a determinado verso. A edição dos escólios utilizada por mim em toda esta tradução é a de DRACHMANN 1903.
Σ *rec.*	Escólio recente a determinado verso. A edição dos escólios recentes utilizada por mim em toda essa tradução é a de ABEL 1891.
⊗	Indica o assim chamado *asterískos* ("pequena estrela"). Marca, nos fragmentos papiráceos, o início ou o fim de um poema.
—	Separa estrofe, antístrofe e epodo em cada tríade.
)—	Marca o fim de uma tríade, isto é, de um grupo composto por estrofe, antístrofe e epodo.

***	Nos fragmentos, indica que os textos provêm de fontes ou locais distintos.
[ ]	No texto grego, marca uma lacuna no manuscrito.
⟨ ⟩	No texto grego, marca uma adição ao texto do manuscrito por um editor.
{ }	No texto grego, marca uma exclusão do texto do manuscrito por um editor.
†...†	No texto grego, marca uma passagem corrupta.
(...)	Na tradução, marca uma lacuna ou uma porção de texto ininteligível.
*x	Forma hipotética de x.
_x	Na tradução, o _ indica que a palavra x está em um caso oblíquo, isto é, depende de algum verbo ou preposição, não preservados no original.

Para o Nelson

Agradecimentos

Agradeço ao Conselho Nacional de Desenvolvimento Científico e Tecnológico (CNPq) por ter financiado várias etapas da minha pesquisa com Píndaro. Pela primeira vez em 2014 com apoio financeiro advindo do Edital Universal e depois, entre 2019 e 2020, com uma bolsa de Pós-Doutorado no Exterior (PDE) que me permitiu ser *visiting researcher* junto à Faculty of Classics da Universidade de Oxford, onde pude acessar material bibliográfico indispensável e indisponível no Brasil. Mais recentemente, por ter me agraciado com uma Bolsa de Produtividade em Pesquisa (Nível 2) para que eu trabalhasse no projeto de tradução e comentários das *Odes Ístmicas* e *Nemeias* de Píndaro.

Agradeço também à equipe da Editora Mnēma. Ao Felipe Campos, ao Alexandre Hasegawa e ao Marcelo Azevedo pelo interesse e a disponibilidade em publicar esta tradução na coleção Biblioteca Monumenta. Ao Pedro Barbieri pela revisão atenta e criteriosa, que me salvou de muitos barbarismos, e ao Marcelo Girard pela bela diagramação do texto.

Ao Nelson, a quem esse primeiro volume é dedicado, por tudo.

Introdução

1. PÍNDARO: VIDA E OBRA

1.1. Biografia

Segundo o *Suda*, uma enciclopédia bizantina do séc. X EC, Píndaro teria nascido na 65ª Olimpíada, isto é, entre os anos 520-516,[1] em Cinoscéfalas, uma das quatro vilas nas cercanias de Tebas,[2] na região da Beócia. Se pudermos tomar a informação do fr. 193[3] (H5 Rutherford) como autobiográfica, ele teria nascido durante os Jogos Píticos daquele ano, ou seja, entre julho e agosto de 518. À parte disso, nada mais se sabe com certeza sobre sua vida, exceto algumas informações oriundas dos próprios poemas e de cinco fontes biográficas, tradicionalmente chamadas *Vitae* ("Vidas").[4] LEFKOWITZ 1975 e 2012, no entanto, argumenta que todas as informações contidas nessas fontes devem ser tomadas com bastante ceticismo, ainda que alguns dados sejam mais verossímeis que outros. No caso das *Vitae*, as informações são conflitantes ou mesmo

---

1   Todas as datas são AEC, "antes da Era Comum"; do contrário, acrescentar-se-á EC, "Era Comum".
2   As outras sendo Pótnias, Cnópias e Oncas. Cinoscéfalas ficava ao norte da Cadmeia, a cidadela de Tebas, numa das curvas do rio Dirce.
3   A menos que indicado o contrário, todos os fragmentos são da edição de SNELL-MAEHLER 1980.
4   As "Vidas" são as seguintes: *Vita Thomana* ou *Vaticana*, de data incerta; a *Vita Ambrosiana*, de data incerta, mas possivelmente anterior ao séc. II EC; e a assim chamada *Vita Metrica*, em hexâmetros, dos sécs. IV e V EC. Uma outra fonte biográfica é encontrada no verbete do nome do poeta no *Suda*. Em 1961, Lobel publicou o *Papiro de Oxirrinco* nº 2438, datado do ano 200 EC, que contém uma "vida" fragmentária de Píndaro, conhecida como *Vita Papyracea*, e uma lista de suas obras. O leitor encontrará uma tradução dessas *Vidas* no Apêndice 1.

fabulosas, como, por exemplo, a história contada por Camaleão[5] e Istro[6] (séc. III) na *Vita Ambrosiana*, segundo a qual uma abelha teria construído um favo de mel na boca de Píndaro quando ele, fatigado pela caça, teria sucumbido ao sono nas encostas do monte Hélicon, o que seria um prenúncio da doçura de sua poesia.

Nos poemas, por outro lado, é difícil saber o quanto, ou mesmo se algo, das informações biográficas fornecidas pela *persona loquens*[7] pode ser atribuído a Píndaro e não ao(s) executante(s) ou comitente(s) da canções. Por exemplo, de que ele teria nascido no aristocrático clã dos Egidas (*P.* 7. 15) durante a celebração dos Jogos Píticos (fr. 193) e que teria sido adversário de Simônides de Ceos (*c.* 556-468) e seu sobrinho Baquílides (*c.* 518-451), aos quais teria chamado de "dupla de corvos" na *O.* 2.

Nas *Vitae*, o nome de seu pai é variavelmente dado como Daifanto, Escopelino ou Pagondas (escrito às vezes "Pagônidas"). LEFKOWITZ 2012: 60 argumenta que essa discrepância indica que, à época de composição das *Vitae*, já não havia fontes fidedignas sobre a genealogia do poeta e que esses nomes provavelmente teriam sido tirados dos seus próprios poemas, como no caso do nome do filho, para quem escrevera um dafnefórico (*Parteneio* 2, fr. 94c). Tanto a *Vita Ambrosiana* quanto a *Metrica* atribuem a maternidade a uma certa Clêidice (ou Clédice), de que mais nada sabemos; mas a *Vita Thomana*, a uma mulher chamada Mirto, que, no *Suda*, é identificada com uma professora de Píndaro e que poderia ter sido, na verdade, sua tia, se conjugarmos essa informação com os dados da *Vita Thomana*, que a faz esposa de Escopelino. Se teve irmãs, não sabemos. A *Vita Metrica* nos lega o nome de um único irmão, Erítimo ou Erótion, caçador e, aparentemente, pugilista e lutador de pale.[8] O nome de sua esposa é dado variavelmente como Megacleia ou Timoxena. Com essa, qualquer que tenha sido seu nome, teria tido um

---

5   Fr. 32a WEHRLI = 34B MARTANO.
6   FGrH 334 F 77.
7   Ou seja, a voz que fala nos poemas, o narrador. Prefiro essa denominação a "eu lírico", que me parece anacronística para a poesia grega arcaico-clássica.
8   Para a pale, veja a seção sobre os *agônes*.

único filho, o já mencionado Daifanto, provavelmente o mais velho, e duas filhas, Protômaque e Eumétis.

No que diz respeito à sua formação poética, descontando-se as histórias miraculosas contadas pelas *Vitae* acerca dos portentos que teriam predito seu futuro talento excepcional, somos informados de que Píndaro teria sido aluno da mencionada Mirto (*Suda*) ou da poeta Corina (*Vita Metrica*).[9] Com Escopelino, seu pai, padrasto ou algum outro tipo de parente,[10] teria aprendido a tocar o aulos e, ainda menino, estudado música em Atenas com o famoso poeta e revolucionário ditirambógrafo Lasso de Hermíone (*f.* 548-4),[11] tornando-se seu ajudante. Quando ainda era apenas um menino, seu professor teria precisado se ausentar, devido a uma emergência, e Píndaro assumira suas funções como corodidáscalo.[12] O coro cíclico treinado pelo poeta teria ganhado o primeiro lugar numa competição poética, o que lhe tornara imediatamente famoso. Sabemos, pela datação interna dos epinícios, que, de fato, sua carreira deve ter começado bastante cedo, pois com apenas vinte anos foi comissionado pela então opulenta e influente dinastia dos Alevadas da Tessália para compor a *Pítica* 10, a ode mais antiga do *corpus*.

9 A datação de Corina é controversa. Há os que, como Archibald Allen e Jiri Frell, acreditam na datação antiga, o que a faria contemporânea de Píndaro, e há outros, como Martin West e David A. Campbell, que a colocam no séc. III EC. Para os detalhes da querela com uma bibliografia, ver COLLINS 2006: 19-32.
10 "Pai" ou "padrasto" (*patrōós*), segundo a *Vita Ambrosiana*; "parente" (*prosgenḗs*), segundo o *Suda* Π 1617 ADLER. Algumas traduções (como aquela do site *Living Poets*), talvez confundindo o gen. sing. de *pátrōs*, "tio", que é *pátrōos*, com o nom. sing. do substantivo *patróos*, "padrasto", fazem de Escopelino um possível tio de Píndaro, o que não é suportado pelo texto da edição de DRACHMANN.
11 A *Vita Ambrosiana* também cita uma tradição segundo a qual ele teria sido aluno de um tal de Apolodoro ou de um Agatoclés.
12 Assim aportugueso o grego *khorodidáskalos*, que é como se chamava o responsável por treinar o coro. Ademais, "coro", gr. *khorós*, sempre que for utilizado, deve ser entendido na definição de ATHANASSAKI 2022: 3, "O coro era um grupo de homens, mulheres ou adultos, adolescentes ou crianças, que cantava e dançava simultaneamente em honra aos deuses em festivais, pan-helênicos e locais, recorrentes ou em eventos cultuais menores. Os coros também celebravam, com canções e danças, importantes momentos e realizações dos mortais, tais como casamentos, vitórias atléticas, nomeações cívicas e religiosas bem como qualquer outra atividade que uma comunidade ou uma família pensasse que valeria a pena celebrar e/ou comemorar".

Da época em que teria sido aluno de Corina, Plutarco (*De Glor. Ath.* 4. 347F) nos informa a seguinte anedota: quando ainda era um pedante – porém talentoso – aprendiz, teria sido repreendido por sua professora por ser pouco poético (*ámousos*) e que, em vez de se utilizar de "preciosismos, catacreses, paráfrases, melodias e ritmos pouco usuais", deveria incluir mais mitos em seus poemas. Píndaro então teria composto o famoso *Hino a Zeus* (fr. 29) que assim começa:

> Ismeno ou a Mélia da Roca d'ouro
> ou Cadmo ou a sacra raça dos Semeados
> ou a do cíano diadema, Tebas,
> ou a força onipotente de Héracles
> ou, de Dioniso, a estupefaciente honra
> ou as bodas da alvibrácia Harmonia,
> hinearemos?[13]

Esse proêmio teria causado o riso de Corina, que teria lhe dito que "deve-se semear com a mão e não com o saco inteiro". Mais tarde, a se confiar na tradição, teriam se tornado rivais, e Píndaro, por ter perdido para Corina em cinco competições, a teria insultado de "porca",[14] um xingamento proverbial na Grécia que fazia menção à rusticidade e glutoneria dos beócios, tidos como caipiras e atrasados pelos atenienses. Sendo o próprio Píndaro também beócio e provavelmente alvo do mesmo abuso,[15] a história não faz muito sentido.

O evento histórico mais importante e que enquadra uma boa parte da vida de Píndaro são as Guerras Médicas,[16] que começam bem antes de o poeta nascer, com a invasão da Jônia por Ciro em 547. No ano da Batalha de Maratona (490), Píndaro, que deveria ter por volta de vinte

---

13 A menos que indicado em contrário, todas as traduções são minhas. Em todos os casos em que uma edição específica não for apontada, deve-se assumir que o texto segue a edição utilizada no TLG.
14 Eliano, *Varia Historia* 13.25; Pausânias 9.22.3.
15 Veja os versos 151-3 da *O.* 6 e a nota *ad loc.*
16 Assim chamadas porque os gregos chamavam os persas de "medos", que eram habitantes da Média, antigo reino do nordeste do Irã com que tiveram contato primeiro.

e dois anos, compõe duas odes para vencedores acragantinos nos Jogos Píticos, a *Pítica* 6 para Xenócrates, vencedor na carruagem e irmão do tirano Terão, e a *Pítica* 12 para Midas, vencedor na aulética.

Píndaro tinha trinta e três anos em 470, durante a segunda invasão persa, quando Mardônio exige a submissão dos tebanos, a fim de não arrasar a cidade, e seus conterrâneos, liderados por uma oligarquia medizante, isto é, simpática aos medos, aquiescem. Após a Batalha de Plateias (479) e a vitória sobre os bárbaros, o exército grego, liderado por Pausânias, decide atacar a cidade e, após as terras do entorno terem sido arrasadas (entre as quais, provavelmente, a vila de Píndaro), um cerco é formado. Pausânias exigia que os cidadãos entregassem aqueles que haviam apoiado os bárbaros, especialmente seus líderes, Timagenidas e Atagino.[17] Depois de muitas negociações, o primeiro se entregou, tendo sido levado para Corinto, onde foi morto, ao passo que o segundo conseguiu escapar. Não sabemos o que teria acontecido com Píndaro, mas é provável que, prevendo as hostilidades persas, tivesse deixado a cidade e se estabelecido em Atenas, que mais tarde irá chamar de "baluarte da Grécia" (fr. 76). Um outro exílio possível seria a ilha de Egina, já que as *Ístmicas* 5-8, que datam do ano anterior e do subsequente à invasão e cerco de Tebas, são dedicadas a atletas daquela ilha.

Não sabemos que posição Píndaro deve ter tomado durante o conflito com os Persas, nem qual poderia ter sido o impacto, na sua carreira, da aliança entre as oligarquias tebanas, da qual ele certamente fazia parte, e os invasores; contudo, é muito improvável que tivesse medizado, já que exalta a vitória dos gregos em três de seus epinícios, na *Pítica* 1 e nas *Ístmicas* 3 e 5, além do famoso elogio a Atenas já citado, que lhe rendera uma multa de 1.000 dracmas imposta pelos tebanos, mas paga pelos atenienses.[18] Por outro lado, ficaria difícil explicar sua prolífica produção como poeta durante a *Pentekontaetia*, isto é, os cin-

---

17 Heródoto 9.86 s.
18 Para se ter uma ideia, 1.000 dracmas equivaliam, no tempo de Píndaro, a mais ou menos 6 anos (de 300 dias, como o ateniense) e 3 meses de salário de um profissional qualificado, como um construtor, ferreiro, ceramista etc.

quenta anos entre o final das Guerras Médicas e o início da Guerra do Peloponeso (431-404), um período de intenso ufanismo entre os gregos e ferrenha perseguição aos medizantes, caso tivesse assumido uma posição pró-Pérsia.

A *Vita Metrica* diz que teria morrido com oitenta anos em Argos. Segundo o *Suda*, o poeta falecera no teatro, durante um festival, com a cabeça sobre os joelhos de seu amado Teoxeno, para quem escrevera um encômio (fr. 123), apenas um ano após ter pedido ao deus que lhe concedesse aquilo que, na vida, de melhor houvesse. Apesar de as circunstâncias da morte parecerem ter sido inspiradas no mito dos primeiros construtores do templo de Delfos, Cleóbis e Bíton, como reportado por Heródoto (1.31.3),[19] essa idade colocaria o ano de sua morte em 438, uma data plausível, se pensarmos que sua última ode, a *Pítica* 8, é de 446.

Para que o leitor interessado possa conferir por si mesmo as diferentes versões das chamadas *Vitae Pindari*, resolvi incluí-las como apêndice a esta tradução. Obviamente, as informações aparentemente biográficas contidas nas odes e outros poemas irão aparecer ao longo da tradução e serão oportunamente comentadas.

1.2. Visão sinóptica da história do texto pindárico

A obra de Píndaro[20] foi editada na famosa Biblioteca de Alexandria na segunda metade do séc. III. O primeiro bibliotecário-chefe em Alexandria, Zenódoto de Éfeso (*c.* 325-270), possivelmente foi também o primeiro editor do poeta, já que algumas de suas *diorthóseis*, isto é, correções à vulgata[21] do texto pindárico, chegaram até nós por meio dos escólios, anotações retiradas de comentários antigos (*hypomnémata*) aos seus poemas e preservadas nas margens dos códices quando a obra de Píndaro começou a ser copiada dos papiros para aquele formato, em

---

19 Lefkowitz 2012: 65.
20 Alguns trechos dessa seção foram adaptados da introdução à minha tese de doutorado, Brose 2016, onde discuto as questões relativas à performance do epinício pindárico.
21 "Vulgata" é como se chama um texto sem nenhum tratamento editorial.

algum momento entre os sécs. IV e IX EC.²² Apesar de Zenódoto ter sido o princial editor e crítico da obra de Homero na Antiguidade, a qualidade de suas correções ao texto pindárico muitas vezes deixa a desejar.

Depois de Zenódoto, o mais importante editor de Píndaro foi Aristófanes de Bizâncio (c. 257 - 180), responsável por fazer a divisão do texto em versos, já que até então os poemas eram transmitidos na forma de prosa contínua, isto é, sem espaço entre as palavras. Além disso, foi ele também o responsável por dividir a obra do poeta em dezessete livros,²³ separando cada gênero em rolos de papiro diferentes, como, por exemplo, no caso dos epinícios, que foram divididos em quatro livros: *Olympioníkais*, para os vencedores nos Jogos Olímpicos; *Pythioníkais*, para os vencedores nos Jogos Píticos; *Isthmioníkais*, para os vencedores nos Jogos Ístmicos; e *Nemeioníkais*, para os vencedores nos Jogos Nemeios. Dentro de cada rolo, as odes foram ordenadas de acordo com o prestígio atribuído a cada competição, vindo primeiro as odes que tratavam das provas equestres (*agônes hippikoí*): corrida de quadrigas, corrida de cavalos e corrida de carretas de mulas; depois, as que lidavam com as provas de ginástica (*agônes gymnikoí*): pancrácio, pale, pugilato, pentatlo e as corridas, de estádio, de diaulo e dólicos.²⁴

O trabalho de Zenódoto e Aristófanes produziu aquilo que se chama de *edáphia* pindárica, isto é, o texto-base, definitivo, da obra do poeta, que os próximos bibliotecários de Alexandria continuaram a usar para produzir comentários. Entre os bibliotecários subsequentes mais importantes estão Aristarco da Samotrácia (c. 217-145) e Dídimo (c. 80-10), dos quais algumas leituras e interpretações foram preservadas pelos escólios.

Por volta do séc. III EC, produziu-se em Roma uma espécie de antologia dos poetas gregos para ser utilizada nas escolas que a elite romana frequentava; e, dentre os líricos, apenas dois poetas foram escolhidos para

---

22 Para um discussão aprofundada dos escólios, ver DICKEY 2007.
23 Mais precisamente, rolos de papiro, que eram ditos *biblíon*, isto é, livro. O formato do livro moderno, chamado *codex*, começa a aparecer no séc. I EC.
24 Detalho cada um desses itens na seção desta introdução sobre as provas – *agônes*.

integrar essa seleta: Safo, representando a lírica monódica, e Píndaro, representando a lírica coral. Por conta disso, os livros que continham os outros gêneros a que Píndaro se dedicou pararam de ser copiados e, consequentemente, apenas o livro de epinícios teve uma transmissão ininterrupta da Antiguidade até os nossos dias. Em algum momento dessa transmissão, e por razões que desconhecemos, o livro das *Odes Ístmicas* foi trocado de posição com aquele das *Odes Nemeias*, indo para o final da coleção, o que, em decorrência do desaparecimento das páginas finais dos nossos únicos dois manuscritos que contêm tais poemas,[25] resultou na perda de algumas odes desse livro, cerca de cinco ou seis, de acordo com D'ALESSIO 2012: 30.

Como os poemas de Píndaro chegaram aos eruditos de Alexandria após mais de 150 anos depois de sua morte, permance um mistério, e várias hipóteses foram propostas.[26] Além de a circulação oral da poesia de Píndaro ser, num primeiro momento, um cenário que não deveríamos descartar,[27] cópias escritas podem ter sido preservadas em arquivos de família, de templos, nos arquivos em Olímpia, em Delfos, no Istmo e em Nemeia, bem como em dedicatórias nas próprias cidades dos vencedores. Segundo o historiador Górgon,[28] por exemplo, a *Olímpica* 7 teria sido gravada em letras de ouro nas paredes do templo de Atena em Lindos na ilha de Rodes e, segundo Pausânias (9.16), o *Hino a Ámon* (fr. 36) teria sido inscrito numa estela triangular no templo daquele deus em Tebas, onde ainda podia ser visto no séc. II EC.[29]

---

25 O *Vaticanus Graecus* 1312 (*Recensio* B) e o *Laurentianus* 32, 52 (*Recensio* D).
26 O texto canônico para a história do texto pindárico ainda é aquele de IRIGOIN 1952.
27 Não teríamos tempo de explorar essa questão aqui. Discuto essa possibilidade, bem como outros cenários de transmissão e reperformances em BROSE 2016. Sobre o possível papel de Aristóteles na transmissão dos poemas de Píndaro, veja BROSE 2022b; sobre oralidade e poesia oral na Grécia, veja BROSE 2021a. Para uma comparação entre a poesia de louvor pindárica e a africana, veja o importantíssimo trabalho de THOMAS 2012. Sobre poesia oral em geral, FINNEGAN 1980 e ZUMTHOR 2010 ainda são indispensáveis.
28 FGrH 515 F 18 = *Schol.* Pind. *O.* 7, epígrafe, DRACHMAN.
29 Que esse tipo de preservação em templos era algo comum provam os dois peãs de Ateneu e Limênio, inscritos, com notação musical, em estelas de mármore e descobertos no muro sul do Tesouro dos Atenienses em Delfos por Théophile Homolle em 1893.

Como quer que tenha se dado a transmissão da obra pindárica, ela é a mais bem preservada dos assim chamados nove líricos canônicos.[30] Na verdade, Píndaro é o único poeta de que temos três livros completos de canções.[31] Dos seus outros treze livros – um de hinos, um de peãs, três de ditirambos, dois de prosódios, dois de canções corais para moças (*parteneios*), dois de hiporquemas, um de encômios e um de trenos –, temos ao todo 359 fragmentos de tamanho variável. Essa fortuna, comparada a de seus antecessores, Íbico (f. segunda metade do séc. VI) e Simônides de Ceos,[32] bem como com a de seu contemporâneo, Baquílides, além de outros poetas líricos do período arcaico, dos quais pouco ou nada nos restou, fala eloquentemente da sua apreciação na Antiguidade, não apenas nos períodos clássico e helenístico, mas, principalmente, bizantino e romano, particularmente dos livros de epinícios, que, como vimos, foram os únicos a compor a *Seleta* do período Antonino.

Nos sécs. IV e V EC, surgiram duas recensões, isto é, cópias dos manuscritos antigos, que formam a base das edições atuais de seu texto, a recensão *Ambrosiana*, datada do final do século XII EC e representada por um único manuscrito preservado na Biblioteca Ambrosiana de Milão, e a receção *Vaticana*, representada por dois manuscritos, um do final do séc. XII EC, hoje na Biblioteca do Vaticano, e outro do início do séc. XIV EC, alojado na Biblioteca Laurenziana de Florença. Duas outras importantes, ainda que menores, recensões são a *Parisiana*, preservada num manuscrito do final do séc. XIII EC em Paris, e a *Gottingensis*, encontrada num manuscrito da metade do séc. XIII EC em Göttingen.[33]

Já no final do período Bizantino, Eustácio de Tessalônica (1115-1195/6 EC) escreveu um comentário à obra de Píndaro de que infelizmente temos apenas o prefácio. Depois dele, Thomas Magister (*c.* 1280-1350), Manuel

---

30   Além do próprio Píndaro, Álcman, Safo, Alceu, Anacreonte, Estesícoro, Íbico, Simônides, Baquílides.
31   Para uma história da complicada transmissão textual do texto pindárico, IRIGOIN 1952.
32   A transmissão manuscrita de Baquílides é praticamente inexistente e, não fosse pela descoberta do magnífico papiro de Londres (*P. Lond.* Inv. 733), teria sido partícipe de um destino semelhante ao do tio.
33   RACE 1997a: 34-38

Moschopoulos (*c.* 1300) e Demétrio Triclínio (*c.* 1280-1340) editaram e comentaram Píndaro. Suas observações, contidas em mais de 180 manuscritos, são agrupadas sob o nome de "escólios recentes" (*scholia recentiora*).[34] O seu trabalho foi, e continua sendo, de extrema valia para os editores modernos de Píndaro.

Já na idade moderna, a primeira edição de Píndaro foi levada a cabo pela Prensa Aldina de Aldo Manúcio em 1513. Logo em seguida, veio a primeira tradução para o latim, língua de cultura no séc. XVI EC, feita por Erasmo Schmidt e publicada em Wittenberg em 1616. A essa, seguiu-se a tradução de Johannes Benedictus, a mais usada no séc. XVII, segundo RACE 1997a: 38, que nos informa ainda que John Milton, o autor de *Paraíso Perdido*, possuía uma cópia extensamente anotada. A edição de HEYNE 1817, originalmente de 1798, foi a última a preservar a disposição do texto segundo a colometria antiga e a ser acompanhada dos escólios antigos junto com o texto das odes.

A partir da edição de August Boeckh de 1811/21, os versos pindáricos começaram a ser divididos em "períodos", isto é, versos separados apenas pela ocorrência de um hiato ou pela presença de uma sílaba breve onde se esperaria uma longa (*brevis in longo*). A edição de Boeckh apresenta ainda um extenso comentário das *Olímpicas* e *Píticas*, de sua própria autoria, e das *Nemeias* e *Ístmicas*, da autoria de Ludwig Dissen. Algum tempo depois, em 1864, Tycho Mommsen publicou uma nova edição em que, para o estabelecimento do texto, examinara sistematicamente os manuscritos da recensão bizantina de Píndaro. Em 1944, Alexander Turyn produziu uma belíssima edição com abundantes testemunhos antigos, para a qual, ademais, teria reexaminado todos os manuscritos.

Finalmente, entre 1953 e 1989, Bruno Snell e Herwig Maehler publicaram a edição[35] que, ainda hoje, é a usada pela maioria dos helenistas e pindaristas e que foi usada por mim para a tradução dos fragmentos de Píndaro. Por outro lado, minha tradução dos quatro livros de epinícios é

---

34 Cuja edição, adotada em toda essa tradução, é aquela de ABEL 1891.
35 SNELL-MAEHLER 1980.

baseada na edição e comentário mais recente de Píndaro levada a cabo por Bruno Gentili e seus colaboradores na Universidade de Urbino.[36]

O projeto da edição de Urbino cobre os anos de 1982 a 2020. O primeiro volume a sair foi o das *Odes Ístmicas*, com texto crítico, tradução e comentário de G. Aurelio Privitera em 1982. Em 1995, sai o volume das *Odes Píticas*, com texto crítico e tradução sob a responsabilidade de Bruno Gentili e comentário de Paola A. Bernardini, Ettore Cingano, Bruno Gentili e Pietro Giannini. Apenas em 2013 iria ser publicado o volume das *Odes Olímpicas*, com texto crítico e tradução de Bruno Gentili e comentário de Carmine Catenacci, P. Gianinni e Liana Lomiento.[37] O próximo volume, contendo as *Odes Nemeias*, apareceu em 2020, com texto crítico, tradução e comentário de Maria Cannatà-Fera. O último volume da série, contendo os fragmentos, e que estaria sob a responsabilidade de G. Aurelio Privitera, ainda não foi publicado e, devido ao fato de já não mais aparecer na lista de volumes apresentada no frontíspicio da edição das *Odes Nemeias*, seu futuro parece incerto. As principais novidades da série de edições comandadas por Gentili foram o retorno à colometria antiga, no volume das *Odes Olímpicas*, e uma maior valoração da tradição antiga, representada pela tradição manuscrita (a assim chamada *parádosis*), pelos escólios, comentadores e críticos pré-modernos da obra pindárica.

1.3. OS EPINÍCIOS

Como os primeiros volumes desta tradução serão dedicados aos epinícios, seria oportuno vermos, no que segue, as principais características desse gênero (gr. *eîdos*, "forma"), seu estilo e principais temas, deixando para tratar dos outros gêneros no volume que irá conter os fragmentos do poeta.

---

36 GENTILI *et al.* 2013.
37 Distingo, no que se segue, as contribuições de Bruno Gentili (GENTILI *et al.* 2013), responsável pelo estabelecimento do texto, das introduções a cada uma das odes e da tradução, daquelas do resto da equipe, referindo-me a esses últimos como CATENACCI *et al.* 2013.

Antes de começarmos, no entanto, é preciso que o leitor entenda que nem todos os poemas transmitidos nos livros de epinícios são, de fato, epinícios. Isso acontece porque, na época em que Píndaro é editado em Alexandria, as informações sobre o contexto da performance e a natureza de alguns textos já haviam se perdido. Dessa forma, provavelmente trabalhando com uma lista tradicional de gêneros poéticos associados com Píndaro (semelhante, talvez, àquela transmitida pela *Vita Ambrosiana*), os editores alexandrinos tentaram nela encaixar os poemas que tinham em mãos e, quando não conseguiam, mormente colocavam os de classificação dúbia no final de cada livro.

Foi isso que aconteceu com as três últimas *Odes Nemeias*, das quais as duas primeiras celebram vitórias em outros jogos: a *Nemeia* 9 nos Jogos de Sícion e a 10 na Heraia (ou Hecatombaia) de Argos. A *Nemeia* 11, além do mais, nem mesmo é um epinício, mas provavelmente pertence a um gênero chamado de *entronismós*, "entronação", mencionado pelo *Suda* em seu verbete sobre o poeta.[38] A classificação genérica da *Pítica* 2, por outro lado, já causava polêmica entre os estudiosos antigos, pois, de acordo com a epígrafe dos escólios (DRACHMANN: 31), ela era diversamente classificada como uma ode sacrificial por Timeu de Tauromênio (*c.* 355/50-260), como uma *Nemeia* por Calímaco (310-240), uma *Olímpica* por Amônio e Calístrato (ambos *c.* séc. II), por outros (não nomeados) como uma *Pítica* ou até mesmo uma ode *Panatenaica*, segundo Apolônio Eidógrafo[39] (séc. II). Sempre que houver dúvida quanto à classificação genérica de uma determinada ode, o leitor será informado na introdução que precede cada uma delas.

A partir das odes sobre as quais estamos mais ou menos certos de serem epinícios, e também pela comparação com os epinícios de Baquílides, podemos dizer, em linhas gerais, que um epinício, como o próprio nome diz, era uma canção composta para ser executada na ocasião (*epí-*, "sobre", "no momento de") de uma vitória (*níkē*) atlética ou, alternati-

---

38 Sobre a classificação alexandrina dos diferentes gêneros líricos, HARVEY 1955.
39 Assim chamado porque teria organizado os poemas de Píndaro de acordo com o seu modo musical.

vamente, na sua festa de celebração, seja em algum lugar no santuário onde se davam os jogos, seja na cidade do vencedor. Todos os epinícios são, portanto, canções de ocasião, ou *Gelegenheitsdichtungen*, como os helenistas alemães os classificam. De fato, o substantivo *epiníkion* pode estar associado à festa particular dada pelo atleta vencedor em seu acampamento, no próprio sítio onde se realizavam os jogos ou, de outro modo, no famoso jantar oferecido pelos Juízes Helenos aos vencedores, no Pritaneu de Olímpia.[40] Em ambos os casos, essas comemorações eram conhecidas como *tà epiníkia*, que literalmente quer dizer "celebrações pertinentes à ocasião de uma vitória atlética". Seu principal objetivo, além de celebrar o feito, era espalhar a fama do *laudandus*[41] e lhe garantir a imortalidade em verso, algo de que Píndaro frequentemente irá se gabar nos poemas como sendo o único capaz de ofertar, o que hoje sabemos não ter sido um exagero de sua parte, já que conhecemos muitos de seus *laudandi* apenas por meio de suas odes.

Curiosamente, porém, o próprio Píndaro nunca utiliza a palavra *epiníkion* para descrever seus poemas,[42] preferindo se referir a eles como *hýmnos*, "hino", a palavra mais antiga e mais geral para denotar uma canção e que tinha, como em português, uma conotação religiosa.[43] A bem da verdade, como ressalta RACE 1997a: 17-18, não há um único epinício que não mencione alguma divindade, o que deve nos alertar, como irei explicar mais abaixo, para o caráter eminentemente religioso das competições atléticas na Grécia Antiga e das canções que as celebravam. Adicionalmente, ainda que *hýmnos* possa aparecer sozinho para se referir ao epinício, ele é mais comumente predicado por diferentes adjetivos, que expressam uma qualidade típica do gênero, do

---

40 Pausânias 5.15.12.
41 Isto é, "aquele que deve ser louvado", como é comum se referir ao atleta celebrado pela ode. Aqui e acolá, irei me utilizar de alguns termos técnicos, mormente em latim, que o leitor interessado em se aprofundar mais no assunto certamente irá encontrar na bibliografia especializada.
42 Nas duas únicas odes em que *epiníkion* aparece, a *O.* 8.75 e a *N.* 4.78, a palavra é usada como um adjetivo para qualificar, respectivamente, *hýmnos* (subentendido) e *aoidé* (canção).
43 Sobre o hino na literatura grega e indo-europeia, veja MACEDO 2010.

poema ou da ocasião de performance, podendo ser qualificado como "multiafamado"[44] (*polýphatos*), "olímpico" (*olympioníkēs*), "variegado" (*poikílos*), "divinamente ordenado" (*tethmós*), "doce" (*glykýs*), "melífono" (*melígērys*), dulcíloquo (*hēdyepés*), "estimado" (*dókimos*), "vitorioso" (*kallínikos*), "alado" (*pteróeis*) e *epiník(i)os*, "relativo à vitória".

Dentre essas colocações, duas são especiais, porque apontam para a ocasião de performance dos epinícios: a primeira é *epikṓmios hýmnos*, isto é um "hino para ser cantado em/por um *kômos*", essa, aliás, uma palavra dificílima de se interpretar,[45] mas que, em linhas gerais, parece querer denotar o grupo social que participava da celebração ou, alternativamente, se os escólios antigos estiverem corretos, o coro que executaria a canção. Outra colocação similar, *prokṓmios hýmnos*, pode tanto querer dizer um hino preludial, isto é, em antecipação a uma comemoração maior, quanto um hino que é cantado na frente (*pró-*) do *kômos* ou, de outra forma, *pelo kômos* na frente do vencedor; as duas interpretações são possíveis. Outro termo derivado de *kômos* que Píndaro usa para se referir a seus epinícios é "encômio" (*enkṓmion*), que, além de se referir à ode epinicial, era também um gênero específico dentro do *corpus* pindárico. Nesse caso, indicava um elogio poético a alguma pessoa por algum outro feito[46] que *não* fosse atlético. De fato, HARVEY 1955: 163 propõe que *enkṓmion* era o termo mais antigo para o epinício.

Finalmente, Píndaro também usa a palavra *aînos* para se referir às suas odes. *Aînos*, de difícil tradução, mas que primitivamente traz a conotação de "palavra de afirmação" e, daí, de "aprovação", "louvor",[47] é normalmente considerado o equivalente épico-jônico do ático *épainos*, "louvor".[48] Assim aparece empregada num contexto atlético pela primeira vez na *Ilíada* (23.795), quando Aquiles se refere às palavras elogiosas de Antíloco como um *aînos*. Nessa passagem, parece que o elogio de Antíloco

---

44 Ver nota ao verso 13 da *O*. 1.
45 Sobre a semântica do *kômos* em Píndaro, AGÓCS 2012 e BROSE 2016: 58 s.
46 Aristóteles (*Eth. Eud.* 1219b15) distingue o encômio do louvor (*épainos*) justamente porque o primeiro precisa ser motivado por algum feito, ao passo que o segundo não.
47 DEG, *s.v.*
48 LSJ, *s.v.*, II.

também busca agradar a Aquiles a fim de conseguir uma recompensa maior que a reservada para o terceiro lugar que obtivera na corrida. Seu elogio, dessa forma, está carregado de segundas intenções, o que também é uma das características do *aînos* como "palavras repletas de sentidos".[49]

É desse perfilamento polissêmico e analógico da palavra *aînos* que se desenvolve o sentido de "história exemplar", a partir da qual o ouvinte pode traçar um paralelo com uma determinada situação concreta, a fim de se tirar uma conclusão ou lição. Daí o termo ser usado com o significado de "fábula", quando aplicado, por exemplo, às narrativas esópicas. Elucidar o elo entre o discurso ainético e a situação a que se refere é sempre uma obrigação do ouvinte e requer um tipo de inteligência que os gregos valorizavam muito: *sýnesis* ou a capacidade de compreender o que está nas entrelinhas.

Para NAGY 1990: 31, que salienta a derivação de *aînos* a partir de *ana-ínomai*, "negar", via o hipotético **aínomai*, "afirmar", o *aînos* seria um discurso de autoridade, "ele é uma afirmação, um ato-de-fala marcado, feito por e para um grupo social marcado". Nesse caso, o ato-de-fala é o elogio do vencedor, e o grupo social marcado pode ser o *kômos* ou a própria comunidade e círculo mais íntimo, de familiares e amigos, do atleta. A autoridade chancelada pelo grupo social do vencedor ao discurso ainético (e epainético, isto é, elogioso) do poeta é importante porque, para ter valor, o louvor precisa ser visto como sincero e independente, o que só pode acontecer se o poeta for autorizado pelo grupo social para, ao menos idealmente, falar com total liberdade (*parrhēsía*) do vencedor e de sua vitória.

Num outro sentido, NAGY 1990: 142 relaciona *aînos* a *ainígma*, "enigma", na medida em que o sentido de *aînos* além de convidar ao escrutínio, também se abre (> *anoígō*, "abrir") em diferentes níveis para diferentes integrantes da audiência de diversas maneiras: ele é imediatamente compreensível aos *sophoí*, os sábios e os poetas, e agradável aos *kaloi-kagathoí*, os belos-e-nobres, isto é, a aristocracia; ao mesmo tempo em

---

49   DEG, *ibid*.

que é incompreensível e desagradável aos *kakoí* e aos *hoí polloí*, os vis e a ralé. A compreensão, por parte do leitor, dessa dimensão do epinício enquanto *aînos* é importante porque é a partir dela que as narrativas míticas e as gnomas (ver abaixo) das odes devem ser entendidas. Essa dimensão, aliás, se relaciona com a própria forma complexa e variegada do texto epinicial.

Quanto à estrutura, os epinícios, via de regra, são poemas estróficos divididos em tríades, sendo cada tríade composta por estrofe, antístrofe e epodo.[50] Apenas algumas odes, como a *Olímpica* 14, as *Píticas* 6 e 12, as *Nemeias* 2, 4 e 9 e a *Ístmica* 8 não são triádicas,[51] por lhes faltar um epodo. Nas odes triádicas, a estrofe e a antístrofe compartilham do mesmo esquema métrico, não apenas na mesma tríade como também *entre* tríades, e a essa correspondência métrica estrita dá-se o nome de "resposta estrófica". O esquema métrico do epodo, constante de tríade para tríade, era, contudo, diferente daquele da estrofe e da antístrofe. Descontados dois extremos, aqueles das *Olímpicas* 4 e 5 e da *Pítica* 7, com apenas uma tríade, e o da *Pítica* 4, com treze, as odes possuem em média quatro ou cinco tríades. O número de versos varia de acordo com a divisão usada pelo editor, se aquela transmitida pelos escólios antigos ou a proposta por Boeckh[52] no séc. XIX. Em toda essa tradução utilizei-me da divisão em versos proposta pelos escólios antigos e impressa pela última vez na edição de HEYNE 1817.

A controvérsia em torno da colometria, ou seja, a divisão dos versos, e a interpretação métrica das odes pindáricas é imensa e não caberia discuti-las aqui.[53] De maneira geral, pode-se dizer que elas tendem a ser classificadas em três grandes famílias, de acordo com o metro empregado: odes eólicas, como a *Olímpica* 1, a *Pítica* 7, a *Nemeia* 2 e a *Ístmica* 7; enóplio-epítritas,[54] como a *Olímpica* 3, a *Pítica* 3, a *Nemeia* 1 e a *Ístmica*

---

50   Abreviados, ao longo dessa tradução, respectivamente como *E, A* e *EP*.
51   Ou talvez, como nota GENTILI *et al.* 2013: 60 recuperando a lição de um escólio, "estróficas de resposta livre".
52   BOECKH 1811/21.
53   Detalho uma parte dessa questão em BROSE 2022a.
54   Também chamadas, erroneamente, de dáctilo-epítritas.

1; e as mistas,⁵⁵ como a *Olímpica* 2, a *Pítica* 6, a *Nemeia* 6 e a *Ístmica* 8,⁵⁶ em que os elementos jâmbicos, coriâmbicos, créticos e eólicos são os principais elementos constitutivos.

Não sabemos qual era o significado da tripartição triádica, mas supõe-se que, além de ter uma correspondência musical, ela podia indicar uma movimentação diferente dos coreutas: numa determinada direção na estrofe, na direção contrária na antístrofe e em repouso durante o epodo, com o coro tomando a forma de um círculo.⁵⁷ Conquanto o conteúdo não respeite estritamente a fronteira entre as tríades nem entre estrofe, antístrofe e epodo, há certamente uma tendência nesse sentido. É muito comum, por outro lado, que uma tríade seja ligada à próxima por uma palavra-chave, que prepara a transição para um outro episódio da narrativa ou, então, por um simples dêictico, que pode ser um pronome, um advérbio etc.⁵⁸ Ao longo da tradução, irei indicar, sempre que for relevante para uma melhor compreensão da ode, as ocasiões em que isso vier a acontecer.

Devido à estrutura triádica ser comum na chamada lírica coral grega, os escólios antigos assumem de maneira quase unânime que as odes eram executadas por um coro (*khorós*) e que, ademais, seria a esse coro que Píndaro estaria se referindo sempre que usa a palavra *kômos*. A essa interpretação subscrevem-se teóricos modernos como CAREY

---

55 Também chamadas de "oriundas de jambos" ou, em latim, *ex iambis orta*, nas edições e na literatura especializada.
56 A *I.* 8 e a *O.* 14 são os únicos exemplos de odes monostróficas nos epinícios.
57 Assim explica Eustácio no seu *Prooímion*, 38. 1-2 (KAMBYLIS).
58 A palavra "dêictico" vem do verbo grego *deíknymi*, que significa "mostrar", "apontar para". Os dêicticos podem ser *anafóricos*, quando fazem referência a uma palavra que veio antes, ou *catafóricos*, quando se referem a uma palavra que ainda irá aparecer. Ambos os tipos são muito usados por Píndaro. Dou dois exemplos para que o leitor leigo possa entender melhor. Na frase "O imigrante retornou à sua cidade, mas sua mulher permaneceu no país. Aquele estava feliz; essa, triste", "aquele" e "essa" são dêicticos anafóricos e se referem, respectivamente, a "imigrante" e "mulher". Já numa frase como "Este é o rei que subirá ao trono: Hierão", "este" é um dêictico catafórico, pois se refere a "Hierão". Todos esses processos de referenciamento numa língua são chamados de "dêixis", que é uma área da Pragmática. Para mais informações, LEVINSON 2007: 65-116.

1989a e 1991, que nos anos de 1990 participou de um amplo debate com LEFKOWITZ 1988 e 1995 sobre a questão. Lefkowitz desafiava a hipótese coral argumentando que, em algumas odes, a *persona loquens* não parece ser a de um grupo de coreutas, como é o caso da *Olímpica* 1 e da *Pítica* 9, com suas enfáticas primeiras pessoas. O caso da *Pítica* 4, além disso, permanece sem explicação pela teoria coral, pois parece bastante improvável que uma ode de 533 versos pudesse ser executada, isto é, cantada e dançada, por um coro. Além disso, há uma clara distinção entre a linguagem e o estilo dos epinícios e aqueles dos poemas de Píndaro comprovadamente corais, como os peãs e os parteneios.

Uma abordagem que tenta reconciliar e superar essa polêmica é aquela apresentada por CURRIE 2004, segundo a qual a primeira performance de uma ode seria sempre coral, ao passo que suas possíveis reperformances, por exemplo, no aniversário da vitória, em simpósios, em festas cívicas etc., deveriam ser monódicas. Apesar de todo o esforço despendido na chamada polêmica monódico-coral, pouco avançamos para conseguir entender melhor o contexto da primeira performance dos epinícios.[59]

Quanto à estruturação do conteúdo, as odes costumam apresentar três partes mínimas bastante bem definidas: o proêmio, uma seção contendo informações sobre a ocasião da vitória e da performance, uma seção mítica e um epílogo.[60] De certo ponto de vista, o epinício é uma elaborada expansão do anúncio oficial do vencedor ao final dos jogos, quando seu nome, o de seu pai, o de sua cidade e a prova em que vencera eram proclamados para a multidão, em um formato que não deveria ser muito diferente desse epigrama atribuído a Simônides de Ceos na *Antologia Palatina* (16.23):

Εἶπον, τίς, τίνος ἐσσί, τίνος πατρίδος, τί δ' ἐνίκης; –
"Κασμύλος, Εὐαγόρου, Πύθια πύξ, Ῥόδιος."

---

59 Faço uma apreciação detalhada da questão em BROSE 2016.
60 Algo já notado por Eustácio em seu *Prooímion*, 19 (KAMBYLES). Para uma discussão mais detalhada sobre essas diferentes partes, bem como a possível relação que guardariam com o assim chamado *nómos* de Terpandro, BROSE 2013.

Diz: quem, de quem és, de que terra, em que venceste?
"Casmilos, de Evágoras, no pítico box, ródio".

Como observa RACE 1997a: 16, Píndaro demonstra uma grande inventividade para incorporar todas as informações acerca da vitória e do vitorioso no espaço usualmente restrito do epinício: na *Pítica* 9, todas as informações relativas ao vencedor, exceto o nome do pai, são dadas logo nos primeiros versos, deixando-se o nome da cidade por último, que ele usa como gancho para a narrativa do seu mito de fundação, que vem em seguida. Na *Olímpica* 11, uma ode pequena, sem seção mítica, esses dados aparecem na estrofe central, outra vez finalizando com o nome da cidade, que, então, dá azo ao louvor de seus habitantes. Na *Olímpica* 13, o nome do vencedor irá aparecer apenas no início da segunda tríade para dar a maior ênfase possível ao seu inédito feito: ter ganhado no pentatlo e no estádio, o que encetará, pelas duas estrofes restantes, a rememoração de suas outras vitórias pretéritas e não menos impressionantes. A *Olímpica* 14, no entanto, é uma exceção na medida em que Píndaro não menciona a prova em que Asópico teria vencido, algo que sabemos apenas por meio dos escólios.

Nas odes mais longas, pode haver mais de uma parte dedicada à ocasião. Nesse caso, normalmente a primeira parte trará as informações da performance e da vitória celebrada, enquanto as outras poderão rememorar vitórias passadas do próprio atleta ou de seus parentes/antepassados. A seção mítica, que pode estar ausente em algumas odes menores, tem como função contar uma história tradicional (gr. *mýthos*), mormente de cunho religioso, sobre as origens dos jogos ou da prova em questão, bem como façanhas heroicas ou divinas que possam servir para traçar um paralelo, normalmente tácito, entre o feito do atleta e aquele(s) dos homens do passado, algumas vezes seus ancestrais; ou, doutra forma, tentar levar a audiência a algum tipo de reflexão acerca do contexto da vitória e suas consequências.

Nas transições entre as seções dedicadas à ocasião e ao mito, o poeta normalmente insere aquilo que tradicionalmente se chama de gnoma (*gnṓmē*) ou apotegma (*apophthégma*), que nada mais são que máximas da sabedoria oral grega, como o "conhece-te a ti mesmo", retrabalhado por Píndaro na gnoma da *Pítica* 2.72 como "Mostra quem és tal descobriste [ser]". Em Píndaro, a *persona loquens* ainda pode manifestar opiniões próprias, fazer pedidos, preces, interceder por outras pessoas, rejeitar mitos, denunciar oponentes etc.

Na introdução à *Olímpica* 1, um epinício paradigmático em vários aspectos, apresento um esquema estrutural ilustrando todas essas divisões, as complexas relações que mantêm entre si, e como elas funcionam dentro daquela ode. Essa análise poderá ser extrapolada então pelo leitor para as outras odes.

Quanto ao estilo dos epinícios e sua linguagem, Dionísio de Halicarnasso (60-7) foi quem melhor os descreveu, enquadrando-o, junto com Ésquilo e Tucídides, dentro do que chamava de "construção (*harmonía*)[61] arcaica e austera", cujas principais características são

τὸ μήτε συνδέσμοις χρῆσθαι πολλοῖς μήτ' ἄρθροις συνεχέσιν ἀλλ' ἔστιν ὅτε καὶ τῶν ἀναγκαίων ἐλάττοσιν, τὸ μὴ χρονίζειν ἐπὶ τῶν αὐτῶν πτώσεων τὸν λόγον ἀλλὰ θαμινὰ μεταπίπτειν, τὸ τῆς ἀκολουθίας τῶν προεξενεχθέντων ὑπεροπτικῶς ἔχειν τὴν φράσιν μηδὲ κατ' ἄλληλα, τὸ περιττῶς καὶ ἰδίως καὶ μὴ κατὰ τὴν ὑπόληψιν ἢ βούλησιν τῶν πολλῶν συζεύγνυσθαι τὰ μόρια.

não se utilizar de construções com muitos conectivos ou artigos, mas, em alguns casos, até menos que o necessário; não usar os mesmos casos gramaticais por muito tempo, mas variá-los frequentemente; possuir um torneio de frase que despreza a concordância entre elementos precedentes e até mesmo de uns com os outros; combinar os elementos do discurso de uma maneira extravagante e própria, sem se preocupar com a opinião ou a vontade das pessoas.[62]

Irei falar com mais detalhes sobre o estilo pindárico ao discorrer

---

61   Frequentemente traduzido por "estilo".
62   Dionísio detalha as característica do estilo austero no seu tratado *De Compositione Verborum* 22, analisando, inclusive, um dos ditirambos de Píndaro, o fr. 75. Não caberia citar o trecho aqui na íntegra devido à sua extensão, mas voltaremos a ele ao falar da tradução das odes.

sobre os princípios que orientaram essa tradução, na última seção desta introdução. Agora, basta dizer que a avaliação de Dionísio no trecho acima pode ser exemplificada por três características principais da linguagem pindárica nos epinícios: a densidade da sua linguagem, a descontinuidade na sintaxe (anástrofe, hipérbato e síniquise) e a liberdade na criação de substantivos e adjetivos, sobretudo os compostos.

A densidade da linguagem é uma característica herdada da poesia de louvor indo-europeia e aparece em outras tradições, como a poesia escáldica nórdica e os panegíricos persas da época sassânida em diante.[63] A linguagem altamente alusiva e sofisticada era uma forma de prender a atenção da audiência e provocar a interpretação e a difusão da ode. Essa densidade se manifesta no amplo uso de merismos, de circunlóquios (*kennings*), de metonímias etc. Assim, na *Olímpica* 6, Píndaro chama o mel de "o inóxio veneno das abelhas" e, na *Olímpica* 2, chama a mão de "a flor do braço", bem como a "onda" de "cerca do mar", na *Pítica* 2. A túnica que Efarmosto ganha nos jogos de Pelene é referida na *Olímpica* 9 apenas como "um remédio contra os gélidos ventos" e a vitória de Telesícrates na corrida de hoplitas, no início da *Pítica* 9, como uma "vitória de éreo escudo". Píndaro também se refere usualmente ao local dos jogos por metonímias.

Dessa forma, os Jogos Olímpicos são normalmente referidos por "Pisa" apenas, a cidade natal de Enomau, ou Pisátis, a região onde Pisa e Olímpia estavam localizadas. O local dos Jogos Píticos, o santuário de Delfos e cercanias, é chamado de "Pito", alusão à serpente morta por Apolo em Delfos, ou referidos apenas como os jogos "no Parnaso" ou no "umbigo do mundo". Os Jogos Nemeios ocorrem "no covil do Leão", uma alusão ao leão de Nemeia, morto por Héracles; e os Ístmicos, na "ponte de Corinto" ou "no istmo de Possidão".

A descontinuidade da sintaxe origina-se tanto da necessidade de conformar a dicção ao metro, quanto de estratégias narrativas que

---

63 Sobre essa questão, recomendo o excelente livro de WATKINS 1995, especialmente o capítulo 16: "The hidden track of the cow: Obscure styles in Indo-European." O leitor também poderá tirar algum proveito dos dois primeiros capítulos de WEST 2022.

visam a aumentar o engajamento da audiência com o poema. Píndaro pode intercalar até 13 palavras entre um artigo e o substantivo por ele regido (*Olímpica* 12.6-9). No v. 83 da *Pítica* 3, o objeto direto está separado do verbo por nada menos que 7 versos (28 palavras), na primeira sequência, e por 4 versos de 16 palavras, na segunda, iniciada no v. 91. Normalmente, esse tipo extremo de hipérbato é usado para criar uma tensão narrativa que, com sua resolução, deveria causar grande satisfação na audiência da mesma forma que o suspense e sua resolução o fazem em um *thriller* cinematográfico.

Frequentemente, a desordem sintática tem natureza mimética e procura demonstrar reações psicológicas complexas do poeta ou dos personagens ou, ainda, reproduzi-las na audiência. Por exemplo, na *Olímpica* 1.77-81, ao descrever a preparação e cozimento das carnes do infante Pélops, a ordem da frase sofre uma perturbação que é proporcional ao horror que o poeta irá manifestar na estrofe seguinte, frente a uma narrativa tão violenta e herética. Em alguns casos, a postergação do nome, antecipado apenas por um adjetivo, pode servir para demonstrar hesitação em falar de algo que não deveria ser nomeado. Isso acontece, por exemplo, na *Pítica* 1, onde o nome de Faláris, o monstruoso tirano de Ácragas, está separado de seu artigo por sete palavras.[64] Outras vezes, porém, a satisfação provém da própria apreciação grega pelo intricado, afinal a *poikilía* (lit. "multicoloração"; lat. *variatio*) era uma qualidade altamente prezada na arte de fazer versos (*poiésis*) grega.

Nesse último caso, podemos apontar os versos iniciais da *Pítica* 1 como paradigmático dessa *poikilía*, com o seu hipérbato cruzado, que procura indicar, pela ordem das palavras, o íntimo relacionamento entre Apolo, as Musas e a cítara de ouro, que é invocada como ἰοπλοκάμων/ σύνδικον Μοισᾶν κτέανον, em que temos a seguinte relação entre os sintagmas (S):

---

64 Mais uma herança da poética indo-europeia, sobre esse caso específico, ver WATKINS 2002.

[ioplokámōn]	[sýndikon]	[Moisân]	[ktéanon]
S₁	S₂	S₁	S₂
Das trancivioláceas	comum	(das) Musas	posse
ADJ.₁ GEN. PL.	ADJ.₂ NOM. SG.	SUBST.₁ GEN PL.	SUBST.₂ NOM. SG.
das trancivioláceas / Musas, a posse em comum				

Note ainda que o trançado da sintaxe procura reproduzir, no nível da léxis, as tranças, ou, como às vezes o adjetivo *ioplókamos* é entendido, o entrelaçamento dos cabelos das Musas com ramos ou flores de violetas.

Como se pode ver pelo "trancivioláceas" acima, Píndaro demonstra uma grande liberdade na criação de novos nomes, sobretudo compostos, utilizando-se pouco daqueles legados pela tradição épica. Muitos desses compostos (e alguns dos simples) de que se utiliza, só aparecem em seus poemas; são o que se costuma chamar de *hápax legómenoi*, ou seja, "falados uma só vez", ou, como eu prefiro traduzir, apropriando-me do termo italiano, "unicismos" (a partir daqui, sem aspas). Alguns exemplos tirados apenas das *Odes Olímpicas* são: *themistéion* ("por ordenação divina"); *eurýtimos* ("amplamente cultuado"); *anaxiphórminges* ("citaragógicos");[65] *tanyéteira* ("largícoma", isto é de longos cabelos), *palintrápelos* ("revertido"), *aglaókōmos* ("do luzente *kômos*"), *poikilógarys* ("de variegada voz"), *phradaí* ("raciocínios").

Alguns dos nomes compostos são verdadeiros *bahuvrihis*, ou seja, nomes em que o significado da soma das partes não é o mesma do significado do todo.[66] Isso acontece bastante com os nomes em *eu-* ("bem"/"bom"). Por exemplo, *euhíppos*, aplicado a um homem, não é "do bom cavalo", mas "cavaleiro", "aristocrata", que teria como equivalente feminino "*eupéplos*", literalmente "do belo/bom/caro peplo", ou seja, "dama". Da mesma forma, *nikēphóros*, *kallínikos*, *olimpioníkēs* são *bahuvrihis* para dizer "vencedor" e *bathykólpos*, "de alta cintura", para dizer "esbelta".

---

65 Cf. nota a esse verso da O. 2 e a seção "Sobre a tradução" desta introdução.
66 O termo faz parte da gramática tradicional sânscrita e é usado para descrever uma classe de adjetivos compostos exocêntricos, como por exemplo, "beija-flor" em que o referente não é formado por um "beijo" e uma "flor", mas é um pássaro.

Em muitos casos, esses nomes compostos conferem *enargeía*, ou seja, vivacidade aos poemas e servem para ajudar na visualização dos personagens ou cenas que descrevem.

Dentro da estrutura narratológica dos epinícios, há alguns temas dignos de nota. Píndaro não se restringe a louvar apenas a vitória de um determinado atleta, mas procura mostrar como ela é o produto de muitos fatores e circunstâncias. De um lado, o talento inato (*phyá*), o treinamento (*melétē*) e o favor de um deus (*theós/daímōn*) são indispensáveis. Nenhuma virtude (*aretḗ*), quanto menos uma vitória, pode ser alcançada sem esses três elementos. Depois, são comumente ressaltados a resiliência a uma preparação extenuante (*pónos*), mormente desde a infância, e o sofrimento físico (*mókhthos*) e psicológico (*agōnía*) a que todo atleta está sujeito e que são oriundos tanto do treinamento para as competições quanto de possíveis derrotas, ferimentos e lesões. Associado a isso, o dispêndio (*dapánē*) necessário para o pagamento de treinadores, viagens, eventuais multas por penalidades e também para comissionar poetas, escultores e outros artistas que ajudavam a espalhar a fama do atleta. No caso das provas hípicas, os valores podiam ser astronômicos devido aos custos de se manter estábulos e cavalos.

Finalmente, os três fatores divinos que influenciam decisivamente não apenas o sucesso do atleta mas o destino de todos os homens: a sorte (*týkhē*), o destino (*pótmos*) e a ação de um deus (*theós*). Esses, com exceção do destino, que tendia a ser mais ou menos fixo, podiam variar de um dia para o outro na mesma velocidade que "os altivolantes ventos".[67] A imprevisibilidade da vida humana é, de fato, um dos pontos mais salientados por Píndaro em seus epinícios. Devido a isso, o atleta é constantemente instado a se precaver contra o rancor (*phthónos*), tanto humano quanto divino, e a conhecer a si mesmo e o seu lugar no mundo, para que, cego pela glória (*kléos*), a influência/glamour (*kûdos*) e o brilho (*aglaía*) da vitória, "em vão não tente se tornar um deus".[68]

---

67 P. 3.197-8.
68 O. 5.55.

1.4. Recepção dos epinícios

Uma das primeiras apreciações críticas da poesia pindárica, e, sem dúvida, uma das mais influentes para a crítica posterior do poeta, é aquela do autor anônimo do tratado *Sobre o sublime* (séc. I), que, refletindo sobre como uma obra de arte se faz superior não pela mediana distribuição de várias qualidades (*aretaí*), mas por atingir, em cada qualidade que apresenta, o ápice, cita Píndaro como exemplo de um poeta em que a grandeza de seu gênio afoga completamente os possíveis defeitos de sua obra (33.4.8 - 33.5.10):

(...) καὶ ἄπτωτος ὁ Ἀπολλώνιος ἐν τοῖς> Ἀργοναύταις ποιητής, κἀν τοῖς βουκολικοῖς πλὴν ὀλίγων τῶν ἔξωθεν ὁ Θεόκριτος ἐπιτυχέστατος· ἆρ' οὖν Ὅμηρος ἂν μᾶλλον ἢ Ἀπολλώνιος ἐθέλοις γενέσθαι; τί δέ; Ἐρατοσθένης ἐν τῇ Ἠριγόνῃ (διὰ πάντων γὰρ ἀμώμητον τὸ ποιημάτιον) Ἀρχιλόχου πολλὰ καὶ ἀνοικονόμητα παρασύροντος, κἀκείνης τῆς ἐκβολῆς τοῦ δαιμονίου πνεύματος ἣν ὑπὸ νόμον τάξαι δύσκολον, ἆρα δὴ μείζων ποιητής; τί δέ; ἐν μέλεσι μᾶλλον ἂν εἶναι Βακχυλίδης ἔλοιο ἢ Πίνδαρος, καὶ ἐν τραγῳδίᾳ Ἴων ὁ Χῖος ἢ νὴ Δία Σοφοκλῆς; ἐπειδὴ οἱ μὲν ἀδιάπτωτοι καὶ ἐν τῷ γλαφυρῷ πάντη κεκαλλιγραφημένοι, ὁ δὲ Πίνδαρος καὶ ὁ Σοφοκλῆς ὁτὲ μὲν οἷον πάντα ἐπιφλέγουσι τῇ φορᾷ, σβέννυνται δ' ἀλόγως πολλάκις καὶ πίπτουσιν ἀτυχέστατα.

(...) ainda que Apolônio [de Rodes] seja um poeta impecável nas *Argonáuticas* e que Teócrito, nas suas poesias bucólicas, raramente cometa algum erro, qual dos dois preferirias ser, Apolônio ou Homero? Que me dizes? Eratóstenes na sua *Erígone* (em tudo mais um poeminha impecável) seria por acaso um poeta melhor do que Arquíloco, ainda que este seja arrastado numa grande desordem num golpe de inspiração divina sob a qual, aliás, é difícil para qualquer um se organizar? E então? Entre os mélicos preferirias ser um Baquílides ou um Píndaro, e, na tragédia, um Íon de Quios ou, pelo amor de Zeus, um Sófocles? Os primeiros são impecáveis e excelentes escritores no estilo polido, mas Píndaro e Sófocles parecem tudo incendiar com seu ímpeto, conquanto às vezes se apaguem sem razão e caiam por terra miseravelmente.

Horácio, o emulador paradigmático da lírica grega, também irá falar desse ímpeto pindárico, que tudo arrasta consigo, no início de suas

Odes (4.2.1-8), utilizando-se, porém, de uma outra metáfora, aquela de um rio transbordante de eloquência, impossível de ser imitado:

> Pindarum quisquis studet aemulari,
> Iulle, ceratis ope Daedalea
> nititur pinnis, vitreo daturus
> nomina ponto.
>
> monte decurrens velut amnis, imbres
> quem super notas aluere ripas,
> fervet inmensusque ruit profundo
> Pindarus ore (...).

> Píndaro, quem quer que lhe queira imitar,
> ó Julo, com a ajuda de dedáleas asas
> de cera se esforça, e ao vítreo mar
> dará seu nome.
>
> Vem descendo do monte como um rio
> que as chuvas cevaram sobre as margens,
> e ferve e ruge o enorme Píndaro
> com copiosa boca.

É dessa forma que a admiração por sua obra já na Antiguidade Clássica irá fazer com que venha a ocupar um papel central no cânone literário greco-romano, a ponto de Quintiliano (35-100 EC) dar-lhe o título de "príncipe dos poetas" e classificar a qualidade de sua poesia como muito superior a dos outros líricos gregos:[69]

> Nouem uero lyricorum longe Pindarus princeps spiritu, magnificentia, sententiis, figuris, beatissima rerum uerborumque copia et uelut quodam eloquentiae flumine: propter quae Horatius eum merito nemini credit imitabilem.

---

69   *Institutio Oratoria* 10.1.61.

Píndaro, dentre os nove poetas líricos, é, de longe, o primeiro [*princeps*] em inspiração, em magnificência, em expressão, em suas figuras, em sua feliz abundância de palavras e histórias, sendo comparável, de certo modo, a um rio de eloquência; justamente por isso Horácio considerava-o como não sendo passível de ser imitado por ninguém.

Apesar dessa avaliação positiva de sua poesia no período helenístico e romano, reações negativas ao estilo de Píndaro começaram a surgir logo no início de sua transmissão. No entanto, é importante ressaltar, como faz MOST 1985: 11-15, que, das duas tradições envolvidas na sua recepção na Antiguidade – a "acadêmica", representada principalmente pelos escólios,[70] e a "literária", composta por vários autores que citam textos do poeta no contexto de suas obras para os mais diversos propósitos (como no caso de Horácio, acima) –, apenas a primeira, a dos "acadêmicos", descreve Píndaro como um poeta particularmente caracterizado pela obscuridade (*asápheia*), difícil de ser entendido e dado a idiossincrasias de vocabulário e sintaxe, descritas normalmente nos escólios por palavras como *ídios, idíōs*, "típico".[71] Para a tradição literária, mesmo a dos retóricos antigos, familiarizados com a discussão do tema da "obscuridade" – já nessa época um *tópos* bem definido –, esse era um problema absolutamente inexistente. Dionísio de Halicarnasso, num

---

70 Como dito anteriormente, os escólios são anotações de comentadores de diversos períodos que chegaram até nós nas margens do texto das odes, quando essas foram copiadas dos rolos de papiro para o formato de códex. A partir da edição de BOECKH 1811/21, os escólios começaram a ser separados do texto que acompanhavam, sendo recolhidos numa edição à parte daquela das odes. A utilizada nesta tradução foi a de DRACHMANN 1903.

71 A perplexidade dos comentadores antigos fica evidente na alta frequência de palavras como ἄδηλος (*ádēlos*, obscuro), αἴνιγμα (*aínigma*, enigma), αἰνιγματοδῶς (*ainigmatodôs*, enigmaticamente), αἰνίττεσθαι (*ainíttesthai*, falar por meio de alusões), ἀμφιβάλλειν (*amphibállein*, falar de maneira ambígua), ἀμφιβολία (*amphibolía*, ambiguidade), ἀμφίβολος (*amphíbolos*, ambíguo), οὐκ ἀργῶς (*ouk argôs*, não claro), ἀσάφεια (*asápheia*, obscuridade), διαπορεῖν (*diaporeîn*, duvidar), ζητεῖν (*zēteîn*, questionar), κρύπτειν (*krýptein*, ocultar), ὑποδηλοῦν (*hypodēloûn*, insinuar), ὑπονοεῖν (*hyponoeîn*, subentender), ὑπόνοια (*hypónoia*, conjectura), ὑποσημαίνειν (*hyposēmaínein*, dar a entender), etc. Sobre isso, MOST 1985: 21 e LEFKOWITZ 1991: 153.

outro tratado, aquele sobre a composição literária,[72] louva-o justamente pela grandiloquência (*megaloprépeia*), pela polida beleza (*glaphyròn... kállos*) e, não surpreendentemente, pela vivacidade de suas descrições (*enargéia*). Da mesma forma, Estácio, nas *Silvae* (5.3.147-58), contrapõe Homero, Hesíodo e Píndaro ao estilo empolado e obscuro de poetas como Lícofron, Calímaco e Sófron.

MOST 1985: 14 explica essa divisão na recepção pindárica propondo dois tipos de dificuldade que um ouvinte ou leitor de Píndaro poderia experimentar ao se deparar com as odes: a primeira seria de natureza retórica; a segunda, hermenêutica. Ao passo que a dificuldade retórica de Píndaro está ancorada na mensagem e deve-se, em grande parte, à dificuldade que qualquer texto poético impõe a seu receptor, a dificuldade hermenêutica está ancorada no *intérprete*[73] e na cultura a que pertence, refletindo o modo como esse se relaciona com o texto poético. Segundo MOST 1985: 24-25, ela

> (...) reside na possibilidade de que certos tipos de obscuridade podem surgir não apenas para o intérprete, mas também *por causa dele* – isto é, que tais obscuridades não são tanto uma característica intrínseca do texto literário, *mas muito mais um produto de questões específicas e de proposições que um método de interpretação impõe sobre o texto*. Dificuldades podem não apenas ser encontradas, elas também *podem ser criadas*, e podem ser, apesar disso, muito angustiantes para o intérprete.[74]

---

72 Dionísio de Halicarnasso, *De Compositione Verborum* 22.
73 Muito embora MOST 1985 não faça essa ressalva, é importante entender que "intérprete" pode ser qualquer um que se engaje com a leitura de Píndaro, e não apenas o especialista.
74 Grifo meu. Uma posição semelhante a de LEFKOWITZ 1991: 74: "A comparação [entre os escólios] revela um padrão consistente: os debates acadêmicos registrados nos escólios concentram-se em assuntos de particular interesse para Aristarco e seus sucessores em Alexandria. As atitudes críticas desses estudiosos foram influenciadas pela estética da poesia helenística; quando aplicadas a um poeta do século V como Píndaro, essas estéticas tardias inevitavelmente levavam a mal-entendidos, o que, por sua vez, compelia os comentaristas a procurar fora dos poemas soluções para os problemas que seu método de leitura os fazia encontrar". Para uma formulação semelhante do problema, cf. MONTANARI 2011: 20 s.

Com a queda do Império Romano e o surgimento de Bizâncio no início do séc. V EC, o conhecimento da língua grega iria praticamente desaparecer na Europa Ocidental e, com isso, a maioria dos autores cuja obra estava nesse idioma iria cair no esquecimento, Píndaro entre eles. No entanto, após 1453, depois da queda de Constantinopla e a consequente fuga de muitos gregos bizantinos para o Ocidente, sobretudo para as cidades-Estado da Itália medieval, o helenismo começa a renascer, ainda que num passo muito lento, com a criação de algumas cátedras para o ensino da língua nas principais universidades europeias.

É graças a esse resurgimento que, em 1513, Aldo Manúcio irá produzir a primeira edição de Píndaro em sua Imprensa Aldina, em Veneza. A partir daí, sob o impulso da Renascença, com a produção de traduções para o latim (então a língua de cultura) e de comentários críticos, Píndaro iria passar por uma redescoberta, motivada, em grande parte, como salienta VÖHLER 2005: 2 s., pela importância a ele acordada nas passagens de Dionísio, Horácio, Quintiliano e o autor anônimo do *Sobre o sublime* citadas acima. Não demoraria muito para que o poeta retomasse, junto com Homero, sua centralidade no cânone da literatura ocidental como um autor absolutamente indispensável.

É nesse contexto de grande difusão e emulação da obra de Píndaro que Ronsard (1524-1585) irá publicar na França as suas *Odes*, que, imitando o estilo pindárico, iriam marcar o renascimento dessa forma poética no Ocidente. Sua adaptação, centrada nos temas da *vertu* e da nobreza, substituía o louvor atlético pelo elogio de grandes feitos diplomáticos ou militares de membros da aristocracia e do clero, bem como de alguns amigos. Seu sucesso incentivaria a produção de obras de caráter semelhante, primeiro na Alemanha, com Georg Rudolph Weckherlin (1584-1653), em cuja primeira edição de seus poemas constam cinco odes ditas "pindáricas" e, depois, na Inglaterra, com Ben Johson (1572/3-1637), onde a forma encetaria um tipo de verso e de dicção chamados apropriadamente de *Pindaricks*. Ainda na Inglaterra, haveriam de se destacar no gênero os poetas Abraham Cowley (1618-67) e Thomas Gray (1716-71), antes que a forma caísse em desprestígio, pois é justamente nesse período que Píndaro readquire sua reputação de ser um poeta difícil, obscuro e até mesmo ininteligível.

Se N. Boileau (1636-1711), que, aliás, traduzira o tratado *Sobre o sublime* e frequentemente o citava, fazia uma defesa contundente de Píndaro e dos clássicos dentro do contexto da *Querelle des Ancients et Modernes*, descrevendo a "bela desordem" do estilo pindárico como "um efeito da grande arte"[75] que epitomizava os valores de clareza, sobriedade e harmoniosa proporção, outros críticos, que ele acusava no prefácio às suas próprias *Odes*[76] de não conhecerem uma única palavra de grego, desprezavam-na como *galimathias*, "baboseiras". Voltaire (1694-1778), por exemplo, com seu sarcasmo característico, assim invocará o poeta em sua ode (paradoxalmente pindárica!) dedicada à inauguração do carrosel de Catarina, a Grande, da Rússia:

>   Sors du tombeau, divin Pindare,
>   Toi qui célébras autrefois
>   Les chevaux de quelques bourgeois
>   Ou de Corinthe ou de Mégare ;
> 5   Toi qui possédas le talent
>   De parler beaucoup sans rien dire ;
>   Toi qui modulas savamment
>   Des vers que personne n'entend,
>   Et qu'il faut toujours qu'on admire.

>   Sai da tumba, Píndaro divino,
>   Tu, que outrora já cantaras
>   Os corcéis desses grã-finos
>   De Corinto ou de Megàras ;
> 5   Tu, que tinhas o talento
>   De mui falar sem dizer nada;
>   Tu, que moldavas a contento
>   Odes que ninguém entende,
>   Mas que devem ser admiradas.[77]

---

75 BOILEAU 1824.
76 BOILEAU 1824a: 207.
77 VOLTAIRE 1877: 486-89. Essa ode foi traduzida por mim no site www.versosemreverso.blogspot.com.

No Brasil, já tardiamente, será sobretudo José Bonifácio de Andrada e Silva (1763-1838) que irá se aventurar na composição de odes pindáricas, como, por exemplo, em sua *Ode ao Príncipe Regente de Portugal por ocasião da invasão dos franceses*.[78] Será ele também o primeiro – e por muito tempo o único – tradutor de Píndaro entre nós, prefaciando sua ousada tradução da *Olímpica* 1 com o que se pode chamar de um primeiro manifesto a favor da tradução criativa em português.[79]

Apesar disso, com a mudança de paradigma trazida pela incipiência do Romantismo, entre o final do séc. XVIII e início do XIX, que limitou o foco da lírica principalmente à experiência subjetiva do indivíduo, Píndaro, como o representante máximo da poesia pública e celebratória, começou a decair no gosto do público leitor. Paradoxalmente, essa época marca o início dos anos de ouro da crítica pindárica entre os filólogos, com a publicação, em 1811, da (assim sempre epitomizada, e com razão) "edição monumental de Boeckh". A partir daí, Píndaro seria conhecido sobretudo por filólogos e helenistas[80] e o debate nesse campo não deixaria de reproduzir a ambivalência na apreciação da qualidade de sua poesia que vimos entre os literatos.

Espero que essa tradução, feita diretamente do grego, contribua para reestabelecer a apreciação de Píndaro entre nós brasileiros e a recolocá-lo no seu lugar devido do cânon ocidental como o Príncipe dos Poetas líricos.

2. GRÉCIA ANTIGA E ATLETISMO

Uma das principais características da cultura ocidental e pós-industrial em que vivemos é a onipresença do esporte em nossas vidas diárias. Mesmo para os que não praticam nenhum tipo de atividade física, é pra-

---

78 ANDRADE E SILVA 1861: 36 s.
79 Sobre a qual ROMERO 2016 e BROSE 2022a.
80 Com a notável exceção das traduções de Friedrich Hölderlin (1777-1843), datadas provavelmente de 1800, de algumas odes e fragmentos. Suas traduções, no entanto, só seriam redescobertas após a edição de Norbert von Hellingrath em 1910 (*Pindaruebertragungen von Hoelderlin*).

ticamente impossível evitar a cobertura midiática de eventos esportivos. Apenas em 2019, o mercado de esportes movimentou mundialmente um pouco mais de US$ 450 bilhões,[81] com a projeção de chegar a US$ 600 bilhões até 2025. A despeito do desprezo que alguns intelectuais possam sentir frente a esse cenário, nossa sociedade moderna é, tanto quanto a grega antiga o foi, obcecada pelo esporte. Dessa forma, como diz YOUNG 2004: 3, não é nem "irrelevante nem terrivelmente anacronístico" comparar nossa cultura esportiva moderna com a antiga, desde que, obviamente, estejamos atentos para as diferenças entre ambas, que não são poucas nem pequenas.

Em primeiro lugar, precisamos entender que a conceitualização daquilo que entendemos por "esporte" é relativamente tardia, já que nasce na Inglaterra entre o final do séc. XVIII e o XIX, e coincide com o advento da Revolução Industrial, quando a progressiva mecanização do trabalho permitiu que uma parcela da população, constituída sobretudo por membros das elites capitalistas incipientes, pudesse se dedicar a outras atividades que não o trabalho no campo ou a manufatura de bens. De fato, "esporte" (ou "desporte" e suas variantes), através de uma etimologia complicada e não de todo esclarecida,[82] parece ter se originado do inglês *disport*, com a conotação principal de "fazer algo por lazer", por intermédio do francês antigo *desporter* e, indiretamente, do latim *dēportō*, com o sentido de "tirar (*dēportāre*) a mente das coisas sérias", isto é, "divertir-se".

Obviamente, práticas desportivas já existiam antes do séc. XVIII, mas, além de não serem estandardizadas, sua importância não ia além do nível das comunidades locais em que se davam, sendo comumente associadas às classes menos favorecidas.

---

81 Isto é, no período pré-pandemia. Em 2020 e 2021, houve uma queda de cerca de 15% nesses valores devido às medidas de contenção social.

82 A palavra não é atestada em inglês antes do séc. XV. As primeiras atestações são em Chaucer, *The Parlement of Foules*, v. 260, "And in a privee corner, in disporte, / Fond I Venus and her porter Richesse"; *Canterbury Tales* (prólogo do *The Wife of Bath*), vv. 675-6, "He hadde a book that gladly, nyght and day, / For his desport he wolde rede alway". Sobre a etimologia, ver SOFER 1960 e MEHL 1966.

Contudo, à medida que as elites emergentes do capitalismo começam a se interessar por atividades desportivas, várias modalidades passam por um período de "despopularização", reapropriação e elitização.[83] Foi assim, por exemplo, que os aristocratas ingleses se apropriaram do *cricket*, uma modalidade que surgiu nos estratos mais populares, ao fundarem, em 1787, o Clube de *Cricket* de Marylebone, aberto somente à aristocracia inglesa, posteriormente definindo as regras desse jogo, que, a partir de então, começou a gozar do prestígio a ele acordado pelas elites.

Muito embora o futebol já fosse atestado pelo menos desde o séc. XVI, é apenas no séc. XVIII, quando ele se torna popular, junto com o *rugby*, entre os alunos das *public schools* inglesas (que, apesar do nome, são escolas *privadas*), que a sua prática começa a ser incentivada e difundida, não apenas na Inglaterra, mas entre as suas colônias, como uma forma de o Império exercer seu *soft power* nas populações dominadas, aculturando-as aos valores e práticas da aristocracia dominante. Em 1845, as regras de ambos os esportes foram codificadas e universalizadas, bem como as suas respectivas associações formadas. O mesmo se deu com outras modalidades esportivas. Segundo POPE 2021: 104, entre 1840 e 1880, as regras do basquete, futebol, boxe, natação, das provas atléticas, do esqui, ciclismo, tênis, badmínton e hóquei já haviam sido codificadas por essas mesmas elites. Finalmente, por volta de 1900, 22 das cerca de 30 modalidades esportivas que fariam parte dos Jogos Olímpicos de verão já tinham regras escritas, estandardizadas e aceitas internacionalmente.

O principal objetivo dos clubes e associações esportivas era impedir a participação de membros de classes não abastadas. Justamente por isso, a promoção do amadorismo e a abolição de qualquer tipo de premiação em dinheiro das competições foram elevados a um princípio ético absoluto, o que foi feito (como infelizmente sói acontecer nesses casos) por meio da reapropriação do legado clássico greco-romano, então basilar para a educação do *gentleman* inglês. Nascia assim o que YOUNG

---

83 Para uma visão sinóptica do contexto de surgimento dos esportes modernos, veja sobretudo POPE 2021.

1985, mais tarde, iria chamar de "o mito do amadorismo nos esportes gregos" no título do livro em que desmontava essa ideia. De fato, até o surgimento desse trabalho de Young, muitos classicistas, como H. A. Haris e E. Norman Gardiner, influenciados pelas ideias anacrônicas e aristocráticas de helenistas ingleses e alemães, ainda não conseguiam entender como um indivíduo que não pertencia à aristocracia grega poderia financiar seu treinamento e participação nos grandes jogos pan-helênicos, que não concediam nenhum tipo de premiação financeira. A resposta correta, como mostrou Young, começava pela própria denominação da atividade em grego, *áthlos*,[84] e na equiparação problemática entre o conceito por ela expresso e aquele da palavra que hoje usamos para nos referir a competições de maneira geral, *esporte*.

A nossa ideia de esporte, no entanto, é, em parte, incompatível com o enquadramento conceitual no qual as competições atléticas gregas eram classificadas, justamente porque para os gregos a dimensão lúdica ou amadorística estava daí excluída e fora relegada a um outro domínio, aquele das *paidiá*, "brincadeiras", "passatempo".[85] Sendo que o verbo empregado para as descrever, *paízō*, "brincar", "divertir-se", pertence ao campo semântico similar àquele do inglês *to play*, o alemão *spielen* ou o espanhol *jugar*.[86]

As atividades esportivas gregas, por outro lado, eram sempre conceitualizadas a partir de um enquadramento competitivo, não lúdico. Daí porque *áthlos*, "competição por um prêmio (*áthlon*)" era a palavra mais comum para descrever os eventos esportivos antigos. Além disso, o verbo derivado, *athlé(u)o*, ao contrário de *paízō*, sempre esteve associado a uma noção de "esforço" e, por extensão de sentido, de "sofrimento" despendido pelo atleta para vencer.[87] É por essa razão, que, em grego, uma pessoa vítima de inúmeras vicissitudes ou dificuldades é dita *áthlios*, um adjetivo derivado de *áthlos* que significa "coitado", "sofrido",

---

84 Por simplicidade, uso aqui a transliteração da forma contrata ática ἄθλος (*âthlos*) equivalente ao épico/jônico ἄεθλος (*áethlos*).
85 De *paîs*, criança.
86 Para a diferença entre *sport* e *play*, ver SANSONE 1992: 17.
87 *h_2ued^h, atestado apenas no grego.

"desgraçado". Essa relação entre esforço e recompensa, implícita no conceito de *áthlos*, é, na verdade, comum a todo o vocabulário associado com práticas "esportivas" entre os gregos, estando daí excluída qualquer noção de prazer ou divertimento, que é um dos elementos distintivos, muito embora não exclusivo, para a nossa ideia moderna de "esporte". Para os gregos, o prazer e o alívio só advinham com a vitória, e essa dualidade será um elemento temático importante dos epinícios pindáricos.

Nesse sentido, uma outra palavra usada para se referir às competições esportivas na Grécia antiga era *agṓn*, que, numa acepção primitiva, como um substantivo resultativo do verbo *ágō*, fazia referência à aglomeração dos espectadores e dos competidores nos festivais atléticos. Logo, porém, começou a ser empregado para designar as próprias competições e, outra vez, o esforço e sofrimento físico com elas associados. Com essa conotação, por exemplo, referia-se especialmente aos "trabalhos" (*agṓnes*) de Héracles, o atleta arquetípico por excelência. Por derivação de *agṓn*, foi formado o substantivo abstrato *agoníā* para se referir tanto ao sofrimento físico despendido na busca pela vitória, quanto à ansiedade antes da prova. Daí, pela via erudita, herdamos "agonia" em português e em outras línguas. Outras palavras que são sinônimos para as provas atléticas em grego, e especialmente na poesia epinicial, são *pónos*, "fadiga"; *érgon*, "trabalho"; *kámnō*, "laborar"; *mókhthos*, "pena"; *márnamai*, "batalhar", etc.

Retornando ao domínio de *áthlos*, há que se considerar também que a forma neutra daquele substantivo em grego, *áthlon*, é a palavra mais comum para "prêmio", indicando que aquele que pratica atividades atléticas, isto é, um *athlḗtēs*, sempre competia por um prêmio, que, na maioria das vezes, era de valor pecuniário. Mesmo nos casos em que esse prêmio era apenas simbólico, uma simples coroa (*stéphanos*) de folhas nos Jogos Olímpicos, Píticos, Ístmicos e Nemeios, ditos, por isso mesmo, jogos *estefanitas*, os atletas vencedores recebiam uma recompensa (gr. *timḗ*; lit. "honraria") adicional, dada por suas cidades de origem ao retornar para casa, além da glória (*kléos*) e da influência (*kŷdos*), que podiam ser capitalizadas de muitas formas. No caso de Atenas, nosso exemplo mais bem documentado, essa recompensa fora fixada por Sólon (603-560) em 500 dracmas para uma vitória olímpica e em 100 dracmas para uma vitória nos outros jogos estefanitas.

Para que possamos entender melhor o valor dessa *timé*, precisamos saber que um profissional qualificado, como um artesão ou um ceramista, ganhava em média, no tempo de Sólon, cerca 1 dracma por dia, o que implica que esse mesmo profissional precisaria trabalhar um pouco mais de um ano e meio (de 300 dias) para conseguir juntar o mesmo valor.[88] Podemos também pensar de outra forma: 1 dracma nessa mesma época era o preço de 1 *médimnos*[89] de grãos, sendo que todos os cidadãos que possuíssem uma propriedade que produzisse 500 *médimnoi* por ano eram automaticamente enquadrados pela constituição oligárquica de Atenas na categoria de *pentakosiomédimnoi*, o estrato mais rico da cidade. Ou seja, num único dia, uma vitória olímpica poderia catapultar um atleta da classe média ateniense[90] para aristocracia.

Ao contrário, portanto, das competições esportivas até a primeira metade do séc. XX, as competições atléticas gregas eram um meio de mobilidade social e, portanto, uma atividade séria, profissional, que não apenas envolvia muito dinheiro, muitos riscos, inclusive de vida, mas que também podia mudar radicalmente a vida de um indivíduo. Esse definitivamente não era o caso do contexto histórico e social no qual o esporte moderno nasceu e se desenvolveu, em que a profissionalização do esporte baseava-se em uma suposta degeneração de ideais clássicos que, na verdade, nunca existiram, mas que foram distorcidos para promover a exclusão de atletas das classes mais baixas, que só poderiam competir se pudessem viver do esporte.

---

88 Precisaria trabalhar mais porque, no caso de um trabalhador, precisaríamos ainda deduzir os impostos sobre a renda líquida. Todos os exemplos e valores são de YOUNG 1985, a quem recorri extensamente ao escrever esta seção.
89 Equivalente a um volume de cerca de 51,84 litros em Atenas.
90 Provavelmente identificáveis com os *zeugítai*. No sistema de Sólon, o *zeugítē* era uma das quatro classes de propriedade, ao lado dos *pentakosiomedimnoi* (a classe mais rica), dos *hippeís* (a cavalaria) e dos *thétes* (a classe mais pobre). Os *zeugítai* eram geralmente fazendeiros que possuíam terras suficientes para sustentar a si mesmos e suas famílias.

É bem verdade que uma vitória olímpica – ou em qualquer um dos outros jogos estefanitas – requeria, tanto na Grécia antiga como hoje em dia, anos de treinamento e investimento. Seria de se supor, com base nisso, que era necessário um investimento inicial considerável por parte do aspirante para poder pagar treinador, viagens, multas por faltas ou atrasos, e que, consequentemente, apenas a aristocracia teria condições de se engajar em tais atividades. No entanto, precisamos entender que a competição nos jogos estefanitas, como os Olímpicos, era a culminação de uma carreira, não o começo. Normalmente, a participação do atleta em competições começava por volta dos 10 anos de idade na categoria de *paîdes* (meninos),[91] quando o talento natural, mais do que o treinamento, como ressalta YOUNG 1985: 159 s., era um favor decisivo. Nesse caso, havia uma série de jogos locais, chamados "epicórios", que premiava em dinheiro, e nos quais um jovem aspirante poderia tentar sua sorte para, a partir daí, alavancar sua carreira futura, se tivesse sucesso.

O prêmio para um menino que vencesse a corrida de estádio nos Jogos Panatenaicos, por exemplo, era de 50 ânforas[92] de azeite. No séc. IV, a ânfora mais barata de azeite custava 12 dracmas, o que implicava num prêmio equivalente a 600 dracmas, ou seja, igual à receita de dois anos de trabalho. Nada obstava, além disso, que esse mesmo menino continuasse competindo em outros jogos epicórios, como os da Ioleia, da Maratônia, de Argos, de Pelene e outros, sendo, dessa forma, perfeitamente capaz de fornecer não apenas uma vida confortável à sua família, mas também de financiar sua própria carreira, investindo num bom treinador, por exemplo. Nas próprias odes, temos o esboço de carreiras que provavelmente começaram assim, como aquela de Alcimédon de Egina e de seu treinador, Melésias de Atenas, da *Olímpica* 8.

À luz desses fatos, dos valores e do poder de ascensão social que uma vitória nos jogos, mesmo os epicórios, representava, competir por *esporte*, isto é, como um mero passatempo ou *hobby*, não era uma

---

91 Ver mais adiante para a explicação das categorias atléticas na Grécia Antiga.
92 Uma ânfora ateniense comportava 1 *metrétes* ou cerca de 39 litros em volume.

opção para a maioria dos gregos, sobretudo para os mais pobres, cujas famílias dependiam do trabalho braçal dos filhos no campo, do qual só estariam dispostas a abrir mão no caso da possibilidade real de um menino poder "fazer a vida" competindo nos jogos atléticos, de uma forma não muito diferente do que acontece hoje com os jogadores de futebol no Brasil. O contexto cultural dos esportes na Grécia Antiga não só era muito diferente daquele da Inglaterra vitoriana do séc. XIX quanto, ainda mais, da fantasia idealista e anacronística que os classicistas daquela época construíram para legitimar seu sistema classista de exclusão e estratificação social.

A segunda maior diferença entre o mundo do atletismo grego e os eventos esportivos modernos é que, enquanto os nossos esportes são práticas culturais totalmente seculares, as competições gregas estavam enquadradas dentro de um complexo sistema religioso, mítico e ritual. Todos os jogos se abriam e se encerravam com uma cerimônia religiosa elaborada e, ao longo dos dias de competição, havia procissões, sacrifícios, cânticos e queima de incensos nos altares. A partir dessa dimensão religiosa e de culto é que os jogos eram ditos *hieroí*, isto é, sagrados. Em termos rituais, cada um dos grandes jogos estefanitas era realizado em honra de um deus específico: no caso de Olímpia e de Nemeia, Zeus; nos Jogos Píticos, em Delfos, o deus celebrado era Apolo; nos Ístmicos, Possidão. Para cada um deles, havia um mito fundador que fornecia a etiologia do festival e das provas aí disputadas, além de explicar as práticas rituais envolvidas na celebração religiosa.

Curiosamente, todos os mitos associados com os jogos estefanitas, e com muitos outros jogos da Grécia Antiga, têm como fulcro a morte de algum herói ou de seu oponente, normalmente uma figura identificada com o caos. Assim, em Olímpia, temos a morte de Enomau; em Delfos, da serpente Píton; em Nemeia, do bebê Ofeltes, filho de Zeus e Eurídice, devorado por uma cobra; no Istmo, finalmente, temos a morte de Melicertes, filho de Ino e Atamas, vítima do ciúme de Hera. Alternativamente, na ausência de uma centralização escrita das práticas religiosas gregas, outros mitos poderiam fornecer versões complementares de fundação (ou refundação) dos jogos. A instituição dos jogos em Olímpia e Nemeia, por exemplo, também era atribuída a Héracles como ação de graças a Zeus pela vitória sobre o rei Augias, no primeiro caso, e pela vitória sobre o leão de Neméia, no segundo.

Não deve surpreender, portanto, que a primeira menção a competições atléticas da literatura ocidental ocorra no contexto da morte de um herói, no livro 23 da *Ilíada*, quando Aquiles reúne os principais comandantes gregos para honrar (*kiereízein*), por meio de jogos fúnebres (*epitáphios agôn*), a morte do companheiro Pátroclo nas mãos de Heitor, bem como dá a entender em sua fala para Nestor (v. 619) que os prêmios serviriam como lembrança (*mnéma*) do funeral. Muito embora Homero não mencione os Jogos Olímpicos, YOUNG 2004: 6 acredita que ele os conhecia e que, provavelmente, já em sua época aquele festival deveria ser bastante importante. De fato, as provas descritas por Homero na *Ilíada* mais ou menos reproduzem aquelas do programa olímpico: corrida de carruagens, boxe, luta, corrida a pé, combate armado (inexistente em Olímpia) e lançamento de disco, que, em Homero, era apenas um lingote (*sólos*) de ferro.

Nestor, em sua resposta a Aquiles, que conclamara os aqueus a organizar os jogos fúnebres em honra de Pátroclo, relembra a própria participação nas competições funéreas em honra de Amarinceu, organizadas pelos Epéios em Buprásion, onde vencera no boxe, na luta, na corrida e no lançamento de dardo, perdendo apenas na corrida de carruagem, o que faz dele uma espécie de "protopentatleta". Outros jogos funerários mencionados por Homero são aqueles em honra de Édipo (*Il.* 23.678-80), os em honra do próprio Aquiles (*Od.* 24.85-92) e um fictício, que serve de base para um símile (*Il.* 22.162-4).

Nem todos os jogos mencionados por Homero, porém, são fúnebres. Aqueles elencados na *Il.* 4.385-90, por exemplo, acontecem no contexto de um desafio de Tideu aos tebanos e os da *Od.* 8.100-3 são propostos por Alcínoo para provar a Odisseu o valor dos Feácios "no boxe, na luta, no salto e com os pés" (103). Da mesma forma, mesmo que o mito de Pélops e Enomau aponte para um contexto funéreo dentro do arcabouço mítico dos Jogos Olímpicos, esse, além de já não ser central no período histórico, carece de qualquer suporte de evidências arqueológicas, já que como nota SINN 2021, ainda que oferendas cultuais no *Pelopeion* datem dos séc. X e XI, a construção do próprio *Pelopeion* e evidências do culto de Pélops datam de muito mais tarde, entre os sécs. VII e VI. Além disso, como veremos na próxima seção, os Jogos Olímpicos cresceram a partir de um santuário local dedicado ao culto de Zeus, um deus associado com a vida e a fertilidade.

Por fim, uma das diferenças entre os jogos modernos e os antigos que normalmente chama a atenção dos leigos é que os atletas gregos treinavam e competiam nus. De fato, a outra palavra mais comum para designar a prática de exercícios atléticos era *gymnázō*, um verbo oriundo de *gymnós*, "nu", já que era assim, despidos, que os gregos costumavam se exercitar e competir. Nesse caso, a palavra significa "fazer exercícios (nu)", mas logo foi estendida a qualquer tipo de exercício, inclusive aqueles praticados nas escolas de gramática e que nada tinham a ver com atividades físicas. As palavras "ginástica" e "ginásio" em português originam-se dessas duas acepções da palavra.

Além de se despirem, os gregos costumavam untar todo o corpo com azeite, que carregavam num pequeno frasco globular chamado de *arýballos*. Após os exercícios, o azeite, junto com o suor e a areia da palestra, era raspado do corpo com um instrumento chamado *stlengís*, que parecia um descascador de batata, mas sem fio. Os dois acessórios ficaram tão associados na mente grega com o atletismo que normalmente ilustram figuras vasculares em que atletas e pessoas comuns são representados se exercitando. Uma outra prática que pode nos parecer estranha é aquela da infibulação, que consistia na amarração do prepúcio com um barbante (*kynodésma*, lit. "coleira"), a fim de evitar que a glande fosse acidentalmente exposta durante a prática dos exercícios, o que os gregos consideravam indecoroso. Alguns atletas ainda amarravam o barbante que prendia o prepúcio em volta da cintura a fim de fixar o pênis para um dos lados do corpo, ou, então, em volta do escroto, firmando-o contra o púbis. Em ambos os casos, a função deveria ser a de prevenir acidentes – sobretudo no caso de modalidades mais violentas como a pale e o pancrácio – por meio da restrição da mobilidade do pênis.

3. OLÍMPIA E OS JOGOS

A história dos Jogos Olímpicos na Grécia Antiga abrange um período de mais de mil anos, desde a sua primeira edição histórica em 776 até a sua proibição pelo imperador cristão Teodósio I, em 393 EC[93]. Nesses mais de mil anos, os Jogos testemunharam drásticas transformações históricas, pelas quais passaram quase incólumes, com apenas algumas interrupções devido a conflitos, invasões e guerras.

Muito embora a maiorias das fontes modernas dê a data de 776 como o início das Olimpíadas do período histórico, essa não é muito mais do que uma convenção. Os próprios gregos a viam como a data de uma refundação dos Jogos após um período de decadência que teria durado várias gerações e cujas causas eram desconhecidas ou disputadas. A pré-história dos Jogos em Olímpia só pode ser parcamente reconstruída a partir da historiografia dos autores antigos (em alguns casos bastante dependente de relatos míticos) e dos achados da arqueologia.

O ponto focal na pré-história do local parece ter sido o túmulo que mais tarde seria identificado com o "túmulo de Pélops", cujas fundações datam do terceiro milênio AEC. Deve ter sido por volta do séc. XI AEC que os habitantes locais, tendo redescoberto a impressionante estrutura desse túmulo, decidiram aí fundar um culto a Zeus, já que os alicerces de seu altar de cinzas datam dessa época.[94] No entanto, é quase um consenso entre os especialistas que nada de muito significante acontecia em Olímpia até quase o final de período micênico (c. 1050 AEC), já que o estrato arqueológico não retrocede além do séc. XI AEC, quando a Idade do Bronze dava lugar à chamada Idade das Trevas na Grécia, marcada pela extinção de uma literacia incipiente (desenvolvida nos complexos palacianos e registrada em Linear B) e o consequente caos político-econômico causado por uma série de invasões de povos do norte e da costa, muitas vezes identificado no relato mítico como a volta dos filhos de Héracles.

---

93 Talvez os jogos tenham continuado, além dessa data, até o incêndio que destruiu o santuário em 426 EC, já no reinado de Teodósio II.
94 SINN 2021: 66.

É no final da Idade das Trevas que uma grande quantidade de figurinos de touros, carneiros e cavalos, oferendas cultuais típicas a Zeus, começam a emergir. A partir de 850, aparecem também trípodes, normalmente associadas a prêmios ou a dedicatórias por vitórias, sobretudo equestres, algumas com até 2,5 m de altura. Finalmente, por volta de 700, uma grande evolução na infraestrutura do santuário parece ter acontecido, com o surgimento dos primeiros templos e prédios, o que pode indicar uma expansão de sua influência para além dos limites regionais da Élida e coincidir com o período de refundação dos Jogos a que as fontes historiográficas aludem. Entre essas transformações, as mais importantes foram a transposição do rio Cladeu, para impedir o alagamento de Olímpia, e a abertura de inúmeros poços artesianos, provavelmente para atender o crescente público, que vinha assistir às competições, e para lidar com o esgoto e dejetos do santuário.[95]

Dentre os relatos historiográficos, aqueles de Estrabão (64/3–23 ec) e Pausânias (séc. II ec) são os mais importantes, ainda que devam ser tomados com certa cautela, em virtude de sua cronologia pouco precisa e da influência de narrativas míticas. De qualquer forma, tanto um quanto outro falam de uma refundação dos Jogos pelo rei da Élida, Ífito, enquadrando-a num contexto de frequente animosidade entre os povos do Peloponeso, sobretudo entre espartanos, eleios, epeios, aqueus e pisanos, em sua ambição em assumir o controle da administração dos Jogos Olímpicos.

Já na 8ª Olimpíada (747) os pisanos teriam conseguido tomar Olímpia dos eleios com o apoio do rei de Argos, Fídon, voltando, no entanto, a perdê-lo após a intervenção militar dos espartanos, que não apenas devolveram a administração de Olímpia e dos Jogos aos eleios, como também submeteram Pisa e a Trifília a seu poder.[96] Posteriormente, na 34ª Olimpíada (644), durante a Segunda Guerra Messênica, os pisanos

---

95   Sobre as instalações sanitárias em Olímpia e outros santuários gregos, um assunto ainda bastante pouco explorado, ver TRÜMPER 2018, a quem agradeço a gentileza de me fornecer seu artigo ainda não publicado durante a redação desta introdução.
96   Pausânias 6.22.2.

e trifílios, aliando-se aos messênios contra Esparta e Élis, voltaram a invadir Olímpia liderados pelo rei Pantaleão, que teria se apossado de Olímpia e presidido os Jogos daquele ano. Entretanto, com a conquista e escravização da Messênia pelos espartanos, o controle de Olímpia retornou para os eleios. Já na 48ª Olimpíada (588), são os eleios que invadem Pisa preventivamente, sob a suspeita de que o filho de Pantaleão, Damofão, pretendia se rebelar e tentar tomar Olímpia outra vez. Os espartanos acabam, porém, sendo convencidos por Damofão de que suas suspeitas eram infundadas e retiram-se sem maiores hostilidades. Contudo, na 52ª Olimpíada (572), Pirro, irmão e sucessor de Damofão, invade a Élida com o auxílio dos dispôntios, pisátidas, e dos macístios e escilúntios da Trifília. Os agressores, contudo, perdendo a guerra, viram suas cidades serem arrasadas e o controle do santuário cair definitivamente nas mãos dos eleios.

Na época pré-histórica, Estrabão, sob a autoridade de Éforo (c. 400–330), diz que Óxilo, um descendente de Étolo (herói epônimo da Etólia, ao norte do golfo de Corinto), após ter ajudado Têmeno e os Heráclidas na reconquista do Peloponeso, teria recebido desses últimos a região da Élida, nessa época sob o controle dos epeios da Trifília, uma região entre os rios Alfeu e Neda. Segundo Estrabão (8.3.33), teria sido Ífito, um dos descendentes de Óxilo, o responsável por refundar os Jogos Olímpicos, mandando inscrever as regras da *ekekheiría*, a paz olímpica, num disco que os eleios guardavam no templo de Hera. Pausânias (5.4.5–5.20.1) nos oferece o relato:

χρόνῳ δὲ ὕστερον Ἴφιτος, γένος μὲν ὢν ἀπὸ Ὀξύλου, ἡλικίαν δὲ κατὰ Λυκοῦργον τὸν γράψαντα Λακεδαιμονίοις τοὺς νόμους, τὸν ἀγῶνα διέθηκεν ἐν Ὀλυμπίᾳ πανήγυρίν τε Ὀλυμπικὴν αὖθις ἐξ ἀρχῆς καὶ ἐκεχειρίαν κατεστήσατο, ἐκλιπόντα ἐπὶ χρόνον ὁπόσος δὴ οὗτος ἦν· (...) τῷ δὲ Ἰφίτῳ, φθειρομένης τότε δὴ μάλιστα τῆς Ἑλλάδος ὑπὸ ἐμφυλίων στάσεων καὶ ὑπὸ νόσου λοιμώδους, ἐπῆλθεν αἰτῆσαι τὸν ἐν Δελφοῖς θεὸν λύσιν τῶν κακῶν· καί οἱ προσταχθῆναί φασιν ὑπὸ τῆς Πυθίας ὡς αὐτόν τε Ἴφιτον δέοι καὶ Ἠλείους τὸν Ὀλυμπικὸν ἀγῶνα ἀνανεώσασθαι. ἔπεισε δὲ Ἠλείους Ἴφιτος καὶ Ἡρακλεῖ θύειν, τὸ πρὸ τούτου πολέμιόν σφισιν Ἡρακλέα εἶναι νομίζοντας. (...) ὁ δὲ τοῦ Ἰφίτου δίσκος τὴν ἐκεχειρίαν, ἣν ἐπὶ τοῖς Ὀλυμπίοις ἐπαγγέλλουσιν Ἠλεῖοι, ταύτην οὐκ ἐς εὐθὺ ἔχει γεγραμμένην, ἀλλὰ ἐς κύκλου σχῆμα περίεισιν ἐπὶ τῷ δίσκῳ τὰ γράμματα.

Mais tarde, Ífito, da estirpe de Óxilo, um contemporâneo de Licurgo, aquele que escreveu as leis dos lacedemônios, reorganizou em Olímpia o festival e a trégua olímpica, depois de uma longa interrupção.[97] (...) Nessa época, a Grécia toda perecia por causa de guerras civis e de uma doença pestilenta, e assim ocorreu a Ífito consultar o deus no oráculo de Delfos, inquirindo-lhe uma solução para esses males. Dizem que a Pítia lhe ordenou, então, e aos eleios, que reinstituíssem os Jogos Olímpicos e sacrificassem a Héracles, que até então esses últimos tinham por inimigo. (...) Dizem que o disco de Ífito traz inscrita a trégua olímpica (*ekekheiría*) que os eleios proclamam por ocasião dos jogos. A inscrição não está em linha reta, mas as letras correm na forma de um círculo sobre o disco.[98]

A data oficialmente aceita para a primeira olimpíada, 776, pôde ser calculada por meio da correlação da lista de vencedores olímpicos, composta por Hípias de Élis no final do séc. v, com a lista de arcontes epônimos de Atenas. Essa lista está hoje perdida, mas é mencionada por vários autores antigos, inclusive Aristóteles,[99] que a teria utilizado para compor sua própria cronologia dos Jogos. O principal autor a lidar com o trabalho de Hípias é Plutarco (*Numa* 1.4), que, apesar disso, já duvidava da fidedignidade das fontes utilizadas pelo sofista:

τοὺς μὲν οὖν χρόνους ἐξακριβῶσαι χαλεπόν ἐστι, καὶ μάλιστα τοὺς ἐκ τῶν

---

97   Entre o reinado de Óxilo e Ífito. Se considerarmos que Óxilo participou da chamada "invasão dórica" do Peloponeso, que, apesar de não ter nenhuma base histórica, pode ser colocada tentativamente por volta de 1180 e que, além disso, o *floruit* de Ífito é datado por Pausânias junto com o de Licurgo, isto é, por volta de 820, então teríamos mais ou menos uma interrupção de 350-400 anos. Diodoro Sículo (1.5), sob a autoridade de Apolodoro de Atenas (séc. II AEC), autor de uma *Cronologia*, coloca a primeira Olimpíada 328 anos depois do retorno dos Heráclidas, que, por sua vez, teria acontecido 80 anos depois da Guerra de Troia (c. 1194-1184 AEC), o que nos daria uma datação mais ou menos coincidente com a tradicionalmente aceita, de 776.
98   Assim também Flégon de Trales (séc. II EC), FGrH 257 F 1.
99   Em seu tratado perdido sobre os vencedores olímpicos, *Olympioníkai*, do qual há apenas seis fragmentos restantes.

'Ολυμπιονικῶν ἀναγομένους, ὧν τὴν ἀναγραφὴν ὀψέ φασιν Ἱππίαν ἐκδοῦναι τὸν Ἠλεῖον, ἀπ' οὐδενὸς ὁρμώμενον ἀναγκαίου πρὸς πίστιν.

É difícil delimitar com precisão essas datas, especialmente com referência aos nomes de vencedores olímpicos, cuja lista (*anagraphé*) diz-se que Hípias, o eleio, produziu já num período muito tardio, partindo de fontes não necessariamente fidedignas.

O método cronológico utilizado por Hípias era muito comum entre os gregos e baseava-se num cômputo genealógico que relacionava os vencedores na corrida de estádio em Olímpia com as listas de reis espartanos, contando retroativamente as gerações desde sua época até Licurgo.[100] Pela lista de Hípias, por exemplo, Córibos de Élis teria vencido na corrida de estádio no ano em que Licurgo era rei dos espartanos. Dessa forma, sabendo da história relatada por Estrabão e Pausânias, ele deduz que a primeira Olimpíada só poderia ter sido aquela de Coribos, que, por outros métodos,[101] podemos fixar no ano de 776.

Apesar de sua importância, por fornecer um calendário de referência comum para toda a Grécia, a grande falha da metodologia de Hípias é que, não havendo um período padrão para se definir quantos anos havia em uma geração – os valores variavam entre 25 e 40 anos –, a margem de erro introduzida no cálculo cresce por um fator de ± 15 anos a cada geração. Ou seja, como Hípias acredita ter havido 33 gerações entre ele e Licurgo, estamos falando de uma diferença, para mais ou para menos, de 496 anos. Consequentemente, não é difícil entender a cautela expressa por Plutarco na passagem acima. Além disso, a datação de Hípias não era consenso mesmo entre os antigos, outros autores propondo outras datas. Eratóstenes (276-195), por exemplo, fazia um cômputo que colo-

---

100 CHRISTESEN 2010.
101 Autores antigos costumam sincronizar eventos que podem ser datados independentemente por meio de olimpíadas específicas. Por exemplo, Eusébio, *Praeparatio Evangelica* 10.9.2-3 coloca o décimo quinto ano do reino de Tibério no quarto ano da 201ª Olimpíada e Diodoro Sículo 20.5.5 registra um eclipse no terceiro ano da 117ª Olimpíada. Dessa forma, podemos estar certos de que a 1ª Olimpíada histórica corresponde ao ano 776. CHRISTESEN 2007: 18.

cava Licurgo e, portanto, a primeira Olimpíada, em 884,[102] preenchendo o nome dos vencedores até 776 com "não registrado".

Seja como for, a *Anagraphḗ Olympioníkōn* de Hípias, como se supõe que a lista era conhecida na Antiguidade,[103] mesmo não gozando da aprovação unânime dos antigos, foi bastante usada e copiada. Além disso, seu método de se referir a cada olimpíada pelo nome do vencedor na corrida de estádio iria se tornar uma forma padronizada de se chegar a um "tempo universal", relativo entre diferentes cidades gregas, que, por terem calendários lunissolares distintos,[104] precisavam de uma referência comum para sincronizar eventos importantes. Dessa forma, um historiador como Diodoro Sículo pôde usar as séries olímpicas para estabelecer um ponto de referência comum que permitisse ao seu leitor se situar temporalmente na descrição dos acontecimentos relativos ao ano de 348, ao enquadrá-los da seguinte forma: "Teófilo era arconte em Atenas, (...) e a 108ª Olimpíada foi celebrada, na qual Policlés de Cirene foi vencedor na corrida de estádio". Ou seja, a lista de Hípias, mesmo que não fosse exata quanto ao ano de realização da primeira olimpíada, servia a um propósito prático e, por isso, foi adotada pela maioria dos gregos, sendo utilizada até hoje para estabelecer uma cronologia do mundo antigo.

Em síntese, se estivermos dispostos a renunciar a uma datação específica, e, como espero ter deixado claro, bastante problemática, seria plausível supormos que os Jogos Olímpicos, desenvolvendo-se a partir do culto a Zeus, devam ter tido, a princípio, uma importância local, provavelmente restrita à Élis e a Pisa, já a partir do séc. X AEC Posteriormente, essa influência deve ter se ampliado para o âmbito regional, envolvendo a maior parte das cidades do Peloponeso, crescendo paulatinamente em importância e fama nos séculos subsequentes até

---

102 A principal fonte para a datação de Eratóstenes é Clemente de Alexandria, *Strom.* 1.138.1-3, 37-44, na edição da lista de vencedores olímpicos compilada por Eusébio, traduzida e comentada por CHRISTESEN e MARTIRISOVA-TORLONE 2006.
103 FGH, vol. 2, p. 61 e Jacoby, FGrH, vol. 3b, p. 305.
104 Que frequentemente começavam também em diferentes épocas do ano: o ano civil em Atenas, por exemplo, começava no verão; o de Esparta, no outono.

começar a adquirir, por motivos ainda não de todo compreendidos, um caráter pan-helênico por volta dos séc. VII-VI.

3.1. Mitos fundadores dos Jogos Olímpicos

É natural que os historiadores da Grécia Antiga tivessem alguma dificuldade em separar mito e tradição oral de um relato objetivo dos eventos históricos que fosse baseado estritamente em evidências e documentos. Ainda assim, mesmo nos relatos puramente míticos, os Jogos Olímpicos teriam sido fundados e refundados muitas vezes, passando por períodos de esquecimento e inatividade. No que diz respeito às origens míticas, Píndaro é nossa fonte mais antiga e importante.

Já na *Olímpica* 1, ele nos conta (e reconta) um dos mitos mais arcaicos[105] acerca da origem dos Jogos Olímpicos: a corrida de carruagens entre Pélops, filho de Tântalo, um mítico rei da Lídia, e Enomau, o então rei da Élida. Teria sido nessa competição, que partia da cidade de Pisa e ia até os portões de Élis,[106] que Pélops teria ganhado a mão de Hipodâmia, filha do rei, vindo esse a perecer, ou a ser morto pelo herói, quando sua carruagem se despedaçou durante a corrida.[107] Desse modo, Pélops torna-se senhor de todo o Peloponeso e patriarca da Casa dos Atridas, linhagem na qual nasceriam mais tarde Agamêmnon e Menelau.

Na medida em que o templo de Pélops em Olímpia é, junto com o próprio templo de (Zeus e) Hera, um dos mais antigos do complexo,[108] pode-se deduzir que essa versão etiológica dos Jogos deveria ser tida igualmente pelos gregos como uma das mais antigas, a ponto de ganhar destaque no frontão do templo de Zeus. Assim, ainda que a corrida de carruagens tenha sido acrescentada ao programa dos jogos históricos apenas em 680, ela era tida como o *agốn* arquetípico e, por isso mesmo, a mais prestigiosa depois da corrida de estádio, sendo a competição que

---

105 No sentido etimológico da palavra, isto é, que se constitui na *arkhé*, a causa inicial ou geradora de algo.
106 Élida é a região onde fica Olímpia. A capital da Élida era Élis.
107 Para mais detalhes, veja a introdução à *O*. 1.
108 Ver a seção seguinte.

abria os cinco dias de jogos. Quatro gerações após a vitória de Pélops, Héracles,[109] prestando honras fúnebres a Pélops, iria celebrar a primeira Olimpíada e delimitar o Áltis, dedicando-o a Zeus. Píndaro conta-nos uma versão detalhada do mito na *Olímpica* 10, que resumo aqui.

Após cumprir seu sexto trabalho, que era o de limpar os estábulos do rei Augias da Élida, Héracles não teria recebido o pagamento prometido, que, segundo Pausânias (5.1.9), seria uma parte do reino e a mão da filha do rei, Epicasta. Furioso, ele teria então reunido um exército e, atacando Augias e seus aliados, os gêmeos filhos de Molíone e Possidão, Érito e Ctéato, dá cabo de suas vidas. Em seguida, Héracles teria levado o butim da guerra para Pisa, na Élida, e aí organizado uma competição atlética para celebrar sua vitória, dedicando uma parte do espólio ao santuário de Zeus, que ali mesmo teria fundado. São seus próprios aliados que competem, e Píndaro enumera os vencedores seguintes em cada prova: na corrida de estádio, Oiônos, de Mideia; na luta, Equêmos, de Tégea; no boxe, Dóriclos, de Tirinto; na quadriga, Samos, da Mantineia; Frástor, no arremesso de dardo, e Niceu, no de disco. Píndaro nos conta ainda, na *Olímpica* 3.40-60, como Héracles, depois de ter fundado os jogos, perseguira a cerva da Cerineia até a terra dos Hiperbóreos, de onde trouxera uma muda de oliveira para plantar nos bordos das doze voltas do hipódromo. Por causa disso, os vencedores olímpicos eram coroados com ramos dessa árvore, que era plantada em um jardim chamado Panteão, atrás do templo de Zeus.[110]

Há ainda outros mitos, mais tardios e de menor popularidade, sobre a fundação dos Jogos. Os eleios,[111] por exemplo, atribuíam-na não a Héracles, o filho de Zeus com Alcmena, mas a um outro Héracles, chamado Dátilo, que seria um *daímon*, isto é, uma espécie de figura divina menor, e auxiliar da Grande Mãe, identificada com a deusa frígia Cibele. Segundo eles, esse Héracles Dátilo teria vindo de Creta acompanhado de seus

---

109 De fato, Héracles pertencia, pelo menos pelo lado legal, à estirpe de Pélops, já que a mãe de Anfitrião fora, segundo alguns relatos (Apolodoro 2.4.5), Astidameia, a única filha de Pélops com Hipodâmia.
110 Pausânias 5.15.3.
111 Pausânias 8.2.2.

irmãos, Peônio, Epimedes, Iásio e Idas e teriam sido eles os fundadores dos Jogos Olímpicos "no tempo de Crono", na assim chamada Idade de Ouro, antes, portanto, da existência da raça humana, de acordo com o mito. O relato de Pausânias (5.7.6) é o mais completo:

> (...) ἐς δὲ τὸν ἀγῶνα τὸν Ὀλυμπικὸν λέγουσιν Ἠλείων οἱ τὰ ἀρχαιότατα μνημονεύοντες Κρόνον τὴν ἐν οὐρανῷ σχεῖν βασιλείαν πρῶτον καὶ ἐν Ὀλυμπίᾳ ποιηθῆναι Κρόνῳ ναὸν ὑπὸ τῶν τότε ἀνθρώπων, οἳ ὠνομάζοντο χρυσοῦν γένος· Διὸς δὲ τεχθέντος ἐπιτρέψαι Ῥέαν τοῦ παιδὸς τὴν φρουρὰν τοῖς Ἰδαίοις Δακτύλοις, καλουμένοις δὲ τοῖς αὐτοῖς τούτοις καὶ Κούρησιν· ἀφικέσθαι δὲ αὐτοὺς ἐξ Ἴδης τῆς Κρητικῆς, πρὸς Ἡρακλέα καὶ Παιωναῖον καὶ Ἐπιμήδην καὶ Ἰάσιόν τε καὶ Ἴδαν· τὸν δὲ Ἡρακλέα παίζοντα — εἶναι γὰρ δὴ αὐτὸν πρεσβύτατον ἡλικίᾳ — συμβαλεῖν τοὺς ἀδελφοὺς ἐς ἅμιλλαν δρόμου καὶ τὸν νικήσαντα ἐξ αὐτῶν κλάδῳ στεφανῶσαι κοτίνου· παρεῖναι δὲ αὐτοῖς πολὺν δή τι οὕτω τὸν κότινον ὡς τὰ χλωρὰ ἔτι τῶν φύλλων ὑπεστρῶσθαι σφᾶς καθεύδοντας. κομισθῆναι δὲ ἐκ τῆς Ὑπερβορέων γῆς τὸν κότινόν φασιν ὑπὸ τοῦ Ἡρακλέους ἐς Ἕλληνας (...) Ἡρακλεῖ οὖν πρόσεστι τῷ Ἰδαίῳ δόξα τὸν τότε ἀγῶνα διαθεῖναι πρώτῳ καὶ Ὀλύμπια ὄνομα θέσθαι· διὰ πέμπτου οὖν ἔτους αὐτὸν κατεστήσατο ἄγεσθαι, ὅτι αὐτός τε καὶ οἱ ἀδελφοὶ πέντε ἦσαν ἀριθμόν. Δία δὴ οἱ μὲν ἐνταῦθα παλαῖσαι καὶ αὐτῷ Κρόνῳ περὶ τῆς ἀρχῆς, οἱ δὲ ἐπὶ κατειργασμένῳ ἀγωνοθετῆσαί φασιν αὐτόν.

> (...) Com relação aos Jogos Olímpicos, os eleios, trazendo à memória coisas das mais antigas, dizem que Crono detinha ainda o reinado do céu quando em Olímpia um templo lhe fora construído pelos homens de então, aqueles da chamada raça de ouro. Depois do nascimento de Zeus, Reia teria dado a guarda do filho[112] aos Dátilos do Ida, que também se autodenominavam Curetes, e que esses teriam vindo da ilha de Creta para a Élida. Seus nomes eram: Héracles, Peônio, Epimedes, Iásio e Idas. Héracles, que era o mais velho dos cinco, os reuniu um dia para, por diversão, disputarem uma corrida, coroando o vencedor com um ramo de oliveira selvagem. De fato, havia então tanta oliveira disponível que eles costumavam usar suas folhagens verdes para, fazendo-as de cama, dormir sobre elas. Diz-se que a oliveira selvagem teria sido trazida por Héracles do país dos Hiperbóreos para a Grécia. (...) Dessa feita, foi atribuída a Héracles do Ida a fama da prístina

---

112 Zeus.

fundação dos Jogos bem como da nomeação de Olímpia. Teria sido ele, ainda, a decidir que se realizariam a cada cinco anos, pois cinco, com ele incluído, era o número dos irmãos. Alguns dizem que Zeus ali lutou com Crono pela soberania do céu; outros, que foi depois de derrotá-lo que Zeus estabeleceu os Jogos naquele lugar.

Essa fundação mítica, segundo Pausânias no mesmo trecho, teria se passado *antes* "do dilúvio que assolara os gregos". É apenas cinquenta anos e duas gerações *após* o dilúvio, segundo a cronologia mítica, que a disputa entre Pélops e Enomau teria se dado. A partir daí, ainda segundo o relato dos eleios reportado por Pausânias, teriam corrido mais três gerações, aquelas de Amitáon, Pélias e Neleu. Esses últimos teriam organizado os jogos em conjunto. Finalmente, seria no reinado de Augias, que viera em seguida, que Héracles, o filho de Zeus, teria refundado os Jogos Olímpicos da forma descrita por Píndaro na *Olímpica* 10.

Apesar de interessante e de ser aparentemente a versão "oficial" dada pelos eleios para a fundação dos Jogos Olímpicos, o mito de Héracles Dátilo nunca ganhou popularidade entre os gregos. A maioria dos autores a ignora em preferência da versão recontada por Píndaro.

3.2. O santuário de Olímpia

Olímpia fica localizada no noroeste da Grécia, dentro da assim chamada "Ilha de Pélops", ou Peloponeso, na região da Élida, que era normalmente subdividida em três distritos: a Élida propriamente dita, ao norte, no vale do rio Peneu, cuja capital era a cidade de Élis; Pisátis,[113] no vale do rio Alfeu, cuja capital era Pisa; e a Trifília,[114] ao sul, entre o Alfeu e o rio Neda, cuja capital era Lepro. Olímpia não era uma *pólis*, isto é, uma cidade-Estado independente,[115] e, na verdade, não era habi-

---

113 Pisátis era formada por oito cidades, dentre as quais sabemos os nomes de seis: Salmone, Heracleia, Hárpina, Cicísio e Dispôntio.
114 Faziam parte da Trifília, as cidades de Escilo, Macisto, Épio, Frixas e Epitálio.
115 Por já constar do VOLP, irei utilizar o termo *pólis* (pl. *póleis*) para me referir às cidades-Estado gregas.

tada na maior parte do quadriênio entre duas olimpíadas, exceto por alguns poucos sacerdotes (*theókoloi*) do templo de Zeus, Hera e Pélops, encarregados de realizar sacrifícios e receber embaixadas de outras cidades, que frequentemente vinham consultar o famoso oráculo de Zeus. Viviam aí, ainda, funcionários designados para tomar conta do complexo do santuário e receber eventuais visitantes.[116]

Distando cerca de 60 km de Élis, a região do santuário, hoje um sítio arqueológico que abriga o Museu Arqueológico de Olímpia, era definida, ao sul, pelo rio Alfeu, que, descendo das montanhas da Arcádia pelo vale da Élida, corre para o norte até virar para oeste e desembocar no Mar Jônico. Um de seus tributários, o rio Cladeu, demarca a fronteira oeste do santuário. O lado norte é delimitado pelo Monte Crônio, que se ergue ao lado do estádio e cuja encosta servia de arquibancada natural para os espectadores das competições que aí se realizavam.

Por se localizar em Pisátis, Píndaro frequentemente se refere à Olímpia, por metonímia, como "Pisa", capital daquela região.[117] De fato, segundo a mitologia, era nessa cidade, dentro do que depois seria o próprio santuário, que a casa do rei da Élida, Enomau, e posteriormente do próprio Pélops, estava localizada;[118] esse era um dos motivos pelos quais, como vimos, os pisanos reivindicaram, por muitas vezes durante a história de Olímpia, o controle sobre a região e o santuário.

Muito embora as evidências arqueológicas do culto de Zeus em Olímpia remontem ao séc. XI, foi muito mais tarde, por volta do séc. VIII, que um altar para Zeus foi erguido na região chamada pelos eleios de *Áltis*, uma

---

116 A inscrição *IvO* 64 lista os seguintes encarregados para a 189ª Olimpíada (28): 3 sacerdotes (*theókoloi*), 3 libadores (*spondophóroi*), 2 adivinhos (*mántis*), um da família dos Iâmidas (cf. *O.* 6), outro da dos Clitíadas (além dessas, outras duas famílias famosas por seus videntes eram a dos Melampôdidas e a dos Telíadas), 5 zeladores (*kleídoukhoi*), 1 auleta, 1 guia turístico (*hexēgétēs*), 1 sacerdote de plantão, para sacrifícios diários (*kathēmerothýtēs*), 1 escriturário (*gammateús*), 1 libador de vinho (*oinokhóos*), 3 escravos *epispondorkhēstés*, cuja função é desconhecida, 1 lenhador (*xyleús*) para prover madeira para os sacrifícios e 1 mordomo (*steganómous*) e cozinheiro (*mágeiros*). Ver DITTENBERGER E PURGOLD 1896.

117 Se Pisa tiver sido, de fato, uma cidade independente, cf. OCD, s.v. Não confundir com a homônima Pisa italiana, com que a cidade grega não tem nenhuma relação.

118 Pausânias 5.20.6.

variação dialetal da palavra grega *álsos*, que quer dizer "bosque", devido ao costume dos gregos de erguerem seus templos nesses locais. Como vimos na seção anterior, teria sido o próprio Héracles que demarcara a área do Áltis em honra a Zeus com os espólios da guerra contra o rei da Élida, Augias, e os seus aliados, os filhos de Molíone. Em volta do túmulo de Pélops, ele teria erigido altares para os Doze Deuses e para o rio Alfeu, tendo ainda batizado o então inominado monte ao norte de "Crônio", em honra ao deus Crono. Não há evidências arqueológicas de um altar dos Doze Deuses, mas é nessa porção sudeste do santuário que se encontram os templos e edifícios mais antigos (sécs. VIII e VII AEC), a partir de onde o santuário cresceu.

O templo de Hera, também conhecido como *Heraion*, não só era o prédio mais antigo do Áltis, datando do séc. VII, como, na verdade, é um dos templos mais antigos cujas ruínas ainda existem. No período arcaico, o templo fora totalmente construído com madeira para depois ser reformado em pedra calcária, abundante na região. Quando Pausânias visitou o santuário no séc. II EC, ainda restava uma coluna de madeira no *opisthódomos*, isto é, a parte posterior do ádito, atrás das estátuas de Hera e Zeus. Nesse templo eram guardados objetos preciosíssimos, como o disco de Ífito, em que estavam inscritos os termos da *ekekheiría*, a paz olímpica, a mesa de Colote, assim nomeada por ter sido construída pelo escultor de mesmo nome, aluno de Fídias. Essa mesa era feita de marfim e ouro e, sobre ela, as coroas feitas de ramos de oliveira selvagem eram guardadas até o dia da cerimônia de coroação dos vencedores olímpicos. Também no *opisthódomos* estava guardada a famosa arca de Cipselo, uma dedicatória do primeiro tirano de Corinto, datada do séc. VII e adornada em todos os seus lados com altos-relevos que retratavam cenas da mitologia grega, entre as quais a corrida de carruagens entre Enomau e Pélops.

Atrás do templo de Hera, fora erguido o Pritaneu, um templo dedicado à deusa Héstia que abrigava, por isso mesmo, o fogo comunitário da cidade. Normalmente, o pritaneu das cidades gregas ficava dentro de seus próprios muros; no entanto, o de Élis localizava-se em Olímpia. Isso acontecia talvez em virtude da importância que os eleios davam aos

Jogos Olímpicos. Possivelmente também porque o pritaneu de Olímpia servia para representar simbolicamente a lareira sagrada comum a toda a Grécia, que ali se reunia a cada quatro anos para os Jogos Olímpicos.[119] Era, além disso, no pritaneu que os vencedores olímpicos eram recebidos num banquete, e era de lá que a procissão que dava início aos Jogos Olímpicos partia.[120]

Ao lado do templo de Hera, mas com a entrada virada para o poente, ficava o *Pelópion*, ou templo de Pélops. O muro no formato de pentágono irregular, construído no séc. IV, circundava um túmulo muito mais antigo, de 27 m de circunferência, cujas fundações, hoje não mais visíveis, remetem ao período conhecido como Heládico Inferior II, entre 2650-2400. Era nesse templo, densamente arborizado e repleto de estátuas, que ficava exposta a omoplata gigantesca de marfim de que fala Píndaro na *Olímpica* 1. Uma vez por ano, à noite, os sacerdotes realizavam uma oferta de sangue (*haimakouría*) de um carneiro completamente negro que era sacrificado diretamente sobre um poço escavado na terra.[121] Um tipo de ritual usual para heróis, figuras ctônias que, por terem sido mortais, habitavam o Hades, mas cujos nomes, devido a seus feitos e sofrimentos, haviam adquirido a imortalidade. Segundo Pausânias, ninguém podia comer da carne do carneiro sacrificado a Pélops, exceto o Lenhador (*xyleús*), um residente local encarregado de obter a madeira de choupo branco para o altar de Zeus. A ele somente era permitido comer uma parte da carne do pescoço. Qualquer outra pessoa que comesse das carnes dessa oferenda ficava proibida de entrar no grande templo de Zeus, mais à frente e à esquerda do *Pelópion*.

Entre os séculos V e IV, o santuário de Olímpia chega ao seu ápice, com uma série de expansões arquitetônicas, de dedicatórias, na forma de estátuas e pinturas, além de instalações de apoio aos atletas e ao público. É dessa época o grandioso templo de Zeus construído com pedra calcária, abundante na região, e obra do arquiteto eleio Líbon

---

119 MILLER 2006: 87.
120 Pausânias 5.15.12.
121 Pausânias 5.13.1-6. Cf. a cena do sacrifício na *Od.* 11.22 s.

(de que nada mais se sabe). A sua construção teria começado em 468 e durado três anos. De acordo com Pausânias (6.10.2), os fundos necessários para a obra teriam vindo do espólio de guerra obtido contra os pisanos durante a invasão de Pirro[122] (c. 572). Esse templo[123] abrigava a estátua criselefantina de Zeus, esculpida por Fídias e considerada uma das sete maravilhas do mundo antigo. Sentado em um trono de ouro e coroado com ramos de oliveira, Zeus trazia a Vitória (*Níkē*) na mão direita e segurava, na esquerda, o cetro, símbolo de seu poder absoluto, sobre o qual se assentava uma águia.

O teto deste templo era coberto com telhas de mármore pentélico tão finas a ponto de serem translúcidas, o que fazia com que todo o interior fosse banhado por uma diáfana luz branca. No frontão[124] leste, aquele da entrada, obra do escultor Peônio, estava representado o início da corrida de carruagem entre Enomau e Pélops, com Zeus ao centro, a separá-los. A oeste, obra do melhor aluno de Fídias, Alcamenes, fora esculpida a guerra entre os lápitas e os centauros, com Apolo ao centro, entre Teseu e Pirítoo. Nas métopas[125] de ambos os frontões foram esculpidos os doze trabalhos de Héracles.

No lado esquerdo do templo de Zeus, na direção do estádio, ficava o seu famoso altar, formado pelas próprias cinzas dos animais aí sacrificados, que eram compactadas com a água do rio Alfeu e continuamente adicionadas ao topo. Por ocasião da visita de Pausânias ao santuário, no séc. II EC, o perímetro do altar, que era cercado de pedras para delimitar e conter as cinzas, era de 125 pés,[126] isto é, cerca de 40 metros, e se erguia a 22 pés

---

122 Ver a seção sobre o histórico dos Jogos Olímpicos.
123 Pausânias nos fornece uma descrição detalhada do Templo de Zeus a partir de 5.10.2.
124 O frontão dos templos gregos é a estrutura triangular que faz parte do teto e cujo interior costumava ser decorado com altos-relevos e esculturas.
125 As métopas são painéis que ficam entre os tríglifos, elementos decorativos que anteriormente suportavam as vigas dos templos de madeira. Elas ficam logo abaixo do frontão e acima da arquitrave, a estrutura horizontal que repousa diretamente sobre as colunas e dá suporte a todo o teto.
126 Tomando-se um pé (romano) como sendo igual a 320 mm, de acordo com o OCD, *s.v. Measures*.

de altura, mais ou menos 7 metros. No período arcaico (sécs. VIII e VII), o altar de cinzas ficava defronte à pista do estádio. De acordo com Filóstrato (*Gymn*. 5-6),[127] a prova mais antiga do programa, a corrida de estádio, teria surgido justamente a partir de uma competição entre os representantes de várias cidades gregas para saber quem teria a honra de acender o fogo do altar sacrificial de Zeus Olímpio, o que dava início ao festival:

> θυσάντων Ἠλείων ὁπόσα νομίζουσι, διέκειτο μὲν ἐπὶ τοῦ βωμοῦ τὰ ἱερά, πῦρ δὲ αὐτοῖς οὔπω ἐνέκειτο. στάδιον δὲ οἱ δρομεῖς ἀπεῖχον τοῦ βωμοῦ καὶ εἱστήκει πρὸ αὐτοῦ ἱερεὺς (ξὺν) λαμπαδίῳ βραβεύων, καὶ ὁ νικῶν ἐμπυρίσας τὰ ἱερὰ Ὀλυμπιονίκης ἀπῄει.

Depois que os eleios sacrificavam da forma costumeira, as ofertas eram colocadas sobre o altar, mas não se lhes ateavam fogo. Os corredores ficavam a uma distância de um estádio do altar,[128] em frente ao qual ficava o sacerdote, segurando uma tocha, e o corredor que primeiro conseguisse acender o altar partia dali como vencedor olímpico.

Mais tarde, no final do sec. VI, a pista do estádio, que tinha uma orientação leste-oeste quase perfeita, sofreu uma rotação de cerca de 30 graus para o norte, sendo recuada em 82 m para o leste e em 7 m para o norte, fazendo com que o seu final ficasse em cima de onde mais tarde seria erguida a Colunata de Eco. Posteriormente, no início do séc. V, a pista é completamente removida do perímetro do Áltis e deslocada ainda mais para o nordeste, cerca de 130 m, onde até hoje pode ser vista.[129] Provavelmente, esse deslocamento aconteceu no sentido de tentar acomodar plateias cada vez maiores, que podiam usar o lado nordeste do monte Crônio como uma arquibancada natural, sendo que, no lado leste, um aterro fora construído para o mesmo propósito. Apesar de haver indícios de alguns assentos para embaixadores e outras figuras importantes, como as Sacerdotisas de Hera, o público em geral deveria

---

127 A edição utilizada é aquela de RUSTEN E KÖNIG 2014.
128 Cerca de 192 m.
129 VIKATOU 2006: 13.

assistir às competições de pé, devido à baixa inclinação (7 a 8 graus) dos aclives laterais (ROMANO 2021: 395).

A pista inteira media 212,54 m de comprimento por 28,50 m de largura. A área de corrida, no entanto, era menor e delimitada pelas *balbídes* (sing. *balbís*), faixas de pedra com duas ranhuras de cerca de 10-12 cm de largura, cuja função provavelmente era a de fornecer apoio para o dedão dos pés[130] e, dessa forma, dar ao corredor maior impulso na largada. Na *balbís* de partida, oposta à entrada do estádio, eram montados portões com cancelas que controlavam a saída dos corredores.[131] A distância de uma *balbís* à outra era de exatamente 600 pés olímpicos,[132] o equivalente a 1 estádio (daí o nome da prova) ou a 192,27 m. No lado norte da pista, em uma estrutura de pedra guarnecida com cadeiras, sentavam-se os Juízes Helenos (*Hellanodíkai*), responsáveis pela organização e fiscalização dos jogos. Segundo VIKATOU 2006: 31, a capacidade das arquibancadas em ambos os seus flancos era de cerca de 40.000 a 45.000 espectadores.

O acesso ao estádio dava-se por uma entrada em arco, à direita da qual ficava o "desvestiário" (*apodytérion*), isto é, o local onde os atletas, acompanhados dos Juízes Helenos, deveriam se despir e se untar de azeite antes de adentrar o estádio por meio de um túnel subterrâneo abobadado, a chamada "entrada oculta" (*kryptḗ ésodos*) que passava por baixo da lateral norte, já no sopé do monte Crônio, até sair no início da pista. Do lado esquerdo do caminho que conduzia à entrada do estádio, em um ponto estratégico para ser visto pelos atletas que entravam para competir, estavam os *Zanes*,[133] estátuas de Zeus erigidas com o dinheiro das multas aplicadas aos atletas ou treinadores que haviam sido pegos trapaceando ou tentando influenciar o resultado das competições. Segundo Pausânias (5.21.4), havia aí duas placas com dísticos elegíacos,

---

130 A *balbís* podia ter uma ou duas ranhuras. A versão com duas ranhuras aparece mais tarde no registro arqueológico, *c.* 400; a com uma, mais cedo, *c.* 500. Ver MILLER 2006: 37.
131 Ver abaixo a descrição da prova da corrida de estádio para mais detalhes.
132 O pé olímpico media cerca de 32,04 cm e não havia uma estandardização para o restante da Grécia.
133 Inexistentes na época de Píndaro. O primeiro grupo data de 388 e o segundo, de 322.

a primeira das quais dizia "não é com dinheiro, mas com a rapidez dos pés e a força do corpo que se deve encontrar a vitória em Olímpia",[134] e a segunda, com a inscrição "a estátua foi erigida em honra ao deus, pela piedade dos eleios e para o terror dos atletas trapaceiros".[135]

Acima dos *Zanes*, num platô ao sopé do Monte Crônio, estavam os chamados Tesouros (*thesauroí*), pequenos edifícios com colunas, que datam dos períodos arcaico e clássico, usados para armazenar dedicatórias e doações ao santuário na forma de utensílios de ouro e prata, escudos, grevas, incensários etc., feitos por diferentes cidades, mas que poderiam ser usados por seus delegados nas comemorações de vitória ou nas provas atléticas. Em direção à entrada do estádio, os que sobreviveram ao tempo e que puderam ser identificados eram os seguintes: o dos Sicíones, dos Siracusanos, dos Epidâmnios, dos Bizantinos, dos Sibaritas, dos Cireneus, dos Selinúntios, dos Metapôntios, dos Megarenses e dos Gelenses. Do lado direito, ficava a Colunata de Eco, datada do séc. IV, em frente da qual, sobre um altar que fazia às vezes de plataforma, competiam os candidatos para ocupar a função de Arauto e Trombeteiro dos jogos, aos quais cabia dar anúncios e convocar a multidão para as provas.[136]

O hipódromo, onde se realizavam as corridas de carruagem e cavalos, ficava a nordeste do estádio, às margens do rio Alfeu e, conquanto escavações arqueológicas ainda não tenham sido realizadas nesse local, sua estrutura provavelmente não deve ter sido preservada em virtude das violentas cheias desse rio. O hipódromo consistia numa pista flanqueada por uma elevação artificial, onde se acomodavam os espectadores, e tinha cerca de 780 m de largura por 320 m de comprimento.[137]

Dois edifícios importantes da época de Píndaro eram o complexo do Conselho dos Eleios (*bouleutérion*), no quadrante sudeste do santuário, e

---

134 οὐ χρήμασιν ἀλλὰ ὠκύτητι τῶν ποδῶν καὶ ὑπὸ ἰσχύος σώματος Ὀλυμπικὴν ἔστιν εὑρέσθαι νίκην.
135 τὸ ἄγαλμα ἕστηκε τιμῇ τε τῇ ἐς τὸ θεῖον καὶ ὑπὸ εὐσεβείας τῆς Ἠλείων καὶ ἀθληταῖς παρανομοῦσιν εἶναι δέος.
136 Pausânias 5.22.2.
137 Dou detalhes sobre o hipódromo e o seu sistema de partida mais abaixo, ao falar das provas equestres.

os Banhos (*loutrá*) no quadrante sudoeste, às margens do rio Cladeu. O complexo do Conselho, composto por dois prédios elipsoidais unidos por um menor, quadrangular e sem teto, abrigava tanto o Conselho dos Eleios quanto os aposentos dos Juízes dos Helenos. Aqui, os atletas entravam com possíveis recursos contra o resultado das provas e também eram julgados por possíveis faltas, ofensas ou crimes contra os Jogos. Nesse mesmo local recebiam suas penas e podiam ser açoitados, no caso de faltas mais graves ou caso se recusassem a pagar as multas que lhes eram impostas por diferentes motivos. No edifício central, estava localizada a estátua de Zeus Protetor dos Juramentos (*Hórkios*), defronte à qual os atletas, seus pais, irmãos, parentes e treinadores deveriam jurar, sobre os órgãos sexuais de um bode sacrificado, que competiriam de maneira honesta durante os jogos. Os Banhos foram construídos no início do séc. V e serviam para que os atletas pudessem relaxar ou se submeter a terapias que visavam tratar de lesões. No séc. IV, o prédio foi expandido na direção oeste. Esse prédio abrigava também uma piscina, a mais antiga do mundo helênico, com 24 m de comprimento por 16 m de largura e 1,6 m de profundidade.

Finalmente, espalhadas por todo o Áltis havia inúmeras dedicatórias de atletas vencedores e de patrocinadores dos jogos, tanto cidadãos privados quanto governantes e até de cidades. Essas dedicatórias tomavam a forma de estátuas, de pinturas, de ex-votos (escudos, halteres, dardos etc.) dos vitoriosos e foram descritas extensivamente por Pausânias nos primeiros dezoito capítulos do sexto livro em que descreve sua viagem a Olímpia.

3.3. Organização dos Jogos

Os Jogos Olímpicos aconteciam a cada quatro anos, segundo nosso sistema de contagem, que é exclusivo, ou seja, não leva em conta o ano inicial. Para os gregos, no entanto, que incluíam o ano em que uma olimpíada começava, passavam-se cinco anos e, por isso mesmo, o espaço de tempo entre uma olimpíada e outra era chamado de *pentaetērís* (*etērís*, "anual" + *pénta*, "cinco"), o que chamaríamos de um "quinquênio", "lustro" ou "lustração". Dentro desse intervalo, eram realizados os Jogos Nemeios e os Ístmicos, a cada dois anos. Em seguida, os Píticos, que aconteciam sempre no terceiro ano do quinquênio e ocupavam o centro do calendário atlético. Novamente, no quarto ano, tinha lugar uma segunda edição dos Jogos Nemeios e Ístmicos. Assim, entre duas olimpíadas, havia sempre uma edição dos Jogos Píticos e duas edições dos Jogos Nemeios e Ístmicos.

Provavelmente no primeiro novilúnio (*noumenía*) antes do início dos Jogos, começava de fato a *pax olympica* ou *ekekheiría*. Em vez de ser um período de "confraternização universal entre os povos", como nas Olimpíadas modernas, essa trégua tinha um propósito muito prático: ela visava a garantir a salvaguarda tanto dos atletas, que deveriam chegar com antecedência na cidade de Élis para treinarem, bem como do público, cidadãos privados ou oficiais, que se dirigiam a Olímpia, muitas vezes vindos das fronteiras do mundo grego para assistir aos Jogos, realizar negócios, angariar clientes (no caso de poetas como Píndaro, por exemplo). Nem sempre, contudo, a *ekekheiría* era respeitada. O período entre o início da paz olímpica e o seu final, duas luas após o final dos jogos, era conhecido como *hieromenía* ou "lunação sagrada".[138]

Por exemplo, a 76ª Olimpíada, que corresponde ao ano 476,[139] teria começado com a abertura dos Jogos Olímpicos dois dias antes da segunda lua cheia (*pansélēnos*) após o solstício de verão,[140] isto é, por volta do dia 25 de agosto.[141] Dessa forma, teríamos, em julho de 475, os Jogos Nemeios e, em

138 A designação "mês sagrado" é incorreta. Não se tratava de um mês específico. A palavra "mês" aqui tem mais o sentido de "período coberto pela lunação que engloba todo o período dos jogos", do início ao fim da *pax olympica*.
139 Para converter o número de uma olimpíada que tenha acontecido antes da Era Comum, isto é, até a 191ª Olimpíada, para o calendário juliano, deve-se usar a seguinte fórmula: 776 − [(nº da Olimpíada − 1) x 4]. Assim no exemplo acima, 776 − [(76 − 1) x 4] = 476. O processo reverso nos dá a Olimpíada para qualquer ano do calendário juliano: nº da Olimpíada = (776 − ano) / 4] + 1.
140 Muito embora essas datas tenham sido calculadas segundo o algoritmo de Meeus 1998 [1991]: 177, elas ainda assim são *aproximações*. De acordo com as efemérides do site AstroPixels (disponível em: <http://astropixels.com/ephemeris/phasescat/phases-0499.html>, acesso em: 08 de junho de 2021), só houve duas luas cheias entre julho e agosto de 476, e, portanto, os jogos teriam começado dois dias antes da segunda (se houvesse três, começariam dois dias antes da terceira), que foi em 27 de agosto de 476.
141 Σ 3.33a e 35a-d. O nome do mês eleio dado pelo escólio 33a, Θωσυθιάς, é provavelmente uma corruptela. Segundo Trümpy 1997: 200, o nome deve ser alguma varian-

abril de 474, os Jogos Ístmicos. Nesse mesmo ano, mas em agosto, teriam lugar os Jogos Píticos e, novamente, em julho de 473, a segunda edição dos Jogos Nemeios, depois dos quais, em abril de 472, uma outra edição dos Jogos Ístmicos. A 77ª Olimpíada começaria, então, em 13 de agosto de 472, com uma nova edição dos Jogos Olímpicos. De forma esquemática:

```
        77ª                    76ª
    OLÍMPIADA              OLÍMPIADA
    Agosto/472             Agosto/476
      JOGOS                  JOGOS
    OLÍMPICOS              OLÍMPICOS

  Abril/472                   Julho/475
    JOGOS                     JOGOS
   ÍSTMICOS                  NEMEIOS

    Julho/473                Abril/474
     JOGOS                    JOGOS
    NEMEIOS                  ÍSTMICOS

              Agosto/474
                JOGOS
               PÍTICOS
```

Fig. 1 - *O períodos, isto é, o circuito de jogos, no sentido horário, dentro dos quatro anos entre cada Olimpíada.*

te do nome do mês beócio Θειλούθιος, que marcava o início do verão. O escoliasta dá os dois extremos em que os Jogos poderiam ser realizados: no início da *opṓra*, quando Sírio fica visível no horizonte, isto é, por volta de 28 de julho, e o durante a aurora helíaca de Arcturo, por volta de 19 de setembro, quando começa a inclinação invernal do Sol. O escólio 35a, por outro lado, diz que os jogos se realizavam entre os meses Apolônio e Parteneio do calendário eleio, por ele identificados com os meses egípcios *Thōt* e *Mesōrí* (25 de julho a 27 de setembro, ROBERTSON 2010: 66 s.), por ocasião da lua cheia, depois do 16º dia do mês. Há dois eventos que corroboram essas efemérides: o início da batalha de Termópilas, que coincidiu com o início dos Jogos, isto é, na primeira lua cheia de agosto, no dia 19 (Heródoto 7.206.2; 8.26.2, 72) e os jogos de 44, que, segundo Cícero (*Att.* 16.7), teriam acontecido na metade de agosto, provavelmente na terceira lua cheia daquele mês, dia 29 (*nam XVI Kal. Sept.* [i.e., 17 de agosto] *cum venissem Veliam, (...) quod eam vituperationem effugissem me existimari ad Olympia*"). Em Atenas, o calendário foi ajustado para que o ano novo coincidisse sempre com uma nova Olimpíada e, portanto, o mês correspondente é o Hecatombéion (jul./ago.).

Como se vê pela figura acima, o calendário dos jogos estefanitas tomava a forma de um ciclo que se repetia indefinidamente e, por isso mesmo, o conjunto dessas quatro competições era chamado de *períodos* em grego, "Período" ou "Circuito". Aquele que, na sua modalidade, obtivesse uma vitória (*níkē*) em todos os jogos, era chamado de *periodoníkēs*, "campeão do Circuito". Ser um *periodoníkēs* representava o ápice de uma carreira atlética, mas poucos alcançavam essa honra. Dentre os atletas celebrados por Píndaro apenas três foram *periodoníkēs*: Diágoras de Rodes (*Olímpica* 7), Efarmosto de Opunte (*Olímpica* 9) e Ergóteles de Himera (*Olímpica* 12).[142] Na verdade, entre 518 e 438, isto é, durante o provável período da vida de Píndaro, apenas cinco atletas foram vencedores do circuito, além dos já nomeados: o lendário Mílon de Crotona (pale), Dromeu de Estínfalo (corrida) e Teágenes de Tasso (pancrácio).[143]

Os jogos do circuito eram chamados de "estefanitas", como já dissemos, porque o único prêmio que ofereciam era uma guirlanda de folhas (gr. *stéphanos*), com a qual o vencedor era coroado. No caso dos Jogos Olímpicos, dedicados a Zeus, a guirlanda era de oliveira selvagem, colhida do bosque sagrado plantado por Héracles (*Olímpica* 3). Nos Jogos Píticos, dedicados a Apolo, a coroa era de louro; nos Ístmicos, dedicados a Possidão, e nos Nemeios, em honra a Héracles, as coroas eram feitas de salsão. Esses quatro jogos tinham um caráter pan-helênico, isto é, deles podiam participar atletas de toda a Grécia, desde que homens e livres. As mulheres casadas não podiam assistir às competições e nem sequer estar presentes no território de Olímpia, sob pena de morte.[144]

A esse respeito, Pausânias (5.6.7-8) nos conta a famosa história de Calipáteira, filha de Diágoras de Rodes, celebrado por Píndaro na *Olímpica*

---

142 Natural de Cnossos. Na verdade, segundo Pausânias (6.4.11), ele foi duas vezes vencedor do circuito atlético, um feito raríssimo. Para Teeu, o atleta celebrado na *N*. 10, faltava apenas uma vitória para se tornar um *periodoníkēs*.

143 Ver "Appendix: List of victors with statues at Olympia, to 400 BC", em SMITH 2007: 137-138.

144 Segundo Pausânias (5.6.7), qualquer mulher casada flagrada na margem norte do Alfeu era jogada de um precipício do monte Tipaio, perto da cidade de Escilunte.

7. Após a morte de seu marido, ela teria se vestido de homem para poder acompanhar o filho Pisirodo em Olímpia como se fosse seu treinador. Porém, ao vê-lo vencer, teria pulado sobre a cerca da área dos treinadores no estádio, assim erguendo sua túnica e inadvertidamente revelando ser mulher. Apenas nesse caso, devido à imensa fama de seu pai e de seus tios, ela teria sido poupada da morte, mas os eleios a partir de então determinaram que os treinadores, assim como já acontecia com os atletas, também deveriam se apresentar nus no estádio. Os escólios à *Olímpica* 7,[145] no entanto, divergem de Pausânias e dizem que ela, devido à fama e influência de sua família, teria convencido os eleios a deixá-la acompanhar o filho nos jogos.

Havia duas exceções a esse veto às mulheres em Olímpia. Primeiro, ele não se estendia às moças que ainda não haviam sido dadas em casamento (*parthénoi*), nem às Dezesseis Sacerdotisas de Hera, que podiam participar dos rituais e sacrifícios e assistir às competições.[146] De fato, antes dos jogos dos homens, essas sacerdotisas realizavam competições atléticas conhecidas como Jogos de Hera, nos quais meninas e moças podiam competir, sendo da mesma forma coroadas com ramos de oliveira.[147] Infelizmente, nosso conhecimento acerca dessa "olimpíada feminina" é bastante limitado.

A segunda exceção é que nas provas equestres, como não era o próprio dono dos cavalos que competia, as mulheres podiam se inscrever, como no caso de Ciniscá, filha do rei espartano Arquedemo, que teria sido a primeira mulher a vencer em Olímpia com a quadriga. Pausânias relata (6.1.6) ter visto sua dedicatória pela vitória na quadriga no Áltis. De acordo com Plutarco (*Agesilaus* 20.1), teria sido Agesilau, seu irmão, que a incentivara a inscrever sua quadriga, a fim de mostrar aos nobres lacônios, que se gabavam de suas criações de cavalos, crendo-se importantes, que essa não era uma questão de virtude (*aretḗ*) mas

---

145 Σ *O.* 7, *Inscr.* b.1.
146 Pausânias 6.20.9, παρθένους δὲ οὐκ εἴργουσι θεᾶσθαι, "[os eleios] não impedem as moças de assistir".
147 Pausânias 5.16.2.

de riqueza e dispêndio (*ploûtos kaì dapánē*). A inscrição que adornava uma das colunas de um conjunto de estátuas de bronze composto por carruagem, cavalos, auriga e a própria Cinisca, obra do escultor Apeles, foi encontrada no início do séc. XX, sendo o epigrama já conhecido por ter sido transmitido na *Antologia palatina* (13.16):

> Σπάρτας μὲν βασιλῆες ἐμοὶ πατέρες καὶ ἀδελφοί·
> ἅρματι δ' ὠκυπόδων ἵππων νικῶσα Κυνίσκα
> εἰκόνα τάνδ' ἔστασα. μόναν δ' ἐμέ φαμι γυναικῶν
> Ἑλλάδος ἐκ πάσας τόνδε λαβεῖν στέφανον.

> De Esparta, tive reis como pais e também como irmãos.
> C'o carro de velozes cavalos vencendo, Cinisca
> esta imagem erigiu. Única, afirmo, dentre as mulheres
> de toda a Grécia a ter tal coroa conquistado.

3.3.1. Concentração em Élis

Como vimos mais acima, Olímpia não era habitada na maior parte do quadriênio entre duas Olimpíadas e, por isso, era em Élis, uma cidade a cerca de 35 km de Olímpia, que os organizadores, atletas e seus treinadores, juízes e demais participantes se reuniam antes do início dos jogos. Havia na capital da Élida toda uma estrutura (ginásios, banhos, estalagens, estábulos para os cavalos, templos e outras instalações) necessária para receber aqueles que vinham para os Jogos, fosse para competir ou assistir. Tudo na cidade, dos prédios aos nomes das ruas, estava orientado para os Jogos e poderia ser considerada, como nota MILLER 2006: 114, uma precursora da nossa "Vila Olímpica".

De acordo com Pausânias (6.24 s.), era no antigo ginásio de Élis que os competidores deveriam ficar concentrados, com trinta dias de antecedência do início dos jogos, para treinar e ser pareados com seus oponentes pelos Juízes Helenos, responsáveis por fiscalizar a organização dos jogos e servir como juízes nas competições. Esse período de concentração e treinamento intenso, bem como a posterior correspondência entre os atletas de acordo com suas idades e habilidades, visava a garantir um alto nível de qualidade em todas as competições e, ainda, desestimular ou desclassificar amadores.[148]

O treinamento durante a concentração ocorria em espaços diferentes de acordo com a modalidade e a categoria.[149] No ginásio antigo, a maioria dos atletas se reunia no Xisto,[150] um espaço a céu aberto onde havia duas pistas, uma para os corredores que iriam competir, chamada de Pista Sagrada, e outra para os outros corredores e pentatletas. Num ginásio adjacente ao Xisto, mas de tamanho menor e, por sua forma, chamado de Tetrágono, treinavam os lutadores. Depois que esses iam embora, era a vez dos pugilistas, que vestiam luvas com enchimento (*sphaírai*), para proteger as mãos antes da competição. As que eles usavam no dia da luta não tinham esse estofo e eram feitas de tiras de couro bovino. No tetrágono, os pugilistas dispunham de implementos semelhantes aos dos atletas modernos: sacos (*kórykos*), bonecos de pancada (*eídolos ápsykhos*) e protetores para as orelhas (*amphṓtides*).[151] Em um outro ginásio, chamado Maltó devido à maciez[152] do seu piso, treinavam os meninos.[153] Nesse mesmo prédio, estava instalado o Conselho dos Eleios e também uma espécie de espaço de apresentações, chamado Lalícmio, onde todo tipo de discursos e composições escritas podiam ser apresentadas. Desse ginásio podia-se acessar, pela rua do Silêncio, os banhos (*loutrá*), aonde os atletas iam para relaxar após um dia de intenso treinamento.

O prédio do Conselho dos Juízes Helenos (*Hellanodikaíōn*) ficava defronte ao Maltó. Dez meses antes do início dos Jogos, ou seja, por volta de outubro de 477, de acordo com o nosso exemplo acima, esses oficiais teriam

---

148 CROWTHER 2008: 45.
149 Pausânias dá uma descrição completa das instalações em Élis a partir de 6.23.1.
150 Segundo Pausânias, porque um dos exercícios de Héracles era arrancar (*anaxýein*) todos os espinheiros que cresciam aí, algo importante já que os atletas corriam descalços.
151 Filóstrato, *De Gymnastica* 57; Platão, *Leis* 830a; Plutarco, *Moralia* 38b.
152 Do grego, *mal(th)akótēs*, "maciez".
153 *Éphēbos* é a palavra usada por Pausânias nessa passagem. No entanto, até onde sabemos, essa categoria de idade não era reconhecida em Olímpia e o substantivo deve estar sendo usado, como de costume, aliás, com o sentido de *país*, "menino".

sido escolhidos e então concentrados nesse prédio, onde dormiriam e fariam suas refeições em comum e às expensas públicas. Nesse período, seriam instruídos pelos Guardiões da Lei (*Nomophýlakes*)[154] acerca das regras dos jogos e das funções que deveriam desempenhar durante as competições. Todos os dias, no mês anterior ao início do festival, eles saíam de seus aposentos e se dirigiam, ainda antes do nascer do sol, ao Plétrio (*Pléthrion*, "Convenção"), onde faziam a correspondência entre oponentes das provas leves e, em seguida, à tarde, das pesadas, de acordo com a idade e as habilidades de cada competidor, a fim de garantir provas equilibradas.

Mais ou menos no mesmo período em que os Juízes Helenos eram escolhidos e concentrados, um grupo de embaixadores, divididos em *Theoroí* ("Peregrinos") e *Spondophóroi* ("Núncios da Trégua"), era despachado por toda a Grécia para anunciar o festival iminente e a *ekekheiría* ou paz olímpica. Os gregos haviam desenvolvido um circuito de estradas bastante sofisticado que, partindo de Olímpia, percorria as melhores e mais curtas rotas que levavam às principais cidades da Hélade, onde delegados locais, chamados *theorodókoi*, isto é, "anfitriões dos peregrinos", os recebiam e tratavam de fazer a difusão capilar do edito olímpico pela região que estava sob sua responsabilidade. A partir do anúncio da *ekhekería*, os atletas tinham um mês para chegar em Élis para a concentração. A inscrição seguinte (*IsO* 56, 18-26,[155] séc. II), dos Jogos Itálicos Isolímpicos[156] de Sebasta, em Nápoles, deixa claro o procedimento que deveria ser seguido por todos os atletas e as penas aplicáveis em caso de infração:

(...) ὅσοι δ' ἂν ἀθληταὶ εἰς τὰ Ἰταλικὰ ἀπογράψαι βούλωνται] ἑαυτοὺς ἀγωνιου[μ]ένους, παραγ[εινέσθ]ωσαν εἰς Νέαν [πόλιν πρὸ ἡμερῶν οὐκ

---

154 Provavelmente veteranos que já haviam servido anteriormente no Conselho de *Hellanodíkai*.
155 Disponível em: <https://inscriptions.packhum.org/text/213859?&bookid=224&location=1690>. Data de acesso: 15 junho 2022.
156 Jogos isolímpicos eram aqueles que seguiam as mesmas regras, provas e categoria de idade dos Jogos Olímpicos.

ἔλαττον ἢ τριάκοντα τῆς πανηγύρ]εως, καὶ ἀπογραφέσ[θω]σαν πρὸς το[ὺς ἀγων]οθέτας πατρόθ[εν καὶ τὰς πατρίδας καὶ ὃ προαιροῦνται κατὰ τὴν κ] ρίσιν ἀγώνισμα οἱ [δ]ὲ ἀθληταὶ καὶ ἐ[λθέτωσα]ν καὶ πρὸς γυμν[ασίαν [...] ἐπάναγκες δὲ ἔστω ἑκάστ]ωι τῶν ἀθλητῶν ἀπ[ο][γρ]άφεσθαι ὀνο[μαστὶ ὡς ἂν χρη]ματίζηι ἢ πα[τρόθεν ἢ ἄλλῳ ᾧτινιοῦν τρόπῳ καθεστη]κότι κατὰ τὸν νόμον· [εἰ] δὲ μὴ, ζημιού[σθω ὑπὸ τῶν] ἀγωνοθετῶ[ν δραχμαῖς [...]· ἐὰν δὲ μὴ ἀποτίνῃ τὴν ζημίαν, μ]αστειγούσθω. εἰ[ἂ]ν δέ τις ὑστερ[ίζῃ τῆς προθε]σμίας, ἐπα[γγελλέτω τὴν αἰτίαν τῆς ὑστερήσεως πρὸς τοὺς ἀγωνοθέτ]ας· ἔστωσαν δὲ [νό]σος ἢ λησταὶ[ὶ ἢ ναυαγία. κα]τηγορ<ε>ίτω δὲ [ὁ βουλόμενος [...] καὶ ἐὰν ἁλῷ[ι, εἰρ][γέ]σθω τοῦ ἀγῶ[νος ὑπὸ τῶ]ν ἀγωνοθετ[ῶν.

Todos os atletas que quiserem se inscrever nos jogos itálicos para competir devem se apresentar em Nápoles, no mínimo, trinta dias antes do início do festival e devem ter o nome de seu pai e de sua cidade, bem como a prova na qual escolheram competir, inscritos na lista de competidores na frente dos oficiais. Ao chegarem para a prática no ginásio, é obrigatório que cada um se registre pelo nome que usa, seja do pai, seja qualquer outro admissível pela lei. Caso contrário, serão multados pelos organizadores em [...] dracmas, e, se não pagarem a multa, deverão ser açoitados. Caso alguém chegue atrasado, deverá dar um motivo justo aos organizadores. São motivos justos os seguintes: doença, ataque de piratas ou naufrágio. O peticionante será julgado [...] e, se for condenado, será excluído dos jogos.

Alguns dias antes do início do festival, o estádio e o hipódromo, que ficava no quadrante leste de Olímpia, paralelo às margens do rio Alfeu, deveriam ser preparados. Esses locais, que poderiam ter sido usados nos anos intercalares para a plantação de trigo ou outras searas, precisariam ser desobstruídos e limpos. As raias da pista de corrida deveriam então ser molhadas, aplainadas e demarcadas. As *balbídes* deveriam ser instaladas no estádio e a *hýsplēx*, um mecanismo automático de partida que garantia que nenhum dos corredores ou dos cavalos iria queimar a largada,[157] era montada em ambos os locais.

---

157 MILLER 2006: 117 s. Dou mais detalhes sobre a *hýsplēx* abaixo, ao falar da corrida de estádio.

Segundo Filóstrato (*Vit. Apoll.*, 5.43.17-23), após os trinta dias de treinamento terem acabado e as juras serem feitas, todos se congregavam para a longa procissão até o santuário em Olímpia. Antes disso, porém, os oficiais eleios ainda exortavam os atletas reunidos uma última vez, dizendo:

"ἴτε" φασὶν "ἐς τὸ στάδιον, καὶ γίγνεσθε ἄνδρες οἷοι νικᾶν," (...) "εἰ πεπόνηται ὑμῖν ἐπαξίως τοῦ ἐς Ὀλυμπίαν ἐλθεῖν καὶ μηδὲν ῥᾴθυμον μηδὲ ἀγεννὲς εἴργασται, ἴτε θαρροῦντες, οἷς δὲ μὴ ὧδε ἤσκηται, χωρεῖτε οἷ βούλεσθε."

"Ide ao estádio e tornai-vos homens dignos de vencer. (...) Se tanto sofrestes a ponto de vos tornardes dignos de vir a Olímpia, e toda preguiça e covardia eliminastes, segui em frente com coragem; mas aquele que assim não se exercitou, que daqui parta aonde quer que queira."

Lideravam essa procissão os Juízes Helenos e as Dezesseis Sacerdotisas de Hera; atrás deles, vinham cerca de duzentos atletas e seus treinadores. A esse grupo já não tão pequeno, devemos contar ainda a inevitável, se bem que ignorada em nossas fontes, *entourage* de escravos. Para além do núcleo familiar mais próximo, deveriam comparecer também outros parentes dos competidores. Atrás dessa primeira ala, vinham cerca de cem unidades equestres formadas por carruagens e seus aurigas, cavalos, montadores e treinadores.

Para percorrer o caminho da antiga Élis até o sítio de Olímpia, seriam necessárias entre 9 e 10 horas de caminhada,[158] o que significa que os peregrinos, saindo à tardinha de Élis para evitar o calor massacrante de agosto, deveriam chegar no templo de Zeus apenas na manhã do dia seguinte, provavelmente tendo que acampar pelo caminho. Antes de entrarem na cidade, no entanto, os Juízes Helenos e as Dezesseis Sacerdotisas precisariam passar por um ritual de purificação, já que as competições eram, em sua essência, um festival religioso. Depois de sacrificarem um leitão, com cujo sangue seriam abençoados, eles de-

---

158 Élis dista certa de 35 a 40km (a depender da rota, que podia ser outra no período antigo) do santuário de Olímpia.

veriam se lavar nas águas de uma fonte local chamada Piéria.[159] Assim purificados, estariam prontos para pisar no solo sagrado do santuário de Zeus.

Com a chegada da procissão em Olímpia, o festival tinha início.

3.3.2. As categorias de idade e o programa olímpico

Ao contrário de outras competições atléticas, em Olímpia os atletas eram divididos em apenas duas categorias, aquela dos *paîdes*, isto é, meninos entre 12 e 14 anos, e a dos *ándres*, adultos com mais de 14 anos.[160] Outros festivais, a que Píndaro às vezes faz referência, podiam obviamente definir outras categorias. Por exemplo, nos Jogos Panatenaicos, em Atenas, os competidores eram divididos em três categorias: "meninos" (*paîdes*); "imberbes" (*agéneioi*), na faixa de 17 a 20 anos; e *ándres*. A faixa de idade para a admissibilidade na categoria *paîdes* variava de festival para festival. Nos Jogos Píticos, eram considerados *paîdes* meninos entre 12 e 14 anos, e essa faixa, que, por isso mesmo, era chamada de *paîdes pythikoí*, valia também nas Panateneias. Já nos Jogos Ístmicos, a faixa de idades dos meninos ia de 14 a 17 anos, motivo pelo qual era conhecida como *paîdes isthmikoí* por outros jogos que a adotavam.

Em princípio, portanto, muitos atletas que não se classificariam mais como *paîdes* em Olímpia, ainda poderiam competir nessa categoria nos Jogos Píticos ou Ístmicos, o que, teoricamente, poderiam lhes conferir uma grande (e injusta) vantagem. No entanto, a idade cronológica, de qualquer forma difícil de ser comprovada na Antiguidade,[161] ficava completamente subordinada à idade aparente do atleta, isto é, ao seu

---

159 Pausânias 5.16.8.
160 Sobre isso, ver FRISCHE 1988.
161 Idem, p. 181: *Eine Einteilung nach dem Alter wäre nur dann möglich gewesen, wenn es Dokumente gegeben hätte, die unseren Geburtsurkunden oder Personalausweisen entsprochen hätten – und wenn die Vorlage solcher Dokumente die Voraussetzung zur Teilnahme an einem Agon gewesen wäre. Nach den Quellen, über die wir verfügen, war beides nicht der Fall* ("Uma classificação por idade só teria sido possível se houvesse documentos correspondentes a nossas certidões de nascimento ou carteiras de identidade – e se a apresentação de tais documentos tivesse sido o pré-requisito para a participação em um *agṓn*. De acordo com as fontes que temos, nenhum desses era o caso").

desenvolvimento corporal quando comparado com o de seus oponentes e por isso o trabalho dos Juízes Helenos em Olímpia era tão importante. Essa também deveria ser uma grande fonte de angústia para os jovens atletas, meninos ou imberbes, que, nos trinta dias de concentração obrigatória em Élis, e mesmo no próprio dia da competição, poderiam ser "promovidos" de sua categoria para lutar com atletas mais velhos. Que isso acontecia com frequência, ficamos sabendo pelo testemunho de várias fontes, inclusive Píndaro, que registra em sua *Olímpica* 9 como Efarmosto, "roubado" da categoria dos imberbes na Maratônia,[162] teria vencido os adultos na prova de luta (*pálē*), levando a multidão ao delírio.

Obviamente, ainda que os Juízes Helenos fizessem um juramento prometendo não aceitar propinas e serem imparciais, a classificação (*enkrínesthai*) ou desclassificação (*ekkrínesthai*) em uma determinada categoria poderia ser usada com o propósito de favorecer ou desfavorecer injustamente determinado competidor pelos mais variados motivos, desde corrupção e pressão política até desentendimentos e preferências pessoais surgidos nos dias de concentração em Élis. Acerca disso, Plutarco (*Agesilaus* 13.3)[163] nos conta uma anedota interessante. O rei de Esparta, Agesilau II (c. 440 – c. 360), nascido um pouco antes da morte de Píndaro, teria forjado uma forte amizade com o filho do sátrapa Farnábazos, que viera visitá-lo e acabara por se apaixonar por um rapaz ateniense que desejava competir na corrida em Olímpia, mas na categoria infantil, e que

> ἐπεὶ δὲ μέγας ὢν καὶ σκληρὸς Ὀλυμπίασιν ἐκινδύνευσεν ἐκκριθῆναι, καταφεύγει πρὸς τὸν Ἀγησίλαον ὁ Πέρσης δεόμενος ὑπὲρ τοῦ παιδός· ὁ δὲ καὶ τοῦτο βουλόμενος αὐτῷ χαρίζεσθαι, μάλα μόλις διεπράξατο σὺν πολλῇ πραγματείᾳ.

por ser muito grande e rígido [isto é, musculoso], corria o risco de ser desclassificado [da categoria infantil]. O persa então buscou a ajuda de Agesi-

---

162 Uma competição atlética local instituída para comemorar a vitória dos atenienses sobre os persas em 490.
163 Cf. Xenofonte, *Helênicas* 4.1.40.

lau para o menino, e esse, desejando agradá-lo, depois de muito trabalho, resolveu seu problema.

Certamente, o *sỳn polêi pragmateíai* ("depois de muito trabalho") do original tem um implicação bastante clara: muita pressão política e muito dinheiro devem ter sido usados para corromper os Juízes Helenos a aceitar um rapaz, que provavelmente já era um adolescente, na categoria dos *paîdes*.

Com relação ao programa olímpico, uma das nossas principais fontes, e talvez a mais importante, é o próprio Píndaro, além de Pausânias e, mais tardiamente, Filóstrato, que escreveu um *Tratado sobre a Ginástica*,[164] em que esboça uma pequena história etiológica das provas.

De maneira geral, de acordo com Filóstrato (3), as provas dividiam-se em dois grupos: as leves (*tà koúpha*) e as pesadas (*tà barýtera*). Faziam parte das leves, as corridas: o estádio, o dólico, o diaulo e a corrida de hoplitas. Das pesadas, faziam parte os combates corporais: pancrácio, luta e boxe. O pentatlo combinava provas das duas categorias: luta e arremesso de disco eram considerados pesadas; ao passo que arremesso de dardo, salto e corrida, leves.

As competições equestres, de imenso prestígio em Olímpia, eram uma categoria à parte. Ainda que os gregos as considerassem uma modalidade esportiva, da mesma maneira que nós consideramos corridas de carros, eles obviamente entendiam que elas tinham um caráter peculiar. Em primeiro lugar porque, já na época de Píndaro, não era o montador ou o auriga (*hēníokhos*) que era coroado, mas seu patrão (*despótēs*, provavelmente um termo técnico), que arcava com os altíssimos custos de se criar e manter cavalos. As provas equestres vigentes na época de composição das *Odes Olímpicas* eram a corrida de cavalo montado a pelo

---

164 *Gymnasticus* – a edição usado por mim foi a de Rusten 2014. Apesar de muito citado, não raro acriticamente, as informações fornecidas por Filóstrato devem ser tomadas com cautela. Em primeiro lugar devido à sua data tardia, estima-se que o tratado tenha sido escrito por volta de 230 ec e, em segundo, dada à insegurança com relação à identidade do autor, este último fator bastante importante para a fidedignidade das informações prestadas, como nota Golden 1988: 48-50.

(*kélēs*), a biga (*synorís*), corrida de carreta puxada por mulas (*apéne*) e a corrida de quadriga (*téthripon*); essa última, a competição mais prestigiosa e que abria os Jogos Olímpicos. É por ela, portanto, e pelas provas equestres, que inicio o detalhamento do programa olímpico. Depois delas veremos as provas leves e, em seguida, as pesadas, deixando o pentatlo por último.

3.4. As provas – *agônes*

3.4.1. *Agônes hippikoí* – provas equestres

A prova da quadriga era o evento mais elitista de Olímpia e, na verdade, de todos os jogos entre os gregos. Era necessário muito dinheiro para se criar e manter cavalos, pagar seus tratadores, treinadores e hábeis construtores de carruagens, o que poderia evitar desastres durante a prova. Não deve ser surpresa então que essa era uma prova reservada a reis e aristocratas, que por meio dela podiam expor toda a sua riqueza (*ploûtos*)[165] e poder.

A corrida realizava-se no hipódromo, no quadrante leste do santuário, entre o estádio e o rio Alfeu, daí porque Píndaro e Baquílides irão se referir aos cavalos como "correndo ao longo do rio Alfeu".[166] As dimensões do hipódromo permanecem desconhecidas porque o sítio onde se encontrava não foi, até o momento, escavado. A partir das fontes literárias, no entanto, sabemos que tinha 600 pés de comprimento ou cerca de 192 m, ao final dos quais as carruagens viravam em torno ao um poste (*kamptḗr*, *nýssa* ou, em Píndaro, *térma*), dessa forma totalizando um giro de 384 m. Como a corrida de carruagens tinha 12 voltas, essas deveriam percorrer um impressionante percurso de aproximadamente 13,8 km. Ou seja, era uma prova longa e perigosa.

O auriga, que vestia uma túnica (*khitṓn*) branca, uma fita (*tainía*)

---

165 Cf. o *incipit* da P. V para um vencedor na quadriga: "A riqueza é vastipotente".
166 Píndaro, O. 1.32-33, παρ' Ἀλφεῷ σύτο δέμας / (...) ἐν δρόμοισι; Baquílides 5.38 Ἀλφεὸν παρ'εὐρυδίναν. Para uma discussão desse motivo formular, ver Eckerman 2013.

vermelha amarrada à cabeça e portava uma vergasta (*kéntron*) para instigar os cavalos,[167] ia numa plataforma feita de madeira e vime, estreita e baixa, montada diretamente sobre o eixo das duas rodas de quatro raios, protegido na frente apenas por uma estrutura também de vime ou metal, que provavelmente tinha a função de escudá-lo das pedras levantadas pelas rodas das quadrigas à sua frente, muito embora contra a poeira, que podia lhe torvar a visão, ele não dispunha de qualquer proteção. A carruagem era atrelada à quadriga por uma estrutura em forma de T formada pelo jugo, que saía do centro da carruagem e inclinava-se para cima, terminando na trave, a barra horizontal do T, sob a qual os dois cavalos centrais eram atrelados pelo pescoço (e não pelo peito como atualmente) através de uma cinta de couro.

O controle era feito por meio de rédeas ricamente decoradas ligadas à embocadura do freio, cujo mito de sua invenção é contado por Píndaro na *Olímpica* 13. Os dois cavalos em cada um dos flancos externos não eram atrelados à carruagem, mas iam livres, apenas ligados à dupla central por uma tira de couro. Sua função, portanto, era meramente espetacular, já que, com sua adição, o controle da quadriga exigia uma grande perícia por parte do condutor. As rédeas, de que havia pelo menos dois grupos de quatro, eram cruzadas num sistema complicado e ficavam divididas entre as duas mãos do auriga, além de ser presas a um cinto que lhe ajustava a túnica ao corpo, para evitar que elas, por algum motivo, lhe caíssem das mãos, o que poderia ser fatal. Do bom manejo das rédeas dependia sobretudo uma volta segura em torno ao *térma*, uma vez que, na ausência de um sistema diferencial para as rodas, os cavalos da esquerda deveriam diminuir sua velocidade, a fim de que a carruagem não tombasse para o lado da curva.

Na linha de partida, as carruagens eram arranjadas em baias (*oikḗmata*) dispostas na forma da proa de um navio, isto é, como um triângulo

---

167 O exemplo mais espetacular é aquele da escultura em bronze conhecida como o *Auriga de Delfos*, do Museu Arqueológico daquela cidade. O auriga fazia parte de uma grupo escultural que comemorava a vitória de Polizelo, tirano de Gela e irmão de Hierão, que foi celebrado por Píndaro na O. 1, na corrida de quadriga nos Jogos Píticos de 478 ou 474.

isósceles, cujo vértice apontava na direção da pista. A posição de cada carruagem nesse esquema era determinada por sorteio. Na ponta-de-lança da formação ficava um golfinho de prata suspenso no ar e, atrás desse, no meio da altura do triângulo formado pelas baias, um altar de adobe, sobre o qual havia uma águia de bronze com as asas abertas. Quando a corrida estava prestes a começar, para chamar a atenção da plateia, o trombeteiro deveria dar um primeiro sinal, e então o golfinho despencava de sua posição e a águia era puxada para cima. Num segundo toque, a *hýsplēx* era acionada e as cordas, que impediam a saída antecipada de qualquer carruagem das baias, caíam por terra em sucessão, do ponto mais distante do golfinho, perto de ambos os lados da Colunata de Agnato, que ficava atrás da estrutura das baias, até a ponta do triângulo, de modo que, quando estes últimos fossem liberados, todas as carruagens estariam alinhadas no início da corrida. A partir daí, como diz Pausânias, "o espetáculo dependia do conhecimento do auriga e da velocidade dos cavalos".[168]

Todas as carruagens agora disputariam a fim de, convergindo para um ponto focal no meio na pista, tomar a primeira posição e poder fazer a primeira volta o mais próximo possível do *kamptḗr*, sobre o qual havia uma imagem de prata de Hipodâmia coroando Pélops. Muito embora não saibamos os detalhes, obviamente a quadriga vencedora era aquela que cruzava primeiro a linha de chegada. Entretanto, não sabemos que tipo de sistema ou artifício os Juízes Helenos utilizavam para decidir casos difíceis, como aqueles empates hoje decididos por meio da fotografia ou vídeo.

Junto com a largada, a volta em torno do *térma* era um dos momentos mais perigosos da corrida, uma vez que aí as carruagens precisavam chegar muito próximas umas das outras. Um grande problema do estádio grego – e que contribuía para os acidentes – era justamente a ausência de uma divisão central equivalente à *spina* dos estádios romanos, que separava as carruagens que iam das que, já tendo virado no *kamptḗr*,

---

[168] Pausânias 6.20.13, τούτου δὲ ἤδη καθέστηκεν ἐπίδειξις ἐπιστήμης τε ἡνιόχων καὶ ἵππων ὠκύτητος.

voltavam. Por isso, as colisões frontais não eram raras. Para piorar, as corridas de quadriga abriam o evento pela manhã, e, quando os cavalos viravam na primeira volta na direção oeste, podiam se assustar devido à sua sombra projetada pelo sol nascente. Em virtude disso, havia perto do giro da pista um altar semicircular dedicado a propiciar o espírito (*daímōn*) que assustava os cavalos, que os gregos chamavam de *Taráxipos*, "Assusta-Cavalo", de que Pausânias (6.20.16) nos fornece explicações e relatos interessantíssimos.

Já na *Ilíada* (23.391-7), Eumelo, um dos cinco competidores na corrida de carruagens dos Jogos Fúnebres para Pátroclo, é atirado para fora de seu carro quando o seu eixo, por influência de Atena, se quebra durante a corrida. Um pouco antes (*Ilíada* 23.334-43), Nestor já havia aconselhado seu filho Antíloco para tomar cuidado, a fim de que não colidisse na virada da *nýsa*, como é chamado o *kamptḗr* em Homero. Na *Pítica* 5 (49-64), datada de 463, Píndaro nos informa que apenas uma carruagem teria chegado ao fim da disputa em Delfos, devido a uma colisão que destruíra quarenta e uma outras. A carnificina de homens e cavalos deve ter sido horrível, a ponto de ficar gravada na memória coletiva grega, pois é possivelmente impressionado por essa tragédia, ocorrida então há mais de cinquenta anos, que Sófocles, na sua *Electra* (727-28), irá se inspirar para escrever a cena da colisão das dez carruagens, da qual apenas a de Orestes sai inteira. Diodoro Sículo (14.109.6) relata ainda como, na Olimpíada de 388, algumas das carruagens do tirano Dionísio da Sicília (432-367) foram destruídas em colisões, ao passo que outras foram arrastadas para fora da pista pelos cavalos assustados.

A corrida de CARRETA DE MULAS, chamada *apḗnē* em grego, foi introduzida no programa olímpico em 500 e consistia em uma carreta puxada por uma biga de mulas. Ao contrário da corrida de quadriga ou de biga, aqui o auriga conduzia sentado. De resto, o número de voltas e o modo de partida deveria ser idêntico àquele da corrida de quadrigas. A corrida de *apḗnē* provavelmente foi colocada no programa olímpico por pressão dos aristocratas dóricos da Sicília, onde esse tipo de prova era muito popular. Entre os gregos continentais, no entanto, a competição não gozava de muito prestígio. A esse respeito, Aristóteles (*Rhet.* 3.14, 1405b) nos conta a famosa anedota atribuída a Simônides de Ceos (556-468), um poeta famoso pela avarícia, que se recusara a escrever uma ode comemorando a vitória olímpica da carroça de mulas de Anaxilas de Régio (? - 476) por considerar mulas um assunto indigno de poesia, mas que, ao ser informado de que aquele dobrara o valor do soldo que lhe pagaria, caso estivesse disposto a mudar de ideia, teria iniciado a ode da seguinte forma (POLTERA fr. 2 = PMG 515):

χαίρετ' ἀελλοπόδων θύγατρες ἵππων·

Salve, filhas dos cavalos de pés de vento!

Píndaro, bem mais novo que Simônides, não parece ter partilhado do desprezo deste último pela carreta de mulas, tendo escrito as belíssimas *Olímpicas* 4 e 6 para as carretas vitoriosas de Psáumis de Camarina e Hagésias de Siracusa. Não muito depois disso, na 84ª Olimpíada (444), a prova foi excluída do programa olímpico, provavelmente pelo medo supersticioso que os eleios tinham de que, se alguma mula parisse em seu território, isso invocaria uma antiga maldição, não mencionada nas fontes.[169]

Instituída junto com a corrida de carretas de mulas, uma outra prova que teve uma vida bastante curta no programa olímpico foi o TROTE DESMONTADO, chamado *kálpē* ("trote") em grego. Pausânias (5.9.2) nos diz que apenas éguas podiam participar dessa prova, que era em tudo idêntica à prova de corrida de cavalos, exceto que nos três estádios finais do hipódromo, os cavaleiros desmontavam e finalizavam a prova correndo ao lado de suas montarias, que puxavam pelas rédeas. Essa prova foi abolida na 74ª Olimpíada (484) e, até onde sabemos, Píndaro não compôs nenhuma ode para algum vencedor nela.

A última prova hípica a ser acrescentada ao programa olímpico foi a CORRIDA DE BIGAS (*synorís*), na 93ª Olimpíada (408), ou seja, após a

---

[169] Ver Heródoto 4.30 e Pausânias 5.5.2.

morte de Píndaro. Essa corrida era idêntica à de quadrigas, exceto que a carruagem era puxada por uma parelha de cavalos ou éguas, e que a distância a ser percorrida era de apenas oito voltas no hipódromo ou aproximadamente 9 km.

A CORRIDA DE CAVALO (*kélēs*) fez parte dos eventos mais antigos do programa olímpico, tendo sido instituída na 33ª Olimpíada (648). Podiam competir tanto cavalos quanto éguas. A distância percorrida era de seis estádios, ou seja, uma volta completa no hipódromo, e o sistema de partida era semelhante àquele para as carruagens, exceto que as baias eram ocupadas por apenas um cavalo. Nele ia montado um menino, normalmente um escravo, provido de uma vergasta, mas sem poder contar com o auxílio de sela ou estribos (esses ainda não haviam sido inventados).[170] Por causa disso, os montadores tinham muito pouco controle sobre o cavalo, podendo ser arremessados violentamente da montaria se essa emperrasse, travasse bruscamente ou empinasse.

De fato, Pausânias conta como, na Olimpíada de 512, a égua de Fídolas de Corinto, chamada *Aura* ("Brisa"), teria se tornado famosa por ter terminado a competição em primeiro lugar sem o seu montador, que ela arremessara de si logo no início da corrida. A primeira ode olímpica de Píndaro celebra a vitória do cavalo baio de Hierão de Siracusa, Ferênico ("Vitorioso"), na Olimpíada de 476. Segundo Píndaro, Ferênico teria disparado na frente e vencido a corrida sem jamais ter sido vergastado (v. 33, *akéntēton*) por seu montador, uma façanha e tanto.

3.4.2. Os *agônes gymnikoí* – provas leves

A CORRIDA DE ESTÁDIO (*stádion*), que podia ser disputada tanto por *ándres* quanto por *paîdes*, tira o seu nome da própria distância que os corredores deveriam percorrer, isto é, um "*stádion*", que era uma unidade de medida equivalente a 600 pés gregos ou, aproximadamente, 192 m, se tomarmos como pé de referência aquele usado em Olímpia (~32,05 cm),

---

[170] Um exemplo impressionante é o *Jóquei de Artemísio*, do Museu Arqueológico Nacional de Atenas, uma escultura de bronze datada de 150–140.

o que torna essa corrida semelhante aos nossos 200 m rasos.[171] A largura da pista era de cerca de 30 m. Por metonímia, a palavra começou a ser usada para se referir ao local onde a corrida era realizada, daí o termo "estádio" em português. Como vimos acima, a prova teria se desenvolvido a partir do ritual de acendimento da chama do altar de cinzas de Zeus, em frente do qual a pista estava localizada no período arcaico.

Como em todos os *gymnikoí agônes*, os corredores competiam nus. Em número de vinte dois, eles se posicionavam do lado oposto ao da entrada em arco do estádio, onde estava a *balbís* (pl. *balbídes*) de partida, que era uma faixa de pedra com duas ranhuras de cerca de 10 a 12 cm de largura, cuja função provavelmente era a de fornecer apoio para o dedão dos pés[172] e, dessa forma, dar ao atleta maior impulso na largada. Cada corredor tinha sua própria raia, demarcada por sarrafos de madeira encaixados na *balbís*[173] e marcada com cal ao longo da pista, que era de chão batido. Do outro lado do estádio, ficava outra *balbís*, que marcava a linha de chegada ou meta.

Ao ouvir o Juiz Heleno dizer *póda parà póda* ("pé com pé"), os atletas ficavam em posição de partida: braços estendidos, uma das pernas ligeiramente à frente, com o dedão do primeiro pé encaixado na primeira ranhura da *balbís* e o do segundo, na segunda ranhura. Essa pose difere da dos corredores nos jogos modernos, com seus quatro pontos de apoio: dois nos pés e dois nas mãos, já que os atletas partem de uma posição curvada. Ao que tudo indica, tal postura era proibida em Olímpia.[174]

Inicialmente, a partida deve ter se dado por uma simples corda esticada na frente dos corredores, que era tombada ao comando do Juiz, *ápite!* ("Parti!"). No entanto, não demorou muito para que os gregos inventassem um mecanismo mais preciso, capaz de evitar que os atletas

---

171 Não havia uma padronização entre diferentes locais. O estádio em Delfos, por exemplo, era bem mais curto que o de Olímpia, medindo apenas 172 m.
172 A *balbís* podia ter uma ou duas ranhuras. A versão com duas ranhuras aparece mais tarde no registro arqueológico, c. 400; a com uma, mais cedo, c. 500. Cf. MILLER 2006: 37, a quem recorri extensamente para escrever essa seção.
173 Cada raia tinha entre 88 e 92 cm de largura (MILLER, *ibid.*).
174 MILLER, *ibid.*

queimassem a largada ou largassem na frente dos outros (uma falta, aliás, punida com o açoitamento). Esse mecanismo era chamado de *hýsplēx* ("garrucha")[175] e evidências de um primeiro modelo, datado do séc. V e denominado *Hýsplēx* I por MILLER 2006: 38, foram encontradas no estádio dos Jogos Ístmicos, o que indica que também deveriam ser usados em Olímpia.

Por esse sistema, a linha de partida ficava na base de um triângulo pavimentado de pedras. Sobre essa linha, cada um dos corredores posicionava-se atrás de um portão formado por um sarrafo na vertical e uma cancela, que era mantida levantada por uma corda que passava do topo do sarrafo para baixo e, daí, através de um grampo de bronze, afixado no chão, até as mãos de um controlador, que ficava no vértice oposto à base do triângulo, dentro de um poço. Havia tantas cordas quanto houvesse corredores, pois cada um tinha o seu portão individual. Ao grito de *ápite* do juiz, o encarregado soltava todas as cordas, fazendo com que as cancelas caíssem sobre o próprio peso, assim liberando os atletas para a corrida.

No entanto, os problemas com esse primeiro tipo de mecanismo eram principalmente dois: inicialmente, devido à diferença de comprimento entre as cordas das raias mais centrais e aquelas mais exteriores, nas laterais, que podia ser de até 7 m, segundo Miller, o atrito e a resistência das cancelas do centro eram menores do que aqueles das mais externas, o que fazia com que as primeiras respondessem bem mais rápido do que as últimas, conferindo uma vantagem considerável aos atletas centrais. Em segundo lugar, a possibilidade de travamento, seja por atrito ou pelo emaranhamento das cordas, deveria ser bem grande – tanto que esse sistema foi logo abandonado em favor da *Hýsplēx* II.

Nesse novo mecanismo, uma espécie de barreira com portões era montada à frente dos corredores. Essa barreira era cruzada, na horizontal, por duas cordas, uma na altura do joelho e outra na do umbigo. Esses portões eram mantidos de pé *contra* a tensão de um mecanismo

---

175 O termo faz alusão ao mecanismo das armadilhas de caça e das catapultas, que consistia numa corda de sisal enrolada sob tensão que, ao ser liberada, fechava a armadilha ou lançava o braço da catapulta.

de mola, feito por meio de uma garrucha de corda e montado ao lado da pista de corrida. Nesse caso, eram necessárias apenas duas cordas, uma em cada extremidade da barreira, que, retesadas pelo encarregado da partida, impediam os portões de caírem. Assim, ao sinal de início da corrida, ele precisava apenas soltar essas duas cordas para que todos os portões, num átimo, tombassem para frente, puxados pelo desarmamento da garrucha.[176] De acordo com MILLER 2006: 43,

> A evolução da *hýsplēx* mostra uma preocupação constante com um problema que era central para o *gymnikós agṓn*: o desejo de remover qualquer possibilidade de se influenciar o resultado das corridas, fosse por um equipamento falho ou por um comportamento prejudicial dos juízes. Se um corredor largasse muito cedo, ele cairia contra o seu portão ou se enrolaria nas suas cordas. Ficaria claro para todo mundo que ele tinha queimado a partida, e um juiz nem poderia negar o acontecido, nem declarar arbitrariamente que a partida havia sido queimada, açoitando um inocente. Essa preocupação está de acordo com o antigo princípio segundo o qual as únicas competições aceitáveis eram aquelas nas quais o vencedor pudesse ser determinado por princípios estritamente objetivos.

A CORRIDA DE DIAULO, ou simplesmente diaulo, como irei me referir a essa prova, era assim chamada porque lembrava o movimento feito pelo lavrador no campo ao cavar um sulco (*áulos*), isto é, indo até o final de um lote e voltando, num vaivém contínuo. Dessa forma, como o próprio nome diz, o diaulo (*dís*, "duplo") era uma corrida de ida e volta na pista, ou seja, a distância a ser percorrida era o dobro da corrida de estádio, 1200 pés olímpicos ou aproximadamente 400 m. Ela teria sido instituída no programa olímpico em 724, na 14ª Olimpíada, e era aberta às categorias de *ándres* e *paîdes*.

No caso do diaulo, a *balbís* de partida era também o *térma*, isto é, a linha de chegada, e os corredores deveriam virar abruptamente ao

---

[176] Na época helenística, com a invenção da mola de metal, um terceiro tipo de *hýsplēx*, bastante mais sofisticado, foi inventado. Remanescentes de sua estrutura podem ser vistas nos estádios de Epidauros e de Cós.

chegar na *balbís* oposta. Para ajudar nesse movimento, e para que todos percorressem a mesma distância, um *kamptér* individual era inserido nessa segunda *balbís*, de uma maneira semelhante ao que se fazia nas provas hípicas. Nas representações vasculares é impossível distinguir os corredores de estádio daqueles do diaulo, exceto por um único vaso atualmente no Museu Arqueológico Nacional de Atenas que traz, ao lado de um atleta correndo, a inscrição "eu sou um corredor de diaulo".[177]

A CORRIDA DE LONGA DISTÂNCIA, ou DÓLICO (*dolikhós*, "longo"), como irei me referir a essa prova, foi instituída na Olimpíada seguinte, a 15ª, em 720, e tanto *ándres* quanto *paîdes* podiam competir. Não se sabe com certeza qual era a distância a ser percorrida. Algumas fontes falam de vinte voltas na pista, o que daria cerca de 3,8 km.[178] MILLER 2006: 32, no entanto, fala de vinte quatro voltas, o que daria cerca de 4,6 km. Nas representações vasculares, os corredores que apresentam uma postura mais relaxada, com uma amplitude da passada menor, podem ser corredores do dólico.

A última prova de corrida a entrar para o programa olímpico foi a CORRIDA DE HOPLITAS (*hoplitodrómos*), em 520, na 65ª Olimpíada, e ela só podia ser disputada pelos *ándres*. *Hoplítēs* é como era chamado um soldado que carregava um escudo (*hóplon*) grande o suficiente para cobrir a si e ao seu companheiro de falange, mas podia significar também o soldado munido com a armadura completa de um infante: lança, escudo, capacete e grevas. Apesar disso, na corrida de hoplitas do tempo de Píndaro, que tinha a extensão de dois estádios, isto é, a mesma distância do diaulo, os corredores portavam apenas escudo e capacete, tendo sido as grevas abolidas, provavelmente em virtude da dificuldade de se correr portando-as.

Não deveria ter sido uma prova fácil, já que o peso do escudo e do capacete, bem como o desconforto que este último deveria causar no calor escaldante de julho/agosto, sobretudo se não estivesse bem

---

177 Atribuído ao pintor de Boston, *c*. 550. Museu Arqueológico Nacional de Atenas, Inv. nº 2468.
178 YOUNG 2004: 26.

ajustado, deveria ser enorme. Aliás, não sabemos se o peso de ambos era padronizado, mas é possível que sim, já que Pausânias (6.19.1 s.), ao descrever os tesouros das cidades gregas em Olímpia, nos informa que alguns deles guardavam os escudos utilizados na corrida de hoplitas. Além disso, diferenças de peso entre os escudos dos corredores poderiam representar uma vantagem (ou desvantagem) significativa, capaz de decidir a prova. Os eleios sabiam disso, e é pouco provável que tenham deixado que os competidores usassem seus próprios escudos. Já os capacetes eram outra história: como eles precisavam ficar bem ajustados à cabeça do corredor, tornando-se um equipamento individualizado, é muito provável que cada atleta trouxesse o seu, que deveria ser inspecionado pelos juízes antes da prova.

3.4.3. Os *agônes gymnikoí* – provas pesadas

A primeira das provas pesadas era a LUTA OU PALE (*pálē*, com o mesmo significado), que foi também a primeira modalidade dentre os combates a ser introduzida no programa olímpico em 708, na 18ª Olimpíada. Em português, o termo "luta" é bastante genérico e pode englobar uma série de combates corporais muito diferentes, inclusive dentro da mesma família (que o inglês define melhor pelo termo *wrestling*), como a luta greco-romana, a luta livre olímpica, a luta turca no óleo, a *pahlwani* do sudeste asiático etc.; por essa razão, irei me referir à luta grega antiga pelo seu nome próprio, pale, sem aspas ou itálico. Em Olímpia, ela era disputada nas duas categorias, *ándres* e *paîdes*.

A pale, como suas parentes da mesma família, era um tipo de combate que envolvia técnicas de pegada e arremesso, mas não de imobilização. Na pale, encostar qualquer parte lateral ou dorsal na poeira da arena[179] contava como uma queda, sendo necessárias três quedas para se ganhar uma luta. A competição era organizada por fases e os oponentes

---

179 Chamada *skámma* ("trincheira") e improvisada no próprio estádio, perto da segunda *balbís*, se pudermos confiar nas figuras vasculares. Ela servia também para as competições de boxe e pancrácio. Desconhecemos suas proporções, mas, dado o fato de que o mesmo nome também era aplicado à área onde os competidores no salto em distância aterrissavam, ela não deveria ser muito profunda.

sorteados na hora. Se o número de oponentes fosse ímpar, o atleta que sobrava passava automaticamente para a segunda fase, esperando no banco sua vez para lutar, daí chamar-se *éphedros* (*epí*, "sobre" + *hédra*, "banco") em grego. Obviamente, isso representava uma grande vantagem, porque o êfedro (assim aportugueso o termo) enfrentava os lutadores da primeira fase – alguns dos quais já possivelmente bastante machucados ou lesionados –, com um corpo descansado. No entanto, essa não era uma vantagem de que um atleta se orgulhava. Ao contrário, aqueles que venciam sem terem sido mandados nem uma vez ao banco costumavam salientar esse fato, e eram referidos com respeito como *anéphedros*. O vencedor da primeira fase, chamado *triaktés*, justamente por ter imposto três quedas, avançava para a próxima, e assim por diante, até que restasse apenas uma dupla. Aquele que vencesse todos os embates sem "ter se manchado" de poeira (*kónis*) uma única vez era chamado de vencedor *akonití*, (*a*- "sem, não" + *kónis*, "poeira"), o que era motivo de orgulho e fama para qualquer atleta.[180] Por meio das representações vasculares, ficamos sabendo que ao menos um dos joelhos podia encostar no chão sem que isso caracterizasse uma queda.

Os dois palestas, como eram chamados os lutadores de pale, começavam a luta de pé numa posição chamada *sýstasis*, em que testa encostava com testa, como os caibros do vértice de um telhado, para usar a imagem homérica (*Il.* 23.712-13). A partir daí, cada um dos lutadores tentaria assegurar uma pegada que fosse capaz de levar o outro ao chão, sendo que as primeiras pegadas visavam normalmente os braços ou ombros do oponente. É nessa posição que a maioria das representações iconográficas antigas nos mostra os dois lutadores. Chutes e rasteiras eram permitidos para tentar desestabilizar o oponente.

A partir da *sýstasis*, um golpe inicial possível seria, avançando de surpresa contra o oponente, agarrá-lo pelos ombros e segurá-lo num abraço de urso, tentando levantá-lo para projetá-lo no chão ou deslizando o abraço para a cintura, obrigando-o a se curvar, a fim de tentar

---

180 Mais tarde, o termo *akonití* também começou a ser usado para qualquer tipo de vitória por *default*, isto é, quando não havia competidores ou esses desistiam.

um giro e um lançamento. Aliás, técnicas de lançamento eram bastante comuns para se finalizar rápida e espetacularmente uma luta. Num desses golpes, o atleta tentava girar o oponente, agarrando-o por trás e pela cintura (*méson labeîn*, "pegar pelo meio") para tentar lançá-lo por cima dos ombros (no que se chama atualmente de "suplê") ou, enforcando-o (*trakhēlízein*) com uma chave-de-braço no pescoço, tentar girá-lo para então o jogar por cima do quadril, numa técnica chamada *hédra* ("cadeira"),[181] que também podia usar como ponto de apoio o ombro em vez do quadril. Em ambos os casos, o atacado poderia tentar segurar o atacante pela cintura, levando os dois aos chão, o que resultaria num empate, uma situação que, de fato, não era incomum.[182]

A segunda das provas pesadas era o PUGILATO (*pýx*; *pygmakhía*), introduzida no programa olímpico vinte anos depois da pale, em 688, talvez por pressão dos espartanos, se pudermos acreditar em Filóstrato (9), que nos informa que essa prova teria sido invenção deles, porque

κράνη Λακεδαιμονίοις οὐκ ἦν, οὐδ' ἐγχώριον ἡγοῦντο τὴν ὑπ' αὐτοῖς μάχην, ἀλλ' ἦν ἀσπὶς ἀντὶ κράνους τῷ μετ' ἐπιστήμης φέροντι. ὡς οὖν φυλάττοιντο μὲν τὰς κατὰ τοῦ προσώπου πληγάς, πληττόμενοι δὲ ἀνέχοιντο, πυγμὴν ἐπήσκησαν καὶ τὰ πρόσωπα οὕτω (στέγειν) ἐνεγυμνάζοντο.

não dispunham de capacete, nem o consideravam próprio para as suas batalhas, pois [diziam que] o escudo é um capacete para aquele que sabe usá-lo. A fim de que se precavessem de golpes na cabeça e, se golpeados, aguentassem, dedicavam-se ao pugilato e assim treinavam a defesa da cabeça.

O pugilato era uma prova violenta; os atletas são normalmente representados com narizes sangrando, orelhas quebradas, rosto machucado e inchado.[183] Apesar disso, havia também uma categoria infantil (*paîdes*)

---

181 Para todos esses termos, muito comuns em metáforas literárias na língua grega, ver POLIAKOFF 1981.
182 Há que se notar que a luta entre o telamônio Ájax e Odisseu na pale descrita na *Ilíada* 23.700-37 termina num empate.
183 De novo, uma estátua de bronze do período helenístico, o *Pugilista descansando*, hoje no Museu Nacional de Roma, é um dos exemplos mais realistas de um boxeador.

para essa prova. De fato, as *Olímpicas* 10 e 11 são dedicadas a um menino pugilista, Hagesídamo da Lócria ocidental. Havia poucas regras: não eram permitidos golpes com a mão aberta, dedos nos olhos ou pegadas. Não se podia golpear um adversário que estivesse caído ou que tivesse se rendido. Golpes abaixo da cintura provavelmente não eram permitidos. O alvo principal era atingir a cabeça, a fim de desnortear ou nocautear o oponente, mas golpes nas costelas e no plexo também era permitidos. Não havia assaltos ou rodadas nem um tempo pré-estabelecido para a duração da luta; os oponentes combatiam até que um deles caísse ou se rendesse, muito embora pausas pudessem ser acordadas entre as partes. Caso a luta se estendesse por muito tempo (e, de novo, desde que ambas as partes concordassem), ela podia ser decidida por meio de um revezamento de socos para os quais não podia haver defesa: o primeiro a cair perdia a luta. Por causa disso, várias disputas, de até dez duplas de pugilistas, poderiam acontecer ao mesmo tempo.

Os competidores não lutavam com a mão desprotegida, mas usavam tiras de couro de boi curado e azeitado de cerca de 4 m conhecidas como *himántes* (sing. *himás*),[184] que eram enroladas desde o cotovelo até o nó dos dedos, que assim ficavam livres para se mover. Dessa forma, o pugilista podia golpear com a mão fechada e se defender com a mão aberta, pegando socos, por exemplo, algo que não era proibido. Na época de Píndaro, ainda não haviam sido inventadas as *himántes* mordentes (*oxýs*), que aparecem nas representações vasculares e esculturas a partir de 336/5. Esse novo modelo, feito de couro de carneiro, preservava o velo, que recobria a parte superior do antebraço do atleta e deveria ser usado para enxugar o suor durante a luta, bem como para guardar-se contra os socos do oponente. A região das articulações dos dedos era reforçada com uma camada de couro laminado, e tiras adicionais eram acrescidas aos punhos e dedos, impedindo que esses se movimentassem.

Apesar de violento, o pugilato requeria muita agilidade, condicio-

---

184 MILLER 2006: 51. Couro de porco não era permitido, pois produzia feridas de difícil cicatrização. As *himántes* era apelidadas de *mýrmekes*, "formigas", porque picavam e machucavam a mão dos atletas.

namento físico e inteligência por parte dos atletas. Uma luta não se ganhava apenas nocauteando um adversário. Como no boxe moderno, cansar o oponente fechando a guarda e esquivando-se dos golpes podia ser uma tática bastante efetiva e normalmente era a mais sábia quando havia uma grande desproporcionalidade entre os dois pugilistas. Como não havia um ringue e não era proibido sair da área de luta, os pugilistas podiam obrigar seus oponentes a correr atrás de si, dessa forma os fatigando. É provavelmente baseando-se em lutas reais que Teócrito (*Idílio* 22.75-134) constrói a bela cena em que Pólux, o mítico pugilista filho de Zeus e Leda, usa sua velocidade e esperteza para derrotar o gigante Âmico, fazendo-o lutar contra o sol para, com a visão ofuscada, acertar-lhe um gancho no queixo que o desnorteia, derrubando-o e, a partir daí, servir-lhe muitos diretos e cruzados da direita e da esquerda.

A última das provas pesadas e a mais violenta era aquela do PANCRÁCIO (*pankrátion*, "força total"), instituída em 648, na 33ª Olimpíada. No tempo de Píndaro era uma prova reservada apenas aos *ándres*. O pancrácio para *paîdes* foi introduzido nos Jogos Olímpicos apenas na 145ª Olimpíada (200). Uma combinação de luta e pugilato, aproximava-se do nosso "vale-tudo" do início dos anos 1990 (posteriormente substituído pelo MMA, *Mixed Martial Arts*, mais regulado). No pancrácio, as únicas proibições eram contra morder ou enfiar os dedos nos olhos de adversário, mas torcer os dedos, chutar e, talvez, até golpes nas partes baixas eram permitidos. Mesmo no chão, o oponente podia continuar a ser atacado. Como no pugilato, o vencedor era o último a ficar de pé ou a desistir.

Nas representações vasculares, o pancrácio pode ser distinguido da pale justamente porque os competidores continuam lutando no chão, frequentemente em posições bastante complexas, e, do pugilato, porque os pancraciastas não utilizavam *himántes*. A descrição mais clássica da brutalidade do esporte é aquela dada por Filóstrato, o Velho (c. 190-230 EC), em uma de suas *Imagines* (2.6.3):

οἱ παγκρατιάζοντες, ὦ παῖ, κεκινδυνευμένῃ προσχρῶνται τῇ πάλῃ· δεῖ γὰρ αὐτοῖς ὑπωπιασμῶν τε, οἳ μή εἰσιν ἀσφαλεῖς τῷ παλαίοντι, καὶ συμπλοκῶν, ἐν αἷς περιγίνεσθαι χρὴ οἷον πίπτοντα, δεῖ δὲ αὐτοῖς καὶ τέχνης ἐς τὸ ἄλλοτε ἄλλως ἄγχειν, οἱ δὲ αὐτοὶ καὶ σφυρῷ προσπαλαίουσι καὶ τὴν χεῖρα στρεβλοῦσι προσόντος τοῦ παίειν καὶ ἐνάλλεσθαι· ταυτὶ γὰρ τοῦ παγκρατιάζειν ἔργα πλὴν τοῦ δάκνειν ἢ ὀρύττειν. Λακεδαιμόνιοι μὲν οὖν καὶ ταῦτα νομίζουσιν ἀπογυμνάζοντες οἶμαι ἑαυτοὺς ἐς τὰς μάχας, Ἠλεῖοι δὲ [καὶ] ἀγῶνες ταυτὶ μὲν ἀφαιροῦσι, τὸ δὲ ἄγχειν ἐπαινοῦσιν.

Os pancraciastas, meu filho, praticam uma perigosa forma de luta, pois devem suportar hematomas que não são seguros para o lutador, e diferentes tipos de torções, das quais devem se livrar, ainda que dominados. Devem, ademais, ser expertos em diversas formas de estrangulamento. Eles lutam com os calcanhares, torcem as mãos [dos adversários], além de golpear e saltar [sobre os mesmos]. Tudo isso faz parte da luta do pancrácio, exceto morder ou furar os olhos. Os espartanos até isso permitem, treinando, creio eu, para a guerra, mas os eleios vetaram essas duas coisas dos jogos, muito embora vibrem com o estrangulamento.

Não era incomum, por causa disso, que alguns lutadores morressem durante a luta, o que ainda assim dava uma vitória legítima para o oponente, se ele não tivesse feito uso de nenhum dos golpes proibidos ou se não tivesse empregado uma violência desmedida (*hýbris*), como no famosíssimo caso de Aríquion,[185] bicampeão olímpico que teria morrido na sua tentativa de vencer no pancrácio pela terceira vez durante a 55ª Olimpíada (564). O caso é relatado pelo mesmo Filóstrato, o Velho, na continuação do trecho acima (*Imagines* 6.3.4) que é, na verdade, uma écfrase da pintura que retratava essa luta.

Ele nos conta que o adversário de Aríquion, estrangulando-o com um mata-leão, mantinha-o imobilizado por trás, com suas pernas passadas pelo interior de seus joelhos. Aríquion estaria quase desmaiando quando o adversário, por crer numa vitória iminente, teria relaxado a chave de pernas, dando uma oportunidade ao oponente. Aríquion então, antes de desmaiar, teria dado um coice (*laktízein*, um termo técnico) com o pé direito para trás, ao mesmo tempo que projetava o peso do

---

185 Ou Arráquion, segundo Pausânias 8.40.2, que diz ter visto sua estátua na sua cidade natal de Figaleia.

corpo para a esquerda, prendendo o pé do oponente entre suas pernas e, com a violência da queda, deslocando seu calcanhar, obrigando-o dessa forma a indicar sua desistência (o que era feito levantando-se o dedo indicador). No entanto, logo após ser pronunciado tricampeão olímpico sob o grito e os aplausos das arquibancadas, o juiz percebeu que Aríquion havia morrido por asfixia, o que não impediu que seu corpo fosse coroado vencedor olímpico, antes de ser despachado para receber honras fúnebres em sua cidade.

O PENTATLO, instituído em Olímpia no mesmo ano da pale, isto é, em 708, era constituído, como o próprio nome diz, por uma série de cinco (*pénte*) competições (*áthlos*) disputadas no mesmo dia nessa ordem: estádio, lançamento de disco, salto, lançamento de dardo e pale. As regras para estádio e pale eram as mesmas já descritas. No período histórico, a premiação era única – pelo conjunto do pentatlo, não para cada desafio. Não era necessário vencer todas as provas, mas apenas três, e o primeiro que assim o fizesse era declarado vencedor olímpico, apesar de isso ser um evento raro. Na maioria dos casos, o vencedor só era decidido após a pale. Os detalhes, entretanto, acerca de como os vencedores eram escolhidos, se havia um sistema de fases eliminatórias, de pontuação etc., nos são totalmente desconhecidos. O pentatlo para *paîdes* teve uma única edição, em 628, provavelmente devido à natureza extenuante da prova.[186] Como o estádio e a pale já foram descritos, irei explicar no que segue o que sabemos das outras competições que integravam essa prova.

O LANÇAMENTO DE DISCO (*diskobolía*) era bastante semelhante à competição moderna; o disco, porém, era maior e mais pesado e há indícios de que o peso aumentava à medida que o atleta progredia nos lançamentos.[187] Ao passo que um disco olímpico moderno pesa 2 kg e mede 22 cm de diâmetro, o disco antigo – feito de pedra ou metal, normalmente bronze –, podia pesar entre 2-4 kg,[188] tendo uma circun-

---

186 Pausânias 5.9.2.
187 MILLER 2006: 61.
188 YOUNG 2004: 34.

ferência de cerca de 25 cm, ou seja, mais ou menos o diâmetro de uma *spithamḗ*, a unidade de comprimento grego igual ao "espaço que se pode abarcar entre o polegar e o dedo mínimo".[189]

O modo de lançamento do disco era semelhante ao atual, mas exigia mais força e uma técnica diferente: o atleta, colocando o peso do corpo na perna direita, segurava o disco com a mão esquerda no nível da cabeça, ao passo que a mão direita, aquela do lançamento, segurava na borda superior do disco. Como nos falta a referência da pista do estádio nas representações vasculares, não sabemos se atletas ficavam de frente para a pista e, portanto, executavam apenas um giro do corpo ou se, de costas para ela, realizavam um giro e meio, como os atletas modernos. Seja como for, a *balbís* servia como linha de falta e não deveria ser ultrapassada no impulso final, quando o peso do corpo fosse trocado do pé direito para o esquerdo, o que fazia o atleta se lançar para frente num pequeno salto.

À medida que os atletas iam fazendo seus lançamentos, eles cravavam pequenos marcadores feitos de pedra chamados *semeíon* ("sinal") no local onde o disco tocara o solo da *skámma*. Em Olímpia, eram permitidos três lançamentos, valendo o melhor, mas em outros locais as regras eram diferentes. Na ilha de Rodes,[190] por exemplo, cada atleta podia fazer cinco tentativas. Ao final, o vencedor era aquele que conseguia lançar o disco (mais pesado, se havia gradação de pesos) mais longe. Esse, possivelmente, seria também o primeiro a pular.[191]

No SALTO EM DISTÂNCIA (*hálma*), como o próprio nome diz, o atleta deveria pular o mais longe possível a partir de uma plataforma, chamada *batḗr* (com o mesmo significado) que servia como linha de falta e não deveria ser mais do que uma placa de madeira colocada no chão para melhorar o impulso. Ao contrário dos competidores olímpicos modernos, os atletas gregos utilizavam-se de "auxiliares de salto", que em grego se diz *haltéres* (donde a palavra em português, "halter"), que

---

189 LSJ, *s.v.* σπιθαμή.
190 SEG 15.501, séc. I EC.
191 Idem.

carregavam em cada uma das mãos e deveriam auxiliar no impulso do atleta.[192] Havia vários tipos de halteres: os esféricos, feitos de pedra, com encaixe para os dedos e polegar, e os longos, feitos de metal, normalmente chumbo, que tinham a forma de uma simples barra. Não havia uma padronização quanto ao peso, que podia variar entre o mesmo par inclusive, mas, em geral, os halteres pesavam entre 1,5 e 2,5 kg.[193]

A riqueza das figuras vasculares permite-nos reproduzir o salto com bastante precisão. Não se tratava, segundo MILLER 2006: 68 E YOUNG 2004: 35, de um salto triplo, como o moderno, mas de um simples, a partir de um único impulso tomado após uma curta corrida. O atleta era sempre acompanhado de um auleta, porque, segundo Filóstrato (55),

> οἱ γὰρ νόμοι τὸ πήδημα χαλεπώτερον ἡγούμενοι τῶν ἐν ἀγῶνι τῷ τε αὐλῷ προσεγείρουσι τὸν πηδῶντα καὶ τῷ ἁλτῆρι προσελαφρύνουσι, πομπός τε γὰρ τῶν χειρῶν ἀσφαλὴς καὶ τὸ βῆμα ἑδραῖόν τε καὶ εὔσημον ἐς τὴν γῆν ἄγει. τουτὶ δὲ ὁπόσου ἄξιον οἱ νόμοι δηλοῦσιν· οὐ γὰρ ξυγχωροῦσι διαμετρεῖν τὸ πήδημα, ἢν μὴ ἀρτίως ἔχῃ τοῦ ἴχνους.

os eleios consideram as regras do salto as mais difíceis e assim estimulam o saltador com [a música] do aulos e facilitam-lhe o salto com os halteres, pois é um guia seguro das mãos e conduz a uma aterrissagem firme e bem definida no solo, e a importância disso as regras deixam bastante claro: os juízes não permitem medir o salto cuja pegada não esteja perfeitamente demarcada.

Apoiando-se na perna direita, que ficava levemente flexionada, e com a perna esquerda à frente, o atleta erguia as mãos diante de si com um halter em cada uma e, balançando-se em sincronia com a música do aulos, dava um tiro de algumas passadas, impulsionando-se com o pé

---

192 GARDINER 1930: 151-152, no entanto, cita o uso de halteres nos espetáculos teatrais de "trick jumping" e em campeonatos amadores onde se atingiam distâncias de até 29 pés e 7 polegadas ou 9 m, uma marca maior que o recorde olímpico atual (29 pés e 2,39 polegadas ou 8,9 m) que é de Bob Beamon nas Olimpíadas modernas de 1968 no México.

193 MILLER 2006: 64.

direito no *batḗr* a fim de subir o mais alto possível dentro de um ângulo de 45º. Esse, aliás, era o segredo da técnica para o uso dos halteres e o ponto no qual ela diferia da técnica moderna de salto sem halteres.[194] A partir desse salto inicial, jogando os braços para a frente, o atleta recolhia as pernas e os pés, a fim de ganhar momento, para, no ponto mais alto da trajetória, inverter essa postura, projetando as pernas para a frente e os braços para trás, até que, segundos antes de aterrissar, se livrava dos halteres, jogando-os para trás. Era aqui que esses revelavam seu valor, já que, pela lei física de conservação do momento, a diminuição da massa implicaria num proporcional aumento da velocidade na direção contrária, projetando o atleta um pouco mais à frente do que seria possível sem o uso dos halteres.

No LANÇAMENTO DE DARDO (*ákōn*; *akóntion*), os atletas precisavam lançar o mais longe possível uma haste feita de madeira de sabugueiro que tinha cerca de 1,9 m de comprimento e mais ou menos meia polegada de espessura. Muito embora MILLER 2006: 69 (fig. 132) tenha encontrado pontas de bronze em Nemeia, nenhuma é visível nas representações vasculares, e YOUNG 2004: 37 duvida que elas fossem usadas em dardos esportivos, conquanto sem razão, a meu ver, já que Píndaro, num claro contexto atlético (ver citação abaixo), chama o dardo de *khalkopárēios* (*Pítica* 1.44; *Nemeia* 7.71), "bochecha-de-bronze", referindo-se às laterais de bronze da ponta.

O dardo esportivo diferia do moderno pela presença do amento (*ankýlē*), uma tira de couro enrolada (mas não atada) na haste, normalmente no centro de gravidade do dardo. O processo de enrolamento do amento exigia perícia e era crucial para o sucesso do lançamento; por isso, era o próprio atleta que o enrolava e determinava o ponto exato do dardo em que deveria ficar, o que é frequentemente mostrado nas figuras vasculares. Além de conferir um impulso extra, o amento concedia um movimento giratório ao dardo em torno do seu próprio eixo ao se desenrolar, o que aumentava a precisão do tiro.

Em posição para o lançamento, a lança era segurada pelo dedo médio e anelar e a ponta do dardo era empurrada com a mão esquerda

---

194 YOUNG 2004: 35.

contra o amento, mantendo a pressão para que esse não desenrolasse prematuramente. Se o amento tivesse sido colocado no lugar correto, o dardo deveria se manter estável pelo balanceamento entre o ângulo de lançamento e o seu ponto de gravidade, que poderia ser deslocado do centro caso se almejasse sacrificar a precisão pela distância, se, como parece ser o caso, fosse obrigatório que o dardo caísse dentro da *skámma*. No momento do lançamento, o atleta corria em direção à *balbís* ainda segurando o dardo pela ponta e com o corpo torcido para a direita, de uma maneira semelhante à do lançamento de disco, o que intentava produzir um efeito de estilingue que poderia ajudar o dardo a ir mais longe. Ao chegar à linha de falta, ele giraria o corpo e lançaria o dardo. Segundo MILLER 2006: 71, que, contudo, não apresenta suas fontes, experimentos mostram que o equipamento e a técnica antigos podem fazer com que o dardo alcance até 94 m, bem próximo do recorde atual, que pertence a Jan Železný, obtido nos Jogos Olímpicos de Atlanta em 1996.

Ao que tudo indica, a vitória pertencia ao atleta que obtivesse o lançamento mais distante, mas se discute se o lançamento seria contado caso o dardo fosse parar fora ou passasse além da *skámma*. "Lançar além da *skámma*", aliás, tornou-se uma expressão proverbial em grego para se referir a uma ação boa demais, que vai além do esperado ou que ultrapassa os limites do razoável, o que pode indicar que lançamentos que não caíssem dentro da *skámma* poderiam não ser válidos. Dessa forma, quando Píndaro, na *Pítica* 1.42-6, se imagina como lançador de dardos (poéticos), ele diz:

> [...] ἄνδρα δ' ἐγὼ κεῖνον
> αἰνῆσαι μενοινῶν ἔλπομαι
> μὴ χαλκοπάραον ἄκονθ' ὡσείτ' ἀγῶ-
> νος βαλεῖν ἔξω παλάμᾳ δονέων,
> μακρὰ δὲ ῥίψαις ἀμεύσασθ' ἀντίους.
>
> [...] Àquele homem, eu,
> procurando louvar, espero,
> como se o dardo de brônzea face sacudindo

com a mão, não lançar fora de jogo,
mas, longe o lançando, superar os oponentes.

O que pode indicar que "lançar o dardo para fora" desqualificaria o lançamento, mas não sabemos nada de certo sobre essa questão.

3.4.4. O festival: dias de competição

Se quisermos ter uma visão mais ou menos realista de como deveriam ter sido os dias de competições em Olímpia, devemos abandonar toda e qualquer ideia romântica de ordem e beleza clássica como apresentadas no magnífico – mas não menos polêmico – documentário de Leni Riefenstahl *Olympia* (1938),[195] filmado durante as Olimpíadas de 1936 em Berlin.

Dio Crisóstomo (40–115 EC), descrevendo o ambiente caótico dos Jogos Ístmicos, fornece-nos uma ideia de como também deveriam ter sido os dias de competição durante os Jogos Olímpicos (Dio Crisostomo, *Oração* 8.9-10):

> καὶ δὴ καὶ τότε ἦν περὶ τὸν νεὼν τοῦ Ποσειδῶνος ἀκούειν πολλῶν μὲν σοφιστῶν κακοδαιμόνων βοώντων καὶ λοιδορουμένων ἀλλήλοις, καὶ τῶν λεγομένων μαθητῶν ἄλλου ἄλλῳ μαχομένων, πολλῶν δὲ συγγραφέων ἀναγιγνωσκόντων ἀναίσθητα συγγράμματα, πολλῶν δὲ ποιητῶν ποιήματα ᾳδόντων, καὶ τούτους ἐπαινούντων ἑτέρων, πολλῶν δὲ θαυματοποιῶν θαύματα ἐπιδεικνύντων, πολλῶν δὲ τερατοσκόπων τέρατα κρινόντων, μυρίων δὲ ῥητόρων δίκας στρεφόντων, οὐκ ὀλίγων δὲ καπήλων διακαπηλευόντων ὅ, τι τύχοιεν ἕκαστος.

Além do mais, naquela época [dos Jogos] podia-se ouvir, em volta do templo de Possidão, muitos daqueles malditos sofistas a gritar e a xingarem-se e os seus chamados discípulos a brigarem entre si. Podia-se escutar também muitos escritores lendo suas composições medíocres, muitos poetas cantando seus poemas ou louvando personalidades, muitos mágicos exibindo seus truques, muitos áugures interpretando prodígios, milhares de oradores corrompendo a justiça e um número não menor de vendedores vendendo o que quer que tivessem para vender.

---

195 O documentário, disponível em plataformas de vídeo na internet, é dividido em duas partes: "Olympia 1. Teil – Fest der Völker" e "Olympia 2. Teil – Fest der Schönheit".

Assim como nos Jogos do Istmo, o festival em Olímpia deveria fornecer a muitos uma oportunidade ímpar de angariar fama e promover seu trabalho entre pessoas influentes e ricas, afinal essa era a hora de ver e ser visto. Segundo Luciano de Samósata (125–180 EC),[196] Heródoto pelo menos assim acreditara, pois

πλεύσας γὰρ οἴκοθεν ἐκ τῆς Καρίας εὐθὺ τῆς Ἑλλάδος ἐσκοπεῖτο πρὸς ἑαυτὸν ὅπως ἂν τάχιστα καὶ ἀπραγμονέστατα ἐπίσημος καὶ περιβόητος γένοιτο καὶ αὐτὸς καὶ τὰ συγγραμμάτια. τὸ μὲν οὖν περινοστοῦντα νῦν μὲν Ἀθηναίοις, νῦν δὲ Κορινθίοις ἀναγινώσκειν ἢ Ἀργείοις ἢ Λακεδαιμονίοις ἐν τῷ μέρει, ἐργῶδες καὶ μακρὸν ἡγεῖτο εἶναι καὶ τριβὴν οὐ μικρὰν ἐν τῷ τοιούτῳ ἔσεσθαι. οὔκουν ἠξίου διασπᾶν τὸ πρᾶγμα οὐδὲ κατὰ διαίρεσιν οὕτω κατ' ὀλίγον ἀγείρειν καὶ συλλέγειν τὴν γνῶσιν, ἐπεβούλευε δέ, εἰ δυνατὸν εἴη, ἀθρόους που λαβεῖν τοὺς Ἕλληνας ἅπαντας. ἐνίσταται οὖν Ὀλύμπια τὰ μεγάλα, καὶ ὁ Ἡρόδοτος τοῦτ' ἐκεῖνο ἥκειν οἱ νομίσας τὸν καιρόν, οὗ μάλιστα ἐγλίχετο, πλήθουσαν τηρήσας τὴν πανήγυριν, ἁπανταχόθεν ἤδη τῶν ἀρίστων συνειλεγμένων, παρελθὼν ἐς τὸν ὀπισθόδομον οὐ θεατήν, ἀλλ' ἀγωνιστὴν Ὀλυμπίων παρεῖχεν ἑαυτὸν ᾄδων τὰς ἱστορίας καὶ κηλῶν τοὺς παρόντας, ἄχρι τοῦ καὶ Μούσας κληθῆναι τὰς βίβλους αὐτοῦ, ἐννέα καὶ αὐτὰς οὔσας.

Tendo zarpado de sua casa, na Caria, tinha como objetivo ir à Grécia, a fim de tornar a si e aos seus escritos, da maneira mais rápida e fácil, importantes e famosos. E assim, visitando ora os atenienses ora os coríntios ora os argivos ora os lacedemônios, leu para cada um deles em separado [suas *Histórias*], mas avaliou que iria ser uma empreitada trabalhosa e longa, e que iria despender muito tempo nisso. Percebeu que não valia a pena dividir o assunto por partes dessa forma e aos poucos ir construindo e acumulando fama; preferia, ao contrário e se possível, pegar todos os gregos reunidos em algum lugar. Justamente nessa época estava sendo celebrada a grande Olimpíada e Heródoto deu-se conta que aquela era a chance que tanto esperava. Vendo que o festival estava lotado de aristocratas gregos de todas as partes reunidos num único lugar, posicionou-se atrás do templo de Zeus não como um espectador, mas como um competidor olímpico, cantando suas histórias e encantando os presentes, ao ponto de os seus livros serem nomeados a partir das Musas, sendo estas e aqueles em número de nove.

---

196 *Heródoto* 1.12-31.

Apesar de essa grande convergência de gregos num único lugar ser uma preciosa oportunidade para alguns, ela não deveria ser uma experiência muito confortável, ao menos para as pessoas comuns. Como não havia estalagens ou qualquer outro tipo de infraestrutura suficiente para acomodar todos os visitantes, a maioria deles simplesmente acampava no entorno do santuário. Eliano (sécs. II-III), nas *Histórias Diversas* (4.9), conta-nos que o filósofo Platão fizera exatamente isso, tendo montado sua barraca ao lado de estranhos que, conhecendo-o apenas pela fama, não o reconheceram:

> Πλάτων ὁ Ἀρίστωνος ἐν Ὀλυμπίᾳ συνεσκήνωσεν ἀγνῶσιν ἀνθρώποις, καὶ αὐτὸς ὢν αὐτοῖς ἀγνώς. οὕτως δὲ αὐτοὺς ἐχειρώσατο καὶ ἀνεδήσατο τῇ συνου- σίᾳ, συνεστιώμενός τε αὐτοῖς ἀφελῶς καὶ συνδιημερεύων ἐν πᾶσιν, ὡς ὑπερησθῆναι τοὺς ξένους τῇ τοῦ ἀνδρὸς συντυχίᾳ. οὔτε δὲ Ἀκαδημείας ἐμέμνητο οὔτε Σωκράτους· αὐτό γε μὴν τοῦτο ἐνεφάνισεν αὐτοῖς, ὅτι καλεῖται Πλάτων. ἐπεὶ δὲ ἦλθον ἐς τὰς Ἀθή- νας, ὑπεδέξατο αὐτοὺς εὖ μάλα φιλοφρόνως. καὶ οἱ ξένοι 'ἄγε' εἶπον 'ὦ Πλάτων, ἐπίδειξον ἡμῖν καὶ τὸν ὁμώνυμόν σου, τὸν Σωκράτους ὁμιλητήν, καὶ ἐπὶ τὴν Ἀκαδήμειαν ἥγησαι τὴν ἐκείνου, καὶ σύστησον τῷ ἀνδρί, ἵνα τι καὶ αὐτοῦ ἀπολαύσωμεν.' ὃ δὲ ἠρέμα ὑπομειδιάσας, ὥσπερ οὖν καὶ εἰώθει, 'ἀλλ᾽ ἐγὼ' φησίν 'αὐτὸς ἐκεῖνός εἰμι.'

Platão, o filho de Aríston, montou seu acampamento em Olímpia junto de homens estranhos, sem ser por eles reconhecido. Assim, os conquistou e a eles se apegou, devido à convivência, comendo de maneira simples e partilhando de seu dia a dia em todas as coisas, e os estrangeiros muito apreciaram sua companhia. Nesse período, nunca fez menção da Academia, nem de Sócrates, muito embora tenha dito claramente que se chamava Platão. Depois, quando eles vieram a Atenas, hospedou-os de muito bom grado. Eles então lhe disseram: "Escuta, Platão, você poderia nos apresentar o teu xará, o aluno de Sócrates? Leve-nos até a Academia e apresente-nos ao indivíduo, a fim de que também nós possamos desfrutar de sua companhia." E Platão respondeu sorrindo, como era seu costume: "Ué, mas eu sou ele".

Obviamente, dada a grande densidade de barracas e de pessoas das mais diferentes origens convivendo diuturnamente lado a lado, brigas e desentendimentos deveriam ser bastante comuns, sobretudo depois das provas, quando os rivais se encontravam. Uma espécie de polícia local, referida pelas fontes literárias apenas como *mastigophóroi*, isto é, "Porta-açoites", era responsável por manter a ordem, caso os ânimos esquentassem ou houvesse perigo à segurança pública e aos locais de culto.

Outro problema era a alimentação. Ainda que muitos dos espectadores pudessem levar mantimentos para fazer sua própria comida, a presença de vendedores ambulantes de comida e alimentos deveria ser uma constante, assim como de outros vendedores comercializando todo tipo de coisas, como nos informa Dio Crisóstomo na passagem acima. A falta de refrigeração no auge do verão grego, quando as temperaturas podem chegar facilmente a 40ºC, deveria causar inúmeros casos de infecção alimentar, provocando diarreia e vômito. A bebedeira também deveria contribuir para um quadro semelhante. Não obstante a infraestrutura sanitária já ser bastante avançada na Grécia nos sécs. VI e V[197] e a transposição do rio Cladeu, que ocorrera por volta do séc. VI, indicar uma preocupação não somente em fornecer água potável para o santuário mas também em remover os dejetos humanos e animais para fora da cidade, provavelmente despejando-os no rio Alfeu, é difícil imaginar que durante os dias do festival a infraestrutura sanitária de Olímpia desse conta do imenso público.

Mesmo se houvesse banheiros públicos disponíveis,[198] é de se supor que eles não deveriam ser capazes de atender à massa de visitantes, os quais certamente deveriam defecar na mata em volta do santuário[199] e urinar a poucos metros de seus acampamentos. Some-se a esse quadro já desagradável, o fato de que o altar de Zeus – e outros altares ao redor do santuário, como o do *Pelópion* e do *Heraîon* – recebia sacrifícios continuamente, o que implicava que o odor de sangue e de carne queimada das

197 Antoniou & Angelakis 2015.
198 Já atestados na Creta do período minoico. A evidência arqueológica para banheiros públicos começa a aparecer apenas depois do período clássico, em Tera, em Delos, na ágora romana em Atenas e outros lugares, mas não há razão para pensar que eles não existiam antes desse período, até mesmo porque são mencionados na literatura. Para as evidências, ver Antoniou & Angelakis, *ibid*.
199 O que deveria ser comum a ponto de se ter descoberto uma inscrição, datada do séc. V, no Ninfeio, a um deus desconhecido, na Crimeia, que alertava os usuários a μὴ χέσες ἱεροῦ (*mè khéses hieroû*), "não defeques no santuário", TLG, *Classical Instricriptions, Black Sea and Scythia Minor, Corpus Inscr. regni Bosporani* [CIRB], 939.

oferendas, misturado ao cheiro de urina e fezes de animais e homens, e à fumaça dos incensos e dos perfumes dedicados aos deuses deveria compor um buquê de odores que provavelmente poderia ser sentido de longe. À medida que os dias iam passando, esse odor deveria se tornar mais rico, complementado pelo cheiro de comida estragada, roupas sujas e pessoas há alguns dias sem poder tomar banho ou se higienizar adequadamente. Não era à toa, portanto, que durante a procissão inaugural dos Jogos, um dos altares visitado pelo sacerdote era justamente aquele de *Zeús Apómyos*, isto é, "Protetor contra as Moscas".[200]

Antes, no entanto, de torcermos o nariz para esse quadro não muito atraente, devemos lembrar que, na verdade, a mesma coisa ainda acontece nos dias de hoje em grandes festivais de rock ou em outras aglomerações humanas igualmente numerosas como festas de final de ano, Carnaval, Círio de Nazaré etc., e isso apesar de todo nosso avanço tecnológico e sanitário. Além do mais, apesar dos aspectos negativos, inevitavelmente proporcionais ao tamanho do festival, certamente podemos entender que a experiência comunal de se presenciar um acontecimento capaz de nos fazer transcender o cotidiano e nos elevar, mesmo que vicariamente, para além de nossa dimensão mortal, era, como ainda hoje, capaz de catalisar uma efusiva e memorável sensação de alegria, lançando no esquecimento qualquer tipo de provação, um sentimento de elação a que Píndaro frequentemente fará menção em suas odes. Como dizia Epiteto (50–135 ec) ao seu interlocutor, que lhe chamava atenção para as vicissitudes da vida,[201]

> Ἐν Ὀλυμπίᾳ δ' οὐ γίνεται; οὐ καυματίζεσθε; οὐ στενοχωρεῖσθε; οὐ κακῶς λούεσθε; οὐ καταβρέχεσθε, ὅταν βρέχῃ; θορύβου δὲ καὶ βοῆς καὶ τῶν ἄλλων χαλεπῶν οὐκ ἀπολαύετε; ἀλλ' οἶμαι ὅτι ταῦτα πάντα ἀντιτιθέντες πρὸς τὸ ἀξιόλογον τῆς θέας φέρετε καὶ ἀνέχεσθε.

Mas por acaso [coisas desagradáveis] não acontecem também em Olímpia? Não torrais sob o sol? Não sois prensados entre os espectadores? Não vos

---

200 Pausânias 5.14.1.
201 *Dissertationes ab Arriano* 1.6.26-7.

banhais mal? Não ficais encharcados se acaso chove? E, de barulho e de gritos e de outros problemas, não vos fartais? Pois me parece que, tendo comparado todas essas coisas ao valor do espetáculo, resolvestes suportar e persistir.

Tendo colocado, então, a realização dos Jogos Olímpicos contra esse pano de fundo mais realista, podemos agora ver como transcorriam os cinco dias de festa.

No primeiro dia dos Jogos, já com uma grande multidão a percorrer o santuário e a se admirar com a beleza de Olímpia, teria lugar a primeira competição, que não era de atletas, mas para preencher duas ocupações importantíssimas numa época em que obviamente não existia amplificação eletrônica de som: a de arauto (*kéryx*) e a de trombeteiro (*salpinktés*).[202] A escolha se dava em um altar na Stoa de Eco, sobre o qual os competidores deveriam ficar e que servia a esse único propósito, não sendo usado para culto de nenhum deus.[203] Uma vez escolhido, era responsabilidade do arauto anunciar o nome de cada competidor, seu pai e sua cidade, a fim de que qualquer um pudesse impugnar sua participação nos Jogos caso o atleta não fosse grego ou tivesse cometido algum crime desqualificador, como, por exemplo, homicídio ou sacrilégio. Era ele, por fim, que coroava o vencedor de cada prova. Ao trombeteiro, competia silenciar a multidão com seu instrumento, a fim de que o arauto pudesse dar seus anúncios. Além disso, ele indicava o início e fim das provas, bem como a última volta na corrida de carruagens em Olímpia, como nos informa Pausânias (6.13.9).

O segundo dia começava com uma procissão, hoje emulada pelo desfile das delegações, em que os Sacerdotes de Zeus, um de cada tribo donde tradicionalmente se escolhiam os dignitários para essa função, na com-

---

202 Na medida em que a primeira menção a uma competição de arautos e trombeteiros em Olímpia pode ser datada de 396 (Pólux, *Onomasticon* 4.91 s.), é possível que antes desse ano os indivíduos encarregados dessa função fossem cidadãos eleios escolhidos localmente pelos Juízes Helenos, muito embora não se possa descartar a possibilidade de que a competição fosse bastante mais antiga, sobretudo no caso dos arautos, podendo ser a data apresentada apenas o registro histórico inicial de que dispomos. Para uma discussão completa, CROWTHER 1994.
203 Pausânias 5.22.1.

panhia dos Juízes Helenos, esses vestidos de púrpura e portando suas varas de agno-casto (*lýgos*) com que puniam os atletas faltosos, saíam do Pritaneu com o fogo sagrado e percorriam todo o Áltis, passando pelos 63 altares que faziam parte da via sacra do festival. A procissão terminava no grande altar de cinzas de Zeus Olímpio, onde se acendia o fogo dos sacrifícios, que seriam realizados durante todos os dias dos Jogos.

Nesse primeiro dia antes que as competições iniciassem, tanto os atletas quanto os Juízes deveriam fazer um juramento perante a imagem de Zeus que ficava no prédio do Conselho dos Eleios (*Bouleutérion*) de Olímpia. Pausânias (5.24.9) assim descreve o momento:

> ὁ δὲ ἐν τῷ βουλευτηρίῳ πάντων ὁπόσα ἀγάλματα Διὸς μάλιστα ἐς ἔκπληξιν ἀδίκων ἀνδρῶν πεποίηται· ἐπίκλησις μὲν Ὅρκιός ἐστιν αὐτῷ, ἔχει δὲ ἐν ἑκατέρᾳ κεραυνὸν χειρί. παρὰ τούτῳ καθέστηκε τοῖς ἀθληταῖς καὶ πατράσιν αὐτῶν καὶ ἀδελφοῖς, ἔτι δὲ γυμνασταῖς ἐπὶ κάπρου κατόμνυσθαι τομίων, μηδὲν ἐς τὸν Ὀλυμπίων ἀγῶνα ἔσεσθαι παρ' αὐτῶν κακούργημα. οἱ δὲ ἄνδρες οἱ ἀθληταὶ καὶ τόδε ἔτι προσκατόμνυνται, δέκα ἐφεξῆς μηνῶν ἀπηκριβῶσθαί σφισι τὰ πάντα ἐς ἄσκησιν. ὀμνύουσι δὲ καὶ ὅσοι τοὺς παῖδας ἢ τῶν ἵππων τῶν ἀγωνιζομένων τοὺς πώλους κρίνουσιν, ἐπὶ δικαίῳ καὶ ἄνευ δώρων ποιεῖσθαι κρίσιν, καὶ τὰ ἐς τὸν δοκιμαζόμενόν τε καὶ μή, φυλάξειν καὶ ταῦτα ἐν ἀπορρήτῳ. (...) ἔστι δὲ πρὸ τῶν ποδῶν τοῦ Ὁρκίου πινάκιον χαλκοῦν, ἐπιγέγραπται δὲ ἐλεγεῖα ἐπ' αὐτοῦ, δεῖμα ἐθέλοντα τοῖς ἐπιορκοῦσι παριστάναι.

> No Conselho dos Juízes Helenos está a estátua de Zeus que mais é capaz de incutir medo no coração dos pecadores. Seu epíteto é *Hórkhios* [Guardião dos Juramentos], e traz em cada uma das mãos um raio. Junto dele são colocados os atletas, seus pais, irmãos e até os treinadores, para jurar, sobre as partes de um javali, que não cometerão nenhum malfeito contra os Jogos Olímpicos. Além disso, os atletas também devem jurar que treinaram por um período de dez meses antes do início dos Jogos. Juram ainda todos aqueles que vão julgar os meninos ou os potros que participarão das competições, que farão um julgamento justo e que não receberão presentes. Ademais, que irão guardar segredo e que nada dirão nem acerca dos atletas que se qualificarem nem dos que não se qualificarem. (...) Ante os pés do Guardião dos Juramentos há uma tabuleta de bronze, sobre a qual está inscrita uma elegia, cujo função é a de meter medo no coração dos perjuros.

O fato de não apenas os atletas jurarem, mas também os pais, irmãos e treinadores, indica que os organizadores estariam tentando evitar qualquer interferência ou tumulto durante as provas, quando inevitavelmente alguns familiares veriam seus filhos ou irmãos perderem ou, no caso das competições pesadas como o boxe e o pancrácio, até mesmo se ferirem gravemente ou serem mortos. Por isso mesmo, o juramento também deveria envolver alguma promessa de não ir à desforra contra os atletas vencedores após os jogos. Algo desse tipo, possivelmente modelado no juramento utilizado nos Jogos, já aparece na *Odisseia*, 18.55-7, quando Odisseu diz, antes da luta com Iro:

> ἀλλ' ἄγε νῦν μοι πάντες ὀμόσσατε καρτερὸν ὅρκον,
> μή τις ἐπ' Ἴρῳ ἦρα φέρων ἐμὲ χειρὶ βαρείῃ
> πλήξῃ ἀτασθάλλων, τούτῳ δέ με ἶφι δαμάσσῃ.

> Mas agora então jurem-me todos esta poderosa jura,
> que ninguém irá, como favor a Iro, com a pesada mão,
> despeitando-se, me golpear nem, pela força, me dominar.

No segundo dia, pela manhã, aconteceriam os *hippikoí agônes* no hipódromo. Eles se abriam com a prova que reproduzia a disputa entre Pélops e Enomau pela mão de Hipodâmia, a corrida de quadriga (*téthrippon*). Depois, viria a corrida de cavalos montados a pelo (*kéles*). No final do séc. IV, a sequência então seria: uma corrida de bigas (*synorís*) e outra de quadrigas puxadas por potros (*téthrippon pōlikón*).

À tarde, provavelmente quando o sol já estivesse um pouco mais baixo, seria a hora de os pentatletas competirem no estádio. Aquele que saísse vitorioso (*nīkephóros*) recebia uma fita (*tainía*) de lã vermelha (ou vermelha e branca), com que devia cingir a cabeça, bem como um ramo de palmeira (*phoínix*) para portar na mão direita, ambos símbolos da vitória. A tradição mandava ainda que o vencedor, de posse dessas insígnias, executasse uma volta na pista do estádio (*periageirmós*) para se apresentar à multidão, que, por sua vez, costumava lhe jogar fitas coloridas, pétalas de flores e frutos para saudá-lo numa prática chamada de *phylobolía* ("lançamento de folhas").

Após o *periageirmós* e a *phylobolía*, os parentes, amigos e fãs normalmente iam ao seu encontro na saída do estádio para fazer uma espécie de celebração improvisada, na qual amarravam mais filetes (*lēmnískoi*) de lã na sua cabeleira e na coroa de flores e folhas improvisada para a ocasião. Em coro, cantavam ainda uma espécie de "viva o campeão", um bordão tradicional na forma de uma canção atribuída a Arquíloco, o *Ténella kallínike*,[204] provavelmente a ser executada *da capo* três vezes:

τήνελλα καλλίνικε
χαῖρε ἄναξ Ἡράκλεις,
αὐτός τε καὶ Ἰόλαος, αἰχμητὰ δύω.

Ténella! Viva o campeão,
viva o Senhor Héracles,
viva ele e Iolau, a dupla de lanceiros!

– uma canção aludida por Píndaro no primeiro verso da *Olímpica* 9.
Depois dessa primeira celebração *impromptu*, o vencedor, sua família e amigos podiam organizar no seu acampamento uma festa (*tà epiníkia*) para comemorar a vitória do competidor. Um exemplo famoso de uma tal festa é a que teria sido dada por Alcibíades em 416, por ocasião de sua vitória na corrida de quadriga, para a qual Eurípides também compusera um epinício, o último de que temos notícia.[205] Nessa festa, Alcibíades teria usado taças de prata do Tesouro dos Atenienses como se fossem suas, pelo que teria sido processado por Andocides.[206]
Na noite desse mesmo dia, enquanto muitos festejavam, alguns já dormiam e outros amargavam uma derrota, teria lugar o sacrifício de

---

204 Fr. 324 IEG². A palavra *ténella*, que não tem um significado, teria sido inventada para imitar o som da lira (ou do aulos) na ausência de acompanhamento musical. Veja a introdução a *O.* 9 para mais detalhes (lá traduzi o *ténella* por "dá-lhe") e o aparato crítico de West ao fragmento em questão no IEG². Para mais esclarecimentos sobre a relação entre esse fragmento de Arquíloco e a poesia epinicial, ver BROSE 2016: 66 s.
205 Fr. 755 PMG.
206 Andocides 4.29.

um carneiro completamente negro no santuário dedicado a Pélops. Esse sacrifício prenunciava e, de certa forma, antagonizava aquele que seria dedicado a Zeus, na manhã seguinte. Como uma figura ctônia por excelência, o sacrifício a Pélops era realizado em uma vala aberta diretamente no solo, para onde fluía o sangue da vítima, criando assim uma ponte com o submundo dos mortos, cujo objetivo poderia ser o de reavivar o espírito do herói, do qual se esperavam favores e profecias.[207]

No terceiro dia, aquele da lua cheia (*pansélēnos*), seria ofertada uma hecatombe, isto é, o sacrifício de cem (*hekatón*) bois a Zeus Olímpio. Esse sacrifício acontecia na *próthysis*, o primeiro andar, do grande altar de cinzas de Zeus que ficava defronte à entrada para o estádio. Ao passo que as coxas eram posteriormente levadas para ser completamente queimadas no topo, como mandava a tradição, as outras partes dos bois eram distribuídas num banquete público (*thalía*), do qual participavam embaixadores e delegados de toda a Grécia e o público em geral. Ainda nesse mesmo dia provavelmente aconteciam as provas atléticas dos meninos (*paîdes*).

No quarto dia, eram realizadas as provas individuais dos *gymnikoí agônes*, divididas, como já vimos, entre leves e pesadas. Antes, no entanto, era preciso fazer o pareamento dos oponentes das provas pesadas que, segundo Luciano (séc. II EC),[208] acontecia da seguinte forma:

Κάλπις ἀργυρᾶ πρόκειται ἱερὰ τοῦ θεοῦ. ἐς ταύτην ἐμβάλλονται κλῆροι μικροί, ὅσον δὴ κυαμιαῖοι τὸ μέγεθος, ἐπιγεγραμμένοι. ἐγγράφεται δὲ ἐς δύο μὲν ἄλφα ἐν ἑκατέρῳ, ἐς δύο δὲ τὸ βῆτα, καὶ ἐς ἄλλους δύο τὸ γάμμα καὶ ἑξῆς κατὰ τὰ αὐτά, ἢν πλείους οἱ ἀθληταὶ ὦσι, δύο ἀεὶ κλῆροι τὸ αὐτὸ γράμμα ἔχοντες. προσελθὼν δὴ τῶν ἀθλητῶν ἕκαστος προσευξάμενος τῷ Διὶ καθεὶς τὴν χεῖρα ἐς τὴν κάλπιν ἀνασπᾷ τῶν κλήρων ἕνα καὶ μετ' ἐκεῖνον ἕτερος, καὶ παρεστὼς μαστιγοφόρος ἑκάστῳ ἀνέχει αὐτοῦ τὴν χεῖρα οὐ παρέχων ἀναγνῶναι ὅ τι τὸ γράμμα ἐστὶν ὃ ἀνέσπακεν. ἁπάντων δὲ ἤδη

---

207 Sobre isso, ver BURKERT 2011: 305 s.; sobre a significância do sacrifício a Pélops no contexto religioso de Olímpia, BURKERT 1997: 108 s.
208 *Hermippos* 40.

ἐχόντων ὁ ἀλυτάρχης οἶμαι ἢ τῶν Ἑλλανοδικῶν αὐτῶν εἷς (οὐκέτι γὰρ τοῦτο μέμνημαι) περιιὼν ἐπισκοπεῖ τοὺς κλήρους ἐν κύκλῳ ἑστώτων καὶ οὕτως τὸν μὲν τὸ ἄλφα ἔχοντα τῷ τὸ ἕτερον ἄλφα ἀνεσπακότι παλαίειν ἢ παγκρατιάζειν συνάπτει, τὸν δὲ τὸ βῆτα τῷ τὸ βῆτα ὁμοίως καὶ τοὺς ἄλλους τοὺς ὁμογράμμους κατὰ ταὐτά. οὕτω μὲν, ἢν ἄρτιοι ὦσιν οἱ ἀγωνισταί (...), ἢν δὲ περιττοί, (...), γράμμα τι περιττὸν ἑνὶ κλήρῳ ἐγγραφὲν συμβάλλεται αὐτοῖς, ἀντίγραφον ἄλλο οὐκ ἔχον. ὃς δ' ἂν τοῦτο ἀνασπάσῃ ἐφεδρεύει περιμένων ἔστ' ἂν ἐκεῖνοι ἀγωνίσωνται· οὐ γὰρ ἔχει τὸ ἀντίγραμμα. καὶ ἔστι τοῦτο οὐ μικρά τις εὐτυχία τοῦ ἀθλητοῦ, τὸ μέλλειν ἀκμῆτα τοῖς κεκμηκόσι συμπεσεῖσθαι.

Há um balde de prata disponível no templo de Zeus. Nele, são colocados pequenos dados, do tamanho de um grão de feijão, com letras inscritas aos pares, dois com a letra alfa, dois com o beta, outros dois com o gama, e assim por diante, quantos quer que sejam os atletas, dois dados sempre tendo a mesma letra. Cada um dos atletas, rezando a Zeus, se aproxima e tendo enfiado a mão no balde, retira um dado e, depois desse, outro. Um açoitador fica ao lado de cada um segurando-lhe a mão, não permitindo que revele qual é a letra que tirou. Quando todos já tem um dado na mão, o chefe de polícia, creio, ou um dos Juízes Helenos (não lembro mais), vai até cada um dos atletas, que estão de pé em círculo, examina os dados e, assim, pareia um atleta que tenha tirado um alfa com um outro que também tenha, para competir na luta ou no pancrácio; os que tenham tirado um beta são pareados da mesma forma, e assim por diante. Isso se os competidores forem em número par, (...) porque, se forem em número ímpar (...) vai sobrar uma letra inscrita num dado que não terá um correspondente. O que tirar uma mão dessas, irá para o banco esperar para competir com os que irão lutar na primeira fase, uma grande sorte para o atleta: poder esperar para se bater de corpo descansado com os que já estão fatigados.

No período da manhã aconteciam as provas leves, isto é, o dólico, o diaulo e o estádio. O dólico e o diaulo realizavam-se primeiro porque era mais fácil preparar a pista, isto é, colocar os *kamptéres* na segunda *balbís*, antes do início das competições, já que desmontá-los para a corrida de estádio, que era a última a se realizar, seria um processo bem mais rápido. Os atletas que iriam competir nessas provas deveriam deixar o *apodythérion* e esperar na boca do túnel que dava para o estádio até que seus nomes fossem chamados pelo arauto. Daí certamente deveriam ouvir, corações à boca, a multidão torcendo e gritando.

A corrida de estádio era a que tinha o maior número de concorrentes, obviamente porque era a que concedia a maior honraria: ter o seu nome inscrito para sempre nos anais das séries olímpicas, que eram referenciadas pelo nome do vencedor nessa prova. Segundo Pausânias (6.13.4), justamente por causa do grande número de competidores, era preciso dividir a prova em três fases, duas eliminatórias, com grupos distintos de provavelmente 21 corredores por vez, já que essa era a capacidade máxima do estádio de Olímpia, e uma final, que reuniria os vencedores das primeiras fases. Com isso, podemos supor que até 42 competidores poderiam se classificar para as eliminatórias em Olímpia, após os trinta dias de treinamento em Élis, e assim tentarem ser coroados como *olympioníkēs*, vencedor olímpico.

Depois da corrida de estádio, provavelmente haveria um intervalo, necessário para preparar a arena (*skámma*). Viriam então as provas pesadas, normalmente nesta ordem: luta, box e pancrácio. Essa disposição tencionava preservar os atletas, colocando as provas mais violentas para o final, já que alguns podiam participar de mais de uma prova. Ainda assim, essa ordem poderia ser, por diferentes motivos, eventualmente alterada pelos Juízes Helenos, como, por exemplo, a pedido dos próprios atletas. De fato, foi isso que Clitômaco fez na 142ª Olimpíada (212), de acordo com Pausânias (6.15.4-5):

> ἡ δὲ Ὀλυμπιὰς ἡ ἐφεξῆς εἶχε μὲν τὸν Κλειτόμαχον τοῦτον παγκρατίου καὶ πυγμῆς ἀγωνιστήν, εἶχε δὲ καὶ Ἠλεῖον Κάπρον ἐπὶ ἡμέρας τῆς αὐτῆς παλαῖσαί τε ὁμοῦ καὶ παγκρατιάσαι προθυμούμενον. γεγονυίας δὲ ἤδη τῷ Κάπρῳ νίκης ἐπὶ τῇ πάλῃ, ἀνεδίδασκεν ὁ Κλειτόμαχος τοὺς Ἑλλανοδίκας γενήσεσθαι σὺν τῷ δικαίῳ σφίσιν, εἰ τὸ παγκράτιον ἐσκαλέσαιντο πρὶν ἢ πυκτεύσαντα αὐτὸν λαβεῖν τραύματα· λέγει τε δὴ εἰκότα καὶ οὕτως ἐσκληθέντος τοῦ παγκρατίου κρατηθεὶς ὑπὸ τοῦ Κάπρου ὅμως ἐχρήσατο ἐς τοὺς πύκτας θυμῷ τε ἐρρωμένῳ καὶ ἀκμῆτι τῷ σώματι.

A Olimpíada seguinte teve esse mesmo Clitômaco, competindo no pancrácio e no boxe, e também o eleio Cápron, que, no mesmo dia, queria competir tanto na luta quanto no pancrácio. Como Cápron já tinha obtido uma vitória na pale, Clitômaco questionou os Juízes Helenos se não lhes parecia mais justo que fosse convocado para o pancrácio antes que tivesse competido no boxe e se ferido. Disseram que sim, seria justo, e, dessa forma, foi chamado [para lutar primeiro] no pancrácio. Mesmo tendo sido vencido por Cápron nessa prova, ainda assim Clitômaco lutou com os boxeadores com coragem, determinação e no auge da forma física.

Ao final do quinto dia, realizava-se a última prova do programa, a corrida de hoplitas (*hoplitodrómon*). Segundo Filóstrato (7), essa era a forma simbólica que os organizadores dos jogos tinham de lembrar aos atletas e espectadores que a paz olímpica estava acabando e que era necessário retomar as armas.

Com o final dos dias de competição, os atletas perdedores e sua *entourage*, bem como uma parte dos visitantes, começaria a tentar encontrar um modo de retornar para as suas casas, pois seria mais fácil encontrar meios de transporte disponíveis na véspera da cerimônia de encerramento. Os vencedores, contudo, ainda ficariam para o grande jantar no Pritaneu,[209] donde o fogo fora trazido quatro dias antes para acender o grande altar de cinzas de Zeus. O ciclo da Olimpíada, assim, ia se fechando. Nesse jantar ofertado pelos Juízes Helenos, é possível que algumas das odes de Píndaro tenham sido executadas, especialmente aquelas mais curtas, como a *Olímpica* 11.[210]

Finalmente, no sexto dia, os vencedores seriam coroados com as guirlandas de oliveira, símbolo máximo da vitória olímpica. Os ramos dessa árvore, que, de acordo com a lenda, como vimos, Héracles teria trazido da terra dos Hiperbóreos (*Olímpicas* 3), eram colhidos com extremo cuidado ritual, como nos informa o escoliasta de Píndaro (*Olímpicas* 3.60), de um jardim que se localizava atrás do templo de Zeus, chamado, por motivos que ignoramos, Panteão, no qual crescia "uma oliveira da qual são colhidos dezessete galhos, tantos quantos

---

[209] Pausânias 5.15.12.
[210] Nesses casos, a hipótese mais aceita é que a ode curta era executada em Olímpia e a mais longa, na cidade do vencedor.

provas há, por um menino, cujos pais ainda sejam vivos, com uma pequena foice de ouro".

Com a cerimônia de coroamento dos vencedores encerrava-se, então, o festival e uma nova Olimpíada começava. A partir daí, os atletas e seus treinadores estavam livres para ser recebidos com todas as honras em suas cidades de um forma não muito diferente daquela dos dias atuais: com desfiles, festas e muitas outras honrarias. Ao chegarem, por exemplo, era costume que fossem recebidos numa cerimônia chamada de "Cortejo de Entrada" (*eisélasis*),[211] na qual o vencedor, coroado com a oliveira olímpica, portando uma folha de palmeira e vestido com uma túnica púrpura (ou cor de açafrão), a *xýstis*, era conduzido em uma carruagem para dentro da cidade através de uma brecha feita nos muros com este único propósito, como nos revela Plutarco em uma passagem das *Questões conviviais* (639e4-7):

καὶ τὸ τοῖς νικηφόροις <εἰσ>ελαύνουσιν τῶν τειχῶν ἐφίεσθαι μέρος διελεῖν καὶ καταβαλεῖν τοιαύτην ἔχει διάνοιαν, ὡς οὐ μέγα πόλει τειχῶν ὄφελος ἄνδρας ἐχούσῃ μάχεσθαι δυναμένους καὶ νικᾶν.

e a derrubada de uma parte dos muros a fim de se abrir uma brecha para a entrada dos vencedores [nas competições atléticas] segue o mesmo raciocínio, segundo o qual é muito mais útil a uma cidade ter homens capazes de lutar e vencer do que muros.

Uma prática que também é atestada por Diodoro Sículo (13.82.7) na Ácragas da segunda metade do século V:

καὶ κατὰ τὴν προτέραν δὲ ταύτης ὀλυμπιάδα, δευτέραν ἐπὶ ταῖς ἐνενήκοντα, νικήσαντος Ἐξαινέτου Ἀκραγαντίνου, κατήγαγον αὐτὸν εἰς τὴν πόλιν ἐφ' ἅρματος· συνεπόμπευον δ' αὐτῷ χωρὶς τῶν ἄλλων συνωρίδες τριακόσιαι λευκῶν ἵππων, πᾶσαι παρ' αὐτῶν τῶν Ἀκραγαντίνων.

---

211 Sobre a εἰσέλασις e as demais honras conferidas aos atletas vencedores, cf. o excelente trabalho realizado por CURRIE 2005: 139 s. e, em especial, as fontes citadas por ele à n. 114.

Na Olimpíada anterior a esta, a nonagésima segunda [412], quando Exeneto de Ácragas foi vencedor [na corrida de estádio], fizeram-no entrar na cidade sobre uma carruagem, que foi acompanhada por uma procissão de trinta parelhas de éguas brancas, além de outras honrarias, todas financiadas pelos próprios acragantinos.

Essas duas passagens nos dizem um pouco acerca do *status* acordado a um vencedor olímpico de volta à sua pátria. Tendo sido testado sob duríssimas condições, das quais emergira com sucesso, ele trazia à sua volta uma aura de magia e glamour, um poder talismânico típico dos heróis e capaz até mesmo de ser transmissível aos outros. Essa aura de poder chamava-se em grego *kŷdos*, que, ao longo desta tradução, traduzi como "condão", justamente pelo seu poder encantatório e mágico. Em períodos de guerra e de dificuldades para a cidade, os cidadãos poderiam inclusive tentar se beneficiar desse condão mágico do atleta. Com efeito, sabemos que tanto ele quanto as coroas conquistadas nos Jogos podiam ser usados como amuletos de sorte e poder contra um inimigo ou outras ameaças.[212]

O retorno do *nīkephóros*, mesmo daquelas competições que não tinham o prestígio dos "jogos sagrados",[213] deveria causar admiração, espanto e até mesmo temor em toda a sua comunidade, já que, pela demonstração de uma resiliência quase sobre-humana, típica dos heróis das lendas, ele se punha também, ainda que paradoxalmente, numa posição ambígua em relação à comunidade para a qual retornava e na qual precisava ser reintegrado, agora não como herói, mas como um cidadão comum. Daí, também, as inúmeras admoestações pindáricas ao longo dos epinícios para que o vencedor louvado em suas odes reconheça sua natureza humana, para a qual poderia ficar cego devido a um momento de intensa glória, a maior, na verdade, a que um grego poderia almejar.

---

212 Kurke 1998. Ver também Currie 2005, especialmente, a esse respeito, pp. 139 s. Mais recentemente, um estudo interessante que traça um paralelo entre o retorno de Héracles, nas *Traquínias*, e o do vencedor atlético é aquele de Kratzer 2013.
213 Por exemplo, no caso das vitórias obtidas por Aristágoras em sua minúscula ilha de Tênedos, listadas na *N*. 11.

4. SOBRE A TRADUÇÃO

Começo essa explanação da minha práxis tradutória retomando a discussão sobre a linguagem e o estilo de Píndaro, pois acredito que essas são questões de capital importância numa tradução; ao menos se se pressupõe, como faço, que o tradutor, em seu esforço para transmitir sua experiência com o original para os leitores da obra traduzida, tentará andar em harmonia, ainda que aqui e acolá em contraponto, com a linguagem do poeta. Acredito que qualquer que seja sua metodologia na busca desse objetivo, é preciso que, ao final de sua leitura, alguém que não saiba grego possa dizer, como muito bem sintetizou BRITTO 2012: 27, que "leu Píndaro".[214] Para chegar a esse resultado, porém, o tradutor precisa antes ter claro para si quais são as características do texto pindárico que devem ser preservadas em português e por quais motivos.

A meu ver, no que tange à poesia, ao menos, são três as principais invariantes que precisam ser recriadas no texto traduzido, a partir daquilo que Haroldo de Campos chama de uma "translação isomórfica da forma":[215] estilo, dicção e conteúdo, nessa ordem de importância.

Falo de uma "translação da forma" porque não é possível reproduzir a estrutura métrica do original grego em português na medida em que os sistemas dessas duas línguas são regidos por regras diferentes: aquele do grego é moraico, quantitativo, baseado na alternância entre sílabas longas e curtas, ao passo que o do português é tônico ou de intensidade, baseado na alternância entre sílabas fracas e fortes. Além disso, o ritmo da poesia grega arcaica é otimizado para o canto, a recitação e a música, ao passo que o da poesia moderna em português o é para a leitura, no mais das vezes, silenciosa. Falarei disso com mais detalhes no que se segue.

Por ora, é importante dizer que pouco se salienta, sobretudo para os leigos, que a lírica grega arcaica era uma "obra de arte total" (*Gesamtkunstwerk*), que os gregos denominavam *mousiké*, isto é, a "arte das

---

214 O exemplo que Britto dá é para Kafka, mas o princípio é o mesmo.
215 Para o conceito de isomorfia na tradução, ver CAMPOS 2013: 84 s.

Musas".²¹⁶ Dessa forma, aquilo que chamamos de "poesia grega", e que tendemos a experienciar como um texto *escrito*, é, na verdade, apenas uma das dimensões da *mousikḗ* grega, mais precisamente a da *léxis*, ou "composição verbal"²¹⁷ de uma canção e, daí, "letra", no seu sentido ainda corrente em português.²¹⁸ Por meio do perfilamento daquilo que, na *léxis*, é visto como "artesanal" e "trabalhado" é que temos a conceitualização da *mousikḗ* como *poiḗsis*, isto é, "feitura", "criação", no sentido de "arranjo artístico das palavras". Os outros dois elementos igualmente importantes são o ritmo (*rhythmós*), a melodia (*mélos*) e, em alguns casos, a dança (*khorós*) que acompanhava as canções "corais", isto é, feitas para ser cantadas por um coro de cantores que também dançavam. Além do mais, ao passo que a lógica da poesia moderna segue as regras de uma literacia, em que a palavra escrita tem preponderância sobre a falada, e é, por isso mesmo, chamada de "literatura", a lógica da poesia grega arcaica era ditada pelas regras da fala e, por isso mesmo, seria melhor descrita como uma *oratura* ou, pelo oxímoro mais corrente, uma "literatura oral".²¹⁹

Na performance oral de uma canção grega, cuja letra são os poemas transmitidos pela tradição manuscrita, nem os espectadores tinham tempo para analisar em detalhes as relações entre as diferentes partes de um texto, já que obviamente não podiam voltar aos versos anterio-

---

216 Sobre isso, veja o excelente volume de GENTILI 1990, especialmente o capítulo "Poetry and Music".
217 O que Píndaro irá chamar na *O.* 3.14 de "arranjo das palavras" (*epéōn* [...] *thésis*). De fato, note-se que mesmo a tradução de *léxis* por "letra" é marcada por um raciocínio atrelado aos modelos cognitivos da literacia, já que "letra" em sua acepção mais prototípica implica uma marca gráfica (acepção 1 do HOUAISS). *Léxis*, no entanto, é um deverbativo de ação oriundo de *légō* em sua acepção primitiva de "escolher", e, daí, "enumerar" (por cantar uma sequência em *voz alta*), donde o "contar" como "narrar" eventos em uma sequência, todos esses, processos *orais* (segundo o LSJ, λέγω é usado "*of all kinds of oral communications*" – grifo meu).
218 Aquilo que em inglês chama-se *lyrics*. Cf. acepção 5 do HOUAISS.
219 Discuto extensamente a natureza da oratura grega arcaica em BROSE 2021a, BROSE *et al.* 2013 e as consequências de se traduzir Píndaro como literatura oral em BROSE 2021d. Um trabalho fundante nessa área é aquele de GENTILI 1990, sobretudo o primeiro capítulo, "Orality and Archaic Culture".

res, como é possível fazer na página impressa, nem precisava o poeta estruturar a *léxis* a partir desse tipo de lógica. Ao contrário, a compreensão na performance era gestáltica, episódica e espetacular, ou seja, o que importava para quem ouvia um epinício era apreender o conteúdo como um todo, focando sua atenção de maneira serial em unidades discretas – no caso dos epinícios, os elementos que compõem uma tríade: verso, estrofe, antístrofe e epodo – e na marcação proporcionada pela linguagem, pela música, que prendia e guiava a atenção do ouvinte, e pela dança, que podia ilustrar mimeticamente o que se narrava.

Ademais, quando em performance, uma ode podia se valer de muitos outros elementos extra- ou supratextuais a que hoje não temos mais acesso: a melodia, entonações de voz, os movimentos dos cantores do coro ou do aedo, o cenário, informações contextuais como anedotas, fatos históricos sobre o vencedor e sua cidade, detalhes sobre a ocasião da sua vitória e de sua celebração etc. – elementos esses que o poeta podia deixar subentendidos ou fazer alusões indiretas, por serem evidentes à audiência, mas que hoje, com a perda desses referenciais, podem nos parecer enigmáticos.

Consequentemente, poderíamos ver a tradução de qualquer poema da lírica grega antiga como uma tradução, em última análise, intersemiótica, a cujo objeto, no entanto, não temos total acesso, justamente por nos faltarem as dimensões citadas, perdidas após a entextualização da canção. A fim de comparação, é como se, de uma ópera, tivéssemos apenas o *libretto*.

Isso não significa, por certo, que o ritmo do grego não possa ser reproduzido para o português, porque ele o pode, apenas não no nível da *léxis* numa tradução literária, pelos motivos já expostos. É perfeitamente possível, no entanto, *musicar* a tradução, e, dessa forma, recuperar o ritmo, uma vez que, no modo contínuo do canto, as sílabas podem receber qualquer valor de duração que se queira. Para tanto, basta que se observem o mesmo número de sílabas entre os versos do texto de partida e do texto de chegada. Ainda que minha tradução tenha se esforçado para manter o isossilabismo com o grego, mais com vistas a preservar as referências internas do poema, não foi meu objetivo produzir um texto para ser musicado.

Esclarecido esse ponto, talvez o leitor ainda possa se surpreender com o fato de o conteúdo estar colocado no terceiro lugar em ordem de importância numa tradução. É comum que se fale de "traduções de poesia em prosa" e até mesmo que se argumente que essas sejam as "mais fiéis" ao texto de partida. Porém, devemos nos perguntar, fiéis a quê? Certamente não à própria poesia. Há aqui uma grande confusão acerca dos diferentes pontos focais definidos pela prosa e pela poesia que já deveria ter sido dissipada, pelo menos, desde os artigos seminais de JAKOBSON 1960, 1971 e 1980 sobre as diferentes funções da linguagem e a gramática da poesia. Parece-me, de fato, que ele já teria argumentado de maneira suficientemente convincente que, na poesia, a função da linguagem que ordena e determina o sentido é a poética, cujo objeto é o próprio código ou, mais precisamente, a traslação das relações sintagmáticas da língua sobre o eixo paradigmático, ao passo que, no texto prosaico, é a função referencial, em que a mensagem, e *não* o código, tem precedência.

Não se trata, como Jakobson deixa claro, de uma dicotomia (por certo há prosas poéticas e poemas prosaicos), mas de um *gradiente*, ou, como disse, de um *ponto focal*, em que uma maior ou menor profundidade de campo são naturais. No entanto, quando, na tradução de poesia, o tradutor sobrepõe o plano referencial sobre o poético, está sendo produzida uma imagem desfocada do gênero que pretende traduzir. Na poesia, como alertava BENJAMIN 1923 [1991]: 9, o tradutor não deveria buscar "a transmissão inexata de um conteúdo inessencial", isto é, subordinar o texto poético àquelas características que, nele, são apenas "comunicação" (*Mitteilung*) e, dessa feita, acessórios. Até mesmo porque, do ponto de vista do texto poético, o conteúdo é o material amorfo que a linguagem poética deve esculpir, ou seja, ele não pode ser eliminado ou falseado, mas a forma como é trabalhada vai determinar a habilidade artística do poeta ou do tradutor. Nesse sentido, a filologia, enquanto ferramenta de crítica textual, deve ser, numa tradução, o sapateiro, não o pintor. Ela deve ser o nosso guia através de uma galeria de belas imagens, chamando nossa atenção para a técnica do artista, os traços mais interessantes, a história e o tema, mas não é ela que deve ditar as regras da arte, seja para o poeta ou para o tradutor.

Lançados esses primeiros princípios, podemos retornar à elucidação das características do estilo e da linguagem poética de Píndaro que o tradutor, interessado em compartilhar com o leitor a experiência que teve com o original, deve tentar emular.

Nesse ponto, seria útil refletirmos sobre uma passagem de um outro tratado de Dionísio de Halicarnasso, o *De Compositione Verborum* (23), na qual ele expande sua descrição da construção austera, analisando inclusive, como exemplo, um dos ditirambos do nosso poeta, que parece ter como representante paradigmático do seu estilo. Sendo esse o caso, a passagem nos oferece o ponto de vista de um falante nativo do grego antigo sobre as principais característica que um tradutor compromissado em imprimir à sua tradução uma força equivalente ao original deveria perseguir. Pela sua importância, é indispensável citá-la na íntegra:

τῆς μὲν οὖν αὐστηρᾶς ἁρμονίας τοιόσδε ὁ χαρακτήρ· ἐρείδεσθαι βούλεται τὰ ὀνόματα ἀσφαλῶς καὶ στάσεις λαμβάνειν ἰσχυράς, ὥστ' ἐκ περιφανείας ἕκαστον ὄνομα ὁρᾶσθαι, ἀπέχειν τε ἀπ' ἀλλήλων τὰ μόρια διαστάσεις ἀξιολόγους αἰσθητοῖς χρόνοις διειργόμενα· τραχείαις τε χρῆσθαι πολλαχῇ καὶ ἀντιτύποις ταῖς συμβολαῖς οὐδὲν αὐτῇ διαφέρει, οἷαι γίνονται τῶν λογάδην συντιθεμένων ἐν οἰκοδομίαις λίθων αἱ μὴ εὐγώνιοι καὶ μὴ συνεξεσμέναι βάσεις, ἀργαὶ δέ τινες καὶ αὐτοσχέδιοι· μεγάλοις τε καὶ διαβεβηκόσιν εἰς πλάτος ὀνόμασιν ὡς τὰ πολλὰ μηκύνεσθαι φιλεῖ· τὸ γὰρ εἰς βραχείας συλλαβὰς συνάγεσθαι πολέμιον αὐτῇ, πλὴν εἴ ποτε ἀνάγκη βιάζοιτο. ἐν μὲν δὴ τοῖς ὀνόμασι ταῦτα πειρᾶται διώκειν καὶ τούτων γλίχεται· ἐν δὲ τοῖς κώλοις ταῦτά τε ὁμοίως ἐπιτηδεύει καὶ τοὺς ῥυθμοὺς τοὺς ἀξιωματικοὺς καὶ μεγαλοπρεπεῖς, καὶ οὔτε πάρισα βούλεται τὰ κῶλα ἀλλήλοις εἶναι οὔτε παρόμοια οὔτε ἀνάγκῃ δουλεύοντα, ἀκόλουθα δὲ καὶ εὐγενῆ καὶ λαμπρὰ καὶ ἐλεύθερα, φύσει τ' ἐοικέναι μᾶλλον αὐτὰ βούλεται ἢ τέχνῃ, καὶ κατὰ πάθος λέγεσθαι μᾶλλον ἢ κατ' ἦθος. περιόδους δὲ συντιθέναι συναπαρτιζούσας ἑαυταῖς τὸν νοῦν τὰ πολλὰ μὲν οὐδὲ βούλεται· εἰ δέ ποτ' αὐτομάτως ἐπὶ τοῦτο κατενεχθείη, τὸ ἀνεπιτήδευτον ἐμφαίνειν θέλει καὶ ἀφελές, οὔτε προσθήκαις τισὶν ὀνομάτων, ἵνα ὁ κύκλος ἐκπληρωθῇ, μηδὲν ὠφελούσαις τὸν νοῦν χρωμένη οὔτε ὅπως αἱ βάσεις αὐτῶν γένοιντο θεατρικαί τινες ἢ γλαφυραί, σπουδὴν ἔχουσα οὐδ' ἵνα τῷ πνεύματι τοῦ λέγοντος ὦσιν αὐτάρκεις συμμετρουμένη μάλα, οὐδ' ἄλλην τινὰ [πραγματείαν] τοιαύτην ἔχουσα ἐπιτήδευσιν οὐδεμίαν. ἔτι τῆς τοιαύτης ἐστὶν ἁρμονίας καὶ ταῦτα ἴδια· ἀντίρροπός ἐστι περὶ τὰς πτώσεις, ποικίλη περὶ τοὺς σχηματισμούς, ὀλιγοσύνδεσμος, ἄναρθρος, ἐν πολλοῖς ὑπεροπτικὴ τῆς ἀκολουθίας, ἥκιστ' ἀνθηρά, μεγαλόφρων, αὐθέκαστος, ἀκόμψευτος, τὸν ἀρχαϊσμὸν καὶ τὸν πίνον ἔχουσα κάλλος.

O caráter da construção austera, então, é o seguinte: ela procura se apoiar firmemente nas palavras e a lhes dar posições importantes, para que cada palavra falada, em virtude de sua evidenciação, seja visualizada.[220] Ainda, busca separar as partes do discurso, interpondo uma distância considerável entre elas por meio de intervalos perceptíveis. Não se importa em utilizar colocações abruptas e conflitantes, como se fossem aquelas pedras sortidas utilizadas na construção de casas, com suas arestas de diferentes ângulos e superfícies não polidas, rusticamente assentadas de improviso. Ama, na maioria das vezes, alongar as palavras, tornando-as grandes e lentas, pois lhe é inimiga a colisão entre sílabas curtas, exceto quando estritamente necessário. Se nas palavras esse é o efeito que almeja e que procura alcançar, nos *cola*[221] procede da mesma forma, buscando ritmos imponentes e grandiosos, não uma divisão idêntica nem equivalente nem que sirvam pela força, mas que sejam independentes e nobres, luminosos e livres, procurando se aproximar mais da natureza do que da arte, expressando-se melhor por meio de emoções do que pelo costume. No mais das vezes, evita fazer com que o sentido coincida com o final de período; mas, se para isso for levada automaticamente, faz parecer que o foi sem estudo ou arte, não se valendo de palavras excrescentes que, sem nada para acrescentar ao sentido, sirvam apenas para que o círculo [do período] se complete. Isso é feito para que seu andamento não se torne teatral ou polido, tomando bastante cuidado para não cronometrar os períodos, de modo que se adequem precisamente ao fôlego do falante, nem se preocupando com qualquer coisa desse tipo. Ainda são características típicas dessa construção: o contraponto no uso dos casos gramaticais, a variedade de figuras de linguagem, a parcimônia de conectivos, a ausência de artigos, o desprezo pela concordância, o uso de poucos floreios de frase, a grandiosidade, a franqueza, a falta de adornos, e *a posse de uma beleza oriunda de uma pátina arcaizante* [grifo meu].

---

220 Dionísio tem em mente a performance *oral* de um texto, daí o sentido de ele falar da "visualização" de uma palavra, o que, num texto escrito, teria pouco sentido.
221 Preferi deixar no original, já que aqui Dionísio tem em mente um período rítmico, que tanto pode ser uma frase quanto um verso.

Todas as características listadas por Dionísio, como a ênfase na nominalização das orações com vistas à iconicidade, hipérbato, colocações antinômicas, uso de palavras longas e compostas, aversão à simetria entre orações e períodos, a parataxe, a tendência arcaizante e afins parecem-me ser elementos-chave que devam ser mantidos em qualquer tradução de Píndaro que almeje preservar, na tradução, o efeito do original. Eles são, ademais, congruentes com a minha própria experiência com o poeta, que é o que, como tradutor, desejo passar ao meu leitor.

Obviamente, esses traços são precisamente aqueles que fazem de sua poesia, junto com aquela de Ésquilo e a prosa de Tucídides, um texto difícil em vários níveis. Nesse caso, é forçoso admitir que a complexidade da poesia pindárica é uma das características principais de seu texto e, sendo assim, que qualquer tentativa de diminuir ou apagar tais dificuldades por meio da domesticação e da simplificação da sintaxe e do vocabulário, em vez de tentar recriá-las na tradução, seria a mais alta forma de traição ao original. É a partir dessa reflexão, e à luz do trecho acima de Dionísio, que as palavras de Robert Grene em sua resenha crítica[222] à tradução de Robert Lowel da *Oresteia*, de Ésquilo, têm especial relevância:

> A tentação de um tradutor moderno em tal matéria é ou cortar ou substituir [as partes difíceis] por um tipo de poesia que é mais aceitável. *Mas Ésquilo era assim e talvez devamos nos conformar com a estranheza e a rusticidade de uma tradução literal.* Havia aí um poeta cujas imagens e metáforas lhe eram próprias e a mais ninguém e, se meditarmos sobre elas, mesmo no estado de puro osso em que se encontram, *podemos aprender mais sobre poesia do que se tentarmos aculturá-las.* [grifo meu]

Uma posição muito semelhante àquela expressa por HUMBOLDT 2010: 112 sobre sua experiência com a tradução do *Agamêmnon*, de Ésquilo, quando diz que

> Uma tradução não pode e não deve ser um comentário. Não lhe deve ser permitido conter nenhuma obscuridade oriunda do uso claudicante de uma

---

222 *New York Times*, Sunday Book Review, 8 de abril de 1979, p. 43. Tradução minha.

palavra ou de uma sintaxe atropelada; mas lá onde o original apenas sugere, em vez de claramente declarar, onde permite o uso de metáforas cujas relações são difíceis de se entender, onde ideias de ligação são elididas, *o tradutor cometeria uma injustiça se, arbitrariamente, introduzisse por conta própria uma clareza inapropriada, como se essa fosse uma característica do próprio texto.* A obscuridade que se encontra frequentemente nas obras da Antiguidade, e que é especialmente característica do *Agamêmnon*, surge da concisão e da ousadia com a qual (...) pensamentos, imagens, sentimentos, lembranças e pressentimentos, à medida que surgem de uma alma profundamente inspirada, são contrapostos uns aos outros. O quanto mais se penetra na atmosfera do poeta, na de sua época, e na dos personagens por ele criados, mais e mais desaparece essa obscuridade, e uma grande claridade lhe toma o lugar. Deve-se ter este cuidado na tradução: *nada do que na língua do original se sobressai, que é gigantesco ou exótico deve, na tradução, ser fácil ou instantaneamente compreensível.* [grifo meu]

Com isso, espero que comece a se afigurar na mente do leitor uma ideia acerca dos princípios teóricos que nortearam esta tradução e que me permitiram chegar a um resultado, na língua de chegada, que me parecesse equivalente ao original. Afinal de contas, o que busquei, acima de tudo, foi, na feliz expressão de Schleiermacher 1813, levar o leitor até Píndaro, guiando-o como a um viajante por uma terra estrangeira, explicando-lhe aqui e acolá aquelas paisagens ou ruínas que poderiam lhe parecer estranhas ou inusitadas. Há viajantes, como leitores, que apreciam o estranho à sua própria cultura, e há também os que preferem ficar dentro de seus hotéis, cercados pelo que lhes é familiar. Esta tradução provavelmente irá agradar aos primeiros e desgostar os segundos, mas acredito que isso seja melhor do que qualquer tipo de condescendência para com o leitor, típica de traduções parafrásticas, pois acredito que uma das mais importantes funções do tradutor é a de justamente desafiar o leitor, tirando-o de sua zona de conforto e abrindo-o para o influxo do estrangeiro. Como alerta Pound no seu ensaio *Guido's Relations* (Venuti 2000: 33),

No final das contas, o tradutor será, muito provavelmente, impotente para fazer todo o trabalho para o leitor linguisticamente preguiçoso. Ele pode mostrar onde o tesouro está, ele pode guiar o leitor na escolha de que idioma deve ser estudado e pode até assistir ao estudante apressado que conhece um pouco da língua e tem a energia necessária para ler o texto original lado a lado com a glosa métrica.

Consoante a isso, um dos princípios mais importantes nesta tradução foi o de que ela deveria ter essa "pátina arcaizante" de que fala Dionísio no excerto acima e, dessa forma, procurei imprimi-la em dois níveis do discurso: aquele da sintaxe e o do vocabulário. Para tanto, tentei valer-me da rica tradição de poesia épica e lírica em português, cuja ordem labiríntica sempre foi uma característica marcante. Seria impossível fazer aqui um elenco de poetas em que me inspirei, até porque cada verso de Píndaro pode evocar diferentes intertextualidades e não me deixei guiar por um modelo fixo, mas por uma intuição que, como leitor de poesia, acredito ter adquirido depois de muitos anos. Posso dizer, entretanto, que as três monumentais traduções de Odorico Mendes para o português, o *Vergílio brasileiro* e os dois poemas homéricos, foram um modelo que sempre tive defronte aos olhos. O leitor atento irá certamente notar os diversos empréstimos que tomei dessas magistrais recriações tradutórias.

No que tange à sintaxe,[223] busquei a todo custo manter descontinuidades, inversões e assíndetos típicos do estilo pindárico, como vimos acima. Os gramáticos e dicionários da língua portuguesa, em sua maioria, classificam as interrupções da ordem dita "natural" do português, isto é, sujeito-verbo-complementos (SVC), como perturbações que obscurecem o sentido na frase.[224] Além disso, distinguem essas interrupções pelo grau da alegada "perturbação" do sentido, a saber, branda (anástrofe), média (hipérbato) e severa (sínquise). Essa não era, obviamente, a

---

223 A partir daqui incorporo, com modificações, material já publicado anteriormente em BROSE 2022a.
224 Sempre se deu pouca atenção à questão das inversões na língua portuguesa e ao seu possível valor comunicativo. Sobre isso, ver FUNK 1996. Na maior parte das gramáticas, o assunto aparece como apêndice. É raro encontrar juízos como os de ALMEIDA 2009 [1943] (§ 854, p. 502 s.), que vê nas inversões "uma das belezas que o português, mais do que as línguas suas irmãs, conservou do latim".

avaliação dos gramáticos e retores clássicos, que viam nessas figuras de sintaxe uma forma de dar proeminência a determinadas partes do discurso ou de, por meio delas, mimetizar emoções.

Há, a meu ver, uma aceitação acrítica de certos preceitos de clareza preconizados pela gramática tradicional do português que leva, muitas vezes, a resultados incongruentes com a nossa tradição poética e limita em muito as possibilidades (re)criativas de nossa língua, algo que tentarei demonstrar mais adiante. Além disso, parece-me ser bastante problemático falar de uma "ordem natural" na língua portuguesa, ainda mais na poesia, em que pode haver apenas uma *tendência*, como é bem sabido pela Estilística da nossa língua e como comprovam os estudos linguísticos.[225] Essa atitude normativa do *ce qui n'est pas clair n'est pas français* que parece ter tomado conta de alguns setores da crítica literária e dos tradutores brasileiros a partir do séc. XIX, justamente devido à influência das letras francesas, prefere ignorar que o corolário dessa asserção de RIVAROL 1964: 90 é precisamente *ce qui n'est pas clair est encore anglais, italien, grec ou latin*, e é exatamente isso que essa tradução deseja: não ser "clara" como o francês, mas, ao contrário, tentar recuperar aquele torneio de frase que caracterizou o auge clássico de nossa literatura e que, a meu ver, é bastante mais afeito a receber, como hóspede em nossa língua, a poesia de Píndaro. Como já disse PANNWITZ 1917: 240 s., tantas vezes citado e tão raramente seguido, o enriquecimento de nosso idioma, que é outra importantíssima função do tradutor, não passa por aportuguesar o grego, mas sim por grecizar o português.

Por fim, é preciso que se diga que a atitude normativa que preconiza a ordem direta e a clareza acima da beleza não está sequer de acordo com a realidade da língua falada, em que essas inversões são comuns, nem com a da linguagem retórica e poética do próprio vernáculo, em que elas estabelecem uma verdadeira regra de sintaxe expressiva. Por exemplo, ninguém acharia estranha ou afetada uma frase como "está pronta a comida" (VS) ou então "dos meus problemas, cuido eu" (CVS),

---

225 Ver, por exemplo, PEZATTI 1993, COELHO & MARTINS 2012. No âmbito da literatura, o tema é tratado extensivamente por MARTINS 2008: 208 s.

dois exemplos clássicos de anástrofe. São também comuns frases do tipo "esta é uma bela cidade e muito antiga", "caro esse restaurante, não?" ou, para citarmos um exemplo frequente entre os gramáticos, "brincavam antigamente na rua as crianças", todos casos correntíssimos de inversões. Muito embora a estrutura sintática dessas orações tenha um nível de complexidade comparável ao de algumas inversões em Píndaro, um falante nativo poderia compreendê-las automaticamente, sem qualquer tipo de análise ou esforço mental. Na verdade, utilizamo-nos de muitas estruturas parecidas no dia a dia sem sequer nos darmos conta. A verdade é que a linguagem poética não inventa nada que já não exista na língua, ela apenas salienta e estiliza formas já correntes.

Se essas inversões, então, são comuns e produtivas na linguagem falada e mesmo na prosa culta, mas não necessariamente na acadêmico-científica, quanto o mais não o serão na poesia? Além disso, contrário ao que se poderia pensar, inversões não são um recurso da poesia do passado, utilizadas apenas pelos poetas barrocos, românticos ou parnasianos. A bem da verdade, elas fazem parte da dicção de poetas de todos os tempos. Dessa forma, não precisamos recorrer a Camões (exemplo clássico de tais casos) ou então a um Filinto Elísio ou, entre nós, a um Bilac ou a um Alberto de Oliveira. Poetas dos mais contemporâneos – alguns, inclusive, cuja dicção frequentemente tomamos por simples e direta –, utilizaram-se dos mais variados tipos de inversão.

Em Vinícius de Moraes, um poeta que dificilmente alguém achará complicado, podemos encontrar, por exemplo, versos do tipo: "De repente da calma fez-se o vento / Que dos olhos desfez a última chama";[226] ou em Hilda Hilst: "Hoje, de carne e osso, laborioso, lascivo / Tomas-me o corpo".[227] Manuel Bandeira, cujo estilo não poderia ser o mais despojado, pôde escrever, sem causar espanto ou repúdio em seus companheiros modernistas, versos como: "Mas, como o dele, batia / Dela o coração também".[228] É de sua lavra, aliás, um dos exemplos mais

---

[226] MORAES 2020: 174, "Soneto de separação", vv. 5-6.
[227] HILST 2017: 477, "Do desejo".
[228] BANDEIRA 2009: 52, "Cartas a meu avô", vv. 23-4.

citados pelos gramáticos sob a rubrica geral de "hipérbato": "Quando a indesejada das gentes chegar".[229] Em Cecília Meireles, lemos estes belos versos: "As mesmas salas deram-me agasalho / Onde a face brilhou de homens antigos".[230] Um outro exemplo, mais sofisticado, mas importante a meu ver justamente pela reapropriação da "frase labiríntica", é aquele dado por Carlos Drummond de Andrade no quarto terceto de "A máquina do mundo": "A máquina do mundo se entreabriu / Para quem de a romper já se esquivava / E só de o ter pensado se carpia".[231] No terceiro terceto do mesmo poema, encontramos este verso que com justiça mereceria o título de "pindárico" pelo hipérbato: "Os mesmos sem roteiro tristes périplos".[232] No ultramar, Fernando Pessoa tampouco se acanhou das inversões em seu "Mensagem": "Vivemos, raça, porque houvesse / Memória em nós do instinto teu".[233]

Não se questiona, porém, que foram os poetas do barroco e do romantismo que, no gosto de suas escolas, mais tiraram proveito das inversões, e, dentro de cada um desses períodos, nenhum, talvez, com maior arte do que Gregório de Matos e Gonçalves Dias. De Gregório de Matos, os exemplos são tantos e conhecidos que me escuso de citá-los. De Gonçalves Dias, cito um tipo de inversão bastante comum em Píndaro e na lírica grega em geral, o hipérbato entre o objeto, direto ou indireto, e seu complemento, como em "Ainda uma vez, adeus", vv. 10-12: "Derramei meus lamentos / Nas surdas asas do vento / Do mar na crespa cerviz". No mesmo poema (XII, vv. 89-92), temos um belo exemplo de anástrofe e hipérbato: "[...] Horrendo caos / Nessas palavras se encerra, / Quando do engano, quem erra, / Não pode voltar atrás!".[234]

Para concluir esse elenco, que está longe de ser exaustivo, alguns

---

229 BANDEIRA 2009: 223, "Consoada", v. 1. Esse verso foi inclusive questão da Fuvest, mas é curioso notar que entre as opções (clímax, eufemismo, sínquise, catacrese, pleonasmo) não existia "hipérbato" ou, como seria mais acertado, "anástrofe", o que revela que a definição de tais termos não tem a precisão que se poderia supor.
230 MEIRELES 2017: 739, vv. 16-18.
231 ANDRADE 1985: 89, vv. 10-12.
232 ANDRADE 1985: 90 v. 27.
233 PESSOA 2006: 20, Segundo: Viriato, vv. 3-4.
234 DIAS 1870: 340.

belos hipérbatos retirados do "Cântico do Calvário", de Fagundes Varela.[235] Aqui, eu gostaria de ressaltar que a ausência de pontuação, amiúde invocada como obrigatória para evitar ambiguidades, em nada prejudica a imediata compreensão dos versos, mas lhes arruinaria o ritmo, se tivesse sido empregada. O v. 21 é exemplar nesse sentido: "São mortos para mim da noite os fachos". Houvesse o poeta separado "para mim" ou "da noite" por vírgulas, teria anulado a bela cadência do tetrâmetro jâmbico com pausa após a 6ª sílaba. O próximo exemplo é semelhante (vv. 31-2): "Nem de teus olhos no cerúleo brilho / Acharei um consolo a meus tormentos" – outra vez se vê a anástrofe entre a locução adverbial "no cerúleo brilho" e o complemento adnominal "de teus olhos". Na poesia é precipuamente o ritmo, e não a pontuação, que delimita a fronteira entre os termos da frase e dita sua concordância.

Em Píndaro, a extensão e a intensidade das inversões variam sempre de acordo com algum propósito, jamais são fortuitas. Na *Olímpica* 1.75-81, por exemplo, podemos ver como ele utiliza uma estrutura sintática convoluta para expressar seu horror frente à cena de canibalismo divino pintada por outros poetas:

> ἔννεπε κρυφᾷ τις αὐτί-
> κα φθονερῶν γειτόνων,
> ὕδατος ὅτι τε πυ-
> ρὶ ζέοισαν εἰς ἀκμάν
> μαχαίρᾳ τάμον κατὰ μέλη,
> τραπέζαισί τ' ἀμφὶ δεύτατα κρεῶν
> σέθεν διεδάσαντο καὶ φάγον.

> logo em segredo relatou
> algum dos vizinhos invejosos
> que, da água sobre o cume,
> pelo fogo efervescente,
> com um facão cortaram-te em pedaços
> e, em torno às mesas, por fim as tuas carnes
> dividiram entre si e te comeram.

---

235 ALVES; VARELA 1950: 25-26.

Com esse exemplo em mente, podemos passar ao segundo ponto mais importante do meu programa tradutório, o da transposição da dicção pindárica. Antes, porém, de comentar as soluções que procurei dar para os inúmeros desafios que o texto original oferece, é importante que se entenda que a linguagem das odes pindáricas é uma *Kunstsprache*, uma "linguagem artificiosa", ou, como eu prefiro traduzir, uma "linguarte". Essa linguarte, que jamais foi falada coloquialmente e que se constitui, principalmente, no amálgama de uma dicção de substrato épico, dórico, eólico e, em menor grau, jônico-ático, era o que permitia ao poeta a liberdade necessária para a estruturação métrica do conteúdo linguístico, bem como – talvez uma função ainda mais importante – para situá-lo e a sua audiência dentro de uma tradição e de um espaço discursivo ligados ao gênero das canções em que compunha.

Num outro nível, ela também implica numa fraseologia típica desse gênero, que é em parte herdada do indo-europeu e em parte específica da tradição grega.[236] A dicção pindárica é, portanto, tanto artificial quanto artificiosa, isto é, não só ela se utiliza de uma linguagem que nunca existiu, como se esforça para soar elevada e antiquada. Para a poética da Grécia arcaica e tardo-arcaica, que não conhecia nossas noções modernas e, de fato, bastante recentes, de espontaneidade e clareza, isso era uma qualidade grandemente apreciada, não um defeito.

Não foi meu intuito, portanto, tampouco nessa área, domesticar a língua de Píndaro, mas, pelo contrário, transportá-la em toda a sua estranheza, forçando-a ao máximo e, sempre que possível, a nossa própria língua portuguesa, com o intuito de enriquecê-las. Um ponto em que se pode notar isso com bastante clareza é na controversa questão da tradução dos nomes compostos, de que já falamos um pouco, acima. Tentei seguir, nesse caso, o conselho dado por José Bonifácio[237] no ensaio que prefacia sua própria tradução da *Olímpica* 1, em que ele defende uma abordagem estrangeirizante:

---

236 Sobre isso, ver o excelente trabalho de MEUSEL 2019.
237 ANDRADA & SILVA 1861: 124-125. Preservou-se a ortografia do original.

Onde acharemos nós uma só palavra que exprima a energia do *Elater*, e outra que pinte ao ouvido a rapidez galopante dos dous anapestos do epitheto ἀκαμαντοποδώς [*ăkămāntŏpŏdōs*]? Para podermos pois traduzir dignamente a Pindaro, ser-nos-hia preciso enriquecer primeiro a lingua com muitos vocabulos novos, principalmente compostos, como provavelmente fizerão os mesmos Homero e Pindaro para com a sua: se por fatalidade nossa o immortal Camões, que tanto tirou do latim e italiano, não ignorasse o grego, certo teria dado ao seu poema maior força e laconismo, e á lingua portugueza maior emphase e riqueza. Nós já temos muitos vocabulos compostos tirados do latim, e porque não faremos, e adoptaremos muitos outros, tanto ou mais necessarios em poesia, como por exemplo: *auricómada, roxicómada, boquirubra, braccirosea, olhinegra, olhiamorosa, argentipede, tranciloira, docirisonha, docifallante*, etc., etc.? Ousem pois os futuros engenheiros brasileiros, agora que se abre nova época no vasto e nascente Imperio do Brasil á lingua portugueza, dar este nobre exemplo; e fico, que apezar de franzirem o beiço puristas acanhados, chegará o portuguez, já bello e rico agora, a rivalisar em ardimento e concisão com a lingua latina, de que traz a origem.

Como já disse em minha tradução e comentário da *Pítica* 3,[238] a criação de compostos por aglutinação em português é um fato corriqueiro da nossa língua, literária ou falada, culta ou coloquial, e isso é comprovado pelo alto número de vocábulos formados por haplologia tanto num registro mais culto (*tragicômico, auriverde, fidalgo, planalto, filantropo, sociopata, tremeluzente*) como num mais coloquial (*boquiaberto, portunhol, mãedrasta, bebemorar, showmício, namorido, sacolé, pontapé, chafé*) e, principalmente, mas nem por isso menos importante, vulgar (*vulgívaga, vampeta, vagaranha, bolsolixo*) etc. Como demonstram ANDRADE E RONDININI 2016, donde tirei alguns desses exemplos, antes de se constituírem numa extravagância, tais adjetivos compostos são o fruto de regras precisas e produtivas no português falado.

Por isso, mantenho que o argumento normalmente invocado contra a recriação dos compostos gregos no português, a saber, de que a língua

---

238 BROSE 2022a.

portuguesa não é dada à formação por aglutinação ou que um tal processo apenas se daria por meio de uma criação erudita, não é consubstanciada por estudos linguísticos. Não é meu objetivo, aqui, discutir em detalhes essa questão, mas apenas pontuar, de maneira breve, que a língua portuguesa, como defendia José Bonifácio, é muito mais plástica e flexível do que mormente se argumenta e que, de maneira contrária à injunção daquele erudito, vem sendo sistematicamente empobrecida por ideias de um purismo castiço que não encontram lastro nem na sua história diacrônica, de um rico lirismo marcado pela complexidade e sofisticação vocabular, nem na sincrônica, dada a criatividade do brasileiro em cunhar novas palavras, e, muito menos, nos estudos linguísticos.

Na tradução da poesia de Píndaro, portanto, minha primeira abordagem foi sempre a de tentar usar compostos formados por aglutinação, mormente por haplologia ou *portmanteau*,[239] exceto, evidentemente, quando julguei que se tratava de *bahuvrihis*, isto é, compostos em que o sentido não é idêntico à soma das partes. Esse procedimento parece-me ainda mais justificado quando a palavra foi aparentemente inventada *ad hoc* por Píndaro, como é o caso dos unicismos (*uni.*). Finalmente, alguns neologismos na tradução foram formados por prefixos e sufixos usuais na composição nominal em português, como *in(i)-*, *a-*, *multi-*, *o(m)ni-*, *vasti-*, *pre-*, *per-* etc. ou têm como primeiro membro um adjetivo facilmente identificável: *novi-*, *divi-*, *negri-*, *alvi-* etc.

Assim, aportuguesei *themistéios* (*uni.*), "temisteio", já que não há no vernáculo uma palavra que capture o sentido desse adjetivo; além do mais, o substantivo de que deriva, o nome da deusa Têmis, já está devidamente aportuguesado.[240] Para *hippokármēs* (*uni.*), compus "equigaudente", tirando vantagem do recurso que permite que palavras terminadas em *-e* ou *-o* possam participar como primeiro membro de um vocábulo formado por aglutinação pela perda do *-e/-o* e consequente

---

239 Sobre a formação de vocábulos por *portmanteau* e haplologia no português do Brasil, ver BRAGA & PACHECO 2019. Necessário dizer que algumas de minhas opções não são inéditas, mas já apareceram em outros poetas ou foram propostas por outros tradutores, como Odorico Mendes.
240 Para uma explicação, ver a nota *ad loc.* à O. 1 para uma explicação do sentido.

inserção de um -*i*. Em *neosígalos* (*Olímpicas* 3.8), no entanto, fui um pouco mais ousado e preferi forjar o *portmanteau* "novemfolha", com apócope do "o" final de "novo", que me pareceu ser necessário tanto para evitar o hiato em "novoemfolha" quanto para não borrar a fronteira entre os elementos constituintes, com uma forma do tipo "novinfolha", que talvez pudesse dificultar, por parte do leitor, a compreensão imediata do composto. É preciso se ter em mente que há sempre um limite para a quantidade de inovações que o leitor pode suportar num único texto e o tradutor precisa ser sensível a isso também.

Procurei sempre formar os compostos em português a partir de algum modelo já vigente na língua, como, retomando o exemplo de "equigaudente", a partir dos já dicionarizados *equícola, equífero, equípede, équite, equírio* e afins, formados sobre o tema de "equino".[241] O mesmo processo foi usado para recriar em português os unicismos *eurýtimos*, "vasticolendo", *tanyéteira*, "longícoma", e *polýboskos*, "multialtriz", os quais, mesmo não estando dicionarizados, apresentam os dois elementos suficientemente claros ("vasto" + "colendo"; "longo" + "coma") a ponto de poderem ser facilmente deduzidos por um leitor de poesia, acostumado a um vocabulário mais precioso, diretamente ou com auxílio de um dicionário.

Algumas vezes, *metri gratia*, tomei a liberdade de dividir esses compostos entre dois versos exatamente na juntura entre os dois elementos. Outros compostos recriados de forma semelhante são: *polýphatos* (*uni*.), "multiafamado"; *anaxiphórminges* (*uni*.), "citaragógicos", esse a partir do modelo de "psicagógico", "hipnagógico", "mistagógico" etc.; *akamantopódes*, "indefessípedes"; *theóphrōn*, "teomântico"; *khrysokómēs*, "Aurícoma" (referindo-se a Apolo) e assim por diante.

As exceções, por outro lado, deram-se apenas quando: (a) o composto resultante produzia uma forma obscura, a partir da qual seria difícil para o leitor identificar os dois elementos originais da palavra, mesmo

---

241 Aqui, a preferência por "equi-" em vez de "eque-" e "equo-" também teve o propósito de evitar a confusão com os prefixos, derivados do latim *aequus* que determinam equidade. Cf. HOUAISS, *Dicionário de elementos mórficos*, s.vv. equ- e equ(i)-.

com auxílio de um dicionário, por exemplo, *aglaókōmos*, "do luzente *kômos*" (*vel sim.*), em que o segundo membro, além de ser uma palavra problemática, que talvez se refira mais à canção do que ao coro, aparece em nomes com um significado completamente diferente em português, como "comédia", "cômico", o que tornaria lúdicra uma solução como "luzicômica" ou algo que o valha; (b) a palavra ou o composto, graças à audácia de poetas e tradutores pretéritos, já estava dicionarizada ou tinha um equivalente próximo, como *poikilógarys* (*uni.*), "multíssona", *palintrápelos*, "adverso"; ou, finalmente, (c) quando a tradução resultaria em um cacófato ou numa tradução, a meu ver, inusitada e, de novo, potencialmente cômica.

Em todos esses casos, avaliei duas possibilidades: a primeira, no caso de acrescentar uma nota que explicasse o sentido do neologismo, o que fiz sempre que me pareceu que a contribuição para a recriação do efeito poético do original em português fosse maior que o incômodo de desviar o leitor para uma nota. Nos outros, preferi utilizar-me de perífrases, até porque muitas vezes elas são convenientes ao metro, como no caso citado de *mēlódokos*, que traduzi por "abrigo de armentos", *khalkaspís*, "do éreo escudo". Essa última solução apliquei também a alguns compostos cuja tradução já adquiriu um caráter quase formular em português, como, por exemplo, no caso de "Tebas de Sete Portas" (*heptapýlois* (...) *Thḗbais*).

Em alguns poucos casos, quando a criação de um composto era inviável, pelos motivos já explicitados e, além do mais, uma perífrase não me parecia ser superior, vali-me da composição por justaposição, com ou sem hífen, que usei apenas em casos em que poderia haver confusão na delimitação da fronteira entre os dois elementos, como em *pontomédōn*, "Impera-mar" e *damasímbrotos*, "doma-mortais".

Finalmente, quanto aos nomes próprios de pessoas, cidades e alguns deuses adotei um procedimento que está longe de ser o ideal, mas que tem certa lógica interna à qual tentei aderir sempre que possível. No caso de haver um nome já tradicional no português, preferi adotá-lo:[242] Hierão, Terão, Gelão, Possidão etc. Alguns nomes dissílabos, que em

---

242 Nesses casos, sempre consultei o INPGL.

grego terminam por -ōn e que em latim pertencem à terceira declinação, não tendo, ademais, uma forma tradicional (como *Plátōn*, "Platão"), são um pouco mais problemáticos já que o uso alterna entre manter a forma grega ou aquela derivada a partir do latim, com a primeira opção sendo, pelo que observo em outros tradutores, a mais comum no português contemporâneo do Brasil e, por isso mesmo, foi a que adotei. Por exemplo, *Sóphrōn* pode ser traduzido como "Sófron" pela primeira opção, mas "Sofrão", pela segunda, teoricamente via o latim *Sophrōnem*, uma paroxítona, com apócope do -*m* final e fusão do -*ōṇe*- num ditongo nasal em -*ão*.[243] Essa regra às vezes produz formas inusitadas, como por exemplo *Portháōn*, que ficaria "Portão" e, por isso, tem sido cada vez menos utilizada entre nós.

No tocante aos nomes de alguns deuses, resolvi preservar, aqui e acolá, a coloratura dórica do dialeto de Píndaro, que mantém o -*ā*- longo quando o épico-jônico, do qual herdamos o equivalente em português, mudaria para um -*ē*-.[244] Dessa forma, por exemplo, preferi manter "Afrodita", em vez de "Afrodite", e "Atana", em vez de "Atena",[245] já que a pequena alteração poderia dar ao leitor uma pequena degustação do dialeto lírico usado por Píndaro e tão marcante para a dicção da lírica coral, sem dificultar, por ínfima, o entendimento ou a referenciação em dicionários de mitologia, por exemplo. Nos casos em que Píndaro usa a forma dialetal de algum nome por uma razão muito específica, eu igualmente a mantive, como "Potidão" em vez de "Possidão" na *Olímpica* 13.5, onde se trata de uma variante com significado cultual.

Por fim, algumas palavras a mais sobre a tradução do metro e a versificação. Como mencionei anteriormente, não é possível reproduzir o metro grego em português porque essas duas línguas têm sistemas

---

[243] Uma terceira via, a meu ver mais coerente com a fonologia do português brasileiro, seria manter a forma grega, inclusive a posição do acento, mas com nasalização da final, já que o /n/ consonantal, mesmo quando escrito, não é pronunciado com esse valor no Brasil, assim ninguém pronuncia "Boston" como /'bɔ.stən/ mas como /'bɔs.tõ/, que graficamente seria "Bóstão". A partir desse raciocínio, "Sóphron" daria "Sófrão".

[244] Mas, curiosamente, temos "gnoma" em português, e não "gnome".

[245] Mas "Eco" na *O.* 14, em vez de "Aco", como no original.

prosódicos completamente diferentes. Não dispomos, no português, da distinção fonêmica *longa* x *curta* no nível silábico. Além disso, ao contrário do grego, tampouco temos palavras com sílabas ao mesmo tempo longas e átonas ou que tenham mais de uma sílaba longa numa mesma palavra, quanto menos em sequência, vantagens de que o grego se aproveita para construir sequências métricas que, em português, seriam impossíveis de emular, mesmo se utilizássemos uma equivalência do tipo sílaba longa ≈ sílaba acentuada.

Onde encontraríamos uma sequência de palavras, em português, que tivesse seis acentos tônicos em sequência que nos permitisse recriar algo equivalente ao ritmo do trímetro espondaico do v. 4 (*xeínōn d'eu prassontōn*, — — — — — —) da *Olímpica* 6? Ou, ao contrário, uma com 7 sílabas não acentuadas que permitisse a transposição do v. 13 (*hothem o polýphatos hymnos*, ‿‿‿‿‿‿‿) da *Olímpica* 1? Certamente, essas sequências seriam possíveis numa versão musicada, em que as sílabas podem receber notas de qualquer duração, mas não no âmbito da literatura, no qual não há nenhuma outra indicação no papel que possa guiar o leitor, exceto se nos valêssemos de subterfúgios, como colocar em negrito as sílabas que deveriam ser longas, o que, no entanto, me parece uma trapaça tradutória, servindo apenas para confirmar o anteriormente dito.

Reconhecida essa limitação, meu principal objetivo foi tentar reproduzir o *andamento* do verso grego por meio da manutenção da isostiquia e, em cada verso, do isossilabismo com o original. Nesse último caso, no entanto, não me impus uma obrigação por demais rígida a ponto de descartar alguns versos que na tradução me agradavam apenas porque eram mais curtos ou mais longos que o original em uma ou duas sílabas, algumas delas inclusive reduzidas em posição pós-tônica ou encurtadas pelo próprio ritmo. Por vezes, deixei me levar pelo ritmo de intensidade dos acentos gregos, o que não é uma leitura tão anacronística quanto a maioria das pessoas poderia pensar, pois os acentos tonais gregos começaram a ser substituídos por acentos de intensidade já no séc. II, devido à perda do sistema de quantidade vocálica em que o metro grego antigo era baseado. Essa é, além disso, a forma que um falante do grego moderno leria, hoje, Píndaro, e, para além de um preconceito linguístico que muitas vezes beira o racismo, há uma série de vantagens em se adotar essa pronúncia, a mais importante, a meu ver, sendo a reafirmação, pela reperformance de uma poesia do passado na forma hodierna de sua língua, da forte continuidade do grego através das épocas.

O texto original das odes e o da tradução seguem a divisão de versos da tradição antiga, como explicitada nos escólios, e utilizada até a edição de HEYNE 1817, a última antes que BOECKH 1809 propusesse uma nova divisão dos versos baseando-se na sua teoria de que o final de verso deveria coincidir com hiato ou *brevis in longo*,[246] uma prática que não encontra respaldo na doutrina métrica antiga. Na edição de SNELL-MAEHLER 1961, os versos de Heyne são colocados à esquerda do texto grego. É a essa numeração que todas as referências aos versos das odes feitas ao longo dessa tradução remetem. Sob essa numeração também estão organizadas as explicações dadas pelos escólios antigos (DRACHMANN 1903) e recentes (ABEL 1891).

4.1. Sobre a introdução e notas às odes

Não foi minha intenção, na presente tradução de Píndaro, fornecer um comentário filológico. No entanto, é praticamente impossível, devido à natureza ocasional, à dicção tradicional e às referências mitológicas, entender cada uma das odes sem algum tipo de contexto e algumas notas.

Pensando nisso, decidi incluir, antes de cada ode, uma pequena introdução falando do contexto histórico em que o epinício foi composto. Nelas, dou detalhes do atleta celebrado, de sua cidade (quando possível) e do mito (ou mitos) mencionado(s) no poema, se houver, bem como outras informações que julguei importantes que o leitor soubesse. Reservei as notas de rodapé para explicações sobre a tradução de nomes, epítetos e neologismos criados por Píndaro e não atestados em outros poetas, bem como para informações importantes para o entendimento dos poemas. Os critérios para a criação de tais neologismos encontra-se na seção 4 da introdução, "Sobre a tradução", acima. O objetivo de colocar notas

---

246 Ocorrência de uma sílaba breve numa posição que deveria ser longa.

de rodapé é justamente auxiliar o leitor durante a leitura das odes sem, no entanto, remetê-lo a uma longa discussão ou interromper o fluxo da leitura, desviando-o para as notas de fim.

Para a transliteração de palavras gregas na introdução geral, nas introduções a cada ode e nas notas, segui as normas estipuladas em PRADO 2006.

ΟΛΥΜΠΙΟΝΙΚΑΙΣ* | ODES OLÍMPICAS

---

* Texto grego: Gentili, B. (ed.; trad.). *Le Olimpiche*. Comentário e Notas de C. Catenacci, P. Giannini e L. Lomiento. Milano: Mondadori, 2013.

Ολυμπιονίκαις I | Olímpica 1

A *Olímpica* 1, caracterizada por Luciano de Samósata[1] (séc. III EC) como "a mais bela de todas as canções", é dedicada ao rei (assim Píndaro o chama) da Sicília, Hierão de Siracusa, pela sua primeira vitória olímpica com o cavalo Ferênico (*lit.* "Vitorioso") na corrida de cavalo (*kélēs*) da 76ª Olimpíada (476).

Hierão (posteriormente conhecido como Hierão I de Siracusa) nasce por volta de 540/530 na Sicília, em uma cidade chamada Gela, onde seu pai, Dinomenes, fundador da estirpe dos Dinomênidas, era rei. Tinha por irmão mais velho Gelão, que, após a morte de Dinomenes, assume o trono em Gela. Os mais novos eram Polizelo e Trasíbulo, além de duas outras irmãs não nomeadas que se casam com Crômio do Etna e Aríston. Em 485, depois que Gelão conquista Siracusa, Hierão é apontado governador de Gela. Dois anos mais tarde, com a morte de Gelão por hidropisia, Hierão assume o trono de Siracusa e consolida sua aliança com Terão de Ácragas (moderna Agrigento) ao se casar com a filha de Xenócrates, irmão de Terão. Devido à coalizão vitoriosa entre Gelão e Terão contra os cartaginenses na Batalha de Himera (480), Hierão herda um reino em relativa estabilidade, que trata de expandir.

Não muito tempo depois disso, em 476, temendo uma tomada de poder por seu irmão, Polizelo, que era extremamente popular entre os siracusanos, ele o obriga a ir para o exílio e se cerca de um corpo de guarda-costas, criando além disso uma polícia secreta. Adota então um política externa expansionista. Em 477, dando uma mostra de seu poder e influência, obriga Anaxilas, tirano de Régio e Messina, a não atacar a Lócria Epizefirínia, que cai, dessa forma, sob seu protetorado. Em 476/5, contudo, ataca e destrói as cidades de Catânia e Naxos, cujas populações são expulsas para Leontini (moderna Lentini). Catânia é refundada como colônia do Etna e repopulada com uma leva de 10.000

---

1   No diálogo *Gallus* 7, τὸ κάλλιστον τῶν ἀσμάτων ἀπάντων.

dórios vindos do Peloponeso e de Siracusa. Em 474, funda também Pitecusas, na ilha de Ísquia, que era o mais antigo assentamento grego na Magna Grécia, tendo sido fundado por volta de 770 por comerciantes eubeios da Erétria e da Calcídia. Nesse mesmo ano, Hierão se alia a Cuma na guerra contra um ataque marítimo dos etruscos e cartaginenses e os vence. Píndaro iria comparar essa vitória àquela dos gregos do leste contra os persas em Salamina.

Em 472, Hierão impede que o filho de Terão e governador de Himera, Trasideu, suba ao trono após a morte do pai, mas não instala tiranos de sua família em Ácragas, que se torna, contudo, subordinada a Siracusa, nessa época indiscutivelmente o centro político e cultural da Sicília. Diodoro Sículo (11.67.2-4) descreve o governo de Hierão como opressivo, violento e o próprio Hierão como mesquinho e paranoico. Como um tirano paradigmático, Hierão promove uma série de obras públicas em Siracusa. Por volta de 475-2, o antigo anfiteatro de madeira é substituído por um de pedra, onde Ésquilo teria produzido uma versão adaptada da sua peça *Os persas*, possivelmente salientando o paralelo com Salamina já mencionado. É provável que aí também tenha sido encenada as *Mulheres fenícias* de Frínico (*fl.* 511).

Antes da vitória celebrada na *Olímpica* 1, Hierão já havia ganhado a corrida de cavalo nos Jogos Píticos de 482 e 478. Ganhará ainda, nessa mesma prova, nos Jogos Olímpicos de 472, provavelmente com o mesmo cavalo. Finalmente, nos Jogos Píticos de 470 ou, talvez, nos Olímpicos de 468 (nesse caso, um ano antes de sua morte), Hierão irá coroar suas conquistas atléticas com uma vitória na corrida de quadrigas.[2] Dentre os comitentes de Píndaro, ele é o que receberá o maior número de odes, quatro no total,[3] e é provável que o poeta, já com quarenta e dois anos, portanto no auge de sua carreira, tenha ido residir em sua corte, onde pode ter competido com outros panegiristas pelo favor do rei, como Simônides e Baquílides, que, para essa mesma vitória, escreveu o *Epinício* 5. O diálogo *Hierão* de Xenofonte é baseado na suposta amizade entre o tirano e Simônides e

---

2 Para a qual, curiosamente, não irá comissionar Píndaro, mas Baquílides, que lhe comporá o *Epinício* 3.
3 A *O.* 1 e as *P.* 1, 2 e 3.

centra-se na questão de como o tirano pode distinguir o louvor justo e sincero do interesseiro. Hierão morre em 466/5 na sua colônia do Etna, onde recebe honras póstumas como seu herói fundador (*oikistés*).

A despeito da reconhecida beleza desta ode desde os tempos antigos, sabemos pela *Vita Tomana* que Aristófanes de Bizâncio (sécs. III-II), um dos bibliotecários de Alexandria e o mais importante editor de Píndaro, a posicionou na abertura dos livros de epinícios por contar o mito de fundação dos Jogos Olímpicos, devido à relevância histórica do *laudandus* e pelo fato de as provas equestres serem as mais prestigiosas e sempre virem, em todos os livros, primeiro. Além disso, junto com as *Olímpicas* 2 e 3, dedicadas ao genro de Hierão, Terão de Ácragas, ela forma uma espécie de tríptico que apresenta uma unidade temática, textual e temporal (as três são do mesmo ano) bem demarcada.

O leitor irá notar, por exemplo, que os versos que abrem esta ode se repetem de maneira quase idêntica ao final da *Olímpica* 3. Não devemos supor, no entanto, que tal unidade tenha sido necessariamente planejada pelo poeta. A explicação mais plausível é que ela reflita, na verdade, uma linguagem formular, sobretudo no nível fraseológico, típica da poesia epinicial,[4] que é trazida em relevo pelo trabalho editorial dos bibliotecários de Alexandria, nesse caso, muito provavelmente de Zenódoto (séc. IV), o primeiro editor de Píndaro. Na verdade, essa organização das odes de Píndaro em grupos de temática estilística, mítica etc. dentro de cada livro, pode ser notada ao longo de todo o *corpus* e deve ter sido um dos fatores basilares para o posicionamento dessa ode dentro dele.

O MITO

O mito de Tântalo e Pélops, que forma a porção central da ode, foi preservado em sua maior extensão por duas fontes principais, Diodoro Sículo, na sua *Biblioteca histórica* (4.73-4) e pelo autor anônimo[5] da *Epíto-*

---

4   Sobre a fraseologia formular, de caráter indo-europeu, em Píndaro, veja o trabalho essencial de MEUSEL 2019.
5   Por questão de simplicidade irei me referir a esse autor anônimo da *Biblioteca de mitos* (*Bibliothḗkē*), sem tradução ainda em português, como Apolodoro, em vez de *Pseudo*-Apolodoro como alguns preferem.

me (2.7, 9) na *Biblioteca de mitos*. Outras fontes[6] complementam o relato desses dois autores com alguns outros detalhes.

De acordo com esses relatos, Tântalo era filho de Zeus com a ninfa Pluto ("Riqueza") e reinava no monte Sípilos, localizado na Frígia ou na Lídia ou, ainda, segundo Diodoro Sículo, na Paflagônia.[7] Com sua esposa, que, segundo a maioria das fontes, se chamava Dione, teve três filhos, Pélops, Bróteas e Níobe. Em virtude de sua ascendência, gozava da confiança e amizade dos deuses, com quem costumava banquetear-se no Olimpo, tendo acesso às suas deliberações. Seu crime teria sido, segundo Diodoro e outros,[8] tanto o de ter revelado aos homens os planos dos deuses quanto o de ter roubado o néctar e a ambrosia para dar aos seus companheiros de banquete. Por isso, Zeus tê-lo-ia punido com a alucinação de um rochedo sempre na iminência de cair sobre sua cabeça, o que o levara à loucura, tornando-o um pária e exilando-o do convívio e dos banquetes.

Outras versões[9] atribuem-lhe um crime ainda mais terrível: ter tentado testar a onisciência dos deuses ao lhes oferecer, num banquete de agradecimento em Sípilos, o seu próprio filho, Pélops, que teria sido morto, esquartejado e servido para os imortais. Percebendo o crime, contudo, todos os deuses teriam se abstido da refeição sacrílega, exceto Deméter que, desvairada de dor pelo rapto da filha Perséfone, devorara a escápula de Pélops. Zeus, então, teria ordenado que uma das Moiras, Cloto ("Fiandeira"), lhe costurasse o corpo desmembrado e que Hefesto lhe esculpisse uma omoplata de marfim, para substituir aqueloutra devorada por Deméter.

Na versão de Píndaro, no entanto, Pélops não teria sido cozinhado num caldeirão, mas sim banhado por Cloto, talvez em um ritual de iniciação para torná-lo imortal, como Tétis fizera com Aquiles e Medeia com Jasão.

6   Higino, *Fábulas* 83-4; Eurípides, *Orestes* 5-15.
7   No norte do que hoje é a Turquia, compreendendo mais ou menos as atuais regiões administrativas de Bartin, Kastamonu e Sinop, tendo o Mar Negro como limite setentrional.
8   Higino, *Fábulas* 82.
9   Ovídio, *Metamorfoses* 6.403-11; Higino, *Fábulas* 83.

Ao vê-lo emergir do banho, Possidão teria se apaixonado pelo menino,[10] raptando-o para ser copeiro dos deuses no Olimpo, donde mais tarde, seria expulso pelos crimes do pai. Isso, por sua vez, teria levado Zeus a raptar Ganimedes, filho de Trôs, um dos primeiros reis de Tróia ou, segundo outras fontes,[11] de Laomedonte, para lhe substituir nessa função.

Por seus pecados, Tântalo teria sido punido tanto em vida, com a alucinação do rochedo, quanto depois da morte. No Hades, ao contrário da maioria dos mortos, teria preservado seus sentidos, podendo, consequentemente, ser atormentado por toda a eternidade com a fome e a sede eternas (daí o verbo "tantalizar" em português e outras línguas). Odisseu (*Od.* 11.582-92) assim descreve seu suplício:

E então vi Tântalo, massacrantes dores sofrendo,
de pé num lago, cujas águas ao queixo lhe chegavam.
Sedento, esforçava-se, mas beber não conseguia,
pois, toda vez que se abaixava com esse intento,
a água de súbito escorria e, em volta aos pés,
a terra negra aparecia: secava-a algum deus.
De altas árvores ao chão pendiam frutos:
pereiras e romãzeiras e macieiras de luzentes frutos,
dulcíssimos figos e azeitonas maduras,
mas, sempre que o velho tentava agarrá-las,
golpeava-as o vento para as plúmbeas nuvens.

Expulso do Olimpo pelos crimes do pai e sem a possibilidade da vida eterna, Pélops vê-se obrigado a ir atrás da única coisa que, para os homens, se aproximaria da imortalidade: a fama imorredoura (*kléos áphthiton*) advinda de grandes feitos de coragem e bravura (*aretaí*). Para tanto, decide conquistar a mão de Hipodâmia, filha de Enomau, rei da Élida.

O desafio, no entanto, não era pequeno. Enomau não queria dar a

---

10 Apolodoro, *Epítome* 2.3 s. A *Epítome* é um resumo dos livros restantes da *Biblioteca de mitos* encontrada em dois manuscritos, o *Vaticano* 950 e o *Codex Sabbaiticus* (Biblioteca de Jerusalém, nº 366), publicados pela primeira vez por FRAZER 1921.
11 *Ilias Parva*, fr. 29; Cícero, *Tusc.* 1.65.

filha em casamento, ou por ser a única ou porque um oráculo previra que seria morto pelas mãos do genro[12] ou, ainda, porque nutria sentimento incestuosos por ela.[13] Qualquer que fosse a razão, Enomau havia, por causa disso, proposto aos eventuais pretendentes à mão da filha um prova de valor: levaria Hipodâmia aquele que conseguisse vencê-lo numa corrida de quadriga desde o altar de Zeus em Pisa até os portões de Élis. O pretendente teria a vantagem de sair na frente enquanto Enomau sacrificava um carneiro a Zeus Areio.[14]

Essa prova, no entanto, era impossível de ser vencida por meros mortais porque Enomau possuía corcéis divinos, completamente negros, dados por seu pai, Ares (Marte), o deus da guerra, além de um exímio cocheiro, Mirtilo, filho do deus Hermes, segundo o escoliasta de Apolônio de Rodes.[15] De fato, antes de Pélops, ao menos 13 pretendentes já haviam sido mortos pela lança de Enomau. Pausânias (6.21.10-11) diz ter visto em Olímpia um monumento erigido por Pélops aos pretendentes mortos, que, ao contrário dos 13 de que Píndaro e outras fontes nos falam, teriam sido, na verdade, entre 16 ou 18, mortos por Enomau nessa ordem: Mármax; Alcátoo,[16] filho de Portáon; Euríalo; Eurímaco; Crótalo; Ácrias; Capeto; Licurgo; Lásio; Calcodonta; Tricolono, filho de Lícaon da Arcádia; Aristômaco; Prianta; Pelagonta; Eólio e Crônio. Alguns ainda acrescentam Éritas, filho de Lêuconos e herói epônimo da Eritreia, e Eioneu, filho de Magnes.

Pélops, ciente de que iria precisar de ajuda divina se quisesse derrotar Enomau, recorre à dívida (*khréos*) que Possidão, como seu antigo amante (*erastés*), tinha com ele, o amado (*erómenos*), que agora, com o despontar da barba, já se tornava um homem. O tema da *philía* aristo-

---

12 Diodoro Sículo 4.73.
13 Apolodoro, *Epítome* 2.4 s.
14 *Áreios*, isto é, Zeus quando incorpora as qualidades de Ares (Marte), deus da Guerra; cf. Pausânias 5.14.6. Nas duas versões mais correntes do mito (Diod. Sic. 4.73.3; Apolodoro, *Epítome* 2. 5), a corrida partiria de Pisa e iria até o Istmo de Corinto, terminando na frente do templo de Possidão.
15 *Scholia Vetera in Apollonium Rhodium*, 65.6 (1.752), que nos informa o nome das éguas: Psila e Hárpina.
16 Segundo Pausânias 6.20.17, ele seria o espírito responsável por assustar os cavalos no hipódromo de Olímpia, o Taráxipos.

crática, que não se restringe apenas à pretérita relação erótica (que não era *necessariamente* sexual) entre os dois, aqui surge com todas as suas implicações: o favor (*kháris*) de um *phílos* deve ser sempre pago com um contrafavor (*antikháris*). Pélops lembra isso a Possidão (119-122), pede e, por fim, consegue os alados corcéis e a carruagem do deus.

No nível da canção, a relação de *philía* entre Possidão e Pélops é um *aînos* que alude ao relacionamento entre patrono e poeta: a vitória atlética exige dos amigos e do poeta uma "sacramentada dívida" (*theodmáton khréos*, Olímpica 3.12).

Pélops, agora equipado com uma carruagem e o favor divino, parte para enfrentar Enomau, que derrota e mata, tomando-lhe a filha e o reino. Segundo Apolodoro (*Epítome* 2.7), em algumas versões Enomau não teria morrido no acidente, mas, muito ferido, teria sido "finalizado" por Pélops,[17] ao passo que Diodoro Sículo (4.73.6) nos diz que ele teria se matado devido ao desgosto de perder a filha. Seja como for, Pélops terá três filhos com Hipodâmia: Crisipo, Atreu e Tiestes, fundando assim a dinastia conhecida como os "Pelópidas".

Píndaro silencia sobre um personagem importante do mito. Segundo Apolodoro (*Epítome* 2.6-8), Hipodâmia teria se apaixonado imediatamente por Pélops ao vê-lo se apresentar para o desafio no palácio de Enomau. Ela teria então procurado o cocheiro do pai, Mirtilo, e o convencido a substituir as chavetas de bronze das rodas da quadriga de Enomau por outras, de cera.[18] Dessa forma, durante a corrida, as rodas da carruagem do seu pai teriam se soltado e ele teria morrido na queda. Outras fontes,[19] no entanto, dizem que fora o próprio Pélops que, vendo as cabeças dos pretendentes afixadas no portão do palácio de Enomau, teria sido tomado de grande temor e, por causa disso, teria abordado Mirtilo, fazendo um pacto com esse para garantir sua vitória. Por esse acerto, Pélops teria prometido a Mirtilo metade de seu reino e a pri-

---

17   Apolônio de Rodes, *Argonáuticas* 1.758.
18   Escólio de Apolônio de Rodes, *Argonáuticas* 1.752; Tzetzes, escólio de Lícofron 156; escólio de Eurípides, *Orestes* 998.
19   Higino, *Fábulas* 84, *s.v. Oenomaus*. Diod. Sic. 4.73.

meira noite com Hipodâmia, caso esse o ajudasse a vencer o rei, o que ele acaba fazendo da forma já mencionada.

Mirtilo, contudo, iria se salvar, possivelmente saltando da carruagem antes de ela se despedaçar. Mais tarde, quando o casal voltava para Sípilos, ele teria exigido seu prêmio de Pélops (ou de Hipodâmia), que, no entanto, o traindo, joga-o de um desfiladeiro do cabo Caristo, na ponta sul da ilha de Eubeia, onde pernoitavam. Caindo nas águas revoltas, contudo, tem ainda tempo de proferir uma maldição (*ará*) contra a estirpe de Pélops que afligiria muitos de seus descendentes, os Pelópidas e Atridas, entre os quais Agamêmnon, Menelau e Tiestes.[20] O mar onde Mirtilo encontrara sua morte seria chamado, a partir de então, de mar Mirtoico. Pélops mais tarde será expulso de seu reino, na Ásia, pelo rei da Frígia, Ilo,[21] voltando para reinar na terra agora chamada, em sua honra, ilha (*nésos*) de Pélops – ou Peloponeso.[22]

ESTRUTURA DA ODE E TEMAS

A simetria interna desta ode sempre chamou a atenção de leitores e críticos. Ela é fruto tanto do engenho de Píndaro quanto é uma característica do gênero epinicial, intricado por natureza, e, em última análise, fruto também da própria lírica grega antiga, que primava pela complexidade artesanal no arranjo das palavras. Devido a esse caráter paradigmático, resolvi analisá-la em detalhes nesta seção. Deixo a cargo do leitor extrapolar as observações feitas aqui para as outras odes, uma vez que não seria possível, no espaço de uma tradução, repetir esse mesmo processo para cada uma das quatorze *Odes Olímpicas* que compõem esse volume.

Na microforma, a complexidade da *Olímpica* 1 deixa-se perceber, por exemplo, na maneira como o seu primeiro verso contém, no texto de partida, todos os cinco sons vocálicos simples do grego: *a, e, i, o, u*, com especial ênfase no eco do *o*, ao final de dois grupos de três sílabas, curto no primeiro e longo no segundo: *aríston mèn hýdōr*. Há também uma

---

20 Sófocles, *Electra* 504 s.
21 Pausânias 2.22.3.
22 Tucídides 1.9.2.

série de aliterações vocálicas e consonantais nessa ode que dificilmente podem ser tomadas como fortuitas, muito embora seu significado frequentemente nos escape. Talvez elas respondessem a algum aspecto da música que acompanhava a performance da letra.

Conspícua, por exemplo, é a repetição de vogais abertas altas como o /a/ em *áriston / háte/ áethla / állo / hamérai / ástron*, nos vv. 1-9, *aretân ápo pasân*, v. 21; e /o/, como em *hodòn lógōn par' eudeíelon elthōn*, no v. 177. Algumas vezes, essa aliteração conjuga-se com rimas internas, como em *aglaízetai dè kaí*, v. 22, e *álloi / -si d' álloi megáloi*, nos vv. 179-80. Aliterações em /p/ e /t/ são também bastante comuns, como nos vv. 2-4, em /p/: *pûr / diaprépei / ploûtou*; v. 112, *Pisáta parà patrós*; e em /t/ nos v. 80, *trapézaisí t' amphì deútata* e v. 97 *metà triôn tetárton*.²³ Outras vezes a aliteração se dá com contraste entre aspirada e não aspirada, i.e. /p/ x /pʰ/ e /t/ x /tʰ/: *paízomen phílan* e *thamà trápezan*, vv. 24-5. Na Olímpica 7.75-78, a impressionante aliteração em /tʰ/ chama a atenção para a fumaça (*thŷma*) ausente da oferta (não) queimada (*thysía*).

Na macroforma, temos o priamel inicial dos vv. 1-13, isto é, uma série de sentenças independentes que, por meio de uma comparação ou contraste implícito (*Vergleiche ohne wie*), guiam o ouvinte para a ideia principal do autor. DORNSEIFF 1921: 97-98, responsável por introduzir o termo "priamel" nos Estudos Literários, explica-o quando aplicado a Píndaro:

> O mais impressionante na coordenação, algo que a relutância diante de uma ligação lógica entre as ideias produziu na lírica coral, é a comparação sem "com" [*Vergleiche ohne wie*]. O vínculo mental entre os dois termos comparados permanece tácito. Ambos ficam um ao lado do outro como duas imagens. A linguagem lá está ainda – ou de novo –, num nível aglutinativo. [...] Essa forma de comparação é o priamel abreviado. Nomeou-se priamel, *praeambulum* (= preâmbulo), essa enumeração popular de diferentes fatos evidentes da natureza e da vida humana, a fim de dar a qualquer frase um alto relevo, uma espécie de introdução (= *praeambulum*) ao dito principal. A

---

23 Talvez seja uma forma de evocar o nome dos principais personagens, Tântalo e Pélops, e da principal divindade, Possidão.

gnoma que vem ao final é precedida por uma série de premissas independentes que, no entanto, ilustram a regra de inferência.

Uma outra característica interessante da técnica de composição acretiva de Píndaro nessa ode são suas estruturas anelares e concêntricas bem demarcadas. De maneira geral, sem precisar incorrer na esquematização artificiosa de YOUNG 1968: 122, pode-se perceber que a ode está dividida em três partes distintas: *Proêmio* (P): identificação dos jogos, do vitorioso e da vitória; *Mito* (M): em que se conta o mito de Pélops/Tântalo/Enomau; e *Exórdio* (E): ocasião de performance e louvor do vencedor e do poeta. A operar a transição entre essas diferentes partes e suas subpartes temos uma série de aforismas e marcações, sejam métricas, textuais ou temáticas.

Nessa ode, o mito principal é o centro gravitacional da canção, para onde toda a primeira parte do poema converge e a partir do qual retorna à ocasião de performance, enquadrando, dessa forma, o vencedor e seu feito no paradigma mitológico apresentado. Operando a transição entre esses três grandes blocos, aparecem diversos aforismas e estruturas frasais demarcatórias. Algumas relações entre a seção do mito com as partes que o precedem e sucedem foram notadas por GERBER 1982. Por exemplo, os v. 75 "logo em segredo relatou (*énnepe*)" retomam tanto os vv. 44-45, "mas talvez dos mortais **o conto,** (*phátis*) / do veraz **relato,** (*lógon*) em algo avance", quanto o v. 46-7, "os ornados de variegadas mentiras, dedáleos / **mitos** (*mýthoi*)", em que as palavras e negrito aparecem em final de verso. Da mesma forma, o aforismo dos vv. 55-57, "a um homem cabe falar (*phámen*)" é expandido e explicado por um outro, que vem imediatamente após a narração da versão popular do mito de Pélops e sua *recusatio*, nos vv. 82-3, "é-me inviável de gastrômano / chamar (*eipeîn*)". O trecho "se algum **homem / mortal**" dos vv. 85-6 irá ecoar mais tarde no aforismo dos vv. 102-3, "mas, se **um homem** / espera que...". O "enlace" (*gámos*) é repetido na mesma posição na estrofe e na antístrofe (vv. 111 e 128) e, depois, retomado por "consorte" (*sýneunos*), no v. 143 do epodo. Nos versos 122-6, temos uma figura etimológica, marcada por assonância, entre o nome de Pélops e os imperativos gregos *pédason* ("fixa", "prega"), *póreuson* ("porta", "carrega"), *pélason* ("aproxima"), o que inclusive pode ter motivado a etimologia oferecida por Platão no *Crátilo* (395d), que relaciona o nome do herói ao verbo *pelázō* ("aproximar"), donde o imperativo *pélason*.

No nível narratológico, o mito é contado na forma de uma espécie de estrutura de "boneca russa", mas ao contrário; isto é, a cada iteração, uma nova parte da história é acrescentada.

Na primeira parte, Píndaro nos dá uma versão resumida do que teria acontecido (cinco versos, 38-42) e, por enquanto, apenas alude ao fato de que o caldeirão do qual Pélops fora retirado por Cloto era "puro"; constitui-se, assim, o primeiro indício de que irá divergir do relato tradicional, uma vez que um caldeirão *puro* não poderia ter sido usado para cozinhar uma refeição *impura,* canibalística.

Na segunda parte (vinte e um versos, 60-81), ficamos sabendo que o banquete ofertado aos deuses fora, inclusive, "probíssimo" (*eunomótatos*, v. 61) e que não fora o crime de canibalismo que o tornara célebre, mas o desejo (*éros*) inspirado em Possidão pelo belo menino que dali ressurge de volta à vida. A versão do canibalismo divino é, por sua vez, rechaçada como *kakagoría*, isto é, "insultos" de "invejosos" face ao desconhecido e à enorme honra acordada a Pélops: ter sido o primeiro humano a ser raptado pelos deuses por causa de sua beleza.

Na terceira parte do mito (dezessete versos, 85-102), ficamos finalmente sabendo o que de fato teria acontecido para que Pélops fosse expulso do convívio com os deuses: seu pai, Tântalo, teria roubado néctar e ambrosia e distribuído a seus companheiros de simpósio, com isso tornando-os imortais. Por isso teria sido punido no Hades, e Pélops, de seu turno, expulso do Olimpo.

Na quarta e maior parte (quarenta versos, 105-145), chegamos, enfim, ao umbigo do poema, em que a mítica corrida de carruagem pela mão de Hipodâmia, que daria origem aos Jogos Olímpicos, acontece. O aforisma que encerra essa parte do mito, e que é, de certa forma, recorrente em Píndaro e um *tópos* da poesia epinicial, nos admoesta a não procurar para si nem para os outros uma felicidade eterna, como a dos deuses, pelo que Tântalo fora punido, mas, ao contrário, a aproveitar as graças que cada dia nos traz até o último, que delimita e define nossa existência contra aquela dos deuses, atemporal e infinita.

Finalmente, um outro aspecto para o qual vale a pena chamar a atenção do leitor são as metáforas culinárias que perpassam toda essa ode.

Já no proêmio, a menção à água, ao fogo e ao ouro, que como um homem de sobranceira riqueza, vara a noite, poderá evocar, em retrospecto, o fogo e o caldeirão de água fervente no qual Pélops, ao invés de encontrar uma ímpia morte, cozido pelo próprio pai, emerge para uma vida de eterna glória com um omoplata resplandecente.

Nessa mesma chave, as preocupações do poeta em encontrar um hino à altura da vitória de Ferênico são "dulcíssimas" (*glykýtatai*, 31). Os mitos, de seu turno, são enfeitados com "variegadas mentiras" (*pseúdē poikíla*, 46) a fim de torná-los mais atraentes e, portanto, mais "fáceis de engolir" ou digerir.[24] Que a linguagem aqui é culinária, deixa-se perceber também pelos versos seguintes, em que Píndaro diz que "a Graça (*Kháris*) (...) tudo prepara (*teúkhe*)/ de melífico (*meílikha*) aos mortais". Tanto o verbo é comumente empregado no sentido de preparar uma comida/bebida[25] quanto *meílikha* também era um tipo de oferenda propiciatória feita de uma mistura de água com mel.[26] Aqui, a metáfora provavelmente se refere à canção que, dentro dessa mesma conceitualização metafórica, é comparada com um bebida no final da *Nemeia* 3.132-7:

> Esta canção
> te envio: mel misturado ao alvo
> leite, e leve lhe envolve uma espuma,
> canora bebida, carregada
> na eólia brisa dos aulos...

---

24 Como diz Márcion nas *Quaestiones Convivales* de Plutarco (661a, 5-7), ἐγγυήσομαι πρὸς αὐτοὺς ὑπέρ σοῦ τὴν ποικίλην τροφὴν εὐπεπτοτέραν εἶναι τῆς ἁπλῆς ("defender-te-ei perante eles de que uma comida variegada (*poikílē trophḗ*) é mais fácil de digerir do que uma simples"). Cf. εὔπεπτος (*eúpeptos*), "de fácil digestão", aqui com o aoristo καταπέψαι (*katapépsai*), "digerir", dos v. 87.
25 LSJ, *s.v.* τεύχω, "*of a cook*, δεῖπνον τετυκεῖν *dress or prepare a meal*".
26 Σ 159.1 de *Édipo em Colono*, de Sófocles: μειλιχίων ποτῶν· γλυκέων ποτῶν, ὅ ἐστι μέλιτος, οἷς μειλίσσουσι τὰς θεάς. συγκιρνᾶται ταύταις ταῖς θεαῖς ὕδατος καὶ

Ademais, a gnoma seguinte pode ser lida a partir desse enquadramento culinário, ou seja, de que a deliciosa bebida de hoje (a canção que incorpora mitos sacrílegos), preparada de modo a "fazer o incrível parecer crível", poderá, nos dias seguintes, causar uma enorme indigestão, e não é à toa o uso do verbo *proêkan*, "expurgaram", no v. 105. Esse tipo de subtexto é típico da linguagem *ainética* e cifrada dos epinícios, destinada aos "bons entendedores" (*synetoí*) de que Píndaro também irá falar na ode seguinte. Ela nos prepara para a cena do "probíssimo" banquete (*deîpna*) em Sípilos. Esse banquete é, na verdade, um *éranos*, um tipo de refeição de muitos pratos em que cada um dos convivas contribuía com uma parte. Já na versão popular e ímpia, esse banquete é descrito – com um horror que se estende à convoluta sintaxe dos versos – como uma reunião de canibais, a cortar com um cutelo o corpo de uma criança que fora sacrificada e cozida pelo próprio pai. Frente à cena pintada por Píndaro, fica difícil até mesmo tomarmos o seu horror por um recurso retórico, o que, no entanto, ele também é.

Os deuses, ao contrário dos homens, não são "gastrômanos", de acordo com o neologismo que preferi cunhar para traduzir o grego *gastrímargos*, isto é, ensandecidos e escravizados por seu estômago. Essa, na verdade, foi a parte reservada por Prometeu aos homens, quando lhes regalou as carnes e entranhas do sacrifício primordial envoltas sob o repugnante aspecto do estômago, um bem na forma de um mal, ao passo que aos deuses reservou apenas o olor dos alvos ossos envoltos num belo e resplandecente bolo de gordura.[27] De fato, as Musas interpelarão Hesíodo na *Teogonia* (26-8) como "vis aberrações, entranhas somente", ao passo que, na *Odisseia* (17.286-9), Odisseu irá ressaltar o quanto o homem é um escravo de seu estômago, fazendo de tudo para saciar a sua fome. A fome, aqui insaciável, é, todavia, outra: por fama e imortalidade. É ela que leva Tântalo a roubar a *comida* e a *bebida* dos deuses e a distribuí-la em um banquete.

μέλιτος χοή ("'de doces poções': o que é doce como o mel, que melificam as deusas. Uma libação a essas deusas feita da mistura de água e mel").
27 Hesíodo, *Teogonia* 535 s.

I.
ΙΕΡΩΝΙ ΣΥΡΑΚΟΣΙΩΙ
ΚΕΛΗΤΙ
(476)

Α' Ἄριστον μὲν ὕδωρ, ὁ δὲ
χρυσὸς αἰθόμενον πῦρ
ἅτε διαπρέπει νυ-
κτὶ μεγάνορος ἔξοχα πλούτου·
5   εἰ δ' ἄεθλα γαρύεν
ἔλδεαι, φίλον ἦτορ,
μηκέτ' ἀελίου σκόπει
ἄλλο θαλπνότερον
ἐν ἀμέρᾳ φαεννὸν ἄστρον
10   ἐρήμας δι' αἰθέρος,
μηδ' ' Ολυμπίας ἀγῶνα
φέρτερον αὐδάσομεν",

28 Discute-se desde a Antiguidade porque a água é suprema, *áriston*, um superlativo de *agathós*, por sua vez um adjetivo de vasta polissemia. Todos os matizes de significado ("o melhor", "o mais nobre", "mais belo", "mais justo", "o indispensável") se referem àquilo que se destaca em uma classe de coisas. A classe, aqui, é *ktéana*, "posses". O escólio 1a a essa passagem já dava, a meu ver, a melhor interpretação: para a vida, a água é indispensável (assim também Aristóteles, *Rhet.* 1364a14); para a riqueza, o ouro é a suma posse; o fogo, com que é comparado, é essencial para se ver à noite; dos Jogos, o melhor é Olímpia. Um outro escoliasta (1d) vê uma influência da filosofia jônica de Tales, para o qual a água seria o princípio de todas as coisas. Como nota GERBER 1982, na poética pindárica, a água frequentemente representa a poesia; (iii) a água está para os Jogos Olímpicos assim como os outros elementos – terra, ar e fogo – estão para os outros jogos. O ouro também é filho de Zeus de acordo com Píndaro no fr. 222. Lá, contudo, ele é descrito como "a posse mais mortal à mente humana", provavelmente devido ao poder corruptor, como na *P.* 3.97-100. Na única ode em que Possidão tem um papel tão proeminente, não é de se espantar que o primeiro verso

1.
Para Hierão de Siracusa
pela corrida de cavalo
(476)

I   Suprema é a água. Mas ei-lo,
    o ouro, um fogo ardente,
assim a noite vara,
    vértice de magnífica riqueza.[28]
5   Se as competições garrir
desejas, coração meu,
não mais busques, do que o Sol,
outro mais cálido,
    durante o dia, luzente um astro
10   através do ermo do céu;
tampouco competição maior
que a de Olímpia cantaremos.[29]

---

da canção seja um louvor à água, associando-a, por meio de um paralelismo, ao ouro, filho de Zeus, o deus patrono dos Jogos Olímpicos. Tanto a água quanto o ouro têm papéis ambíguos nessa ode: se, por um lado, representam a vida e a riqueza, também ecoam a sede eterna a que Tântalo estará condenado no Hades e, respectivamente, a ganância ou ambição desmedida que o levou à ruína. Finalmente, é "sobre a água pelo fogo efervescente" que Pélops é esquartejado por Tântalo.

29 Os Jogos Olímpicos ofuscam todos os outros Jogos da mesma forma que o Sol ofusca as outras estrelas durante o dia. Há, nessa ode de Píndaro, um constante jogo entre luz e trevas, dia e noite, brilho e escuridão, a que o leitor deve estar atento. A relação entre o Sol e o ouro é tradicional na poesia grega, cf., por exemplo, Simônides fr. 11 IEG², que fala que "a mais bela testemunha dos esforços obtiveram [isto é, o Sol], / um que vale como ouro" (κάλλιστον μάρτυν ἔθεντο πόνων, / χρύσου τιμήεντος) e, no fr. 12 IEG², que "o melhor anfitrião é o ouro que brilha no céu" (ξεινοδόκων †δ' ἄριστος ὁ χρυσὸς ἐν αἰθέρι λάμπων).

       ὅθεν ὁ πολύφατος
         ὕμνος ἀμφιβάλλεται
15   σοφῶν μητίεσσι, κελαδεῖν
       Κρόνου παῖδ' ἐς ἀφνεὰν ἱκομένους
       μάκαιραν Ἱέρωνος ἑστίαν,

—

       θεμιστεῖον ὃς ἀμφέπει
         σκᾶπτον ἐν πολυμάλῳ
20   Σικελίᾳ δρέπων μὲν
         κορυφὰς ἀρετᾶν ἄπο πασᾶν,
       ἀγλαΐζεται δὲ καί
       μουσικᾶς ἐν ἀώτῳ,
       οἷα παίζομεν φίλαν
25   ἄνδρες ἀμφὶ θαμὰ
       τράπεζαν. ἀλλὰ Δωρίαν ἀ-

30   Como traduzido ou com sentido ativo "que faz [o *laudandus*] muito famoso". Foram propostas duas leituras para o epíteto *polýphatos*: *polý-phătos* ("multi-famoso") ou *pol-hýphātos* ("multi-tecido"), que, na visão de RENEHAN 1969, seria uma "ambiguidade proposital" da parte de Píndaro. No segundo caso, no entanto, o composto esperado deveria ser *pol-hyphantós*.
31   Ou, como a maioria das traduções prefere, "é lançado sobre a mente dos poetas", como um manto. Acredito, no entanto, que nada nos impeça de ver um valor médio no verbo *amphibállō*, que, ainda que seja raro, ocorre na *Od.* 6.178, δὸς δὲ ῥάκος ἀμφιβαλέσθαι, "dá-me um trapo com que me envolva". A mesma imagem, aquela de se tecer um rico discurso com palavras (um *textum*), também aparece na *Ilíada* para descrever a eloquência de Nestor ao tecer palavras argutas: ὑφαίνειν ἤρχετο μῆτιν (7.324 e 9.93), "começou a tecer seu discurso". O tema é assunto de um artigo meu que deverá ser publicado em breve.
32   Zeus, também dito "Cronida", com o mesmo significado.
33   Note a transição cinematográfica: água – *merge* – ouro – *merge* - fogo na noite – *merge* - o Sol (fogo no céu) – *pan* e *zoom* - o fogo na lareira de Hierão. Mais uma vez aqui se nota a semelhança com o estilo de Ésquilo, cuja cena do acendimento dos sinais de fogo, em *Agamêmnon* 280-316, serviu de inspiração para Peter Jackson criar a cena "Lightning of the Beacons" no seu filme *Lord of the Rings* (2003).
34   O adjetivo é um unicismo construído sobre *thémis*, a lei consuetudinária dada pelos deuses ou pela natureza (RUMPEL 1883: 207, *s.v.*) e personificada pela deusa de mesmo nome, Têmis. Ele implica o mando de quem concentra em si o poder de legislar e fazer valer as leis, ou como BOECKH 1811/21: 105 expressa muito bem *sceptrum regis jus dicentis et leges iubentis* ("o cetro do rei que diz o direito e faz valer a lei").

OLÍMPICA 1

           Donde o multiafamado[30]
           hino se reveste[31] com a argúcia
15   dos poetas, vindos a cantar
           o filho de Crono[32] junto à opima
           e beatífica lareira[33] de Hierão,

           que temisteio[34] empunha
           um cetro na feracíssima
20   Sicília enquanto colhe
           o vértice de todos os talentos,
           e glamoroso brilha[35] em meio
           à fina flor da música,[36]
           qual amiúde tocamos,
25   homens em torno a uma
           mesa hospitaleira.[37] Mas, eia, a dória

O adjetivo tem, portanto, uma força ativa e não pode ser traduzido por "legítimo", para o que Píndaro reserva *themitón*. É possível que Píndaro tivesse em mente a passagem da *Ilíada* 2.101-8, em que Homero descreve a história do cetro empunhado por Agamêmnon, obra de Hefesto, e que fora dado por Hermes a Pélops, sendo, a partir daí, herdado por todos os reis de Argos e Micenas. Resolvi introduzir um neologismo, "temisteio" (pronúncia: *te-mis-téio*), em virtude do uso já corrente do nome da deusa Têmis, que personifica esse princípio.

35 *Aglaízetai*, verbo frequentativo derivado de *aglaós* (RUMPEL 1883, s.v., p. 5 *splendidus, illustris, praeclaros*), donde também o nome de uma das Graças, *Aglaía*. O sentido primitivo é "brilho" que atrai a vista e encanta, daí minha tradução, em parte por paronomásia, com "glamour", "glamoroso", ambos termos já dicionarizados. Outra vez, Hierão é como o Sol em torno do qual as outras estrelas (os sábios, os poetas) orbitam.

36 *Música*, aqui e no restante da tradução, deve ser entendida no seu sentido mais amplo de "arte das Musas", o que incluía não apenas a música como a conhecemos hoje mas, principalmente, o canto, a dança e a poesia.

37 Cf. a mesa hospitaleira desses versos com a mesa canibalística de Tântalo nos vv. 72 s. e o fr. 187. A 1ª p. do pl., como nota CATENACCI *et al.* 2013: 360, dá a entender a presença de outros poetas. É preciso lembrar que, para essa mesma vitória, Baquílides compusera o *Epinício* 5. Poderíamos pensar numa espécie de *agṓn mousikós*, isto é, uma competição entre poetas? Isso explicaria muito da linguagem competitiva utilizada por Píndaro em seus epinícios, como, por exemplo, na célebre passagem da *O.* 2. Não há, no entanto, e até onde sei, nenhuma evidência, além do testemunho tardio dos escólios, nessa direção.

πὸ φόρμιγγα πασσάλου
λάμβαν', εἴ τί τοι Πίσας τε
καὶ Φερενίκου χάρις
30   νόον ὑπὸ γλυκυτά-
ταις ἔθηκε φροντίσιν,
ὅτε παρ' Ἀλφεῷ σύτο δέμας
ἀκέντητον ἐν δρόμοισι παρέχων,
κράτει δὲ προσέμειξε δεσπόταν,

—

35   Συρακόσιον ἱπποχάρ-
μαν βασιλῆα. λάμπει
δέ οἱ κλέος ἐν εὐάνορι Λυδοῦ
Πέλοπος ἀποικίᾳ τοῦ μεγασθενὴς
ἐράσσατο Γαιάοχος Ποσειδάν,
40   ἐπεί νιν καθαροῦ λέβητος ἔξε-
λε Κλωθώ, ἐλέφαντι φαίδι-
μον ὦμον κεκαδμένον.

38 O instrumento no original é chamado de *phórminx*, um nome tradicionalmente associado à poesia em geral, especialmente aquela executada em ocasiões mais íntimas ou de menor escala, como, por exemplo, durante o simpósio. O uso de *phórminx* por Píndaro nessa passagem é um anacronismo, servindo sobretudo para dar um ar arcaizante à sua poesia, já que, em seu tempo, a *phórminx* havia sido substituída pela cítara (*kithára*), um instrumento profissional de maior alcance acústico. A fim de evitar um cacófato em português, "fórminx" (ou, pior ainda, pelas regras de derivação culta, "fórminga") preferi verter este termo por "cítara" em toda tradução. A cítara pode ser dória porque (a) se trata da afinação (*harmonía*) escolhida para a canção, o que é o mais provável já que a harmonia dória era tida como a mais solene e séria, ou (b) porque se trata de determinado tipo de instrumento ou (c) porque, na ficção criada pela *persona loquens* de uma performance extemporânea, imagina-se tomando qualquer cítara ao seu alcance, a qual, na corte de Hierão, só poderia ser um instrumento dórico.
39 Cidade na região de Pisátis onde ficava Olímpia e, nos tempos míticos, o palácio de Enomau. Frequentemente, por metonímia, em Píndaro, para se referir à própria Olímpia.
40 O cavalo com que Hierão ganhou a corrida. Em grego, o nome significa "Vitorioso".
41 Maior rio do Peloponeso, o Alfeu cruza Olímpia. Quase paralelo ao rio, na parte oriental do estádio, localizava-se o hipódromo, descoberto em 2008 pelo grupo liderado por Norbert Müller.

>   cítara[38] do cravo
>   toma, se a graça de Pisa[39]
>   e de Ferênico,[40] algum
> 30   pensamento te impôs
>   sob dulcíssimos cuidados,
>   quando pelo Alfeu[41] o corpo disparou,
>   infustigado, nas raias o exibindo,
>   e com o sucesso casou o seu senhor[42]
>
> 35   siracusano, o equi-
>   gaudente rei. E brilha
>   sua glória na varonil colônia do lídio
>   Pélops,[43] por quem outrora o Grã-potente
>   Susterra, Possidão,[44] se apaixonou,
> 40   pois do puro caldeirão[45] lhe tirara
>   Cloto,[46] guarnecido de uma luzente
>   omoplata de marfim.

---

42 Era o dono dos cavalos que ganhava uma corrida e não o jóquei ou, no caso das corridas de carruagem, o cocheiro.

43 O mito de Pélops é detalhado na introdução a esta ode. Aqui cabe notar que, como salienta KRAKIDIS 1930, todo o mito contado por Píndaro baseia-se na reelaboração do rapto de Ganimedes relatado por Afrodite a Anquises no hino homérico à deusa, vv. 200-17.

44 "Grã-potente" porque Possidão era um dos três irmãos reis do cosmo, junto com Zeus e Hades, e reinava sobre o mar e as águas subterrâneas nas quais o mundo repousava, daí ser chamado de "Susterra", isto é, aquele que sustém a terra.

45 Caldeirões eram uma oferta típica no sítio de Olímpia desde pelo menos o séc. IX. Sobre a significância cultual, ver BURKERT 1997: 108. Aqui, o caldeirão é aquele onde Pélops é banhado pela parca Cloto, logo após seu nascimento. Leio *epeí* causal, com KRAKIDIS 1930: 188 (que, aliás, informa toda a minha tradução desse passo), e não temporal, "depois"; do contrário, Píndaro estaria aceitando uma parte do mito que diz ser falso.

46 Uma das moiras ou parcas, entidades que determinavam o destino dos homens e dos deuses. Seu nome significa "Fiandeira". Suas irmãs eram Láquesis ("Dispensatriz") e Átropos ("Inflexível").

ᾗ θαύματα πολλά,
    καί πού τι καὶ βροτῶν φάτις
45   ὑπὲρ τὸν ἀλαθῆ λόγον,
δεδαιδαλμένοι ψεύδεσι ποικίλοις
ἐξαπατῶντι μῦθοι.

)—

Β'   Χάρις δ', ἅπερ ἅπαντα τεύ-
    χει τὰ μείλιχα θνατοῖς,
50   ἐπιφέροισα τιμὰν
    καὶ ἄπιστον ἐμήσατο πιστὸν
ἔμμεναι τὸ πολλάκις·
ἀμέραι δ' ἐπίλοιποι
μάρτυρες σοφώτατοι.
55   ἔστι δ' ἀνδρὶ φάμεν
    ἐοικὸς ἀμφὶ δαιμόνων κα-
    λά· μείων γὰρ αἰτία.
υἱὲ Ταντάλου, σὲ δ' ἀντί-
    α προτέρων φθέγξομαι,
60   ὁπότ' ἐκάλεσε πα-
    τὴρ τὸν εὐνομώτατον
ἐς ἔρανον φίλαν τε Σίπυλον,

47 Leio com MEZGER 1880: 90.
48 "Dedáleo" não é um simples adjetivo aqui, mas alude ao mito de Dédalo e Ícaro: os que voam nas asas de uma bela, porém sacrílega, estória não vão longe.
49 Já aqui no sentido de "estória" (*phátis*), isto é, narrativas falsas sobre deuses e heróis. Notar o contraste com o "veraz relato" (*alathḗ lógon*) do v. 45. Heródoto, algum tempo depois, irá usar *mito* no mesmo sentido (2.23, 45, *euḗthēs... mŷthos*, "estória... boba") e Platão irá fazer com que Sócrates, no *Górgias* (523a), trace o mesmo contraste ao introduzir sua fala sobre o destino das almas após a morte: "Ouve, então, (...) um belíssimo relato (*lógon*), que tu, acho, talvez consideres um mito (*mŷthos*), mas eu, um relato (*lógos*), pois o que pretendo te dizer, di-lo-ei como a verdade". Tucídides (1.22.4), especialmente, irá contrapor a sua *historía* ("coisas vistas", e daí, "evidências", "testemunhos", "fatos") ao relato *mythṓdēs*, "mítico", "fantasioso" de outros logógrafos. Píndaro também usa o termo, que aparece aqui e na *N*. 7.23 e 8.33, no plural.
50 *Kháris*, uma das palavras mais comuns na lírica grega em geral e, sobretudo, na poe-

	Oh sim, maravilhas muitas!,
	mas dos mortais talvez o conto,
45	do veraz relato, em algo avance.⁴⁷
	Ornados de variegadas mentiras, dedáleos⁴⁸
	mitos⁴⁹ ludibriam totalmente.

II	A Graça,⁵⁰ que tudo prepara
	de melífico aos mortais,
50	espargindo honrarias,
	também o incrível moldou para ser
	crível, o mais das vezes.
	Mas os dias do porvir
	são as mais sábias testemunhas.⁵¹
55	A um homem cabe falar,
	sobre os numes, belas coisas;
	menor é assim a culpa.
	Filho de Tântalo,⁵² de ti, contrário
	aos primevos, cantarei:
60	Foi quando o pai convocou
	aquele probíssimo
	éranos⁵³ na hospitaleira Sípilos,⁵⁴

sia laudatória de Píndaro, e denota o poder sedutor da poesia, que incita admiração (*thaúma*) e desejo (*éros*). É a graciosidade da vitória fácil de Ferênico que, na ficção criada pela ode, dá azo ao canto de Píndaro, mas também é ela que, mais à frente no poema, é tida como responsável pelos exageros de alguns poetas. Ferênico foi o famoso cavalo baio de Hierão, que lhe rendeu muitas vitórias (Baquílides, *Ep.* 5.18), além dessa aqui celebrada, também nos Jogos Píticos de 478 e provavelmente de novo nos Jogos Olímpicos de 482, quando deveria ter por volta de 9 a 10 anos, um feito e tanto. Cf. o v. "Que tudo prepara" com *O.* 14.5-7 e Arquíloco 17 IEG², "tudo, o esforço e o engenho humano aos mortais preparam".

51 Como Píndaro fala da *O.* 10.65-6, o tempo é o "único capaz de pôr à prova / uma verdade genuína".
52 Pélops.
53 Banquete em que cada participante traz uma contribuição de comida.
54 Cidade sede do reino de Tântalo na Lídia, hoje a moderna Manissa, na Turquia.

ἀμοιβαῖα θεοῖσι δεῖπνα παρέχων,
τότ' Ἀγλαοτρίαιναν ἁρπάσαι,

65   δαμέντα φρένας ἱμέρῳ,
    χρυσέαισί τ' ἀν' ἵπποις
ὕπατον εὐρυτίμου
    ποτὶ δῶμα Διὸς μεταβᾶσαι·
ἔνθα δευτέρῳ χρόνῳ
70 ἦλθε καὶ Γανυμήδης
Ζηνὶ τωὔτ' ἐπὶ χρέος.
ὡς δ' ἄφαντος ἔπε-
    λες, οὐδὲ ματρὶ πολλὰ μαιό-
    μενοι φῶτες ἄγαγον,
75 ἔννεπε κρυφᾷ τις αὐτί-
    κα φθονερῶν γειτόνων,
ὕδατος ὅτι τε πυ-
    ρὶ ζέοισαν εἰς ἀκμάν
μαχαίρᾳ τάμον κατὰ μέλη,
80 τραπέζαισί τ' ἀμφὶ δεύτατα κρεῶν
σέθεν διεδάσαντο καὶ φάγον.

55 Possidão, do tridente resplandecente (*argi-*). Como nota CATENACCI *et al.* 2013: 370, o tridente-arpão é o símbolo do deus dos mares e a escolha pelo verbo *harpásai*, no sentido pesqueiro, não é fortuita, por isso optei pela paronomásia na tradução.
56 Filho de Laomedonte (ou de Trôs, em algumas versões do mito). Zeus, apaixonando-se por ele, o raptou, na forma de uma águia, para ser escanção dos olímpios. Cf. o verso final da *O*. 10, escrita no mesmo ano desta ode: "com viço temperado, que dantes / Ganimedes da morte impudente / protegeu com a ajuda da Ciprogênia".
57 Como na passagem do *Hino homérico a Afrodite*, é a mãe, e não o pai, que sofre com a perda do filho.
58 A inveja ou rancor (*phthónos* pode significar os dois) pelo sucesso é, compreensivelmente, um tema importante na poesia epinicial.
59 *Mélē*, "pedaços", é o plural do substantivo neutro *mélos*, o mesmo termo usado para as partes em que uma *melodia* era dividida e para uma canção mélica de modo geral (daí os nomes em português). É como se Píndaro quisesse insinuar que, cada vez

retributiva ceia aos deuses ofertando,
que o Argitridente[55] te arpoou,

65   domada a mente pelo desejo,
e, sobre áureos cavalos,
para a superna morada
de Zeus vasticolendo transportou-te,
aonde, um tempo depois,
70   veio ter também Ganimedes,[56]
para Zeus em igual penhor.
E, porquanto invisível
te tornaste, e mortais à mãe,[57] muito
buscando, não te trouxeram,
75   logo em segredo relatou
algum dos vizinhos invejosos[58]
que, da água sobre o cume,
pelo fogo efervescente,
com um facão cortaram-te em pedaços[59]
80   e, em torno às mesas, por fim, as tuas carnes
dividiram[60] entre si e te comeram.[61]

    que os poetas contam esse mito em suas canções (*katà mélē*), eles estariam cortando Pélops em pedaços (*katà mélē*) outra vez.
60 É provável que haja aqui uma figura etimológica entre o *daímones* do v. 56, os "divisores de destino ao homem", possivelmente interpretado a partir do verbo *daíomai*, e o verbo *diadatéomai*, "dividir entre si".
61 O prato mais fino, as *tragémata*, era reservado para a última rodada do banquete, as assim chamadas *deúterai trapézai*, "segunda rodada de pratos", como descrito pelo parodista Mátron em *Sábios ao jantar* 4.137c, de Ateneu. O detalhe gastronômico pinta, com requintes de maldade, o blasfemo relato de canibalismo atribuído por alguns aos deuses. "Mesas" porque devemos imaginar os deuses reunidos num simpósio, reclinados, talvez em duplas, sobre *klínai*, cada uma guarnecida com uma mesinha própria por onde as carnes macias do menino Pélops foram distribuídas como iguarias. Na palinódia pindárica, Pélops, que, no ímpio discurso dos outros poetas, teria sido servido num banquete, irá servir os deuses.

ἐμοὶ δ' ἄπορα γαστρίμαρ-
γον μακάρων τιν' εἰπεῖν·
ἀφίσταμαι· ἀκέρδεια λέλογχεν
85 θαμινὰ κακαγόρους. εἰ δὲ δή τιν' ἄνδρα θνατὸν Ὀλύμπου σκοποὶ ἐτίμα-
σαν, ἦν Τάνταλος οὗτος· ἀλλὰ γὰρ καταπέψαι μέγαν ὄλβον οὐκ ἐ-
δυνάσθη, κόρῳ δ' ἕλεν
90 ἄταν ὑπέροπλον,
ἅν τοι πατὴρ ὑπερκρέμα-
σε καρτερὸν αὐτῷ λίθον,
τὸν αἰεὶ μενοινῶν κεφαλᾶς βαλεῖν
εὐφροσύνας ἀλᾶται.
)—
Γ' 95 ἔχει δ' ἀπάλαμον βίον
τοῦτον ἐμπεδόμοχθον
μετὰ τριῶν τέταρτον,
πόνον, ἀθανάτων ὅτι κλέψαις
ἁλίκεσσι συμπόταις
100 νέκταρ ἀμβροσίαν τε
δῶκεν, οἷς ⟨ν⟩ιν ἄφθιτον
ἔθεσαν. εἰ δὲ θεὸν

62 *Mákar*, "beato", "bem-aventurado". Sempre usado por Píndaro para se referir aos deuses ou àqueles por eles abençoados.
63 Não apenas no sentido de "Olímpicos Vigias", mas vigias que, do Olimpo, tudo veem.
64 O verbo *katapéssō* é tanto "digerir", como "manter no estômago", sem regurgitar e, assim, adquire também o sentido de "reprimir". Pode haver aqui uma alusão ao mito de que Tântalo, tendo ouvido os segredos dos deuses, não soube guardá-los dentro de si, mas os "regurgitou" para os homens.
65 Assim, com maiúscula, sempre Zeus.
66 Platão, no *Crátilo* 395d, etimologiza o nome associando-o tanto à pedra suspensa (*talanteía*) colocada sobre sua cabeça quanto ao seu desgraçadíssimo (*talántatos*) destino.
67 Como bem nota CATENACCI et al. 2013: 376, *apálam(n)os*, lit. "despalmado", isto é, "sem a palma (*palámē*) das mãos", e, daí, "sem meios ou recursos com que lutar por, ou contra, algo", pode ser entendido tanto no sentido passivo, como aqui, "inelutável" (Σ 95a), ou ativo, como na O. 2.105, "inerme", "indefeso".

        É-me inviável de gastrômano
        chamar a um dos Beatos.[62]
        Abstenho-me. Ao malogro estão fadados,
85   amiúde, os maldizentes. E, se, a algum homem
        mortal, os Vigias do Olimpo[63] um dia honraram,
        esse foi Tântalo: mas porque digerir[64]
        uma grande dita já não pôde,
        por sua avidez colheu
90   um desvario massacrante,
        que o Pai[65] sobre ele suspendeu
        na forma de um crasso rochedo,
        que, procurando da cabeça demover,
        do convívio se afasta.[66]

III 95   Inelutável vida tem[67]
        de sempiterno suplício,
        entre outros três, uma quarta
        pena,[68] dos imortais porque havendo furtado
        aos coetâneos convivas
100   o néctar e a ambrosia[69]
        deu, pelos quais imperecível
        o fizeram.[70] Mas, se um homem

---

68 À angústia constante, à fome e à sede, juntara-se também a impossibilidade de morrer e, assim, fugir às suas penas.

69 A comida e bebida dos deuses respectivamente. *Nék-tar* possivelmente provém de uma antiga palavra composta de *nek-* "morte" (donde o latim *nec-āre*, "matar", e o grego *nek-rós*, "morto") e o sufixo agentivo *tar-*, "o que leva (incólume) através" de algo, e, daí, "salva" (PIE *$terh_2$, donde o radical sânscrito *tr̄*, com o mesmo sentido, e o adjetivo "*tāra*", "salvador"); logo, "*néktar*" seria um antigo substantivo preservado pela tradição poética grega que significaria, na origem, o que "salva da morte", uma etimologia desconhecida para os gregos. *Ambrosía*, de etimologia mais clara, é a junção do sufixo negativo *a-*, equivalente ao nosso *i(n)-*, e *brotós* ("mortal") + sufixo abstrato -*ía*, ou seja, "i-mortal-idade". Para mais detalhes, WEST 2022: 178.

70 "Os deuses" é o sujeito subentendido. Como conviva e hóspede no Olimpo, os deuses teriam naturalmente lhe ofertado o néctar e a ambrosia, assim tornando-o imortal, e o que fora uma benção tornou-se uma maldição em virtude de seu crime.

ἀνήρ τις ἔλπεταί ⟨τι⟩ λαθέ-
μεν ἔρδων, ἁμαρτάνει.
105   τοὔνεκα {οἱ} προῆκαν υἱὸν
ἀθάνατοί ⟨οἱ⟩ πάλιν
μετὰ τὸ ταχύποτμον
αὖτις ἀνέρων ἔθνος,
πρὸς εὐάνθεμον δ' ὅτε φυάν
110   λάχναι νιν μέλαν γένειον ἔρεφον,
ἑτοῖμον ἀνεφρόντισεν γάμον

—

Πισάτα παρὰ πατρὸς εὔ-
δοξον Ἱπποδάμειαν
σχεθέμεν. ἐγγὺς {δ'} ἐλθὼν
115   πολιᾶς ἁλὸς οἶος ἐν ὄρφνᾳ
ἄπυεν βαρύκτυπον
Εὐρυτρίαιναν· ὁ δ' αὐτῷ
πὰρ ποδὶ σχεδὸν φάνη.
τῷ μὲν εἶπε· «Φίλι-
120   α δῶρα Κυπρίας ἄγ' εἴ τι,
Ποσείδαον, ἐς χάριν
τέλλεται, πέδασον ἔγχος
Οἰνομάου χάλκεον,
ἐμὲ δ' ἐπὶ ταχυτά-
125   των πόρευσον ἁρμάτων

71 Zeus, nesse caso.
72 A Pélops.
73 O enlace estava "preparado" porque Hipodâmia iria já vestida de noiva na carruagem do pretendente e o casamento estaria consumado se esse vencesse Enomau.
74 Enomau, rei de Pisa e pai de Hipodâmia.
75 Píndaro é muito preciso: o pretendente levava Hipodâmia em sua carruagem, mas tinha de evitar que Enomau a tomasse de volta e o matasse.
76 Leio com GERBER 1982: 114. Note ainda que a epifania de um deus normalmente é precedida por uma calmaria, e.g., Eur. *Bacantes* 1083-85; Álcman, fr. 89 PMG, *Peã de Limênio* 7-10.

espera que, obrando algo,
ao deus[71] escape, ele erra.
105 Por isso, o filho[72] lhe expulsaram
os Imortais, outra vez
de volta às brevifadárias
raças dos homens. Mas, quando
à flor da juventude a forma veio
110 e uma lanugem negra coroou-lhe o queixo,
cuidou então do pronto enlace,[73]

como, em Pisátis, de seu pai,[74]
a famosa Hipodâmia
assegurar.[75] Vindo à beira
115 do mar cinzento,[76] sozinho sob a treva[77]
invocou o gravitonante
Euritridênteo,[78] que a ele,
perto dos pés apareceu.
Disse-lhe então: "Amáveis
120 se as dádivas da Cípria[79] acaso,
Possidão, nalguma graça
redundam, érea, prega
a lança de Enomau.
A mim, sobre a mais veloz
125 das carruagens rumo porta

---

77 Cf. *O.* 6.57.
78 "Gravitonante Euritridênteo": Possidão, quando golpeia o mar com seu largo (*euri-*) tridente, causa o fragor dos terremotos. "Gravitonante" (*barýktypos*) é usado apenas para o deus do mar em Píndaro, mas em outros poetas é típico de Zeus, como nota GERBER 1982: 115.
79 A deusa Afrodite, nascida em Chipre e, por isso, dita Cípria.

ἐς Ἆλιν, κράτει δὲ πέλασον.
ἐπεὶ τρεῖς τε καὶ δέκ' ἄνδρας ὀλέσαις
μναστῆρας ἀναβάλλεται γάμον

θυγατρός. ὁ μέγας δὲ κίν-
130   δυνος ἄναλκιν οὐ φῶ-
τα λαμβάνει, θανεῖν δ' οἷσ⟨ιν⟩ ἀνάγκα,
τά κέ τις ἀνώνυμον γῆρας ἐν σκότῳ
καθήμενος ἕψοι μάταν, ἁπάντων
καλῶν ἄμμορος; ἀλλ' ἐμοὶ μὲν οὗτος
135   ἄεθλος ὑποκείσεται· τὺ
δὲ πρᾶξιν φίλαν δίδοι».
ὣς ἔννεπεν· οὐδ' ἀ-
κράντοις ἐφάψατο ἔπε-
σι. τὸν μὲν ἀγάλλων θεός
140   ἔδωκεν δίφρον τε χρύσεον πτεροῖ-
σίν τ' ἀκάμαντας ἵππους.
)—

---

80 Tentei reproduzir em português a linguagem de teor encantatório do original com seus aoristos aliterando em /p/: *pédason* ("prende"), *póreuson* ("porta"), *pélason* ("apresentar", i.e., o noivo à noiva, na acepção II do LSJ, s.v. *pelázō*), todos em paronomásia tanto com o nome *Pélōps* quanto com *Poseídaon* no original. Que Píndaro aqui tentou aproximar sua dicção dos feitiços que eram comumente feitos antes das competições para "amarrar" (*katádeson*) os pés dos cavalos, provam as inscrições encontradas em Bir-el-Djebbana por DELATTRE 1888.

81 Personificado, segundo GERBER 1982: 126-27. A ideia é que a aventura não gosta de covardes, mas procura os audazes.

82 *Phṓs* em Píndaro, como observa RUMPEL 1883, s.v., além de *vir* e *homo* em oposição aos deuses seria, numa acepção mais precisa, *vir egregius, fortitudine et rebus gestis insignis*. THUMMER 1968/1969: 38, vol. 32 e PRIVITERA 1982: 156, acerca do v. 2 da I. 2 notam ainda, nas palavras desse último, que *phṓs* indica: *l'uomo di alto valore* (Ol. 1.81; Pyth. 4.13; Nem. 2.13), ἀνήρ [*anḗr*] è generico; ἄνθρωπος [*ánthrōpos*] *sottolinea la condizione umana, opposta a quella divina* (Ol. 12.20; Pyth. 8.96; Isth. 4.6). No entanto, em Píndaro, como em outros autores, a palavra também pode ser usada para identificar o homem em oposição aos deuses (como no v. 73) e, assim, se aproxima da

à Élis, e à eminência me pareia.⁸⁰
Havendo, pois, treze homens destruído,
pretendentes, assim atrasa o enlace

da filha. E essa grande Aventura⁸¹
130   a imbele humano⁸² não
aceita. Se a tais⁸³ morrer é forçoso,
por que alguém anônima velhice, nas trevas
sentado, cozinharia em vão,⁸⁴ de todas
belezas privado? Não, mas para mim essa
135   prova estará guardada, e tu
o anelado feito dá-me!".
Assim disse,⁸⁵ e a malogros
não atrelou suas palavras.
E eis que, honrando-lhe, o deus
140 deu-lhe de ouro uma biga e alados,
indefessos cavalos.

acepção de "mortal". Tentei, sempre que possível, preservar a distinção entre *phṓs*, (17 ocorrências, apenas nas formas oblíquas), *ánthrōpos* (26 ocorrências) e *anḗr* (194 ocorrências, não contando os compostos) ao traduzi-los, respectivamente, por "varão" ou "barão"/"mortal", "humano" e "homem".
83 Aos humanos em geral.
84 Segundo GERBER 1982: 129, uma alusão ao provérbio λίθον ἕψεις (*líthon hépseis*), "cozinhas uma pedra", mencionado por Aristófanes (*Vespas* 280) e que servia para descrever uma ação inútil. Parece-me, no entanto, que Píndaro está aludindo à história, relatada por Higino nas suas *Fábulas* 24, segundo a qual Medeia teria convencido as filhas de Pélias a cozinhar o próprio pai num caldeirão com ervas mágicas a fim de rejuvenescê-lo, pois havia feito o mesmo com um carneiro velho em sua frente. Medeia, no entanto, não adiciona as ervas no caldeirão de Pélias, o que o leva a uma terrível morte. Ou seja, só se é novo uma vez e depois será em vão tentar cozinhar a velhice num caldeirão para reganhar a juventude. Ademais, Pélops já havia sido tirado do caldeirão uma vez e reganhado a vida, mas fora expulso do Olimpo e, inevitavelmente, viria a envelhecer e a morrer.
85 Linguagem épica.

Δ'   ἕλεν δ' Οἰνομάου βίαν
            παρθένον τε σύνευνον·
            ἔτεκε λαγέτας ἓξ
145   ἀρεταῖσι μεμαότας υἱούς.
            νῦν δ' ἐν αἱμακουρίαις
            ἀγλααῖσι μέμικται,
            Ἀλφεοῦ πόρῳ κλιθείς,
            τύμβον ἀμφίπολον
150   ἔχων πολυξενωτάτῳ πα-
            ρὰ βωμῷ· τὸ δὲ κλέος
            τηλόθεν δέδορκε τᾶν Ὀ-
            λυμπιάδων ἐν δρόμοις
            Πέλοπος, ἵνα ταχυ-
155   τὰς ποδῶν ἐρίζεται
            ἀκμαί τ' ἰσχύος θρασύπονοι·
            ὁ νικῶν δὲ λοιπὸν ἀμφὶ βίοτον
            ἔχει μελιτόεσσαν εὐδίαν

—

            ἀέθλων γ' ἕνεκεν· τὸ δ' αἰ-
160   εὶ παράμερον ἐσλόν
            ὕπατον ἔρχεται παν-
            τὶ βροτῶν. ἐμὲ δὲ στεφανῶσαι
            κεῖνον ἱππίῳ νόμῳ
            Αἰοληΐδι μολπᾷ

86 Os famosos Pelópidas, cujos nomes, com exceção de Atreu, pai de Agamêmnon e Menelau, e Tiestes, pai de Egisto, variam de acordo com os escólios (144b), que, citando autores não identificados, dão os seguintes nomes: Atreu, Tiestes, Piteas, Alcátoo, Plístenis e Crisipo. Segundo outros, seriam, na verdade, sete: Atreu, Tiestes, Alcátoo, Hipalcmos, Piteu, Dias e Crisipo. Ainda segundo outros, que excluem Alcátoo, o mais novo, ao invés de Crisipo, chamar-se-ia Pélops, como o avô.

87 *Aretaí* no original; isto é, virtudes varonis demonstradas por feitos de coragem, audácia e força. Cf. as virtudes (*aretaí*) colhidas por Hierão nos vv. 20-1. Não acho problemático o dativo (que interpreto como *dativus finalis*) sem a preposição *epí* para a regência de *memaós* pois é congruente ao estilo austero de Píndaro (cf. citação de

IV   Tomou de Enomau a força
            e a moça como consorte.
            Gerou guias do povo, seis[86]
145   filhos obcecados por varonias.[87]
            E hoje às oblações de sangue[88]
            glamorosas se mistura
            no vau do Alfeu reclinado,
            subsidiária tumba
150   tendo junto ao visitadíssimo
                altar de cinzas. E a glória
            das Olimpíadas de longe
            se distingue nas raias
            de Pélops, onde se medem[89]
155   dos pés a velocidade
            e audazes os ápices de força.
            O vencedor pelo resto de sua vida
            melífico habita um belo dia,

            só por causa dos jogos. Sumo
160   é sempre o bem que diuturno
            vem para todos os
                mortais. E aquele[90] devo coroar
            com a hípica melodia
            de uma canção eólia.[91]

Dionísio de Halicarnasso na introdução geral), além disso o paralelo com *Il.* 2.818, já notado por muitos, parece-me decisivo para fechar a questão.
88 Feitas no Pelópion. Sobre isso, veja a introdução a esta ode.
89 Leio com MEZGER 1880, *dynamisches medium*.
90 Hierão.
91 A canção é eólica quanto ao metro e, talvez, também quanto à afinação da cítara. Hípica, no que diz respeito à melodia tradicional (*nómos*) empregada na música, que não foi preservada. As considerações de GERBER 1982: 153-154 de que *hippíos* se referiria ao conteúdo da canção não são nem convincentes nem necessárias.

165 χρή· πέποιθα δὲ ξένον
μή τιν' ἀμφότερα
καλῶν τε ἴδριν ἀλλὰ καὶ δύ-
ναμιν κυριώτερον
τῶν γε νῦν κλυταῖσι δαιδα-
170 λωσέμεν ὕμνων πτυχαῖς.
θεὸς ἐπίτροπος ἐ-
ὼν τεαῖσι μήδεται
ἔχων τοῦτο κᾶδος, Ἱέρων,
μερίμναισιν· εἰ δὲ μὴ ταχὺ λίποι,
175 ἔτι γλυκυτέραν κεν ἔλπομαι
—

σὺν ἅρματι θοῷ κλεΐ-
ξειν ἐπίκουρον εὑρὼν
ὁδὸν λόγων, παρ' εὐδείελον ἐλθὼν
Κρόνιον. ἐμοὶ μὲν ὦν Μοῖσα καρτερώ-
180 τατον βέλος ἀλκᾷ τρέφει· ⟨ἐπ'⟩ ἄλλοι-
σι δ' ἄλλοι μεγάλοι· τὸ δ' ἔσχατον κο-
ρυφοῦται βασιλεῦσι. μηκέ-
τι πάπταινε πόρσιον.
εἴη σέ τε τοῦτον
185 ὑψοῦ χρόνον πατεῖν, ἐμέ
τε τοσσάδε νικαφόροις
ὁμιλεῖν πρόφαντον σοφίᾳ καθ' Ἕλλανας ἐόντα παντᾷ.

92 Compare com os deuses guardiões do Olimpo (v. 86) e, dentre esses, o deus que não deixa de ver o crime de Tântalo no v. 102, mas que aqui cuida dos sucessos de Hierão.
93 Píndaro faz menção, aqui, a uma possível vitória na competição da quadriga, a mais prestigiosa dos jogos. Cf. nota explicativa ao final desta ode.
94 A afirmação de GERBER 1982: 166 de que *epíkouros*, governando o genitivo, como nessa passagem, sempre significa "proteger *contra*" [grifo meu] não apenas é absurda, como é contrariada pelo *Hino homérico a Ares* 9, em que o deus é invocado como *brotôn epíkoure*, isto é, "protetor dos mortais", e por Arquíloco no fr. 15 IEG[2], em que

165   Sei que nenhum outro hóspede
       nestas duas coisas –
           conhecedor do belo e,
           em força, o maioral –,
       dos hinos com os ínclitos drapeados
170   dentre os de hoje, adornarei.
       Um deus é teu guardião,[92]
           e se ocupa do que é teu,
       esse é seu cuidado, Hierão,
       e, se, oxalá, cedo não te deixe,
175   maiores dulçores ainda espero,

       com um célere carro, te cantar,[93]
           havendo achado uma aliada
           via de palavras[94] pelo luzente monte
       Crônio.[95] Pois para mim a Musa potentíssimo
180   dardo cultiva em força. Outros em outras
           coisas são grandes, mas o ápice culmina
           com os reis. E que nada além disso
           venhas a procurar.
       E que por ora possas
185   os píncaros trilhar, e eu
           o mesmo tanto com os vencedores
       me associar, preclaro na Grécia em toda parte
           por meu engenho e arte.

Glauco é chamado de *epíkouros phílos*, i.e. "amigo protetor". Por outro lado, *epíkouros* poderia ser entendido como o sujeito do infinitivo, *kleíxen*, e assim teríamos: "maiores doçuras inda espero, / como um aliado, ajudado pela rápida carruagem, / celebrar, tendo encontrado um caminho de canções ao vir à esplendente montanha de Crono". Píndaro poderia ter em mente, por ex., a imagem homérica de dois guerreiros por carruagem, um auriga e um lanceiro. A colocação, no entanto, sugere tomarmos *epíkouros* como predicativo de *hodós*, "caminho".

95 A montanha de Crono, ou Monte Crônio, fica no santuário de Olímpia, do lado esquerdo de quem entra no estádio, próximo ao templo de Zeus e de Pélops.

Ὀλυμπιονίκαις II | Olímpica 2

Na mesma Olimpíada em que Hierão ganhou com a corrida de cavalo, louvada por Píndaro na ode anterior, Terão (540/30-472), tirano de Ácragas, atual cidade de Agrigento, na Sicília, obteve a vitória mais prestigiosa dos jogos, a da corrida de quadriga.[96] Esta ode se insere numa profícua relação de *philía* entre o poeta e o clã dos Emenidas, como era chamada a fratria de Terão, a partir de seu tataravô, Emênes. Além da *Olímpica* 2, Píndaro também compôs para Terão a *Olímpica* 3 e um encômio.[97] Para seu irmão, Xenócrates, provavelmente o responsável por introduzi-lo na corte dos tiranos siracusanos, já compusera a *Pítica* 6 e ainda lhe comporia a *Ístmica* 6, executada *in memoriam* após sua morte por seu filho, Trasíbulo.

Muito embora a *Olímpica* 2 tenha sido colocada antes da *Olímpica* 3 na edição alexandrina, ela provavelmente foi composta e executada depois, como parece indicar o *aûte* ("de novo") do v. 162, algo já notado por FRACCAROLI 1894: 186. GENTILI *et al.* 2013: 45-46 concorda com essa ideia e postula ocasiões de performance diferentes para as duas odes: a *Olímpica* 3 teria sido executada em um festival público e religioso conhecido como Teoxenia;[98] ao passo que a *Olímpica* 2, mais à maneira de um encômio (cf. v. 85), teria sido reservada para uma audiência palaciana. Se esse for realmente o caso, é possível que o próprio Píndaro a tenha executado solo, ao passo que a ode seguinte teria sido cantada por um coro.

Pouco sabemos da família de Terão, mas sua genealogia é importante para entendermos a seção mítica desta ode. Ele era filho de Enesídamo e, como já dissemos, neto de Emênes.[99] Seu tataravô, Telêmaco, seria um descendente de Teras, o herói fundador da ilha de mesmo nome, mais

---

96 A datação do escólio para a 77ª Olimpíada é incorreta, como confirma o *P. Oxy.* 222, col. 1.18, uma lista de vencedores olímpicos datada do séc. III EC.
97 Fr. 118 e 119.
98 Ver a introdução à *O.* 3 para mais detalhes.
99 O Σ 82d, no entanto, o faz neto de um Calciopeu.

conhecida atualmente por Santorini. Teras, por sua vez, seria filho de Autésion, neto de Tisamenes e tataraneto de Tersandro,[100] o filho de Polinices que fora deixado em Argos durante a expedição dos Sete contra Tebas. De Polinices, filho de Édipo, vem a conexão de Terão com a casa dos Labdácidas, explorada no mito (vv. 70-81).

Por meio de um outro filho de Teras, Élico, que permanecera em Esparta, Terão compartilhava um laço ancestral com o clã dos Egidas,[101] de que Píndaro talvez fizesse parte, se tomarmos como biográfica a passagem da *Pítica* 7.15. Isso faria com que Terão e Píndaro fossem primos distantes.

Os escólios a essa ode (16c, 7), baseando-se na autoridade de Menécrates de Niceia[102] (FGH II, 344), oferecem-nos ainda outra origem para a estirpe dos Emenidas que, em vez de fazer o itinerário Tebas-Argos-Esparta-Tera-Gela-Ácragas, coloca a origem da família diretamente em Rodes, donde teriam vindo para a Sicília, sem passar por Gela, a antiga metrópole de Ácragas. O estema genealógico, nesse caso, fica mais complicado e deveria ser outro, não mais por intermédio de Polinices, mas de seu irmão Etéocles, através de seu neto Hémon, filho de Polidoro. Obviamente, essa versão do mito seria conveniente num momento em que Ácragas procurava se distanciar da influência de Gela e se projetar com um assentamento puramente dório.[103] No encômio dedicado a Terão, Píndaro parece explorar esse outro veio genealógico ao dizer que "uma nuvem de ouro" seguia a estirpe do tirano, já que sabemos, pelo mito contado na *Olímpica* 7, que Zeus fizera chover ouro sobre Rodes como "prêmio de consolação" pelo sacrifício fracassado dos Helíadas. Obviamente, o interesse de Píndaro, como de outros poetas, está em louvar Terão e não em relatar uma genealogia baseada em fatos precisos.

Quando Terão assume o poder, no ano de 488,[104] Agrigento, encravada bem no meio da sola da bota da Itália, às margens do rio de mesmo nome, já era uma cidade em expansão que exercia sua influência sobre

---

100 Heródoto 4.147.1.
101 Por meio de seu filho, Egeu; ver Heródoto 5.149.
102 Um discípulo de Aristarco, seu *floruit* é colocado no séc. II EC.
103 GENTILI *et al.* 2013.
104 Diodoro Sículo 11.53.1.

um território dos mais vastos da Sicília, entre Selinunte, a noroeste, e Siracusa, a sudeste. A cidade, no entanto, prosperara graças ao governo do quase mítico e brutal tirano Faláris (c. 571-555), que, entre outras coisas, era acusado de "devorar criancinhas"[105] e de cozinhar seus inimigos dentro de um touro de bronze,[106] divertindo-se com os gritos dos supliciados, que lembravam o mugido de um touro, como denunciado por Píndaro na *damnatio memoriae* da *Pítica* 1.183-9. Ainda segundo os escoliastas, teria sido o avô de Terão, Telêmaco, que derrubara Faláris do poder. Mesmo que Terão tenha levado Ácragas ao ápice de seu desenvolvimento, o legado ambivalente deixado por Faláris se faz notar numa certa tensão, sensível na ode a partir do v. 96, em que a virtude é colocada como qualidade essencial da riqueza, sem a qual não pode haver nem, no mundo dos vivos, memória, nem, no dos mortos, beatitude.

As vicissitudes marcaram tanto o governo quanto a vida de Terão. Por volta de 485, ele forma uma forte aliança com o tirano de Gela e, posteriormente, de Siracusa, Gelão (? – 478),[107] ao lhe dar sua filha Damárete em casamento. Em 483, ele vai à guerra contra as cidades de Selinunte e de Himera, expulsando, dessa última, o tirano Terilo (*fl.* séc. V)[108] e lá instalando seu filho Trasideu, que, entretanto, sofreria alta rejeição por parte da população local devido ao seu autoritarismo desmedido. Apostando na impopularidade de Trasideu, Terilo, por intermédio de seu genro, o tirano de Régio e Zancle, Anaxilas (? – 476), busca o auxílio dos cartaginenses, que, sob o comando de Hamílcar, cercam a cidade de Himera em 480.

Terão, apavorado com a força do contingente cartaginês, envia um pedido de socorro para Gelão, que o acode com um exército de 50.000 infantes e 5.000 cavaleiros. Por meio de um estratagema, Gelão consegue infiltrar um destacamento de soldados dentro do acampamento do inimigo, massacrando cerca de 150 mil cartaginenses e aliados, vindo

---

105 Tatiano, *Oratio ad Graecos* 34.
106 Políbio 12.25.3. Para uma avaliação do caráter histórico da tirania de Faláris, cf. ADORNATO 2012 e LURAGHI 1994: 231 s.
107 Irmão mais velho de Hierão, comitente da O. 1.
108 Heródoto 7.165. Nada se sabe sobre Terilo, exceto o que se deduz pelas suas interações com os outros tiranos da Sicília, mas ele deveria ter mais ou menos a mesma idade de Gelão.

a matar o próprio Hamílcar, enquanto esse sacrificava "para Possidão", nas palavras de Diodoro Sículo (11.21.4). Com a vitória na Batalha de Himera, essa cidade e Selinunte recaem sob o poder de Terão, que, aproveitando-se do imenso número de cativos cartaginenses, promove uma série de obras públicas em Ácragas.

No ano seguinte à morte de Gelão, em 477, Hierão assume o poder em Siracusa e, assustado com a popularidade, entre os siracusanos, de Polizelo, seu irmão mais novo, tenta se livrar dele enviando-o como general das tropas siracusanas que prometera despachar para socorrer os sibaritas, cuja cidade fora cercada pelo exército de Crotona.[109] Hierão calculava que o irmão seria morto em batalha. Polizelo, porém, recusa-se a ir e foge para a corte de Terão, que o recebe e, ainda por cima, lhe dá em casamento Damárete, agora viúva de Gelão, o que gerou uma crise diplomática entre os dois tiranos que foi, no entanto, aparentemente superada pela intervenção do poeta Simônides de Ceos.[110]

Algum tempo depois, os cidadãos de Himera, descontentes com o governo linha-dura do filho de Terão, Trasideu, revoltam-se e conspiram para tirá-lo do poder. Por acharem que não seriam ouvidos imparcialmente por seu pai, resolvem procurar Hierão, oferecendo-lhe a tirania de Himera se esse os socorresse. Hierão, no entanto, já conciliado com Terão, mas fingindo aceitar a oferta, os trai, e informa Terão do iminente golpe. Este então ataca Himera, condena a oposição à morte e dizima a população da cidade, que precisa ser repovoada com dórios "e com quem quer que estivesse disposto a se inscrever como cidadão".[111] É provavelmente nessa leva de imigrantes que Ergóteles, o atleta celebrado por Píndaro na *Olímpica* 12, vem de Cnossos para Himera.[112] Para demonstrar sua gratidão, Terão reconcilia Polizelo com Hierão e dá a mão de sua sobrinha, filha de Xenócrates, em casamento ao tirano de Siracusa.

Terão morre em 473 e recebe honras fúnebres como herói local. Após sua morte, o filho, Trasideu, assume a tirania, mas, devido à sua impopularidade e à derrota na guerra deflagrada contra Hierão, acaba

---

109 Diod. Sic. 11.48.3.
110 Timeu, FGrH 566F 93.15 = FGH 90, p. 214; Diod. Sic. 11.48-9.
111 Diod. Sic. 11.49.3.

fugindo de Ácragas para a Grécia, onde vem a ser capturado e executado publicamente em Mégara. A morte de Trasideu coincide com o declínio do poder acragantino sobre a Sicília e o início da hegemonia siracusana. O governo de Terão, marcado por tantas vicissitudes, púbicas e privadas, foi louvado pelos antigos[113] como um período de crescimento econômico e cultural, transformando Ácragas em uma das mais ricas e belas cidades de todo mundo grego com grandes obras privadas e sacras. Testemunha hodierna dessas últimas são as magníficas ruínas do Vale dos Templos em Agrigento. É provável que, além de Píndaro, o poeta Simônides de Ceos e seu sobrinho Baquílides tenham passado algum tempo na corte de Terão, compondo epinícios e outros poemas para ele.

O MITO

As seções míticas desta ode refletem o conturbado contexto histórico delineado acima, entrelaçando a saga dos Emenidas com aquela dos Cadmeios e Labdácidas. Dentro desse quadro, os aforismas propõem uma reflexão sobre as inconstâncias da vida, com suas dores e alegrias, mas também sobre a esperança que aqueles que sabem reagir virtuosamente às primeiras, e parcimoniosamente às segundas, podem ter numa vida além da vida. No quadro genérico, essas reflexões se imbricam e se fundem com os temas próprios da canção epinicial: o sofrimento (*kámnos*), o esforço (*pónos*), a dor (*pénthos*), a alegria (*agathón*) da vitória, a recompensa (*áthlon*), os limites da mortalidade, a agência dos deuses (*theoí*) e demais temas. É uma ode carregada de solenidade e de uma triste beleza, sobretudo se mantivermos em mente que é dedicada a um homem que já sentia o ocaso da própria vida e que morreria apenas três anos depois da *première* desta ode.

A primeira parte do mito, aquela que irá lidar com a arcaica geração dos Cadmeios, fornece o pano de fundo geral contra o qual será possível enquadrar os esforços dos antepassados de Terão para fundar Ácragas e torná-la próspera. Os paralelos são interessantes e

---

112 Para mais detalhes, veja a introdução àquela ode.
113 Pind. *P.* 12.21-23; Timeu, *ibid.*; Diod. Sic. 11.25.2-5.

pouco notados pela crítica. Assim como Cadmo, também Telêmaco, o tataravô de Terão, teria vindo de uma terra estranha para fundar uma nova cidade e, da mesma forma que aquele herói tebano tivera que matar a monstruosa serpente, filha de Ares, para performar o rito fundador da cidade de Tebas, Telêmaco precisou, por sua vez, dar cabo do monstro que oprimia os acragantinos, Faláris. Ainda que Píndaro jamais se refira diretamente ao terrível tirano nesta ode, a menção aos pecadores punidos no Hades por seus terríveis crimes (*alitrá*) deveria ser o bastante para evocar o sádico governante na memória de uma audiência acragantina.

Como é de seu costume, Píndaro tampouco irá detalhar os grandes sofrimentos a que as filhas de Cadmo foram submetidas pelo persistente rancor (*palinkótos*, v. 36) de Hera. Ao contrário, preferirá enfatizar a enormidade das bênçãos (*kréssona agathá*) que receberam, assim preparando-nos para a visão de recompensa divina que esperaria aqueles que, não tendo culpa direta pelos seus sofrimentos, são emaranhados nos planos dos deuses ou, doutra forma, agem constrangidos pela necessidade, como Édipo.

No primeiro caso, o mito[114] sobre o qual Píndaro silencia contava como Hera, disfarçada na forma da velha ama, consegue convencer Sêmele a pedir a Zeus que se mostrasse em sua forma verdadeira para a mortal, a fim de provar seu amor, o que a leva a morrer calcinada pelo raio quando já carregava o deus Dioniso no ventre. Mais tarde, porém, seu filho, que sobrevivera costurado na coxa de Zeus, virá a resgatá-la do Hades,[115] levando-a para morar junto aos deuses no Olimpo como a deusa Tione.

O ódio de Hera é então redirecionado à irmã de Sêmele, Ino, por ter servido de ama de leite ao bebê Dioniso.[116] Aquela deusa enlouquece o marido de Ino, Atamas, rei da Mínia, o que o leva a matar o filho mais velho, Learco. Ino, então, fugindo do marido ensandecido, joga-se no mar com o filho mais novo no colo, o bebê Melicertes, e Zeus, apiedando-se de ambos, mas incapaz de desfazer o castigo de Hera, os transforma em deidades marinhas: ela, na deusa Leucoteia[117] (a "Deusa Branca");

114 Ovídio, *Metamorfoses* 3.253-315; Higino, *Fábulas* 179; Nono, *Dionisíacas* 8.178-406.
115 Higino, *De Astronomica* 5.2.

ele, na divindade conhecida como Palêmon ("o Protetor"). Quanto às duas outras filhas, Agave e Autonoé, a primeira fora levada por Dioniso a desmembrar o próprio filho, Penteu, num êxtase báquico;[118] o filho da segunda, Actéon, por haver presenciado o banho da deusa Ártemis numa clareira da floresta do monte Citerão,[119] teria sido por ela transformado num cervo, vindo a ser caçado e destroçado por seus próprios cães – cinquenta, segundo Ovídio.[120]

Três gerações mais tarde, Laio, filho de Lábdaco, neto de Polidoro, e bisneto de Cadmo, assume o trono de Tebas, após a morte de Anfião e Zeteu, e casa-se com Jocasta,[121] com a qual, contudo, não consegue ter filhos. Consultando o oráculo de Delfos, este prevê que, acaso ele tivesse um descendente, estaria destinado a ser morto por ele.[122] Dessa forma, quando finalmente Jocasta dá à luz um filho, Laio manda expô-lo no monte Citerão, antes, no entanto, perfura os pés da criança com um cravo, para que, mais facilmente farejado por animais selvagens, viesse a morrer rapidamente. Entretanto, como sói acontecer nesses casos, o menino é salvo por um pastor do rei de Corinto, Políbio, que traz a criança para o castelo, onde Mérope (ou Peribeia),[123] a rainha, apiedando-se do

---

116 Apolodoro 1.9.2.
117 Homero, na *Od.* 5.333-5, é o primeiro a chamá-la por esse nome: τὸν δὲ ἴδεν Κάδμου θυγάτηρ, καλλίσφυρος Ἰνώ, / Λευκοθέη, ἣ πρὶν μὲν ἔην βροτὸς αὐδήεσσα, / νῦν δ' ἁλὸς ἐν πελάγεσσι θεῶν ἒξ ἔμμορε τιμῆς ("viu-o a filha de Cadmo, Ino de belas canelas, / a Deusa Branca, que antes fora de fala mortal / mas que agora, no pélago, dos deuses recebera uma parte da honra").
118 Apolodoro 3.5.2; Ovídio, *Metamorfoses* 3.725; Higino, *Fábulas* 240, 254. Segundo Apolodoro, a punição de Agave teria sido obra de Dioniso porque as irmãs haviam caluniado Sêmele, dizendo que o pai do filho que carregava era um mortal e não Zeus. O mito é recontado nas *Bacantes* de Eurípides.
119 Ovídio, *Metamorfoses* 3.155, Higino, *Fábulas* 181, e Calímaco, *Hino ao banho de Palas*, contam a história do banho; Apolodoro 3.4.2, Eurípides, *Bacantes* 320, e Diod. Sic. 4.81.4 acrescentam ainda duas versões paralelas: a de que ele a teria desafiado numa caçada e, perdendo, teria sido morto pela deusa, ou de que teria usado as primícias de uma caçada para uma festa, em vez de ofertá-las a Ártemis. Segundo Acusilau, historiador do séc. VI EC, citado por Apolodoro 3.4.4, Zeus tê-lo-ia condenado a ser destroçado pelos próprios cães por ter pedido a mão de Sêmele em casamento.
120 *Metamorfoses* 3.206 s.
121 Ou Epicaste, segundo Homero, *Od.* 11.271.
122 Heródoto 5.59; Pausânias 9.5.2; Apolodoro 3.5.5; Diod. Sic. 5.64, entre outras fontes.
123 Sófocles, *Édipo Tirano* 775 a chama de Mérope; Apolodoro 3.5.7, de Peribeia.

menino, decide criá-lo como se fosse seu, dando-lhe o nome de *Oídipous* ("Pés-inchados"), em virtude do ferimento.

Algum tempo mais tarde, acusado de não ser filho de Políbio por um cidadão de Corinto, Édipo vai se consultar com o oráculo de Delfos, de quem recebe a injunção de não voltar à sua terra, pois estaria fadado a matar seu pai e a casar-se com sua mãe. Acreditando que sua terra era Corinto, Édipo resolve fugir, tomando a estrada para Tebas através da Fócida. É numa estreita passagem dessa estrada,[124] que cruzava pelas montanhas e que acomodava apenas uma carruagem por vez, que "o predestinado filho" se reencontra com Laio.

Polipetes, o cocheiro de Laio, exige que Édipo abra caminho para o rei, mas ele se recusa, o que leva o primeiro a matar um dos cavalos de Édipo. Este, enfurecido, ataca e mata primeiro o cocheiro e, depois, o seu senhor, Laio, com isso cumprindo a profecia de que pensava escapar. Chegando em Tebas, Édipo descobre que o rei da cidade fora assassinado e que um monstro, a Esfinge, devorava os pretendes à mão da rainha viúva. Ao decifrar o enigma da esfinge, ele assume o trono de Tebas casando-se com Jocasta, sua própria mãe, com quem tem quatro filhos, Etéocles, Polinices, Antígone e Ismene.

Os crimes que Édipo comete são, apesar disso, todos involuntários. No caso de Laio, ele age em legítima defesa, pois era matar ou morrer. No caso do incesto, ele o comete na total ignorância de suas origens. Sua apologia, na peça *Édipo em Colono*, de Sófocles, é irrefutável, ele diz (vv. 263-74):

    κἄμοιγε ποῦ τοῦτ' ἐστίν, οἵτινες βάθρων
    ἐκ τῶνδέ μ' ἐξάραντες εἶτ' ἐλαύνετε,
265   ὄνομα μόνον δείσαντες; οὐ γὰρ δὴ τό γε
    σῶμ' οὐδὲ τἄργα τἄμ'· ἐπεὶ τά γ' ἔργα μου
    πεπονθότ' ἐστὶ μᾶλλον ἢ δεδρακότα,

---

124 Chamada *Skhisté*, a "Fenda"; cf. Pausânias 10.5.3. FRAZER 1921: 345, n. 3, em sua tradução da *Biblioteca de mitos*, a identifica com a atual *Stravodrómi tou Méga*, a Encruzilhada de Megas, onde a estrada que vem de Dáulis se encontra com aquela que vem de Tebas e de Lebadeia para formar uma única rota que leva para Delfos.

125 Em grego, *apollýmēn*, numa alusão ao nome de Apolo, *Apóllon*, interpretado pelos antigos como "Destruidor".

εἴ σοι τὰ μητρὸς καὶ πατρὸς χρείη λέγειν,
ὧν οὕνεκ' ἐκφοβεῖ με· τοῦτ' ἐγὼ καλῶς
270 ἔξοιδα. καίτοι πῶς ἐγὼ κακὸς φύσιν,
ὅστις παθὼν μὲν ἀντέδρων, ὥστ' εἰ φρονῶν
ἔπρασσον, οὐδ' ἂν ὧδ' ἐγιγνόμην κακός;
νῦν δ' οὐδὲν εἰδὼς ἱκόμην ἵν' ἱκόμην,
ὑφ' ὧν δ' ἔπασχον, εἰδότων ἀπωλλύμην.

Mas e eu, e eu? aonde irei? a que pousos,
já que daqui me expulsais, enviais-me então?
265 A um nome apenas temendo? Pois, *decerto*,
a meu corpo, não; nem, meus feitos. De *meus* feitos,
pois, eu fui a vítima, mais do que o autor,
se te é forçoso da mãe e do pai que eu fale,
de quem por causa me temeis, tais coisas bem
270 sei. Porém, como posso ter nascido mau,
se, sendo atacado, reagi, o que, se ciente
tivesse feito, nem assim seria o mau.
Mas nada sabendo, vim a dar onde dei,
e nas mãos dos que sabiam, fui destruído.[125]

Com a morte de Édipo, os irmão Etéocles e Polinices entram num acordo para reinar sobre Tebas em anos intercalares, a começar pelo primeiro.[126] Polinices, de sua vez, exila-se em Argos, na corte do rei Adrasto, onde recebe uma de suas filhas em casamento, com a qual tem Tersandro, o "broto redentor" (81) de que fala Píndaro nesta ode.

Ao final do primeiro ano de governo, no entanto, Etéocles recusa-se a entregar o trono ao irmão que, com a ajuda de um exército liderado por Adrasto, ataca a cidade com sete destacamentos,[127] uma para cada portão da cidade. Tebas, contudo, resiste, e todos os generais morrem, exceto Adrasto, que consegue escapar em seu cavalo divino, Árion. Etéocles e Polinices matam um ao outro, como Édipo os havia amaldiçoado antes de morrer. Dez anos depois, os filhos (*epígonoi*) desses generais mortos,

---

126 Apolodoro 3.6.1 s.; Estesícoro, fr. 222(b) PMGF.
127 Os Sete contra Tebas eram Polinices, Tideu, Anfiarau, Capaneu, Hipomédon, Etéoclo (ou Mecisteu) e Partenopeu.

liderados por Tersandro, irão atacar novamente Tebas para vingar a morte dos pais e, dessa vez, terão sucesso. Assim, portanto, Tersandro tornar-se-á o rei de Tebas, mas posteriormente será morto por Aquiles, durante o desembarque dos gregos na Mísia.[128]

Píndaro, a partir do v. 55 dedica uma grande parte desta ode a descrever o destino dos justos e dos injustos após a morte, de acordo com a maneira como reagiram às alternâncias de dores e alegrias que caracterizam a vida humana. O mundo do além-túmulo que nos apresenta parece-se pouco com o Hades homérico, onde as sombras, tendo perdido suas capacidades cognitivas, andam a esmo pelas trevas em estado de animação suspensa, sem nenhum tipo de ônus ou bônus por suas ações em vida, muito embora já em Homero e nos poetas arcaicos, inclusive Píndaro, como vimos na *Olímpica* 1, alguns pecadores excepcionais tenham recebido uma punição terrível no inferno, como Tântalo, Sísifo, as Danaides, Íxion; outros, como Menelau, devido à sua relação de parentesco com os deuses pelo casamento com Helena, estavam destinados aos Campos Elísios,[129] uma parte do Hades homérico semelhante à Ilha dos Beatos nesta ode de Píndaro. Essas são, no entanto, exceções que confirmam a regra.

Nessa seção da ode, Píndaro nos apresenta também uma visão soteriológica inédita, até onde sabemos, na literatura grega. Nela, não apenas os grandes heróis, mas *qualquer pessoa* seria capaz de atingir a beatitude suprema e, dessa forma, ser admitido na Ilha dos Beatos, desde que tenha mantido sua alma longe de injustiças por três encarnações e três mortes em sequência, o que comportaria três vidas supraterrâneas e três períodos no mundo subterrâneo (v. 123/4, *estrìs hekatérōti*, "três vezes de cada lado"), totalizando seis éones ou evos (*aiốn*)[130] distintos. Além disso, Píndaro parece distinguir quatro tipos diferentes de almas, que chama *phrénes*, "mentes", em vez do termo homérico *psykhé*: a) o dos que cometeram crimes ou pecados involuntariamente, sob a compulsão

---

128 Σ 76c. Virgílio, *Eneida* 2.261, no entanto, menciona-o como um dos guerreiros escondidos no cavalo de madeira.
129 *Od.* 4.561-569.
130 Esse é o sentido da palavra em grego: o período indefinido (porque nunca sabemos quando acabará) de uma vida ou, de outra forma, de uma geração humana.

da necessidade, como Édipo, ou devido a alguma deficiência, como eu proponho que também seja um sentido implicado pela passagem; b) os que não cometeram nenhuma injustiça, mas ainda assim precisariam reencarnar por não terem completado as três passagens em cada lado, como a maioria dos homens; c) os que já completaram o ciclo das três encarnações ou foram abençoados devido à enormidade de seus sofrimentos, como as irmãs cadmeias e os heróis; e, finalmente, d) os que são deliberadamente maus, como Faláris e outros grandes pecadores.

Dessas categorias, é o primeiro grupo, os *apalámnoi phrénes*, que fornece os maiores problemas interpretativos. O fato de pagarem (*tínō*) suas dívidas imediata (*autíka*) e completamente (daí o sentido do aoristo) após a morte foi interpretado como uma reencarnação (*palingenesía*, na linguagem dos escólios)[131] imediata, sem um período de descanso, ao contrário daquelas do grupo (b), que passariam algum tempo no Hades numa espécie de *Spa* cósmico, de que Píndaro nos dá ainda mais detalhes no *Treno* 7 (ver mais abaixo).

Como notam WILLCOCK 1995: 155, CATENACCI *et al.* 2013: 401-402 e outros, não é possível traduzir *apalámnoi phrénes* por "espíritos perversos"[132] ou algo que o valha, já que o sentido principal de *apálamnos* é "indefeso",[133] "inerme", "impotente",[134] "incapaz", "insensato"[135] etc. Várias interpretações diferentes foram propostas para essa expressão: (i) as almas são desprovidas de consciência, como as que Odisseu vê no Hades, *Od.* 11.49 (*amenēnà kárēna*, "cabeças vazias de força"); (ii) as almas são impotentes para fugir ao seu julgamento (WILLCOCK 1995: 155); (iii) as almas teriam cometido seus crimes sob forte compulsão

---

131 Σ 104a-b.
132 HEYNE 1817: 35, n. 105, *indomitae, insolentia efferatae*; FRACCAROLI 1894: 209, *l'anime ree dei morti*; PEÇANHA 2014, "espíritos perversos".
133 Assim RACE 1997a, *helpless spirits*; LOURENÇO 2006, "impotentes"; GENTILI *et al.* 2013, *le mente sprovvedute*; ROCHA 2018, "indefesos".
134 *Il.* 5.597, usado para descrever o espanto de Diomedes ao ver Ares lutando ao lado de Heitor, por analogia com um homem que se vê impotente diante da força de um rio que deságua no mar. Nessa acepção, é sinônimo de *amékhanos*.
135 Alceu, fr. 360 VOIGT, julga que não é insensato (*apálamnos*) o dito de Aristodemo, citado por Píndaro na *I.* 2, de que "o homem é dinheiro".

(*hyp'anánkhēi*) e, portanto, seriam inimputáveis (CATENACCI, *ibid.*). Esta última interpretação parece-me ser a leitura mais correta. Um outro sentido complementar, que acredito que esteja implícito nessa passagem, é o da inimputabilidade por deficiência mental ou, em alguns casos, por morte ainda na infância, antes que um indivíduo possa ser responsabilizado por seus atos, já que um outro sentido de *apálamnos* é, justamente, "inexperiente".[136] O primeiro tipo de distinção parece já ter sido feito por Simônides de Ceos no fr. 260 POLTERA (= 543 PMG).

Reservando a possibilidade de ser *esthlós* (= *eslós*), "bom", apenas para os deuses, Simônides argumenta que o homem pode apenas se *tornar* bom – mas não para sempre, nem por muito tempo –, isentando de culpa (*mômos*) aqueles que "a inelutável condição[137] oprima" (*amḗkhanos symphorà kathélēi*), concluindo essa parte do raciocínio com a máxima "contra a Necessidade, nem os deuses lutam" (*anánkhāi d'oudè theoì mákhontai*). Em seguida, diz qual tipo de homem lhe basta (*exarkheî*): "um que não seja mau (*kakós*), nem por demais *apálamnos*, um conhecedor da justiça útil à cidade, um homem são (*hygiés*)", ou seja, as mesmas categorias de almas justas, ou no caminho para a justiça, citadas por Píndaro nessa ode, quando se excluem os *kakoí* e os *apálamnoi*, sendo que os primeiros agem deliberadamente e são, portanto, os antípodas dos *agathoí*, ao passo que os segundos apenas fazem o mal se constrangidos pela necessidade ou devido a alguma deficiência mental ou física, o que, de qualquer maneira, seria uma forma de crime *ex necessitate*. Ademais, parece-me que o contraste que se estabelece entre *apálamnos* e *hygiés*, "sadio" ou "são", no fragmento de Simônides, chancela uma leitura de *apálamnos* como "não são", isto é, deficiente.

Píndaro, além disso, parece descrever três locais diferentes no Hades e não apenas dois, como argumenta a maioria dos comentadores: uma área (109-21) onde os que, durante sua pregressa vida não teriam cometido nenhum pecado, descansam, talvez, como no mito de Er,[138]

---

136 Cf. Platão, *Rep.* 615c, onde ele fala do destino além-morte dos recém-nascidos e dos que viveram apenas por um curto período de tempo.
137 Esse é o sentido não marcado de *symphorá*, a partir do qual o sentido marcado de "infortúnio" se desenvolveu. *Symphorá* é todo tipo de circunstância ou eventos que estão além do controle humano e dos quais, portanto, não há meios (*mēkhanḗ*) de escapar.
138 Platão, *Rep.* 614b s.

esperando por uma nova reencarnação, até que completem o ciclo de três existências. No *Treno* 7 (fr. 129), ele irá nos dar ainda mais detalhes desse *Spa* cósmico das almas:

> τοῖσι λάμπει μὲν μένος ἀελίου
> τὰν ἐνθάδε νύκτα κάτω,
> φοινικορόδοις <δ'> ἐνὶ λειμώνεσσι προάστιον αὐτῶν
> καὶ λιβάνων σκιαρᾶν <   >
> καὶ χρυσοκάρποισιν βέβριθε <δενδρέοις>
> καὶ τοὶ μὲν ἵπποις γυμνασίοισι <τε-->
> τοὶ δὲ πεσσοῖς
> τοὶ δὲ φορμίγγεσσι⌋ τέρπονται⌊ι, παρὰ δέ σφισιν
> εὐανθὴς ἅπας τέθ⌋αλεν ὄλβος·
> ὀδμὰ δ' ἐρατὸν κατὰ⌋ χῶρον κίδν⌊αται
> †αἰεὶ..θύματα μειγ⌊νύντων π⌊υρὶ τηλεφανεῖ
> <παντοῖα θεῶν ἐπὶ βωμοῖς>

> Para eles, brilha a força do sol
> lá embaixo, quando aqui é noite,
> em campos de puníceas rosas têm sua quinta
> de umbríferos cedros
> e de aurifrutíferas árvores apinhada,
> e uns com cavalos, outros na ginástica
> e outros com dados
> ou com cítaras se divertem. Junto deles,
> florente dita vigora inconspurcada.
> Delicioso perfume se espalha pela terra,
> incenso misturando ao fogo longiluzente,
> de todo tipo nas aras dos deuses.

Numa outra área (121-2), contudo, distinta dessa anterior por meio de um contraste bem delimitado pelas partículas *mén... dé* ("por um lado... por outro..."), os *alitroí*, isto é, os pecadores, são punidos, seja eternamente, seja talvez, como prefiro ler, antes de poderem reencarnar e, por assim dizer, "partir do zero" numa nova chance de se redimirem.

Píndaro não descreve as penas reservadas ao *alitroí*, o que, além de não ser adequado numa ode laudatória, está de acordo com o seu piedoso etos poético de manter a *euphemía*, o silêncio respeitoso quanto a temas pouco auspiciosos, como já vimos com relação ao mito do canibalismo divino na *Olímpica* 1 e como ainda veremos na *Olímpica* 9.54-9, onde se recusa a falar da luta de Héracles contra Apolo, Possidão e, especialmente, Hades, ou na *Olímpica* 13.130, quando silencia sobre o fim de Belerofonte. Além disso, o adjetivo que escolhe para descrever a pena reservada às pessoas que cometeram crimes monstruosos (*alitrá*) – um unicismo, se desconsiderarmos o empréstimo tardio do *Hino órfico* 39 –, é suficientemente eloquente: *aprosóratos*, algo que, de tão horrível, não conseguiríamos contemplar sem desviar o olhar.[139]

Finalmente, a Ilha dos Beatos (vv. 128-48) é o local para onde iriam todos (*hóssoi dé...*) os que venceram o *agṓn* cósmico das três voltas pela vida e pela morte, alijados de qualquer pecado ou injustiça (*adikíā*). De fato, o circuito entre nascimento e morte que as almas devem finalizar (*telleîn*), percorrendo-o três vezes, é descrita nos termos de uma corrida em volta do "caminho (*hodós* pode ser "pista" também) de Zeus", que é margeada pela torre de Crono, de uma forma semelhante a que o estádio em Olímpia o era pelo *monte* de Crono. Apenas os vencedores dessa "corrida" que não tenham cometido nenhuma "falta" poderiam ser admitidos na Ilha dos Beatos, que não parece ser contígua aos Campos Elísios descritos nos vv. 108-21, mas um lugar especial e isolado (afinal é uma ilha) do resto do Hades.[140]

O fato de os beatos aí tecerem coroas de flores, com as quais cingem as frontes e os braços, como os vencedores olímpicos, parece fortalecer ainda mais essa associação. Além disso, a metáfora da vida como uma competição pela beatitude irá aparecer no final do *Górgias* (526e-527a) de Platão, quando Sócrates diz:

παρακαλῶ δὲ καὶ τοὺς ἄλλους πάντας ἀνθρώπους, καθ' ὅσον δύναμαι, καὶ δὴ καὶ σὲ ἀντιπαρακαλῶ ἐπὶ τοῦτον τὸν βίον καὶ τὸν ἀγῶνα τοῦτον, ὃν ἐγώ φημι ἀντὶ πάντων τῶν ἐνθάδε ἀγώνων εἶναι, καὶ ὀνειδίζω σοι ὅτι οὐχ

---

139 Ver a nota a essa passagem.
140 Confira a interpretação do escólio na nota a essa passagem.

οἷός τ' ἔσῃ σαυτῷ βοηθῆσαι, ὅταν ἡ δίκη σοι ᾖ καὶ ἡ κρίσις ἣν νυνδὴ ἐγὼ
ἔλεγον, ἀλλὰ ἐλθὼν παρὰ τὸν δικαστήν, τὸν τῆς Αἰγίνης ὑόν, ἐπειδάν σου
ἐπιλαβόμενος ἄγῃ, χασμήσῃ καὶ ἰλιγγιάσεις οὐδὲν ἧττον ἢ ἐγὼ ἐνθάδε σὺ
ἐκεῖ, καί σε ἴσως τυπτήσει τις καὶ ἐπὶ κόρρης ἀτίμως καὶ πάντως προπηλακιεῖ.

E o quanto estiver em meu alcance, farei esse convite a todos os outros homens; a ti, na verdade, este contraconvite:[141] para que venhas a esta vida e a esta competição (*agôna*), que é a maior de todas aqui nesta terra (*entháde*),[142] e te admoesto porque não serás capaz de te ajudares a ti mesmo[143] quando houver o julgamento (*díkē*) e o exame (*krísis*) da qual agora mesmo te falei, mas, tendo chegado no Juiz, filho de Egina,[144] cair-te-á o queixo e lá sentirás uma vertigem não menor que a que eu aqui (*entháde*) sinto depois que ele, tendo te agarrado, te apreender, e talvez alguém te acerte um murro numa das têmporas e, de uma maneira totalmente degradante, te araste pela lama.

É muito improvável, como disse antes, que uma audiência acragantina não pudesse imaginar a quem precisamente uma pena desse tipo estaria reservada, isto é, a Faláris, o monstruoso tirano que precedera os Emenidas no poder. Abrindo mão de descrever as penas dos *alitroí*, Píndaro nos dá a oportunidade de imaginar "que tipo de sonhos poderão vir" por meio de uma descrição exuberante e impressionista da Ilha dos Beatos, onde flores de ouro ardem de árvores resplandecentes ou na superfície da água, reevocando, ademais, os três elementos já mencionados na primeira ode: fogo, ouro e água, ao passo que adiciona mais um, o ar, ao mencionar as brisas oceânicas que circundariam a ilha. Ao contrário dos frutos e do lago que fugiam das mãos de Tântalo, na Ilha dos Beatos é a própria natureza que se oferece às beatíficas almas, que vivem numa segunda e eterna Idade de Ouro, mas agora no reino de um Crono ctônio.

---

141   Na seção anterior (521a), Cálicles havia convidado Sócrates para entrar na política.
142   Mesmo advérbio usado por Píndaro nos vv. 104-5.
143   Por meio dos artifícios da retórica.
144   Aqui, Éaco.

II.
ΘΗΡΩΝΙ ΑΚΡΑΓΑΝΤΙΝΩΙ
ΑΡΜΑΤΙ
(476)

Α' Ἀναξιφόρμιγγες ὕμνοι,
τίνα θεόν, τίν' ἥρω-
α, τίνα δ' ἄνδρα κελαδήσομεν;
ἤτοι Πίσα μὲν Διός· Ὀ-
5   λυμπιάδα δ' ἔστα-
σεν Ἡρακλέης
ἀκρόθινα πολέμου·
Θήρωνα δὲ τετραορίας
ἕνεκα νικαφόρου
10   γεγωνητέον, ὄπῑ
δίκαιον ξένων,
ἔρεισμ' Ἀκράγαντος,
εὐωνύμων τε πατέρων
ἄωτον ὀρθόπολιν·

—

145 Os hinos são "citaragógicos", isto é, eles conduzem ("-agogo", como em "demagogo", "mistagogo" etc.) a cítara porque, para os gregos da época de Píndaro, o texto poético das canções, que hoje chamaríamos de "letra", governava e determinava a música, e não o contrário, como começará a acontecer ao final do período clássico, gerando a revolta de poetas como Prátinas que, no fr. 1B PMG, reclama do "barulho" da assim chamada Nova Música. Diz ele: τὰν ἀοιδὰν κατέστασε Πιερὶς βασίλειαν· ὁ δ' αὐλὸς ὕστερον χορευέτω, καὶ γάρ ἐσθ' ὑπηρέτας ("A [Musa] Piéria consagrou a Canção como rainha. Que o Aulos dance atrás dela, pois é seu servo").

146 Já foi apontado por muitos que talvez Píndaro tenha tentado criar uma figura sonora com as palavras THeón, hEROa, tíNA a fim de evocar o Thḗrōna do v. 8. Não há como se ter certeza de que essa tenha sido, de fato, a intenção do poeta, mas o leitor irá notar, à medida que for lendo as odes e os fragmentos, que Píndaro é dado a tais jogos fôni-

2.
Para Terão de Ácragas
pela quadriga
(476)

I
    Ó Citaragógicos hinos,[145]
    que deus, que herói,
        que varão celebraremos?[146]
    Pisa,[147] por certo, é de Zeus.
5
        Os Jogos Olímpicos
        Héracles fundou
    como primícias de guerra,
    e Terão, pela quadriga
        vitoriosa, há de ser
10
    celebrado.[148] Na reverência
        com os hóspedes, justo.
    A coluna de Ácragas,
    arrimo da cidade e fina flor
        de renomados ancestrais,

---

cos, que chamaríamos de paronomásia. Nesse caso, de qualquer forma, é impossível reconstruir o efeito em português. A abertura dessa ode inicia uma composição em anel: que deus? Zeus; que herói? Héracles; que varão? Terão. Da mesma forma, o poema se encerra com uma pergunta, cuja resposta, outra vez é "Terão", fechando as duas pontas do epinício. Esse recurso poético, ainda que não inventado por Píndaro, será imitado já na antiguidade romana por Horácio (*Carmina* 1.12.1-3), *Quem virum aut heroa lyra vel acri / Tibia sumis celebrare, Clio? / Quem deum?"* ("Que varão ou herói, com a lira ou a aguda / Tíbia ordenas celebrar, Clio? / Que deus?).

147 Ver nota ao v. 28 da O. 1.

148 Eis aqui, em outras palavras, o tema do *khréos*, o dever do poeta em louvar os grandes feitos.

15   καμόντες οἳ πολλὰ θυμῷ
        ἱερὸν ἔσχον οἴκη-
            μα ποταμοῦ, Σικελίας τ' ἔσαν
        ὀφθαλμός, αἰὼν δ' ἔφεπε
            μόρσιμος, πλοῦτόν
20   τε καὶ χάριν ἄγων
        γνησίαις ἐπ' ἀρεταῖς.
        ἀλλ' ὦ Κρόνιε παῖ Ῥέας,
            ἕδος Ὀλύμπου νέμων
        ἀέθλων τε κορυφὰν
25   πόρον τ' Ἀλφεοῦ,
            ἰανθεὶς ἀοιδαῖς
        εὔφρων ἄρουραν ἔτι πα-
            τρίαν σφίσιν κόμισον

—

        λοιπῷ γένει. τῶν δὲ πεπραγμένων
30   ἐν δίκᾳ τε καὶ παρὰ δίκαν
            ἀποίητον οὐδ' ἄν
        Χρόνος ὁ πάντων πατὴρ
            δύναιτο θέμεν ἔργων τέλος·
        λάθα δὲ πότμῳ σὺν εὐδαίμονι γένοιτ' ἄν.
35   ἐσλῶν γὰρ ὑπὸ χαρμάτων
            πῆμα θνᾴσκει παλίγκοτον δαμασθέν,

)—

Β'   ὅταν θεοῦ μοῖρα πέμπῃ
        ἀνεκὰς ὄλβον ὑψη-

---

149 O rio Ácragas, que dá nome à cidade.
150 Zeus, filho de Crono e Reia, também chamado "Cronida" ou "Crônio".
151 Olímpia, que fica no que se pode chamar, com certa licença poética, de um banco de terra entre os rios Cladeu e Alfeu.
152 Isto é, Terão e sua descendência. Píndaro, como o leitor irá perceber, mormente usa demonstrativos para se referir aos seus patronos, que presumivelmente estariam presentes durante a performance do epinício.

15	os quais, muito n'alma penando,
	sagrada moradia
	    do rio[149] obtiveram. Eram, da Sicília,
	o luminar. E a vida seguiu
	    o predestinado curso,

20	trazendo riqueza e graça às suas ínsitas virtudes. Mas, ó Crônio, Filho de Reia,[150] que do Olimpo o assento tens, ao mais alto dos jogos

25	e o vau do Alfeu,[151]
	    placado por canções,
	mostra-te propício, e os pátrios
	    campos para esses[152] guarda

	da futura geração. Dos feitos,

30	com justiça ou à margem da justiça,
	    obrados, nem mesmo
	o Tempo,[153] de tudo o pai,
	    poderia desfazer o efeito.[154]
	Mas o olvido, sob numinosa sina, pode advir,

35	pois domado sob afortunado júbilo, fenece, renitente, o sofrimento,
II	quando quer que, de um deus, a Moira,[155] alta lance sublime a dita.

---

153 Personificado aqui pela primeira vez.
154 A complexidade da sintaxe procura mimetizar a complexidade de efeitos que uma única ação pode ter ao longo do tempo, como uma pedra que produz inúmeras ondas em um lago. *Télos* significa "fim" do ponto de vista do resultado, mas "efeito" do ponto de vista do processo.
155 Personificação do papel que é fixado a cada um na hora do nascimento. Em grego, literalmente quer dizer "Parte".

λόν. ἕπεται δὲ λόγος εὐθρόνοις
40   Κάδμοιο κούραις, ἔπαθον
                αἳ μεγάλα· πένθος
                δὲ πίτνει βαρύ
            κρεσσόνων πρὸς ἀγαθῶν.
            ζώει μὲν ἐν Ὀλυμπίοις
45   ἀποθανοῖσα βρόμῳ
            κεραυνοῦ τανυέθει-
                ρα Σεμέλα, φιλεῖ
                δέ νιν Παλλὰς αἰεί
            {φιλέοντι δὲ Μοῖσαι}
            καὶ Ζεὺς πατήρ, μάλα φιλεῖ
50   δὲ παῖς ὁ κισσοφόρος·
—

            λέγοντι δ' ἐν καὶ θαλάσσᾳ
            μετὰ κόραισι Νηρῆ-
                ος ἁλίαις βίοτον ἄφθιτον
            Ἰνοῖ τετάχθαι τὸν ὅλον
55   ἀμφὶ χρόνον. ἤτοι
                βροτῶν γε κέκριται
            πεῖρας οὔ τι θανάτου,
            οὐδ' ἡσύχιμον ἁμέραν
                ὁπότε παῖδ' ἀελίου
60   ἀτειρεῖ σὺν ἀγαθῷ

156 Isto é, que se assentam em belos tronos, um epíteto típico de deusas, cf. Safo, fr. 1 Voigt, em que Afrodite é invocada como *poikilóthrona*, isto é, do "trono multicolorido".
157 Sêmele, Ino, Agave e Autonoé. Ver a introdução a esta ode para o mito.
158 Verso excedente atetizado (isto é, marcado como espúrio) por Aristófanes de Bizâncio (Σ 48c), mas tradicionalmente mantido nas edições e traduções de Píndaro e isolado entre {}.
159 Dioniso, deus associado com a hera, uma planta sempre-viva que simboliza sua inesgotável vitalidade.

>   Exemplo disso: a história das belítronas[156]
> 40   filhas de Cadmo,[157] que enormidades
>   sofreram, mas a dor
>   pesada cedeu
>   anteposta a grandes bênçãos:
>   uma vive entre os Olímpios,
> 45   abatida pelo brado
>   do corisco, a longícoma
>   Sêmele. Preza-a
>   Palas por todo sempre,
>   {prezam-na ainda as Musas}[158]
>   e o Pai Zeus também, mas mais a preza
> 50   seu filho, o Hederígero.[159]
>
>   E contam que também no mar,
>   entre as salitrosas filhas
>   de Nereu,[160] uma existência imperecível
>   a Ino[161] foi dada para todo
> 55   o sempre. Em verdade,
>   aos *mortais*, demarcado
>   não está, da Morte, um termo,[162]
>   e nem, sereno, aquele dia,
>   um filho do Sol, quando,
> 60   com inconspurcado bem,

---

160 Isto é, as nereidas. Ver Hesíodo, *Teogonia* 240 s.
161 Ino; para o mito, ver a introdução a esta ode.
162 Passagem ambígua no contexto da ode. O "termo da morte" que não está demarcado pode ser entendido tanto como o dia em que vamos morrer, nesse sentido sendo equivalente ao *thanátoio télos* homérico (*Il.* 3.309, por exemplo), de mesmo sentido, ou "uma fronteira da morte", no sentido de que a morte, na verdade, não existiria, continuando a vida no além-túmulo. A primeira interpretação é a mais aceita pelos comentadores.

```
                τελευτάσομεν·
                ῥοαὶ δ' ἄλλοτ' ἄλλαι
                εὐθυμιᾶν τε μέτα καὶ
                    πόνων ἐς ἄνδρας ἔβαν,
—
65              οὕτω δὲ Μοῖρ', ἅ τε πατρώϊον
                τῶνδ' ἔχει τὸν εὔφρονα πότμον,
                    θεόρτῳ σὺν ὄλβῳ
                ἐπί τι καὶ πῆμ' ἄγει
                    παλιντράπελον ἄλλῳ χρόνῳ·
70              ἐξ οὗπερ ἔκτεινε Λᾶον μόριμος υἱός
                συναντόμενος, ἐν δὲ Πυ-
                    θῶνι χρησθὲν παλαίφατον τέλεσσεν.
)—
Γ'              ἰδοῖσα δ' ὀξεῖ' Ἐρινύς
                ἔπεφνέ οἱ σὺν ἀλλα-
75                  λοφονίᾳ γένος ἀρήϊον·
                λείφθη δὲ Θέρσανδρος ἐρι-
                    πέντι Πολυνείκει,
                    νέοις ἐν ἀέθλοις
                ἐν μάχαις τε πολέμου
80              τιμώμενος, Ἀδραστιδᾶν
```

163 Note como a metáfora do rio, aqui, está conectado com o rio do v. 17 donde os acragantinos, depois de muito trabalho, tiraram sua sobrevivência e construíram a cidade. Nesse verso, a menção ao rio precede a história dos Labdácidas, ancestrais dos Emenidas.

164 A estirpe de Terão, os Emenidas.

165 Édipo.

166 Região onde se localizava o oráculo de Delfos. Pito (*Pythṓ*) era a região em que o famoso oráculo de Delfos se encontrava. Este, de acordo com o *Hino homérico a Apolo* 338 s., fora erguido no local onde Apolo Delfínio teria matado a cobra Píton (*Pýthōn*) e aí deixado seu corpo apodrecer (*pýthō*).

167 Ver a introdução a esta ode para o mito dos Labdácidas. Notar como o mito ilustra a gnoma que o precede: nem Laio, saindo aquele dia do palácio, sabia que encontraria seu assassino no caminho, nem Édipo, que cumpriria o oráculo de que tentava escapar.

>   nos finaremos,
>   mas rios,[163] em alternância,
> de satisfação como também
> de penas aos homens vêm.

65
>   Dessa forma, a Moira, que, paterno,
>   desses[164] o auspicioso destino guarda,
>   a uma divina dita
>   algum dano ainda soma,
>   adverso, noutro tempo.

70
>   Daí porque o fatídico filho[165] matou Laio
>   ao encontrá-lo, e, em Pito[166]
>   vaticinado, o arcaico dito[167] ele cumpriu.

III
>   Tendo-o visto, a olhaguda Erínia[168]
>   abateu com o fratricídio

75
>   sua belígera progênie.
>   Mas Tersandro foi deixado
>   pelo caído Polinices,[169]
>   e nos jogos juvenis
>   e nas batalhas da guerra,

80
>   foi honrado. À casa de Adrasto,[170]

---

168 As Erínias eram responsáveis por vingar os crimes de assassinato contra o próprio sangue. Eram na verdade três deusas: Alecto ("Obstinada"), Megera ("Rancor") e Tisífone ("Vingadora"). Segundo Hesíodo, *Teogonia* 183-7, haviam nascido das gotas de sangue do pênis decepado de Crono que caíram na Terra (Gaia) e seriam, portanto, irmãs dos Gigantes e das ninfas Freixo. Segundo Ésquilo (*Eumênides* 307-27), seriam mais antigas, filhas da Noite primordial.
169 Para o mito, ver a introdução a esta ode.
170 Porque vingou a morte de Egialeu, filho de Adrasto, morto por Laodamas, filho de Etéocles, durante a segunda expedição contra Tebas que, ao contrário da primeira, teve sucesso.

θάλος ἀρωγὸν δόμοις·
ὅθεν σπέρματος ἔχον-
τι ῥίζαν· πρέπει
τὸν Αἰνησιδάμου
85   ἐγκωμίων τε μελέων
λυρᾶν τε τυγχανέμεν.

—

Ὀλυμπίᾳ μὲν γὰρ αὐτός
γέρας ἔδεκτο, Πυθῶ-
νι δ' ὁμόκλαρον ἐς ἀδελφεόν
90   Ἰσθμοῖ τε κοιναὶ Χάριτες
ἄνθεα τεθρίππων
δυωδεκαδρόμων
ἄγαγον· τὸ δὲ τυχεῖν
πειρώμενον ἀγωνίας
95   ἀφροσυνᾶν παραλύει.
ὁ μὰν πλοῦτος ἀρεταῖς
δεδαιδαλμένος
φέρει τῶν τε καὶ τῶν
καιρόν, βαθεῖαν ὑπέχων
100   μέριμναν ἀγροτέραν,

—

ἀστὴρ ἀρίζηλος, ἐτυμώτατον
ἀνδρὶ φέγγος· εἰ δέ νιν ἔχων

---

171   Os Emenidas, a estirpe de Terão, que traçavam sua descendência até Tersandro. Para mais detalhes, ver a introdução a esta ode.
172   Os versos são como setas atiradas da lira, que é comparada a um arco pela forma como é tangida.
173   Os Jogos em Delfos eram conhecidos como Píticos; os do istmo de Corinto, Ístmicos. Sobre isso, ver a introdução geral.
174   Xenócrates, que vencerá nos Jogos Píticos de 490 e nos Ístmicos de 476 ou 470 com a quadriga, ensejando as odes *P.* 6 e *I.* 2.
175   Aqui, no sentido primitivo de quem "divide a mesma sorte" (HOUAISS, *s.v.*). Os es-

foi o broto redentor.
Daquela semente tiram[171]
sua raiz. É justo
que o filho de Enesídamo,
85 c' os encômios e as canções
das liras seja alvejado.[172]

Pois em Olímpia ele mesmo
obteve o galardão; e em Pito
e no Istmo,[173] ao seu irmão[174] consorte[175]
90 as Graças que lhes são comuns,
flores da quadriga
dodecaguiada,[176]
lhe trouxeram. O vencer,
quando se é testado, das contendas
95 as preocupações dissolve.
A riqueza, se de virtudes
ornamentada,
faz, de uma coisa ou outra,
a oportunidade, e alta suscita
100 uma ambição rapaz,

conspícua estrela é,[177] e o mais veraz
luminar a um homem, se o que a possui

---

cólios dão múltiplas explicações, entre as quais a mais plausível é a que diz que o adjetivo serve para explicar que os cavalos vencedores seriam os mesmos e que os irmãos teriam dividido o custo de sua criação. Notar o contraste com a "belígera progênie" de Édipo no v. 75, isto é, os irmãos Etéocles e Polinices. Na próxima ode, os dois irmãos serão comparados aos inseparáveis gêmeos Tindaridas, Cástor e Pólux.

176 A distância a ser percorrida na corrida de quadriga era de 12 voltas no hipódromo. Sobre isso, ver a seção a respeito dos *agônes* na introdução geral.

177 Cf. com proêmio da O. 1 em que o ouro, vértice de toda riqueza, é comparado a um fogo na noite.

```
                    τις οἶδεν τὸ μέλλον,
                ὅτι θανόντων μὲν ἐν-
105              θάδ' αὐτίκ' ἀπάλαμνοι φρένες
                ποινὰς ἔτεισαν, τὰ δ' ἐν τᾷδε Διὸς ἀρχᾷ
                ἀλιτρὰ κατὰ γᾶς δικά-
                ζει τις ἐχθρᾷ λόγον φράσαις ἀνάγκᾳ·
)—
Δ'              ἴσαις δὲ νύκτεσσιν αἰεί,
110             ἴσα δ' ἐν ἀμέραις ἅ-
                λιον ἔχοντες, ἀπονέστερον
                ἐσλοὶ δέκονται βίοτον,
                οὐ χθόνα ταράσσον-
                τες ἐν χερὸς ἀκμᾷ,
115             οὐδὲ πόντιον ὕδωρ
                κενεὰν παρὰ δίαιταν, ἀλ-
                λὰ παρὰ μὲν τιμίοις
                θεῶν, οἵτινες ἔχαι-
                ρον εὐορκίαις,
120             ἄδακρυν νέμονται
                αἰῶνα· τοὶ δ' ἀπροσόρα-
```

178 Começa aqui a seção escatológica do mito. Sobre o tema, ver a introdução a esta ode. Toda essa seção parece ter servido de inspiração para que Platão compusesse, no *Górgias* 523a s., o relato soteriológico apresentado por Sócrates, para onde remeto o leitor interessado em mais detalhes.
179 Ver a introdução a esta ode para um comentário sobre as "almas inermes".
180 Segundo CATENACCI *et al.* 2013: 402 no comentário a esse verso, *arkhá* ("reino") seria uma alusão à divisão relatada por Possidão na *Il.* 15.185 s. e corresponderia, no caso de Zeus, ao reino da terra. No entanto, nessa passagem da *Ilíada*, Possidão expõe uma divisão diferente: a Zeus coube o céu e as nuvens; a Possidão, o mar; e a Hades, o submundo. Em comum, todos teriam a Terra e o Monte Olimpo: γαῖα δ' ἔτι ξυνὴ πάντων καὶ μακρὸς Ὄλυμπος ("A Terra [coube,] em comum, a todos, e o alto Olimpo"). Parece-me, contudo, que aqui se fala da soberania de Zeus enquanto rei (*basileús*) escolhido pelos outros deuses após a derrota de Tufão, como nos informa Hesíodo na *Teogonia* 881-5. Essa soberania, obviamente, não conhecia limites. O de-

	conhece o porvir,[178] que,
	dentre os que morrem, aqui,
105	de pronto, os espíritos inermes
	as penas pagam,[179] mas neste reino de Zeus[180]
	os crimes sob a terra os julga
	alguém,[181] com dira compulsão sentenciando.

IV	Mas em noites iguais, sempre,
110	e igualmente em dias,
	do sol gozando,[182] desafainada
	os justos ganham uma existência:
	nem o solo perturbando
	com a flor do braço,[183]
115	nem a água marinha,[184]
	por uma vã sobrevivência.
	Mas, junto aos honrados pelos
	deuses, todos que se alegraram
	em fiéis juramentos,
120	ilacrimado um evo
	colhem. Os outros inencarável

---

monstrativo (ἐν τᾷδε), por outro lado, parece estabelecer, antes do que uma limitação das esferas de influência divina, um contraste com a *arkhá* anterior, aquela de Crono.

181 Segundo WILLCOCK 1995: 155, provavelmente Hades, e não Minos, o Juiz proverbial do mundo dos mortos. Cf. Ésquilo, *Suplicantes* 230-1, κἀκεῖ δικάζει τἀπλακήμαθ', ὡς λόγος, / Ζεὺς ἄλλος ἐν καμοῦσιν ὑστάτας δίκας ("e lá [no Hades], dizem, as ofensas julga / um outro Zeus entre os apenados, ulterior juízo").

182 Três são as interpretações: (a) os dias e as noites são iguais na Ilha dos Beatos, onde as almas gozam de um eterno verão; (b) o sol brilha dia e noite; (c) dias e noites estão invertidos no mundo dos mortos em relação ao mundo dos vivos, uma visão descrita no *Treno* 7 (fr. 129): "Para eles, brilha a força do sol / lá embaixo, quando aqui é noite".

183 Isto é, a mão.

184 Ou seja, nem precisam cultivar searas, nem pescar.

τον ὀκχέοντι πόνον.

—

ὅσοι δ' ἐτόλμασαν ἐστρίς
ἑκατέρωθι μείναν-
125   τες ἀπὸ πάμπαν ἀδίκων ἔχειν
ψυχάν, ἔτειλαν Διὸς ὁ-
δὸν παρὰ Κρόνου τύρ-
σιν· ἔνθα μακάρων
νᾶσον ὠκεανίδες
130   αὖραι περιπνέοισιν· ἄν-
θεμα δὲ χρυσοῦ φλέγει,
τὰ μὲν χερσόθεν ἀπ' ἀ-
γλαῶν δενδρέων,
ὕδωρ δ' ἄλλα φέρβει,
135   ὅρμοισι τῶν χέρας ἀνα-
πλέκοντι καὶ στεφάνους

—

βουλαῖς ἐν ὀρθαῖσι Ῥαδαμάνθυος,
ὃν πατὴρ ἔχει μέγας ἑτοῖ-
μον αὐτῷ πάρεδρον,

185 Píndaro silencia (como deve, numa ode celebratória), acerca da pena dos mortos, um assunto pouco auspicioso, mas o adjetivo *aprosóratos*, que os escólios glosam como "algo que alguém são suportaria [olhar], terrível" (121a), "inencarável (*aproóratos*) e inimaginável (*aprosdóketos*), para o que não se é capaz de olhar diretamente (*proideîn*)" (121b), "temível, para o que ninguém ousa olhar diretamente" (121e), é suficientemente eloquente.

186 Ou seja, três sobre, e três sob a terra, seis voltas ao todo, sendo que a passagem à Ilha dos Beatos se dá diretamente do mundo dos mortos após o julgamento final, como em Platão, *Fedro* 249b.

187 O escoliasta (123a) comenta que apenas aqueles que tivessem cumprido as três encarnações sem se manchar com qualquer crime poderiam adentrar o reino de Crono, passando pela torre que se erguia das muralhas que o cercavam, presumivelmente ao lado do portão de entrada. Segundo outros (127a; 127b), Píndaro usa "torre" como metonímia para "cidade" ou "muralha".

188 Os Campos Elísios (cf. *Od.* 4.563; Íbico, fr. 291 PMGF), onde os deuses de outrora e os beatíficos mortos repousavam no além-túmulo.

uma punição suportam.¹⁸⁵

        Todos que ousaram, por três vezes
        em cada lado,¹⁸⁶ manter
125   distante de qualquer injustiça
        a alma, perfizeram, de Zeus,
          a via junto à torre
        de Crono.¹⁸⁷ Lá, a Ilha
        dos Beatos¹⁸⁸: oceânicas
130   brisas à sua volta sopram,
        flores de ouro ardem,
        que para o chão pendem
          de esplêndidas árvores;
        outras, a água as nutre,
135   e delas os braços com guirlandas
          entrelaçam e coroas,¹⁸⁹

        nos retos conselhos de Radamanto,¹⁹⁰
        que o Grã Pai,¹⁹¹ pronto, tem junto de si
          por auxiliar, o esposo

---

189 Enálage com o sentido do verbo *plékō*, "trançar" e "entrelaçar": eles *trançam* guirlandas e coroas de flores com as quais também *entrelaçam* os braços.

190 Radamanto era filho de Zeus e Europa, irmão de Minos e Sarpédon. Foi rei de Creta, tendo criado um conjunto de leis que mais tarde serviu de modelo para toda a Grécia. Ao morrer, devido à sua retidão, Zeus encarregou-lhe de ser juiz dos mortos no Hades, ao lado de seus irmãos Minos e Éaco. "Conselhos" nessa passagem é ambíguo: pode se referir tanto às ordens de Radamanto, sob as quais os beatos vivem, ou pode significar também que esses, transformados em *daímones*, o ajudariam no julgamento das almas dos mortos, uma hipótese proposta pelos escólios 137b; c.

191 Crono, não Zeus. O escólio nos informa que Aristarco teria corrigido *pósis* (nom.), "esposo", por *pósios* (gen.), "do esposo", e acrescentado *paîs* ao texto, de modo a ler "o Filho onipotente do esposo de Hera", isto é, Zeus. Uma leitura recusada com razão por Dídimo e, posteriormente, também rejeitada pelos comentadores bizantinos e as edições modernas.

140   πόσις ὁ πάντων Ῥέας
             ὑπέρτατον ἐχοίσας θρόνον.
         Πηλεύς τε καὶ Κάδμος ἐν τοῖσιν ἀλέγονται·
         Ἀχιλλέα τ' ἔνεικ', ἐπεὶ
             Ζηνὸς ἦτορ λιταῖς ἔπεισε, μάτηρ·
)—

Ε'   ὃς Ἕκτορα σφᾶλε, Τροίας
         ἄμαχον ἀστραβῆ κί-
             ονα, Κύκνον τε θανάτῳ πόρεν,
         Ἀοῦς τε παῖδ' Αἰθίοπα.
             πολλά μοῖ ὑπ' ἀγκῶ-
150   νος ὠκέα βέλη
         ἔνδον ἐντὶ φαρέτρας
         φωνάεντα συνετοῖσιν· ἐς
         δὲ τὸ πὰν ἑρμανέων
         χατίζει. σοφὸς ὁ πολ-
155   λὰ εἰδὼς φυᾷ·
         μαθόντες δὲ λάβροι
         παγγλωσσίᾳ κόρακες ὣς
             ἄκραντα γαρύετον

—

192 Reia é frequentemente identificada com Cibele, a Grande Mãe, ou a Mãe dos Deuses, da qual Píndaro foi um grande devoto, e daí, possivelmente, a proeminência que recebe nesses versos. Como nota CATENACCI et al. 2013: 406, no Hino órfico 27.5 (à Mãe dos Deuses), é dito que ela "ocupa o trono no meio do mundo" (κατέχεις κόσμοιο μέσον θρόνον).
193 Pai de Aquiles com Tétis, uma nereida, ela é a "mãe" que será mencionada no verso seguinte.
194 Irmão de Europa e ancestral dos Tebanos.
195 No entanto, na Odisseia 11.467, Aquiles vai para o Hades, entre as sombras sem memória dos mortos. No poema perdido Etiópida, ele é conduzido por Tétis para a Ilha Branca (Leukḗ) no mar Negro, segundo Proclo em sua Crestomatia 172 SEVERYNS.
196 Filho de Possidão e Arpaleia. Foi morto por Aquiles quando os troianos tentavam impedir o desembarque dos Aqueus em Troia de acordo com o relato de Proclo na Crestomatia 80 SEVERYNS. Não deve ser confundido com o filho de Ares de mesmo nome mencionado por Píndaro na O. 10.15.

OLÍMPICA 2

140   de Reia,¹⁹² que, de tudo acima,
          altíssimo um trono ocupa.
       Peleu¹⁹³ e Cadmo¹⁹⁴ contam-se entre esses,
       e Aquiles,¹⁹⁵ graças à mãe, que,
          de Zeus, o coração dobrou com preces.

V   Aquiles, que abateu Heitor, de Troia
       a inelutável, a inamovível
          coluna, e a morte trouxe a Cicno,¹⁹⁶
       e, da Aurora, ao etíope filho.¹⁹⁷
          Muitas são-me as setas¹⁹⁸
150   velozes sob o braço,
       que estão dentro da aljava,
       vozeantes aos expertos, mas,
          para o resto, de intérpretes
       se carece.¹⁹⁹ Poeta é quem muito
155   sabe de nascença.²⁰⁰
          Rixosos, os que aprenderam,
       como corvos em algazarra,
          em dupla²⁰¹ inânias grasnam

---

197 Mêmnon, filho de Aurora e Titono. Morto por Aquiles em retribuição à morte de Antíloco.
198 Essa transição brusca do mito para a ocasião é uma característica do estilo austero e, particularmente, de Píndaro e recebeu, na filologia alemã, o nome de *Abbruschsformel*, "fórmula de ruptura". Normalmente Píndaro a utiliza para dar a entender, como aqui, que poderia ainda discorrer muito longamente sobre o mito se quisesse, mas que nem o tempo curto da canção nem o fastio (*kóros*) da audiência lhe permitiriam.
199 O epinício é um *aînos* – é preciso ser inteligente e refinado tanto para criá-lo quanto para entendê-lo.
200 Eis aqui o tema da *phyá*, o talento nato, que será contraposto ao pedantismo dos "dois corvos" que só sabem copiar o que aprenderam (*mathóntes*) e, como na *O.* 9.152-5, roubar daqueles que têm talento.
201 Os escólios antigos (157a) identificam os dois corvos com Simônides de Ceos e Baquílides, possíveis adversários poéticos de Píndaro na corte de Terão e Hierão. O próprio Píndaro seria a águia. Tendo a concordar com essa leitura, convencido pelo

              Διὸς πρὸς ὄρνιχα θεῖον·
160   ἔπεχε νῦν σκοπῷ τό-
                  ξον, ἄγε θυμέ· τίνα βάλλομεν
              ἐκ μαλθακᾶς αὖτε φρενὸς
                  εὐκλέας ὀϊστοὺς
                  ἱέντες; ἐπί τοι
165   Ἀκράγαντι τανύσαις
              αὐδάσομαῖ ἐνόρκιον
                  λόγον ἀλαθεῖ νόῳ,
              τεκεῖν μή τιν' ἑκατόν
                  γε ἐτέων πόλιν
170   φίλοις ἄνδρα μᾶλλον
              εὐεργέταν πραπίσιν ἀ-
                  φθονέστερόν τε χέρα

—

              Θήρωνος. ἀλλ' αἶνον ἐπέβα κόρος
              οὐ δίκᾳ συναντόμενος, ἀλ-
175   λὰ μάργων ὑπ' ἀνδρῶν
              τὸ λαλαγῆσαι θέλων
                  κρύφιόν τε θέμεν ἐσλὸν κακοῖς
              ἔργοις· ἐπεὶ ψάμμος ἀριθμὸν περιπέφευγεν,
              καὶ κεῖνος ὅσα χάρματ' ἄλ-
180   λοις ἔθηκεν, τίς ἂν φράσαι δύναιτο;

argumento de GENTILI *et al.* 2013: 50-51: "Não há nenhum motivo para descartar essa interpretação; ao contrário, a análise do texto e a reconstrução do contexto a valorizam. (...) Como pensar, para dar apenas um exemplo, que, então há poucos anos e dedicado ao mesmo destinatário, Hierão, seja casual e genérica, no *Epinício* 3 de Baquílides, a ressonância densa de temas específicos e motivos já cantados por Píndaro para o príncipe siracusano, tais como o fogo, o *exemplum* de Creso, o papel de Apolo como salvador das chamas, a impossibilidade de recuperar o vigor do cor-

contra a diva ave de Zeus.
160   O arco agora à mira deita,
        eia coração! Quem alvejaremos
    deste ânimo amigo, de novo
        bem-afamadas flechas
    tirando? Sobre ti,
165   Ácragas, tesando o arco,
    anunciarei num juramento
        com uma intenção veraz:
    Gerar não vai, em cem anos
        ao menos, cidade alguma,
170   um homem aos amigos
    de mais benfazejo intento
        ou com mão mais generosa

    que Terão. Mas no louvor pisa o fastio,[202]
    que não se casa com a justiça, mas,
175   sob varões ensandecidos,
    quer abafar com a lereia
        e ocultar um nobre feito com torpes
    obras. Mas, se inumeráveis são os grãos d'areia,
    e aquele o mesmo tanto a outros
180   deu de alegrias, quem contá-las poderia?

---

    po (v. 88 s.), a reivindicação de falar a quem sabe entender (v. 85), o paradigma da excelência do éter, água e ouro (v. 86)? Ainda que reelaborando materiais comuns, analogias assim tão pontuais, concentradas em poucos anos e numa canção destinada a um único e mesmo auditório, não poderiam não acordar a memória poética, e por assim dizer, crítica do público".
202 O tema do fastio (kóros) como limitante do louvor irá aparecer frequentemente nas odes, por vezes acompanhado do tema da inveja (phthónos).

Ολυμπιονίκαις III | Olímpica 3

Segundo os escólios, a vitória olímpica de Terão na quadriga em 476 teria lhe sido reportada – ou, alternativamente, teria se dado –, durante a Teoxenia (*Theoxenía*), que era uma festa tipicamente dórica na qual se recebiam os Tindaridas, isto é, os filhos de Tíndaro: Castor, Pólux e Helena como hóspedes (*xénoi*)[203] num baquete público festivo (*thalía*). De uma maneira semelhante aos rituais da Umbanda e do Candomblé brasileiro, na Teoxenia, uma mesa era reservada a esses deuses, sobre a qual se colocava o que chamaríamos de "comida de santo", e, dessa forma, os deuses e heróis eram entretidos e recebidos com todas as honras da hospitalidade, que em grego se diz *xenía*.

Os Tindaridas também descendiam de Zeus e, por isso, são muitas vezes apostrofados como "Dióscuros" (*Diòs koûroi*, "filhos de Zeus"), já que numa das versões do mito, Zeus, na forma de um cisne, teria seduzido Leda, a esposa de Tíndaro, a qual, algum tempo depois, teria colocado dois ovos: de um teriam nascido Cástor e Helena, e, de outro, Pólux (ou Polideuces) e Clitemnestra. Cástor e Pólux envolvem-se numa vendeta com seus primos, os filhos de Afareu, Idas e Linceu, que começa pelo rapto das Leucípides, isto é, as filhas gêmeas de Leucipo ("Cavalo Branco"), Febe e Hilária, que haviam sido prometidas aos Afáridas. Por causa disso, Idas e Linceu posteriormente conseguem, por meio de uma trapaça, tomar-lhes um rebanho de bois. Ao tentar recuperá-lo, Cástor é ferido mortalmente por Idas, mas Pólux pede a Zeus para compartilhar da imortalidade com o irmão, o que lhe é concedido e, dessa forma, eles passavam uma parte do ano no Hades (ou na sua tumba, em Terapne, uma cidade perto de Esparta, *Pítica* 9.1-4) e a outra entre os deuses do Olimpo. Píndaro conta o mito de sua morte na *Nemeia* 10,[204] em cuja introdução o leitor poderá encontrar mais detalhes.

---

203 Para mais detalhes sobre a vitória e contexto histórico, ver a introdução à *O.* 2.
204 No relato de Píndaro, eles passariam dias alternados entre o Hades e o Olimpo.

Helena tem um papel pequeno, mas importante nessa ode: o seu culto na ilha de Rodes, de onde os ancestrais de Terão teriam vindo para fundar Ácragas,[205] era um dos mais importantes da Grécia.[206] Cástor e Pólux, por outro lado, eram exímios cavaleiros e costumavam ser representados cavalgando potros brancos, sendo por isso também invocados como "Alvipotros" (*Leukópōloi*). Cástor, particularmente, também era domador de cavalos, ao passo que Polideuces era um pugilista inigualável. Por causa disso, sempre estiveram associados às corridas de cavalos e ao pugilismo e daí serem invocados nesta ode que celebra uma vitória hípica. De fato, como vimos na introdução geral, na linha de partida do Hipódromo em Olímpia havia um altar aos Gêmeos[207] e, como veremos nesta ode, após a apoteose de Héracles, foram eles que ficaram responsáveis pela tutelaria dos Jogos. É essa conexão com o filho de Anfitrião, ademais, que dá azo para que Píndaro adentre a seção mítica da ode, na qual irá nos contar a etiologia do uso de coroas de oliveira em Olímpia para coroar os atletas vencedores. A devoção fraternal entre os Dióscuros serve, nesta ode, como paradigma mítico para o relacionamento de Terão e Xenócrates.

O MITO

O mito desta ode conecta o terceiro trabalho de Héracles, a caçada à cerva[208] da Cerineia, com o relato de refundação dos Jogos Olímpicos por Héracles, que Píndaro irá contar em detalhes na *Olímpica* 13: a introdução da oliveira na Grécia e o seu uso para confeccionar as coroas dos vencedores olímpicos.

A cerva da Cerineia era assim chamada por habitar as margens do rio Cerinites – ou, alternativamente, do monte Cerineu, donde esse rio descia, na divisa entre a Arcádia e a Acaia. Existia ainda, perto daí, uma cidade com aquele mesmo nome que fora visitada por Pausânias (7.25.5)

---

205 Ver a introdução à *O.* 2.
206 VERDENIUS 1987: 7.
207 Pausânias 5.15.5-6.
208 Ver a nota ao v. 52 desta ode.

em suas viagens. Segundo Calímaco,[209] Ártemis, em sua primeira caçada, encontrara, às margens do rio Anauro, na Parrésia,[210] um grupo de cinco cervas de cornos de ouro, desproporcionalmente grandes, "maiores que touros" (v. 102), e, capturando-as, teria atrelado quatro delas à sua carruagem, deixando apenas uma escapar para além do rio Celádon, já na região do monte Cerineu, a fim de que, pela sugestão de Hera, fosse um futuro trabalho (*aéthlios*) para Héracles (v. 108).

No entanto, de acordo com a versão seguida por Píndaro nesta ode, essa cerva fora outrora a ninfa Taígete, uma das Plêiades, filhas de Atlas e Plêione,[211] que, para fugir da perseguição de Zeus, pedira à deusa Ártemis para que a socorresse, tendo essa a transformado em uma cerva com chifres de ouro e pés de bronze, que podia correr mais rapidamente que qualquer outro predador ou caçador sem jamais se cansar. Apolodoro, que aparentemente traz a versão mais canônica do mito, assim descreve a caçada à corsa da Cerineia:

> τρίτον ἆθλον ἐπέταξεν αὐτῷ τὴν Κερυνῖτιν ἔλαφον εἰς Μυκήνας ἔμπνουν ἐνεγκεῖν. ἦν δὲ ἡ ἔλαφος ἐν Οἰνόῃ, χρυσόκερως, Ἀρτέμιδος ἱερά· διὸ καὶ βουλόμενος αὐτὴν Ἡρακλῆς μήτε ἀνελεῖν μήτε τρῶσαι, συνεδίωξεν ὅλον ἐνιαυτόν. ἐπεὶ δὲ κάμνον τὸ θηρίον τῇ διώξει συνέφυγεν εἰς ὄρος τὸ λεγόμενον Ἀρτεμίσιον, κἀκεῖθεν ἐπὶ ποταμὸν Λάδωνα, τοῦτον διαβαίνειν μέλλουσαν τοξεύσας συνέλαβε, καὶ θέμενος ἐπὶ τῶν ὤμων διὰ τῆς Ἀρκαδίας ἠπείγετο. μετ' Ἀπόλλωνος δὲ Ἄρτεμις συντυχοῦσα ἀφῃρεῖτο, καὶ τὸ ἱερὸν ζῷον αὐτῆς κτείνοντα κατεμέμφετο. ὁ δὲ ὑποτιμησάμενος τὴν ἀνάγκην, καὶ τὸν αἴτιον εἰπὼν Εὐρυσθέα γεγονέναι, πραΰνας τὴν ὀργὴν τῆς θεοῦ τὸ θηρίον ἐκόμισεν ἔμπνουν εἰς Μυκήνας.

A terceira prova (*âthlon*) de que foi encarregado era trazer a cerva Cerinite ainda viva para Micenas. A cerva estava na região de Énoe, era auricórnea e sagrada para Ártemis e, por isso, desejando capturá-la, mas sem matá-la ou feri-la mortalmente, Héracles correu atrás dela por um ano inteiro. Depois

---

209 *Hino a Ártemis* (3), 98 s. PFEIFFER.
210 Região sudeste da Arcádia.
211 Apolodoro 3.10.1,3 s.

que a besta se cansara, devido à perseguição, procurou refúgio no monte Artemísio e, de lá, foi em direção ao rio Ládon, onde Héracles, flechando-a quando ela se preparava para cruzá-lo, veio a capturá-la. Logo em seguida, colocando-a sobre os ombros, partiu apressado da Arcádia. Ártemis, porém, na companhia de Apolo, veio ao seu encontro e ameaçou lhe tomar o animal, censurando-o por tentar matá-lo. Mas ele, dizendo-se constrangido pela necessidade e colocando a culpa em Euristeu, conseguiu amansar a ira da deusa e levou a besta ainda viva para Micenas.

Na versão de Píndaro, Héracles teria capturado a cerva sem qualquer tipo de violência, utilizando-se apenas de sua inventividade, vindo a persegui-la até o país dos hiperbóreos, onde o animal finalmente se cansara.[212] Teria sido lá, e não na Arcádia, como no relato de Apolodoro, que Ártemis teria vindo recebê-lo a fim de impedir que capturasse o animal. Talvez Píndaro desejasse contrapor essa versão a outra, representada provavelmente em Eurípides (*Herc.* 376), segundo a qual ele teria matado a cerva para propiciar Ártemis. FARNEL 1961: 28 aventa a possibilidade de os vv. 53-54 aludirem a um culto arcádico a Taígete que preservaria, no templo de Ártemis em Énoe, entre a Arcádia e a Argólida, os chifres do animal com um inscrição semelhante à da ode.

A história é narrada por meio de uma composição em anel que faz sentido do ponto de vista de uma *audiência* (ainda mais uma familiarizada com o mito), ainda que pareça complicada para um leitor moderno. Na narrativa pindárica, uma palavra leva a outra, numa associação lógica que é típica da literatura oral. Por exemplo, o relato do mito é ensejado pela menção às coroas de ramos de oliveira selvagem portadas pelos vencedores olímpicos, as quais são descritas por Píndaro como símbolo visível de uma obrigação (*khréos*) invisível, instituída (*theodmáton*) pelo (já agora) deus Héracles ao fundar os Jogos Olímpicos.

---

212 Uma versão também corroborada por Diodoro Sículo 4.13.1 ao dizer que πλὴν ἄνευ βίας καὶ κινδύνων διὰ τῆς κατὰ τὴν ψυχὴν ἀγχινοίας τὸν ἆθλον τοῦτον κατειργάσατο ("sem qualquer tipo de violência ou ameaça, e somente por meio da esperteza de sua alma, conseguiu realizar essa prova").

Porém, na medida em que, pela tradição representada no relato de Apolodoro (2.5), Héracles só irá fundar os Jogos Olímpicos *após* o seu quinto trabalho, que é a limpeza dos estábulos do rei Augias, e, dado o fato de que Píndaro diz expressamente que, à época em que vai até o povo Hiperbóreo, o herói já os havia fundado (vv. 33-9), podemos deduzir que o episódio dos vv. 24-46 é independente e anterior àquele dos vv. 46-60. Ou seja, na versão de Píndaro, Héracles viaja duas vezes até à Hiperbórea: a primeira atrás da cerva da Cerineia, quando vê as oliveiras pela primeira vez e fica estupefato com sua beleza; a segunda quando, percebendo que o hipódromo de Olímpia era castigado pelo sol, delas se lembra e decide ir buscá-las, obtendo as mudas das árvores daquele povo pela palavra, e não pela força, como talvez fosse o caso no mito original.[213] Aqui, devemos supor que o mesmo se dera com a cerva da Cerineia: Héracles teria convencido Ártemis a lhe dar o animal, em vez de tomá-lo pela força ou pela violência.

Píndaro estrutura a narrativa mítica por meio de uma série de cortes cinematográficos operados por advérbios e partículas, em vez de fazê-lo por meio de tempos verbais, aos quais prefere colocar no aoristo, um aspecto do verbo que, em grego, denota uma ação passada sem referência a uma ordem temporal. O leitor, então, precisa estar atento a essas marcas.

Num primeiro momento, para fazer a transição da ocasião ao mito, ele posiciona a palavra "oliveira" quase no final do epodo da primeira tríade, no v. 24, e, por meio de um pronome relativo e de um advérbio (*tàn poté*, "que, outrora,...")[214] faz o corte para o momento em que Héracles obtém a oliveira dos Hiperbóreos. Essa cena, no entanto, precisa de explicação. A delimitação cronológica inicia-se com o v. 33, *édē gàr*, "Já, pois...", que nos remete ao momento imediatamente anterior à obtenção

---

213 DORNSEIFF 1921: 126. Assim também, GILDERSLEEVE 1886, VERDENIUS 1987, GENTILI et al. 2013 e outros.
214 Uma típica técnica de transição em Píndaro, em que *poté* ("outrora", "um dia" etc.) quase sempre marca a transição da ocasião ao mito e *kaì nûn* ("e agora"), o movimento contrário.

da oliveira, quando Héracles já havia fundado os Jogos, mas ainda não havia partido para buscar as mudas das árvores entre os Hiperbóreos.

Logo em seguida aos versos que dão a causa de sua viagem, temos o *dḕ tóte*, "por isso então" (v. 45), que é seguido pela reminiscência da primeira viagem do herói, demarcado temporalmente pelo advérbio *eûte*, "quando" (v. 50): Héracles lembra-se das árvores que vira entre os Hiperbóreos ao perseguir a cerva Cerineia. Dessa forma, devemos ler o v. 58, *nin glykỳs hímeros éskhen*, "doce desejo o tomou", como um corte de volta ao episódio que finalizara no v. 45, *póreuen thymòs hórma*, "seu ânimo o impeliu a ir...". Em seguida, a composição em anel se encerra com a menção das Olimpíadas e o poeta volta ao contexto da performance com o *kaì nûn*, "e agora..." do v. 61.

Antes de sua apoteose para o Olimpo, onde receberá Hebe (a Juventude) em casamento e irá se tornar um deus, Héracles passa a Cástor e Pólux a responsabilidade de cuidar dos Jogos Olímpicos. Havia, de fato, no hipódromo em Olímpia um altar dedicado aos Dióscuros ao lado daqueles de Possidão Hípico e Hera Hípica.[215] Na *Nemeia* 10.51 s., tanto eles quanto Héracles e Hermes Enagônios (isto é, "das Competições") serão identificados como deidades tutelares das competições atléticas. Esta é a última viagem do homem que se tornou herói e do herói que se tornou deus, um paradigma para o próprio Terão que, logo depois de sua morte seria elevado à categoria de herói pátrio de Ácragas e receberia um culto local.

---

215 Pausânias 5.15.5.

III.
ΤΩΙ ΑΥΤΩΙ
ΑΡΜΑΤΙ
ΕΙΣ ΘΕΟΞΕΝΙΑ
(476)

Α' Τυνδαρίδαις τε φιλοξείνοις ἁδεῖν
καλλιπλοκάμῳ θ' Ἑλένᾳ
κλεινὰν Ἀκράγαντα γεραίρων εὔχομαι,
Θήρωνος Ὀλυμπιονίκαν
5 ὕμνον ὀρθώσαις, ἀκαμαντοπόδων
ἵππων ἄωτον.
Μοῖσα δ' οὕτω ποι παρέστα
μοι νεοσίγαλον εὑρόντι τρόπον
Δωρίῳ φωνὰν ἐναρμόξαι πεδίλῳ

10 ἀγλαόκωμον· ἐπεὶ χαίταισι μὲν
ζευχθέντες ἔπι στέφανοι

216 "De bela coma" ou "cabeleira", um epíteto tradicional de deusas e heroínas.
217 O tempo verbal (aoristo, no grego) não se refere à canção anterior, mas à performance que irá se seguir. Os escólios (5b) já notavam que o verbo é retirado do campo semântico da estatuária. Cf. o proêmio da O. 6, da N. 5 e I. 1.46. Horácio irá usar uma metáfora semelhante no terceiro livro de suas Odes 30.1: *Exegi monumentum aere perennius*, "um monumento erigi, mais perene que o bronze".
218 Muito discutido desde os escólios, a que o "novemfolha", um unicismo, se referiria, as principais hipóteses são: (a) à novidade de musicar um epinício com o aulos, além da lira (o mesmo tipo de acompanhamento recorre, porém, na O. 7.21-4); (b) ao fato de que a canção é, ao mesmo tempo, um epinício a um mortal e um hino de louvor aos Tindaridas para a festa da Teoxenia; (c) ao mito, que atribui a introdução da oliveira na Grécia a um dos trabalhos de Héracles; (d) a uma possível diversidade métrica, musical e/ou coreográfica; (e) apenas uma pretensão do poeta, que costuma alardear sua inventividade também em outras odes. O adjetivo é formado por

3.
Para o mesmo
pela quadriga
na teoxênia
(476)

I   Aos hospitaleiros Tindaridas agradar
        e à pulcrícoma[216] Helena,
     cantando a ínclita Ácragas, por isso rezo.
     Da vitória olímpica de Terão
5   o hino tendo erigido;[217] dos indefessípedes
     cavalos, a fina flor.
     A Musa em algo me assistiu
        ao descobrir novemfolha[218] um jeito
     de à Dória sandália[219] harmonizar a voz

10   rutilante do cortejo. Pois coroas
        trançadas às cabeleiras[220]

---

neo-, com o mesmo sentido do sufixo "novi-" em português, e *sigalóeis*, cujo sentido primitivo é "luzente", "esplendente" tanto por ser algo novo, recém-feito (no caso de roupas), quanto recém-polido ou que tenha recebido o acabamento final, no caso de objetos. Interpreto o composto como um *bahuvrihi* que significa "novíssimo", "novo em folha" (como preferi traduzir, num composto por aglutinação), semelhante ao alemão *Funkelnagelneu*. Os escólios (8a-e) também glosam, ainda que *obscurum per obscurius*, como *neopoíkilon*, que deve significar "recém-pintado", referindo-se, por exemplo, à pintura final policromática que estátuas e altos-relevos recebiam ao serem finalizados.

219 Referência ao ritmo dessa ode, derivado de metros enóplio-epítritos, identificado com a lírica de origem dórica.

220 O plural é universalizante, e não se refere às coroas dos comastas, os que celebravam a vitória, ou dos coreutas que possivelmente a executavam.

πράσσοντί με τοῦτο θεόδματον χρέος,
φόρμιγγά τε ποικιλόγαρυν
καὶ βοὰν αὐλῶν ἐπέων τε θέσιν
15   Αἰνησιδάμου
παιδὶ συμμεῖξαι πρεπόντως,
ἅ τε Πίσα με γεγωνεῖν· τᾶς ἄπο
θεόμοροι νίσοντ' ἐπ' ἀνθρώπους ἀοιδαί,

—

ᾧ τινι κραίνων ἐφετμὰς
20   Ἡρακλέος προτέρας
ἀτρεκὴς Ἑλλανοδίκας γλεφάρων
Αἰτωλὸς ἀνὴρ ὑψόθεν
ἀμφὶ κόμαισι βάλῃ γλαυ-
κόχροα κόσμον ἐλαίας, τάν ποτε
25   Ἴστρου ἀπὸ σκιαρᾶν παγᾶν ἔνεικεν
Ἀμφιτρυωνιάδας,
μνᾶμα τῶν Ὀλυμπίᾳ κάλλιστον ἀέθλων,

)—

Β'   δᾶμον Ὑπερβορέων πείσαις Ἀπόλ-
λωνος θεράποντα λόγῳ·
30   πιστὰ φρονέων Διὸς αἴτει πανδόκῳ

---

221 O aulos era um tipo de instrumento de sopro de palheta dupla semelhante ao *duduk* armênio ou ao nosso oboé, mas normalmente era tocado em pares por um mesmo auleta, daí figurar quase sempre no plural. A tradução por "flauta", normalmente encontrada em algumas traduções mais antigas, é incorreta. O leitor interessado poderá ver todo o processo de fabricação de um aulos e como o instrumento soava nos canais do YouTube *Aulos Collective* (@auloscollective1023), no do professor da Universidade de Oxford Armand d'Angour (@Demokritiades) e no de Barnaby Brown (@chehotrao), entre muitos outros.
222 Terão. Ver a introdução à *O*. 2.
223 Região da Grécia onde ficava Olímpia.
224 Porque foi Héracles que refundou e estabeleceu as regras dos jogos.
225 Na verdade, eleio. Os escólios (22a-e) explicam que os eleios também podiam ser chamados de etólios por causa de Óxilo que, sendo o etólio que guiara os Heráclidas para o Peloponeso, teria recebido a região da Élis, onde ficava Olímpia, como recompensa. Sobre isso, ver a introdução geral.

cobram-me este sacramentado penhor:
multíssona a lira com o clangor
dos aulos[221] e o arranjo das palavras
15 ao filho de Enesídamo[222]
conciliar graciosamente:
  é a própria Pisa[223] que me faz cantar, donde
divifadadas canções aos humanos vêm,

a quem quer que, cumprindo, de Héracles
20   os primeiros mandamentos,[224]
o homem etólio,[225] firme Juiz Heleno,
  do alto, sobre a fronte, lance
em volta à cabeleira o glauco
  adorno da oliveira que, outrora,
25 dos umbrosos nascedouros do Istro[226] trouxe,
  o filho de Anfitrião,[227]
belíssimo memento dos Jogos em Olímpia,

II   depois de convencer o povo Hiperbóreo,[228]
   servos de Apolo, pela palavra.
30 De boa-fé,[229] pede ao pan-hospitaleiro

---

226 O rio Danúbio, cuja nascente Píndaro coloca no país dos Hiperbóreos (Σ 25a), para além dos lendários montes Rifeus, como também fazem Ésquilo (TrGF fr. 197), Helânico (FGrH 4F 187) e Apolônio de Rodes (4.287), num local inatingível para os humanos de acordo com o que diz na P. 10.29.
227 Héracles, filho de Zeus, na forma de Anfitrião, e Alcmena.
228 O povo mítico e beatífico que morava numa região paradisíaca além (*hyper-*) do vento do norte, Bóreas. Aí Apolo passava os meses de inverno, ver P. 10.43-56.
229 Tanto "pela palavra" quanto o "de boa-fé" podem representar a tentativa de Píndaro de corrigir uma outra versão do mito, não preservada, na qual Héracles teria obtido as mudas de oliveira pela violência. O primeiro a propor essa possibilidade, posteriormente adotada por muitos pindaristas por ser, a meu ver, bastante plausível, foi HEIMSOETH 1847.

ἄλσει σκιαρόν τε φύτευμα
ξυνὸν ἀνθρώποις, στέφανόν τ' ἀρετᾶν,
ἤδη γὰρ αὐτῷ,
πατρὶ μὲν βωμῶν ἁγισθέν-
35   των, διχόμηνις ὅλον χρυσάρματος
ἑσπέρας ὀφθαλμὸν ἀντέφλεξε Μήνα,

καὶ μεγάλων ἀέθλων ἁγνὰν κρίσιν
   καὶ πενταετηρίδ' ἁμᾶ
θῆκε ζαθέοις ἐπὶ κρημνοῖς Ἀλφεοῦ·
40   ἀλλ' οὐ καλὰ δένδρε' ἔθαλλεν
χῶρος ἐν βάσσαις Κρονίου Πέλοπος.
τούτων ἔδοξεν
γυμνὸς αὐτῷ κᾶπος ὀξεί-
   αις ὑπακουέμεν αὐγαῖς ἀελίου.
45 δὴ τότ' ἐς γαῖαν πορεύεν θυμὸς ὥρμα

Ἰστρίαν νιν· ἔνθα Λατοῦς
   ἱπποσόα θυγάτηρ
δέξατ' ἐλθόντ' Ἀρκαδίας ἀπὸ δει-
   ρᾶν καὶ πολυγνάμπτων μυχῶν,
50 εὖτέ μιν ἀγγελίαις Εὐ-.
ρυσθέος ἔντυ' ἀνάγκα πατρόθεν

230 O Áltis em Olímpia, ver a introdução geral.
231 Isto é, a lua cheia. Porque os Jogos Olímpicos realizavam-se na segunda ou terceira lua cheia depois do solstício de verão. Sobre isso, ver a introdução geral.
232 *Pentaetērís*, um período de cinco anos, porque os gregos contavam o ano inicial; ver a introdução geral.
233 Olímpia, que fica no vale do rio Alfeu, entre as montanhas da Arcádia e o mar jônio.
234 Pélops era filho de Tântalo com a ninfa Pluto, filha de Crono.
235 Terra cítia além do Danúbio, não identificável com a moderna península da Ístria.

luco de Zeus[230] a umbrosa planta
e aos humanos, comunal coroa dos talentos.
Já, pois, sobre ele,
consagrados ao Pai os altares,
35   a meio mês, inteiro, do áureo carro
do crepúsculo, brilhara o olho da Lua,[231]

e dos grandes Jogos a sagrada prova
bem como o quinquenal[232] período
instituíra às perdivinas margens do Alfeu.
40 Mas boas árvores não verdejavam
nas baixas da terra[233] do crônio Pélops,[234]
sem as quais, pareciam-lhe
um horto desnudo, sujeito
a receber os pungentes raios do sol.
45 Por isso, então, seu ânimo o impeliu a ir à terra

da Ístria.[235] Lá, de Latona
a filha cavaleira[236]
o recebera, vindo das serras da Arcádia
e seus rincões multissinuosos,
50 quando a imposição paterna,[237]
por meio das mensagens de Euristeu,[238]

---

236 A deusa Ártemis (Diana), irmã de Apolo. Ambos eram filhos de Zeus e da titã Latona (ou Leto, em algumas grafias), uma divindade primordial associada às trevas da noite.
237 Isto é, de Zeus, o verdadeiro pai de Héracles. A imposição diz respeito ao Doze Trabalhos, necessários para expiar o crime cometido por Héracles, que, num acesso de loucura enviado por Hera, matara toda sua família. Os Trabalhos seriam estabelecidos por seu primo, o rei de Tirinto, Euristeu, filho de Estênelo, mencionado a seguir.
238 Euristeu não dava as ordens diretamente a Héracles, mas por meio de seu servo, Copreu, ver *Il.* 15.639-40, em que seu filho, Perifetes, é morto por Heitor.

        χρυσόκερων ἔλαφον θήλειαν ἄξον-
           θ', ἄν ποτε Ταϋγέτα
        ἀντιθεῖσ' Ὀρθωσίᾳ ἔγραψεν ἱεράν.

)—

Γ'   55   τὰν μεθέπων ἴδε καὶ κείναν χθόνα
           πνοιαῖς ὄπιθεν Βορέα
        ψυχροῦ· τόθι δένδρεα θάμβαινε σταθείς.
        τῶν νιν γλυκὺς ἵμερος ἔσχεν
        δωδεκάγναμπτον περὶ τέρμα δρόμου
    60   ἵππων φυτεῦσαι.
        καί νυν ἐς ταύταν ἑορτὰν
           ἵλαος ἀντιθέοισιν νίσεται
        σὺν βαθυζώνου διδύμοις παισὶ Λήδας.

—

        τοῖς γὰρ ἐπέτραπεν Οὔλυμπόνδ' ἰὼν
    65   θαητὸν ἀγῶνα νέμειν
        ἀνδρῶν τ' ἀρετᾶς πέρι καὶ ῥιμφαρμάτου
        διφρηλασίας. ἐμὲ δ' ὦν πᾳ
        θυμὸς ὀτρύνει φάμεν Ἐμμενίδαις
        Θήρωνί τ' ἐλθεῖν

---

239 A tradução do grego *élaphos* por "corça" é imprecisa já que esse substantivo grego designa os animais do gênero *Cervus*. Para o gênero *Capreolus*, do qual a corça faz parte, o grego preferia o substantivo *dorkás* (cf. Eurípides, *Héracles* 376, que assim a chama, contando, porém, uma versão heterodoxa do mito, na qual Héracles a teria abatido). De qualquer forma, Píndaro faz questão de usar o substantivo no *masculino* (o que daria "cervo", "corço" ou "veado") com aposição do adjetivo "fêmea", *thḗleia*, ainda que o pronome relativo do verso seguinte, *hán*, "a qual", teria desfeito qualquer ambiguidade. Seria uma crítica sutil do poeta à imprecisão da tradição mitológica? De fato, as fêmeas de ambas as espécies, *Cervus* ou *Capreolus*, não têm chifres, o que levou os comentadores, desde o período alexandrino (Σ 52a), a tentar explicar essa aparente inconsistência. De acordo com FRAZER 1921, em sua nota à passagem de Apolodoro 5.2.3, William Ridgeway, um filólogo irlandês, usando esse trecho de Píndaro como evidência, teria proposto que a cerva seria, na verdade, uma rena ou caribu (*Rangifer tarandus*), já que essas têm chifres e são usadas como bestas de tração. No entanto, a explicação que mais me agrada, porquanto respeite a natureza fantástica do mito, é a de Burkert (*apud* CATENACCI *et al.* 2013: 428), segundo a qual,

o auricórneo cervo[239] fêmea fê-lo trazer,
   a qual, outrora, Taígeta[240]
como sacro ex-voto a Ortósia[241] dedicara.

III 55   Seguindo-a, vira também aquela terra
        por detrás dos ventos do gélido
     Bóreas.[242] Imóvel, lá pasmara frente às árvores.
     Por elas, doce desejo o tomou,
     de, em torno à dodecatorneada[243] meta
60   do hipódromo, plantá-las.
     E agora a esta festa
        vem propício, acompanhado dos antidivos[244]
     filhos gêmeos da acinturada Leda,[245]

     aos quais declinou, ascendendo ao Olimpo,
65   dos ilustres Jogos cuidar,
     dos talentos dos homens e dos leves carros
     nas corridas.[246] A mim, de algum modo,
     o ânimo impele-me a dizer que aos Emenidas
     e a Terão acada

---

     após a captura de Héracles, a ninfa Taígete teria reassumido a forma humana e, ao dedicar seu chifre dourado para Ártemis, todas as cervas a partir de então tê-lo-iam perdido.
240 Uma das Plêiades, filha de Atlas e Plêione, filha do Oceano.
241 Ártemis, cultuada na Arcádia sob o epíteto de Ortósia, cujo significado é disputado. Os escólios (54a-b) explicam como sinônimo de "Salvadora" ou, alternativamente, em virtude de ser cultuada no monte Órtio, na Arcadia. Uma Ártemis Órtia era cultuada em Esparta e na Élida, a região onde está localizada Olímpia.
242 Rei dos Ventos e personificação do vento frio que sopra do norte da Europa no inverno.
243 As corridas de carruagem deveriam percorrer doze voltas no hipódromo, ao final do qual havia um poste, chamado "meta" (*térma*) que marcava o local de giro.
244 Isto é, semelhantes aos deuses na forma, na mesma lógica de *antígrafo*, "cópia".
245 Os Tindaridas, Cástor e Polideuces.
246 Um merismo para se referir à totalidade dos jogos: os *agōnes gymnikoí* e os *hippikoí*, sobre os quais, ver a introdução geral.

70   κῦδος εὐίππων διδόντων
           Τυνδαριδᾶν, ὅτι πλείσταισι βροτῶν
           ξεινίαις αὐτοὺς ἐποίχονται τραπέζαις,

—

           εὐσεβεῖ γνώμᾳ φυλάσσον-
              τες μακάρων τελετάς.
75   εἰ δ' ἀριστεύει μὲν ὕδωρ, κτεάνων
              δὲ χρυσὸς αἰδοιέστατος,
           νῦν δὲ πρὸς ἐσχατιὰν Θή-
              ρων ἀρεταῖσιν ἱκάνων ἅπτεται
           οἴκοθεν Ἡρακλέος σταλᾶν. τὸ πόρσω
80   δ' ἐστὶ σοφοῖς ἄβατον
           κἀσόφοις. οὔ μιν διώξω κεινὸς εἴην.

247 Inspirado em Gonçalves Dias, *I-Juca Pirama*, 1.12, "Seu nome lá voa na boca das gentes, / Condão de prodígios, de glória e terror!", assim resolvi traduzir *kŷdos*, que em grego significa o glamour e a força mágica que circunda quem quer que tenha passado pelas provas atléticas e vencido.
248 Cf. *O.* 1.1-5.
249 As Colunas de Héracles eram o limite do mundo conhecido para os gregos e foram erguidas por Héracles durante seu décimo trabalho (os Bois de Geríon) ao chegar a

70   glorioso o condão[247] dos alfarazes
      filhos de Tíndaro, que, dos mortais,
      mais os visita com mesas de oferendas,

      guardando com piedoso intento
         os ritos dos Beatos.
75   Se, por um lado, a água excele e, das riquezas,
         reverentíssimo é o ouro,[248]
      agora Terão, desde sua casa
         aos confins chegando das virtudes, toca
      nas Colunas de Héracles.[249] O que jaz além
80   é impérvio aos sábios e aos não
      sábios.[250] Não o perseguirei – tolo seria.

Tartesso, a hodierna região da Andaluzia, na Espanha. Uma das colunas foi erguida na rocha de Gibraltar, no lado europeu, e a outra, em Ceuta, no lado africano.
250 Píndaro frequentemente usa a palavra *sophós* com o sentido de "poeta" e é difícil escolher o significado aqui. Nem o poeta irá além no seu relato nem um homem sábio deveria querer ir além de onde o filho de Zeus foi, o que não seria apenas uma leviandade, mas também uma forma de *hýbris*, ímpia presunção.

Ὀλυμπιονίκαις IV | Olímpica 4

As *Olímpicas* 4 e 5 são duas odes relativamente curtas e monostróficas, isto é, contendo apenas uma única tríade, dedicadas ao mesmo vencedor Psáumis, filho de Ácron, de cuja existência mais nada sabemos, exceto o que Píndaro nos conta nesses dois poemas.

A cidade de Psáumis, Camarina, localizava-se na ponta sudeste da ilha da Sicília, distante cerca de 112 km a oeste de Siracusa, entre os rios Oanes, no sul, e Híparis, ao norte, e fora fundada por Siracusa em 598, tendo, porém, se rebelado não muito tempo depois, em 522, contra a sua metrópole, com a ajuda dos sículos. Ela foi então invadida e saqueada por Siracusa que, segundo o escólio (16) a essa ode, a teria arrasado, muito embora o estrato arqueológico não revele uma destruição nessas proporções.[251]

Em 492/1, após a vitória dos gelenses sobre os siracusanos na Batalha do Heloros, seu território foi dado a Hipócrates, tirano de Gela, como resgate pelos prisioneiros siracusanos.[252] Ele teria repovoado (*katôikise*) Camarina uma primeira vez com colonos estrangeiros, segundo Tucídides (6.5.3), que o chama de *oikistés*, isto é o "colonizador" de um novo povoamento. Com a morte de Hipócrates em 485/4, Gelão, que fora seu Chefe de Cavalaria, assume o poder por meio de um golpe e arrasa novamente a cidade (*tò ásty*),[253] transferindo os antigos colonistas, entre os quais deveria estar Psáumis, para Siracusa.[254] Finalmente, em 466, Trasíbulo, o irmão e sucessor de Hierão, é derrubado, e Camarina, provavelmente sob um governo oligárquico, é refundada, ao que tudo indica sob a liderança de Psáumis[255] ou, ao menos, com a ajuda de sua fortuna.

Os escólios e a maioria dos críticos modernos dão essa última re-

---

251 GENTILI *et al.* 2013: 113, n. 115 com bibliografia *ad loc.*
252 Σ 19c = FGrH 556F 15; Heródoto 7.154.3.
253 Ou, como quer BARRET 2007: 39, apenas a sua parte baixa, deixando intacta a acrópole.
254 Heródoto 7.156.2.
255 Suplementando o relato de Tucídides 6.5.3 com o de Diodoro Sículo 11.76.5, que narra os mesmos eventos, podemos deduzir, como aponta CATENACCI *et al.* 2013: 114,

fundação de Camarina como o *terminus post quem*[256] da *Olímpica* 4, situando-a mais precisamente para depois de 461, com três datas já tendo sido apontadas por diferentes autores: na 80ª Olimpíada (460), na 81ª Olimpíada (456)[257] ou, de acordo com o a epígrafe aos escólios da ode,[258] na 82ª Olimpíada (452). Esta última data acabou sendo confirmada pela descoberta do *P. Oxy.* 222,[259] que contém uma lista de vencedores olímpicos, na qual se pode ler *samíou kam[... téthrippon]*,[260] em que *samíou* parece ser uma variante do nome Psáumis e *kam*[...] dificilmente poderia ser outra coisa que não *kammarinaíou*, "camarino".

Nesse caso, a *Olímpica* 4 celebraria uma vitória no *téthrippon*, ou seja, a quadriga,[261] em vez da carreta de mulas, como se pensou por muito tempo em virtude da ocorrência, no v. 19, do termo *ókhea*, que já foi interpretado[262] como se referindo a uma carreta, quando, na verdade, se trata de um termo neutro que significa apenas "veículo", podendo portanto referir-se tanto a uma *hárma* ("carruagem") como a uma *apḗnē* ("carreta"). De fato,

que essa refundação de Camarina após a queda dos Dinomênidas seria uma volta dos exilados, mais do que um repovoamento propriamente dito. Ele diz: μετὰ δὲ ταῦτα Καμάριναν μὲν Γελῷοι κατοικίσαντες ἐξ ἀρχῆς κατεκληρούχησαν ("Depois disso, os gelenses que haviam povoado Camarina desde o início dividiram-na entre si por meio de um sorteio.").

256 A expressão latina *terminus post quem* significa "limite depois do qual" e indica um determinado evento *após* o qual é possível datar um texto. O *terminus ante quem* ("limite antes do qual"), ao contrário, é um evento que permite datar um texto até um determinado ano, mas não depois dele. Nenhum dos *termini* (pl. de *terminus*) se refere a uma data específica, mas apenas determina um intervalo, que pode ser maior ou menor, dentro do qual está o evento, obra ou autor que queremos datar.
257 Respectivamente SNELL-MAEHLER 1980 e BARRET 2007, entre outros.
258 DRACHMANN 1903: 128, Ψαύμαδι Καμαριναίῳ ἵπποις νικήσαντι τὴν ὀγδοηκοστὴν δευτέραν Ὀλυμπιάδα τεθρίππῳ, παιδὶ Ἄκρωνος ("Para Psáumis camarino, tendo vencido na octogésima segunda Olimpíada na quadriga, filho de Ácron").
259 Descoberto por Grenfel e Hunt em 1897, o papiro contém uma lista de vencedores olímpicos dos períodos 480–468 e 456–448. O texto, com comentário, foi publicado em GRENFELL & HUNT: 1898: 85–95, cujo texto pode ser encontrado em <https://archive.org/details/oxyrhynchuspappt02grenuoft>. Data de acesso: outubro de 2022.
260 O *téthrippon* ("quadriga") do suplemento é assegurado pela ordem que as provas são dispostas e recorrem no papiro, o que pode ser visto na primeira coluna, que foi mais bem preservada.
261 *Contra*, BARRET 2007: 40 s.; ver abaixo.
262 Por exemplo, BOECKH 1963: 142, *Sola igitur mulari rheda Psaumis vicerat* ("Portanto, Psáumis venceu apenas com a carreta de mulas").

a imagética do proêmio, que nos mostra Zeus como o auriga do trovão, parece bastante mais adequada à celebração de uma vitória na quadriga do que na carreta de mulas. Infelizmente, a lista do *P. Oxy.* 222 não registra os vencedores na carreta de mulas, provavelmente porque o evento teve uma vida curta no programa olímpico, instituído na 70ª Olimpíada (504), e foi abolido apenas 60 anos depois, na 84ª Olimpíada (444).[263]

O MITO

O mito do argonauta Ergino, referido apenas nesta ode, nos escólios que a comentam e num único fragmento de Calímaco,[264] tem não apenas uma relevância interna, mas também é importante para a datação das *Olímpicas* 4 e 5. Para que possamos entender melhor o argumento, o mito é, resumidamente, o seguinte: as mulheres de Lemnos teriam negligenciado o culto de Afrodite e, por causa disso, a deusa teria feito com que seus maridos as trocassem por escravas trácias, o que as enfurece e as leva a tramar e executar o assassinato de todos os homens da ilha. Hipsípile, no entanto, que era a filha do rei, não fora capaz de matar o próprio pai, Toas, mas, às escondidas, o colocara em uma arca que veio a dar na ilha de Sícino, onde ele acabara sendo resgatado por pescadores.

Quando os argonautas aproam na ilha, a agora rainha Hipsípile é aconselhada a deixá-los entrar na cidade, a fim de que possam ter filhos com aqueles heróis e, assim, assegurar uma geração futura para a ilha. Ela então os convida para participar de jogos fúnebres em honra de seu pai, supostamente morto. É nesse contexto agonístico que Ergino desafia seus companheiros, os filhos de Bóreas, Zetes e Calaís, famosos por sua velocidade, a competir numa corrida – de estádio ou de hoplitas, as fontes divergem. Contra todas as expectativas e o dictério das mulheres de Lemnos, porque parecia mais velho que sua idade devido às prematuras cãs, vence e, ao ir receber a coroa do vencedor, diz as famosas palavras que encerram esta ode.

Alguns comentadores, baseando-se na fala de Ergino (v. 37 s.) e na gnoma que a precede ("a prova é sim, / dos mortais, o vero teste")

---

263 Pausânias 5.9.2.
264 Fr. 668 Pfeiffer: Ἐργῖνος †Κλυμένου† ἔξοχος ἐν σταδίῳ ("Ergino, filho de Clímeno, o melhor no estádio").

argumentam que Psáumis deveria ser ainda jovem por ocasião dessa vitória e que, como Ergino, teria cabelos prematuramente grisalhos, concluindo a partir daí que uma data mais antiga para a *Olímpica* 5 não seria tão provável. CROTTY 1975: 23-24, por outro lado, parece ter tido um entendimento melhor do sentido do mito em relação a essa vitória que, como proporemos na introdução à *Olímpica* 5, teria vindo já no fim da vida de Psáumis. Ele argumenta que

> da mesma forma que homens jovens podem ter cabelos grisalhos, um homem velho pode ter a força de um jovem. Isso equivale a uma definição da verdadeira prova de um homem: não sua aparência física, mas o poder real de execução de suas mãos e a têmpera de seu coração. Dessa forma, seria errado separar esses versos finais das outras partes precedentes da ode.

Outrossim, os escólios a essa ode parecem apresentar versões conflitantes para a razão do deboche das mulheres lêmnias, o que pode indicar uma tradição na qual Ergino, de fato, já era velho o suficiente para ter cabelos grisalhos e não apenas parecia ser velho em virtude deles. Vejamos, em primeiro lugar, a versão mais completa e canônica do mito segundo o escólio 32*c*:

> Um desses [argonautas] era Ergino, novo quanto à idade, mas prematuramente grisalho em seus cabelos, não parecendo ser capaz de competir devido à sua aparência e, por causa de suas cãs, foi ridicularizado e abusado verbalmente pelas mulheres. Mas, por suas ações, mostrou superar os oponentes, os filhos de Bóreas, Zetes e Calaís. Calou então as piadas a respeito de si e, pelo oposto, foi admirado. Por isso, [Píndaro] diz que o teste fez cessar o abuso (*hýbris*) das mulheres de Lemnos contra ele.

O 19*b*, no entanto, diz que a razão do ridículo fora o fato de que Ergino competia *par' helikían*, isto é, *além* da idade adequada para uma prova extenuante como a da corrida de hoplitas. Uma versão corroborada pelo 31*c*, que explica que

> ele já era muito velho quando veio para competir nos Jogos em honra de

Toas. Foi objeto de riso daquelas mulheres por parecer estar além da idade apropriada [...], mas, pelo teste na competição, mostrou [seu valor], depois de vencer na corrida de hoplitas. Por isso, [Píndaro] tomou Ergino como exemplo de Psáumis, *que passou pela mesma situação*. [grifo meu]

Qual situação? Apenas parecer mais velho ou de fato já ter passado da idade considerada adequada para competir? A meu ver, a segunda opção parece a melhor, já que o "parecer estar além da idade" no excerto acima não necessariamente endossa a leitura de que Ergino *apenas* pareceria ser mais velho por causa de suas cãs, não o sendo; mas talvez que, *apesar* de ter uma idade já avançada a ponto de ter cabelos grisalhos, parecia, isto sim, inapto a competir, quando, de fato, não era, pois tinha a mesma força e coragem dos mais novos, segundo o argumento de Crotty citado. O escólio 19e acrescenta que

> Ergino foi ridicularizado pelas mulheres de Lemnos porque, já grisalho, arrogou para si (*espoúdase*) medir-se com os mais novos; venceu porque era grisalho por natureza. Donde fica evidente que o próprio Psáumis já estava grisalho quando competiu.

O que, de novo, não exclui a possibilidade de Psáumis já ter cabelos grisalhos, não por natureza, como Ergino, mas pela idade.

De fato, essa interpretação faria mais sentido também se supusermos que Psáumis, já idoso e voltando para uma cidade que, além de insignificante (como, aliás, o próprio personagem de Ergino dentro da saga dos argonautas), deveria ter sido bastante afetada pelas invasões e destruições passadas. No entanto, em vez de baixar sua cabeça e afundar na obscuridade, vivendo de glórias passadas, decide entrar na competição de corrida de carruagens em Olímpia, a mais aristocrática de todas, e competir ao lado de reis. O deboche não deve ter sido pouco. Ele, no entanto, apesar de ridicularizado por outros competidores, provou, mais uma vez, se considerarmos a datação mais antiga para a *Olímpica* 5, que, de fato, nem a idade nem as vicissitudes pelas quais passara haviam diminuído sua ambição, porque é a prova, e a prova apenas, que, ao fim e ao cabo, dá o verdadeiro teste do valor de um homem.

IV.
ΨΑΥΜΙΔΙ ΚΑΜΑΡΙΝΑΙΩΙ
ΑΡΜΑΤΙ
(452)

Α' Ἐλατὴρ ὑπέρτατε βροντᾶς
     ἀκαμαντόποδος
     Ζεῦ· τεαὶ γὰρ Ὧραι
     ὑπὸ ποικιλοφόρμιγγος ἀοιδᾶς
5   ἑλισσόμεναί μ' ἔπεμψαν
     ὑψηλοτάτων μάρτυρ' ἀέθλων·
     ξείνων δ' εὖ πρασσόντων ἔσαναν
     αὐτίκ' ἀγγελίαν
     ποτὶ γλυκεῖαν ἐσλοί·
10   ἀλλὰ Κρόνου παῖ, ὃς Αἴτναν ἔχεις
     ἶπον ἀνεμόεσσαν ἑκατογ-
         κεφάλα Τυφῶνος ὀβρίμου,
     Ὀλυμπιονίκαν

265 A invocação a Zeus é justificada pelo fato de que as Horas, suas filhas com Têmis, representam as estações do ano, que regiam o calendário grego e, portanto, o ciclo dos Jogos. De acordo com Pausânias 5.11.7, sobre a cabeça da estátua criselefantina de Zeus em Olímpia, Fídias teria esculpido, de um lado, as Graças, que serão mencionadas logo em seguida, e, de outro, as Horas. Segundo Hesíodo, *Teogonia* 901 s., tinham os nomes de Eunomia ("Boa-ordem"), Dice (*Díkē*, "Justiça") e Irene (*Eirēnē*, "Paz"). *Cf. O.* 13.6-11.
266 Enviaram o poeta a Camarina, onde agora chega a notícia da vitória por sua boca. Apesar de GERBER 1987: 12 achar que "não há necessidade de se supor que Píndaro deva ter estado realmente presente nos jogos", tampouco há para que não imaginemos precisamente isso. Na verdade, como já disse na introdução geral, enquanto um compositor de epinícios, seria muito mais difícil imaginar que Píndaro *não* fosse pessoalmente aos grandes jogos pan-helênicos, onde poderia ter contato com as famílias mais ricas e influentes da Grécia. Além disso, estar presente nos Jogos em Olímpia era uma honra e uma oportunidade pela qual as pessoas esperavam, não um obrigação ou um inconveniente, como a filologia anglo-saxã muitas vezes quer nos fazer acreditar.

4.
Para Psáumis de Camarina
pela quadriga
(452)

I   Auriga altíssimo do trovão
            indefessípede,
         Zeus, pois tuas Horas,[265]
         sob a canção da lira multimelodiosa,
5   em seu giro me enviaram
         como testemunha dos Jogos supremos.[266]
         Com o sucesso dos amigos, alegram-se[267]
         de pronto, face ao doce
         anúncio, os homens de bem.
10   Mas, ó Filho de Crono,[268] que o Etna habitas,
         nebuloso gravame do Centi-
            carâneo, violento Tufão,[269]
         ao vencedor olímpico

---

267 Aqui, *saínō*, um verbo que em Píndaro e alhures frequentemente tem o sentido de "refestelar-se".

268 Zeus.

269 O mito é contado por Hesíodo, *Teog.* 820 s. e Apolodoro 1.6.3. Minha tradução do grego *Typhôn* por "Tufão" baseia-se tanto no desenvolvimento etimológico da palavra (cf. DEG, p. 1522, s.v. τύφομαι: *whirlwind, personified Typhon, Typhos*) quanto na passagem de Hesíodo citada acima em que o inimigo de Zeus é descrito como o pai dos ventos tempestuosos: "De Tufão nasce a força dos ventos que sopram úmidos / exceto o Noto, Bóreas e o desanuviante Zéfiro: / esses são de raça divina, aos mortais grande vantagem. / Mas os outros, borrascas que sobre o mar sopram / são procelas que despencam sobre o mar nevoento, / pena grande aos mortais, inchadas de ventos, / vez e outra sopram dispersando as naus / e os marinheiros fazendo perecer, proteção não há de seu mal / para os homens, por elas em alto mar surpreendidos. / Outras ainda pela infinda terra florida / amáveis trabalhos destroem dos terrígenos homens, / de poeira o ar preenchendo e destrutiva tormenta".

δέξαι Χαρίτων θ' ἕκα-
15   τι τόνδε κῶμον,
—

                χρονιώτατον φάος εὐρυ-
                σθενέων ἀρετᾶν.
                Ψαύμιος γὰρ ἵκει
                ὀχέων, ὃς ἐλαίᾳ στεφανωθείς
20   Πισάτιδι, κῦδος ὄρσαι
                σπεύδει Καμαρίνᾳ. θεὸς εὔφρων
                εἴη λοιπαῖς εὐχαῖς· ἐπεί μιν
                αἰνέω, μάλα μὲν
                τροφαῖς ἑτοῖμον ἵππων,
25   χαίροντά τε ξενίαις πανδόκοις,
                καὶ πρὸς Ἡσυχίαν φιλόπολιν
                    καθαρᾷ γνώμᾳ τετραμμένον.
                οὐ ψεύδεϊ τέγξω

270 Filhas de Zeus e Têmis, Aglaia ("Esplendor"), Eufrosina ("Alegria") e Tália ("Abundância").
271 Assim verti a palavra *kômos* em toda tradução. Acredito, como CATENACCI *et al.* 2013: 434, que a palavra mormente significa *il corteggio festoso che canta l'encomio per la vittoria olimpica*. Os escólios em sua maior parte a identificam com o coro que executava a ode, mas essa interpretação, corrente por muito tempo, vem sendo desafiada. Não seria possível discutir a questão em uma breve nota. Remeto o leitor interessado a ECKERMAN 2010, AGÓCS 2012 e BROSE 2016.
272 A luz que vem da quadriga pode ser *khroniōtaton* no sentido de "temporaníssima" ou de "durabilíssima". A primeira faria sentido porque a luz dessa vitória raia já na velhice de Psáumis, se aceitarmos a datação dessa ode para 488, como faço. Seguem essa interpretação MEZGER 1880: 138, GILDERSLEEVE 1886: 164 e CATENACCI *et al.* 2013: 435, entre outros. Ver nota ao verso 39. A segunda opção, já aventada pelo escólio 16a, estaria se referindo à luz da *canção* e a promessa de imortalidade ao *laudandus*, e não ao *kômos*. Assim traduz ROCHA 2018, "durabilíssima", mas nesse caso seria melhor traduzir *kômos* por "canção", não por "cortejo", como sugere GERBER 1987: 16, que é constrangido a essa conclusão por não enxergar a primeira conotação de *khroniōtaton*, comum, ademais, como nota CATENACCI *et al.* 2013 em Homero e na poesia dramática. Uma terceira possibilidade aventada também por CATENACCI *et al.* 2013 é que Píndaro tivesse optado por uma palavra que sugerisse ambas as conotações e, por isso, resolvi traduzir por "demoroso" no superlativo, já que, como

recebe, e, em nome das Graças,²⁷⁰
15   este cortejo,²⁷¹

demorosíssima²⁷² luz de vastipotentes talentos.²⁷³
Do carro²⁷⁴ porque ela vem
de Psáumis, que, coroado com a oliveira
20   em Pisa, um condão anseia
erguer à Camarina. Um deus propício
seja às suas futuras preces. Por isso
o louvo, mui zeloso
na criação de cavalos,
25   alegre numa ampla hospitalidade
e à filópole Tranquilidade
dedicado com um puro intento.
Na mentira não embebo

---

nota o Houaiss (*s.v.* "demorado"), o adjetivo em português pode significar tanto (1) "que permanece por um longo tempo" ou (2) "que chega com atraso, tardio".

273 Perspicaz a observação de Gerber 1987: 16 de que "essas quatro palavras iniciais da antístrofe equilibram as quatro palavras iniciais da estrofe. No v. 1 temos *substantivo-adjetivo-substantivo-adjetivo* ("Auriga Altíssimo do trovão indefessípede"), aqui *adjetivo-substantivo-adjetivo-substantivo* ("demorosíssima luz de vastipotentes virtudes"), sendo o primeiro adjetivo em ambos os versos um superlativo e as duas primeiras palavras de ambos os versos, uma unidade metricamente equivalente. Além disso, nos dois casos, a próxima frase é introduzida por *gár* (γάρ). O paralelismo é uma espécie de composição em anel, completando a invocação e preparando-nos para um novo tópico".

274 O substantivo em grego *ókhos*, pl. *ókhea*, significa simplesmente "veículo", "carro", sem qualquer referência ao tipo, se quadriga ou carreta, no entanto, na O. 6, quando Píndaro quer deixar claro que se trata de uma carreta de mulas, ele assim o faz por meio do verso *sthénos hēmiónon*, "força das mulas" (38), em seguida referindo-se a elas por meio do dêictico *keînai*, "aquelas". Dessa forma, não é verdade, como queria Barret 2007: 41-42, que o termo *ókhos* aqui e *ókkhos* lá possam significar, por si só, "carreta". Uma outra hipótese, não aventada pelos comentadores até onde sei, é que Píndaro pode estar se referindo à *eisélasis* (ver a introdução geral) de Psáumis ao chegar como vencedor em Camarina, o que não seria de surpreender, dada a popularidade das corridas de carretas de mulas na Sicília.

λόγον· διάπειρά τοι
30 βροτῶν ἔλεγχος·

ἅπερ Κλυμένοιο παῖδα
Λαμνιάδων γυναικῶν
ἔλυσεν ἐξ ἀτιμίας.
χαλκέοισι δ' ἐν ἔντεσι νικῶν
35 δρόμον ἔειπεν "Ὑψιπυλείᾳ
μετὰ στέφανον ἰών·
«Οὗτος ἐγὼ ταχυτᾶτι·
χεῖρες δὲ καὶ ἦτορ ἴσον.
φύονται δὲ καὶ νέοις
40 ἐν ἀνδράσι πολιαί
θαμάκι πὰρ τὸν ἁλικίας
ἐοικότα χρόνον».

275 Fórmula de corte (*Abbruchsformel*) + gnoma, uma transição tipicamente pindárica; aqui, da ocasião de volta ao mito. Notar como Píndaro, que antes se apresentava como "testemunha", agora fala de "evidência" (*élenkhos*), a mesma palavra usada nos tribunais para se referir às evidências de um determinado caso.
276 Ergino. Ver a introdução a essa ode para o mito.

o relato: a prova é sim,
30   dos mortais, o vero teste.²⁷⁵

Foi ela que ao filho de Clímeno²⁷⁶
da desonra das mulheres
de Lemnos libertou.
Numa armadura de bronze vencendo²⁷⁷
35   a corrida, disse a Hipsípile,²⁷⁸
ao ir buscar sua coroa:
"Este sou eu em velocidade;
nos braços e coração, igual.²⁷⁹
Mesmo nos varões brotam,
40   'inda jovens, fios grisalhos
antes, muitas vezes, do azado
tempo de suas vidas".²⁸⁰

---

277 Ou seja, na Corrida de Hoplitas. Ver, na introdução geral, a seção sobre os *agônes* para uma descrição das provas olímpicas.
278 Para o mito, ver a introdução a esta ode.
279 Como anota GERBER 1987: 23, "mãos" aqui está para a força física, assim como o "coração", para a coragem.
280 Esta é a única ode a terminar com um mito.

Ολυμπιονίκαις V | Olímpica 5

A datação e, portanto, a ordem no *corpus*, bem como a autoria da *Olímpica* 5, sempre despertaram bastante controvérsia. Com relação à autoria, é preciso que se diga desde já que, apesar de os escólios[281] informarem que essa ode não fazia parte da *edáphia* pindárica, isto é, do texto canônico editado em Alexandria, eles também registram que Dídimo[282] a dava como sendo de Píndaro, o que, a meu ver, é um indício suficientemente forte para dirimir qualquer dúvida quanto à sua autoria, sobretudo porque os principais argumentos contra essa atribuição são baseados em critérios estilísticos altamente subjetivos do que parece ou não parece ser "pindárico" nessa ode.[283]

No que diz respeito à datação, o *terminus ante quem* dessa ode deve ser o ano de 444, quando a corrida de carreta de mulas foi abolida do programa olímpico, como vimos. Contudo, na inexistência de outros indícios e dado o fato de que as listas de vencedores olímpicos, como aquela do *P. Oxy.* 222, não registravam os vencedores nessa prova, a data exata da vitória que ela celebra deve permanecer incerta na ausência de novas descobertas.

Essa aporia já incomodava os comentadores antigos de Píndaro, que tampouco deveriam ter qualquer outra informação sobre essa ode, já que ela fora uma adição tardia ao cânone do poeta e provavelmente apenas seu texto chegara em Alexandria. Um dos escoliastas, por exemplo, talvez em virtude dos vv. 15-6, a atribuía a uma vitória tripla de Psáumis, com a quadriga, o cavalo e a carreta de mulas; outro, apenas na carreta e na

---

281 *Inscr.* Σ *O.* 15, p. 138 DRACHMANN.
282 *Ibid.*, ἐν δὲ τοῖς Διδύμου ὑπομνήμασιν ἐλέγετο Πινδάρου ("mas nos comentários de Dídimo é dita de Píndaro").
283 Como aqueles de BARRET 2007: 47 s., que, apesar de engenhosos e eruditos, não convencem. A maioria dos críticos modernos, entre os quais RACE 1997a e GENTILI *et al.* 2013, não duvida da autoria de Píndaro para essa ode.

corrida de cavalos.²⁸⁴ Ambas as hipóteses, no entanto, ficam definitivamente descartadas à luz do *P. Oxy.* 222, que nos informa que o vencedor da corrida de cavalos na mesma olimpíada em que Psáumis teria ganho com a carruagem teria sido um tal de Píton. Uma outra vitória na quadriga, por outro lado, não aparece registrada nessa mesma lista entre os anos de 480-68 e 456-48. Além do mais a *Olímpica* 5 fala de maneira inequívoca de uma vitória na carreta de mulas (*apḗne*, v. 6).

A solução de BARRET 2007: 39 s. foi considerar que a *Olímpica* 4 se referiria a outra vitória que não aquela de 452, que temos certeza de que foi na carruagem. Tal vitória, ele argumenta, teria sido, como no caso da *Olímpica* 5, na carreta de mulas. Ambas não teriam sido jamais registradas porque, como vimos, esse aparentemente era o costume nas listas de vencedores olímpicos. Além disso, Barret acreditava que a vitória celebrada na *Olímpica* 5 teria se dado *antes* daquela em que Psáumis vencera na quadriga. Dessa forma, ele propunha colocar as vitórias celebradas nessas duas odes na 81ª Olimpíada, em 456, logo após a segunda "refundação" da cidade, o que supostamente estaria em consonância com o *néoikos hédran* do v. 19, que ele interpreta como "refundada sede".

Nessa leitura, as duas odes teriam sido executadas na mesma ocasião – ou, doutra forma, a *Olímpica* 4 poderia ter sido executada ainda em Olímpia e a 5, já em Camarina. No entanto, GENTILI 2013: 100 contra-argumenta dizendo que isso seria bastante atípico já que, nesses casos, a ode composta para ser celebrada na cidade do vencedor, nesse caso a *Olímpica* 5, tende a ser consideravelmente mais longa que a supostamente executada no local dos jogos.²⁸⁵ GENTILI 2013: 115 s., com efeito, propõe uma datação mais antiga para a *Olímpica* 5 e apresenta uma outra versão dos fatos que me parece mais em sintonia com as informações dos escólios e com o próprio textos das duas odes. Ele diz:

---

284 *Inscr. a* e *b* à *O.* 5, pp. 138-9 DRACHMANN.
285 Do que o nosso melhor exemplo são a *O.* 11, mais curta e provavelmente executada *in loco*, e a *O.* 10, mais longa e executada na pátria do atleta.

Três escólios [19a-c] de matriz histórica parecem divergir de todos [os outros] no método e nas conclusões a que chegam e, ao se aterem à expressão νέοικος ἕδρα [néoikos hédra], derivam informações de fontes sicilianas importantes; mais especificamente, do Livro X das *Histórias* de Timeu, que deveria incluir eventos relativos ao primeiro decênio do século V AEC., e do Livro III das *Sikeliká* de Filisto. (...) [N]esses escólios, assume uma evidente relevância a conquista da cidade no tempo de Dario como momento saliente do relato [de Píndaro], e tem-se a nítida impressão (que se torna quase certeza à luz do escólio que deriva de Filisto) que o νέοικος ἕδρα [*néoikos hédra*] pindárico fosse explicado precisamente em relação àquela fase antiga da história da cidade, isto é, em referência à entrada de novos colonos em Camarina na era de Hipócrates. (...) Ademais, do ponto de vista da propaganda [encomiástica], νέοικος [*néoikos*] parece inadequado à situação de 461 a.C., quando os gelenses voltam para se reapropriar da sua *antiga* sede administrativa. E é precisamente aos "novos residentes" a que se deve referir, em linha com o citado no escólio 19a-c, o adjetivo νέοικος [*néoikos*], que, a julgar pela única atestação em Epicarmo, tem o significado de "novos habitantes" e não de "recém-reconstruída", como geralmente se entende, enfatizando-se o aspecto urbanístico da colonização. [grifo do autor]

Com base nisso, ele coloca a *Olímpica* 5 na 73ª Olimpíada, no ano de 488, quatro, apenas, depois da colonização iniciada por Hipócrates, a quem Tucídides (6.5), como vimos, chama apropriadamente de *oikistés*. Nesse sentido, o *néoikos hédra*, agora interpretado de acordo com a leitura proposta acima por Gentili, isto é, "repovoado assento" ou, como preferi traduzir, "renovado assento", faria, de fato, mais sentido, até porque, como já salientado, a segunda refundação foi, na verdade, uma espécie de volta dos exilados a qual dificilmente se poderia qualificar como *néoikos*.

Se Gentili estiver certo, como acredito, a *Olímpica* 5 teria sido composta e executada cerca de 32 anos *antes* da *Olímpica* 4 e provavelmente fora colocada depois desta última apenas por ser uma adição posterior ao *corpus* canônico recebido em Alexandria. Essa cronologia parece fazer mais sentido também a partir do texto das próprias odes.

Por exemplo, se supusermos a data mais antiga para a performance da *Olímpica* 5, a forma como a *néoikos hédra* é aí progressivamente qualificada, a partir de uma total ausência de recursos (*amekhanía*, v. 32; v. 31 na tradução, "da indigência..."),[286] é bastante apropriada. Primeiro, o grupo de colonos é descrito como *stratós*, que, em Píndaro, quer dizer um "destacamento", uma "tropa",[287] mas que carrega também uma conotação bélica importante aqui: por certo a população local não recebera os novos colonizadores de braços abertos. Em seguida, com a ajuda dos recursos locais, a "tropa" evolui para um "povoado de concidadãos" (*dâmon astôn*), presumivelmente quando a população deva ter se organizado para, dominando os nativos, construir a nova cidade. De fato, em Píndaro, *astós* normalmente indica alguém com quem simplesmente se compartilha uma cidade[288] e não implica necessariamente um *status* político. Por último, a ode nos fala de *polítai*, aí sim, integrantes de uma pólis, isto é, habitantes unidos por uma *politéia*[289] ("constituição"). Dificilmente essa evolução, cuidadosamente inserida no texto da ode, poderia ser aplicada para os exilados que retornaram à cidade depois de 461.

Uma data mais antiga para a *Olímpica* 5 faria mais sentido também do ponto de vista da evolução da carreira de Píndaro. Como vimos, Psáumis era um completo desconhecido, e Camarina, uma cidade praticamente sem nenhuma importância, famosa mais em virtude do pântano pestilento formado pela foz do Híparis, ao norte, do que por qualquer outra coisa.[290] A partir da *Pítica* 6 para Xenócrates de Ácragas, datada de 490, parece haver um movimento, por parte de Píndaro, para se

---

286 O que, ademais, dificilmente poderia ser dito para os anos depois de 461.
287 Rumpel, *s.v.* στρατός.
288 Rumpel, *s.v.* ἀστός: *civis, qui eiusdem est urbis et civitatis*.
289 Não necessariamente no sentido aristotélico do termo, mas conotando uma identidade cívica.
290 Esse pântano dera azo, na Antiguidade, ao provérbio μὴ κινεῖ Καμάριναν, ἀκινητός γὰρ ἀμείνων ("não perturbe Camarina, pois [deixá-la] imperturbada é o melhor), equivalente ao nosso "não mexa com quem está quieto". Esse provérbio fora, na verdade, a resposta do oráculo à pergunta dos cidadãos se deveriam drenar o pântano para evitar as doenças que atraía. Não obedecendo à injunção do deus e tendo-o drenado, teriam exposto a cidade aos cartagineses, quando esses a cercaram em 405 e, por causa disso, viram a cidade ser invadida e destruída.

aproximar cada vez mais dos tiranos da Sicília, obtendo encomendas de indivíduos de menor poder, mas que mantinham fortes liames com os tiranos daquela ilha: Xenócrates com Terão, de quem era irmão, e Psáumis com Hipócrates, então tirano de Gela. Os tiranos, no entanto, ainda deveriam preferir encomendar suas odes com o panegirista mais famoso de suas gerações, Simônides de Ceos, o que teria obrigado o nosso relativamente jovem poeta a mostrar seu valor para chamar a atenção dos clientes mais poderosos.

Dentro desse cenário hipotético de emulação, a linguagem extremamente competitiva de Píndaro em algumas dessas odes, especialmente na *Olímpica* 2, como vimos, faria sentido; ao menos se estivermos certos em interpretar essas intromissões da *persona loquens* dessa maneira, como acho que, nesse caso, seja possível. Afinal, como destaca GENTILI 2013: 50,

> Não há nenhum motivo para descartar essa interpretação; ao contrário, a análise do texto e a reconstrução do contexto dão-lhe valor. A vigorosa declaração de poética[291] se insere num quadro mais amplo de referências polêmicas encontradas na produção de Píndaro, de um lado, e de Simônides e Baquílides, do outro.

O fato é que a estratégia de Píndaro de "começar por baixo", se esse foi realmente o caso, não só fazia sentido como iria dar muito certo, já que depois da *Pítica* 6 e, se estivermos corretos com relação à data, da *Olímpica* 5, ele irá compor nada menos que seis odes para os tiranos de Ácragas e Siracusa, as *Olímpicas* e as *Píticas* 1, 2 e 3, datadas de entre 476 e 470. Finalmente, quiçá já no fim da vida de Psáumis, ele retornaria a Camarina para lhe dedicar a *Olímpica* 4, sua última e grandiosa vitória na quadriga. A *Olímpica* 4 também seria o último epinício de que temos notícia para um patrono siciliano.

Estrutural e estilisticamente, ainda, a *Olímpica* 5 se aproxima bastante

---

291   Isto é, *O.* 2.154-9.

de duas odes dessa mesma época, a *Olímpica* 14, a única ode astrófica do *corpus*, dedicada para Asópico de Orcômenos, também datada de 488, e a *Pítica* 7 para Megaclés de Atenas, de 486. Os poucos elementos míticos de ambas, além da história de Ergino, parecem se adequar melhor às datas propostas. Na *Olímpica* 5, a prece (vv. 39-53), que progressivamente se alarga em escopo ao longo das três tríades, primeiro para a ninfa Camarina e depois para Palas Atena, termina com uma imprecação a Zeus para que conceda que a cidade cresça e se adorne com valorosos varões, o que faria sentido numa fase incipiente do assentamento. Da mesma forma, o pedido para que Psáumis possa ter uma velhice saudável, farta de filhos, casaria melhor com um indivíduo ainda jovem. Já na *Olímpica* 4, a menção ao "centicarâneo Tufão", o maior inimigo e a grande ameaça ao reinado de Zeus ao final da guerra contra os titãs, pode ser uma alusão à morte de Trasíbulo em *c.* 465, que permitiu que os antigos colonos que Hiparco instalara em Camarina, e que haviam sido levados por Gelão para Siracusa, voltassem para sua antiga cidade.

Em ambos os casos, no entanto, e ao que tudo indica, os deuses não teriam anuído de imediato, pois um caminho ainda cheio de agruras se estendia frente à cidade e ao nosso atleta, antes que ambos pudessem, finalmente, alcançar a glória: ele com uma vitória na quadriga e a cidade com a volta dos seus antigos habitantes.

V.
ΨΑΥΜΙΔΙ ΚΑΜΑΡΙΝΑΙΩΙ
ΑΠΗΝΗΙ
(488*)

Α' Ὑψηλᾶν ἀρετᾶν καὶ
  στεφάνων ἄωτον γλυκύν
τῶν ἐν Ὀλυμπίᾳ,
  Ὠκεανοῦ θύγατερ,
5 καρδίᾳ γελανεῖ
ἀκαμαντόποδός τ' ἀπήνας δέκευ
  Ψαύμιός τε δῶρα

—

ὅς τὰν σὰν πόλιν αὔξων,
  Καμάρινα, λαοτρόφον,
10 βωμοὺς ἓξ διδύ-
  μους ἐγέραρεν ἑορ-
  ταῖς θεῶν μεγίσταις
ὑπὸ βουθυσίαις ἀέθλων τε πεμ-
  παμέροις ἁμίλλαις,

—

15 ἵπποις ἡμιόνοις τε μοναμπυκί-

---

292 Um asterisco ao lado do ano indica que a data é desconhecida, incerta ou disputada.
293 A ninfa Camarina, padroeira da cidade homônima e apostrofada em seguida, no v. 9.
294 Referindo-se aqui, por metonímia, às mulas, que Simônides de Ceos (fr. 2 POLTERA = 515 PMG / Aristóteles *Rhet.* 1405b23) já chamara de "filhas dos cavalos de pés de vento".
295 Erigidos por Héracles durante a sua refundação dos Jogos e, segundo o escólio 10a-b, dedicados aos pares Zeus e Possidão, Hera e Atena, Hermes e Apolo, Graças e Dio-

5.
Para Psáumis de Camarina
pela carreta
(488*)²⁹²

I   Dos sublimes talentos
      e das coroas de Olímpia,
    a doce e fina flor,
      ó Filha do Oceano,²⁹³
5   com galhardo coração,
    recebe, da indefessípede carreta,²⁹⁴
      como oferta de Psáumis,

    que, tua cidade exaltando,
      nutriz do povo, ó Camarina,
10   aos seis dídimos
      altares²⁹⁵ honrou, nas grandes
      festas dos deuses, com
    sacrifícios bovinos, competições
      quinquídias²⁹⁶ e carreiras

15   de cavalos, mulas e monobrida.²⁹⁷

---

    niso, Ártemis e Alfeu, Crono e Reia, cf. *O.* 3. Não há evidências arqueológicas desses altares no sítio arqueológico de Olímpia.
296 Na época de Píndaro, os Jogos Olímpicos duravam cinco dias. Sobre isso, ver a introdução geral.
297 Monobrida: de uma só brida, referindo-se ao cavalo montado. Ou seja, Psáumis compete em todas as três categorias dos *agônes hippikoí*: corrida de quadriga, carreta de mula e corrida de cavalo montado.

```
               ᾳ τε. τὶν δὲ κῦδος
            ἁβρὸν νικάσαις ἀνέθηκε, καί
            ὃν πατέρ' Ἄκρων' ἐκάρυξε καὶ
               τὰν νέοικον ἕδραν.
) —
Β'   20     ἵκων δ' Οἰνομάου καὶ
               Πέλοπος παρ' εὐηράτων
            σταθμῶν, ὦ πολι-
               άοχε Παλλάς, ἀεί-
               δει μὲν ἄλσος ἁγνόν
     25     τὸ τεὸν ποταμόν τε Ὤανον ἐγ-
               χωρίαν τε λίμναν

            καὶ σεμνοὺς ὀχετούς, Ἵπ-
               παρις οἷσιν ἄρδει στρατόν
            κολλᾷ τε σταδί-
     30        ων θαλάμων ταχέως
            ὑψίγυιον ἄλσος,
            ὑπ' ἀμαχανίας ἄγων ἐς φάος
               τόνδε δᾶμον ἀστῶν·

            αἰεὶ δ' ἀμφ' ἀρεταῖσι πόνος δαπά-
     35        να τε μάρναται πρός
            ἔργον κινδύνῳ κεκαλυμμένον·
```

298 Como dito na introdução geral, os vencedores olímpicos eram anunciados pelo nome próprio, seguido do nome do pai e da sua cidade.
299 Isto é, Olímpia.
300 Provavelmente Atena de Lindos, a deusa tutelar de Gela.
301 Atual Rifriscolaro, próximo à hodierna Camarina, que, na época de Píndaro, estava enquadrada entre esse rio, ao sul, e o Híparis, ao norte; cf. CATENACCI *et al.* 2013: 113.
302 Canais para a irrigação das plantações.
303 Em Píndaro, *stratós* significa principalmente "tropa", "exército", e apenas metaforicamente "povo", "manada", "grupo" (RUMPEL, *s.v.*). O sentido de "tropa" parece ser mais correto aqui em virtude do contraste com *astós* ("citadino") e *polítēs* ("cidadão") dos versos seguintes, em que Píndaro nos mostra a evolução de Camarina,

A ti, um condão de glória
preciso dedicou após vencer,
e a Ácron, seu pai, fez proclamar,[298]
e ao renovado assento.

I 20   Vindo da admirável sede
de Pélops e Enomau,[299]
ó Palas, Coluna
da Cidade,[300] ele canta
tanto o bosque sagrado,
25   quanto o teu rio Oanes,[301] bem como
a lagoa local

e os sacros canais,[302] pelos quais
o Híparis irriga a tropa[303]
e rápido compõe,[304]
30   de firmes leitos nupciais,
um bosque de altos galhos,[305]
da indigência trazendo à luz este
povo de concidadãos.

Sempre por feitos de valor, o esforço
35   e o dispêndio lutam
por um feito envolto em perigo.[306]

---

de um simples assentamento de colonos armados para uma vila e, finalmente, para uma cidade.
304 Discute-se desde os escólios qual seria o sujeito desse verbo, se o rio Híparis ou Psáumis, mas parece-me que o *te* favorece a primeira hipótese.
305 Segundo Dídimo (Σ 27b), porque a madeira para construir as casas era transportada pelo rio de modo rápido e eficiente. O bosque de altos galhos pode tanto ser entendido como as moradias dos camerinos quanto como a árvore genealógica da cidade, uma leitura que se adequaria melhor com a interpretação segundo a qual *thálamos* se referiria aos leitos nupciais dos cidadãos (Σ 30h).
306 Recorre o tema do esforço e da despesa necessários para qualquer tipo de sucesso.

ἠῢ δ' ἔχοντες σοφοὶ καὶ πολί-
ταις ἔδοξαν ἔμμεν.

) —

Γ'   Σωτὴρ ὑψινεφὲς Ζεῦ,
40   Κρόνιόν τε ναίων λόφον
τιμῶν τ' Ἀλφεὸν
εὐρὺ ῥέοντ' Ἰδαῖ-
όν τε σεμνὸν ἄντρον,
ἱκέτας σέθεν ἔρχομαι Λυδίοις
45   ἀπύων ἐν αὐλοῖς,

—

αἰτήσων πόλιν εὐα-
νορίαισι τάνδε κλυταῖς
δαιδάλλειν, σέ τ', Ὀ-
λυμπιόνικε, Ποσει-
50   δανίοισιν ἵπποις
ἐπιτερπόμενον, φέρειν γῆρας εὔ-
θυμον ἐς τελευτάν

—

υἱῶν, Ψαῦμι, παρισταμένων. ὑγί-
εντα δ'εἴ τις ὄλβον
55   ἄρδει, ἐξαρκέων κτεάτεσσι καί
εὐλογίαν προστιθείς, μὴ ματεύ-
ση θεὸς γενέσθαι.

307 O Ida é o monte em Creta em cujo antro (ou caverna) Reia escondeu Zeus de Crono e onde ele foi criado sob a proteção dos Curetas, que batiam suas lanças contra os escudos para abafar o choro do bebê.

Os bem-sucedidos, sábios até
   aos cidadãos, parecem.

III
40

Nubívago Salvador, Zeus,
   que tanto o monte Crônio habitas
quanto honras, do Alfeu,
   o seu largo flume
   e, do Ida, o antro sagrado,[307]
venho, como teu suplicante, cantando
   ao som de lídios[308] aulos,

45

a te pedir que esta cidade
   com ínclitas varonias
ornes. E a ti, olímpio
   vencedor, que, com os cavalos
   de Possidão[309] para sempre
te alegrando, uma velhice possas ter
   leve ao peito até o fim,

50

e de teus filhos, ó Psáumis, ser assistido.
   Se da boa ventura alguém
beber, farto de posses
e coberto de louvores, não tente
   em vão tornar-se um deus.

55

---

308 Uma referência à afinação lídia da canção e não a um tipo específico de aulos.
309 Conta o mito que o cavalo teria nascido do sêmen de Possidão caído sobre uma pedra; cf. BURKERT 2011: 215.

Ολυμπιονίκαις VI | Olímpica 6

Hagésias de Siracusa, filho de Sóstrato, a quem esta ode é dedicada pela vitória na corrida de carreta de mulas, era, ao que tudo indica, amigo e áugure do exército de Hierão, tirano daquela cidade e a quem Píndaro já dedicara, por ocasião da celebração da ode, a *Olímpica* 1 (476) e a *Pítica* 6 (470). Hierão será lembrado ao final desta canção, que, tendo sido executada na cidade de Estínfalo, na Arcádia, provavelmente teria uma segunda performance em Siracusa. Além de áugure, Hagésias deve ter tido uma função proeminente dentro do governo de Hierão já que o escólio (165) à ode nos informa que, quando a tirania fora derrubada naquela cidade em 466, Hagésias foi executado pelos insurgentes. É possível que uma situação de tensão política e alvoroço civil, a que os vv. 170 s. talvez façam alusão, já existisse em Siracusa na época da sua performance original.

Por parte de pai, Hagésias descendia de um dos ramos da famosa estirpe eleia dos Iâmidas, que era a mais importante das quatro famílias de adivinhos que tinham o privilégio de proferir oráculos em Olímpia.[310] No caso dos Iâmidas, o dom da profecia por meio da piromancia e do exame das rachaduras na pele das vítimas sacrificiais queimadas[311] no altar de Zeus fora herdado do herói epônimo Íamo, que, de seu turno, o recebera diretamente de Apolo, seu pai. O mito de Íamo, de que Píndaro é nossa única fonte, será o assunto principal da seção mítica desta ode. Não se deve supor, no entanto, que o relato tenha sido inventado *ad hoc* por Píndaro. Como se pode deduzir dos escólios, ele certamente trabalhava com uma história tradicional que, infelizmente, não nos chegou por meio de outras fontes.

---

310 A dos Clitíadas, dos Melampôdidas e dos Telíadas.
311 Cf. *O.* 8.1-9.

Os Iâmidas detinham, junto com os Clitíadas, a custódia do grande altar de cinzas de Zeus, entre o grande templo e a entrada para o estádio, e eram especializados na profecia bélica. Hagésias, inclusive, acompanhou Hierão em muitas batalhas, auferindo-lhe vantagem por meio de seu dom profético e de sua varonia bélica,[312] daí a comparação com Anfiarau nos vv. 18 s. De acordo com o escólio 8b a esses versos, ele descendia de um dos Iâmidas que, partindo de Olímpia por volta de 735 (não muito depois, portanto, da data de refundação oficial dos Jogos Olímpicos, em 776), fundara, junto com Árquias de Corinto, a própria cidade de Siracusa.

Do lado materno, seus ancestrais eram árcades da cidade de Estínfalo, onde havia um vigoroso culto a Hermes Cilênio. Não se sabe por qual razão a primeira performance da ode acontece nessa cidade. Talvez, como aventa GENTILI 2013: 138, o vencedor tenha aproveitado a oportunidade para visitar seus parentes maternos, antes de retornar para Siracusa. Talvez o festival de Hera *Partheneia* ("Moça"), sobre o qual quase nada sabemos, tenha ensejado não apenas essa visita como também o próprio comissionamento da ode, que, aparentemente, não é executada (ou dirigida, no caso de uma performance coral) pelo próprio Píndaro, mas por um tal de Eneias, que os escólios identificam como sendo o corodidáscalo (*khorodidáskalos*), isto é, o mestre do coro, caracterizado na ode como "correto mensageiro, / cítala das belícomas Musas, doce / cratera de retumbantes canções" (vv. 153-5),[313] o que levou muitos críticos a considerar que Píndaro, não tendo podido ir à celebração em Estínfalo, tivesse enviado uma cópia escrita por intermédio de Eneias, que ficara responsável por treinar o coro local.

No entanto, como argumentei em outro lugar (BROSE 2021b), é mais provável que Eneias, tendo aprendido a canção de cor (e a ensinado ao coro, se for o caso de uma performance coral), a tenha executado sem o auxílio de qualquer cópia escrita. Uma outra hipótese, aventada pelos

---

312 Σ 30c.
313 Ver a nota a esses versos para mais detalhes.

escólios (148a, 149a), é que Píndaro, por ter a "voz fraca" (*iskhnóphōnos*), não treinava seus próprios coros, como os outros poetas líricos, que costumavam ter uma voz potente, faziam, mas, ao invés disso, deixava essa tarefa a cargo de um corodidáscalo, que nesse caso teria sido Eneias.

A datação desta ode, como no caso da *Olímpica* 5, é complicada pelo mesmo fato, isto é, o de que as listas de vencedores olímpicos, aí incluída aquela do *P. Oxy.* 222, não registravam os vencedores na prova de carreta de mulas. Consequentemente, tampouco os escoliastas puderam precisar em qual Olimpíada Hagésias teria vencido, limitando-se a citar o *terminus ante quem*, isto é, a abolição da prova em 440.[314] O verdadeiro *terminus ante quem*, no entanto, deve ser 466, ano da morte de Hierão, da dissolução da tirania na Sicília e, consequentemente, da execução de Hagésias. Ao contrário da *Olímpica* 5, dispomos, para esta ode, de um *terminus post quem*, já que, no v. 162, Hierão é mencionado como sacerdote do culto de Zeus Etnaio e sabemos que a cidade do Etna só fora fundada na 76ª Olimpíada, isto é, em 476/5. Entre essas duas datas, portanto, só restariam duas edições dos Jogos nas quais Hagésias poderia ter vencido, aquela da 77ª (472) ou da 78ª (468) Olimpíada. SCHROEDER 1914 preferia a primeira data, BOECKH 1811/21 a segunda.

GENTILI 2013: 142, por outro lado, baseando-se em evidências internas à própria ode, argumenta que há dois fatores preponderantes para preferirmos a data de 468. Em primeiro lugar, nos vv. 162-3 Píndaro diz que Hierão seria objeto de muitas canções, o que estaria de acordo com o fato de que, nessa data, ele já teria sido celebrado pela *Olímpica* 1, pelas *Píticas* 1, 2 e 3, por um encômio (fr. 124d, 125, 126), por um hiporquema (fr. 105a-b)[315] e por um Castoreio,[316] além dos *Epinícios* 3 e 5 e de um encômio (fr. 20c) de Baquílides. Em segundo lugar, Hierão teria sido vencedor na carruagem em 468, uma prova que certamente

---

314 Σ *O.* 6, *Inscr.* a, p. 153 DRACHMANN, οἱ δὲ χρόνοι τῆς ᾠδῆς οἱ πρὸ τῆς καταλύσεως τοῦ τῆς ἀπήνης ἀγωνίσματος (...) ἄπορον δὲ τὴν πόστην Ὀλυμπιάδα ἐνίκησεν ("A época da ode é de antes da abolição da prova de carreta de mulas (...) e é inviável dizer em qual Olimpíada ele venceu").

estivera constantemente em suas ambições e que sabemos, pelo final da *Olímpica* 1, que Píndaro desejava celebrar, mas que, certamente para sua decepção, fora encomendada a Baquílides. Gentili vê aí a razão dos vv. 148-53, em que o poeta instiga Eneias a mostrar o quão sofisticados eram os beócios em sua arte poética, o que interpreta como um *aînos* para Hierão, que o preterira. Isso faria sentido se pensarmos que o tirano certamente veria uma reperformance da ode em Siracusa.

Apesar disso, o argumento de Gentili, ainda que interessante, não me parece completamente convincente. Com relação ao seu primeiro ponto, o texto da ode não diz de fato que Hierão *sia stato oggetto di numerosi canti*, mas tão somente que "as liras e as danças" o conheciam (*gignốskonti*, v. 162-63), o que pode simplesmente significar que ele era cantado por poetas, sem implicar quantidade ou, doutra feita, que ele era, como aparece caracterizado na *Olímpica* 1, um cultor das artes ou, ainda, ambas as coisas.[317] Em segundo lugar, se Hagésias tivesse sido campeão na carreta de mulas em 472 em Olímpia, mesmo ano em que Hierão ganha na corrida de cavalos,[318] não seria adequado que o seu amigo (e também, apesar disso, seu encarregado) competisse pela atenção na celebração da vitória do rei em Siracusa, e esse pode muito bem ter sido um dos motivos pelos quais a ode para Hagésias é executada em Estínfalo. Enfim, parece-me que não seja possível, apesar de bons argumentos para as duas datas, escolher uma delas como mais ou menos provável.

---

315 Um encômio era uma canção panegírica que não tinha como tema central uma vitória atlética. Ao que tudo indica, um hiporquema era uma canção em que os dançarinos mimetizavam os personagens ou acontecimentos narrados. Sobre o hiporquema, ver ARAÚJO 2013.

316 Mencionado na *P.* 2 e interpretado pelas fontes antigas e alguns críticos modernos como sendo uma canção em separado, de caráter mimético, que teria sido executada logo depois daquela ode. Possivelmente pode ser identificado com o fr. 105a-b. Sobre isso, ver GENTILI *et al.* 1995: xlviii.

317 Ver nota a esses versos.

318 *P. Oxy.* 222. Curiosamente, não há nenhuma ode sobrevivente que celebre essa vitória, o que não implica, obviamente, que ela não tenha sido comissionada a algum poeta.

Como o mito central é contado apenas aqui por Píndaro, não irei comentá-lo nessa introdução, mas acompanharei o leitor durante a narrativa do mesmo, fornecendo elementos necessários e contingenciais nas notas a fim de facilitar sua compreensão e relevância para o restante da ode.

VI.
ΑΓΗΣΙΑΙ ΣΥΡΑΚΟΥΣΙΩΙ
ΑΠΗΝΗΙ
(468*)

Α' Χρυσέας ὑποστάσαντες εὐ-
τειχεῖ προθύρῳ θαλάμου
κίονας ὡς ὅτε θαητὸν μέγαρον
πάξομεν· ἀρχομένου δ' ἔργου πρόσωπον
5   χρὴ θέμεν τηλαυγές. εἰ
δ' εἴη μὲν Ὀλυμπιονίκας,
βωμῷ τε μαντείῳ ταμίας Διὸς ἐν
Πίσα, συνοικιστήρ τε τᾶν κλεινᾶν Συρα-
κοσᾶν, τίνα κεν φύγοι ὕμνον
10   κεῖνος ἀνήρ, ἐπικύρσαις ἀφθόνων
ἀστῶν ἐν ἱμερταῖς ἀοιδαῖς

—

ἴστω γὰρ ἐν τούτῳ πεδί-
λῳ δαιμόνιον πόδ' ἔχων
Σωστράτου υἱός. ἀκίνδυνοι δ' ἀρεταί
15   οὔτε παρ' ἀνδράσιν οὔτ' ἐν ναυσὶ κοίλαις

319 Píndaro começa esta ode traçando uma alegoria entre a construção de um belo palácio e a construção de um epinício. Da mesma forma que aquele deve ter um átrio impressionante, assim também deve ser o proêmio do seu hino. As colunas sotopunham-se à arquitrave, que segurava todo o teto de um edifício. Nos templos e palácios gregos, o átrio era um espaço aberto, antes da porta de entrada. "Tálamo", mais propriamente um leito nupcial, é aqui uma metonímia para "edifício". Aqui, as colunas de ouro são as três qualidades de Hagésias que o tornam alvo inescapável de louvor: ser vencedor olímpico, guardião do altar de Zeus em Olímpia e cofundador de Siracusa. Essa é uma das muitas metáforas arquitetônicas típicas da

6.
Para Hagésias de Siracusa
pela carreta
(468*)

I   Áureas colunas sotopondo
           ao belo átrio de um tálamo,
        como se a um mirífico palácio
        construiremos: da iniciada obra, a fachada
5   deve-se fazer longiluzente.[319]
          Houvesse acaso um vencedor olímpico,
        um guardião para o altar e o mantéu de Zeus
           em Pisa e um cofundador da célebre
           Siracusa,[320] de que hino escaparia
10   um homem tal, reunindo-se com generosos
          concidadãos em amáveis canções?

        Saiba-se, pois, que nesta sandália
          divino tem seu pé
        o filho de Sóstrato.[321] Virtudes livres de risco
15   nem entre guerreiros, nem em cavas naus

---

    linguagem poética de Píndaro, expressa pelas metáforas conceituais O POETA É UM CONSTRUTOR e O POEMA É UMA CONSTRUÇÃO. Os termos em CAIXA-ALTA representam conceitos ou domínios a partir dos quais essas metáforas devem ser entendidas. Para a noção de "conceito" e "domínio" na Linguística e Poética Cognitivas, ver EVANS 2007.
320 Hagésias é os três, como vimos na introdução a esta ode.
321 Isto é, Hagésias se encaixa na descrição imaginada na estrofe anterior como o pé em um calçado de mesmo número.

τίμιαι· πολλοὶ δὲ μέ-
μνανται, καλὸν εἴ τι ποναθῇ.
Ἀγησία, τὶν δ' αἶνος ἑτοῖμος, ὃν ἐν
δίκᾳ ἀπὸ γλώσσας Ἄδραστος μάντιν Οἰ-
20   κλείδαν ποτ' ἐς Ἀμφιάραον
φθέγξατ', ἐπεὶ κατὰ γαῖ' αὐτόν τέ νιν
καὶ φαιδίμας ἵππους ἔμαρψεν.

—

ἑπτὰ δ' ἔπειτα πυρᾶν νεκρῶν τελε-
σθέντων Ταλαϊονίδας
25   εἶπεν ἐν Θήβαισι τοιοῦτόν τι ἔπος·
«Ποθέω στρατιᾶς
ὀφθαλμὸν ἐμᾶς ἀμφότερον
μάντιν τ' ἀγαθὸν
καὶ δουρὶ μάρνασθαι». τὸ καί
30   ἀνδρὶ κώμου δεσπότᾳ
πάρεστι Συρακοσίῳ.
οὔτε δύσερις ἐὼν

322 Píndaro usa *akíndynos* e *tímios* em seus sentidos comerciais, de modo a construir uma metáfora a partir da qual a VITÓRIA é conceitualizada a partir do domínio MERCADORIA PRECIOSA.
323 Aqui recorre o tema do *pónos*, "sofrimento", sempre associado ao sucesso atlético.
324 *Aînos*, no original. Notar o duplo sentido aqui vigente, ao qual aludi na introdução geral, de *aînos* enquanto "discurso exemplar" que se adequa a alguém e também de "discurso de louvor".
325 Oícles, Oiclés, Écles em algumas grafias.
326 As piras de corpos, erguidas presumivelmente defronte a cada um dos portões de Tebas (Σ 23d), deveriam ser dos soldados, não dos comandantes, como nota o escólio 23a e outros, já que Anfiarau desaparecera, Polinices fora condenado a ficar insepulto por Creonte, e Adrasto escapara vivo para Argos em seu cavalo divino (ver nota abaixo). Os únicos comandantes a receberem os ritos fúnebres (pelos atenienses, de acordo com Diodoro Sículo 4.65.7-9 e Eurípides, *Suplicantes* 837 s.) foram Tideu, Capaneu, Partenopeu e Hipomédon. Esse mesmo escólio registra a opinião de Aristarco de que Píndaro aqui reinventava a história à sua maneira (*idiázei*), o que, como vimos, nosso poeta gosta de fazer.
327 Isto é, Adrasto, cujo pai era Talau. Píndaro evoca o último episódio da guerra dos Sete contra Tebas, quando Anfiarau, a ponto de ser golpeado fatalmente nas costas

são caras,³²² mas muitos irão
lembrar-se de algo belo se ganho com labor.³²³
Ó Hagésias, apropriada tenho-te uma loa³²⁴ que,
com justiça, Adrasto de sua língua ao áugure
20 filho de Ecleu,³²⁵ Anfiarau,
dirigiu, depois da terra ter a esse
e aos seus alvos cavalos engolido.

E depois de sete piras de corpos³²⁶ terem sido
consumidas, o filho de Talau³²⁷
25 disse, em Tebas, um tal dito:
"Sinto falta do olho³²⁸
de meu exército, que tanto foi
exímio profeta,
quanto na lança com o guerrear!",
30 o que ao siracusano senhor
deste cortejo também cabe.
A rixas não sendo afeito,

---

por Periclímeno, é tragado pela terra, que se abre a sua frente a mando de Zeus, junto com seus cavalos e o auriga Báton, que pertencia à sua mesma estirpe, a dos Melampôdidas, isto é, descendentes do legendário áugure Melampo de Pilos (Pausânias 2.23.2). As ruínas do Anfiareu, um santuário construído sobre o local onde Adrasto teria desaparecido, ainda existem na Grécia e estão localizadas na antiga cidade de Oropos, a cerca de 37 km a nordeste de Atenas. Píndaro menciona o episódio na *N*. 10.14 s. Adrasto, de seu turno, consegue fugir no seu cavalo divino Árion ("belicoso"), filho de Possidão e Deméter ou, de acordo com outras fontes, uma das Erínias ou, alternativamente, Deméter na forma de uma Erínia. Os corpos dos mortos são deixados insepultos por algum tempo, mas depois reunidos em sete piras, sobre as quais Adrasto, retornando para o funeral, faz o discurso fúnebre citado por Píndaro. O episódio será recontado ainda na *N*. 9.22-7 e 8.9. As principais fontes do relato são Apolodoro 3.6; Diodoro Sículo 4.65.1-3; Higino, *Fábulas* 67-74; Ésquilo, *Sete contra Tebas*; e Estácio, *Tebaida* fr. 1-10 BERNABÉ.

328 Cf. *O*. 2.18. Muito embora lá *ophthalmós* é metáfora para "parte mais importante", aqui parece-me que essa acepção seja secundária: Anfiarau é o "olho" do exército justamente porque é o responsável por ver e interpretar os sinais proféticos enviados por Zeus. Assim os escólios 27a; c-d.

οὔτ' ὢν φιλόνικος ἄγαν,
καὶ μέγαν ὅρκον ὀμόσσαις
35   τοῦτό γέ οἱ σαφέως μαρτυρή-
σω· μελίφθογγοι δ' ἐπιτρέψοντι Μοῖσαι.
)—

Β'   ὦ Φίντις, ἀλλὰ ζεῦξον ἤ-
δη μοι σθένος ἡμιόνων,
ᾇ τάχος, ὄφρα κελεύθῳ τ' ἐν καθαρᾷ
40   βάσομεν ὄκχον ἵκωμαί τε πρὸς ἀνδρῶν
καὶ γένος· κεῖναι γὰρ ἐξ
ἀλλᾶν ὁδὸν ἁγεμονεῦσαι
ταύταν ἐπίστανται, στεφάνους ἐν Ὀλυμπίᾳ ἐπεὶ δέξαντο· χρὴ τοίνυν πύλας
45   ὕμνων ἀναπιτνάμεν αὐταῖς.
πρὸς Πιτάναν δὲ παρ' Εὐρώτα πόρον
δεῖ σάμερον ἐλθεῖν ἐν ὥρᾳ·

—

ἅ τοι Ποσειδάωνι μει-
χθεῖσα Κρονίῳ λέγεται

329 A explicação do escólio 32a é a de que o homem rixoso pode mentir devido à sua ambição para se sobressair em um argumento.
330 A Grande Jura (*mégas hórkos*) era feita em nome dos deuses e, precipuamente, em nome de Zeus, que, na sua capacidade de garantidor dos juramentos (*Hórkios*), punia com especial severidade os que perjuravam. Cf. com *O.* 2.117-21, *Il.* 1.233 e Ésquilo, *Agamêmnon* 1290.
331 Isto é, de que o dito de Adrasto sobre Anfiarau se adequa perfeitamente a Hagésias.
332 As Musas, que são, na verdade, a fonte do canto, conferem autoridade ao discurso do poeta.
333 Segundo os escólios (37b-c; e), o auriga da carruagem, que deveria ser um siracusano ou até mesmo um árcade. A forma ática do nome é "Fíltis". Aqui termina o proêmio e começa a seção mítica da ode. Píndaro demonstra grande engenhosidade e inovação ao apostrofar o auriga da carreta para que o leve através dos sendeiros dos mitos que irá contar, utilizando-o como deixa (*próphasis*, Σ 37d) para tanto.
334 Não apenas Fíntis e Píndaro, mas toda a audiência, que irá percorrer as cenas do mito como se, transportados no carro da imaginação, pudessem assistir-lhe cena a cena.

nem ambicioso em demasia,[329]
 tendo jurado a grande jura,[330]
35   disso[331] lhe darei um claro testemunho,
 ao qual melífonas as Musas assentiram.[332]

II   Ô Fíntis!,[333] mas junge-me agora
 a força das mulas e o mais
 rapidamente, a que numa desimpedida via
40   entremos[334] co' este carro, e eu também chegue
 à casa de tais homens; essas pois,
 mais do que todas, bem sabem guiar
 por esta estrada,[335] coroas tendo ganho
 em Olímpia. Mas é preciso que os portões
45   dos hinos se lhes estejam escancarados.
 A Pitana[336] pois, junto do vau do Eurotas,
 deve-se hoje chegar e em boa hora.

 Ela[337] que ao Crônio Possidão
 tendo-se unido, uma filha,

---

335 O fato inusitado que são as mulas que guiam (*hagemoneûsai*) e não o auriga, talvez indique que elas eram estinfálias, criadas na propriedade dos parentes de Hagésias na Arcádia e, por isso, sabiam o caminho para casa. Na outra valência da metáfora, por serem vitoriosas em Olímpia (e possivelmente em outros jogos) devem saber bem o caminho que conduz aos hinos de louvor.

336 O demo de Pitana (ou Pitane, na forma jônica de Heródoto 3.55.2; a denominação dórica era *kómē* ou *ōbá*), que mais tarde irá passar por um processo de conurbação com Esparta e se tornar um dos bairros mais ricos daquela cidade, junto com Messoa, Cinosura, Limnas e Amiclas (Tucídides 1.10.2), deveria ficar no vau do rio Eurotas, mais ao norte da cidade. A estirpe de uma das casas reais do espartanos, aquela dos Ágidas, provinha de Pitana. O local exato do demo nunca foi descoberto. A ascendência espartana de Íamo, cuja origem sempre esteve ligada à Élida, é uma particularidade de Píndaro.

337 Isto é, a ninfa Pitana, epônima da vila espartana e filha do rio Eurotas.

50   παῖδ' ἰοπλόκαμον Εὐάδναν τεκέμεν.
            κρύψε δὲ παρθενίαν ὠδῖνα κόλποις
            κυρίῳ δ' ἐν μηνὶ πέμ-
                ποισ' ἀμφιπόλους ἐκέλευσεν
            ἥρωϊ πορσαίνειν δόμεν Εἰλατίδᾳ
55   βρέφος, ὃς ἀνδρῶν Ἀρκάδων ἄνασσε Φαι-
            σάνᾳ, λάχε τ' Ἀλφεὸν οἰκεῖν·
            ἔνθα τραφεῖσ' ὑπ' Ἀπόλλωνι γλυκεί-
            ας πρῶτον ἔψαυσ' Ἀφιροδίτας·

—

            οὐδ' ἔλαθ' Αἴπυτον ἐν παντὶ χρόνῳ
60   κλέπτοισα θεοῖο γόνον.
            ἀλλ' ὁ μὲν Πυθῶνάδ', ἐν θυμῷ πιέσαις
            χόλον οὐ φατὸν ὀ-
                ξείᾳ μελέτᾳ, ᾤχετ' ἰὼν
            μαντευσόμενος

338 Segundo CATENACCI et al. 2013: 454, uma coma (ou tranças) de um negro tão intenso que lembrava o púrpura das violas. É comum ao pensamento mítico grego que uma determinada característica recorra em gerações alternadas. Dessa forma, a violácea coma de Pitana é um prenúncio de seu próprio neto, Íamo, "Viola". Deve-se notar também que a cor negro-cíano está intimamente associada a Possidão, que, em sua epifania equina, tem por epíteto distintivo *kyanokhaítēs*, "da cíana coma" (*Ilíada* 20.144; Hesíodo, *Teogonia* 278; *Odisseia* 9.536 etc.).

339 Segundo os escólios 51a-b, ou porque ainda era virgem quando ficou grávida ou porque, parecendo virgem, levou a gravidez a termo às escondidas. Por meio de uma metonímia, a gravidez (causa) é substituída pelo efeito (dores do parto); sobre esse tropo, ver LAUSBERG 1990: 76, § 218.2.

340 Isto é, Épito, rei da Arcádia, filho de Élato e neto de Arcas, filho da ninfa Calisto e Zeus. Confira o "levar... dar" (*porsánein dómen*) daqui com o "dar... a criar" (*tráphen dôkan*) da P. 4.115-6, dito a respeito de Jasão, adotado pelo centauro Quíron.

341 Evadne, gr. *Euádnē*. A etimologia do nome é desconhecida e o elemento *-adnē* é provavelmente pré-grego (EDG, *s.v.*), talvez de origem minoica, cf. *Ariádnē*. O escólio 46a deriva *adnē* de *hédnon*, "dote" ou "presente de casamento". Por essa leitura, *Euádnē* seria um "belo presente de casamento" e poderia ser uma alusão à sua adoção por Épito. Por outro lado, *-adnē* era etimologizado na Antiguidade como sendo uma modificação de *hágnē*, "pura", o que poderia levar uma interpretação do nome como "puríssima", em relação tanto ao seu parentesco divino quanto à sua união com Apolo, que frequentemente é caracterizado como *hagnós*.

50   diz-se, de violácea coma³³⁸ ter gerado, Evadne.
          Ocultou as virginais dores do parto³³⁹ sob o manto,
          e, no crítico mês, mandou
              chamar ancilas e ordenou-lhes
          levar embora, dar ao herói Elatida³⁴⁰
55   o bebê;³⁴¹ aquele sobre varões árcades reinava
          em Fesana³⁴² e herdara o vale do Alfeu.
          Lá criada,³⁴³ nas mãos de Apolo as doçuras
              provou de Afrodita pela prima vez.³⁴⁴

          Mas não escapou a Épito todo esse tempo
60   que a prole do deus ela escondia.³⁴⁵
          Não, mas para Pito,³⁴⁶ no peito reprimindo
          uma cólera nefanda
              com mordente disciplina, foi-se
          consultar com o oráculo

---

342 Os escólios antigos debatiam se Fesana ficava na Arcádia ou na Élida. O escólio 55b afirma: "Dídimo diz que todos os comentadores aceitaram Fesana como sendo uma cidade na Arcádia, mas ele mesmo dizia ser uma cidade da Élida, e cita como autoridade o que diz Istro no seu quinto livro de [*Antiguidades*] *da Élida*". O Σ 55b complementa que Dídimo "defendia o verso de Píndaro porque, antigamente, no tempo de Épito, os árcades reinavam sobre a Élida. Os que querem que Fesana seja arcádica, resolvem a parte acerca do Alfeu da seguinte forma: porque é através de Fesana que o rio corre, já que nasce em Ásea, uma vila arcádica". A exata localização nunca foi descoberta, mas se supõe que tenha ficado perto do monte hodiernamente chamado de Paliofanaro, numa cidade que, no tempo de Pausânias e, novamente, nos dias de hoje, chama-se Frixo, localizada a cerca de 9 km a leste de Olímpia, de acordo com OLSHAUSEN, *Der Neue Pauly, s.v., Phrixa.*
343 Sujeito continua sendo Evadne.
344 "Provar as doçuras de Afrodite" é um eufemismo comum para "ter relações sexuais". Nesse caso, a metáfora evidencia o assentimento de Evadne, que quis lançar mão ("tocar", *psáuō*, em grego, com o sentido de "provar" na lírica arcaica) dos prazeres de Afrodite. O escólio 58a chama a metáfora de "divinamente inspirada" (*daimoníōs... étaxe*).
345 Ao contrário de Pitana, que tivera sucesso em esconder a gravidez. De novo, a alternância de situações e características em chaves contrárias ao longo de diferentes gerações.
346 Isto é, Delfos.

65   ταύτας περ' ἀτλάτου πάθας.
        ἁ δὲ φοινικόκροκον
        ζώναν καταθηκαμένα
        κάλπιδά τ' ἀργυρέαν
        λόχμας ὑπὸ κυανέας
70   τίκτε θεόφρονα κοῦρον.
        τᾷ μὲν ὁ χρυσοκόμας πραΰμη-
        τίν τ' Ἐλείθυιαν παρέστασέν τε Μοίρας·
)—
Γ'   ἦλθεν δ' ὑπὸ σπλάγχνων ὑπ' ὠ-
        δῖνος τ' ἐρατᾶς Ἴαμος
75   ἐς φάος αὐτίκα. τὸν μὲν κνιζομένα
        λεῖπε χαμαί· δύο δὲ γλαυκῶπες αὐτόν
        δαιμόνων βουλαῖσιν ἐ-
        θρέψαντο δράκοντες ἀμεμφεῖ
        ἰῷ μελισσᾶν καδόμενοι. βασιλεύς

347 A cólera de Épito pode ser explicada por que a moça, não sendo mais virgem, perdia seu valor monetário já que, por ocasião do casamento, o pai recebia da família da noiva a *hédna* que, na época heroica, constituía-se, sobretudo, de cabeças de gado; ver VERNANT 2007: 662 s. Ganha mais força, nesse sentido a etimologização do nome de Evadne, como discutido acima, como a "do belo dote", já que o presente do noivo pela união com a filha de Épito fora um herói, Íamo. Alternativamente, como interpreta CATENACCI *et al.* 2013: 456, porque Épito falhara em proteger sua filha dos avanços de um pretendente, mesmo que esse fosse um deus, o que era uma das obrigações do pai numa sociedade patriarcal como a grega.

348 Evadne teria ido buscar água, uma ocupação comum das moças gregas, por isso estava com um jarro. Nesse momento, sentira as dores de parto, razão pela qual retira a saia de lã, para, desimpedida, poder dar à luz o filho. Há um belíssimo jogo de cores e brilhos nessa passagem.

349 Apolo.

350 Ilítia é a deusa do parto, equivalente à "Lucina" dos romanos. O nome grego *Eleithuia* ou *Ilithuia*, provavelmente é de origem minoica e, portanto, pré-grega (EDG, s.v.). Ele parece ter sido reinterpretado como derivado do verbo *eleúthō*, "trazer" ou "vir" (*sc.* à luz), como se percebe a partir desse próprio passo em Píndaro, em que o nome está empregado em paronomásia com o verbo "vir" na 3ª p. sing. do aor. *êlthen*, e o complemento "à luz" nos três primeiros versos da 3ª estrofe: *Eleíthuian* (...) *ēlthon* (...) *es pháos*. O nome pode estar na raiz do topônimo *Eleúsis*, "Elêusis", e do substantivo *eleuthería*, "liberdade" (cf. *deliverance*, em inglês). Em Homero e Hesíodo (*Il.* 9.270 e

65	acerca dessa paixão intolerável.³⁴⁷
	Ela, de seu turno, a tíria
	saia de lã depondo ao chão
	e um jarro prateado,³⁴⁸
	sob as ciâneas moitas,
70	pariu teomântico jovem.
	Junto dela o Aurícomo,³⁴⁹ gentil
	postara Ilítia³⁵⁰ e as Moiras:
III	veio à luz de sob as vísceras³⁵¹
	por amáveis dores, Íamo,³⁵²
75	num instante. E ela, com o coração aflito,
	deitou-o ao chão,³⁵³ mas duas serpentes d'olhos-
	de-coruja,³⁵⁴ pela vontade
	dos numes nutriram-no com o inóxio
	veneno das abelhas,³⁵⁵ como mães. E o rei,

Teogonia 920), ela é filha de Zeus e Hera e, portanto, irmã de Ares, Hefesto e Héstia. Píndaro, na *N.* 7.1 s., a associa, como aqui, às Parcas (*Moîrai*).

351 Aqui, a placenta. O fato de Íamo nascer empelicado, *i.e.*, ainda dentro do saco amniótico, pode revelar uma crença, comum em várias culturas europeias, de que o menino estava destinado a poder ver através do véu dos mundos, aquele dos homens e o dos deuses. O fato de as dores de parto serem "amáveis" e de Ilítia ser descrita como "gentil" também indicam um parto rápido, como se vê no verso seguinte, e indolor.

352 A tradução do nome grego seria "Viola". A etimologia do nome é, para esta ode, importante: o nome provém de *íã*, a flor *Viola odorata*, que chamamos de viola ou violeta, mas que não se deve confundir com a violeta africana (*Streptocarpus ionanthus*), muito comum no Brasil como planta ornamental, mas que pertence a uma família completamente diferente (*Gesneriaceae*).

353 Isto é, abandonou o filho porque não podia criá-lo, já que escondera a gravidez do pai. A exposição de crianças indesejadas era tão comum na Grécia antiga como até recentemente em algumas comunidades nativas brasileiras, como os Tapire, os Caduveo, os Kawahib, sobretudo no caso de nascimento de gêmeos, de crianças com defeitos congênitos, de filhos de *tapy'yña*, "não indígenas" ou fora do casamento. Neste último caso, os bebês eram sepultados vivos; cf. DE ALMEIDA SILVA 2015: 176.

354 Gr. *glaukṓpides*, sobre o significado, ver abaixo a nota a *O.* 7.94.

355 *Kenning* para "mel".

80   δ' ἐπεὶ πετραέσσας ἐλαύνων ἵκετ' ἐκ
        Πυθῶνος, ἅπαντας ἐν οἴκῳ
        εἴρετο παῖδα, τὸν Εὐάδνα τέκοι·
        Φοίβου γὰρ αὐτὸν φᾶ γεγάκειν

        πατρός, περὶ θνατῶν δ' ἔσε-
85   σθαι μάντιν ἐπιχθονίοις
        ἔξοχον, οὐδέ ποτ' ἐκλείψειν γενεάν.
        ὣς ἄρα μάνυε. τοὶ δ' οὔτ' ὦν ἀκοῦσαι
        οὔτ' ἰδεῖν εὔχοντο πεμ-
        πταῖον γεγενημένον. ἀλλὰ
90   κέκρυπτο γὰρ σχοίνῳ βατείᾳ τ' ἐν ἀπει-
        ράντῳ, ἴων ξανθαῖσι καὶ παμπορφύροις
        ἀκτῖσι βεβρεγμένος ἁβρόν
        σῶμα· τὸ καί κατεφάμιξεν καλεῖ-
        σθαί νιν χρόνῳ σύμπαντι μάτηρ

95   τοῦτ' ὄνυμ' ἀθάνατον. τερπνᾶς δ' ἐπεὶ
        χρυσοστεφάνοιο λάβεν
        καρπὸν Ἥβας, Ἀλφεῷ μέσσῳ καταβαίς
        ἐκάλεσσε Ποσει-
        δᾶν' εὐρυβίαν, ὃν πρόγονον,
100   καὶ τοξοφόρον
        Δάλου θεοδμάτας σκοπόν,
        αἰτέων λαότροφον

356 Apolo, dito *Phoîbos*, "luzente", devido ao seu sincretismo com Hélio, o Sol.
357 Leio, com CATENACCI *et al.* 2013, *bateía*, isto é, o nom. pl. neutro de *bátos*, amora negra (ing. *blackberry*, it. *rovo*), que designa várias espécies do gênero *rubus*, da família das rosáceas. A espécie selvagem mais comum é o *Rubus ulmifolius*, que pode atingir até 5 m de altura, em vez de *batiá*, nom. fem. sing., "moita", "touça", como preferem os códices bizantinos e S.-M. Thomas Magister (Σ *rec.*, 90, p. 219 ABEL), certamente também lendo dessa forma, já explicara que a forma neutra do plural, como usual

80   depois de ir-se embora da pedregosa
            Pito, a todos em sua casa
    perguntava do filho que Evadne parira,
        pois, disse, nascera tendo o Lúcio[356]

    como pai, e, entre os mortais, seria
85   haríolo aos sobreterrenos
    excelente, e nunca sua linhagem faltaria.
    Assim revelara. Mas nem ter ouvido
    nem ter visto, alegaram,
        o parido quinquídio. Mas claro,
90 fora oculto num emaranhado de amoreiras[357]
        imenso e, das violas nos fulvos e panpurpúreos
            reflexos fora submerso seu tenro
    corpo. E por isso sua mãe anunciou
        que para sempre chamar-lhe-iam

95 desse nome imortal.[358] E, quando da gozosa
        e auric'roada Mocidade colheu
    o fruto, descendo ao meio do Alfeu,
    invocou Possidão,
        Vastipotente, seu ancestral,[359]
100   e o Arcitenente[360]
        vigia da divina Dalos,[361]
    pedindo, útil ao povo,

em grego, estava empregada para denotar um "enredeiro (*skhoínos*) de amoreiras, rosas e violas".
358 Isto é, Íamo, ou Viola, em virtude da cor purpúrea.
359 Mais precisamente, seu avô.
360 Apolo.
361 A ilha de Delos, cujo nome foi aqui mantido na pronúncia dórica. Possidão teria feito com que emergisse do mar para que Latona pudesse dar à luz Apolo.

τιμάν τιν' ἑᾷ κεφαλᾷ,
νυκτὸς ὑπαίθριος. ἀν-
105 τεφθέγξατο δ' ἀρτιεπής
πατρία ὄσσα μετάλλα-
σέν τέ νιν· «Ὄρσο, τέκνον, δεῦρο πάγ-
κοινον ἐς χώραν ἴμεν φάμας ὄπισθεν».
)—

Δ   ἵκοντο δ' ὑψηλοῖο πέ-
110 τραν ἀλίβατον Κρονίου·
ἔνθα οἱ ὤπασε θησαυρὸν δίδυμον
μαντοσύνας, τόκα μὲν φωνὰν ἀκούειν
ψευδέων ἄγνωτον, εὖ-
τ' ἂν δὲ θρασυμάχανος ἐλθών
115 Ἡρακλέης, σεμνὸν θάλος Ἀλκαϊδᾶν,
πατρὶ {θ'} ἑορτάν τε κτίσῃ πλειστόμβροτον
τεθμόν τε μέγιστον ἀέθλων,
Ζηνὸς ἐπ' ἀκροτάτῳ βωμῷ τότ' αὖ
χρηστήριον θέσθαι κέλευσεν.

—
120 ἐξ οὗ πολύκλειτον καθ' Ἑλ-
λανας γένος Ἰαμιδᾶν·
ὄλβος ἄμ' ἔσπετο τιμῶντες δ' ἀρετάς
ἐς φανερὰν ὁδὸν ἔρχονται· τεκμαίρει
χρῆμ' ἕκαστον· μῶμος {δ'} ἐξ

---

362 Na O. 1.115, Pélops também invoca Possidão à noite. Os escólios 104a-b a esse passagem explicitam que esta é a hora mais adequada para se invocar os deuses e que o costume de assim rezar seria antiquíssimo.
363 Apolo.
364 Íamo seguindo a voz de Apolo através das trevas.
365 O monte Crônio em Olímpia. Trata-se aqui de uma hipérbole poética, já que o monte tem cerca 121 m de altura com uma inclinação gentil.
366 De audazes ardis. Provavelmente um unicismo criado *ad hoc* por Píndaro e somente usado por ele aqui, na N. 4.101-2, acerca do leão – muito embora a vulgata traga o amétrico *thrasymakhân*, "de árdua luta", que, a meu ver, faria mais sentido naquele contexto, mas que foi corrigido por Hermann em *thrasymakhanâm* –, e, talvez, no Peã

	alguma honra à sua cabeça,
	da noite sob o dossel.³⁶²
105	E respondeu-lhe harmoniosa
	a voz paterna³⁶³ e o achou:
	"Ergue-te, filho, para cá vires,
	à ecumênica terra, segue minha voz!"
IV	E foram³⁶⁴ do altivo Crono
110	ao íngreme rochedo,³⁶⁵
	onde lhe conferiu dídimo um tesouro
	de profecia: de imediato, ouvir a voz
	que não conhece mentiras,
	e depois, chegado o ardilaudaz³⁶⁶
115	Héracles, talo sagrado dos Alcidas,³⁶⁷
	e ao Pai³⁶⁸ a multitudinária³⁶⁹ festa fundado³⁷⁰
	e a suprema regra dos Jogos,
	que, no topo do altar de Zeus
	um oráculo então erguesse.³⁷¹
120	Daí que poliínclita por toda
	Hélade é a raça dos Iâmidas.
	Ventura logo os seguiu e, honrando a virtude,
	brilhante caminho trilham, o que prova
	cada ação. A censura

VI (D6) de novo para Héracles, em que se lê *thrasymē* [...].
367 Anfitrião, o pai mortal de Héracles era filho de Alceu. Alceu, por sua vez, era filho de Perseu e Andrômeda. Alceu casou-se com Astidameia, filha de Pélops e Hipodameia (cf. *O*. 1). Anfitrião tinha por irmão Perimedes e, por irmã, Anaxo. Essa casou-se com Eléctrion, rei de Tirinto, e foi mãe de Alcmena.
368 Zeus.
369 *Pleistómbrotos*: um unicismo provavelmente inventado por Píndaro, com sentido provavelmente de "frequentado pela maioria de mortais".
370 Os Jogos Olímpicos.
371 No topo do altar de cinzas de Zeus. Ver a seção "O santuário de Olímpia" na introdução geral para mais detalhes.

125   ἄλλων κρέμαται φθονεόντων
           τοῖς, οἷς ποτε πρώτοις περὶ δωδέκατον
           δρόμου ἐλαυνόντεσσιν αἰδοία ποτι-
           στάξῃ Χάρις εὐκλέα μορφάν.
           εἰ δ' ἐτύμως ὑπὸ Κυλλάνας ὄρος,
130   Ἁγησία, μάτρωες ἄνδρες
—

           ναιετάοντες ἐδώρησαν θεῶν
           κάρυκα λιταῖς θυσίαις
           πολλὰ δὴ πολλαῖσιν Ἑρμᾶν εὐσεβέως,
           ὃς ἀγῶνας ἔχει
135   μοῖράν τ' ἀέθλων, Ἀρκαδίαν
           τ' εὐάνορα τι-
           μᾷ, κεῖνος, ὦ παῖ Σωστράτου,
           σὺν βαρυγδούπῳ πατρί
           κραίνει σέθεν εὐτυχίαν.
140   δόξαν ἔχω τιν' ἐπὶ
           γλώσσᾳ ἀκόνας λιγυρᾶς,
           ἅ μ' ἐθέλοντα προσέρπει
           καλλιρόοισι πνοαῖς. ματρομά-
           τωρ ἐμὰ Στυμφαλίς, εὐανθὴς Μετώπα,
)—

372 O tema epinicial do *phthónos* ou do *mômos* engendrado nos adversários ou perdedores face a vitória de outrem. Uma causa possível do desdém poderia ser a baixa estima em que se tinha a corrida de mulas.
373 As corridas de carretas, como as de carruagem, deviam percorrer doze voltas no hipódromo de Olímpia.
374 Monte de 2.376 m na Arcádia em cujo sopé ficava a cidade natal de Hagésias, Estínfalo.
375 Hermes, como ficará claro a seguir, que teria nascido numa caverna no monte Cilene, na Arcádia, a qual, por conta disso, lhe era cara. Pausânias 8.17.1 nos informa ainda que havia um santuário dedicado ao deus nesse mesmo monte.
376 Havia uma estátua de Hermes *Enagônios*, isto é, "dos Jogos" na entrada para o estádio e outra, provavelmente de Hermes *Híppios*, no início da pista do hipódromo em Olímpia (Pausânias 5.14.9, 15.5). Na N. 10.91-9, os Tindaridas, junto com Hermes e Héracles, são nomeados como guardiões dos Jogos Olímpicos.
377 Zeus.

125   dos outros paira, invejosos,[372]
          sobre os primeiros que um dia o duodécimo
          giro da pista perfazendo,[373] reverente
          a Graça verteu uma aparência ilustre.
          Se de fato sob o monte Cilene,[374]
130   ó Hagésias, teus tios maternos

          habitando, propiciaram o núncio
          dos deuses[375] com pios sacrifícios
          em profusão, amiúde a Hermes reverentes,
          que dos jogos o lote
135   das disputas detém[376] e à Arcádia
          de viris guerreiros
          honra, é aquele, ó filho de Sóstrato,
          que, com o auxílio do Pai Baritoante,[377]
          garante tua boa sorte.
140   Sinto[378] como se tivesse,
          sobre a língua, estrídulo esmeril,[379]
              que a mim de bom grado se acosta
          com bem trinadas ondas. Minha avó
          era estinfália., formosa Metopa,[380]

378 Aqui começa a seção em que o poeta aparentemente fala de si mesmo, uma parte da canção conhecida como *sphragís* ou "selo".
379 Numa oracia, as palavras são muitas vezes conceitualizadas como dardos ou flechas atiradas da boca dos falantes pela língua. Normalmente, poderíamos pensar nessa imagem como especialmente adequada para a invectiva, mas em Píndaro ela é usada amiúde para se referir a palavras de louvor, a partir de uma metáfora conceitual segundo a qual O POETA É UM ATLETA. Dessa forma, a língua do poeta parece ter um esmeril capaz de "afiar" as palavras, a fim de fazer com que penetrem mais fundo no alvo, o *laudandus*.
380 Metopa, filha do rio Ládon na Arcádia, é a ninfa do rio de mesmo nome, na região do Estínfalo, onde Héracles realizou um de seus trabalhos, que abrigava também um santuário de culto à Hera. Metopa gerou, com o rio Esopo, Pelasgo e Ismeno, bem como doze ninfas, a maioria epônimas de cidades importantes no mundo grego, como Teba, Egina, Córcira, Salamina, Pirene, Cleona, Tânagra, Téspia, Asópis, Sínope, Órnea e Cálcis (Apolodoro 3.12.6; Diod. Sic. 4.72.1). Daí a ideia de que ela era "avó" de Píndaro, nativo da cidade de Tebas.

Ε'	πλάξιππον ἃ Θήβαν ἔτι-
	κτεν, τᾶς ἐρατεινὸν ὕδωρ
	πίομαῖ, ἀνδράσιν αἰχματαῖσι πλέκων
	ποικίλον ὕμνον. ὄτρυνον νῦν ἑταίρους,
	Αἰνέα, πρῶτον μὲν Ἥ-
150	ραν Παρθενίαν κελαδῆσαι,
	γνῶναί τ' ἔπειτ' ἀρχαῖον ὄνειδος ἀλα-
	θέσιν λόγοις εἰ φεύγομεν, Βοιωτίαν
	ὗν. ἐσσὶ γὰρ ἄγγελος ὀρθός,
	ἠϋκόμων σκυτάλα Μοισᾶν, γλυκὺς
155	κρατὴρ ἀγαφθέγκτων ἀοιδᾶν·

—

381 A ninfa epônima da cidade.
382 Da água de Metopa, isto é, do seu rio. Assim o escólio 145b, citando o *Hino a Zeus* de Calímaco como autoridade.
383 A metáfora conceitual aqui é a de que a CANÇÃO É UMA COROA, muito comum em Píndaro e na lírica grega em geral. É possível também que Píndaro esteja se referindo às rédeas das mulas que, como sabemos, eram multicoloridas (*poikilánios*). Cf. P. 2. 13-15, ἅς οὐκ ἄτερ / κείνας ἀγαναῖσιν ἐν χερσὶ ποικιλ-/ ανίους ἐδάμασσε πώλους (sem cujas mãos macias tendo àquelas / variegadas rédeas, não / domou aquelas potrancas). O hino é variegado, isto é, multicolorido, policromático (*poikílos*), seja em virtude de sua complexidade seja em conexão com os muitos temas e mitos que evoca.
384 Essa exortação a Eneias pode dizer respeito aos próprios versos seguintes ou, como creio, a um outro hino que Píndaro teria composto para ser executado na ocasião da festa da deusa. Eneias é identificado pelo escólio 149a como sendo o corodidáscalo, isto é, o responsável por treinar e dirigir a performance do coro, já que Píndaro, por ter supostamente a voz fraca (*iskhnóphōnos*, Σ 148a), não podia fazê-lo, como era costume entre os poetas líricos. Parece-me que esta seja apenas uma ficção dos escólios, que precisavam explicar esta apóstrofe já no final do epinício. Nada impede que Eneias fosse o próprio cantor do epinício ou, até mesmo, que fosse um poeta conterrâneo a se apresentar depois de Píndaro e que, de fato, teria composto o Hino a Hera. Discuto essa questão em BROSE 2016: 112.
385 Pausânias 8.22.2 explica: "Dizem que Têmeno, o filho de Pelasgo, veio morar em Estínfalo e que Hera teria sido criada por ele, o qual erigira à deusa três templos, a que deu três epítetos: 'Menina', quando ainda era uma moça e, depois que se casou com Zeus, 'Esposa'. Quando, por algum motivo, brigou com Zeus e voltou para Estínfalo,

V   que à cavalariça Teba³⁸¹
           gerou, de cuja amável água
           irei beber,³⁸² trançando a varões lanceiros
           variegado hino.³⁸³ Incita agora os camaradas,³⁸⁴
           ó Eneias, primeiro Hera
150   Parteneia³⁸⁵ em canto celebrar
           e saber, depois, se do antigo insulto,
           por veras palavras, escaparemos: "beócio
           porco".³⁸⁶ És, pois, correto mensageiro,
           cítala³⁸⁷ das belícomas Musas, doce
155   cratera de retumbantes canções.³⁸⁸

     Têmeno a nomeou, 'Viúva'. Isso foi o que pude averiguar dos próprios estinfálios acerca da deusa." Obviamente, *Parthenía*, no epinício, deve equivaler a Hera Menina.

386 Tanto o assíndeto quanto o acavalamento e pausa ao final do pé são impressionantes e enfatizam oralmente a ofensa comumente dirigida aos beócios, que, para os outros gregos, de acordo com o escólio 152 seriam um povo caipira (*ágroikos*) e bronco (*anagōgíā*), e, de acordo com Plutarco, *De esu carnium* 995e, "gordos, feios e burros, sobretudo devido à glutonaria". O provérbio aparece novamente no fr. 83 (adicionado por SNELL-MAEHLER ao final do Ditirambo aos Atenienses, fr. 75): "Era quando 'porcos' ao povo beócio chamavam". Curiosamente, o xingamento é atribuído ao próprio Píndaro contra a poeta Corina, por quem teria sido derrotado numa competição poética (Eliano, *Varia Historia* 13.25).

387 A cítala era um dispositivo espartano pensado para se enviar mensagens criptografadas e consistia em uma tira de couro que era enrolada em um bastão (*skytálē*) hexagonal de determinado diâmetro e comprimento. Sobre cada lado do hexágono, na horizontal, era inscrita então a mensagem a ser enviada, de forma que, quando desenrolada, as letras eram desalinhadas e a mensagem não podia ser lida. O receptor deveria ter um bastão idêntico para, reenrolando a tira de couro, poder descriptografar a mensagem. Eneias é a cítala das Musas ou porque todos os tipos de canções jazem "em potência" dentro dele (o que faria sentido a partir dos versos que seguem; cf., por exemplo, o que diz Fêmio na *Odisseia* 23.344-8) ou porque, sendo o cantor/corodidáscalo escolhido por Píndaro, somente ele seria capaz de executar o epinício como nosso poeta intentara.

388 A metáfora aqui é a de que O POETA É UM VEÍCULO, no qual as Musas depositam as canções. A esse respeito, notar também o proêmio da O. 7, em que a canção é comparada a uma taça repleta de vinho espumante.

εἶπον δὲ μεμνᾶσθαι Συρα-
κοσᾶν τε καὶ Ὀρτυγίας·
τὰν Ἱέρων καθαρῷ σκάπτῳ διέπων,
ἄρτια μηδόμενος, φοινικόπεζαν
160 ἀμφέπει Δάματρα λευ-
κίππου τε θυγατρὸς ἑορτάν
καὶ Ζηνὸς Αἰτναίου κράτος. ἀδύλογοι
δέ νιν λύραι μολπαί τε γινώσκοντι. μὴ
θραύσοι χρόνος ὄλβον ἐφέρπων,
165 σὺν δὲ φιλοφροσύναις εὐηράτοις
Ἁγησία δέξαιτο κῶμον

οἴκοθεν οἴκαδ' ἀπὸ Στυμφαλίων
τειχέων ποτινισόμενον,
ματέρ' εὐμήλοιο λιπόντ' Ἀρκαδίας.
170 ἀγαθαὶ δὲ πέλον-
τ' ἐν χειμερίᾳ νυκτὶ θοᾶς
ἐκ ναὸς ἀπε-
σκίμφθαι δύ' ἄγκυραι. θεός

389 Tanto o hino a Deméter quanto a menção a Hierão e Siracusa devem ter sido uma exigência de Hagésias ao encomendar a ode a Píndaro. Ortígia é a ilha defronte a cidade de Siracusa. Segundo o *Hino homérico a Apolo*, Leto teria parido Ártemis aqui e então, ajudada pela filha, teria cruzado o mar até Delos, onde teria parido Apolo. Aqui também se localizava a fonte Aretusa, uma ninfa metamorfoseada por Ártemis em sua fuga do rio Alfeu, que tentara violentá-la. Dizia-se (Pausânias 5.7.3; Ovídio, *Metamorfoses* 5.710) que as águas de Aretusa surgiam na Arcádia e, fugindo do rio Alfeu, atravessavam o subsolo marinho para emergir em Ortígia.
390 Cf. *O.* 1.18-20.
391 "De pés cor de rubi", inspirado em Virgílio, *Geórgicas* 1.297, *rubicunda Ceres*. Retorna a cor da viola ao final do poema. Segundo BOECKH 1963: 162-3, citando Winckelman, porque os pés da deusa eram pintados com cinábrio para simbolizar a madureza do trigo.
392 Deméter e Perséfone (ou Prosérpina) eram as deusas protetoras da Sicília já que fora aí, numa localidade chamada Enna (ou Henna), que o chão teria se aberto e a menina teria sido tragada para o submundo por Hades (Ovídio, *Metamorfoses* 5.386 s.). Segundo os escólios 160a; c, "alvipotra" porque Deméter teria resgatado a filha

E diz a que se lembrem
    de Siracusa e de Ortígia,³⁸⁹
que Hierão, a conduzir com um puro cetro,³⁹⁰
cioso das coisas justas, à rubípede³⁹¹
160 Damáter atende,
    à festa da alvipotra filha³⁹²
e ao poder de Zeus Etnaio.³⁹³ Dulcíloquas
    conhecem-lhe as liras e as danças.³⁹⁴ Não lhe
    turbe o tempo que corre, a ventura,
165 e que com amável generosidade
    receba o cortejo de Hagésias

de uma casa a outra casa,³⁹⁵ das estinfálias
    muralhas se afastando,
deixando a mãe da armentosa Arcádia.³⁹⁶
170 Boas, provam-se,
    em noites invernais,
    da rápida nau,³⁹⁷
    duas âncoras lançar.³⁹⁸ Um deus,

---

do Hades e a levado para o Olimpo em uma carruagem puxada por alvos potros (*leukópoloi*). Hierão era hierofante das duas deusas, ofício que herdara de seu ancestral Telínes (Heródoto 7.153.2).
393 Na qualidade de fundador de Etna em 475/6, Hierão também era sacerdote de Zeus no templo daquela cidade, segundo o escólio 158a.
394 Um merismo para denotar a *mousiké* grega. Cf. *O.* 1.20-6.
395 Cf. *O.* 7.6, a seguir.
396 Após a celebração em Estínfalo, Hagésias deveria se dirigir a Siracusa, onde provavelmente haveria uma outra celebração e uma reperformance dessa ode.
397 A expressão é homérica. A nau normalmente serve como uma metáfora para a cidade no pensamento grego. A "noite invernal", como nota CATENACCI *et al.* 2013: 473, pode se referir a problemas políticos em Siracusa que, em derradeiro, levariam à queda dos Dinomênidas e à execução do próprio Hagésias.
398 CATENACCI *et. al.* esclarece que os navios gregos tinham normalmente uma única âncora, que era jogada da proa. No entanto, podia haver navios com duas e até quatro âncoras (Luciano, *Navigium* 5). Não se sabe se as duas eram jogadas da proa ou se uma da proa e outra da popa. As duas âncoras de Hagésias são Siracusa e Estínfalo.

τῶνδε κείνων τε κλυτάν
175   αἶσαν παρέχοι φιλέων.
δέσποτα ποντόμεδον,
    εὐθὺν δὲ πλόον καμάτων
ἐκτὸς ἐόντα δίδοι, χρυ-
    σαλακάτοιο πόσις Ἀμφιτρί-
180   τας, ἐμῶν δ' ὕμνων ἄεξ' εὐτερπὲς ἄνθος.

399 Possidão.

	amigo destes e daqueles,
175	ínclito fado lhes conceda.
	Senhor Impera-mar,[399]
	reta navegação ao largo
	das tormentas dês, Esposo
	de Anfitrite da roca-d'ouro,[400] e a
180	prazerosa flor insufla dos meus hinos.

---

400 *Krysēlákatos*, da roca d'ouro, é um epíteto comum para as deusas gregas, sobretudo quando são representadas como consortes divinas. Sobre isso, ver WEST 2022: 170.

Ολυμπιονίκαις VII | Olímpica 7

A *Olímpica* 7 foi composta por Píndaro para Diágoras de Rodes, campeão no pugilato na 79ª Olimpíada, aquela do ano de 464.[401] Já tendo vencido quatro vezes nos Jogos Ístmicos, duas vezes nos Jogos Nemeios e uma vez nos Jogos Píticos, esta vitória lhe coroava um *periodoníkēs*, isto é, um vencedor do circuito atlético dos grandes jogos estefanitas.[402] A história de seu clã, explorada nesta ode por meio de três mitos contados em ordem cronológica descendente, confunde-se com a história de sua própria terra.

Rodes é uma ilha do Dodecaneso, a cerca de 607 km a sudeste de Atenas, e foi primeiro colonizada pelos minoanos, no séc. XVI AEC (Minoano Tardio I). Posteriormente, em algum momento do séc. XIV AEC (Heládico Tardio III), os minoanos foram substituídos pelos micênicos, que fizeram da ilha um grande centro comercial. Pela riqueza das dedicatórias fúnebres nos túmulos micênicos da região de Iáliso, deduz-se que essa cidade era o principal centro urbano até o início da Idade das Trevas (1100-1050), quando Rodes recebe colonizadores dóricos vindos do Peloponeso.

Diágoras, muito embora dito "de Rodes" pelos escoliastas, provinha da linhagem real de Iáliso, um antiquíssimo assentamento dórico, como vimos. O ancestral de sua família e homônimo de seu pai, Damageto, reinara em Iáliso durante a época da Segunda Guerra Messênica (c. 660-650) e teria constituído uma família com a filha de Aristomenes, o líder dos revoltosos messênios, quando, após a derrota final para os espartanos, ele se exilara em Rodes, onde viera a morrer. Esse casamento teria acontecido a mando do Oráculo de Delfos que lhe instruíra a se casar com a filha do "mais bravo homem dentre os gregos" (*tôn hellḗnōn*

---

[401] A data é assegurada tanto pela epígrafe dos escólios quanto pelo *P. Oxy.* 222.
[402] Sobre o Circuito, ver a introdução geral.

toû arístou).⁴⁰³ Dessa forma, como salienta Pausânias (6.7.3), Diágoras era messênio por parte de mãe, uma ancestralidade silenciada nesta ode por motivos que desconhecemos, mas que podem ter a ver com a derrota dos revoltosos e a consequente helotização dos habitantes daquela região, bem como com a posterior aliança dos Diagoridas com os espartanos durante a época da Guerra do Peloponeso.

No tempo de Píndaro, Rodes ainda era dividida em três cidades principais: além de Iáliso, havia Lindos, onde provavelmente se localizava o templo de Atena mencionado nesta ode, e Camiro. Por essa razão, Píndaro chama Rodes de "trípole ilha". Na verdade, junto com Cós e Cnido, essas cidades formavam a assim chamada "pentápole dórica", cujo centro era o Triópion, um templo dedicado a Apolo numa ilha de mesmo nome naquela cidade.⁴⁰⁴ No entanto, de acordo com Estrabão (14.2.12), no século I EC, Iáliso fora reduzida a uma mera vila, provavelmente devido ao sinecismo de 408, que culminou com a formação de uma nova capital, também chamada Rodes, da qual a acrópole da antiga cidade, chamada de Fortaleza (*Okhýroma*), distava não mais que 148 km. Os próprios ródios foram colonizadores, tendo fundado as cidades de Gela, na Sicília, e Fasélis, na Lícia. Terão de Ácragas, como vimos na introdução à *Olímpica* 2, traçava sua ascendência até Rodes por meio dos descendentes de Hémon, que teriam emigrado de Atenas para a ilha e, de lá, para Ácragas.⁴⁰⁵

Os escólios ao proêmio da *Olímpica* 7, contam uma tradição na qual Diágoras seria filho de Hermes, pois um dia sua mãe, numa viagem para o interior, procurara refúgio do calor num *Hermaíon*, isto é, uma estátua ou pequeno santuário de Hermes que existia ao longo das estradas, e ali se deitara para repousar quando o deus então teria ido ao seu encontro e a impregnado. A história pode ter se originado tanto em virtude de seu sucesso nas competições atléticas, das quais Hermes era um dos deuses

---

403 Pausânias 4.24.2 s.
404 Originalmente, uma hexápolis, da qual, no entanto, Halicarnasso fora excluída pelos motivos relatados por Heródoto 1.144.1 s.
405 Escólio 16 e 7 à *O*. 2.

padroeiros na qualidade de *Enagónios* ("dos Jogos"), como também por causa de sua altura excepcional para a época, 4 cúbitos e 5 dátilos, ou aproximadamente 1,96 m.

Todos os seus filhos foram vencedores olímpicos. O mais velho, também chamado Damageto e quase tão alto quanto o pai (media 4 cúbitos ou cerca de 1,82 m), dedicara-se ao pancrácio, tendo vencido duas vezes em Olímpia.[406] Acusilau, o do meio, também se tornara pugilista e vencera em Olímpia no mesmo ano (448) em que o irmão, no pancrácio. Segundo Pausânias (6.7.3) e a epígrafe dos escólios, Diágoras, já em idade avançada, teria acompanhado os dois filhos em Olímpia nessa ocasião, e esses, depois de terem sido anunciados vencedores, tê-lo-iam carregado nos ombros em volta do estádio olímpico, na frente da multidão reunida de espectadores, que o saudava sob uma chuva de pétalas de flores, declarando o pai "abençoado pelos filhos que tivera".[407]

Dorieu, o mais novo, foi, no entanto, o mais vitorioso, vindo a ser um *periodoníkēs* como o pai: venceu no pancrácio três vezes consecutivas em Olímpia (Tucídides 3.8.1), oito vezes nos Jogos Ístmicos, seis vezes nos Nemeios e foi declarado vencedor *akonití* (isto é, sem ter que lutar)[408] nos Jogos Píticos. Além de atleta, Dorieu também tomou parte na vida política de Rodes: por causa de disputas políticas, teria sido exilado junto com o sobrinho Pisidoro (ver abaixo) em 434/3, mas retornara como um ferrenho aliado dos espartanos contra o imperialismo ateniense

---

406 Pausânias 6.7.1.
407 Pausânias descreve o grupo escultural dedicado pela família em Olímpia a partir de 6.7.1. A cena também foi imortalizada por Auguste Vinchon, em sua tela *Diagoras porté en triomphe par ses fils*, de 1814, hoje na École Nationale Supérieure des Beaux-Arts em Paris; por Christophe-Thomas Degeorge, *Diagoras porté en triomphe par ses fils*, de 1814, no Musée d'art Roger-Quilliot em Clermont-Ferrand; e no grupo escultural na Praça *Archiepiskopou Chrisanthou* em Aktí, na moderna Rhodes. Em 2018, ao que parece, o túmulo de Diágoras teria sido identificado no que antes se pensara tratar-se de um santuário muçulmano na atual Marmaris, hoje na Turquia, mas que, na Antiguidade, situava-se na Cária, numa cidade chamada Fisco, localizada no continente à nordeste de Rodes, mas que pertencia à ilha.
408 Cf. a introdução geral. Normalmente isso acontecia quando os competidores, cientes de um oponente que não poderiam superar, desistiam na hora da prova ou nem mesmo se inscreviam para lutar.

exercido através da Liga de Delos, a ponto de combater contra aqueles com seus próprios navios (Pausânias 6.7.4). Foi, no entanto, capturado pelos atenienses e levado para Atenas, mas conseguiu ser liberado com vida devido à sua enorme fama atlética e de sua família. Numa dessas vicissitudes da vida de que tanto fala Píndaro, e que marcavam a vida civil e política da Grécia antiga, foi outra vez capturado, mas dessa vez pelos espartanos, após Cónon convencer os ródios a medizar[409] e, deixando a Liga do Peloponeso, a se aliarem com os atenienses. Muito embora não tivesse influenciado nessa decisão, e provavelmente nem concordasse com ela, Dorieu foi condenado à morte pelos espartanos e executado.

Diágoras teve ainda duas filhas com Aristômaca: Calipáteira ("A do Belo/Nobre Pai") e Ferenice (Vitoriosa).[410] Calipáteira casara-se com Caliánax (talvez o "noivo" do proêmio dessa ode, e o Eratida mencionado nos versos finais) e com ele tivera um filho, Êucles, que, como o avô, foi campeão olímpico no pugilato adulto nos Jogos de 404, a 94ª Olimpíada. Já Ferenice, como vimos na introdução geral, foi a única mulher a ter o privilégio de assistir aos Jogos Olímpicos, quando, tendo se tornado viúva, teria acompanhado seu filho Pisidoro até Olímpia disfarçada de homem, fingindo ser seu treinador. Os escólios,[411] no entanto, contam que ela teria convencido os *Hellanodíkai* a deixá-la acompanhar o filho e assistir aos jogos devido ao prestígio de sua família.[412] Pisidoro também foi vencedor no pugilato em 404, mas na categoria infantil (*paîdes*).

Além da morte de Dorieu, a estirpe de Diágoras, conhecida como os Diagoridas, teria um fim trágico. De acordo com o autor anônimo da *Hellenica Oxyrrhynchia* (XV, pp. 21-2 Bartoletti):

---

409 Isto é, aliar-se ao rei da Pérsia, que os gregos chamavam de Medos.
410 Compare com o nome do cavalo de Hierão, Ferênico. A forma "Berenice" é tessália.
411 Σ *O*. 7, *Inscr.* a; b.
412 O fato de ela ser viúva e, portanto, fora da categoria que os gregos definiam como *gyné*, "mulher", pode ter sido um fator importante também.

[O]s ródios que estavam a par da situação, quando perceberam que era a hora de tentar um ataque armado, reuniram-se na ágora com outros que portavam espadas. Dorímaco, então, subindo na pedra onde o arauto costumava fazer seus anúncios, gritou o mais alto que pôde: "Vamos logo, ó varões, cidadãos contra os tiranos!". Tendo assim os convocado, todos correram com espadas e invadiram o sinédrio dos arcontes, matando os Diagoridas e mais onze cidadãos. Isso tendo feito, reuniram o povo na assembleia dos ródios. Pouco depois disso, Cónon retornou de Cauno com trirremes. Os revolucionários, tendo dissolvido o antigo regime por meio de um massacre, instauraram uma democracia, e, dos cidadãos, apenas alguns conseguiram escapar. E assim a revolução que se dera em Rodes teve um fim.

O MITO

O mito central dessa ode é aquele acerca de Tlepólemo, o líder do contingente ródio na Guerra de Troia, que, tendo matado o tio-avô materno, Licímnio, fugira ou fora exilado de Tirinto para, sob as ordens de Apolo, fundar as três cidades da ilha de Rodes. Homero (*Il.* 2.653-70) é a fonte mais antiga:

   Τληπόλεμος δ' Ἡρακλεΐδης ἠΰς τε μέγας τε
   ἐκ Ῥόδου ἐννέα νῆας ἄγεν Ῥοδίων ἀγερώχων,
655 οἳ Ῥόδον ἀμφενέμοντο διὰ τρίχα κοσμηθέντες
   Λίνδον Ἰηλυσόν τε καὶ ἀργινόεντα Κάμειρον.
   τῶν μὲν Τληπόλεμος δουρὶ κλυτὸς ἡγεμόνευεν,
   ὃν τέκεν Ἀστυόχεια βίῃ Ἡρακληείῃ,
   τὴν ἄγετ' ἐξ Ἐφύρης ποταμοῦ ἄπο Σελλήεντος
660 πέρσας ἄστεα πολλὰ διοτρεφέων αἰζηῶν.
   Τληπόλεμος δ' ἐπεὶ οὖν τράφ' ἐνὶ μεγάρῳ εὐπήκτῳ,
   αὐτίκα πατρὸς ἑοῖο φίλον μήτρωα κατέκτα
   ἤδη γηράσκοντα Λικύμνιον ὄζον Ἄρηος·
   αἶψα δὲ νῆας ἔπηξε, πολὺν δ' ὅ γε λαὸν ἀγείρας
665 βῆ φεύγων ἐπὶ πόντον· ἀπείλησαν γάρ οἱ ἄλλοι
   υἱέες υἱωνοί τε βίης Ἡρακληείης.
   αὐτὰρ ὅ γ' ἐς Ῥόδον ἷξεν ἀλώμενος ἄλγεα πάσχων·
   τριχθὰ δὲ ᾤκηθεν καταφυλαδόν, ἠδὲ φίληθεν
   ἐκ Διός, ὅς τε θεοῖσι καὶ ἀνθρώποισιν ἀνάσσει,
670 καί σφιν θεσπέσιον πλοῦτον κατέχευε Κρονίων.

Tlepólemo, o brioso e grande filho de Héracles,
de Rodes nove navios trouxe, de ródios altaneiros,
655   que Rodes circo-habitavam triplamente arranjados,
Lindos e Iéliso[413] e também a alviluzente Camiro.
Desses, Tlepólemo, ínclito lanceiro, tinha o comando,
a quem Astioqueia gerara para a força de Héracles,[414]
que a trouxera de Efira, às margens do rio Seleís,
660   após saquear muitas urbes de férvidos reis divinatos.[415]
Tlepólemo, criando-se no paço de muros compactos,
do caro tio materno de seu pai em seguida deu cabo,
de Licímnio, que já envelhecia, um ramo de Ares.
Rápido, navios compôs e, muita tropa tendo reunido,
665   fugindo se foi sobre o mar: pois ameaçaram-no os outros
filhos, e os filhos dos filhos da força de Héracles.
Então, em Rodes chegou mareando, de aflições abatido.
Numa tríplice colônia assentaram-se. Ainda era amado
por Zeus, que deuses e humanos domina. E foi então que,
670   sobre eles divifática riqueza o Crônio fez chover.

O relato homérico difere em alguns pontos das fontes mais tardias e da versão contada por Píndaro nesta ode. O elemento mais óbvio é que Píndaro faz Tlepólemo ser filho de Astidameia, filha do rei de Ormênio,[416] Amíntor. A versão de Píndaro, a se crer no escólio 42a, coincidiria com a de um historiador chamado Aqueu (FGH IV, 286), que fornecia a seguinte genealogia: de Hipéroque, teria nascido Eurípilo; deste, Ormênio, que gerara Feres, que fora pai de Amíntor, o pai de Astidameia. No entanto,

---

413   Forma jônica de Iáliso.
414   "Para força de Héracles", circunlocução típica em Homero para todos os casos oblíquos do nome do herói, que não cabiam no metro do poema. Significa "para o forte Héracles". Aqui, no entanto, pode haver também uma alusão ao estupro de Astioqueia por Héracles, após ter matado seu pai, o rei da Éfira.
415   Para mais detalhes, Apolodoro 2.7.7 s.
416   No sopé do monte Pélio; cf. Estrabão 9.5.18.

não se pode descartar que a fonte de Aqueu, se esse de fato existiu,[417] tenha sido o próprio Píndaro.

Ainda, para tentar resolver essa discrepância, o escólio 42b lança a hipótese de que a *Ilíada* com que Píndaro estava familiarizado trouxesse o nome "Astidameia" no lugar de "Astioqueia", o qual, de fato, caberia no metro, mas não resolveria o problema de Homero fazê-la vir da Éfira, na Tesprócia, e não de Ormênio, na Tessália. Esse mesmo escoliasta nos informa igualmente que Hesíodo (fr. 232 M.-W.) e Simônides de Ceos (fr. 282 POLTERA / 554 PMG) também identificavam a mãe de Tlepólemo como sendo Astidameia, muito embora a fizessem filha de Ormênio, ancestral da casa dos Amintoridas e herói epônimo daquele reino. Outra hipótese levantada por esse escoliasta, e a meu ver a mais provável, seria a de que Píndaro estaria se baseando numa versão local do mito, que aprendera dos próprios ródios.

Nem no relato homérico nem nas fontes posteriores ficamos sabendo o motivo pelo qual Tlepólemo matara Licímnio, que era filho bastardo de Eléctrion com Mideia e, portanto, meio irmão de Alcmena, a avó paterna de Tlepólemo (Apolodoro 2.4.5). Píndaro acrescenta apenas o fato de que o homicídio não fora por dolo, mas em virtude de um acesso de raiva (*kholotheís*, v. 54). Os escólios não ajudam muito no esclarecimento do caso. O 49a e o 54 dizem apenas que Tlepólemo teria cometido o assassinato por causa de "honrarias e cargos" (*dià timôn*; *dià timás tinas kaì arkhás*). O fato de Píndaro dar relevo ao caráter ilegítimo de Licímnio (*nóthon*, v. 50) pode apontar para uma história de desavença, no mito original, talvez relacionada à divisão do poder entre os Heráclidas, já que Tlepólemo, por ser herdeiro legítimo de Héracles, poderia pensar que tinha direito a uma maior parcela de poder na divisão do espólio. É possível, por exemplo, que Licímnio não quisesse abrir mão da fortaleza

---

417 BOECKH 1811/21: 166 (vol. 2), com razão, duvida da existência desse historiador (*De Achaeo historico*, (...) *dubito magnopere*) e propõe ler "Acusilau", um historiador e genealogista do séc. VI, ou "Hecateu", um historiador datado de 550-476, ou seja, contemporâneo de Simônides e Píndaro.

de Mideia, que, segundo o escólio 49a, ele capturara, mas que deveria pertencer à sua mãe e, portanto, aos seus filhos legítimos. Esse seria um motivo plausível para o ataque de fúria de Tlepólemo. O escólio de Tomas Magister (46-8 ABEL) parece apontar nessa direção ao comentar que Tlepólemo "tendo se revoltado[418] contra ele (i.e. Licímnio), o matou".

Uma outra diferença do mito homérico para o pindárico, é que, naquele, Tlepolemo *foge* de Tirinto e acaba dando em Rodes aparentemente por acaso, fundando aí a "tripla" colônia. No relato de Píndaro, por outro lado, ele, aparentemente arrependido do homicídio, vai consultar-se no Oráculo de Delfos para saber como expiar a culpa, e é sob as ordens de Apolo que se dirige a Rodes. Interessante notar que o relato homérico parece preservar algumas indicações de uma movimentação bélica por parte de Tlepólemo ao dizer que ele reunira "muita tropa" (*polỳn stratón*)[419] e que "fora ameaçado" pelos outros Heráclidas. Pode-se pensar numa tentativa frustrada de tomada do poder, que teria sido rechaçada pelos filhos e/ou aliados de Licímnio.[420] Píndaro, obviamente, passa por cima de toda essa vendeta e, imediatamente depois da descrição do homicídio, efetua uma transição rápida ao *locus amoenus* do templo de Apolo em Delfos.

Os dois relatos voltam a coincidir na menção à "chuva de riqueza/ ouro" que Zeus trouxera sobre a ilha, logo depois do nascimento de Atena (Hesíodo, *Teogonia* 924 s.), para recompensar o sacrifício fracassado dos Helíadas. Essa, aliás, é a deixa de Píndaro para adentrar nesse mito, cuja função é continuar ilustrando a gnoma dos vv. 44-8, mas com um novo exemplo. Dessa vez, é Diodoro Sículo (5.55-7) que nos conta a versão mais completa da história:

---

418 No grego, *stasiásas*, uma palavra que indica uma revolução (*stásis*) armada.
419 KIRK 1993: 226: "que ele tenha construído navios é relativamente surpreendente na medida em que uma fuga apressada é implicada pelo texto"; exceto, obviamente, se ele não estivesse fugindo, mas se preparando para a guerra.
420 Píndaro menciona um dos filhos de Licímnio, Oiôno, na *O.* 10.77-8.

χρόνῳ δ' ὕστερον προαισθομένους τοὺς Τελχῖνας τὸν μέλλοντα γίνεσθαι κατακλυσμὸν ἐκλιπεῖν τὴν νῆσον καὶ διασπαρῆναι. (...) Ἥλιον δὲ κατὰ μὲν τὸν μῦθον ἐρασθέντα τῆς Ῥόδου τήν τε νῆσον ἀπ' αὐτῆς ὀνομάσαι Ῥόδον (...) καὶ γενέσθαι τοὺς κληθέντας ἀπ' αὐτοῦ Ἡλιάδας, ἑπτὰ τὸν ἀριθμόν, καὶ [τοὺς] ἄλλους ὁμοίως λαοὺς αὐτόχθονας. ἀκολούθως δὲ τούτοις νομισθῆναι τὴν νῆσον ἱερὰν Ἡλίου καὶ τοὺς μετὰ ταῦτα γενομένους Ῥοδίους διατελέσαι περιττότερον τῶν ἄλλων θεῶν τιμῶντας τὸν Ἥλιον ὡς ἀρχηγὸν τοῦ γένους αὐτῶν. εἶναι δὲ τοὺς ἑπτὰ υἱοὺς Ὄχιμον, Κέρκαφον, Μάκαρα, Ἀκτῖνα, Τενάγην, Τριόπαν, Κάνδαλον, θυγατέρα δὲ μίαν, Ἠλεκτρυώνην (...) . ἀνδρωθεῖσι δὲ τοῖς Ἡλιάδαις εἰπεῖν τὸν Ἥλιον, ὅτι οἵτινες ἂν Ἀθηνᾷ θύσωσι πρῶτοι, παρ' ἑαυτοῖς ἕξουσι τὴν θεόν· τὸ δ' αὐτὸ λέγεται διασαφῆσαι τοῖς τὴν Ἀττικὴν κατοικοῦσι. διὸ καί φασι τοὺς μὲν Ἡλιάδας διὰ τὴν σπουδὴν ἐπιλαθομένους ἐνεγκεῖν πῦρ ἐπιθεῖναι τὰ θύματα, τὸν δὲ τότε βασιλεύοντα τῶν Ἀθηναίων Κέκροπα ἐπὶ τοῦ πυρὸς θῦσαι ὕστερον. διόπερ φασὶ διαμένειν μέχρι τοῦ νῦν τὸ κατὰ τὴν θυσίαν ἴδιον ἐν τῇ Ῥόδῳ, καὶ τὴν θεὸν ἐν αὐτῇ καθιδρῦσθαι. (...) οἱ δ' Ἡλιάδαι διάφοροι γενηθέντες τῶν ἄλλων ἐν παιδείᾳ διήνεγκαν καὶ μάλιστ' ἐν ἀστρολογίᾳ. εἰσηγήσαντο δὲ καὶ περὶ τῆς ναυτιλίας πολλὰ καὶ τὰ περὶ τὰς ὥρας διέταξαν.

Algum tempo depois, os Telquines, prevendo o Dilúvio iminente,[421] abandonaram a ilha e se dispersaram. (...) Hélio, segundo o mito, teria se apaixonado por Rode e nomeado a ilha a partir dela (...), gerara, ainda, com ela os chamados Helíadas, em número de sete, e outros povos que eram igualmente autóctones. Em seguida, a ilha foi por esses declarada sagrada a Hélio, e os ródios que vieram depois destes o honram acima de todos os outros deuses. Seus sete filhos foram Ócimo, Cêrcafo, Macareu (ou Mácar), Áctis, Tênages, Tríopa e Cândalo; a única filha chamava-se Electríone (...). Quando os Helíadas se tornaram adultos, Hélios lhes disse que aquele povo que primeiro sacrificasse a Atena, teria entre eles a presença da deusa. Disse que teria revelado o mesmo aos habitantes da Ática. É por isso que se diz também que os Helíadas, devido à pressa, tendo se esquecido de trazer o fogo, simplesmente depositaram a oferta no altar, ao passo que o então rei dos atenienses, Cêcrops, sacrificou sobre o fogo, ainda que por último. Por isso se diz que até hoje o sacrifício é feito dessa maneira peculiar em Rodes e que a deusa teve seu culto lá fundado. (...) Os Helíadas distinguiram-se de

---

421 Píndaro conta o mito do Dilúvio e de Deucalião e Pirra na O. 9.75 s.

todos os homens pelo seu conhecimento, sobretudo em Astrologia. Introduziram também muitos dos preceitos da ciência da Náutica, bem como a divisão das estações.

Da mesma forma que Tlepólemo havia sido recompensado por Zeus apesar do homicídio do tio, os Helíadas também o foram, já que, muito embora tenham perdido o padroado de Atena para os atenienses, foram agraciados com uma chuva de ouro (uma metáfora, talvez, para a existência de depósitos desse mineral na ilha) e com o conhecimento de várias ciências, inclusive o da fabricação de estátuas que podiam se mover como se estivessem vivas, uma atribuição que antes era dos Telquines. Esses, no entanto, obtinham esse resultado por meio da mágica, e não da ciência, daí a gnoma dos vv. 98-9, "[a]o perito até uma habilidade, / superior sem fraude se afigura", que serve, por sua vez para introduzir o mito do surgimento da própria ilha de Rodes.

Aqui outra vez Píndaro apresenta uma versão completamente diferente daquela canônica relatada por Diodoro Sículo (5.55), segundo a qual a ilha teria sido habitada desde o princípio pelos já mencionados Telquines, filhos de Possidão e Talassa (a personificação divina do mar), detentores de poderes mágicos e, segundo Estrabão (14.2.7), acusados de serem demônios malignos que destruíam as plantações, regando-as com água do Estige misturada com enxofre. Teriam sido também, segundo o mesmo autor, os primeiros a trabalhar com o ferro, sendo exímios artesãos e os que primeiro teriam construído estátuas aos deuses. Os escólios 100a e 101 explicam que Píndaro estaria se baseando em um tradição mítica local, provavelmente oral, o que pode estar implicado na expressão dos vv. 100-1, "antiquíssimas sagas" (*palaiaì rhésies*). Seja como for, na versão pindárica, o mito serve para ilustrar a gnoma de que mesmo um erro, um esquecimento ou uma ausência podem ter consequências contrárias às expectativas humanas. É impossível não pensarmos que essa "moral" da ode não estivesse relacionada a algum evento da vida do próprio Diágoras ou das circunstâncias de sua vitória, como no caso de Ergóteles, na *Olímpica* 12, algo que, no entanto, podemos apenas especular, devido à total ausência de relatos históricos.

Esta ode de Píndaro, com suas muitas circularidades, é uma espécie de "variações sobre um tema"; um, aliás, muito caro a Píndaro e ao pensamento grego arcaico: o de que a pequena mente (*mikròs noûs*) dos homens não pode prever todos os possíveis desdobramentos de uma ação, todos os cenários, todos os universos engendrados por um determinado ato, algo de que somente a Grande Mente (*mégas noûs*) de Zeus[422] seria capaz. Apenas ela, sozinha entre deuses e humanos, de todas as coisas, conhece o fim, por tê-las ordenado, desde o princípio, em um perfeito arranjo (*kósmos*) de causas e consequências.

---

422 Hesíodo, *Teogonia* 37. Em Píndaro, cf. sobretudo a *O.* 12.6-18 e a *O.*9. 3-5; também *P.* 9.44 s.; *P.* 12.53-6; *N.* 6.4. Cf. também Hesíodo, *Trabalhos e dias* 105, 483-4; Semônides de Amorgos, fr. 1 PMG: "Meu filho, Zeus Baritoante, / o fim detém de tudo quanto existe e ele o arranja como quer; / entre os homens não há discernimento, mas dia após dia / como o gado vivem, e nada sabem como / cada coisa o deus a termo levará".

VII.
ΔΙΑΓΟΡΑΙ ΡΟΔΙΩΙ
ΠΥΚΤΗΙ
(464)

Α' Φιάλαν ὡς εἴ τις ἀ-
φνειᾶς ἀπὸ χειρὸς ἑλών
ἔνδον ἀμπέλου καχλάζοι-
σαν δρόσῳ δωρήσεται
5   νεανίᾳ γαμβρῷ προπίνων
οἴκοθεν οἴκαδε, πάγ-
χρυσον, κορυφὰν κτεάνων,
συμποσίου τε χάριν κᾶδός τε τιμά-
σαις ⟨ν⟩έον, ἐν δὲ φίλων
10 παρεόντων θῆκέ νιν ζα-
λωτὸν ὁμόφρονος εὐνᾶς·

—

καὶ ἐγὼ νέκταρ χυτόν,

423 A fiale era uma taça, mormente circular, larga, rasa e sem alças (ao contrário da *patera* romana, com que se parece), com uma elevação externa no centro, utilizada para libações em ocasiões festivas ou solenes. Cf. *I*. 6.58. Algumas vezes sua forma é copiada em troféus modernos. O termo, em grego moderno, designa um frasco pequeno, mormente de perfume.

424 *Kenning* para "vinho", que deve ser do tipo espumante ou está espumando por ter sido vertido fartamente até a borda da taça, como mandava o costume no caso de brindes (Σ 1b).

425 O escólio 5a esclarece que "brindar (*propínein*) é empregado no sentido principal de 'dar a taça de presente' junto com o vinho". Essa taça fazia parte das *hédna*, presentes e propriedades passadas pelo pai da noiva ao noivo tanto como compensação quanto como auxílio para o início de um novo ramo da família. Ela certamente passaria de geração em geração como a taça de ouro (*khrýseon dépas*) na casa de Eneu, que lhe fora dada por Belerofonte, na *Il.* 6.220 s., um paralelo notado pela primeira vez por YOUNG 1968: 73, n. 75. A questão do dote sempre foi central para a cultura grega, inclusive até a primeira metade do séc. XIX e aparece como um dos

7.
PARA DIÁGORAS DE RODES
PELO PUGILATO
(464)

I   Uma fiale,[423] como se alguém
    de opima mão tomado houvesse,
    cheia do espumante orvalho
    da videira,[424] e a ofertasse
5   a um jovem noivo, um brinde[425]
    de uma casa a outra casa,[426]
    toda ouro e suma posse,[427]
    da festa a graça honrando e o novo enlace,
    e, face aos amigos, o fizesse
10 invejável em virtude
    de um concorde casamento,[428]

    assim eu, libado néctar,[429]

---

elementos centrais da trama da *Assassina* de Alexandros Papadiamandis.
426 Não se trata, como nota BRASWELL 1976: 241, de um casamento, mas da cerimônia de *engýēsis*, na qual o pai acertava o contrato de casamento com o futuro genro sem a presença da noiva. O contexto deve ser aquele de um simpósio.
427 Cf. *O*. 1.2-4.
428 Da mesma forma que um noivo é invejado pelo casamento e pelo rico presente do sogro, o vencedor olímpico o é pela vitória e o epinício do poeta. Ver nota abaixo.
429 O *néktar* era a bebida dos deuses, sem a qual eles, ademais, enfraqueciam. Para a possível etimologia da palavra, ver a nota ao v. 100 da *O*. 1. "Néctar" ainda não tinha, na literatura grega, o sentido genérico de "suprassumo", muito embora pudesse ser usado para qualificar líquidos raros, como o mel (Píndaro irá se comparar a uma abelha na *P*. 10.83), ou caros, como o vinho. A implicação aqui, no entanto, parece-me ser a de que a canção das Musas, destilada pelo poeta, tem o mesmo poder do *néktar* divino para fazer um homem imortal. Importante aqui a metáfora conceitual segundo a qual a CANÇÃO É UMA BEBIDA, que irá recorrer na *N*. 3.76.

            Μοισᾶν δόσιν, ἀεθλοφόροις
            ἀνδράσιν πέμπων, γλυκὺν καρ-
15   πὸν φρενός, ἱλάσκομαι
            Ὀλυμπίᾳ Πυθοῖ τε νικών-
            τεσσιν· ὁ δ' ὄλβιος, ὃν
            φᾶμαι κατέχωντ' ἀγαθαί·
            ἄλλοτε δ' ἄλλον ἐποπτεύει Χάρις ζω-
20   θάλμιος ἀδυμελεῖ
            θαμὰ μὲν φόρμιγγι παμφώ-
            νοισί τ' ἐν ἔντεσιν αὐλῶν.

—

            καί νυν ὑπ' ἀμφοτέρων
            σὺν Διαγόρᾳ κατέβαν, τὰν ποντίαν
25   ὑμνέων παῖδ' Ἀφροδίτας
            Ἀελίοιό τε νύμφαν,
            Ῥόδον, εὐθυμάχαν

430 A expressão pode ser interpretada literalmente, já que, como vimos na introdução, Diágoras vinha de uma família de atletas vencedores.
431 O verbo tem valor tradicional e deve significar apenas "dedico", não, *necessariamente*, que Píndaro não tenha ido pessoalmente a Rodes como quer CATENACCI *et al.* 2013: 477 e outros. Cf. o v. 24 abaixo, que parece indicar justamente o contrário. É impressionante a recusa da maioria dos críticos em aceitar a explicação mais simples e plausível: de que Píndaro, como muitos outros poetas errantes, poderia ter ido pessoalmente a Rodes para cantar ou dirigir o coro. Sobre a questão dos *poeti vaganti*, ver HUNTER & RUTHERFORD 2011, que, na introdução (3), dizem que os "poetas vagantes são mais bem atestados no registro histórico (em grande parte epigráfico) do período helenístico e imperial, e o termo '*poeti vaganti*/poeta vagante' é adotado para este livro em homenagem a Margherita Guarducci, que há muito tempo recolheu um pequeno corpo de decretos dos séculos III e II AEC. comemorando cerca de vinte e cinco 'poeti vaganti' que foram homenageados por sua 'presença' (*epidēmia*) e 'comportamento' (*anastrophē*) por comunidades estrangeiras nas quais haviam atuado e que, *em muitos, se não em todos os casos, teriam celebrado em seus poemas*; os privilégios mais comuns que lhes foram concedidos são a proxenia, a isenção de impostos e concessões de terras" (grifo meu). Não vejo por que não extrapolar essas vagâncias poéticas para a época arcaica e para Píndaro.
432 Isto é, nos Jogos Olímpicos e Píticos.
433 Há um paralelismo direto entre a metáfora do proêmio e esses versos: pai da noiva/poeta; noivo/*laudandus*; vinho/poesia; taça/epinício. As metáforas conceituais

poção das Musas, a varões
vitoriosos[430] enviando,[431] doce
15   fruto de meu peito, propicio
os em Olímpia e em Pito[432]
vitoriosos.[433] Afortunado é este
a quem nobre fama[434] acade.[435]
Ora d'um ora d'outro cuida a Graça[436]
20   viviflorente[437] com a doce
lira amiúde e o panfônico
arranjo instrumental dos aulos.[438]

E agora, ao som de ambos,
com Diágoras desembarquei, marinha
25   hineando a filha de Afrodite
e a consorte de Hélio,
Rode,[439] para de um afrontoso[440]

segundo as quais a VITÓRIA É UMA NOIVA a ser conquistada, O ATLETA É O PRETEN-DENTE e O SUCESSO É O CASAMENTO são comuns em Píndaro e aparecem todas de maneira bastante clara no mito de Pélops e Hipodâmia, contado na O. 1.

434 Fama oriunda do epinício, que será cantado e recantado por gerações de homens.

435 A partir dessa gnoma, Píndaro irá construir toda a ode. Primeiro contando o infortúnio de Tlepólemo e como, ao final de suas provações e provavelmente contra suas expectativas, obteve a fama imortal; depois, como os filhos de Hélio, os Helíadas, tornaram-se, a partir de um erro, famosos entre os homens; em seguida, como o próprio Hélio, ao garantir para si a ilha de Rodes como *géras*, isto é, como honraria digna de sua posição entre os deuses, seria para sempre pelos ródios cultuado e celebrado. Todas essas histórias, obviamente, se conectam com a própria trajetória de sucesso de Diágoras e sua família.

436 Personificação do poder da poesia em conferir valor, destaque, influência, sucesso etc. Cf. O. 1.49-54.

437 Cf. O. 8.93-6 para uma ideia semelhante. *Zōthálmios* no original, um unicismo.

438 Como na O. 3, uma performance que combina a lira e o aulos.

439 Ninfa epônima da ilha de Rodes. *Rhódos*, masculino em grego, significa "rosa". Era filha de Possidão (daí o epíteto "marinha") e Afrodite (Σ 24f, 25), ou daquele e Anfitrite (Σ 24c; 25; Apolodoro 1.4.6) ou Hália (Diod. Sic. 5.51), irmã dos Telquines, míticos espíritos marinhos e hábeis ferreiros nativos dessa ilha e de Ceos, sobre cujo mito Píndaro, curiosamente, silencia.

440 *Euthymákhēs*, um neologismo inventado por Píndaro que aparece apenas no epigra-

                    ὄφρα πελώριον ἄνδρα παρ' Ἀλ-
                    φειῷ στεφανωσάμενον
30   αἰνέσω πυγμᾶς ἄποινα
                    καὶ παρὰ Κασταλίᾳ,
                        πατέρα τε Δαμάγητον ἀδόντα Δίκᾳ
                    Ἀσίας εὐρυχόρου
                        τρίπολιν νᾶσον πέλας
35   ἐμβόλῳ ναίοντας Ἀργείᾳ σὺν αἰχμᾷ.
)—

B'   ἐθελήσω τοῖσιν ἐξ
                    ἀρχᾶς ἀπὸ Τλαπολέμου
                    ξυνὸν ἀγγέλλων διορθῶ-
                        σαι λόγον, Ἡρακλέος
40   εὐρυσθενεῖ γέννᾳ. τὸ μὲν γὰρ
                        πατρόθεν ἐκ Διὸς εὔ-
                    χονται· τὸ δ' Ἀμυντορίδαι
                    ματρόθεν Ἀστυδαμείας. ἀμφὶ δ' ἀνθρώ-

ma atribuído a Simônides de Ceos (54.1 FGE), *euthymakhân andrôn*, "de afrontosos varões", claramente com o sentido de guerreiros que não tergiversam, mas que se mantiveram firmes no ataque. Assim glossa o escólio 27a, "não se virando durante a luta de punhos", isto é, não tentando evitar golpes, mas atacando sempre. Outra possibilidade aventada pelo 27c é "que luta honestamente" (*ex eutheías*), o que dificilmente poderia ser visto como um elogio. Acho que o nosso "afrontoso" em português traduz muito bem o composto e, por isso, não achei necessário criar um neologismo aqui (mas *retímaco* e *frontímaco* seriam boas opções).

441 Literalmente, pois, segundo os escólios 27b e 28a, Diágoras tinha quatro cúbitos e cinco dátilos de altura, ou seja, cerca de 1,96 m, a altura média de um peso pesado moderno, mas impressionante para a época se pensarmos que a altura média de um ateniense variava entre 1,62 e 1,75 m de acordo com SCHWARTZ 2013: 166 e a bibliografia por ele citada.

442 Respectivamente, em Olímpia e em Delfos, onde estava localizada a fonte Castália, o local exato onde Apolo teria matado a serpente Píton e tido pelos antigos como fonte de inspiração poética para aqueles que bebessem de suas águas. Diágoras havia vencido tanto nos Jogos Olímpicos quanto nos Píticos.

443 A paga do boxe é o hino de louvor, o epinício.

444 Pai de Diágoras e homônimo do antigo rei de Rodes, que reinava a partir da cidade de Iáliso (Pausânias 4.24.2); ver nota abaixo.

e colossal[441] lutador, às margens
do Alfeu tendo sido coroado
30 e da fonte Castália,[442] a paga
do pugilato[443] celebrar,
e ao seu pai, Damageto,[444] caro à Justiça.
Da vasta terra da Ásia
uma trípole ilha,[445] próxima
35 de argivo pontal, habitam com a lança.[446]

II Quero àqueles, do princípio,
a partir de Tlapólemo,[447]
a história comum contando,
retificar,[448] aos da estirpe
40 do vastipotente Héracles,
pois do lado paterno
de Zeus alegam vir;
mas de Amíntor, pelo da mãe, Astidameia.[449]

---

445 Rodes, dita aqui "trípole" porque era formada por três cidades: Iáliso, Camiro, Lindos; "argiva", porque fora colonizada por Tlepólemo, partindo de Tirinto em Argos.
446 Sinédoque para "lanceiros", o que ressalta o caráter bélico da colonização.
447 Forma dórica de Tlepólemo. Para o mito, ver a introdução. Começa aqui uma composição em anel (*Ringkomposition*) que irá se encerrar apenas no v. 142 com uma outra menção a Tlepólemo.
448 A retificação diz respeito justamente à origem dos ródios, que Píndaro faz retroceder à colonização dórica da ilha por Tlepólemo (Σ 36c) e não às fundações sucessivas dos dóricos de Mégara, que Estrabão (14.2.6) considera serem as únicas que poderiam ser chamadas de "dóricas", já que teriam acontecido *depois* do retorno dos Heráclidas, mas que não são mencionadas na ode. Por outro lado, o mesmo escólio precisa, ainda, que Píndaro deseja defender a fuga de Tlepólemo de Tirinto como tendo sido ordenada por Apolo.
449 Os escólios (42a-b) notam que a genealogia de Píndaro, que estaria em concordância com a de um historiador chamado Aqueu e provavelmente era a versão canônica em Rodes, difere daquela de Homero. Este (*Il.* 2.658-60) faz Tlepólemo ser filho de Astíoque, filha de Filante, rei de Éfira na Tesprócia; ao passo que Píndaro o faz filho de Astidameia, filha de Amíntor (ou Órmeno, Hesíodo, fr. 232 M.-W.), rei de Ormênio no sopé do monte Pélio, na Tessália. O irmão de Astidameia, Fênix, fora o tutor de Aquiles.

πων φρασὶν ἀμπλακίαι
45   ἀναρίθμητοι κρέμανται·
         τοῦτο δ' ἀμάχανον εὑρεῖν,

—

         ὅ τι νῦν ἐν καὶ τελευ-
         τᾷ φέρτατον ἀνδρὶ τυχεῖν.
         καὶ γὰρ Ἀλκμήνας κασίγνη-
50   τον νόθον σκάπτῳ θενών
         σκληρᾶς ἐλαίας ἔκτανεν Τί-
         ρυνθι Λικύμνιον ἐλ-
         θόντ' ἐκ θαλάμων Μιδέας
         τᾶσδέ ποτε χθονὸς οἰκιστὴρ χολωθείς,
55   αἱ δὲ φρενῶν ταραχαί
         παρέπλαγξαν καὶ σοφόν. μαν-
         τεύσατο δ' ἐς θεὸν ἐλθών.

—

         τῷ μὲν ὁ χρυσοκόμας
         εὐώδεος ἐξ ἀδύτου ναῶν πλόον

450 Um merismo: "durante toda a vida".
451 Leio, com YOUNG 1968: 81, "limitações", "óbices" que, por penderem, ocultam a visão, em vez do subjetivo "erros". Essa gnoma será ilustrada pelo mito que se segue. Ela liga, de novo, os principais personagens da ode: Tlepólemo não sabia que o crime que cometera redundaria, por fim, num bem; tampouco os Helíadas, ao esquecerem do fogo, ou Hélio, ao não estar presente na divisão do mundo entre os deuses. Notar que o relato procede do erro mais grave para o mais leve: homicídio-esquecimento-ausência. Qual seria o evento na vida de Diágoras a que Píndaro poderia estar aineticamente se referindo com esses mitos? Provavelmente jamais saberemos.
452 A enfática postergação do nome (sujeito ou objeto), precedido de vários atributos, é uma característica do estilo pindárico e pode ter raízes na poética indo-europeia. Sobre isso, WATKINS 2002 e MEUSEL 2019. Obviamente, o artifício serve para, criando suspense, atender ou negar as expectativas de uma audiência. O objeto direto preposicionado, na tradução, resolve a ambiguidade que poderia surgir da igual postergação do sujeito da oração ("o colonizador desta terra"), o que me permitiu manter – aqui e em tantos outros casos – essa importante característica da linguagem pindárica.

> Em torno à mente humana
> pendem óbices sem fim,
> e isto é impossível descobrir,
>
> o que agora e ao final[450]
> melhor é a um homem alcançar.[451]
> Pois também no ilegítimo irmão
> de Alcmena, com o báculo batendo
> de uma dura oliveira, matou,
> em Tirinto, a Licímnio,[452]
> que vinha do paço de Mideia,[453]
> o colonizador desta terra,[454] agastado.
> As torvações do juízo
> desnorteiam até mesmo um sábio.[455]
> Foi se consultar com o deus.[456]
>
> A ele então o Aurícomo,[457]
> do ádito odorado,[458] de uma navegação

45

50

55

---

453 A fortaleza de Mideia, da época micênica, em Dendra (Pausânias 2.16.2), a cerca de 10 km de Tirinto. WILLCOCK 1995: 121 tem razão em descartar a leitura dos escólios e de comentadores modernos que tomam *ek thalámōn* como "vindo dos aposentos" e fazem a expressão se referir aos aposentos da concubina de Eléctrion, mãe de Licímnio. Como ele argumenta, a meu ver com razão, o próprio Licímnio já era velho, como diz Homero, e sua mãe dificilmente estaria ainda viva.
454 Isto é, Tlepólemo.
455 Tanto o "agastado" como a concessiva "até mesmo um sábio" procuram exculpar Tlepólemo: ele não era um assassino, mas foi vítima das circunstâncias e de forte emoção. Os gregos, como nós, já distinguiam entre assassinato culposo e doloso.
456 Em Delfos. O crime de sangue requer o exílio imediato do assassino e uma expiação ritualística (*lýtron*) que apenas aquele oráculo teria autoridade para indicar.
457 Apolo, cujo epíteto é "de áurea coma". O ádito era a parte mais íntima e interdita do templo, onde ficava a estátua do deus, defronte a qual incensos e perfumes eram queimados.
458 Notar a transição magistral da terrível e tormentosa cena do homicídio para o ádito perfumado e beatífico do templo de Apolo.

60   εἶπε Λερναίας ἀπ' ἀκτᾶς
              εὐθὺν ἐς ἀμφιθάλασσον
           νομόν, ἔνθα ποτὲ
              βρέχε θεῶν βασιλεὺς ὁ μέγας
              χρυσέαις νιφάδεσσι πόλιν,
65   ἀνίχ' Ἀφαίστου τέχναισιν
           χαλκελάτῳ πελέκει
              πατέρος Ἀθαναία κορυφὰν κατ' ἄκραν
           ἀνορούσαισ' ἀλάλα-
              ξεν ὑπερμάκει βοᾷ.
70   Οὐρανὸς δ' ἔφριξέ νιν καὶ Γαῖα μάτηρ.
)—
Γ'   τότε καὶ φαυσίμβροτος
              δαίμων Ὑπεριονίδας
           μέλλον ἔντειλεν φυλάξα-
              σθαι χρέος παισὶν φίλοις,
75   ὡς ἂν θεᾷ πρῶτοι κτίσαιεν
              βωμὸν ἐναργέα, καὶ
              σεμνὰν θυσίαν θέμενοι
           πατρί τε θυμὸν ἰάναιεν κόρᾳ τ' ἐγ-

459 Cidade onde havia um dos principais portos da Argólida, distante cerda de 10 km de Argos e cenário do segundo trabalho de Héracles.
460 "Anfimarinho pasto", *kenning* para "ilha". Trata-se de Rodes, cujo mito fundador será contado a partir dessa seção.
461 Zeus.
462 Provavelmente Lindos. Píndaro aqui irá começar uma composição em anel organizada por meio de um *hýsteron próteron*, isto é, contando o que aconteceu por último (*hýsteron*) em primeiro lugar (*próteron*): a colonização de Rodes por Tlepólemo. A partir daí irá retroceder no tempo até o próprio surgimento da ilha do fundo do oceano.
463 Forma dórica do nome da deusa Atena.
464 Cf. Estesícoro, fr. 233 PMGF. "Alalá", dicionarizado em português, era o grito dado pelos soldados ao avançar contra o inimigo.
465 É preciso que o leitor se lembre que, tivesse Métis levado a gravidez de Atena a termo, essa teria um filho que estava destinado a ser "maior que o Pai", como o Céu e a Terra haviam previsto (Hesíodo, *Teogonia* 463-5, 886-900), daí sua reação de pavor frente ao grito da deusa.

60   falou que das praias de Lerna[459]
              direto fosse ao anfimarinho
          pasto,[460] onde outrora
              chovera o Grande Rei dos Deuses[461]
              neve d'ouro sobre a cidade,[462]
65   quando, pelas artes de Hefesto,
          munido de éreo machado,
              do topo da cabeça do Pai, Atanaia,[463]
          soerguendo-se, o alalá
              gritou com superno brado.[464]
70   E o Céu se arrepiou, e a Terra mãe.[465]

III   Naquela época,[466] o lucífero
              nume, filho de Hipérion,[467]
          futuro, instruiu guardar
              o rito aos seus caros filhos:[468]
75   que à deusa os primos fossem
              a erguer conspícuo altar
          e, sacra vítima queimando,[469]
              o coração do Pai propiciar e da Moça[470]

---

466 Píndaro retrocede no tempo. Os eventos narrados no mito ocorrem, segundo Filóstrato, o Velho, *Imagines* 2.27, antes do Dilúvio.
467 Hélio, o Sol. Segundo Hesíodo, *Teogonia* 134 e Apolodoro 1.1.2, 2.2, Hipérion ("Altívago") era um titã filho do Céu (*Ouranós*) e da Terra (*Gê*) e teve com sua irmã, Teia ou Erifaessa ("Larguiluzente"), o Sol (*Hélios*), a Lua (*Seléne*) e a Aurora (*Éōs*).
468 Os Helíadas, sete filhos de Hélio e Rode e netos de Possidão, seus nomes, segundo Diod. Sic. 5.56.5, eram Ócimo, Cêrcafo, Macareu (ou Mácar), Áctis, Tênages, Tríopa, Cândalo e, segundo Nono, *Dionisíacas* 14.44, Auges e Trínax. Cêrcafo era pai de Lindo, Iáliso e Camiro, os heróis epônimos das três cidades da ilha. Píndaro ignora o mito de Cêrcafo, inclusive importante para Iáliso, a cidade natal de Diágoras, a fim de dar maior relevo aos seus laços dóricos por meio de Tlepólemo.
469 Os deuses se aprazem com a fumaça (*thŷma*, lat. *fūmus*) oriunda das ofertas queimadas (*thysía*).
470 "Moça", "menina", porque Atena, como Ártemis e Héstia, permanecerá para sempre virgem e solteira, a fim de não cumprir a profecia da Terra e do Céu, isto é, gerar um filho que pudesse destronar Zeus. O epíteto também traz à mente a figura das esculturas de *kórai* da idade arcaica.

χειβρόμῳ. ἐν δ' ἀρετάν
80 ἔβαλεν καὶ χάρματ' ἀνθρώποισι προμαθέος αἰδώς·

—

ἐπὶ μὰν βαίνει τι καὶ
λάθας ἀτέκμαρτον νέφος,
καὶ παρέλκει πραγμάτων ὀρ-
85 θὰν ὁδὸν ἔξω φρενῶν.
καὶ τοὶ γὰρ αἰθοίσας ἔχοντες
σπέρμ' ἀνέβαν φλογὸς οὔ.
τεῦξαν δ' ἀπύροις ἱεροῖς
ἄλσος ἐν ἀκροπόλει. κείνοις ὁ μὲν ξαν-
90 θὰν ἀγαγὼν νεφέλαν {Ζεύς}
πολὺν ὗσε χρυσόν· αὐτὰ
δέ σφισιν ὤπασε τέχναν

—

471 Isto é, que estrondeia com a lança, o que reforça a imagem de uma Atena nascida da cabeça de Zeus já pronta para a guerra. O mito é contado por Diod. Sic. 5.56.5 s., por Filóstrato, o Velho, *Imagines* 2. 27, e pelos escólios. Quando Zeus engole Métis (a Esperteza) ela já estava grávida de uma filha. Não muito tempo depois, Zeus começa a ter dores de cabeça terríveis e pede que Hefesto lhe abra o crânio a fim aliviá-las. Ao fazer isso, a deusa Atena pula de dentro da cabeça do Pai já completamente formada e vestida para a guerra (Hesíodo, *Teogonia* 924 s.). Um pouco antes disso, Hélio, o Sol, que via tudo antes de todos devido à sua posição privilegiada, havia alertado seus filhos com Rode, os assim chamados Helíadas, que a cidade que primeiro sacrificasse para a deusa tê-la-ia como padroeira. Os Helíadas, que também são os responsáveis por expulsar os Telquines da ilha (Nono, *Dionisíaca* 14.44), tornam-se ainda famosos pelo seu conhecimento astrológico e náutico.
472 Aqui, e em muitas outras passagens desta tradução, leio com VERDENIUS 1987: 66, que nota que *aretḗ*, em Píndaro, normalmente significa ou o sucesso ou aquilo que é necessário para obtê-lo, isto é, o talento.
473 An *extremely difficult expression*, como diz WILLCOCK 1995: 115. Concordo, no entanto, com VERDENIUS 1987: 66 que o genitivo é provavelmente subjetivo, "reverência do previdente" significando a "reverência que o previdente *causa* nos outros". Uma outra interpretação possível seria "filha da Previdência", dada a tendência em Píndaro para metáforas genealógicas, como, por exemplo, na P. 5.35-6, com que teríamos um paralelo muito interessante para essa leitura. Essa gnoma serve de contraste para o mito que será contado a seguir. A conexão com o mito de Prometeu, advogada por alguns, me parece fantasiosa.
474 Em contraste com a nuvem de ouro (v. 90) que Zeus manda sobre Rodes.

> Lancitroante.⁴⁷¹ Talento⁴⁷²
> 80 e júbilo, incute, nos homens,
> a reverência ao previdente.⁴⁷³
>
> Mas, por certo, às vezes, baixa
> do olvido inopinada névoa⁴⁷⁴
> e desterra, dos compromissos,
> 85 o reto curso mente afora.
> Pois vê como não tendo, da ardente
> chama, a semente,⁴⁷⁵ subiram.⁴⁷⁶
> E fundaram, com ápira oferta,
> o templo na acrópole.⁴⁷⁷ Àqueles, 'inda assim,⁴⁷⁸
> 90 dourada nuvem impondo, Zeus
> muito ouro choveu.⁴⁷⁹ E a própria
> Olhos-de-Coruja⁴⁸⁰ concedeu-lhes

---

475 Ou seja, com uma brasa para acender o fogo dos sacrifícios, como esclarece o escólio 86c. A oferta então foi simplesmente colocada sobre o altar. WILLCOCK 1995: 126 lembra que ofertas de frutas, vegetais, bolos, etc. não eram incomuns na Grécia antiga, e ele pode estar certo em ver no mito do sacrifício dos Helíadas uma etiologia para oferendas sem sangue.
476 A acrópole, onde o sacrifício deveria ser realizado.
477 Provavelmente no templo de Atena em Lindos. Segundo CATENACCI et al. 2013: 172, 489, o mito procura explicar uma prática ritual pré-grega.
478 Outra vez, aqui, a graça de Zeus é dada *apesar* do erro cometido.
479 Cf. *Il.* 2.670, uma provável fonte de inspiração para o mito.
480 Atena, que sempre se destaca pelo seu olhar rapace e brilhante, como o da coruja. De acordo com o LSJ, *s.v.*, *so called from its glaring eyes*. Além disso, a espécie mais provável de coruja a ela associada, a *Athene noctua*, além de ser sua companheira (de nome Bubo), parece-se com um guerreiro com o elmo abaixado, quando vista de frente, devido ao contraste entre as máculas de sua plumagem e os seus olhos penetrantes. Um indício de que essa associação já era reconhecida pelos gregos é a representação de uma coruja armada na assim chamada Enócoa (um vaso para servir vinho) da Antestéria do Museu do Louvre (*c.* 410–309, inventário número CA 2192). Não acredito que *glaúx* aqui e em outras passagens em que Atena seja descrita como *glaukṓps* seja uma referência à cor dos seus olhos, e ainda menos que essa cor seja azul claro (como é o sentido na língua grega moderna) ou cinza, como aparece em algumas traduções, uma vez que, além de serpentes, como vimos na *O.* 6. gatos também são descritos como *glaucópides* e têm, em sua grande maioria, olhos verdes (como, por exemplo, em *Papyri Graecae Magicae* 4.2130, *glakṓpin aílouron*). O termo

```
              πᾶσαν ἐπιχθονίων
              Γλαυκῶπις ἀριστοπόνοις χερσὶ κρατεῖν.
95            ἔργα δὲ ζωοῖσιν ἑρπόν-
              τεσσί θ' ὁμοῖα κέλευθοι
              φέρον· ἦν δὲ κλέος
              βαθύ. δαέντι δὲ καὶ σοφία
              μείζων ἄδολος τελέθει.
100           φαντὶ δ' ἀνθρώπων παλαιαί
              ῥήσιες, οὔπω, ὅτε
                 χθόνα δατέοντο Ζεύς τε καὶ ἀθάνατοι,
              φανερὰν ἐν πελάγει
              Ῥόδον ἔμμεν ποντίῳ,
105           ἁλμυροῖς δ' ἐν βένθεσιν νᾶσον κεκρύφθαι.
)—
Δ'            ἀπεόντος δ' οὔτις ἔν-
              δειξεν λάχος Ἀελίου·
              καί ῥά μιν χώρας ἀκλάρω-
              τον λίπον, ἁγνὸν θεόν.
110           μνασθέντι δὲ Ζεὺς ἄμπαλον μέλ-
              λεν θέμεν. ἀλλά μιν οὐκ
```

também é usado para descrever a cor dos leões em Nono, *Dionisíaca* 2.45, *glaukà guîa leóntōn*. Seja como for, a expressão é uma metáfora semelhante ao nosso "olhos de águia" ou "de falcão" (cf. *Hawk(-ish) eyes*, em inglês; *Falkenaugen*, em alemão).

481 Segundo Diod. Sic. 5.55.2, os ródios foram os primeiros a criar estátuas dos deuses. O fato de as estátuas aparentemente se moverem pode ser uma alusão ao mito dos Telquines, de que já falamos, magos e artífices ferreiros habilíssimos segundo a passagem de Diodoro citada e Estrabão 14.2.7. Isso estaria em consonância com a gnoma que se segue.

482 Possivelmente, como já havia notado Heyne 1817: 95, n. 98, contrastando os Telquines, cuja arte estava baseada na magia e em truques (*cum veneficii infamia*, ibid.), com a dos Helíadas, que se baseava na *sophía*, aqui no sentido de "habilidade". O escólio 98e glosa: "Aqueles que nasceram com uma habilidade inata, a partir da qual se desenvolveram, de si mesmos falam e sem truques". Esses versos podem ser um *aînos* por meio do qual Píndaro reafirma seu talento poético nato. Cf. *O*. 9.153-55.

483 Segundo o escólio 101, nenhum historiador ou logógrafo contemporâneo antes de Píndaro registra esse mito. No entanto, o poeta deve estar fazendo referência a tradições locais de Rodes. Uso "saga" no sentido do nórdico antigo *saga* (pl. *sögur*),

	artifícios todos, dos humanos,
	superar com mãos de destreza inigualável.
95	Estátuas símeis a seres vivos
	moventes suas ruas
	traziam:[481] subiu-lhes alta
	fama. Ao perito, até uma habilidade
	superior sem fraude se afigura.[482]
100	Contam dos homens antiquíssimas
	sagas[483] nada haver,
	quando Zeus e os imortais a terra dividiam,[484]
	da luminosa Rodes
	no pélago marinho;
105	mas, salgados sob os pegos, ocultava-se a ilha.[485]
IV	Ausente,[486] ninguém um lote
	demarcara para Hélio
	e assim, destituído de terra,
	deixaram-no, o sacro deus.
110	Tendo sido lembrado, Zeus se apressou
	a revolver,[487] mas não

"coisas ditas", "histórias orais", já corrente nesse sentido em português devido à popularização daquele gênero literário.

484 Estamos agora no início do mundo, quando os deuses olímpicos, tendo vencido os Titãs e as forças do caos, dividiam-no entre si. Cf. *Il.* 1.189-92 e Hesíodo, *Teogonia* 535 s.

485 De novo, o tema do bem que está oculto na escuridão (nas vicissitudes / nos erros / nos esquecimentos) e muitas vezes não é previsto. Cf. o proêmio da *O.* 9.

486 Provavelmente porque era noite e o deus fazia seu caminho noturno através do Hades. Cf. *O.* 2.109-11 e a nota *ad loc.*

487 Isto é, "revolver os lotes", que eram pequenas pedras (*kléroi*) em que se inscreviam o nome ou a letra dos que participariam do sorteio, e que eram colocadas dentro de um capacete, que era sacudido até que uma pedrinha saltasse para fora, revelando, assim, o sorteado. Cf., por exemplo, *Il.* 3.316, "sacudindo os dados dentro do capacete". A forma da palavra para "revolver", *ámpallon*, é raríssima, segundo CATENACCI *et al.* 2013: 493, aparecendo apenas aqui e em uma inscrição da Ftiótida. Notar a deferência de Zeus para com Hélio na sua pressa em corrigir a falta para com o deus.

εἴασεν· ἐπεὶ πολιᾶς
εἶπέ τιν' αὐτὸς ὁρᾶν ἔνδον θαλάσσας
αὐξομέναν πεδόθεν
115   πολύβοσκον γαῖαν ἀνθρώποισι καὶ εὔφρονα μήλοις.

—

ἐκέλευσεν δ' αὐτίκα
χρυσάμπυκα μὲν Λάχεσιν
χεῖρας ἀντεῖναι, θεῶν δ' ὅρ-
120   κον μέγαν μὴ παρφάμεν,
ἀλλὰ Κρόνου σὺν παιδὶ νεῦσαι,
φαεννὸν ἐς αἰθέρα μιν
πεμφθεῖσαν ἑᾷ κεφαλᾷ
ἐξοπίσω γέρας ἔσσεσθαι. τελεύτα-
125   θεν δὲ λόγων κορυφαί
ἐν ἀλαθείᾳ πετοῖσαν
βλάστε μὲν ἐξ ἁλὸς ὑγρᾶς

—

νᾶσος, ἔχει τέ μιν ὀ-
ξειᾶν ὁ γενέθλιος ἀκτίνων πατήρ,
130   πῦρ πνεόντων ἀρχὸς ἵππων·
ἔνθα Ῥόδῳ ποτὲ μειχθείς
τέκεν ἑπτὰ σοφώ-

488 Os deuses podem ver o bem na aparência de um mal e um mal na aparência de um bem. Os homens não. Ao contrário de Tlepólemo e dos Helíadas, Hélio deixa o incidente seguir seu curso porque consegue ver as consequências benéficas de seu desdobramento.

489 Uma das Moiras ou Parcas, as duas outras sendo Átropos ("Inflexível") e Cloto ("Fiandeira"). Láquesis era aquela que decidia o *lákhos*, isto é, o lote que cabia a cada um ao nascer e, portanto, apropriadamente aqui, é invocada para garantir a parte do mundo que caberia a Hélio.

490 Provavelmente uma forma de evitar que aquele que jurava fizesse qualquer sinal pelo qual mais tarde poderia se isentar da jura, como nós quando cruzamos os dedos.

lho permitiu. Pois, do sereno
mar no fundo abismo, terra disse ver[488]
a se erguer do chão,
115   multialtriz aos humanos
e propícia aos alfeires.

Pediu, de imediato,
à Láquesis d'Áureo Diadema[489]
as mãos erguer,[490] sem, dos deuses,
120   a Grande Jura[491] perjurar,
mas com o Filho de Crono anuir,
que, por Sua cabeça, alçada
a ilha ao empíreo firmamento,
ser-lhe-ia no porvir o galardão. Cumpriu-se
125   o sumo dessas palavras,
casando-se à verdade.
Brotou[492] então d'água salgada

a ilha, e ele a detém,
o pai tutelar dos pungentes raios,
130   auriga de ignívomos cavalos.[493]
Lá, outrora, unido a Rodes
sete filhos[494] gerou

---

491 A Grande Jura dos deuses era feita pelas águas do rio Estige, que havia recebido este lote de Zeus, como esclarece Hesíodo, *Teogonia* 400. A fórmula completa do juramento, como nota o escólio 119b, aparece na *Il.* 15.36.

492 Porque *rhódon* em grego quer dizer "rosa". A ilha brota do mar como uma rosa que desabrocha.

493 O Sol dirigia uma carruagem cuja quadriga era composta de cavalos que exalavam fogo e eram dificílimos de controlar, como acabou descobrindo Faetonte (Ovídio, *Metamorfoses* 2.84-7). Na *P.* 4, os cavalos de Eetes também exalam fogo.

494 Os Helíadas, aos quais retornando, Píndaro vai encerrando a parte mítica da ode numa belíssima composição em anel que não deixa de ser, em sua estrutura, uma metáfora narratológica do próprio curso do Sol no céu.

τατα νοήματ' ἐπὶ προτέρων
ἀνδρῶν παραδεξαμένους
135 παῖδας, ὧν εἷς μὲν Κάμιρον
πρεσβύτατόν τε Ἰά-
λυσον ἔτεκεν Λίνδον τ'· ἀπάτερθε δ' ἔχον,
διὰ γαῖαν τρίχα δασ-
σάμενοι πατρωΐαν,
140 ἀστέων μοῖραν, κέκληνται δέ σφιν ἕδραι.
)—

Ε' τόθι λύτρον συμφορᾶς
οἰκτρᾶς γλυκὺ Τλαπολέμῳ
ἵσταται Τιρυνθίων ἀρ-
χαγέτᾳ, ὥσπερ θεῷ,
145 μήλων τε κνισάεσσα πομπὰ
καὶ κρίσις ἀμφ' ἀέθλοις.
τῶν ἄνθεσι Διαγόρας
ἐστεφανώσατο δίς, κλεινᾷ τ' ἐν Ἰσθμῷ
τετράκις εὐτυχέων,
150 Νεμέᾳ τ' ἄλλαν ἐπ' ἄλλᾳ,
καὶ κρανααῖς ἐν Ἀθάναις.

—

495 Diod. Sic. 5.57.1: οἱ δ' Ἡλιάδαι διάφοροι γενηθέντες τῶν ἄλλων ἐν παιδείᾳ διήνεγκαν καὶ μάλιστ' ἐν ἀστρολογίᾳ. εἰσηγήσαντο δὲ καὶ περὶ τῆς ναυτιλίας πολλὰ καὶ τὰ περὶ τὰς ὥρας διέταξαν ("E os Helíadas tornaram-se eminentes, ultrapassando todos com a educação que tiveram, sobretudo na astrologia. Introduziram, ainda, [entre os homens] muitos conhecimentos da ciência náutica e estabeleceram a divisão das estações").
496 Moíra, em grego.
497 Isto é, o homicídio e o exílio.
498 Havia um culto a Tlepólemo em Rodes, ver nota abaixo.
499 O festival da Tlepolemeia. Muito embora o escólio 145 o chame de "Heracleia" e o 146b chegue a dizer que Píndaro mentiu, porque, na verdade, tratava-se dos Jogos Helíadas, ambas informações devem ser descartadas, pois como muito bem argumenta BOECKH 1963: 174 *satis opinor* [i.e., *de hac sententia*] *impudenter et ridicule: quis*

>   herdeiros dos mais sábios conselhos
>   entre os primevos varões[495] –
> 135   um desses filhos foi Camiro,
>   o mais velho; Iáliso,
>   e Lindo. Assentaram-se apartados
>   e, após dividir em três
>   a avita terra, num quinhão[496]
> 140   de cidades, a partir de si as sedes nomearam.
>
>
> V   Lá, da triste desventura,[497]
>   doce expiação ao guia
>   dos tiríntios, Tlapólemo,
>   como a um deus, foi instaurada:[498]
> 145   procissão sacrificial de ovelhas
>   e disputas atléticas,[499]
>   com cujas flores Diágoras
>   duas vezes coroou-se; no ínclito Istmo,[500]
>   quatro vezes bem logrou;
> 150   em Nemeia em sucessão;
>   e na alcantilada Atenas.[501]

---

enim credat poetam falsa dicere inter Rhodios de Rhodiorum, qui tum erant? ("É ridículo e vergonhoso, como pensam, dizer isso: pois quem acreditaria que o poeta diria mentiras sobre os ródios entre os ródios, que lá [durante a performance da ode] estavam?"). Sobre a Tlepolemeia, Tzetzes, *Scholia in Lycofronte* 911.38 s., dizendo ter encontrado essa informação numa obra chamada *Histórias de Píndaro* (que ninguém sabe o que é), nos informa ter sido instituído pela esposa do herói, Filozoé (Polixo, segundo Pausânias 3.19.10) junto ao túmulo para onde seus ossos haviam sido levados (Σ 36c), após ele ter sido morto em Troia por Sarpédon (*Il.* 5.627). Nesses jogos, competiam meninos que, se vencedores, eram coroados com guirlandas de "folhas brancas". A menção aos jogos da Tlepolemeia irá ensejar a volta à ocasião da ode com uma lista das vitórias pregressas de Diágoras.

500 Nos Jogos Ístmicos.
501 Respectivamente, nos Jogos Nemeios e nos Jogos Panatenaicos.

ὅ τ' ἐν Ἄργει χαλκὸς ἔ-
γνω μιν, τά τ' ἐν Ἀρκαδίᾳ
ἔργα καὶ Θήβαις, ἀγῶνές
155	τ' ἔννομοι Βοιωτίων,
Αἴγινα Πελλάνα τε νικῶν-
θ' ἑξάκις· ἐν Μεγάροι-
σίν τ' οὐχ ἕτερον λιθίνα
ψᾶφος ἔχει λόγον. ἀλλ' ὦ Ζεῦ πάτερ, νώ-
160	τοισιν Ἀταβυρίου
μεδέων, τίμα μὲν ὕμνου
τεθμὸν Ὀλυμπιονίκαν,

—

ἄνδρα τε πὺξ ἀρετὰν
εὑρόντα. δίδοι τέ οἷ αἰδοίαν χάριν
165	καὶ ποτ' ἀστῶν καὶ ποτὶ ξεί-
νων. ἐπεὶ ὕβριος ἐχθράν
ὁδὸν εὐθυπορεῖ,
σάφα δαεὶς ἅ τέ οἱ πατέρων
ὀρθαὶ φρένες ἐξ ἀγαθῶν

502 Nos Jogos de Hera, também dita Hecatombeia porque se sacrificavam cem bois em honra à deusa. O "bronze" é sinédoque para "escudo de bronze", que era o troféu concedido aos vencedores nesses jogos, que eram coroados de folhas de mirto.
503 Respectivamente, os Jogos da Licaia (em honra ao herói epônimo, Lícaon), na Parrásia, e nos da Ioleia (ou Heracleia, em honra de Héracles e Iolau), em Tebas. O prêmio nesses jogos era uma trípode de bronze.
504 Os jogos não são mencionados individualmente, mas os escólios 153e e 154a-b nomeiam os seguintes: os Jogos da Erótia, na Téspia; os da Eleutéria, em Plateia; os da Trofônia (ou Basileia) em Lebadeia; os da Anfiareia, em Oropo; e os da Délia em Délio. No entanto, como esclarece CATENACCI *et al.* 2013: 499, nenhum desses jogos havia sido instituído no tempo de Píndaro, com exceção, talvez, da Erótia e da Eleutéria.
505 Ilha defronte à cidade de Atenas. O escólio 156c fala dos Jogos da Eaceia (em honra a Éaco) e dos da Enoneia, em honra a Enone, um antigo nome para a ilha de Egina. O prêmio em ambos os jogos era uma ânfora.
506 Em Pelene, uma cidade da Acaia, realizavam-se, segundo os escólios 156a e c, os Jogos

Em Argos, ainda, o bronze⁵⁰²
o conheceu, e os troféus,
na Arcádia, e em Tebas,⁵⁰³ nos jogos
155   consuetos dos Beócios,⁵⁰⁴
e em Egina⁵⁰⁵ e Pelana⁵⁰⁶ vitorioso
por seis vezes. Em Mégara,⁵⁰⁷
outra história não registra
o pétreo voto.⁵⁰⁸ Mas, ó Zeus Pai, que reinas
160   nas encostas do Atábiro,⁵⁰⁹
honra de um hino a ordenança
olímpica a um vencedor,⁵¹⁰

e o homem que achou, nos punhos,
seu sucesso. Dá-lhe reverente graça
165   face a amigos e estrangeiros.
Pois, aversa à soberba,
uma estrada trilha,
cabal perito⁵¹¹ naquilo que, de nobres
ancestrais, retos juízos

---

da Teoxenia, em honra a Apolo, ou da Hermeia, em honra a Hermes. O prêmio era uma manta (*khlaîna*) de lã ricamente ornamentada e muito famosa na Antiguidade.

507   Provavelmente os Jogos da Alcatoeia, em homenagem ao herói Alcátoo.

508   Refere-se aqui à estela contendo a inscrição com o nome do vencedor.

509   Maior montanha de Rodes com 1.215 m de altura. Em grego moderno, Atáviros. Havia um culto antiquíssimo de Zeus nesse monte, segundo Estrabão 14.2.12. Inicia-se aqui a prece final que pede por um futuro auspicioso para o atleta.

510   Trata-se de uma hipálage: "honra um hino [que cumpre] a ordenança devida a um vencedor olímpico".

511   Aqui há uma alusão às gnomas dos vv. 79-81 e 98-9. No primeiro caso, da mesma forma que Hélio profetizara aos seus filhos o que deveriam fazer para ganhar grande fama, os ancestrais de Diágoras também haviam lhe "profetizado", isto é, indicado, que inato talento ele deveria desenvolver para que, no futuro, fosse um homem respeitado e vitorioso. Sua reverência (*aidós*) pela previsão de seus sêniores o fez seguir o caminho do atletismo, no qual ele encontrou, nos punhos, o seu talento. Notar que em 98-9, temos "ao perito" (*daénti*) e aqui, "cabal perito" (*sápha daeís*).

170 ἔχραον. μὴ κρύπτε κοινόν
σπέρμ' ἀπὸ Καλλιάνα-
κτος· Ἐρατιδᾶν τοι σὺν χαρίτεσσιν ἔχει
θαλίας καὶ πόλις· ἐν
δὲ μιᾷ μοίρᾳ χρόνου
175 ἄλλοτ' ἀλλοῖαι διαιθύσσοισιν αὖραι.

512 Cf. a semente mencionada no v. 87.
513 Caliánax deve ser o ancestral fundador da tribo dos Eratidas, mencionada logo a seguir. Sabemos que Caliánax era como se chamava o genro de Diágoras, marido de Calipáteira, e essa pode ser uma outra referência circular à cena da *engyé* com que esta ode se abre. Os votos, portanto, seriam direcionados à descendência de Diágoras por meio da união da filha com a família dos Eratidas. Se for assim, o *apò Tlapólemos* do v. 37 responde magistralmente ao *apò Kalliánaktos* desse verso. Pín-

| | lhe vaticinaram. Não ocultes
170 | a conhecida semente⁵¹² de Caliánax.⁵¹³
| Com as graças dos Eratidas enche-se
| de festas também a cidade.
| Num' única porção⁵¹⁴ de tempo,
175 | em diversas direções rebatem os ventos.⁵¹⁵

---

    daro une as pontas das duas famílias, falando de uma no início, mais longamente, obviamente por se tratar da do vencedor, e, da outra, no fim.
514 No grego, *moíra*.
515 Isto é, numa única vida, o futuro está sempre mudando e os homens não podem conhecê-lo. Às vezes, navegando pela vida, os ventos estão (aparentemente) ao nosso favor, às vezes, (aparentemente) contra. A mesma imagem recorre na P. 3.187-8.

Ὀλυμπιονίκαις VIII | Olímpica 8

Esta ode celebra a vitória de Alcimédon de Egina, do clã dos Blepsíadas, na pale infantil, obtida na 80ª Olimpíada (460). Ainda que nenhuma outra cidade tenha comissionado tantas odes de Píndaro como Egina, doze no total,[516] esta é a única ode olímpica dedicada a um vencedor daquela ilha. A canção celebra também o irmão (ou avô, ver abaixo) de Alcimédon, Timóstenes, que teria igualmente vencido na pale, mas em Nemeia e em data desconhecida. Além de seu valor literário, as odes eginenses de Píndaro são uma fonte valiosa de informação histórica, se lidas com cuidado, pois, como ressalta PAVLOU 2015: 3, "[c]om exceção da arqueologia e de umas poucas passagens em Heródoto, Píndaro ainda prova ser a melhor fonte disponível para a [história da] Egina do quinto século". Antes, portanto, de olharmos com mais atenção para a ode em si, seria proveitoso que entendêssemos o contexto histórico no qual essa e as outras odes eginenses de Píndaro se inserem.

*

Atenas e Egina nutriam um antigo ódio que emaranhou as duas cidades em uma série de conflitos ao longo do final do século VI e quase todo o V.[517] Heródoto (5.82-9), que é nossa principal fonte, relata que o início da inimizade retrocederia ao período arcaico com o roubo, perpetrado pelos eginenses, das imagens sagradas de Dâmia e Auxésia[518] de um templo em Epidauros, sua antiga metrópole. Essas estátuas, a mando de um oráculo, haviam sido esculpidas com madeira de oliveiras sagradas obtidas de Atenas pelos epidáurios e, por causa delas, eles

---

516 *P.* 8; *N.* 3, 4, 5, 6, 7, 8; *I.* 5, 6, 8 e 9 (fragmento). As odes sicilianas contam dezesseis poemas, mas foram comissionadas por cidades diferentes.
517 Para uma cronologia do conflito, FIGUEIRA 1988.
518 Deusas da fertilidade, segundo Pausânias 2.2.2, que relata terem sido duas jovens de Creta mortas a pedradas pelos epidáurios por pertencerem a uma facção política que fora derrotada em um levante, sendo mais tarde objeto de culto num festival chamado *Lithobólia* ("Apedrejamento").

haviam instituído festivais aos deuses atenienses bem como pagavam um tributo anual para aquela cidade.

Com o roubo das imagens, Atenas decide cobrar o tributo dos eginenses, que, no entanto, negam-se a pagar. Atenas envia então uma trirreme (ou uma frota, de acordo com os eginenses) para trazer as imagens de volta à força, mas é derrotada por um terremoto e uma série de acontecimentos sobrenaturais (tò *daimónion*, Heródoto 5.87), que levou os soldados atenienses à loucura, fazendo com que se matassem uns aos outros – ou, ao menos, assim corria o relato.

Muito tempo depois, em 506, por causa dessa agressão ateniense, os eginenses decidem acatar o pedido de ajuda dos beócios, liderados por Tebas, que buscavam vingança pela derrota na guerra da Calcídia, daquele mesmo ano.[519] Num primeiro momento, os eginenses enviam apenas as imagens sagradas dos Eácidas,[520] que deveriam encabeçar o exército tebano na ofensiva. Todavia, ao serem novamente derrotados pelos atenienses, eles devolvem essas imagens e pedem que Egina envie homens para socorrê-los. Então, quando os atenienses lutavam contra os beócios no fronte nordeste, os eginenses, atendendo ao pedido de socorro daqueles, resolvem finalmente atacar com três trirremes o porto de Faleros e algumas aldeias litorâneas da Ática, o que dá origem a chamada "guerra sem arauto" (*pólemos akéryktos*) entre as duas *póleis*. Essa guerra, por um lado, daria início à construção dos "longos muros" até o porto de Pireu e de Faleros bem como ao projeto de expansão da frota ateniense. Um outro resultado dessa guerra foi a submissão de Egina ao rei da Pérsia em 491, a fim de fazer frente às hostilidades crescentes de Atenas (Heródoto 5.49-50) e de manter abertas as vias do comércio marítimo com a Jônia.

A resposta ateniense foi procurar a ajuda dos espartanos e, no início da primavera de 491, Cleomenes, da casa dos Agíadas, desembarca

---

519 A vitória dos atenienses foi imortalizada por Simônides de Ceos nos fragmentos II e III FGE. Para esses e as circunstâncias da guerra, ver BROSE 2007: 57 s.

520 Havia um oráculo que mandava os beócios buscarem a ajuda dos "mais próximos", o que foi interpretado como uma alusão ao fato de que as ninfas Teba e Egina eram irmãs e, portanto, que eles deveriam buscar a ajuda dos eginenses.

em Egina para prender os principais responsáveis pela aliança com os persas, mas é impedido por Crio, o filho de Polícrito (e um famoso atleta celebrado por Simônides de Ceos),[521] e Cassambo, o filho de Aristócrates, os quais, provavelmente, agiam em conluio com Demárato, o rei espartano da casa dos Euripôntidas, que também nutria inclinações pró-Pérsia e tramava pelas costas de Cleomenes a fim de prejudicá-lo. Crio acusa Cleomenes de ter aceitado propina dos atenienses e de agir sem o consentimento de Esparta, já que viera sozinho, quando decisões como essa requereriam a presença dos reis das duas casas espartanas. Isso faz com que Cleomenes retorne a Esparta sem conseguir debelar a rebelião medizante, prometendo, entretanto, voltar para se vingar da afronta que sofrera.

Em setembro daquele mesmo ano, após Cleomenes ter conseguido expulsar Demárato de Esparta por meio de uma conspiração, ele retorna para Egina com a permissão de Leotíquides, que ascendera ao trono da casa dos Euripôntidas, e, prendendo Crio e Cassambo, leva ainda consigo dez homens dentre "os mais ricos e proeminentes" cidadãos de Egina, entregando-os como reféns para Atenas (Heródoto 6.73). Quando, porém, Cleomenes também cai em desgraça e sua conspiração para exilar Demárato é revelada, os eginenses denunciam Leotíquides como seu cúmplice e um tribunal se reúne em Esparta para julgar o caso, vindo a considerá-lo culpado. Por causa disso, em dezembro, Leotíquides é condenado a ir a Atenas para buscar os reféns e os reconduzir para Egina. Atenas, contudo, se nega a devolver os presos políticos, o que leva os eginenses a atacá-los durante um festival religioso em honra de Possidão no cabo Súnion (Heródoto 6.87).

Atenas responde a esse ataque no início de 490, planejando um golpe com um antigo exilado eginense, Nicodromo, filho de Cnóeto, que, voltando para a ilha, tornara-se um dos líderes do que aparenta ter sido a facção popular, e pró-Atenas, de Egina (Heródoto 6.88-9). Ele e seus aliados deveriam esperar a chegada dos atenienses em determinado dia

---

521 F16 POLTERA / 517 PMG.

e hora no que Heródoto chama de "cidade velha" (e que provavelmente era a acrópole da ilha) para então atacar os aristocratas medizantes[522] e facilitar a entrada do inimigo. No entanto, os atenienses, que ainda não tinham uma marinha capaz de fazer frente à frota eginense, atrasam em um dia o seu ataque, tentando obter navios dos coríntios, o que leva Nicodromo, com medo de ser traído, a desertar a ilha, abandonando seu plano e seus aliados, que são então presos e executados pela facção aristocrática, pró-Pérsia, de Egina. Atenas, contudo, prossegue com o seu plano de ataque, e Egina, apesar de fazer frente com setenta trirremes e cerca de mil voluntários coríntios[523] liderados por Euríbates, um pentatleta, acaba perdendo a batalha naval em março de 490, ainda que consiga evitar uma invasão da ilha.

A partir daí, dependemos do relato de Tucídides (1.105 s.). Atenas, seguindo os conselhos de Temístocles, investira em sua força naval após os primeiros conflitos com Egina, construindo 2.000 novas trirremes. No entanto, essas trirremes, em vez de serem usadas para atacar Egina, seriam postas a serviço dos gregos na Batalha de Salamina (480), em que os eginenses, rompendo a aliança com a Pérsia e lutando ao lado dos atenienses, se destacaram por sua varonia. Com a formação da Liga de Delos, em 478, é provável que Egina, num primeiro momento, tivesse escolhido fazer parte dessa aliança, no lugar de entrar na Liga do Peloponeso, o que seria bastante natural dados os meros 27 km que separam a ilha de Atenas e, além disso, conveniente ao interesse comercial eginense em manter as rotas marítimas livres do domínio persa,[524] após passar para o lado grego. É plausível, portanto, que a nova ofensiva naval ateniense contra Egina, que pode ter se dado no ano de 464/3,[525] tenha sido motivada pela tentativa da ilha de abandonar a Liga

---

522 Heródoto os chama de *hoi pakhées*, os "graúdos", opondo-se ao *dêmos*, o povo.
523 Corinto recusara-se a enviar apoio formal em virtude de navios eginenses capturados por Cleomenes terem ajudado na invasão espartana da Argólida (Heródoto 5.92).
524 Essa posição é defendida com argumentos, a meu ver, bastante convincentes por MacDowell 1960. Diodoro Sículo 9.7-.1-4 parece confirmar essa teoria ao comparar a revolta eginense com aquela de Tassos, inclusive em suas terríveis consequências.

de Delos pela do Peloponeso, ao perceber as intenções imperialistas de Atenas. Num cenário desses, faria sentido que os espartanos enviassem uma força de trezentos hoplitas para evitar que Egina fosse tomada por Atenas, o que conseguem.

A ventura de Egina não duraria muito mais, contudo, e, logo após a Batalha de Enófita, quando os atenienses reconquistam a Beócia dos espartanos e a submetem ao seu império, eles novamente dirigem sua atenção contra Egina e, invadindo-a em 458/7 – apenas dois anos após a *première* da *Olímpica* 8 –, a subjugam por completo, obrigando os eginenses a destruir suas defesas e a pagar um pesado tributo de trinta talentos por ano ao tesouro da Liga de Delos. Em sua *Pítica* 8, de 446, Píndaro parece dirigir um *aînos* a Atenas ao compará-la ao gigante Porfírio, admoestando-a para que não fosse longe demais em seu desejo de vingança, o que, no entanto, não aconteceria. Em 431, segundo Tucídides (2.27), alegando que Egina fora a principal responsável pela Guerra do Peloponeso, os cidadãos eginenses são punidos por Atenas com a sua expulsão da ilha, que é repopulada com clerucos atenienses. Apenas em 405, Lisandro iria permitir a volta dos exilados, mas a ilha nunca mais iria recuperar sua autonomia.

Como nota PAVLOU 2015: 10, "[o]s relatos herodotianos são impressionantes, até porque eles esboçam uma Egina mergulhada numa agitação interna e externa que contraria a Egina dos epinícios de Píndaro e Baquílides". De fato, a importantíssima análise de Pavlou traz para o primeiro plano a maneira como a poesia de Píndaro (e Baquílides) revela uma sociedade altamente competitiva, dominada, na política interna, pelo agonismo entre facções aristocráticas (as *pátrai*),[526] inclusive mediante

---

525 Se pudermos confiar na cronologia de Diodoro Sículo.
526 *Pátra* era uma divisão sociopolítica em Egina da qual não sabemos praticamente nada e que, como ressalta PAVLOU 2015: 4, não pode ser automaticamente identificada com as fratrias ou tribos (*phylaí*) atenienses. Talvez uma *pátra* fosse o equivalente a um clã, devido ao paralelismo com *génos* na *N.* 6.54 (*palaíphatos geneá*), isto é, um grupo unido por laços de sangue a partir da linhagem paterna. Seis *pátrai* ao todo são mencionados nas odes eginenses, além dos Blepsíadas desta ode: a dos Midilidas (*P.* 8.54), a dos Teandridas (*N.* 4.119), a dos Bassidas (*N.* 6.52), a dos Euxênidas (*N.* 7.10), a dos Caríadas (*N.* 8.77) e a dos Psaliquíadas (*I.* 6.93).

a conquista de honras atléticas,[527] e, na política externa, pela crescente rivalidade com a nascente potência naval de Atenas. É nesse contexto histórico e social, portanto, que devemos enquadrar nossa leitura da *Olímpica* 8 e das outras odes eginenses de Píndaro.

*

Do ponto de vista estrutural, a *Olímpica* 8 não é uma das odes mais complicadas de Píndaro, mas se destaca pela sua aderência a uma estrutura quase canônica do modelo da canção epinicial, nas palavras de GENTILI *et al.* (2013: 200). Depois da invocação inicial a Zeus no proêmio, a gnoma dos vv. 10-11 faz a transição para o louvor de Alcimédon, Timóstenes e Egina. No centro da ode, entre os vv. 39-69, encontra-se o mito de Éaco e, ao final deste, uma nova gnoma (70) nos traz de volta à atualidade: primeiro com o extenso elogio ao treinador Melésias (71-84); depois, uma outra seção de louvor que incorpora uma identificação mais precisa da prova em que Alcimédon fora campeão (85-92), seguida pela exaltação da *pátra* dos Blepsíadas (97-101) e, finalmente, no exórdio (102-116), de uma prece desejando-lhe novas vitórias e uma admoestação para que sua fortuna não seja alvo do rancor divino.

A apóstrofe a Olímpia no início do poema levou alguns comentadores a propor que a ode teria sido executada naquele santuário. No entanto, os dêicticos "esta marimurada terra" (34) e "acá" (66) parecem apontar de maneira decisiva para uma performance em Egina.[528] Como já mencionamos anteriormente, odes que se supõe que tenham sido compostas para ser executadas no próprio local da vitória, como a *Olímpica* 11, por exemplo, tendem a ser bem mais curtas. Uma hipótese interessante é a que propõe que a *première* tenha acontecido em Olímpia, logo após a vitória, e que, posteriormente, a ode tenha sido expandida e adaptada para um reperformance em Egina.

Como em todas as *Odes Olímpicas*, mas aqui particularmente, Zeus tem um papel preponderante, aparecendo na invocação inicial (5), para,

---

527 Uma tática que NICHOLSON 2015: 79 s. irá chamar adequadamente de "atlopolítica".
528 Como é a hipótese do Σ 66, ademais.

logo em seguida, ser identificado como "patrício" (*genéthlios*, 20), isto é, o deus ancestral da *pátra* dos Blepsíadas, sendo igualmente invocado na prece exordial da ode (109) em sua capacidade de padroeiro dessa mesma família. Talvez aí esteja a conexão da família de Alcimédon com os Eácidas, descendentes de Zeus e Egina, que, no entanto, não é explicitada na ode porque deveria ser evidente para a audiência original. Nas outras duas menções (28, 58), Zeus ainda é mencionado como protetor dos estrangeiros (*xénios*). Implicados nessa menção estão não somente a sociedade multiétnica e multicultural de Egina, devido a ser uma potência e entreposto comercial,[529] mas também o mito que será contado a seguir, em que a *kakoxenía*, isto é, o desrespeito à reverência com os estrangeiros, tem um papel crucial na derrocada de Troia desde as suas mais prístinas origens. Finalmente, a presença de um ateniense e o elogio excepcional a ele dedicado, como vimos, vem sob a égide desse aceno ao Zeus protetor dos hóspedes e estrangeiros. Zeus é então associado com uma de suas primeiras consortes, Têmis, a deusa que personifica a lei ancestral, que deve ser preservada apesar do influxo de costumes estrangeiros. Por último, na qualidade de deus patrono de Olímpia, é caracterizado como fonte ulterior de toda profecia.

Esta ode contém o mais extenso elogio a um treinador, Melésias de Atenas,[530] dentre todas as odes pindáricas, ultrapassado apenas pelo elogio a outro treinador ateniense, Menandro, mas no *Epinício* 13 de Baquílides (196-98). Muito embora a menção e o elogio a treinadores não sejam, por razões que desconhecemos, incomuns em odes para vencedores da categoria dos *paîdes*,[531] um louvor tão enfático a um ate-

---

529 Estimativas de historiadores e arqueólogos colocam a população total, provavelmente pendular, de Egina entre 40.000-20.000 pessoas, numa ilha que poderia acomodar apenas 4.000 (OCD, *s.v. Aegina*), acaso a agricultura fosse a única fonte de rendas. Esses números impressionantes devem nos dar uma ideia da extensão do fluxo comercial na ilha, com navios, pessoas e mercadorias vindos de todos os cantos do mundo para a Grécia.

530 É possível que esse Melésias seja o pai do historiador Tucídides, uma hipótese levantada pela primeira vez por WADE-GERY 1954. Sobre essa questão, ver HORNBLOWER 2004: 52 s., com bibliografia pertinente *ad loc*. Sobre a implicação política, ver sobretudo PAVLOU 2015.

niense, ainda mais num período em que as tensões entre Egina e Atenas atingiam o ápice,[532] exige que Píndaro apresente uma justificativa: (a) Melésias, como Alcimédon, teria ganhado uma vitória em Nemeia quando ainda era menino, e, depois, outra no pancrácio, já adulto; (b) por ter experiência naquilo que ensina, tinha sido o instrumento decisivo para a vitória do *laudandus* numa luta difícil, em que este derrotara quatro oponentes; (c) o menino trouxera ainda a trigésima vitória para a palestra de seu treinador.

Por certo, a rivalidade e tensões crescentes entre Egina e Atenas, que levariam, durante a Guerra do Peloponeso, à dominação ateniense da ilha, não deveriam criar um clima propício para se louvar de maneira tão generosa um ateniense. Em virtude disso, e do fato de essa ser uma vitória especial para Melésias, é possível que este (ou, alternativamente, Timóstenes) tenha sido o comitente da ode. No exórdio, menciona-se, ainda, o avô de Alcimédon, que não é aí nomeado, algo bastante estranho em um poema de louvor, o que levou CAREY 1989b a identificá-lo com Timóstenes.[533] Nessa mesma seção, aparecem ainda nomes de dois parentes já falecidos, Ífion e Calímaco, identificados pelos escólios respectivamente como o pai e o tio de Alcimédon.

O MITO

Na *Olímpica* 8, a genealogia dos Blepsíadas é colocada em íntima relação com aquela dos Eácidas por meio do mito central da ode. O culto dos Eácidas, isto é, dos filhos de Éaco, era central para a vida religiosa da ilha e sua mitologia será explorada ainda em outras odes de Píndaro para atletas dessa mesma comunidade. Os *xóanes*, isto é, imagens de madeira desses heróis, eram cultuados pelos eginenses com a máxima reverência, sendo inclusive carregados na frente das fileiras de soldados durante as guerras, como fica evidente a partir do envio dessas imagens

---

531 Além de Melésias, aqui e na *N.* 6.110, Píndaro menciona o nome de outros três treinadores: Ilas (*O.* 10.21), Orséas (*I.* 4.123) e Menandro (*N.* 5.87, *N.* 4.151).
532 GILDERSLEEVE 1886: 193 sumariza a situação de Egina muito bem ao dizer que [t]*he poem is full of prayers, but Aegina was near the point when she should be past praying for.*
533 Ver nota ao v. 19.

ao tebanos durante a guerra contra os atenienses mencionada acima.[534]

Segundo Apolodoro (3.12.6), Zeus teria se enamorado de Egina, uma ninfa filha do rio Esopo, e a trazido para a ilha de Enone, onde teria tido relações sexuais com ela. Por isso, mais tarde, essa ilha passaria a se chamar Egina. Aí, a ninfa tivera Éaco, cuja árvore genealógica, importante para a compreensão da ode, é apresentada ao final desta introdução. Apolodoro, na mesma passagem, conta-nos ainda que, não tendo tido mais nenhum filho com Egina, Zeus teria transformado as formigas (gr. *mýrmēx*) da ilha em homens, a fim de que esses lhe fizessem companhia, sendo essa a origem dos mirmidões, o contingente de soldados liderados por Aquiles, neto de Éaco, em Troia. Mais tarde, Peleu e Télamon teriam sido de lá expulsos por terem planejado e executado o assassinato do irmão Foco, devido à inveja que lhe nutriam por ser ele o melhor atleta dos três. Darei mais detalhes desse mito, que será central para a *Nemeia* 5, na introdução àquela ode.

Na *Olímpica* 8, o mito conecta-se com a saga de uma das primeiras dinastias de Troia, aquela dos Dardânidas, assim nomeada em virtude de ter sido Dárdano seu fundador e o primeiro rei da cidade, apenas quatro gerações depois do Grande Dilúvio. Dárdano tivera um filho, Ilo, a partir do qual a cidade fora chamada de Ílion. Ao morrer, Ilo deixa o trono para o seu filho Laomedonte e é durante o reinado deste último que Possidão e Apolo vêm trabalhar sob suas ordens para construir o muro em volta da cidade.

Discute-se qual seria o *aítion*, isto é, a causa mítica por trás da história da construção dos muros de Troia, que é o tema central dessa ode. Os escólios antigos e recentes ao verso 41 o ligam à tentativa dos Olímpios, encabeçados por Possidão, Hera e Apolo, de tentar destronar Zeus, citando a esse respeito a fala de Aquiles a Tétis na *Il.* 1.399-400: ὁππότε μιν ξυνδῆσαι Ὀλύμπιοι ἤθελον ἄλλοι / Ἥρη τ' ἠδὲ Ποσειδάων καὶ Φοῖβος Ἀπόλλων ("Quando agrilhoar-lhe os Olímpios outros quiseram, / Hera e também Possidão e o Lúcio Apolo)[535] – pelo que teriam sido punidos a servirem

---

534 Heródoto 5.80.

o rei de Troia, Laomedonte,[536] na forma humana. A primeira menção à construção do muro de Troia por Possidão e Apolo aparece na *Il*. 7.442-53:

> ὣς οἳ μὲν πονέοντο κάρη κομόωντες Ἀχαιοί·
> οἳ δὲ θεοὶ πὰρ Ζηνὶ καθήμενοι ἀστεροπητῇ
> θηεῦντο μέγα ἔργον Ἀχαιῶν χαλκοχιτώνων.
> 445 τοῖσι δὲ μύθων ἦρχε Ποσειδάων ἐνοσίχθων·
> Ζεῦ πάτερ, ἦ ῥά τίς ἐστι βροτῶν ἐπ᾽ ἀπείρονα γαῖαν
> ὅς τις ἔτ᾽ ἀθανάτοισι νόον καὶ μῆτιν ἐνίψει;
> οὐχ ὁράᾳς ὅτι δ᾽ αὖτε κάρη κομόωντες Ἀχαιοὶ
> τεῖχος ἐτειχίσσαντο νεῶν ὕπερ, ἀμφὶ δὲ τάφρον
> 450 ἤλασαν, οὐδὲ θεοῖσι δόσαν κλειτὰς ἑκατόμβας;
> τοῦ δ᾽ ἤτοι κλέος ἔσται ὅσον τ᾽ ἐπικίδναται ἠώς·
> τοῦ δ᾽ ἐπιλήσονται τὸ ἐγὼ καὶ Φοῖβος Ἀπόλλων
> ἥρῳ Λαομέδοντι πολίσσαμεν ἀθλήσαντε.

> E enquanto, de seu lado, lutavam os cabeludos aqueus,
> os deuses, sentados todos à volta de Zeus Coruscante,
> assistiam à grande lida dos aqueus de éreos quitões.
> 445 E de entre eles tomou a palavra Possidão, o Terrímovo:
> "Zeus Pai, há por acaso dos mortais sobre a infinda terra
> algum que aos imortais seu pensamento e planos declare?
> Não vês a maneira como, outra vez, os cabeludos aqueus
> um muro muraram sobre as naves e em volta uma trincheira
> 450 cavaram, mas aos deuses não dão assinaladas hecatombes?
> Deste, por certo, glória haverá aonde espalhar-se a aurora;
> daqueloutro se esquecerão, do que eu e o Lúcio Apolo
> ao herói Laomedonte erigimos, os dois competindo."[537]

Mais tarde, na *Il*. 21.435-60, a construção do muro é relatada com mais detalhes, mas, estranhamente, Possidão fala como se apenas ele tivesse trabalhado na sua construção:

---

535 O escoliasta muda "Palas Atena" da vulgata para "Lúcio Apolo".
536 Hera teria sido pendurada pelos pés por correntes de ouro e suspensa no ar, segundo o escólio de Tomas Magister, p. 293 (ABEL).
537 Interessante que o verbo empregado aqui é *athléuo*, "competir atleticamente". Sobre a relevância do termo, ver a introdução geral.

435 αὐτὰρ Ἀπόλλωνα προσέφη κρείων ἐνοσίχθων·
Φοῖβε τί ἦ δὴ νῶϊ διέσταμεν; οὐδὲ ἔοικεν
ἀρξάντων ἑτέρων· τὸ μὲν αἴσχιον αἴ κ' ἀμαχητὶ
ἴομεν Οὔλυμπον δὲ Διὸς ποτὶ χαλκοβατὲς δῶ.
ἄρχε· σὺ γὰρ γενεῆφι νεώτερος· οὐ γὰρ ἔμοιγε
440 καλόν, ἐπεὶ πρότερος γενόμην καὶ πλείονα οἶδα.
νηπύτι' ὡς ἄνοον κραδίην ἔχες· οὐδέ νυ τῶν περ
μέμνηαι ὅσα δὴ πάθομεν κακὰ Ἴλιον ἀμφὶ
μοῦνοι νῶϊ θεῶν, ὅτ' ἀγήνορι Λαομέδοντι
πὰρ Διὸς ἐλθόντες θητεύσαμεν εἰς ἐνιαυτὸν
445 μισθῷ ἔπι ῥητῷ· ὃ δὲ σημαίνων ἐπέτελλεν.
ἤτοι ἐγὼ Τρώεσσι πόλιν πέρι τεῖχος ἔδειμα
εὐρύ τε καὶ μάλα καλόν, ἵν' ἄρρηκτος πόλις εἴη·
Φοῖβε σὺ δ' εἰλίποδας ἕλικας βοῦς βουκολέεσκες
Ἴδης ἐν κνημοῖσι πολυπτύχου ὑληέσσης.
450 ἀλλ' ὅτε δὴ μισθοῖο τέλος πολυγηθέες ὧραι
ἐξέφερον, τότε νῶϊ βιήσατο μισθὸν ἅπαντα
Λαομέδων ἔκπαγλος, ἀπειλήσας δ' ἀπέπεμπε.
σὺν μὲν ὅ γ' ἠπείλησε πόδας καὶ χεῖρας ὕπερθε
δήσειν, καὶ περάαν νήσων ἔπι τηλεδαπάων·
455 στεῦτο δ' ὅ γ' ἀμφοτέρων ἀπολεψέμεν οὔατα χαλκῷ.
νῶϊ δὲ ἄψορροι κίομεν κεκοτηότι θυμῷ
μισθοῦ χωόμενοι, τὸν ὑποστὰς οὐκ ἐτέλεσσε.
τοῦ δὴ νῦν λαοῖσι φέρεις χάριν, οὐδὲ μεθ' ἡμέων
πειρᾷ ὥς κε Τρῶες ὑπερφίαλοι ἀπόλωνται
460 πρόχνυ κακῶς σὺν παισὶ καὶ αἰδοίης ἀλόχοισι.

435 E então a Apolo dirigiu-se o poderoso Terrímovo:
"Lúcio, por que é que nos apartamos? Isto não está certo,
tendo os outros começado. Vergonhoso seria se, sem lutar,
ao Olimpo voltássemos, à ericalçada casa de Zeus.
Começa! És pois mais novo em idade. A mim é que não
440 fica bem, pois primeiro nasci e muito mais coisas conheço.
Um coração tens de infante bobão. Nada, acaso,
te lembras, de quantos males ambos em Ílion sofremos,
sozinhos dentre os deuses, quando ao valente Laomedonte,
deixando a casa de Zeus, viemos servir por um ano,
445 por acordado soldo, sinalizando ele as ordens?

Como sabes, eu mesmo o muro em volta de Ílion ergui,
largo e mui belo, para que inexpugnável fora a cidade.
Enquanto tu, Lúcio, bamboleantes os bois vaquejaste
nas encostas multionduladas das florestas do Ida.
450 Mas, quando do soldo o termo multiálacres as horas
traziam, assaltou-nos a ambos do soldo inteiro,
o violento Laomedonte, e com ameaças nos despachou.
Sim, ameaçou-nos os pés e as mãos acima da cabeça
amarrar, enviando-nos para ilhas de terras distantes;
455 cominou ambos perdermos pelo bronze as orelhas.
Assim nos afastamos os dois, com o peito pesado,
do soldo roubados, que propusera, porém não pagara.
E tu ao seu povo fazes favores, em vez de conosco
lutares, a fim de que os soberbos troas pereçam
460 da pior forma possível, com seus filhos e castas esposas.

Note-se que em nenhuma dessas passagens há qualquer menção à ajuda de Éaco. Essa parte do mito pode ter sido uma invenção *ad hoc* de Píndaro para magnificar a glória da família de Alcimédon, o que não seria nenhuma surpresa dada a propensão do poeta em retrabalhar o material mítico de que dispunha a fim de exaltar seus *laudandi*. No entanto, é mais provável que Píndaro estivesse retrabalhando alguma versão epicórica desse episódio ou até mesmo recuperando uma camada mais antiga da saga iliádica, no qual Éaco teria tido um papel crucial e bastante apropriado, já que, se o muro tivesse sido construído apenas por deuses, ele seria inexpugnável. Além do mais, o fato de Homero não mencionar a participação de Éaco não é, na verdade, tão surpreendente como poderíamos supor e provavelmente deve-se ao fato de que ela não é relevante para o contexto de nenhum dos trechos citados e, portanto, é omitida para evitar uma digressão desnecessária.

Na verdade, seria incoerente diante da reclamação de Possidão no livro 7, citado acima, em que ele teme o perigo de que sua glória fosse obliterada pela obra de meros humanos, mencionar, justamente, Éaco, com quem teria, dessa forma, que dividir sua honra, afinal de contas, no segundo trecho citado, ele omite até mesmo a participação de Apolo na empreitada. Nesse mesmo episódio do livro 21, é preciso, ainda, levar em consideração que Apolo, ao cabo da fala de Possidão, o aconselha a que não briguem por meros mortais, cujas vidas efêmeras não eram dignas da preocupação dos deuses. É bem possível, portanto, que a versão utilizada por Píndaro nesta ode fosse já conhecida de Homero que, no entanto, devido à lei da economia épica, prefere deixar Éaco de fora do relato. Devemos, ainda, considerar a possibilidade de que em alguma versão não canônica da *Ilíada*, talvez corrente em Egina, Éaco fosse mencionado, muita embora esse argumento *ex silentio* não seja realmente necessário, dadas as considerações acima.

Apolodoro (2.5.9), doutra feita, apresenta-nos um *aítion* diferente para a história da construção da muralha de Troia. No seu relato, os dois deuses não teriam sido enviados para expiar uma tentativa de destronar Zeus, mas para testar o caráter de Laomedonte:

Ἀπόλλων γὰρ καὶ Ποσειδῶν τὴν Λαομέδοντος ὕβριν πειράσαι θέλοντες, εἰκασθέντες ἀνθρώποις ὑπέσχοντο ἐπὶ μισθῷ τειχιεῖν τὸ Πέργαμον. τοῖς δὲ τειχίσασι τὸν μισθὸν οὐκ ἀπεδίδου. διὰ τοῦτο Ἀπόλλων μὲν λοιμὸν ἔπεμψε, Ποσειδῶν δὲ κῆτος ἀναφερόμενον ὑπὸ πλημμυρίδος, ὃ τοὺς ἐν τῷ πεδίῳ συνήρπαζεν ἀνθρώπους. χρησμῶν δὲ λεγόντων ἀπαλλαγὴν ἔσεσθαι τῶν συμφορῶν, ἐὰν προθῇ Λαομέδων Ἡσιόνην τὴν θυγατέρα αὐτοῦ τῷ κήτει βοράν, οὗτος προύθηκε ταῖς πλησίον τῆς θαλάσσης πέτραις προσαρτήσας. ταύτην ἰδὼν ἐκκειμένην Ἡρακλῆς ὑπέσχετο σώσειν, εἰ τὰς ἵππους παρὰ Λαομέδοντος λήψεται ἃς Ζεὺς ποινὴν τῆς Γανυμήδους ἁρπαγῆς ἔδωκε. δώσειν δὲ Λαομέδοντος εἰπόντος, κτείνας τὸ κῆτος Ἡσιόνην ἔσωσε. μὴ βουλομένου δὲ τὸν μισθὸν ἀποδοῦναι, πολεμήσειν Τροίᾳ ἀπειλήσας ἀνήχθη.

Pois Apolo e Possidão queriam testar[538] a *hýbris* de Laomedonte, e, então, tomando a forma humana, comprometeram-se, por um soldo, a murar Pérgamo, mas Laomedonte lhes negou o pagamento. Por causa disso, Apolo enviou uma peste sobre a cidade, e Possidão, o monstro Ceto, que, carregado por uma inundação, devorou os homens que se encontravam na planície. Tendo o oráculo lhe dito que uma expiação desses desastres poderia ser

---

538 Ou "provocar" – o grego é ambíguo.

obtida somente se Laomedonte expusesse sua filha, Hesíone, como repasto para Ceto, assim a amarrou nas pedras perto do mar. Vendo-a, Héracles prometeu salvá-la se Laomedonte lhe desse as éguas que Zeus lhe regalara como paga pelo rapto de Ganimedes. Tendo Laomedonte dito que as daria, Héracles a salvou. Mas, quando Laomedonte não quis lhe pagar o soldo devido, Héracles, de lá zarpando, prometeu voltar para guerrear contra Troia.

Conhecendo essas duas versões do mito, fica mais fácil entender as alusões feitas por Píndaro nesta ode. Em primeiro lugar, as guerras a que se refere nos vv. 45-6 dizem respeito à primeira expedição de Héracles para se vingar de Laomedonte, quando vem acompanhado de um dos filhos de Éaco, Télamon. Cumpre-se, portanto, a primeira parte da profecia de Apolo ao dizer que a derrocada de Troia começaria com os da primeira geração, muito embora eles não tomariam parte na destruição da cidade. A segunda guerra é aquela liderada pelos Atridas e contada por Homero na *Ilíada*. Nessa, Aquiles e Ájax, netos de Éaco, também tentam assaltar a muralha da Pergameia, mas morrem sem conseguir penetrá-la. Caberá a Neoptólemo, o bisneto de Éaco, isto é, "os da quarta geração" (porque a contagem grega é frequentemente inclusiva e devemos considerar Éaco como a primeira), penetrar na cidadela dentro do cavalo de pau construído por Epeu, seu primo. Essas três gerações estão representadas no poema pelas três "serpes de olhos-de-coruja": duas tentam e morrem sem conseguir; a terceira tem sucesso.

Uma vez que não sabemos praticamente nada da história dos Blepsíadas, é impossível entender com clareza as conexões do mito com a vitória de Alcimédon; porém, como sabemos por outras odes de cujos *laudandi* temos mais informações, como no caso daquelas dedicadas aos reis da Sicília, é certo que também nesta ode houvesse um paralelismo entre o mito e os eventos da história familiar do vencedor. DISSEN (1843), insatisfeito com a proposição mais aceita, aquela de TAFEL (1827), de que o mito celebraria a fundação primordial de Egina, propõe que as virtudes bélicas dos Eácidas correspondessem àquelas de Alcimédon. Da mesma forma que a vitória dos Eácidas fora prenunciada por um oráculo, assim fora também aquela do nosso atleta.

Uma outra via de interpretação que me parece possível em face do mito e, particularmente, da profecia de Apolo, é que a vitória olímpica obtida por Alcimédon tivesse sido já tentada por seu avô, pelo seu pai e pelo seu irmão, sem que, no entanto, esses a tivessem logrado. Estava fadado pois pelo deus, como tudo o mais na mundivisão de Píndaro, que somente aquele da quarta geração da família obtivesse sucesso em Olímpia, isto é Alcimédon. Nessa leitura, Neoptólemo e Epeu seriam os paralelos míticos para Alcimédon e Timóstenes. Essa suposição faria sentido também do ponto de vista do final da ode, em que Mensagem, filha de Hermes, leva as boas novas da vitória ao parente falecido do atleta no Hades, porque ela é evocativa da passagem, na *Odisseia* 11.465 s., em que Odisseu, ao encontrar Aquiles e Pátroclo, conta para o primeiro da queda de Troia e, em seguida, a pedido de Aquiles, do papel desempenhado na guerra por seu filho. Este, então, orgulhoso de seus feitos, numa cena (539-40) que destoa da sempiterna tristeza das outras sombras do Hades, "em passos largos se foi pelo campo de asfódelos / cheio de alegria porque dissera ser seu filho de preeminente fama".

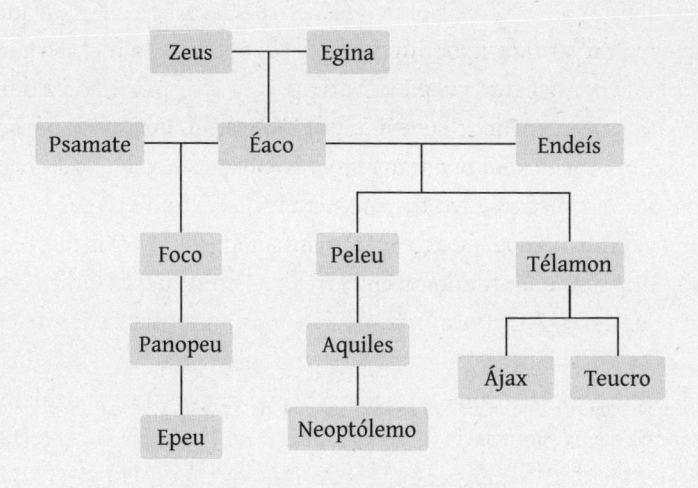

Fig. 1 – *Árvore genealógica dos Eácidas.*

VIII.
ΑΛΚΙΜΕΔΟΝΤΙ ΑΙΓΙΝΗΤΗΙ
ΠΑΙΔΙ ΠΑΛΑΙΣΤΗΙ
(460)

Α' Μᾶτερ ὦ χρυσοστεφάνων
    ἀέθλων, Ὀλυμπία,
    δέσποιν' ἀλαθείας, ἵνα μάντιες ἄνδρες
    ἐμπύροις τεκμαιρόμενοι παραπει-
5   ρῶνται Διὸς ἀργικεραύνου,
    εἴ τιν' ἔχει λόγον ἀνθρώπων πέρι
    μαιομένων μεγάλαν
    ἀρετὰν θυμῷ λαβεῖν,
    τῶν δὲ μόχθων ἀμπνοάν·

10 ἄνεται δὲ πρὸς χάριν εὐ-
       σεβείας ἀνδρῶν λιταῖς·
    ἀλλ' ὦ Πίσας εὔδενδρον ἐπ' Ἀλφεῷ ἄλσος,
    τόνδε κῶμον καὶ στεφαναφορίαν
       δέξαι, μέγα τοι κλέος αἰεί,
15 ᾧτινι σὸν γέρας ἕσπετ' ἀγλαόν.
    ἄλλα δ' ἐπ' ἄλλον ἔβαν

---

539 Porque, como ficamos sabendo da O. 4, a prova (nesse caso, atlética) é o verdadeiro teste do valor de um homem.
540 Muito provavelmente no altar onde os Iâmidas tinham um oráculo, cf. O. 6.
541 Cujo raio (*keraunós*, cf. pt. "ceráunio") é de um branco resplandecente (*argós*) como o da prata (gr. *árgyros*; lat. *argentum*; donde, no português temos vários vocábulos: "argila", do tipo branca; "argúcia", inteligência rápida e brilhante; "arguir", tornar claro; "argumento" etc.).
542 O sofrimento aludido aqui é físico, representado pelo duro treinamento atlético, e também psicológico, dadas a incerteza e a angústia antes da vitória, que é a única

8.
Para Alcimédon de Egina
pela pale para meninos
(460)

I   Mãe dos Auricoroados
           Jogos, ó Olímpia,
       Dona da verdade,[539] onde proféticos varões,
       buscando sinais por meio do fogo,[540] tentam
5   do Argiceráunio[541] Zeus saber
       se uma palavra teria sobre homens
       obcecados por grandes
       varonias e por obter ao peito
       um alento das fadigas.[542]

10   Anui-se, graças à piedade
           dos homens, às súplicas.
       Mas ó, de Pisa, arborizado luco sobre o Alfeu,[543]
       a este cortejo e à coroada procissão
           recebe. Grande glória é sempre
15   a quem teu galardão siga esplendoroso.
       Outras benesses a outros

---

forma de encontrar o alívio e restaurar a alegria do atleta. A invocação a Zeus, nesse sentido não é apenas apropriada, visto ser ele o padroeiro do Santuário de Olímpia e dos Jogos, mas também porque Vitória (*Níkē*) foi a primeira dentre os deuses a se pôr ao seu lado na guerra contra os Titãs. Segundo Hesíodo, *Teogonia* 383 s., ela, junto com Dominância (*Krátos*), Força (*Bíē*) e Rivalidade (*Zélos*), filhos do rio Estige (uma deidade feminina em grego) e Palas (um titã), nunca se afastam de Zeus. Esse detalhe será importante mais tarde para a seção mítica do poema.

543 O Áltis, isto é, o bosque sagrado onde ficava o templo de Zeus.

>   ἀγαθῶν, πολλαὶ δ' ὁδοί
>   σὺν θεοῖς εὐπραγίας.

—

>   Τιμόσθενες, ὕμμε δ' ἐκλάρωσεν πότμος
> 20   Ζηνὶ γενεθλίῳ ὅς σὲ
>   μὲν {ἐν} Νεμέᾳ πρόφαντον,
>   Ἀλκιμέδοντα δὲ πὰρ Κρόνου λόφῳ
>   θῆκεν Ὀλυμπιονίκαν.
>   ἦν δ' ἐσορᾶν καλός, ἔργῳ
> 25   τ' οὐ κατὰ εἶδος ἐλέγχων
>   ἐξένεπε κρατέων
>   πάλᾳ δολιχήρετμον Αἴγιναν πάτραν·
>   ἔνθα σώτειρα Διὸς ξενίου
>   πάρεδρος ἀσκεῖται Θέμις

)—

Β'   ἔξοχ' ἀνθρώπων. ὅ τι γὰρ
>   πολὺ καὶ πολλᾷ ῥέπῃ,
>   ὀρθᾷ διακρῖναι φρενὶ μὴ παρὰ καιρόν

544 Segundo o Σ 19b e a maioria dos comentadores modernos, Timóstenes seria o irmão mais velho de Alcimédon e comitente da ode. CAREY 1989b, no entanto, parece-me que tenha construído um argumento convincente, e ademais congruente ao mito, segundo o qual ele seria, na verdade, o avô, referido na porção final da ode. Muito embora eu prefira sua interpretação, que me parece mais coerente com o contexto interno da canção e com o costume de Píndaro de nunca mencionar pessoas apenas pelo parentesco, é impossível precisarmos com certeza o relacionamento entre Timóstenes e Alcimédon.
545 O Fado (*Pótmos*) é o destino que se recebe pelas condições em que se nasce.
546 Porque Zeus era pai de Éaco com Egina e, portanto, é o ancestral protetor da estirpe, bem como o gênio natalício de Timóstenes e Alcimédon. O vocativo e o pronome "vós" indicam que Timóstenes estava presente durante a execução da ode.
547 Alcimédon, por seus esforços e sua vitória, não desmentiu, com suas obras, seu belo porte, mas fez com que o seu nome, o de seu pai e de sua pátr(i)a fossem proclamados vencedores pelo arauto em Olímpia na presença de toda a Grécia.

vieram, e muitas são as vias
de sucesso com os deuses.

Timóstenes,[544] o Fado[545] vos apadrinhou
20   a Zeus Patrício,[546] que a ti,
        em Nemeia, iminente
fez e, de Alcimédon, junto ao Crônio monte,
um olímpico vencedor:
belo de se ver e, em obras
25   não desmentindo o porte,
fez proclamar,[547] vencendo
na pale, a longírrema Egina sua *pátra*.[548]
Lá a Salvadora, par de Zeus
Xênio,[549] é cultuada: Têmis,[550]

II   supina entre os homens. Pois tudo que
        muito e por muito oscile,
    julgar corretamente, na hora certa, é ingrata

---

548 Píndaro, por meio da paronomásia e do entrelaçamento semântico (cf. LSJ, *s.v.* πα-τρίς II) entre *pátra* (ver nota mais acima, na introdução) e *patrís* (pátria) alude ao fato de que a vitória de Alcimédon era de toda a ilha e não apenas de sua *pátra*. O comércio marítimo era uma das principais fontes de renda de Egina, daí a importância dada a Zeus Xênio, aquele que protege os estrangeiros, e Têmis, a que protege os costumes da terra, havendo, portanto, um equilíbrio entre essas duas forças. *Dolikhḗretmon*, "de longos remos", aqui traduzido com o neologismo "longírrema", é como os feácios são caracterizados na *Od.* 8.191 e é provável que Píndaro intencionasse essa associação.
549 A instituição da "xênia" (*xenía*), ou "hospitalidade", como algumas vezes é traduzido, regulava todos os ritos sociais entre anfitriões e estrangeiros (*xénos*), como a obrigatoriedade da troca de presentes. Era atributo particular de Zeus velar pela correta aplicação das normas da xênia.
550 Note como *Thémis* prenuncia *tethmós* ("lei basilar"), no v. 33.

δυσπαλές· τεθμὸς δέ τις ἀθανάτων
καὶ τάνδ' ἁλιερκέα χώραν
35 παντοδαποῖσιν ὑπέστασε ξένοις
κίονα δαιμονίαν -
ὁ δ' ἐπαντέλλων χρόνος
τοῦτο πράσσων μὴ κάμοι -

—

Δωριεῖ λαῷ ταμιευ-
40   ομέναν ἐξ Αἰακοῦ·
τὸν παῖς ὁ Λατοῦς εὐρυμέδων τε Ποσειδάν,
Ἰλίῳ μέλλοντες ἐπὶ στέφανον
τεῦξαι, καλέσαντο συνεργόν

551 Píndaro pode ter em mente a imagem de uma balança, especificamente da balança de Zeus (*Il.* 8.72, 22.212), metáfora pela qual muitos tradutores optaram, traduzindo "quando muito pende da balança que se inclina para cima e para baixo etc.". Muito embora não se possa descartar essa interpretação, não acho que ela seja a melhor. A principal dificuldade, como nota CATENACCI *et al.* 2013: 508, é em se estabelecer em que sentido se pode dizer que os estrangeiros "pesam de muitas maneiras"? Dessa forma, parece-me que aqui o verbo deve ser interpretado em seu sentido agonístico, tanto atlético quanto político. O sentido atlético é derivado diretamente da ocasião da ode e do contexto da luta. É preciso lembrar que, na pale, modalidade em que Alcimédon foi campeão, os movimentos do oponente, tentando assegurar uma pegada de um lado para o outro, eram parte de sua estratégia de ataque para surpreender o adversário e que, num átimo, um movimento errado poderia representar a derrota (cf. por exemplo *O.* 9.91 e Ésquilo, *Ag.* 574, para uma imagem semelhante) e que, portanto, era preciso inteligência e discernimento para julgar o momento certo de atacar. No contexto político, a tensão que se estabelece entre Zeus Xênio, que protege os estrangeiros, de um lado, e Têmis, que protege o interesse dos locais, do outro, se manifesta numa luta agonística para saber encontrar um equilíbrio entre as demandas por justiça daqueles e destes.

552 Píndaro faz aqui um jogo de palavras entre o nome da deusa *Têmis*, que é "aquilo que está posto" (cf. gr. *títhēmi*, "pôr", "colocar", PIE *d^heh_1-), isto é, a norma ancestral e que representa os valores locais e aristocráticos, e *tethmós*, "lei basilar", que são os mínimos preceitos civilizatórios ordenados pelos deuses aos homens: honrar a pátria, os deuses e os pais, proteger os estrangeiros, sepultar os mortos, não perjurar, honrar a verdade etc. Muitas vezes a *thémis* se chocava com a *díkē*, que é a justiça da pólis – um caso clássico é aquele representado na tragédia de Sófocles, *Antígona*, em que esta personagem prefere honrar a *thémis* que ordena que os mortos sejam sepultados, em vez de se submeter à *díkē*, o decreto de Creonte que proibia os ritos fúnebres e o sepultamento de Polinices.

luta[551] Lei basilar,[552] um dos imortais
a esta marimurada terra[553]
35 sotopôs,[554] para estrangeiros de toda parte,
numinosa coluna,[555]
e que vindouro o tempo
não se canse de escorá-la.[556]

O povo dórico[557] a controla
40 desde Éaco,[558] a quem o filho
de Latona[559] e o vastipotente Possidão,
quando estavam para trançar a coroa
sobre Ílion,[560] como ajudante chamaram

553 "Marimurada" porque, segundo Pausânias 2.29.6, Egina era a ilha grega mais difícil para aportar devido à grande quantidade de rochas à sua volta e sob a superfície do mar. O epíteto só aparece em Píndaro, P. 1.18 e I. 1.9. Aqui, de novo, o paralelo com a ilha dos feácios parece continuar. Notar como Homero, Od. 5.404-5, a descreve: οὐ γὰρ ἔσαν λιμένες νηῶν ὄχοι, οὐδ' ἐπιωγαί. / ἀλλ' ἀκταὶ προβλῆτες ἔσαν σπιλάδες τε πάγοι τε ("pois não havia portos ou ancoradouros, nem acessos / mas uma costa repleta de pontões e rochedos e arrecifes").
554 Cf. O. 6.1.
555 Cf. com a O. 2.145-7, onde Heitor é descrito, não sem uma certa dose de ironia, como a "inamovível coluna" de Troia.
556 Provavelmente uma prece que antevê a ameaça de dominação ateniense, que iria se concretizar depois da Batalha de Enófita de 458/7, apenas dois anos depois da performance da O. 8. Ver a introdução a essa ode. Em retrospecto, tanto a prece quanto o mito, que prenunciava a destruição de Troia, podem nos parecer sinistros.
557 Segundo Heródoto (8.46), Egina era uma colônia dórica de Epidauros: Αἰγινῆται δὲ εἰσὶ Δωριέες ἀπὸ Ἐπιδαύρου ("os eginenses são dórios vindos de Epidauros").
558 Começa aqui a seção mítica. Para o mito, ver a introdução a essa ode.
559 Apolo, filho de Zeus e Latona ou Leto.
560 Isto é, a capital de Troia, que era, na verdade, a região onde a famosa cidade fora fundada e cujo nome, que já aparece no hitita como *Truwiša*, era derivado pelos gregos de Trôs, o herói epônimo e ancestral dos troianos. Ílion era o verdadeiro nome da cidade, já registrado em hitita como *Wiluša*, a partir de seu fundador, Ilo, filho de Trôs, que dera o seu nome à região de Troia. Píndaro pode ter escolhido o nome Ílion, aqui, pelo fato de Ilo ter fundado a cidade após ser vencedor na pale em jogos atléticos na Frígia. A história é contada por Apolodoro 3.12.3. A "coroa" é o famoso muro construído em volta da cidadela de Pérgamo por Possidão e Apolo.

τείχεος, ἥν ὅτι νιν πεπρωμένον
45   ὀρνυμένων πολέμων
πτολιπόρθοις ἐν μάχαις
λάβρον ἀμπνεῦσαι καπνόν.

γλαυκοὶ δὲ δράκοντες, ἐπεὶ κτίσθη νέον,
πύργον ἐσαλλόμενοι τρεῖς,
50   οἱ δύο μὲν κάπετον,
αὖθι δ' ἀτυζόμενοι ψυχὰς βάλον,
εἷς δ ' ἐσόρουσε βοάσαις.
ἔννεπε δ' ἀντίον ὁρμαί-
νων τέρας εὐθὺς Ἀπόλλων·
55   «Πέργαμος ἀμφὶ τεαῖς,
ἥρως, χερὸς ἐργασίαις ἁλίσκεται -
ὣς ἐμοὶ φάσμα λέγει Κρονίδα
πεμφθὲν βαρυγδούπου Διός -
)—

561 As duas invasões gregas de Troia: a primeira comandada por Héracles; a segunda, pelos Atridas.
562 Que destrói urbes.
563 Isto é, a cidadela construída sobre a rocha *Átē*, posteriormente nomeada Pérgamon (> gr. *pýrgos*, "torre", a mesma palavra usada no v. 49), para distingui-la da cidade baixa. Ver o comentário de KIRK 1993: 393 à *Il.* 4.508.
564 Aquiles e Ájax Telamônio.
565 Neoptólemo. O grito é tanto de vitória quanto o prenúncio da futura guerra.
566 Passagem controversa. GILDERSLEEVE 1886: 196, nota: "*Not satisfactory* [isto é, a interpretação de *hormaínōn* como "refletindo", proposta pelo Σ 53b]. *The scholia give also* ὁρῶν, θεασάμενος, *pointing to a corruption in* ὁρμαίνων. *A possible translation is: Apollo straight came rushing and openly declared the prodigy. Comp. Od.* 17.529: ἔρχεο, δεῦρο κάλεσσον, ἵν' ἀντίον αὐτὸς ἐνίσπῃ ["Vai, chama-o aqui, para que fale na minha cara"]". Na minha opinião, não seria sequer necessário supor que o verso seja corrupto, pois o principal sentido de *hormaínō* na literatura pós-homérica é (LSJ, s.v. II; VLG, s.v. b, c): (1) "colocar em movimento, avançar, apressar-se, adiantar-se". O LSJ ainda esclarece que o particípio ὁρμαίνων significa *eagerly, quickly*. Com esse mesmo sentido, o particípio aparece na *O.* 13.118-20 e, como um deverbativo (θυμὸς ὥρμα), na *O.* 3.45. Consequentemente, a observação de CATENACCI *et al.* 2013: 512 de que é "*sorprendente che Apollo debba riflettere, anche se per poco*" é descabida, pois "refletir"

da muralha, pois àquela era fatal
45 que, deflagradas as guerras,[561]
nas urbífragas[562] batalhas,
respirasse selvagem fumo.

Serpes d'olhos-de-coruja, mal fora fundada,
a torre[563] assaltaram, três,
50 e, ainda que duas caíssem[564]
ali mesmo aterradas, as almas entregando,
uma irrompeu com um grito.[565]
Sem demora, em resposta disse[566]
ao prodígio, direto,[567] Apolo:
55 "Pérgamo, ó herói, em torno
ao trabalho de tuas mãos será tomada,
assim me diz a visão do filho
de Crono, Zeus Baritonante.

não é o sentido principal desse verbo em Píndaro. Ademais, não seria surpreendente que Apolo parasse para refletir, pois ele não detém o conhecimento imediato do futuro, que apenas a Zeus pertence. Apolo, ainda que um deus, também é um intérprete dos sinais de Zeus, como ele próprio diz no *Hino homérico a Apolo* 132: χρήσω δ' ἀνθρώποισι Διὸς νημερτέα βουλήν ("profetizarei aos homens, de Zeus a infalível vontade"). Essa leitura está de acordo tanto com o proêmio da ode, em que Zeus é descrito como a fonte de todo conhecimento, quanto com os versos seguintes da fala de Apolo no trecho acima, em que confirma que é a aparição (*phásma*) enviada por Zeus que lhe revela o futuro e não uma onisciência que lhe fosse própria. A diferença entre o *mántis* divino e um mortal, como Calcas na *Il.* 2.324, não está na rapidez da interpretação, mas no fato de que a de Apolo é sempre infalível, ao passo que a dos mortais é falível, um tema já tratado na ode anterior, a *O.* 7, e que será reafirmado na *O.* 12.6-12.

567 Porque Apolo é o deus das profecias convolutas e enigmáticas, por isso chamado *Lóxias*, que em grego pode querer dizer "convoluto", "oblíquo". Aqui, porém, ele "dá um papo reto", *euthýs*, como poderíamos dizer coloquialmente, para Éaco, o que não deixa de ser uma forma de deferência para com o herói. Outra forma de interpretar a passagem seria a de que Apolo profetiza diretamente (*euthýs*), isto é, sem o intermédio de um adivinho, e face a face (*antíon*) para Éaco.

Γ'   οὐκ ἄτερ παίδων σέθεν, ἀλ-
60   λ' ἅμα πρώτοις ἄρξεται
           καὶ τετράτοις». ὣς ἄρα θεὸς σάφα εἴπαις
           Ξάνθον ἤπειγεν καί Ἀμαζόνας εὐ-
                ίππους καὶ ἐς Ἴστρον ἐλαύνων.
           Ὀρσοτρίαινα δ' ἐπ' Ἰσθμῷ ποντίᾳ
65   ἅρμα θοὸν τάνυεν,
           ἀποπέμπων Αἰακόν
           δεῦρ' ἀν' ἵπποις χρυσέαις,

—

           καὶ Κορίνθου δειράδ' ἐπο-
                ψόμενος δαῖτα κλυτάν.
70   τερπνὸν δ' ἐν ἀνθρώποις ἴσον ἔσσεται οὐδέν.
           εἰ δ' ἐγὼ Μελησίᾳ ἐξ ἀγενεί-
                ων κῦδος ἀνέδραμον ὕμνῳ,
           μὴ βαλέτω με λίθῳ τραχεῖ φθόνος·
           καὶ Νεμέᾳ γὰρ ὁμῶς
75   ἐρέω ταύταν χάριν,
           τὰν δ' ἔπειτ' ἀνδρῶν μάχαν

—

568 Píndaro usa tanto uma contagem exclusiva, na qual a primeira geração seria aquela dos filhos de Éaco, Peleu e Télamon, quanto, no verso seguinte, inclusiva, na qual a primeira geração seria a do próprio Éaco, a fim de que, na quarta, viessem Neoptólemo e Epeu. Ver a "Árvore genealógica dos Eácidas" (Fig. 1), na introdução a essa ode.
569 Rio da Lícia, região sagrada a Apolo.
570 Segundo Pausânias 7.2.6, as Amazonas haviam construído um templo para Apolo na época da guerra contra os atenienses, talvez por isso se dirigisse para lá.
571 Possidão. Cf. *Peã* 9.
572 Isto é, o deus retorna ao seu santuário no Istmo de Corinto, perto da cidade de mesmo nome e onde se realizavam os Jogos Ístmicos.
573 Ou seja, para Egina. O advérbio indica uma performance local da ode.
574 Cf. *O.* 1.66, onde Possidão rapta Pélops em "áureos cavalos". Curioso que Píndaro tome o cuidado de explicitar o sexo das cavalgaduras aqui.
575 Isto é, o Istmo, que se estreita como uma garganta.

III	Não sem os teus filhos, mas
60	com os primeiros terá início
	e os da quarta geração".[568] Claro falando, o deus
	ao Xanto[569] dirigiu-se e às alfarazes
	Amazonas, rumo ao Istro, açodado.[570]
	E o Tridentígero[571] ao marítimo Istmo,[572]
65	veloz o carro virou,
	Éaco trazendo acá[573]
	em áureas éguas,[574] a ver
	também o colo de Corinto,[575]
	ínclita por seus banquetes.[576]
70	Prazeroso aos humanos por igual, nada haverá.[577]
	E, se eu, sobre o condão de Melésias[578] ganho
	dos imberbes,[579] com o hino, discorri,
	não me atire a inveja áspera pedra,
	pois em Nemeia mesmo assim
75	essa graça vou contar
	e a da luta entre varões

---

[576] Nesse caso, os banquetes sacrificiais públicos, provavelmente de touros, com que se iniciavam os Jogos Ístmicos.

[577] A gnoma é tanto anafórica quanto catafórica. Anafórica porque retoma o fato de que as obras humanas são eivadas de imperfeição, como o muro troiano, falho no ponto onde Éaco o havia erigido. Catafórica porque antecipa um possível desgosto da audiência eginense ao elogiar o treinador de Alcimédon, Melésias, que era ateniense.

[578] O treinador ateniense de Alcimédon, louvado também na *N.* 6.108-111. Píndaro elogia com não menos ênfase um outro treinador ateniense na *N.* 5.89-90, Menandro. Segundo PAVLOU 2015, essas menções, que certamente deveriam ter sido solicitadas pelos comitentes, deveriam ser uma tentativa da aristocracia eginense de abrir canais de comunicação com os atenienses.

[579] Usado por Píndaro aqui num sentido não técnico para se referir à categoria dos *paîdes*, isto é, dos meninos.

ἐκ παγκρατίου. τὸ διδάξασθαι δέ τοι
εἰδότι ῥᾴτερον· ἄγνω-
   μον δὲ τὸ μὴ προμαθεῖν·
80   κουφότεραι γὰρ ἀπειράτων φρένες.
κεῖνα δὲ κεῖνος ἂν εἴποι
ἔργα περαίτερον ἄλλων,
   τίς τρόπος ἄνδρα προβάσει
ἐξ ἱερῶν ἀέθλων
85   μέλλοντα ποθεινοτάταν δόξαν φέρειν.
νῦν μὲν αὐτῷ γέρας Ἀλκιμέδων
νίκαν τριακοστὰν ἑλών·
)—
Δ'   ὃς τύχᾳ μὲν δαίμονος, ἀ-
   νορέας δ'οὐκ ἀμπλακών
90   ἐν τέτρασιν παίδων ἀπεθήκατο γυίοις
νόστον ἔχθιστον καὶ ἀτιμοτέραν
   γλῶσσαν καὶ ἐπίκρυφον οἶμον,
πατρὶ δὲ πατρὸς ἐνέπνευσεν μένος
γήραος ἀντίπαλον·

580 Isto é, para ensinar é preciso aprender antes.
581 Melésias.
582 MEZGER 1880: 381 propõe que o número inteiro justificasse o elogio especial, uma "ideia mais alemã do que grega", como nota GILDERSLEEVE 1886: 192. Na época da N. 6 (c. 465, mas a data é incerta), Melésias já havia conseguido vinte e cinco vitórias para a sua palestra.
583 Nesses versos temos a combinação entre favor divino e talento pessoal que sempre são enfatizados como elementos essenciais em qualquer vitória. A ideia proposta por CHRIST 1896: 66, e depois posta em dúvida por MEZGER 1880: 376, de que o favor divino faria referência a uma possível efedria, isto é, a uma passagem direta para a segunda fase devido a Alcimédon ter "sobrado" no sorteio dos oponentes, me parece fantasiosa. Ser um êfedro, ademais, como vimos na introdução geral ("Os *agônes gymnikoí* – provas pesadas"), não era algo do que se gabar.
584 Pressupõem-se por esse verso que tenham sido no mínimo dezesseis os concorrentes, arrumados em duas chaves de oito pares, o que daria três lutas por chave até o final, disputada entre os vencedores de cada chave. Como nota GILDERSLEEVE 1886: 198, se supusermos (desnecessariamente, a meu ver) um êfedro, o número de com-

no pancrácio. Ora, isso de ensinar é
mais fácil ao sabedor. Tolice
é não ter antes aprendido.[580]
80 Fátua, pois, é a mente dos inexpertos.
E disso aquele[581] poderia falar,
experiente mais que todos:
    qual treino faz um homem progredir
que, dos Sacros Jogos,
85 tenciona trazer a amantíssima fama.
E eis que agora Alcimédon um galardão
lhe trouxe, a trigésima vitória.[582]

IV Ele, que, pela sorte de um deus,
e sem lhe faltar valentia,[583]
90 a quatro corpos de meninos[584] relegou
o mais odiado retorno, desonrada
    língua[585] e, encoberto, um beco escuro.[586]
No pai de seu pai insuflou vigor,
da velhice[587] o contragolpe.[588]

---

petidores poderia ser, no mínimo, nove, no caso de uma única chave. Alcimédon, nesse último caso, só poderia ter derrotado quatro oponentes se ele mesmo não tivesse sido sorteado para a efedria.

585 A língua é "desonrada" tanto porque os perdedores não podem se gabar de nada quanto porque ninguém os "traz à língua", ou seja, eles não têm fama ou, se a tem, é uma que lhes desonra.

586 Não havia nenhuma premiação ou honra para os que ficassem em segundo ou terceiro lugar nos jogos antigos. Como explica o escólio Σ 92: "Pois os vencidos não partem pelas avenidas à vista de todos, mas desviam pelos becos. Num outro lugar (fr. 229), Píndaro também diz: 'pois os vencidos são agrilhoados pelo silêncio / e diante dos amigos não podem vir'". Compare com o humilhante retorno dos vencidos na *P.* 8.116-125 que nem mesmo podem contar com a simpatia de suas mães.

587 O avô, Praxidamas. O pai, como ficamos sabendo em seguida, já havia morrido. Sobre a família de Alcimédon, ver CAREY 1989b.

588 Em grego, *antípalos*, "remédio", "antídoto", "contragolpe", como acredito ser a tradução mais adequada aqui, uma vez que o *laudandus* é um lutador. Leio com RENEHAN 1969.

95   Ἀΐδα τοι λάθεται
         ἄρμενα πράξαις ἀνήρ.

—

         ἀλλ' ἐμὲ χρὴ μναμοσύναν
            ἀνεγείροντα φράσαι
         χειρῶν ἄωτον Βλεψιάδαις ἐπίνικον,
100   ἕκτος οἷς ἤδη στέφανος περίκει-
            ται φυλλοφόρων ἀπ' ἀγώνων.
         ἔστι δὲ καί τι θανόντεσσιν μέρος
         κὰν νόμον ἐρδόμενον·
         κατακρύπτει δ' οὐ κόνις
105   συγγόνων κεδνὰν χάριν.

—

         Ἑρμᾶ δὲ θυγατρὸς ἀκούσαις Ἰφίων
         Ἀγγελίας, ἐνέποι κεν
            Καλλιμάχῳ λιπαρόν
         κόσμον Ὀλυμπίᾳ, ὅν σφι Ζεὺς γένει
110   ὤπασεν. ἐσλὰ δ' ἐπ' ἐσλοῖς
         ἔργα θέλοι δόμεν, ὀξεί-
            ας δὲ νόσους ἀπαλάλκοι.

589 Esses versos devem se referir ainda ao avô de Alcimédon e, portanto, não podem ser traduzidos, como quer GILDERSLEEVE 1886: 198, como εὖ πράσσειν, isto é, "ter sucesso", "vencer". RACE 1997a: 145 é extremamente pedestre, como o mais das vezes, ao traduzir por *when he has done fitting things*. A solução de ROCHA 2018: 122, "o homem que faz o adequado", parece-me ter pouca força comparada ao original. Coisas "adequadas" ou *fitting* não são suficientes para fazer alguém se esquecer do Hades, nem descreve o tipo de alegria que o avô de Alcimédon estaria sentindo com uma vitória olímpica do neto. A tradução de BOECKH 1963: 41 por *felicia nactus vir* é o sentido geral, que foi rendido poeticamente, ainda que com pouca expressividade, por GENTILI *et al.* 2013: 215 como *l'uomo felice*. Ter um neto vencedor nos Jogos Olímpicos seria o sonho de qualquer avô e realizá-lo descreveria o tipo de alegria a que Píndaro alude aqui. Esse é um bom exemplo de que muitas vezes uma tradução literal, colada no dicionário, não é capaz de fazer jus ao original.
590 Numa sociedade eminentemente oral, como a Grécia arcaica, o principal meio de preservação da memória, era a poesia. Sobre isso, o trabalho de HAVELOCK 1963, traduzido para o português como HAVELOCK 1996, ainda é uma referência indispensável.

95   Do Hades se olvida o homem
         cujos sonhos se realizaram.[589]

         Quanto a mim, a Memória
            devo acordar[590] para contar
         aos Blepsíadas,[591] das mãos a flor epinicial,[592]
100   aos quais seis lauréis já coroaram
            nos jogos estefanitas.
         Há também dos mortos uma parte
         segundo a lei ritual[593]
         e o pó não oculta,[594]
105   dos parentes,[595] a terna glória.

         Ífion, depois de escutar da filha de Hermes,
         Mensagem,[596] poderia contar
            a Calímaco sobre o luzente
         adorno que, em Olímpia, Zeus aos do seu clã[597]
110   concedeu. Bênção sobre bênçãos
         queira dar, e que amargas
            das doenças lhes afaste.[598]

---

591 A *pátra* de Egina a que a família de Alcimédon pertencia segundo o Σ 97.
592 A "flor epinicial das mãos" é a vitória na pale, que envolvia pegadas e torções aplicadas com as mãos.
593 Volta-se aqui, nessa passagem tão pungente, ao tema da *thémis*, a lei ancestral de que falamos na nota ao v. 33.
594 *Katakríptei*; cf. com o "encoberto beco escuro" (*epíkriphon*), do v. 92.
595 Não se sabe qual grau de parentesco as pessoas nomeadas a seguir tinham com Alcimédon, mas, pelo que foi dito antes, deveriam ter sido atletas vencedores da família. Parece-me que ao menos um deles deva ser o pai de Alcimédon. Os escoliastas a essa passagem dão duas possibilidades: (i) apenas parentes; (ii) Ífion seria o pai e Calímaco, o tio. Essa última interpretação casaria muito bem com o paralelo que traço com a *Od.* 11.475 ao final da introdução a essa ode.
596 Em grego, *Angelía*, personificada. Cf. *O.* 14.28 s.
597 *Génei*. Responde ao "Zeus Patrício" (*genéthlios*) do v. 20.
598 Talvez uma possível menção à doença que teria sido responsável pela morte de Ífion e Calímaco.

εὔχομαι ἀμφὶ καλῶν
μοίρᾳ νέμεσιν διχόβουλον μὴ θέμεν·
115 ἀλλ' ἀπήμαντον ἄγων βίοτον
αὐτούς τ' ἀέξοι καὶ πόλιν.

---

599 Nêmesis é uma espécie de justiça reativa, normalmente associada à soberba e ao excesso. Há aqui uma alusão à possibilidade de uma vitória olímpica como essa "subir

Rezo que, pelas alegrias,
Nêmesis[599] não surja, dissentânea, em seu destino,
115 mas que indenes os guie pela vida,
alentando-os e a cidade.

à cabeça" do atleta, o que seria passível de punição divina. Píndaro assim acautela Alcimédon e sua família para que "em vão não tente se tornar um deus" (*O*. 5.56-7).

Ὀλυμπιονίκαις IX | Olímpica 9

Esta ode é dedicada a Efarmosto de Opunte por sua vitória na pale na 78ª edição dos Jogos Olímpicos, em 468. Opunte era a capital da Lócrida Opúntia, também dita Oriental, Epi- ou Hipocnêmida, devido a estar localizada ao sopé do monte Cnêmida, entre a boca do rio Cefiso e o Golfo da Eubeia, na costa nordeste da Grécia. As outras duas Lócridas, a Ozólia, ou Ocidental, na margem norte do Golfo de Corinto, entre a Etólia e a Fócida, e a Lócrida Epizefirínia, na região italiana da Calábria, eram tidas como colônias suas.

Muito embora Efarmosto tenha sido vitorioso em 468, uma data confirmada pelo *P. Oxy.* 222, esta ode só seria executada em 466, quando, ao vencer nos Jogos Píticos daquele ano, ele se tornara um *periodoníkēs*, isto é, um vencedor nos quatro jogos estefanitas da Grécia – Olímpicos, Píticos, Ístmicos e Nemeios –, uma honraria digna de ser celebrada por um dos maiores panegiristas de então, Píndaro.

A carreira de Efarmosto seria impressionante mesmo se ele não fosse um *periodoníkēs*: ele venceu três vezes nos Jogos Ístmicos e duas vezes nos Nemeios, acumulando ainda vitórias em jogos epicórios importantes, como nos Panatenaicos, de Atenas; nos de Argos; nos da Parrésia, na Arcádia; nos de Pelene, na Acaia; nos de Tebas; nos de Elêusis; e, finalmente, na Heracleia de Maratona, sendo essa sua vitória mais espetacular. Aí, desclassificado da categoria dos *agéneioi* ("imberbes"), teve que competir com os adultos, os quais venceu *akonití*, isto é, sem nunca ter sofrido uma queda, o que levou o estádio inteiro a saudá-lo com gritos e aplausos pelo impressionante feito.

No mesmo dia em que Efarmosto vencera nos Jogos Ístmicos, Lamprômaco, um parente seu de acordo com os escólios antigos, também obtivera uma vitória, muito embora não saibamos em qual prova. É provável que esse Lamprômaco fosse próxeno de Opunte em Tebas e teria sido ele, segundo os escólios antigos,[600] que comissionara a ode a

---

600 Σ 123a-c, 125a.

Píndaro, o que explicaria a sua menção no poema.

Esta ode não tem a mesma simplicidade da anterior. A partir do proêmio inicial, três mitos são entrelaçados ao longo do louvor e enquadrados a partir de gnomas e de alusões às origens da Lócrida e de Opunte. Iremos discuti-los na próxima seção. Interessa-nos, no momento, a menção à canção de Arquíloco, já discutida anteriormente,[601] mas que, por conveniência, cito abaixo outra vez:

τήνελλα καλλίνικε
χαῖρε ἄναξ Ἡράκλεις,
αὐτός τε καἰόλαος, αἰχμητὰ δύω.

Dá-lhe, viva, ó campeão,
viva o Senhor Héracles,
viva ele e Iolau, a dupla de lanceiros!

Essa canção invariável era entoada pelo vencedor e sua *entourage* no momento da proclamação de vitória. O grito de "*dá-lhe!*" é uma tentativa de tradução do que se acredita ser uma interjeição em grego (*ténella*), que teria sido inventado por Arquíloco para imitar o som da lira (ou do aulos) na ausência de instrumentos musicais. Os comentários antigos diferem sobre se o bordão era *triplóos*, ou seja "triplo", porque se repetia o "dá-lhe, viva, ó campeão" três vezes, entoando-se a canção uma segunda vez, ou se o era porque, enquanto o líder da procissão cantava a primeira parte, o restante respondia com "dá-lhe, viva, dá-lhe, viva, dá-lhe!", isto é, três vezes, como quer MEZGER (1880).

A importância da citação desse canto por Píndaro reside no fato de que ele estabelece um contraste entre uma manifestação extemporânea e não individualizada, porque todos os vencedores a entoavam, com a sua ode, que é não apenas mais longa e artisticamente trabalhada mas composta especificamente para a vitória do atleta celebrado e para ser executada no contexto da sua comunidade, conferindo fama e imor-

---

601 Ver na introdução geral a seção sobre os *agônes*.

talidade não apenas àquele, mas também à sua cidade e *pátra*. Como explica BERNARDINI 1983: 124:

> O v. 5 é introduzido a partir de uma expressão fortemente adversativa que fixa a distância entre o canto adequado ao momento do *hic et nunc* do local da competição – inadequado devido à sua extemporaneidade – e aquele que é, por outro lado, fruto da atividade de uma poeta que tece o elogio de um personagem com características precisas e com um passado próprio. A insistência no arco e nas flechas das Musas que o poeta deve dirigir a Olímpia, no "doce dardo alado" (v. 11) que deve lançar a Pito e na infalibilidade das suas palavras, que "não caem por terra" (v. 1), dá lustre à menção do vencedor, identificado por meio da modalidade esportiva na qual se distinguiu, e àquela de sua pátria (vv. 1-14), mas, sobretudo, dá relevo ao trabalho do poeta.

De fato, as alusões metapoéticas, bastante comuns em Píndaro, têm um destaque especial nesta ode. Encontramos aí os versos a que Plotino faz referência no seu *Tratado sobre o sublime* ao dizer que Píndaro era capaz de "incendiar seu auditório". É o próprio poeta, na verdade, que diz, nos vv. 33-4, ser capaz de inflamar a cidade do *laudandus* com suas ardentes canções. Nos versos seguintes, depositando sua fé numa ainda vigorosa tradição oral, compara sua capacidade de difundir o nome e os feitos de Efarmosto por todo o mundo mais rapidamente que um corcel ou o navio mais veloz poderia levar uma mensagem. Diz-se, ainda, um cultor do "esquisito [aqui no sentido positivo de 'raro'] jardim das Musas" e, a partir desse contexto, consegue enquadrar a gnoma que se segue, de que os homens nascem nobres e sábios consoante seu gênio inato, tanto anaforicamente, para se referir ao seu próprio talento poético, quanto cataforicamente, para se referir às qualidades atléticas de Efarmosto, que irá salientar a partir do mito de Héracles, que se segue.

Na próxima gnoma, "[l]ouva sim o antigo vinho, / mas também a flor dos hinos / mais recentes" parece, como acreditam os escoliastas antigos (74*b*), contrapor a sua poesia àquela de Simônides, que possivelmente morrera em 463, se a datação tradicional estiver correta. Os versos a que estaria fazendo menção seriam aqueles do fr. 310 POLTERA

(= PMG 302) que Simônides teria composto supostamente após perder uma competição poética para Píndaro:

ἐξελέγχει νέος οἶνος οὔ πω
<τὸ> πέρυσι δῶρον ἀμπέλου·
μῦθος ὅδε κενεόφρων·

Não põe à prova o novo vinho, nunca,
o dom da videira do ano passado –
estulto, um dito desses.

Recorrem, neste poema, versos semelhantes àqueles da *Olímpica* 2, em que vemos a metáfora da águia contra os dois corvos. Píndaro reforça a superioridade do talento inato sobre qualquer habilidade – seja a do poeta seja a do atleta – que se possa adquirir mediante o estudo. É nesse sentido que devemos entender os dois ditos lapidares do poema: "o inato é invencível sempre" (152) e "íngremes, as habilidades" (161-2): o pedante ou o amador, não tendo nem o talento do gênio nem o treinamento do profissional, em vão tentará a esses emular. No final das contas, no entanto, é o destino ou a sorte, a que Píndaro muitas vezes chama de "o deus", que, no momento decisivo de uma competição de alto nível, determinará quem será o *primus inter pares*, o melhor entre os iguais.

O MITO

O primeiro mito, a luta de Héracles contra Apolo, Possidão e Hades defronte Pilos, serve para ilustrar a gnoma dos vv. 41-3 de que "nobres e sábios (*agathoí* e *sophoí*), consoante o gênio (*daímōn*), os homens nascem". No entanto, após relatar a história da teomaquia (isto é, a luta contra os deuses) de Héracles, Píndaro, como já fizera na *Olímpica* 1.82-5,[602] qualifica esta história como "imiga sabedoria" e a descarta como inapropriada à ocasião (54-9), o que deixou muitos comentadores, desde a Antiguidade, perplexos.

Contribui para a dificuldade da interpretação (e consequentemente

---

602 "Abstenho-me. Ao malogro estão fadados, / amiúde, os maldizentes".

da tradução) dessa passagem o fato de que Píndaro introduz o mito com uma pergunta iniciada por *epeí* (...) *pôs án* + aoristo indicativo do verbo *tinázō* ("brandir"), que poderia ser interpretada, por um lado, como uma oração principal (apódose) cuja subordinada (prótase) seria uma condicional hipotética, o que nos levaria a um tradução do tipo "se não fosse assim, como então Héracles poderia ter brandido" etc., implicando que o mito concorda com a gnoma anterior. Por outro lado, também é possível ler a mesma oração como uma irreal do passado, sem referência a uma condicional, isto é, expressando de maneira absoluta algo que não poderia jamais ter acontecido, o que levaria a uma tradução do tipo "pois como Héracles teria brandido", isto é, ele *nunca* poderia ter brandido. Isso implicaria uma conclusão absurda, do ponto de vista de Píndaro, e, em princípio, em desacordo com a gnoma anterior. Como demonstrou MOLYNEAUX 1972, corretamente, a meu ver, ambas as leituras são possíveis sem que uma seja mais ou menos provável que a outra. A chave para o mistério não passa pela sintaxe.

A meu ver, é mais fácil aceitar, como propunha NORWOOD 1945: 236, n. 237, que Píndaro concorda com o mito, muito embora o rechace por ser inapropriado à ocasião, já que a guerra e a discórdia não são temas do epinício, que busca justamente reintegrar o atleta vencedor na sua comunidade, tentando mitigar tanto o sentimento de elação deste, que poderia levá-lo à *hýbris*, quanto a inveja e o rancor de seus concidadãos, entre os quais deveriam estar inclusive outros competidores lócrios derrotados por Efarmosto. Dar relevo a histórias negativas é do âmbito da invectiva, cujo programa Píndaro rechaça com sua crítica a Arquíloco na *Pítica* 2.100.[603] A teomaquia de Héracles, neste poema, além de provar a gnoma que lhe precede, serve também para mostrar que o herói só pôde enfrentar outros deuses – defendendo-se, no relato de Píndaro, não atacando – porque era filho de Zeus e não um mero mortal, afinal "[s]em um deus, cair no silêncio / não é o pior a acontecer / a certos feitos" (156-8).

---

603 Uma outra história que Píndaro, na *O.* 13.130, se recusará a contar pelos mesmos motivos é aquela do destino final de Belerofonte.

Por outro lado, como ressalta BERNARDINI 1983: 135, Héracles não lutara sozinho, mas pudera contar com o auxílio de Zeus e de Atena,[604] não se batendo, dessa forma, *contra* os deuses, mas *junto* com eles, como um igual. É nesse enquadramento que, guardadas as devidas proporções entre deuses e homens, devemos entender o paralelo com Efarmosto, que também só pode conquistar a vitória porque, além de seu talento, pôde contar com a graça de Zeus, seu ancestral e padroeiro da sua linhagem.

Alguns críticos, ainda, desde Dídimo,[605] demonstram certo desconforto com o fato de que Píndaro parece unificar sinopticamente duas narrativas míticas sobre os deuses aparentemente distintas em uma só: aquela da disputa com Apolo pela trípode délfica e uma outra, com Possidão e Hades, no ataque a Pilos.[606] Dessa forma, perguntam-se, por que Píndaro inventaria um mito para depois simplesmente descartá-lo? No entanto, algo que me parece, salvo engano ou ignorância minha, ter escapado à consideração dos comentadores é que as três lutas de Héracles ocorrem dentro de um *único* episódio mítico, contra o qual os três confrontos devem ser entendidos: a corte de Héracles a Íole, a filha de Êurito, rei da Ecália e os seus desdobramentos.

Êurito, como nos conta Apolodoro (2.6), era um exímio arqueiro e havia sido mesmo professor de Héracles. Não desejando dar a filha em casamento, havia proposto um desafio aos seus pretendentes que julgava impossível de perder: aquele que o vencesse numa disputa de arco e flecha teria sua mão.[607] Porém, após a finalização dos seus Doze Trabalhos, Héracles procurava se casar outra vez e decide aceitar o desafio pela mão de Íole, mas mesmo vencendo, Êurito, e apesar do protesto de

---

604 Hesíodo, fr. 33a M.-W.; Σ Apolônio de Rodes, 1. 156-60a; Σ Hom. *Il.* 2.33-35 (I, 102, 17 DINDORF) = fr. 33b M.-W.; Pausânias 6.25.
605 Σ 44a.
606 A hipótese dos escólios de que Píndaro teria ainda reunido nessa mesma narrativa a descida de Héracles ao Hades para buscar Cérbero não se faz necessária se lermos ἐν Πύλῳ ἐν νεκύεσσι ("em Pilos dentre os mortos") no lugar de ἐν πύλῳ ἐν νεκύεσσι ("no portão entre os mortos"). KIRK 1993: 102 (vol. 2) parece-me estar correto quando diz que Πύλῳ *of the gate of the underworld is abrupt, and Herakles dealing death and destruction at Pulos at 11.690-3 seems against it.*
607 Ver a introdução à *O.* 1 para as semelhanças com o mito de Pélops e Enomau.

Ífito, um de seus filhos e amigo de Héracles, não lhe entrega Íole, sob o pretexto de que temia que o herói, num novo ataque de fúria, matasse toda sua família outra vez, como fizera no caso de Mégara.

Héracles, apesar dessa afronta, parte para Tirinto, aparentemente sem tentar se vingar de Êurito. No entanto, algum tempo depois, uma manada de gado é roubada pelo infame Autólico, e Êurito acusa Héracles, alegando uma vingança sua. Ífito outra vez o defende, e vai vê-lo em Tirinto (quando ele, de fato, acabava de chegar do reino de Admeto, onde salvara Alcestes do Hades), a fim de convidá-lo para que procurassem o gado juntos. No entanto, Héracles, em um novo ataque de fúria, acaba jogando Ífito das muralhas da cidade, matando-o. O herói parte então para Pilos para que Neleu o purificasse do homicídio, mas aquele se recusa por ser amigo de Êurito. Por causa disso, Héracles cerca e ataca a cidade,[608] matando todos os filhos de Neleu, exceto Nestor. Em meio à guerra, Possidão, o pai de Neleu, sai em defesa do filho, ao passo que Zeus e Atenas, de Héracles.[609] Na *Ilíada* (5.382-4; 392-404), Dione relembra os fatos quando Afrodite, ferida por Diomedes, vai se queixar para ela, que lhe diz:

> τέτλαθι τέκνον ἐμόν, καὶ ἀνάσχεο κηδομένη περ·
> πολλοὶ γὰρ δὴ τλῆμεν Ὀλύμπια δώματ᾽ ἔχοντες
> ἐξ ἀνδρῶν χαλέπ᾽ ἄλγε᾽ ἐπ᾽ ἀλλήλοισι τιθέντες.
> (...)
> τλῆ δ᾽ Ἥρη, ὅτε μιν κρατερὸς πάϊς Ἀμφιτρύωνος
> δεξιτερὸν κατὰ μαζὸν ὀϊστῷ τριγλώχινι
> βεβλήκει· τότε καί μιν ἀνήκεστον λάβεν ἄλγος.
> 395 τλῆ δ᾽ Ἀΐδης ἐν τοῖσι πελώριος ὠκὺν ὀϊστόν,
> εὖτέ μιν ωὑτὸς ἀνήρ υἱὸς Διὸς αἰγιόχοιο
> ἐν Πύλῳ ἐν νεκύεσσι βαλὼν ὀδύνῃσιν ἔδωκεν·
> αὐτὰρ ὃ βῆ πρὸς δῶμα Διὸς καὶ μακρὸν Ὄλυμπον

---

608 O resumo da história é dado por Nestor na *Ilíada* 11.690-5 e suplementado pelo escólio antigo ao v. 690.
609 Σ *Il.* 11.690b.

κῆρ ἀχέων ὀδύνῃσι πεπαρμένος· αὐτὰρ ὀϊστὸς
400 ὤμῳ ἔνι στιβαρῷ ἠλήλατο, κῆδε δὲ θυμόν.
τῷ δ' ἐπὶ Παιήων ὀδυνήφατα φάρμακα πάσσων
ἠκέσατ'· οὐ μὲν γάρ τι καταθνητός γε τέτυκτο.
σχέτλιος ὀβριμοεργὸς ὃς οὐκ ὄθετ' αἴσυλα ῥέζων,
ὃς τόξοισιν ἔκηδε θεοὺς οἳ Ὄλυμπον ἔχουσι.

Coragem minha filha e cabeça erguida, mesmo que ferida!
Por certo muitos já aguentamos, nós que reinamos no Olimpo,
muitas dores difíceis, que os homens uns aos outros infligem.
(...)
Hera aguentou, quando o violento filho de Anfitrião
bem no seu seio direito, com uma flecha tribarbada,
a feriu, e uma dor insuportável na mesma hora sentiu.
395 Hades ingente aguentou, entre outros, um rápida flecha,
Quando esse mesmíssimo homem, filho do Egífero Zeus,
em Pilos, entre os mortos atirando, entregou-lhe a dores.
Foi-se ele então à casa de Zeus e ao alto Olimpo,
o cor dorido atravessado de dores, pois uma flecha
400 sua rija omoplata atravessara, e agoniava sua alma.
Mas sobre ele Peã, antálgicas drogas espargindo,
curou. Também, nem um fio de cabelo ele tinha mortal.
Maldito arruaceiro, que não se importa com suas obras malignas,
que com flechas aos deuses fere, que reinam no Olimpo!

Apesar de posteriormente Héracles ter sido purificado por Deífobo em Amiclas, ele ainda é acometido de uma grave doença em conexão com a morte de Ífito. Partindo então para Delfos a fim de obter um oráculo da pitonisa sobre como poderia se curar, não recebe nenhuma resposta e, noutro ataque de fúria, começa a vandalizar o templo, tentando, por último, levar embora a trípode sagrada, onde a sacerdotisa se assentava, para instituir seu próprio oráculo. É nesse momento então que Apolo intervém, e eles lutam,[610] sendo apartados apenas por Zeus, que lança

---

610 Uma cena representada no frontão oriental do Tesouro dos Sífnios em Delfos, preservado no Museu Arqueológico de Delfos.

um raio entre os dois. A pitonisa então lhe revela o que precisaria fazer para se curar: ele deveria ser vendido como escravo e, além disso, pagar uma compensação (*lýtron*) para Êurito pela morte de Ífito. Hermes então o leva dali e o vende para a rainha da Lídia, Ônfale, em cuja corte ele é obrigado a executar trabalhos femininos. Êurito, contudo, não aceita a compensação de Héracles, não o livrando, dessa forma, da responsabilidade pela morte do filho.

A partir desse contexto mítico mais amplo, podemos perceber que a teomaquia de Héracles, como Píndaro a apresenta, não pode ser tida como uma invenção *ad hoc* como queria Dídimo, mas se insere dentro de um episódio tradicional da saga de Héracles, adaptado e resumido para caber dentro da extensão reduzida de um poema de louvor.[611] Por outro lado, a *recusatio* de Píndaro não é, como muitas vezes parece ser implicado por alguns comentadores, um reflexo extemporâneo de suas convicções ético-religiosas, mas um artifício retórico muito bem planejado, que lhe confere a oportunidade de, mudando a direção da narrativa, centrar sua atenção sobre a cidade do vencedor, Opunte, que chama, de "a cidade de Protogênia".

Protogênia foi a primeira filha de Deucalião e Pirra e serve, aqui, como ponto de juntura a partir do qual Píndaro poderá passar à narração das origens dos lócrios, desde o princípio, como fez na *Olímpica* 7 com os ródios. Ele começa com o mito do Dilúvio e da saga de Deucalião e Pirra, mas em ordem inversa, referindo-se ao primeiro apenas sumariamente. Nossa principal fonte, depois de Píndaro, é, de novo, Apolodoro (1.7.2):

Προμηθέως δὲ παῖς Δευκαλίων ἐγένετο. οὗτος βασιλεύων τῶν περὶ τὴν Φθίαν τόπων γαμεῖ Πύρραν τὴν Ἐπιμηθέως καὶ Πανδώρας, ἣν ἔπλασαν θεοὶ πρώτην γυναῖκα. ἐπεὶ δὲ ἀφανίσαι Ζεὺς τὸ χαλκοῦν ἠθέλησε γένος, ὑποθεμένου Προμηθέως Δευκαλίων τεκτηνάμενος λάρνακα, καὶ τὰ ἐπιτήδεια

---

[611] O próprio Píndaro se gaba de "exceler" na arte de resumir os relatos míticos muito longos, como, por exemplo, na *P.* 4.439-41 ou na *P.* 1.155-62, em que reflete sobre a necessidade de se "juntar as pontas" de um relato em um único nó a fim de não incorrer no fastio (*kóros*) da audiência.

ἐνθέμενος, εἰς ταύτην μετὰ Πύρρας εἰσέβη. Ζεὺς δὲ πολὺν ὑετὸν ἀπ' οὐρανοῦ χέας τὰ πλεῖστα μέρη τῆς Ἑλλάδος κατέκλυσεν, ὥστε διαφθαρῆναι πάντας ἀνθρώπους, ὀλίγων χωρὶς οἳ συνέφυγον εἰς τὰ πλησίον ὑψηλὰ ὄρη. τότε δὲ καὶ τὰ κατὰ Θεσσαλίαν ὄρη διέστη, καὶ τὰ ἐκτὸς Ἰσθμοῦ καὶ Πελοποννήσου συνεχέθη πάντα. Δευκαλίων δὲ ἐν τῇ λάρνακι διὰ τῆς θαλάσσης φερόμενος ἐφ' ἡμέρας ἐννέα καὶ νύκτας τὰς ἴσας τῷ Παρνασῷ προσίσχει, κἀκεῖ τῶν ὄμβρων παῦλαν λαβόντων ἐκβὰς θύει Διὶ φυξίῳ. Ζεὺς δὲ πέμψας Ἑρμῆν πρὸς αὐτὸν ἐπέτρεψεν αἱρεῖσθαι ὅ τι βούλεται· ὁ δὲ αἱρεῖται ἀνθρώπους αὐτῷ γενέσθαι. καὶ Διὸς εἰπόντος ὑπὲρ κεφαλῆς ἔβαλλεν αἴρων λίθους, καὶ οὓς μὲν ἔβαλε Δευκαλίων, ἄνδρες ἐγένοντο, οὓς δὲ Πύρρα, γυναῖκες. ὅθεν καὶ λαοὶ μεταφορικῶς ὠνομάσθησαν ἀπὸ τοῦ λᾶας ὁ λίθος. γίνονται δὲ ἐκ Πύρρας Δευκαλίωνι παῖδες Ἕλλην μὲν πρῶτος, ὃν ἐκ Διὸς γεγεννῆσθαι ἔνιοι λέγουσι, δεύτερος δὲ Ἀμφικτύων ὁ μετὰ Κραναὸν βασιλεύσας τῆς Ἀττικῆς, θυγάτηρ δὲ Πρωτογένεια, ἐξ ἧς καὶ Διὸς Ἀέθλιος.

De Prometeu nasceu um filho, Deucalião. Ele, quando reinava sobre as terras da Ftia, casou-se com Pirra, a filha de Epimeteu e Pandora, a primeira mulher criada pelos deuses. Visto que Zeus quis extinguir a raça de bronze, Deucalião, sob os conselhos de Prometeu, construiu uma arca e, colocando lá dentro mantimentos, nela embarcou com Pirra. Zeus, vertendo muita chuva dos céus, inundou a maior parte da Grécia, a fim de fazer perecer todos os homens, exceto alguns, que conseguiram escapar para os montes altos mais próximos. Foi então que os montes da Tessália se separaram, e tudo o mais fora do Istmo e do Peloponeso foi coberto pela água. Deucalião, carregado na arca através do mar por nove dias e por iguais noites, aproximou-se do monte Parnaso, e lá, tendo a tempestade cessado, sacrificou a Zeus Salvador depois de ter desembarcado. Zeus enviou Hermes até ele para lhe comunicar que lhe concederia o que quer que pedisse, e Deucalião pediu que lhe fossem gerados humanos. Zeus então lhe disse para pegar umas pedras e as jogar por cima de sua cabeça, para trás. Aquelas lançadas por Deucalião tornaram-se homens; as lançadas por Pirra, mulheres. Daí porque "povo" se diz metaforicamente *laoí*, de *lâas*, pedra. De Pirra, nasceram filhos para Deucalião: primeiro Heleno (mas alguns dizem ser esse filho de Zeus), depois Anfictião, que, depois de Cránao, foi rei da Ática. Tiveram ainda uma filha, Protogênia, da qual, com Zeus, nasceu Étlio.[612]

É justamente da linha desse Anfictião que os lócrios descendiam. Como Píndaro narra em seguida, seu neto, Locro, era infértil e assim, para que sua estirpe não desaparecesse, Zeus rapta e tem relações com Cábia (ou Câmbise), a filha do rei da Epeia,[613] Opunte, dando-a depois em casamento a Locro, que a aceita de bom grado. O filho adotivo de Locro, como era o costume dos gregos, recebe o nome do avô e por isso também se chama Opunte. Algum tempo depois, por divergências quanto ao governo,[614] Locro parte para o norte, fundando a Lócrida Ozólia ou Ocidental, ao passo que Opunte, nomeando a cidade a partir de si, assume o trono do pai. Píndaro, no entanto, prefere ignorar essas dissensões internas, que, de fato, não caberiam num poema de louvor, atribuindo à supereminência de Opunte a decisão de seu pai de lhe legar a cidade, partindo de bom grado para formar uma *apoikía*, isto é, uma colônia no oeste.

Como nota GENTILI *et al.* 2013: 220-221, o liame com a dinastia dos epeus da Élida, que traçavam sua genealogia a uma união entre Protogênia e Zeus, e a partida de Locro para o oeste, tem como objetivo salientar a continuidade ininterrupta da estirpe lócrida (*syngéneia*), mais tarde reforçada por Estrabão (9.4.2), sem que nela houvesse a participação de sangue estrangeiro ou autóctone, este último representado pelos Leleges, um povo pelasgo da Grécia central de que nos fala Hesíodo (fr. 234. 3 M.-W.) em versos citados por Estrabão (7.7.2). Esses Leleges talvez possam ser identificados com o *laós* aludido na ode.

Além disso, Píndaro preocupa-se em contrapor os gregos, fossem helenos, lócrios ou epeus, aos outros homens "das nações", que teriam nascido de pedras. Isto porque a linhagem dos lócrios (e dos outros gregos) podia ser traçada até o titã Jápeto, avô de Deucalião e Pirra por meio, respectivamente, de Prometeu com Clímene e de Epimeteu com Pandora, a primeira mulher criada pelos deuses, e, a rigor, não humana. Essa antiga raça titânica viria a receber, mais tarde, o afluxo do sangue de Zeus, quando este, por fim, engravida Cábia. É muito provável que

---

612   De *aétlhon*, "prêmio".
613   A Epeia localizava-se na Élida e os epeus eram os habitantes mais antigos dessa região.
614   Eustácio, Σ Hom. *Il.* 2.531.

a família de Efarmosto clamasse para si essa descendência, na qual sem dúvida as Cem Casas governantes da oligarquia lócrida, segundo o relato de Políbio (12.5-6), deveriam basear a sua autoridade ancestral.

A ascensão de Opunte ao trono, após a partida do pai, atrai, pelas suas qualidades e governo, imigrantes de outras partes da Grécia que tinham afinidade familiar com os lócrios: tebanos e argivos, de um lado, a partir de um estrato micênico, e pisanos e árcades, do outro, oriundos da Élida, para onde uma parte dos lócrios havia partido com o antigo rei.[615] Essa segunda onda de imigração permite que Píndaro introduza, por meio da menção a Menécio, filho de Áctor e da ninfa Egina,[616] e pai de Pátroclo, um terceiro mito na ode, aquele do primeiro desembarque dos gregos na Ásia durante a Guerra de Troia, quando a frota liderada por Agamêmnon é desviada do seu rumo e aporta na Mísia crendo terem chegado em Troia. Ao desembarcarem, teriam sido massacrados por Têlefo, filho de Héracles e Auge[617], se não tivessem batido em retirada sob a proteção de Aquiles, que, apenas com Pátroclo ao seu lado, é o único a conseguir ferir Têlefo. Em troca de obter de Aquiles uma cura para a ferida que não fechava, Têlefo se oferece para ser o guia dos gregos para Troia. O episódio fora contado no poema *Cípria*, atribuído a Homero ou Estásino, do qual, no entanto, apenas uma paráfrase nos restou (fr. 20.6 PEG). Dessa forma, o fr. 17a SWIFT (*P. Oxy.* 4708, fr. 1) de Arquíloco é nossa fonte mais antiga:[618]

---

615 BERNARDINI 1983: 145: "Como Wilamowitz corretamente apontou [*Pindaros*, p. 360], a alusão a uma ligação entre lócrios e eleios soava, por outro lado, como uma verdadeira honra, já que uma vitória conquistada por um cidadão de Opunte estava sendo celebrada na própria Olímpia: o presente estava, portanto, intimamente ligado ao passado e a antiga relação que havia unido os dois povos foi reencenada na atmosfera festiva da cerimônia da vitória olímpica de Efarmosto".
616 Segundo o Σ 106a, depois de dar à luz os Eácidas, Egina teria ido morar na Tessália, onde nascera Menécio, o pai de Pátroclo.
617 Filha do rei Aleu e tataraneta de Arcas, o rei epônimo da Arcádia.
618 SWIFT 2019. Os suplementos às lacunas – marcados entre colchetes, porém sem o ponto sob as letras duvidosas –, seguem a *editio princeps* de OBBINK: 2006 1-9. Minha tradução procura evidenciar as pausas internas, de importância semântica, do dístico elegíaco.

(...) εἰ δὲ] . [. . . .] . [.] . . θεοῦ κρατερῆ[ς ὑπ' ἀνάγκης
 οὐ χρή] ἀν[α]λ[κείη]ν και κακότητα λέγει[ν·
π]ήμ[α]τ' εὖ [εἴμ]εθα δ[ῆι]α φυγεῖν· φεύγ[ειν δέ τις ὥρη·
 καί ποτ[ε μ]οῦνος ἐὼν Τήλεφος Ἀρκα[σίδης
Ἀργείων ἐφόβησε πολὺν στρατ[όν,] ο[ἱ δὲ φέβοντο
 ἄλκιμ[οι,] ἦ τόσα δὴ μοῖρα θεῶν ἐφόβει,
αἰχμηταί περ ἐόντε[ς.] ἐϋρρείτης δὲ Κ[άϊκος
 π]ιπτόντων νεκύων στείνετο καὶ [πεδίον
Μύσιον, οἱ δ' ἐπὶ θῖνα πολυφλοισβοι[ο θαλάσσης
 χέρσ'] ὑπ' ἀμειλίκτου φωτὸς ἐναιρό[μενοι
προ]τροπάδην ἀπέκλινον ἐϋκνήμ[ιδες Ἀχαιοί·
 ἀ]σπάσιοι δ' ἐς νέας ὠ[κ]υπόρ[ο]υς [ἐσέβαν
παῖδές τ' ἀθανάτων καὶ ἀδελφεοί, [οὓς Ἀγαμέμνων
 Ἴλιον εἰς ἱερὴν ἦγε μαχησομένο[υς·
ο]ἳ δὲ τότε βλαφθέντες ὁδοῦ παρὰ θ[ῖν' ἀφίκοντο·
 Τε]ύθραντος δ' ἐρατὴν πρὸς πόλιν [ἐ]ξ[έπεσον·
ἔ]νθα [μ]ένος πνείοντες ὅμως αὐτο[ί τε καὶ ἵπποι
 ἀ]φρ[αδί]ηι μεγάλως θυμὸν ἀκηχέ[δατο·
φ]άντο γὰρ ὑψίπυλον Τρώων πόλιν εἰσ[αναβαίνειν
 αἶ]ψα· μ[ά]την δ'ἐπάτεον Μυσίδα πυροφόρο[ν.
Ἡρακλ]έης δ' ἤντησ[ε] βοῶν ταλ[α]κάρδιον [υἱόν,
 οὖ]ρον ἀμ[εί]λικ[τον] δηΐωι ἐν [πολ]έμ[ωι
Τ]ήλεφον ὃς Δαναοῖσι κακὴν [τ]ό[τε φύζαν ἐνόρσας
 ἤ]ρειδε [πρό]μαχος, πατρὶ χαριζόμ[ενος. (...)

(...) Mas, se [um varão] fugir,
 de um deus sob a forte compulsão,
não se deve de fraqueza
 ou de vileza falar.
Fugimos a um golpe mortal.
 Há uma hora certa para fugir.
Outrora, e sozinho,
 Têlefo, o filho de Arcas,
afugentou, numerosa, a tropa argiva,
 e esses, assustados, fugiram,
os bravos, tamanho Fado os corria,
 lanceiros 'inda que fossem, e o caudaloso Caíco

dos mortos sob os corpos
   gemeu e também a planície
da Mísia.
   E eles então, à beira do mar polissonante,
pela mão de indócil
   mortal chacinados,
tergiversando, bateram em retirada,
   Aqueus de tão belas grevas.
Contentes, logo nas rápidas
   naus embarcaram,
filhos e irmãos de imortais,
   aos quais Agamêmnon
até a sacra Troia
   guiava a lutarem,
mas, desviados da rota, à praia chegaram
   de Teutras, e a desejável
cidade atacaram.
   Lá, bufando raiva,
tanto eles e os cavalos,
   pela insânia, muitas dores
n'alma amargaram:
   Gabaram-se de, altimurada,
invadir a cidade,
   mas debalde de novo pisaram
na Mísia dadora de frutos.
   Héracles
então se antepôs, gritando pelo filho corajoso:
   amargo guardião na guerra nociva:
Têlefo,
   que aos Dânaos, vergonhosa uma fuga infligindo,
na linha de frente lutou,
   ao pai agraciando. (...)

A relação do mito com a ocasião de performance se deixa explicar facilmente, como muito bem nota BERNARDINI 1983: 146 s., pela amizade paradigmática, sobretudo no mundo da palestra grega, entre Aquiles e Pátroclo, que é projetada no relacionamento, possivelmente homoerótico, de Lamprômaco e Efarmosto. Da mesma forma que os dois heróis da Guerra de Troia tiveram um "dia de glória" combatendo lado a lado, os dois atletas também obtiveram uma grande vitória nos Jogos Ístmicos num mesmo dia. É preciso notar, também, que, por trás do texto da ode, corre um fio que liga suas três seções míticas por intermédio das três duplas de protagonistas.

No primeiro caso, a relação harmônica entre pai e filho adotivo. No segundo e terceiro, a relação não expressa, mas facilmente inteligível e reconhecível para uma audiência familiarizada com o ciclo épico, da amizade entre Héracles e Ífito, de um lado, e Aquiles e Pátroclo, de outro, cujas histórias apresentam, ademais, um grande paralelismo: (a) um relacionamento calcado no homoerotismo grego, (b) a morte de um dos amigos da dupla, (c) um período de expiação em um reino estrangeiro. Nem todos esses temas eram obviamente adequados para serem desenvolvidos explicitamente em uma ode de louvor, mas isso faz com que sua presença se destaque justamente pelo silêncio com que Píndaro passa sobre eles.

IX.
ΕΦΑΡΜΟΣΤΩΙ ΟΠΟΥΝΤΙΩΙ
ΠΑΛΑΙΣΤΗΙ
(466)

Α'   Τὸ μὲν Ἀρχιλόχου μέλος
         φωνᾶεν Ὀλυμπίᾳ,
             καλλίνικος ὁ τριπλόος κεχλαδώς,
         ἄρκεσε Κρόνιον παρ' ὄ-
5   χθον ἀγεμονεῦσαι
         κωμάζοντι φίλοις Ἐφαρ-
             μόστῳ σὺν ἑταίροις·
         ἀλλὰ νῦν ἑκαταβόλων
             Μοισᾶν ἀπὸ τόξων
10   Δία τε φοινικοστερόπαν
         σεμνόν τ' ἐπίνειμαι
         ἀκρωτήριον Ἄλιδος
         τοιοῖσδε βέλεσσιν,
         τὸ δή ποτε Λυδὸς ἥρως
15   Πέλοψ ἐξάρατο κάλλι-
         στον ἕδνον Ἱπποδαμείας·

—

619 Ao final do dia em que a vitória fora conseguida, o vencedor e seus camaradas iam em procissão de ação de graças até o altar de Zeus, ao longo da qual cantavam uma antiga canção atribuída ao poeta Arquíloco que dizia: "Viva o Senhor Héracles, o campeão, viva ele e a Iolau, os dois lanceiros, / *dá-lhe!* / Viva o Senhor Héracles, o campeão!". Para mais detalhes, ver a introdução a esta ode.
620 Cujo raio é rubro.
621 O monte Crônio, referindo-se por metonímia a toda região da Élis, que Pélops ganhou de Enomau ao vencer a corrida de carruagem proposta aos pretendes da filha.

9.
Para Efarmosto de Opunte
pela pale
(466)

I   A canção de Arquíloco,
         ressonante em Olímpia,
            o triplamente ecoado[619] "viva o vencedor!",
         bastou para, junto ao monte
5   Crônio, ter conduzido
         Efarmosto com seu cortejo
           de caros companheiros.
         Mas agora, do arco das
           Musas longiflecheiras,
10   sobre o rubrirrelampeante[620] Zeus
           e o sagrado acrotério
         da Élida[621] com uma saraivada
         recobre de tais flechas,[622]
         o qual,[623] outrora, o lídio herói,
15   Pélops, tomou, belíssimo
           dote de Hipodâmia.

     Para os detalhes desse mito, ver a introdução à O. 1.
622 "Tais flechas" são os versos. Píndaro, que aqui faz uma primeira alusão ao mito de Héracles, que se seguirá, normalmente descreve suas canções/versos como flechas ou dardos. Cf., por ex., a *O*. 13.133-5. No entanto, ao contrário de Héracles que, no mito tradicional, atacara os deuses com amargadas (*pikrós*, cf. *Il*. 4.118) flechas, essas que Píndaro dirige a Zeus são doces (*glykýs*) e aprazíveis.
623 Referindo-se ao "acrotério da Élida".

πτερόεντα δ ' ἵει γλυκύν
Πυθῶνάδ' ὀϊστόν' οὔ-
τοι χαμαιπετέων λόγων ἐφάψεαι,
20   ἀνδρὸς ἀμφὶ παλαίσμασιν
φόρμιγγ' ἐλελίζων
κλεινᾶς ἐξ Ὀπόεντος, αἰ-
νήσαις ἓ καὶ υἱόν,
ἃν Θέμις θυγάτηρ τέ οἱ
25   σώτειρα λέλογχεν
μεγαλόδοξος Εὐνομία.

θάλλει δ' ἀρεταῖσιν
σόν τε, Κασταλία, παρὰ
Ἀλφεοῦ τε ῥέεθρον·
30   ὅθεν στεφάνων ἄωτοι
κλυτὰν Λοκρῶν ἐπαείρον-
τι ματέρ' ἀγλαόδενδρον.

—

ἐγὼ δέ τοι φίλαν πόλιν
μαλεραῖς ἐπιφλέγων ἀοιδαῖς,
35   καὶ ἀγάνορος ἵππου θᾶσσον
καὶ ναὸς ὑποπτέρου παντᾷ

624 A região onde ficava o templo de Delfos. A alusão é à vitória mais recente de Efarmosto na pale nos Jogos Píticos.
625 A metáfora do poeta arqueiro continua: as palavras são "aladas" porque voam como flechas, elas não caem sem atingir o alvo, se lançadas por um hábil poeta de seu arco, que é a cítara.
626 Capital da Lócrida dita, por isso mesmo Opúntia. A cidade foi nomeada a partir do herói epônimo, Opunte, filho de Zeus e Cábia, adotado posteriormente por Locro. Sobre esse mito, ver a introdução a esta ode.
627 Efarmosto.
628 Deusa que incorpora o nosso conceito de "norma consuetudinária". São filhas de Têmis com Zeus: Eunomia (*Eunomía*, que corresponde ao nosso conceito de "Estado de Direito"), Justiça (*Díkē*) e Paz (*Eirénē*); cf. Hesíodo, *Teogonia* 901 s., e a O. 13.6-8, mais abaixo, em que aparecem assim nomeadas.
629 Nesse caso, Eunomia refere-se ao governo oligárquico das Cem Casas de famílias aristocráticas que governavam Opunte. Sobre isso, Políbio 1.5.6-7. Cf. o epigrama

>   Alada dispara a doce
>   flecha rumo a Pito!⁶²⁴ Nunca
>   lançarás mão de cadentes palavras,
> 20   dedilhando a cítara,⁶²⁵ acerca
>   das lutas de um homem
>   oriundo da ínclita Opunte,⁶²⁶
>   por louvá-lo, e a cidade,⁶²⁷
>   que à Têmis⁶²⁸ e sua filha coube
> 25   como lote, a protetora
>   e mui veneranda Eunomia,⁶²⁹
>   ela viça em talentos,
>   junto de ti, ó Castália,⁶³⁰
>   e o curso do rio Alfeu,⁶³¹
> 30   onde as supinas coroas,
>   ínclita, dos lócrios, exaltam
>   a esplendidarbórea mãe.
>
>   Cuida como a cara cidade,
>   inflamando com ardentes canções,⁶³²
> 35   e mais veloz que um potente corcel,
>   e mais do que alada nau,⁶³³ a todo

---

23 FGE atribuído a Simônides de Ceos: Τοὺς δέ ποτε φθιμένους ὑπὲρ Ἑλλάδος ἀντία Μήδων, / μητρόπολις Λοκρῶν κεύθει ὁμοῦ Ὀπόεις ("Destes sente saudades, mortos pela Hélade contra os medos, / sua cidade-mãe, Opóessa, dos lócrios de retas leis"). "Opóessa" é uma variante de "Opunte". Tradução de BROSE 2011.
630 Cf. N. 6.37. Ver nota ao v. 30 da O. 7.
631 O Alfeu era o rio em cujo banco estava localizada Olímpia. Esses dois versos foram um merismo que significa "em Delfos e em Olímpia".
632 A imagem pode tanto fazer referência ao fogo, propriamente dito, isto é, o poeta irá "incendiar" a cidade ao verter suas canções sobre elas, quanto pode ser interpretada como uma metáfora que vê na canção um farol que ilumina a cidade ao mesmo tempo em que anuncia sua glória ao resto do mundo. Acho a segunda hipótese mais provável em vista dos versos seguintes.
633 Alusão aos remos ou às velas. Há aqui um merismo por meio do qual Píndaro diz que sua canção será difundida velozmente por terra (corcel) e mar (navio), isto é, pelo mundo todo.

```
                ἀγγελίαν πέμψω ταύταν,
                εἰ σύν τινι μοιριδίῳ παλάμᾳ
                ἐξαίρετον Χαρίτων νέμομαι
40                  κᾶπον· κεῖναι γὰρ ὤπασαν
                τὰ τέρπν'· ἀγαθοὶ δὲ
                καὶ σοφοὶ κατὰ δαίμον' ἄνδρες
)—
Β'              ἐγένοντ'· ἐπεὶ ἀντίον
                πῶς ἂν τριόδοντος Ἡ-
45              ρακλέης σκύταλον τίναξε χερσίν,
                ἀνίκ' ἀμφὶ Πύλον σταθεὶς
                    ἤρειδε Ποσειδάν,
                ἤρειδεν δέ μιν ἀργυρέῳ
                    τόξῳ πολεμίζων
50              Φοῖβος, οὐδ' Ἀΐδας ἀκι-
                    νήταν ἔχε ῥάβδον,
                βρότεα σώμαθ' ᾇ κατάγει
                κοίλαν πρὸς ἄγυιαν
                θνᾳσκόντων; ἀπό μοι λόγον
```

634 Aqui na acepção literária de "encontrado com dificuldade; raro, precioso, fino" e "desconhecido, estranho, exótico"; cf. HOUAISS, s.v. esquisito.

635 No grego, *agathoí* e *sophoí*, duas palavras de ampla polissemia. *Agathós*, além de "hábil" é também "bom", "nobre", "justo" etc., e *sophós* não tem ainda em Píndaro uma dimensão preponderantemente intelectual, servindo normalmente para denotar capacidade técnica ou artística para realizar algo. Por isso, muitas vezes, *sophós* é sinônimo de "poeta" nos poetas arcaicos.

636 Ou "tornam-se". É impossível saber, já que em grego o verbo *gígnōmai* pode ter ambas as conotações. Optei por "nascer" em virtude do paralelo com a P. 1.41-42, em que o verbo *phýō*, que tem este último sentido, é usado: "pois dos deuses todo tipo de recursos às excelências mortais vêm / e os sábios, e os de mão forte, e os eloquentes nascem (*éphyn*)".

637 Sobre a ambiguidade desse verso, que tentei preservar, ver a seção sobre o mito na introdução a esta ode.

canto esta nova enviarei,
ao menos se com algum fadado engenho
cultivo das Graças o esquisito[634]
40   jardim. Pois são elas que os prazeres
regalam, e hábeis
e sábios,[635] consoante o gênio, os homens

II   nascem.[636] Pois como, adversa
ao tridente, pudera
45   Héracles ter brandido a clava com as mãos,[637]
quando Possidão, o pé fincando
por Pilos[638] o enfrentou,
e o enfrentou, com o argênteo
arco pelejando,[639]
50   o Lúcio,[640] nem Hades, imóvel,
segurou seu cetro,
com que faz descer os corpos mortais
rumo a cava avenida[641]
dos defuntos? Longe de mim,

---

638 Cf. *Il.* 1.37, sobre Apolo protegendo Crisa.
639 De novo, alusão a flechas e arcos, mas aqui usados ofensivamente. Note como, na versão de Píndaro, não é Héracles que ataca os deuses, mas o contrário.
640 Apolo, dito "Lúcio" (*Phoíbos*), isto é, "brilhante".
641 A cava (ou oca) avenida dos defuntos é a cova, por meio da qual eles são levados ao submundo por Hades. A tradução de RACE 1997a por *hollow abode*, apoiada por GERBER 2002: 39, ainda que não possa ser descartada, destrói a força da metáfora. Além do mais, é um *tópos* da mitologia grega que os mortos desçam para o Hades através de um caminho, que é normalmente identificado com a cova, como a entrada comum de todos. A objeção de Gerber de que κατά, em vez de πρός, faria mais sentido com uma estrada revela pouca sensibilidade para a vivacidade (*enargeía*) que Píndaro dá à imagem, já que visualiza-se a cova como a entrada em direção à qual os mortos tomam o seu caminho para o Hades e, nesse sentido, πρός, e não κατά, soa mais apropriado.

55 τοῦτον, στόμα, ῥῖψον·
ἐπεὶ τό γε λοιδορῆσαι
θεοὺς ἐχθρὰ σοφία, καὶ
τὸ καυχᾶσθαι παρὰ καιρόν

—

μανίαισιν ὑποκρέκει.
60 μὴ νῦν λαλάγει τὰ τοι-
αῦτ'· ἔα πόλεμον μάχαν τε πᾶσαν
χωρὶς ἀθανάτων· φέροις
δὲ Πρωτογενείας
ἄστει γλῶσσαν, ἵν' αἰολο-
65 βρέντα Διὸς αἴσᾳ
Πύρρα Δευκαλίων τε Παρ-
νασσοῦ καταβάντε
δόμον ἔθεντο πρῶτον, ἄτερ
δ' εὐνᾶς ὁμόδαμον
70 κτισσάσθαν λίθινον γόνον·
λαοὶ δ' ὀνύμασθεν.

642 Como nota GERBER 2002: 40, Píndaro também se dirige ao seu coração (êtor, O. 1.6; thymós, O. 2.161), alma (N. 3.45; fr. 123.1 e 127.4, todos thymós; P. 3.109, psykhé; Peã 4.50, phrén).
643 No que diz respeito à tradução de aporrhíptō por "cuspir", sigo o LSG, s.v.: Hes. Sc. 215; ἀ. ἀπὸ τοῦ στόματος spit, Thphr. Char. 19.4; vomit, τὴν τροφήν Asclep. Jun. ap. Gal. 13.162.
644 Não apenas "odiosa", como se sói traduzir, mas "imiga", no sentido de que esta é uma sabedoria que, no fim, trabalha contra quem dela faz uso, como Píndaro deixa claro na O. 1.52-3.
645 Píndaro simula desviar-se do tema ao final do prelúdio da ode, mas na verdade isso lhe dá a oportunidade para adentrar na narração do mito local da cidade de Opunte, o que conduzirá, em seguida, de volta ao louvor de Efarmosto.
646 Provavelmente uma alusão aos acessos de loucura de Héracles enviados por Hera, sob cuja influência mata, primeiro, toda a família e, depois, Ífito.
647 Isto é, Opunte, que se localizava ao sopé do Parnaso, o monte mais alto da Grécia depois do Olimpo, onde a arca de Deucalião e Pirra não poderia, obviamente, ancorar, por ser a morada dos deuses.
648 Primeira filha mulher de Deucalião e Pirra e, portanto, a inevitável ancestral dos reis lócrios, qualquer que seja a genealogia que queiramos adotar aqui. A polêmica criada pelos comentadores, desde os escoliastas antigos, acerca dessa passagem ignora o fato de que Píndaro faz poesia, não história e, portanto, não tem nenhu-

55   boca,⁶⁴² tal relato, cospe-o!⁶⁴³
            Pois insultar os deuses
                é imiga sabedoria,⁶⁴⁴
            e o jactar-se n' hora errada

            é prelúdio⁶⁴⁵ de loucuras.⁶⁴⁶
60   Basta desse tipo de lereias.
            Deixa a guerra e todo tipo de batalha
            longe dos deuses! Dirijas
                tua língua à cidade⁶⁴⁷
            de Protogênia,⁶⁴⁸ onde,
65   pelo fado de Zeus
            Tonítruo, Pirra e Deucalião,
                tocando o Parnaso,⁶⁴⁹
            primeira morada fundaram;
            sem conluio,⁶⁵⁰ congênere
70   criaram litínea progênie,
            que de *laoí* foi nominada.⁶⁵¹

   ma obrigação em ser preciso em questões de mito. Para mais detalhes, ver GERBER
   2002: 48-49 e CATENACCI et al. 2013: 533 s.
649 Maior montanha da Grécia depois do Olimpo. Helânico (FGrH 4 F 117) e Apolodoro
   (FGrH 244 F 183), citados pelos escólios 62b e 64b, dizem, no entanto, que a arca teria
   aproado no monte Ortro, na Ftiótida.
650 Porque nascidos das pedras jogadas para trás por Deucalião e Pirra. Para o mito, ver
   a introdução a esta ode.
651 Isto é, "povo" (*lāós*, em grego), normalmente em oposição aos aristocratas ou heróis. Píndaro usa de figura etimológica aqui para aludir ao mito de que a massa do
   povo (*lāós*), após o dilúvio mandado por Zeus, teria sido recriada por meio de pedras
   (*lâás*), muito embora a aristocracia lócria descendesse de Titãs e Cronidas. O Σ 70d
   cita um fragmento épico anônimo para esclarecer a etimologia: ἐκ δε λίθων ἐγένοντο βροτοί, λαοὶ δὲ καλέονται ("Das pedras (*líthoi*) nasceram os mortais, povo (*laoí*)
   foram chamados"). O fr. 234 M.-W. (251 MOST) de Hesíodo faz menção a esse mito, li-
   gando os *laoí* ao povo indígena dos Leleges: ἤτοι γὰρ Λοκρὸς Λελέγων ἡγέσατο λαῶν,
   / τούς ῥά ποτε Κρονίδης Ζεὺς ἄφθιτα μήδεα εἰδώς / λεκτοὺς ἐκ γαίης ΛΑΟΥΣ πόρε
   Δευκαλίωνι ("Pois é certo que Locro governou o povo (*laôn*) dos Leleges / os quais
   Zeus outrora, imbuído de imortal sabedoria, / PEDRAS escolhidas da terra, deu a
   Deucalião"). Por ser impossível preservar a paronomásia em português, preferi não
   traduzir *laós*.

| | ἔγειρ' ἐπέων σφιν οἶμον
λιγύν, αἴνει δὲ παλαιὸν
μὲν οἶνον, ἄνθεα δ' ὕμνων
75 νεωτέρων. λέγοντι μάν
χθόνα μὲν κατακλύσαι μέλαιναν
ὕδατος σθένος, ἀλλὰ Ζηνὸς
τέχναις ἀνάπωτιν ἐξαίφνας
ἄντλον ἑλεῖν. κείνων δ' ἦσαν
80 χαλκάσπιδες ὑμέτεροι πρόγονοι
ἀρχᾶθεν, Ἰαπετιονίδος
φύτλας κοῦροι κορᾶν καὶ φερ-
τάτων Κρονιδᾶν, ἐγ-
χώριοι βασιλῆες αἰεί,
)—
Γ' πρὶν Ὀλύμπιος ἁγεμών,
θύγατρ' ἀπὸ γᾶς Ἐπει-
ῶν Ὀπόεντος ἀναρπάσαις, ἕκαλος
μείχθη Μαιναλίαισιν ἐν
δειραῖς, καὶ ἔνεικεν
90 Λοκρῷ, μὴ καθέλοι μιν αἰ-
ὼν πότμον ἐφάψαις
ὀρφανὸν γενεᾶς. ἔχεν
δὲ σπέρμα μέγιστον
ἄλοχος, εὐφράνθη τε ἰδὼν

652 Aparentemente, a se crer no escólio 74b, Agatonides, provavelmente o juiz em uma competição poética, teria julgado Simônides de Ceos inferior a Píndaro. Simônides teria então composto uma canção cujo fr. 310 POLTERA (602 PMG) é citado na introdução a esta ode, ridicularizando Agatonides. Seria a esses versos que Píndaro, muito gentilmente, estaria respondendo aqui.
653 O titã Jápeto fora pai de Prometeu e Epimeteu, os pais, respectivamente, de Deucalião e Pirra.
654 A linhagem dos filhos de Crono é aquela representada por Opunte, filho de Zeus e Cábia, dado como filho adotivo a Locro.
655 Píndaro não nos informa quem seria a "filha de Opunte". Não se trata de Protogênia como querem os escólios antigos, mas de Cambise (ou Cábia), a ninfa epônima da

>   Abre-lhes dos versos a doce
>   via! Louva tanto o antigo
>   vinho quanto a flor dos hinos
>
> 75   mais recentes.⁶⁵² É vero, diz-se
>   que a negra terra fora inundada
>   pela força d'água, mas, de Zeus
>   pelos desígnios, súbito a vazante
>   a água levou. Deles vieram,
> 80   de éreos escudos, vossos ancestrais
>   desde o princípio, filhos das filhas
>   da cepa de Jápeto⁶⁵³ e dos
>   fortíssimos Cronidas,⁶⁵⁴
>   reis epicórios em sucessão.
>
> III   Até que o Líder dos Olímpios
>   raptou a filha de Opunte⁶⁵⁵
>   da terra dos epeus⁶⁵⁶ e, desimpedido,⁶⁵⁷
>   uniu-se a ela entre os vales
>   do Ménalo,⁶⁵⁸ dando-a
> 90   a Locro, não o assolasse o tempo
>   liando seu destino
>   a uma órfã geração. Tem
>   a semente do Altíssimo
>   já a esposa, e alegrou-se o herói

    mesma cidade, mencionada por Aristóteles nos fragmentos de suas constituições (fr. 561 ROSE). Segundo Plutarco, *Quaest. Conv.* 15, ela seria esposa de Lócrio e mãe de Opunte.
656 A Élida, a região onde está situada Olímpia. Segundo GERBER 2002: 50, essa ligação genealógica de Efarmosto com o local dos Jogos serve para aumentar seu prestígio.
657 *Hékalos*, o adjetivo indica uma relação consensual. Píndaro parece, ao mesmo tempo, contradizer os mitos que fazem de Zeus um violador de mulheres e se referir, por oposição, ao estupro de Cassandra pelo lócrio Ájax, apenas mencionado ao final da ode, mas excluído, como não poderia ser diferente, do seu cerne mítico.
658 Um monte (1.980 m de altura) da Arcádia; *Ménalo* em grego moderno.

95   ἥρως θετὸν υἱόν,
            μάτρωος δ' ἐκάλεσσέ μιν
            ἰσώνυμον ἔμμεν,
            ὑπέρφατον ἄνδρα μορφᾷ
                τε καὶ ἔργοισι. πόλιν δ' ὤ-
100   πασεν λαόν τε διαιτᾶν.
—

            ἀφίκοντο δέ οἱ ξένοι
            ἔκ τ' Ἄργεος ἔκ τε Θη-
                βᾶν, οἱ δ' Ἀρκάδες, οἱ δὲ καὶ Πισᾶται·
            υἱὸν δ' Ἄκτορος ἐξόχως
105   τίμασεν ἐποίκων
            Αἰγίνας τε Μενοίτιον.
                τοῦ παῖς ἅμ' Ἀτρείδαις
            Τεύθραντος πεδίον μολὼν
            ἔστα σὺν Ἀχιλλεῖ
110   μόνος, ὅτ' ἀλκάεντας Δαναοὺς
            τρέψαις ἁλίαισιν
            πρύμναις Τήλεφος ἔμβαλεν,
            ὥστ' ἔμφρονι δεῖξαι
            μαθεῖν Πατρόκλου βιατὰν
115   νόον· ἐξ οὗ Θέτιος γό-
                νος οὐλίῳ μιν ἐν Ἄρει
—

            παραγορεῖτο μή ποτε
            σφετέρας ἄτερθε ταξιοῦσθαι
            δαμασιμβρότου αἰχμᾶς. εἴην
120   εὑρησιεπὴς ἀναγεῖσθαι

659 Opunte.
660 Píndaro mormente salienta como uma bela forma física deve ser companheira de belas obras para que tenha valor. Cf. com os vv. 141-2, abaixo.
661 De Pisa na Grécia, região fronteiriça à Élida.
662 Isto é, Pátroclo. Píndaro costuma adiar a menção de um nome que vê como climático para a narrativa.

95	em ver seu enteado.
	Do avô materno chamou-o
	pelo mesmo nome,[659]
	indescritível homem na forma
	e em obras.[660] A cidade, lhe legou,
100	e o povo, a que governasse.

	Vieram até ele estrangeiros,
	de Argos, de Tebas, uns
	eram árcades; outros, pisanos.[661]
	Ao filho de Áctor com Egina,
105	Menécio, mais que a todos
	imigrantes honrou, seu filho[662]
	com os outros Atridas
	à planície de Teutro[663] partindo,
	fez frente com Aquiles,
110	só, quando, aos briosos Dânaos
	repelindo, nas salitrosas
	popas Têlefo[664] os encurralou,
	para alguém sagaz ver
	e aprender, de Pátroclo, o brioso
115	espírito. Desde então, o filho
	de Tétis,[665] no funesto Ares,[666]

	aconselhou-o a nunca mais
	se enfileirar longe de sua
	lança doma-mortais. Oxalá possa
120	um inventor de canções[667] avançar

---

663 Rei da Mísia.
664 Filho de Héracles (ei-lo aqui, de novo, no poema) com Auge e rei da Mísia.
665 Aquiles.
666 Isto é, na guerra.
667 Cf. os "hábeis artesões" de versos da P. 3.201.

πρόσφορος ἐν Μοισᾶν δίφρῳ
τόλμα δὲ καὶ ἀμφιλαφὴς δύναμις
ἕσποιτο. προξενίᾳ δ' ἀρετᾷ
τ' ἦλθον τιμάορος Ἰσθμίαι-
125   σι Λαμπρομάχου μί-
τραις, ὅτ' ἀμφότεροι κράτησαν
)—
Δ'   μίαν ἔργον ἀν' ἁμέραν.
ἄλλαι δὲ δύ' ἐν Κορίν-
θου πύλαις ἐγένοντ' ἔπειτα χάρμαι,
130   ταὶ δὲ καὶ Νεμέας Ἐφαρ-
μόστῳ κατὰ κόλπον·
Ἄργει τ' ἔσχεθε κῦδος ἀν-
δρῶν, παῖς δ' ἐν Ἀθάναις,
οἷον δ' ἐν Μαραθῶνι συ-
135   λαθεὶς ἀγενείων
μένεν ἀγῶνα πρεσβυτέρων
ἀμφ' ἀργυρίδεσσιν·

668 Píndaro agora se vê como o auriga do carro das Musas (que é a ode) como Pátroclo fora de Aquiles.
669 "Vingador", não "honrador", como querem comentadores. Não há por que abrandar a metáfora: Píndaro vem para vingar a glória de Lamprômaco e a de Efarmosto e para tanto oferece um resgate (ápoina), que é a canção, uma imagética comum, aliás, nos epinícios. Lamprômaco é identificado com um parente (syngenḗs) de Efarmosto pelo escólio 125c. A mitra, uma tira em volta da cabeça, provavelmente de lã (*I.* 5.62), era normalmente amarrada no momento da vitória, antes mesmo da coroação com a guirlanda de oliveiras; aqui, no entanto, segundo GERBER 2002: 58, ela serve como sinônimo de *stéphanos*, i.e. a coroa de folhas.
670 O Σ 123c explica que Lamprômaco era próxeno em Tebas e, por isso, teria arranjado com Píndaro a composição da canção.
671 Nos Jogos Ístmicos.
672 A maioria dos comentadores identifica essas duas últimas vitórias como também obtidas nos Jogos Ístmicos. A provável razão que faz Píndaro separá-las, a meu ver, é que na primeira, ambos ganharam no mesmo dia, mas na segunda, em dias diferentes.
673 Nos Jogos Nemeios. Todas as vitórias, a partir daqui, referem-se apenas a Efarmosto.

            como ajudante na biga das Musas
            e que audácia e ampla capacidade
            me acudam[668]! Pela proxenia e a virtude
            vim, um vingador das ístmicas
125   mitras[669] de Laprômaco,[670]
            quando ambos uma prova venceram

IV   ao longo de um só dia.[671]
            E depois dois outros
                sucessos vieram nos portões de Corinto,[672]
130   e ainda aqueloutras, no vale
                de Nemeia, a Efarmosto.[673]
            Em Argos,[674] roubou o brilho
                dos homens; menino em Atenas.[675]
            Em Maratona,[676] tirado
135   da categoria dos imberbes,
            ó que prova fez contra os seus seniores
                por taças prateadas!

---

674 No Festival da Hecatombeia ou Heraia, em honra a Hera, padroeira da cidade. Os prêmios eram objetos de bronze: trípodes, escudos, vasos etc.
675 Na Panateneia. O prêmio era trinta ânforas de azeite. Para a relevância monetária desse prêmio, ver a seção "Grécia Antiga e atletismo", na introdução geral.
676 Nos Jogos da Heracleia. A categoria dos imberbes (*ageneíoi*) compreendia adolescentes entre os 17 e 20 anos. Como visto na introdução geral, a classificação se dava mais pelo desenvolvimento físico do atleta do que pela idade cronológica e, nesse caso, ao que parece, os Juízes consideraram Efarmosto muito desenvolvido para lutar entre os adolescentes. A hipótese de CATENACCI *et al.* 2013: 548, derivada acriticamente de WILAMOWITZ 1966 [1922]: 50, n. 52, de que *ageneíoi* aqui é sinônimo de *paîdes* não deve ser correta, pois seria muito improvável que Efarmosto com 14 anos, a idade limite para a categoria dos *paîdes*, pudesse ser desenvolvido o suficiente a ponto de ser considerado apto a lutar com homens adultos numa prova de força como a pale. Além disso, como nota GERBER 2002: 61, que também discorda desse equacionamento, muito embora não saibamos quais eram as categorias de idade na Heracleia, não há por que duvidar que fossem três (*paîdes*, *ageneíoi* e *ándres*), como na Panateneia.

φῶτας δ' ὀξυρεπεῖ δόλῳ
ἀπτῶτι δαμάσσαις
140 διήρχετο κύκλον ὅσσᾳ
βοᾷ, ὡραῖος ἐὼν καὶ
καλὸς κάλλιστά τε ῥέξαις.

—

τὰ δὲ Παρρασίῳ στρατῷ
θαυμαστὸς ἐὼν φάνη
145   Ζηνὸς ἀμφὶ πανάγυριν Λυκαίου,
καὶ ψυχρᾶν ὁπότ' εὐδια-
νὸν φάρμακον αὐρᾶν
Πελλάνᾳ φέρε· σύνδικος
δ'αὐτῷ Ἰολάου
150 τύμβος ἐνναλία τ' Ἐλευσὶς ἀγλαΐαισιν.
τὸ δὲ φυᾷ κράτιστον ἅπαν·
πολλοὶ δὲ διδακταῖς
ἀνθρώπων ἀρεταῖς κλέος
155 ὤρουσαν ἀρέσθαι·
ἄνευ δὲ θεοῦ σεσιγα-

---

677 POLIAKOFF 1981: 23 nota que, para vencer na luta, um competidor tinha que fazer seu oponente cair três vezes com as costas para o chão, de forma que, no máximo, poderia haver cinco quedas ao todo, três do perdedor e, no máximo, duas do vencedor. Dizer que Efarmosto não caiu uma única vez é salientar ainda mais sua glória (GERBER 2002: 61).
678 Ver a nota ao v. 99.
679 Habitantes da Parrásia uma região ao sul da Arcádia que forneceu um contingente de homens contra Troia. Parrásio, filho de Liceu, deu-lhe o nome. Segundo Calímaco, Zeus teria nascido na Parrásia. O mesmo festival é mencionado na *O*. 13.107 e na *N*. 10.48.
680 Exemplo de *kenning* ou perífrase para "túnica". O prêmio dado ao vencedor nos jogos de Pelene, que aconteciam no rigoroso inverno da Grécia, era uma túnica de lã (cf. *N*. 10.44 e também Hipônax, fr. 34 IEG[2]), um artefato valioso em uma época ainda longe da mecanização na tecelagem.

>   Varões, co' ágil truque de ginga,
>   sem cair, subjugou,[677]
> 140   e a arena cruzou sob grande,
>   grito, jovem ainda e belo,
>   belíssimos feitos conquistando.[678]
>
>   E no festival dos parrásios,[679]
>   admirável se mostrou
> 145   durante a festa de Zeus Liceu.
>   Lá, tépido um remédio contra
>   os gelados ventos
>   ganhou, em Pelene.[680] Concorde[681]
>   é-lhe, de Iolau,
> 150   o túmulo[682] e a marinha Elêusis[683]
>   com seus esplendores.
>   O inato é invencível sempre.
>   Muitos, com ensinadas
>   habilidades, dos homens a fama
> 155   arrogam-se em roubar.[684]
>   Sem um deus, cair no silêncio

---

681 BERNARDINI 1979, que norteia minha tradução aqui, explica o termo: "os resultados alcançados por Efarmosto em Tebas e Elêusis estão 'de acordo', 'em harmonia' com aqueles já alcançados nas outras cidades".
682 O "túmulo de Iolau" é uma perífrase para os Jogos da Ioleia (também chamados Heracleia) em Tebas. Iolau era sobrinho de Héracles, filho de Íficles, que era meio-irmão deste último.
683 Refere-se aos Jogos Eleusinos.
684 Ou seja, todo mundo pode aprender uma luta, mas competir e ganhar entre os melhores requer um talento com o qual se nasce e que é impossível de se obter pelo aprendizado. O mesmo vale para os poetas. No entanto, como ressalta GERBER 2002: 65, não devemos entender sua opinião como uma crítica absoluta às "ensinadas habilidades", mas apenas na medida em que elas não têm lugar na busca pelo *kléos*, a fama, que é o único objetivo do atleta profissional.

μένον οὐ σκαιότερον χρῆ-
μ' ἕκαστον· ἐντὶ γὰρ ἄλλαι

ὁδῶν ὁδοὶ περαίτεραι,
160 μία δ' οὐχ ἅπαντας ἄμμε θρέψει
μελέτα· σοφίαι μὲν αἰπει-
ναί· τοῦτο δὲ προσφέρων ἄεθλον,
ὄρθιον ὤρυσαι θαρσέων,
τόνδ' ἀνέρα δαιμονίᾳ γεγάμεν
165 εὔχειρα, δεξιόγυιον, ὁρῶν-
τ' ἀλκάν, Αἰάντειόν τ' ἐν δαι-
τὶ Ἰλιάδα νι-
κῶν ἐπεστεφάνωσε βωμόν.

685 Parece-me que aqui Píndaro retorna o tema do "bem reverso de um mal", isto é, de sucessos que parecem ser uma benção mas se revelam um desastre, pois foram obtidos à revelia de um deus. O tema, que é central para a O. 7 e O. 12, é encapsulado pelos vv. 44-8 daquela primeira ode. Ver também nota no local.

686 Aqui *sophía* é empregado de maneira geral: o talento apenas tampouco basta, é preciso treinamento árduo para se adquirir o conhecimento técnico, isto é, as habilidades necessárias para se tornar o melhor em tudo, seja atleta ou poeta. Cf. fr. 257 POLTERA (= 579 PMG) de Simônides, em que ele diz que a Virtude habita no topo de uma rocha difícil de escalar.

                    não é o pior a acontecer
                    a certos feitos.⁶⁸⁵ Há, pois, outros

                    caminhos que mais longe levam,
160   e único a todos nós não desenvolve
                    um treinamento: íngremes,
                        as sabedorias;⁶⁸⁶ mas esse prêmio⁶⁸⁷
                    ofertando, alto grita confiante
                    que este varão de um deus é aliado –
165   bom de mãos, ágil de corpo e a força
                        no olhar. Ó Ájax,⁶⁸⁸ na festa,
                    filho de Ileu,
                    o vencedor coroou o teu altar.

---

687 O epinício, não a coroa que será mencionada a seguir. Assim no Σ 162b.
688 Ájax menor, ou Ileu, em cujo altar Efarmosto aparentemente dedicou sua coroa de vencedor. Ájax, devido ao sacrílego estupro de Cassandra no altar da deusa Atena, não poderia jamais ser tema de uma ode pindárica, a despeito de sua enorme importância para a Lócrida e os lócrios.

Ολυμπιονίκαις X | Olímpica 10

Os anos de 476-72 foram de bastante trabalho para Píndaro. Apenas nos Jogos Olímpicos de 476, com que se iniciou a 76ª Olimpíada, foram vitoriosos os poderosos reis da Sicília, Hierão, na corrida de cavalo, celebrado na *Olímpica* 1, e Terão, vencedor na prestigiosíssima prova de quadrigas, e laudado por Píndaro nas *Olímpicas* 2 e 3. Para esse mesmo comitente, ele ainda irá compor o Castoreio,[689] de que fala na *Pítica* 2, e dois encômios (fr. 122 e 123). Nessa mesma edição dos Jogos, como agora resta assegurado pelo *P. Oxy.* 222, também vencera, no pugilato para meninos, o atleta laudado nesta ode, Hagesídamo, filho de Arquéstrato (de que mais nada sabemos) da Lócrida Epizefirínia ou Ocidental.[690]

No próximo ano, durante os Jogos Nemeios de 475, Píndaro é comissionado para compor a *Nemeia* 1 para Crômio de Siracusa, o poderoso general de Hierão, e, provavelmente no ano seguinte, a *Nemeia* 9.[691] Ele compõe também, possivelmente com atraso, a *Nemeia* 3 para Aristoclides de Egina, que ganhara a coroa de salsão no pancrácio. Se a datação de Snell-Maehler estiver correta, em 474/3, ele pode ter sido ainda comissionado por Melisso de Tebas para compor as *Ístmicas* 3 e 4, que celebravam suas vitórias no pancrácio e na carruagem nos Jogos Ístmicos e, na segunda edição dos Nemeios, outra vez com a carruagem.

Finalmente, nos Jogos Píticos de 474, Píndaro será novamente chamado por Hierão para escrever as *Píticas* 1 e 2 por sua vitória na corrida de quadrigas, e, provavelmente em 473, a *Pítica* 3, cuja pertinência, no entanto, ao gênero do epinício, é disputada, mas que, dada sua complexidade e beleza, não deve ter sido um projeto simples. Será chamado

---

689 Ver introdução à *O*. 6.
690 Para as diferentes "Lócridas", ver a Introdução à *O*. 9.
691 Essa ode celebra, na verdade, uma vitória conseguida com a quadriga nos jogos de Sícion, provavelmente em 474.

ainda por Telesícrates de Cirene para celebrar, com a *Pítica* 9, a sua vitória na corrida de hoplitas e por Trasideu de Tebas para compor a *Pítica* 11 pela vitória na corrida de estádio para imberbes.[692]

Dada essa intensa atividade – e esses certamente não devem ter sido os únicos trabalhos que lhe foram encomendados nesse período –, bem como os compromissos assumidos com patronos tão poderosos, não é de se surpreender que o poeta não tenha colocado a ode para o menino Hagesídamo, cuja importância desconhecemos, mas que não devia ser comparável à daqueles tiranos, no topo das suas prioridades. Consequentemente, essa ode acabou sendo composta e executada com um considerável atraso, provavelmente por volta de 474, dois anos depois da vitória.

Píndaro obviamente não assume que tenha posto de lado a encomenda de Hagesídamo (que pode mesmo ter pagado adiantado pela ode) para se dedicar à composição de outras canções para a sua clientela mais influente, recorrendo, no proêmio deste poema, à desculpa – não de todo surpreendente num gênero que promete ao laudado justamente torná-lo inesquecível – de que se "esquecera" de seu compromisso. Ao mesmo tempo, rejeita enfaticamente a acusação de que teria tentado enganar o atleta. Promete, além do mais, que irá saldar sua dívida com juros (*tókos* em grego, que também significa "prole", "filho", uma polissemia que será importante no final da ode), o que levou os comentadores antigos a postularem que a *Olímpica* 11, bem mais curta, e igualmente dedicada a Hagesídamo, tivesse sido composta justamente com esse intuito. Diz o escólio 1b.1-5 sobre o primeiro verso da ode:

> ἔοικεν ὁ Πίνδαρος ἐκ πολλοῦ συνθέμενος γράφειν τὸν ἐπίνικον ὀλιγωρῆσαι τῆς γραφῆς, αὖθις δὲ ἀποδιδοὺς αὐτῷ σὺν τόκῳ ὥσπέρ τι χρέος παλαιὸν διαλύεσθαι προσθεὶς ἕτερόν τι ᾠδάριον τὸ ἑξῆς.

---

692 A data dessa última ode, no entanto, é incerta; ela pode também ter sido composta em 454.

Parece que Píndaro, tendo sido há muito contratado para escrever o epinício, negligenciara sua composição, tendo-o entregado depois com juros, do mesmo jeito que se faz para saldar uma dívida antiga, acrescentando a odezinha que se segue.[693]

Essa hipótese, entretanto, como veremos em mais detalhes na introdução da *Olímpica* 11, ainda que não possa ser descartada, provavelmente não é correta e deve estar baseada unicamente na evidência interna dos vv. 10-12. Na verdade, é mais provável que a *Olímpica* 11 deva ter sido composta em Olímpia para ser executada logo após a vitória do atleta, ao passo que a *Olímpica* 10 fora prometida para quando Hagesídamo retornasse à sua pátria.

Esta ode de Píndaro é relativamente simples. Após ter reconhecido seu débito, ele invoca a Musa e a Verdade, como filhas de Zeus, para ajudá-lo a rechaçar as "inóspitas mentiras" de que teria agido de má-fé ao postergar por tanto tempo a ode para Hagesídamo. Não podemos esquecer que *Moûsa* (>*Monsa*) em grego está ligado ao radical do PIE *men-*, que irá dar, no latim e, portanto, no português, a palavra "mente" (< *mens*, *mentis*) e "memória"; aliás, não é por acaso que a mãe das Musas é, justamente a memória personificada, *Mnēmosýnē*.

Essa associação é importante porque a Verdade, assim personificada na ode como irmã da Musa (que aqui provavelmente é Calíope, "Belavoz"), era entendida pelos gregos como aquilo que não podia ser ocultado e, portanto, esquecido (*longe dos olhos...*): *a-lēthéia*, em que o elemento *lēth-* está relacionado à ideia de ocultação, a partir do tema *lath-* do verbo *lanthánō*, "passar despercebido" por se ocultar ou estar/ser ocultado. Daí a associação com o tempo (*Krónos*), feita mais adiante na ode, vv. 65-71, que, na sua inexorável marcha adiante, *des*cobre, isto é, resgata do esquecimento (*léthē*), todas as coisas por expô-las aos olhos de todos.

Numa tradição oral, em que o uso da escrita ainda era incipiente, o poeta, que haure diretamente da fonte de todo o conhecimento, as Musas, filhas da Memória, detém também o poder de ditar e retificar

---

693 Isto é, a *O.* 11.

a verdade. Nessa posição de "mestre da verdade", Píndaro irá então retificar os fatos, sanando sua dívida pública com juros, a fim de que não reste nenhuma dúvida de sua idoneidade. Sua ode é como uma onda que se abate sobre um pequeno seixo sobre a praia e o leva embora, removendo a mácula de sua reputação de maneira fácil e eficiente, assim se reconciliando com Hagesídamo e os lócrios epizefirínios, famosos por sua estrita aderência à lei, seu gosto pela música e seu caráter belicoso.

Outros dois temas importantes nessa ode são aqueles do *khréos*, aqui tanto com o significado de "débito" quanto de "dever", mais especificamente, o "dever" que o poeta tem de louvar grandes e belos feitos, e o da *kháris*, "favor" ou "graça", que rege as relações de clientelismo entre patrono e poeta, reinterpretadas através do enquadramento da *philía* ("amizade") aristocrática, e que requer que se retorne (*antikharízomai*) um favor com outro favor. O dever poético de Píndaro será, por isso mesmo, pago "em amável gratidão" (*kháris*). Mas não se limita apenas às relações de Píndaro com o seu jovem patrono e sua família. Hagesídamo também tem um dever de gratidão para com o seu treinador Ilas, assim como Pátroclo tivera com Aquiles e Cicno com seu pai Ares, que lhe ensinara a arte do pugilato. O perigo de se violar esses dois princípios ancestrais (*thémistes*) da ética grega é tornado claro no primeiro mito, aquele em que Héracles se vinga de Augias, que, ofendendo as leis da hospitalidade, também lhe negara o pagamento pelo trabalho que tivera ao limpar os estábulos que abrigavam o gado de Hélio e o pune com a máxima pena: a destruição de sua cidade e a sua própria morte.

Por outro lado, os efeitos positivos de se atentar aos mandamentos civilizatórios de Zeus são enfatizados no mito de fundação dos Jogos Olímpicos, que transmuta a ação violenta contra Augias e os Molíones num monumento eterno à *kháris*, já que Héracles usa o butim de guerra para construir o santuário como ação de graças para Zeus, seu pai. No contexto dessa primeva olimpíada (*arkhaîs protérais*) nasce o canto que é a própria encarnação da *kháris*, o epinício, e Píndaro faz questão de detalhar as seis provas originárias bem como os que nela venceram, seus pais e suas pátrias. Por fim, na última parte do canto, o poeta retorna ao tema dos juros/prole para, numa belíssima metáfora para o poeta e sua canção, descrever a alegria de um velho pai sem herdeiros com a chegada do filho tardio, tão desejado, que é aqui o epinício. Com isso também sintetiza os dois temas, o dever que os filhos têm para com os pais e a graça que lhes trazem: a imortalidade pela projeção no tempo de uma parte de si, do seu *oîkos* e do seu nome. Como comenta GENTILI *et al.* 2013: 253-4,

> A ideia, e o auspício, é que também a vitória de Hagesídamo seja, da mesma forma, imortalizada no canto de Píndaro. (...) Fecha o canto, a menção à Cípria [Afrodite], que salvou Ganimedes da morte (vv. 104-5): a beleza do menino o tornou caro a Zeus, que o pega para si e o faz imortal, eternamente jovem. A referência é evidentemente à graça juvenil do vencedor, mas não se pode deixar de ler também aí uma enésima alusão à capacidade da palavra poética de eternizar, enquanto instrumento de narrativa e de canto que são transmitidos à posteridade.

O MITO

Há dois mitos principais nessa ode. O primeiro, que conta a história da vingança de Héracles contra Augias e os filhos de Molíone e Possidão. Esse mito aproveita o tema da dívida não paga e o leva às últimas consequências. Para o mito da guerra contra Augias, nossa fonte mais detalhada é Apolodoro, que relata (2.5.5, 7.2):

> πέμπτον ἐπέταξεν αὐτῷ ἆθλον τῶν Αὐγείου βοσκημάτων ἐν ἡμέρᾳ μιᾷ μόνον ἐκφορῆσαι τὴν ὄνθον. ἦν δὲ ὁ Αὐγείας βασιλεὺς Ἤλιδος, ὡς μέν τινες εἶπον, παῖς Ἡλίου, ὡς δέ τινες, Ποσειδῶνος, ὡς δὲ ἔνιοι, Φόρβαντος, πολλὰς δὲ εἶχε βοσκημάτων ποίμνας. τούτῳ προσελθὼν Ἡρακλῆς, οὐ δηλώσας τὴν Εὐρυσθέως ἐπιταγήν, ἔφασκε μιᾷ ἡμέρᾳ τὴν ὄνθον ἐκφορήσειν, εἰ δώσει τὴν δεκάτην αὐτῷ τῶν βοσκημάτων. Αὐγείας δὲ ἀπιστῶν ὑπισχνεῖται. μαρτυράμενος δὲ Ἡρακλῆς τὸν Αὐγείου παῖδα Φυλέα, τῆς τε αὐλῆς τὸν θεμέλιον διεῖλε καὶ τὸν Ἀλφειὸν καὶ τὸν Πηνειὸν σύνεγγυς ῥέοντας παροχετεύσας ἐπήγαγεν, ἔκρουν δι' ἄλλης ἐξόδου ποιήσας. μαθὼν δὲ Αὐγείας ὅτι κατ' ἐπιταγὴν Εὐρυσθέως τοῦτο ἐπιτετέλεσται, τὸν μισθὸν οὐκ ἀπεδίδου, προσέτι δ' ἠρνεῖτο καὶ μισθὸν ὑποσχέσθαι δώσειν, καὶ κρίνεσθαι περὶ τούτου ἕτοιμος ἔλεγεν εἶναι. καθεζομένων δὲ τῶν δικαστῶν κληθεὶς ὁ Φυλεὺς ὑπὸ Ἡρακλέους τοῦ πατρὸς κατεμαρτύρησεν, εἰπὼν ὁμολογῆσαι μισθὸν

δώσειν αὐτῷ. ὀργισθεὶς δὲ Αὐγείας, πρὶν τὴν ψῆφον ἐνεχθῆναι, τόν τε Φυλέα καὶ τὸν Ἡρακλέα βαδίζειν ἐξ Ἤλιδος ἐκέλευσε. (...) μετ' οὐ πολὺ δὲ ἐπ' Αὐγείαν ἐστρατεύετο, συναθροίσας Ἀρκαδικὸν στρατὸν καὶ παραλαβὼν ἐθελοντὰς τῶν ἀπὸ τῆς Ἑλλάδος ἀριστέων. Αὐγείας δὲ τὸν ἀφ' Ἡρακλέους πόλεμον ἀκούων κατέστησεν Ἠλείων στρατηγοὺς Εὔρυτον καὶ Κτέατον συμφυεῖς, οἳ δυνάμει τοὺς τότε ἀνθρώπους ὑπερέβαλλον, παῖδες δὲ ἦσαν Μολιόνης καὶ Ἄκτορος, ἐλέγοντο δὲ Ποσειδῶνος· Ἄκτωρ δὲ ἀδελφὸς ἦν Αὐγείου. συνέβη δὲ Ἡρακλεῖ κατὰ τὴν στρατείαν νοσῆσαι· διὰ τοῦτο καὶ σπονδὰς πρὸς τοὺς Μολιονίδας ἐποιήσατο. οἱ δὲ ὕστερον ἐπιγνόντες αὐτὸν νοσοῦντα, ἐπιτίθενται τῷ στρατεύματι καὶ κτείνουσι πολλούς. τότε μὲν οὖν ἀνεχώρησεν Ἡρακλῆς· αὖθις δὲ τῆς τρίτης ἰσθμιάδος τελουμένης, Ἠλείων τοὺς Μολιονίδας πεμψάντων συνθύτας, ἐν Κλεωναῖς ἐνεδρεύσας τούτους Ἡρακλῆς ἀπέκτεινε, καὶ στρατευσάμενος ἐπὶ τὴν Ἦλιν εἷλε τὴν πόλιν. καὶ κτείνας μετὰ τῶν παίδων Αὐγείαν κατῆγαγε Φυλέα, καὶ τούτῳ τὴν βασιλείαν ἔδωκεν. ἔθηκε δὲ καὶ τὸν Ὀλυμπιακὸν ἀγῶνα, Πέλοπός τε βωμὸν ἱδρύσατο, καὶ θεῶν δώδεκα βωμοὺς ἓξ ἐδείματο.

Deu-lhe então um quinto trabalho (*âthlon*): remover, em um único dia e sozinho, o estrume do gado de Augias. Esse Augias era rei da Élida e, como dizem alguns, filho de Hélio ou, como outros, de Possidão ou ainda outros, de Fórbon, e tinha muitas manadas de gado. Héracles, tendo-o abordado, mas sem falar da ordem de Euristeu, disse que era capaz de remover o estrume em um único dia, se Augias lhe desse um décimo da manada, e esse, sem crer que isso fosse possível, prometeu-lhe dar. Chamando Fileu, o filho de Augias, para testemunhar, fez um furo no alicerce do curral e desviou o curso do Alfeu e do Peneu, que corriam um perto do outro, purgou o estrume fazendo um outro buraco no lado oposto do curral. Mas Augias, sabendo que fizera isso sob as ordens de Euristeu, não lhe deu o pagamento, e mais: negou que havia prometido lhe pagar, e que estava preparado para ir a julgamento por isso. Reunindo-se os juízes, Fileu foi chamado por Héracles e testemunhou contra o próprio pai, dizendo que aquele havia concordado em lhe dar pagamento pelo serviço. Encolerizado, e antes que os votos fossem depositados, Augias mandou que Fileu e Héracles partissem

694 Esses dois trechos não são contínuos. Partindo da corte de Augias, Héracles ataca Troia junto com Télamon, um mito explorado na O. 8, ao voltar, ele participa da guerra dos deuses contra os gigantes em Flegra. É depois dessa guerra que resolve voltar e se vingar de Augias.

da Élida. (...) Não muito tempo depois,[694] Héracles marchou contra Augias, tendo reunido um exército de arcádios e tomado voluntários dentre os melhores da Grécia. Augias, ouvindo sobre a guerra que Héracles lhe trazia, fez, de general dos eleios, Êurito e Ctéato, gêmeos siameses[695] que, em força, ultrapassavam em muito todos os homens de então. Eram filhos de Molíone e Áctor, mas alguns dizem, de Possidão. Áctor era irmão de Augias. Ocorre que Héracles adoecera durante a guerra e, por causa disso, celebrou a paz com os Molíones, mas esses, mais tarde descobrindo que ele estava doente, atacaram o seu exército de emboscada e a muitos mataram e, dessa vez, Héracles bateu em retirada. Mais tarde, quando a terceira edição dos Jogos Ístmicos se realizava, compareceram os Molíones como enviados dos eleios, e Héracles, esperando-os de atalaia em Cleonas, os matou, e, atacando a Élida, tomou a cidade. Matando Augias junto com seus filhos, poupou Fileu, a quem deu o reino. Realizou também os Jogos Olímpicos, e o altar de Pélops erigiu bem como o dos Doze Deuses.

O segundo mito conta como, a partir dessa terrível vingança, Héracles fundou, como butim tomado de Augias, os Jogos Olímpicos, transformando um feito terrível, enraizado na violação da *kháris* e do *khréos* entre patrono e comissionado, anfitrião e hóspede (*xenía*), em um monumento que celebra e imortaliza justamente esses valores. Píndaro, nesse caso, é nossa fonte mais antiga e detalhada,[696] e sua versão tornou-se canônica, apesar da tentativa dos eleios de emplacar a história do "Héracles Dátilo" de que já falamos na introdução geral. A esse respeito, Diodoro Sículo (4.14.1) nos dá os últimos detalhes:

---

695 Chamados tanto de Actoríones (filhos de Áctor) como Molíones ou Moliónidas (filhos de Molíone), e que são mencionados por Homero na *Il.* 2.621, 11.709 s., 11.751 s., 13.638; em Pausânias 5.1.10 s., 2.1 s. e 2.5 s. Suas descrições variam de autor para autor. Segundo alguns, tinham dois corpos unidos num só (Σ Hom. *Il.* 13.638-9). Segundo outros, cada um deles tinha duas cabeças com quatro mãos e quatro pés, mas apenas um corpo (Σ Hom. *Il.* 11 .709). O poeta Íbico (séc. VI) os descrevia como gêmeos nascidos de um ovo de prata e "com duas cabeças idênticas em um só corpo" (ἰσοκεφάλους ἐνιγυίους). A história deles foi contada por Ferecides (Σ Hom. *Il.* 11.709), em que Apolodoro pode ter se baseado na presente passagem.

696 Píndaro, como já vimos, menciona a fundação dos Jogos Olímpicos por Héracles em ainda outras duas odes, a *O.* 2 e a *O.* 5.

Τελέσας δὲ τοῦτον τὸν ἆθλον τὸν Ὀλυμπικὸν ἀγῶνα συνεστήσατο, κάλλιστον τῶν τόπων πρὸς τηλικαύτην πανήγυριν προκρίνας τὸ παρὰ τὸν Ἀλφειὸν ποταμὸν πεδίον, ἐν ᾧ τὸν ἀγῶνα τοῦτον τῷ Διὶ τῷ πατρίῳ καθιέρωσε. στεφανίτην δ' αὐτὸν ἐποίησεν, ὅτι καὶ αὐτὸς εὐηργέτησε τὸ γένος τῶν ἀνθρώπων οὐδένα λαβὼν μισθόν. τὰ δ' ἀθλήματα πάντα αὐτὸς ἀδηρίτως ἐνίκησε, μηδενὸς τολμήσαντος αὐτῷ συγκριθῆναι διὰ τὴν ὑπερβολὴν τῆς ἀρετῆς, καίπερ τῶν ἀθλημάτων ἐναντίων ἀλλήλοις ὄντων· τὸν γὰρ πύκτην ἢ παγκρατιαστὴν τοῦ σταδιέως δύσκολον περιγενέσθαι, καὶ πάλιν τὸν ἐν τοῖς κούφοις ἀθλήμασι πρωτεύοντα καταγωνίσασθαι τοὺς ἐν τοῖς βαρέσιν ὑπερέχοντας δυσχερὲς κατανοῆσαι. διόπερ εἰκότως ἐγένετο τιμιώτατος ἁπάντων τῶν ἀγώνων οὗτος, τὴν ἀρχὴν ἀπ' ἀγαθοῦ λαβών.

Tendo completado mais esse trabalho (*âthlon*), organizou os Jogos Olímpicos, escolhendo para um festival tão antigo a mais bela localização no vale do Alfeu, e, nesse local, dedicou a competição a Zeus, seu pai. Fê-lo estefanitas,[697] pois ele mesmo beneficiara o gênero humano sem aceitar qualquer pagamento. Venceu em todas as provas de maneira inconteste, ninguém tendo coragem de competir com ele tamanho era seu valor, ainda que as provas fossem muito diferentes umas das outras. Pois é difícil que um pugilista ou um pacraciasta possa derrotar um corredor de estádio, e o inverso também é duro de imaginar, que um vencedor nas provas leves seja capaz de derrotar um vencedor nas provas pesadas.[698] Por isso, é certo que os Jogos Olímpicos sejam os mais honrosos dentre todos, tendo sua origem num indivíduo tão nobre.

697 Isto é, em que o único prêmio é uma coroa de folhas, que em grego se diz *stéphanos*.
698 Sobre as provas leves e pesadas, ver, na introdução geral, a seção "As provas – *agônes*".

X.
ΑΓΗΣΙΔΑΜΩΙ ΛΟΚΡΩΙ ΕΠΙΖΕΦΥΡΙΩΙ
ΠΑΙΔΙ ΠΥΚΤΗΙ
(474*)

Α' Τὸν Ὀλυμπιονίκαν ἀνάγνωτέ μοι
Ἀρχεστράτου παῖδα, πόθι φρενός
ἐμᾶς γέγραπται· γλυκὺ γὰρ αὐτῷ
μέλος ὀφείλων ἐπιλέλαθ'· ὦ
5 Μοῖσ', ἀλλὰ σὺ καὶ θυγάτηρ
Ἀλάθεια Διός,
ὀρθᾷ χερί ἐρύκετον ψευδέων
ἐνιπὰν ἀλιτόξενον.

—

ἕκαθεν γὰρ ἐπελθὼν ὁ μέλλων χρόνος
10 ἐμὸν κατaίσχυνε βαθὺ χρέος.
ὅμως δὲ λῦσαι δυνατὸς ὀξεῖ-
αν ἐπιμομφὰν τόκος θνατῶν·
νῦν ψᾶφον ἑλισσομέναν
ὅπᾳ κῦμα κατα-

---

699 Não necessariamente "lede", do verbo "ler", como em muitas traduções. Os escólios antigos glosavam como "reconhecer", "revelar" (ἀναγνωρίσατέ μοι, 1c), "relembrar" (ἀναμνήσατέ μοι, 1d); sobre isso, BROSE 2021c, NAGY 1990: 171 s., CATENACCI et. al. 2013: 554-556. Há algumas interpretações diferentes sobre a quem se dirigiria o imperativo. O Σ 1a prefere postular as Musas (essa também é a opinião do 1c) ou o coro como recipientes da ordem. Outros preferem ver uma apóstrofe à Musa e à Verdade, invocadas em seguida. Provavelmente, no entanto, trata-se de um imperativo retórico dirigido à audiência ou a um ouvinte idealizado.

700 A única menção ao verbo *grápho* ("inscrever", "gravar") em Píndaro, se descontarmos o *Peã* 7b em que o verbo apareceria no suplemento. A referência é, muito provavelmente, às inscrições em estelas ou bases de monumentos que preservavam

10.
Para Hagesídamo da Lócrida Epizefirínia
pelo pugilato para meninos
(474*)

I   A vitória olímpica reevocai para mim[699]
        do filho de Arquéstrato, onde em minh'alma
        está inscrita,[700] porque uma doce
           canção devendo-lhe, esqueci-me.
5   Ó Musa, tu, porém, com a filha
        de Zeus, Verdade,[701]
           afasta, com alçada mão, das mentiras
           a inóspita invectiva.

        Pois, vindo de longe, chegou vindouro o tempo
10   que me envergonha pelo alto penhor.
        Ainda assim, o juro[702] pode solver
           a mordaz reprimenda dos mortais.
           Agora, como um seixo é submerso
           pela onda que rola,

---

     o nome do atleta, de seu pai, de sua cidade e da prova na qual havia vencido. Outra interpretação provável é a de um "registro de débitos", como mencionado em Aristófanes, *Nuvens* 18-20: ἅπτε παῖ λύχνον / κἄκφερε τὸ γραμματεῖον, ἵν' ἀναγνῶ λαβὼν / ὁπόσοις ὀφείλω καὶ λογίσωμαι τοὺς τόκους ("Acende a lâmpada escravo / e me traz a tabuleta (*grammateîon*), p'ra que eu descubra (*anagnô*) / a quantos devo e calcule os juros (*tókous*)").

701 Cf. fr. 205: "Origem de grande virtude, / ó Senhora Verdade, minha palavra não faças / tombar na espinhosa mentira". Verdade, nesse caso, era uma personificação poética, mais do que uma verdadeira figura de culto.

702 Em grego, *tókos*, cujo sentido primitivo é "prole", "filho" (do verbo *tékō*, "gerar"); os juros são, afinal de contas, a "prole" do dinheiro emprestado.

15   κλύσσει ῥέον ὅπᾳ τε κοινὸν λόγον
            φίλαν τείσομεν ἐς χάριν.
—
            νέμει γὰρ Ἀτρέκεια πόλιν Λοκρῶν
              Ζεφυρίων, μέλει τέ σφισι Καλλιόπα
            καὶ χάλκεος Ἄρης. τράπε δὲ Κύκνεια
20   μάχα καὶ ὑπέρβιον Ἡρακλέα· πύκτας
              δ' ἐν Ὀλυμπιάδι νικῶν Ἴλᾳ φερέτω χάριν
            Ἁγησίδαμος, ὡς Ἀχιλεῖ Πάτροκλος.
            θάξαις δέ κε φύντ' ἀρετᾷ ποτί
            πελώριον ὁρμάσαι κλέος ἀ-
25   νὴρ θεοῦ σὺν παλάμᾳ.
)—
Β'   ἄπονον δ' ἔλαβον χάρμα παῦροί τινες,
            ἔργων, πρὸ πάντων βιότῳ φάος.
            ἀγῶνα δ' ἐξαίρετον ἀεῖσαι
              θέμιτες ὦρσαν Διός, ὃν ἀρχαί-

---

703 Dentro do *frame* FINANÇAS, ativado pela menção aos juros, e partir do qual a metáfora da CONTA PÚBLICA é construída, o sentido mais prototípico de *lógos* é o de "balanço", "conta" (LSJ, I.1; VLG 3.a), sendo o sentido "discurso", "poema" secundário, ainda que saliente. Para a semântica de *frames*, FILLMORE 2006.

704 *Phílan... khárin*: num único verso, Píndaro mescla os dois valores máximos da ética aristocrática grega, a *philía* (laços de amizade e cortesia entre iguais) e a *kháris* (graça, favor). Cf. P. 2.43-4.

705 Os lócrios eram conhecidos por terem sido o primeiro povo grego a decodificar suas leis por escrito, por seu conservadorismo e por seu apego a uma interpretação literal do código escrito. Cf. a famosa história que Demóstenes conta no discurso *Contra Timócrates* 140, segundo a qual qualquer lócrio que propusesse uma lei deveria fazê-lo com uma corda no pescoço, com a qual seria enforcado, caso sua proposta fosse derrotada.

706 A musa do canto épico, mencionada apenas aqui por Píndaro, provavelmente uma alusão a Xenócrates e Estesícoro, este último que, de acordo com Quintiliano 10.1.62, *epici carminis onera lyra sustinentem* ("sustent[ou] o peso da canção épica com sua lira").

707 Ou seja, os lócrios são conhecidos por serem estritos nos negócios, gostarem de poesia e serem um povo guerreiro.

708 A císnea luta é o pugilato. Píndaro refere-se à luta entre Héracles e Cicno ("Cisne"),

15   assim uma conta pública⁷⁰³ quitaremos
        em amigável gratidão.⁷⁰⁴

        Pois Exatidão rege a cidade dos lócrios⁷⁰⁵
        zefirinos, e lhes interessa Calíope⁷⁰⁶
        e o brônzeo Ares.⁷⁰⁷ A císnea luta⁷⁰⁸
20   até ao soberbo Héracles rechaçou. No boxe,
        vencendo em Olímpia, que graça seja dada a Ilas,
        Hagesídamo, como Pátroclo a Aquiles.⁷⁰⁹
        Afiando alguém nascido com talento,
        a uma gigantesca fama o impele
25   um varão, co' a mão de um deus.⁷¹⁰

II   Insofrido sucesso poucos alcançaram,
        luz para uma vida face a tudo.
        Incitaram-me os decretos⁷¹¹ de Zeus
        a que o mais seleto dos Jogos cantasse,

---

um filho de Ares. Segundo o Σ 19b, que se baseia no poema *Cicno*, de Estesícoro, do qual nada restou, ele vivia numa estrada de acesso à Tessália e atacava os viajantes que por aí passavam, matando-os e decapitando-os, intentando construir um templo para Apolo com seus crânios. No primeiro confronto com Héracles, Cicno é ajudado por Ares e consegue fazer com que o herói fuja, o que deu origem ao ditado citado por Platão no *Fédon* 89c, πρὸς δύο λέγεται οὐδ' ὁ Ἡρακλῆς οἷός τε εἶναι ("contra dois, como dizem, nem Héracles pôde"). Posteriormente, flagrando-o sozinho no santuário de Apolo em Págasa, Héracles o mata. Esse mito pode ser uma alusão à intervenção de Hierão no conflito entre a Lócrida Epizefirínia e Régio, de que Píndaro fala na *P*. 2.34-8. Em 477, Hierão obriga Anaxilas, rei de Régio e Messina, a não atacar a Lócria Epizefirínia. Nessa passagem, Píndaro prepara também o louvor do treinador, Ilas, já que Cicno havia aprendido a arte do pugilato de seus pai, Ares.

709 Aquiles teria ensinado o boxe a Pátroclo? Não sabemos a que mito Píndaro faz menção nessa passagem. Os escoliastas (21b e 22) fazem menção ao episódio do livro 16 da *Ilíada* em que Pátroclo luta com as armas de Aquiles, mas, além de ser inapropriada a comparação (Pátroclo morre), ela também quebraria o paralelismo aqui.

710 Um belo resumo da ideologia pindárica que relaciona talento inato, treinamento e ajuda divina.

711 *Thémites*, as regras originárias dos Jogos Olímpicos, entre as quais está louvar o vencedor. Sobre *thémis*, ver nota ao v. 33 da *O. 8*.

30   ᾧ σάματι πὰρ Πέλοπος
πόνων ἐξάριθμον
          ἐκτίσσατο, ἐπεὶ Ποσειδάνιον
πέφνε Κτέατον ἀμύμονα,

—

πέφνε δ' Εὔρυτον, ὡς Αὐγέαν λάτριον
35   ἀέκονθ' ἑκὼν μισθὸν ὑπέρβιον
πράσσοιτο, λόχμαισι δὲ δοκεύσαις
          ὑπὸ Κλεωνᾶν δάμασε καὶ κεί-
          νους Ἡρακλέης ἐφ' ὁδῷ,
ὅτι πρόσθε ποτὲ
40   Τιρύνθιον ἔπερσαν αὐτῷ στρατόν
μυχοῖς ἥμενον Ἄλιδος

—

Μολίονες ὑπερφίαλοι. καὶ μὰν
          ξεναπάτας Ἐπειῶν βασιλεὺς ὄπιθεν
οὐ πολλὸν ἴδε πατρίδα πολυκτέανον
45   ὑπὸ στερεῷ πυρὶ πλαγαῖς τε σιδάρου
βαθὺν εἰς ὀχετὸν ἄτας ἵζοισαν ἑὰν πόλιν.
νεῖκος δὲ κρεσσόνων ἀποθέσθ' ἄπορον.
καὶ κεῖνος ἀβουλίᾳ ὕστατος
ἁλώσιος ἀντιάσαις θάνατον
50   αἰπὺν οὐκ ἐξέφυγεν.
)—

Γ'   ὁ δ' ἄρ' ἐν Πίσᾳ ἔλσαις ὅλον τε στρατόν
λᾴαν τε πᾶσαν Διὸς ἄλκιμος
υἱὸς σταθμᾶτο ζάθεον ἄλσος
          πατρὶ μεγίστῳ· περὶ δὲ πάξαις

712 Os irmão gêmeos Ctéato e Êurito eram filhos de Possidão e Molíone. Para mais detalhes, ver a introdução a esta ode.
713 Na estrada de Argos para Corinto. Numa colina aí localizada jazia a sepultura de Cicno e um templo de Héracles (Diod. Sic. 4.33.3; Paus. 2.15.1, 5.2.1).

30	que junto a arcaica tumba de Pélops,
	uma sêxtupla prova,
	Héracles fundou, após o possidônio
	ter matado, Ctéato irreprochável,
	e ter matado Êurito,[712] a fim de que o mal-
35	gradado Augias, de bom grado, liquidasse
	ingente paga. Vigiando-os numa emboscada
	nas moitas de Cleonas,[713] também àqueles
	dominou em meio à estrada,
	porque, noutra ocasião,
40	haviam lhe destruído o tiríntio exército,
	de atalaia nos vales da Élida,
	arrogantes Molíones. E, em verdade,
	o xenopata rei dos epeus,[714] não muito
	depois, viu à pátria pólis de muitas posses,
45	duras sob piras de fogo e as pauladas do ferro,
	fundo num canal de perdição se assentar.[715]
	Impossível evitar a rixa dos mais fortes.
	E aquele, pela estultícia, último
	cativo, encontrou-se com uma morte
50	precípite, de que não escapou.
III	E então, reunido em Pisa o exército inteiro
	e todo o butim, de Zeus o altivo
	filho delimitou a sacrossanta área
	ao Pai Supremo: o perímetro cercou,

---

714 Augias. "Xenopata" (*xenapátas*) é um *portmanteau* a partir do modelo de "xenófobo" e "psicopata". Os epeus eram os habitantes mais antigos da Élida.

715 Tento reproduzir nesses versos as aliterações em /p/ e /k/ presentes no original que mimetizam o crepitar do incêndio e os estrondos do colapso da cidade.

55   Ἄλτιν μὲν ὅγ' ἐν καθαρῷ
          διέκρινε, τὸ δὲ
              κύκλῳ δάπεδον ἔθηκε δόρπου λύσιν
          τιμάσαις πόρον Ἀλφεοῦ
—

          μετὰ δώδεκ' ἀνάκτων θεῶν· καὶ πάγον
60   Κρόνου προσεφθέγξατο· πρόσθε γὰρ
          νώνυμνος, ἇς Οἰνόμαος ἆρχε,
              βρέχετο πολλᾷ νιφάδι. ταύτᾳ
              δ' ἐν πρωτογόνῳ τελετᾷ
          παρέσταν μὲν ἄρα
65   Μοῖραι σχεδόν ὅ τ' ἐξελέγχων μόνος
          ἀλάθειαν ἐτήτυμον
—

          Χρόνος. τὸ δὲ σαφανὲς ἰὼν πρόσω
              κατέφρασεν ὅπᾳ τὰν πολέμοιο δόσιν
          ἀκρόθινα διελὼν ἔθυε καὶ πεντα-
70   ετηρίδ' ὅπως ἄρα ἔστασεν ἑορτὰν
              σὺν Ὀλυμπιάδι πρώτᾳ νικαφορίαισί τε·
          τίς δὴ ποταίνιον ἔλαχέ στέφανον
          χείρεσσι ποσίν τε καὶ ἅρματι,
          ἀγώνιον ἐν δόξᾳ θέμενος
75   εὖχος, ἔργῳ καθελών;
)—
Δ'   στάδιον μὲν ἀρίστευσεν, εὐθὺν τόνον

716 O arborizado santuário de Zeus em Olímpia. De fato *áltis* é a forma eleática de *álsos*, "bosque" em grego. Sobre isso, ver a introdução geral.
717 Uma referência aos seis altares duplos dos doze deuses.
718 Como deusas do nascimento e do destino.
719 Devemos imaginar que Héracles prometera essa ação de graças a Zeus em sua guerra contra Augias e os Molíones caso vencesse, e, ao pagar seu voto após a vitória, a veracidade de sua promessa foi confirmada pelo Tempo.
720 "Fé", que aqui utilizo para traduzir *dóxa*, "expectativa", "esperança", pode parecer uma palavra anacronística para a Grécia Antiga, mas seu sentido não precisa ser enquadrado a partir da nossa acepção religiosa: o atleta se gaba antes da prova porque põe fé em si, nas suas capacidades e na sua superioridade frente aos oponentes.

55	do Áltis,[716] e uma clareira
	delimitou, e aí,
	num círculo, um local de repouso para ceia,
	honrando o curso do Alfeu
	com os doze deuses protetores.[717] E a colina
60	de Crono denominou, posto que dantes
	anônima fora, no reinado de Enomau,
	e neve em abundância a recobria.
	Nesse primígeno rito,
	cuida como assistiram
65	as Moiras[718] e o único capaz de pôr à prova
	uma verdade genuína:
	o Tempo. Este, em sua marcha avante,
	confirmou[719] como Héracles, o butim da guerra
	dividindo , as primícias sacrificou
70	e, quinquenal, como fundou a festa
	com a prima Olimpíada e os vitoriosos.
	Quem então originária guirlanda obteve
	com suas mãos, com seus pés e com o carro,
	na fé baseando o competitivo
75	gabo, por obra conquistado?[720]
IV	No estádio, foi melhor, com os pés em linha reta[721]

A prova, no entanto, como já vimos na O. 4 é "do valor, o vero teste". Por outro lado, os gregos também tinham, como nós, uma religiosidade e punham, sim, fé em que seus deuses os ajudariam. Como o próprio Píndaro não se cansa de repetir, nenhum triunfo é proveitoso sem a ajuda de um deus. Não seria incomum, portanto, que recorressem a promessas e oferendas a seus deuses para conseguir vencer numa prova e isso, abstraída a conotação cristã, é "botar fé".

721 Começa aqui o catálogo dos vencedores. À parte Eono, todos os outros nomes são desconhecidos. "Em linha reta" distingue, aqui, a prova simples de estádio daquela outra do diaulo, em que o corredor ia até o final da pista, circundava o *kamptér* e voltava. Para as provas, ver a introdução geral.

>
> ποσσὶ τρέχων, παῖς ὁ Λικυμνίου
> Οἰωνός· ἷκεν δὲ Μιδέαθεν
> στρατὸν ἐλαύνων· ὁ δὲ πάλᾳ κυ-
> 80   δαίνων Ἔχεμος Τεγέαν·
> Δόρυκλος δ' ἔφερε
> πυγμᾶς τέλος, Τίρυνθα ναίων πόλιν·
> ἀν' ἵπποισι δὲ τέτρασιν

—

> ἀπὸ Μαντινέας Σᾶμος ὠλιροθίου·
> 85 ἄκοντι Φράστωρ ἔλασε σκοπόν·
> μᾶκος δὲ Νικεὺς ἔδικε πέτρῳ
> χέρα κυκλώσαις ὑπὲρ ἁπάντων,
> καὶ συμμαχία θόρυβον
> παραίθυξε μέγαν·
> 90   ἐν δ' ἕσπερον ἔφλεξεν εὐώπιδος
> σελάνας ἐρατὸν φάος.

—

> ἀείδετο δὲ πᾶν τέμενος τερπναῖ-
> σι θαλίαις τὸν ἐγκώμιον ἀμφὶ τρόπον.
> ἀρχαῖς δὲ προτέραις ἑπόμενοι καί νυν
> 95 ἐπωνυμίαν χάριν νίκας ἀγερώχου
> κελαδησόμεθα βροντὰν καὶ πυρπάλαμον βέλος
> ὀρσικτύπου Διός, ἐν ἅπαντι κράτει
> αἴθωνα κεραυνὸν ἀραρότα·
> χλιδῶσα δὲ μολπὰ πρὸς κάλαμον
> 100   ἀντιάξει μελέων,
>)—

E'   τὰ παρ' εὐκλέϊ Δίρκᾳ χρόνῳ μὲν φάνεν·

---

722 Filho de Eléctrion e Mideia, e irmão de Alcmena, é o tio que Tlepólemo mata na O. 7.
723 Companheiro de Héracles, foi morto em Esparta pelos filhos de Hipocoonte, o que deflagrou a guerra do herói contra esses últimos. Para mais detalhes, Pausânias 3.15, 3-6, e Apolodoro 2.7.3.
724 Ou "Sero", Harilório era um filho de Possidão segundo os escólios antigos.(83f).
725 Ou seja, os primeiros epinícios.

	disparando, o filho de Licímnio,[722]
	Eono,[723] que veio de Mideia
	liderando uma equipe. E na luta,
80	Êquemo, exaltando Tégea.
	Dóriclo ganhou
	no boxe, habitante de Tirinto;
	e, na quadriga de cavalos,

	da Mantineia, Samo, filho de Halirótio.[724]
85	Com o dardo, Frástor acertou o alvo.
	Longe Niceu lançou com o pétreo disco,
	a mão rodando, por sobre os outros,
	e os companheiros com um urro
	enorme o saudaram.
90	E, ao cair da noite, brilhou, da formosa
	lua, o voluptuoso lume.

	Ressoava o bosque todo com joviais
	celebrações à maneira de um encômio.[725]
	Fiéis às primeiras fundações, também agora
95	à canção epônima da egrégia vitória[726]
	cantaremos, o trovão e o ignímano dardo
	de Zeus Altissonante, do alto primado
	a distinção, fúlgido corisco.[727]
	E, ao cálamo luxuriando, a canção
100	irá encontrar as melodias,

V	tardias, na ilustre Dirce,[728] 'inda que raiem.

---

726 Isto é, o epinício: *epí* + *níkē*, canção por ocasião de uma vitória atlética.
727 O raio com que Zeus foi capaz de derrotar os Titãs e Tufão é, por isso mesmo, o símbolo máximo da vitória.
728 Fonte em Tebas cujas águas, se bebidas, eram capazes de promover a inspiração poética.

ἀλλ' ὧτε παῖς ἐξ ἀλόχου πατρί
ποθεινὸς ἵκοντι νεότατος
τὸ πάλιν ἤδη, μάλα δέ τοι θερ-
105   μαίνει φιλότατι νόον·
ἐπεὶ πλοῦτος ὁ λα-
χὼν ποιμένα ἐπακτὸν ἀλλότριον
θνᾴσκοντι στυγερώτατος·

—

καὶ ὅταν καλὰ ἔρξαις ἀοιδᾶς ἄτερ,
110   Ἀγησίδαμ', εἰς Ἀΐδα σταθμόν
ἀνὴρ ἵκηται, κενεὰ πνεύσαις
ἔπορε μόχθῳ βραχύ τι τερπνόν.
τὶν δ' ἁδυεπής τε λύρα
γλυκύς τ' αὐλὸς ἀνα-
115   πάσσει χάριν· τρέφοντι δ' εὐρὺ κλέος
κόραι Πιερίδες Διός.

—

ἐγὼ δὲ συνεφαπτόμενος σπουδᾷ,
κλυτὸν ἔθνος Λοκρῶν ἀμφέπεσον, μέλιτι
εὐάνορα πόλιν καταβρέχων· παῖδ' ἐ-
120   ρατὸν ⟨δ'⟩ Ἀρχεστράτου αἴνησα, τὸν εἶδον
κρατέοντα χερὸς ἀλκᾷ βωμὸν παρ' Ὀλύμπιον
κεῖνον κατὰ χρόνον ἰδέᾳ τε καλόν
ὥρᾳ τε κεκραμένον, ἅ ποτε
ἀναιδέα Γανυμήδει θάνατον
125   ἄλαλκε σὺν Κυπρογενεῖ.

729 Píndaro faz uma comparação entre os juros/prole (*tókos*), que compensam o atraso no pagamento, com o prazer que um pai sem herdeiros tem quando, já velho, lhe nasce um filho.
730 As riquezas de uma família, cujo pai morre sem um herdeiro, poderiam ir parar nas mãos de parentes distantes.
731 As glórias de um atleta que não é imortalizado pela canção morrem com ele. A graça da canção é como o néctar e a ambrosia dos deuses, ela pode fazer de homens mortais, imortais.
732 A Piéria era uma região montanhosa ao norte da Grécia onde as Musas teriam nascido.
733 *Eratós*, que desperta o desejo. Não há por que abrandar a expressão traduzindo-a

            Mas, como um almejado filho da esposa
            nasce ao pai, que, da juventude,
                ao reverso veio, mais ainda, vês,
105   aquece-lhe a alma de ternura.[729]
            A riqueza, pois, que acade
                a um nômade, adventício d'alhures,
            ao moribundo é detestável.[730]

            E, quando, glórias obrando, sem canções
110   ó Hagesídamo, ao piso do Hades
            um varão baixa, arfando em vão,
                um breve prazer aditou ao seu cansaço.[731]
                Em ti, dulcíssona a lira
            e o doce aulos graça
115   vertem. Nutrem para ti uma vasta fama
            as piérias[732] Filhas de Zeus,

            às quais eu, com zelo, minha mão juntei,
                e à ínclita raça dos lócrios me dediquei, mel
            vertendo sobre a varonil cidade. Ao filho
120   desejável[733] de Arquéstrato louvei, que vi
                vencedor pela força da mão no altar Olímpico.
            Consoante à idade, tanto belo em forma
            quanto com viço temperado, que dantes
            Ganimedes da morte impudente
125   salvou, graças à Ciprogênia.[734]

    por "amável", "belo" etc., muito embora a expressão explícita de desejo por um menor por parte de homens adultos possa chocar nossas sensibilidades, o interesse sexual que os meninos imberbes despertavam nos gregos não só era um fato social que não podemos negar, como era um valor associado à aristocracia. Sobre a intricada e polêmica questão da pederastia na Grécia antiga, ver DOVER 2007 [1978].
734 Afrodite, nascida na ilha de Chipre. Ganimedes era um dos filhos de Trôs e Calírroe. Um dia a pastorear seus rebanhos, Zeus, que dele se enamorara, o rapta na forma de uma águia e o leva para ser escanção no Olimpo no lugar de Pélops, que havia sido expulso por causa dos pecados do pai. Cf. O. 1.

Ολυμπιονίκαις XI | Olímpica 11

A *Olímpica* 11 é dedicada ao mesmo vencedor da ode anterior, Hagesídamo, o filho de Arquéstrato, e comemora a mesma vitória no pugilato infantil, obtida nos Jogos Olímpicos de 476, durante a 76ª Olimpíada.

Esta é uma ode de apenas uma estrofe e sem um mito. O proêmio é formado por um priamel (1-6) cujo arremate[735] é a gnoma dos vv. 7-8. O louvor do patrono, que contém os dados sumários da vitória: nome do vencedor, do seu pai e identificação da prova, aparece na antístrofe (11-14). Em seguida (14-22), Píndaro encerra a pequena ode com um breve louvor da pátria do atleta enquanto promete, por meio de uma série de verbos no futuro, encontrá-lo em sua terra para celebrar ainda outra vez sua vitória. Essa promessa será cumprida apenas dois anos depois com a composição da *Olímpica* 10, como vimos.

Os comentadores antigos identificavam a presente ode como os "juros" prometidos por Píndaro na *Olímpica* 10 em virtude da demora em compor o epinício encomendado por Hagesídamo. A epígrafe (a, b) aos escólios, baseando-se nos vv. 11-12 daquela ode ("Ainda assim, o juro pode solver / a mordaz reprimenda dos mortais"), diz que a presente canção foi

τόκος ἐπιγέγραπται, ἐπειδὴ ἐν προσθήκης μέρει τελευταῖον γέγραφε, καθάπερ καὶ ἐπὶ τῶν δανεισμάτων τὸ προστιθέμενον ἐκτὸς τοῦ ἀρχαίου. τόκος δὲ κέκληται παρὰ τὸ ἐπιτετέχθαι καὶ ἐπιγεγενῆσθαι τῷ ἀριθμῷ. τῷ αὐτῷ γέγραφεν ἐν προσθήκης μέρει διδοὺς ὡς ἂν τόκον διὰ τὸ μὴ παρὰ τὸν τῆς νίκης καιρὸν γεγραφέναι τὸν ἐπίνικον.

Composta adicionalmente como juros e, por isso, escrita como um adendo, da mesma forma que, nos empréstimos, o [lucro] adicional torna maior que o valor inicial. Os "juros" (*tókos*, "prole") são assim chamados porque

---

735 Aquilo que BUNDY 1962: 7, n. 18, chama de *cap*.

são uma adição e uma proliferação do valor inicial. [Píndaro] compôs este epinício para o mesmo [atleta], dando-o como adendo, como se fossem juros, em virtude de não ter composto o epinício na ocasião (*kairós*) da vitória.

De acordo com essa interpretação, as *Olímpicas* 10 e 11 teriam sido executadas na mesma ocasião, não muito depois da vitória atlética, mas com um atraso suficiente para engendrar o *tókos*. Muito embora essa hipótese não possa ser descartada completamente – afinal, há pelo menos um outro precedente para uma canção composta adicionalmente ao epinício principal, aquele do Castoreio, mencionado por Píndaro na *Pítica* 2[736] – a maioria dos críticos modernos tende a ver na *Olímpica* 11 uma ode composta logo após a vitória do laudado e executada em Olímpia. Sua datação, dessa forma, poderia ser fixada nos jogos de 476.

Nesse caso, os futuros dos vv. 14 e 16 "entoarei" (*keladéso*), "ireis" (*aphixésthai*) e "prometo" (*engyásomai*) não devem ser vistos como convencionais ou encomiásticos, como queria BUNDY 1962: 21, mas como uma verdadeira afirmação de um canto futuro, já acertado ou almejado por Píndaro, do qual a *Olímpica* 11 seria o "prelúdio de futuras loas" (5) e a *Olímpica* 10 a realização dessa promessa. Na verdade, como ressalta WILLCOCK 1995: 55, a *Olímpica* 11 é o exemplo mais seguro que temos desse tipo de ode preludial, executada logo após a vitória e seguida por uma outra, na pátria do vencedor. Outras candidatas seriam as *Olímpicas* 4 e 5; a *Olímpica* 14; as *Píticas* 6 e 7; a *Nemeia* 2; e a *Ístmica* 1. Outros exemplos desses dípticos epiniciais são os *Epinícios* 2 e 4, e 7 e 6, de Baquílides.

---

736 Ver a introdução à *O.* 6. GENTILI *et al.* 2013: 249 aduz ainda o exemplo de Baquílides, que fora comissionado para compor o *Epinício* 4 e um encômio (o fr. 20c) para serem executados durante a mesma celebração.

XI.
ΑΓΗΣΙΔΑΜΩΙ ΛΟΚΡΩΙ ΕΠΙΖΕΦΥΡΙΩΙ
ΠΑΙΔΙ ΠΥΚΤΗΙ
(476*)

Ἔστιν ἀνθρώποις ἀνέμων ὅτε πλείστα
χρῆσις· ἔστιν δ' οὐρανίων ὑδάτων,
ὀμβρίων παίδων νεφέλας·
εἰ δὲ σὺν πόνῳ τις εὖ πράσσοι, μελιγάρυες ὕμνοι
5   ὑστέρων ἀρχὰ λόγων τέλλεται
καὶ πιστὸν ὅρκιον μεγάλαις ἀρεταῖς·

—

ἀφθόνητος δ' αἶνος Ὀλυμπιονίκαις
οὗτος ἄγκειται. τὰ μὲν ἁμετέρα
γλῶσσα ποιμαίνειν ἐθέλει,
10 ἐκ θεοῦ δ' ἀνὴρ σοφαῖς ἀνθεῖ πραπίδεσσιν ὁμοίως·
ἴσθι νῦν, Ἀρχεστράτου παῖ, τεᾶς,
Ἁγησίδαμε, πυγμαχίας ἕνεκεν

—

κόσμον ἐπὶ στεφάνῳ χρυσέας ἐλαίας
ἁδυμελῆ κελαδήσω, {τῶν ἐπι-}
15 Ζεφυρίων Λοκρῶν γενεὰν ἀλέγων.
ἔνθα συγκωμάξατ' ἐγγυάσομαι

737 Kenning para "chuva".
738 Isto é, como uma oferenda votiva de palavras, o que nos lembra que o epinício é, na sua essência, um *hýmnos*, uma "palavra ofertada". Sobre isso, MACEDO 2010.
739 Assim como um pastor recolhe os animais em um rebanho, o poeta recolhe as vitórias do celebrado em um poema.
740 É o tema da simbiose entre auxílio divino, talento nato (*prapídes*, "mente") e técni-

11.
Para Hagesídamo da Lócrida Epizefirínia
pelo boxe para meninos
(476*)

    Aos homens, por vezes, dos ventos mais carece
    o uso; por vezes, das águas celestes,
    tempestuosas filhas da nuvem.[737]
    Mas, se alguém, com afã vencer, melífonos hinos,
5   o prelúdio de futuras loas, raiam,
    e o fiel penhor de grandes talentos.

    E este abundante louvor aos vencedores
    é dedicado.[738] Esses são os sucessos
    que nossa língua quer pastorear.[739]
10   De um deus, um varão floresce por igual em arte
    e inteligência.[740] E agora sabe, filho de Arquéstrato,
    ó Hagesídamo: pela vitória no boxe,

    sobre a dourada coroa de oliveiras,
    melíssono arranjo[741] entoarei, cuidando
15   da estirpe dos lócrios zefirínios.
    Lá, ide celebrar! Prometo que ireis,

---

    ca/arte (*sophía*). O "deus" aqui é o substrato a partir do qual o atleta pode "florescer" e sem o qual a semente, uma mera potência, não se desenvolve. A gnoma vale tanto para o atleta quanto para o poeta, que têm talentos complementares e, dessa forma, também serve para uni-los.
741 Um arranjo de palavras, cf. fr. 194.

ὔμμιν, ὦ Μοῖσαι, φυγόξεινον στρατόν
μήτ' ἀπείρατον καλῶν
ἀκρόσοφόν τε καί αἰχματὰν ἀφίξεσθαι. τὸ γὰρ
20 ἐμφυὲς οὔτ' αἴθων ἀλώπηξ
οὔτ' ἐρίβρομοι λέον-
τες διαλλάξαιντο ἦθος.

742 Possivelmente uma referência aos intelectuais lócrios, como Xenófanes e Estesícoro, e aos heróis da mitologia, como Ájax e Pátroclo. Os animais listados a seguir incorporam essas duas categorias: a raposa, a esperteza; e o leão, a coragem. Esses dois animais irão reaparecer na *I*. 4.78-81 como exemplo dessas mesmas qualidades.

ó Musas, a um povo nunca inóspito
nem ignaro de belezas,
mas de arguta sabedoria⁷⁴² e de lanceiros, pois nem
a rubra raposa, nem os vasti-
rugientes leões poderiam
    sua inata natureza cambiar.

Ολυμπιονίκαις XII | Olímpica 12

Píndaro compôs essa ode para celebrar a vitória de Ergóteles, filho de Filánor, na corrida do dólico. Ergóteles viera de Cnossos como imigrante para Himera fugindo da guerra civil (*stásis*) em 476/5,[743] quando Terão, frustrando o plano de revolução contra seu filho Trasideu, dizima a população da cidade e precisa ir buscar colonos no exterior.[744] Após a vitória aqui celebrada, ele ainda viria a se tornar um *periodoníkēs*, ganhando duas vezes em cada um dos quatro jogos estefanitas. Um fato confirmado não apenas por Pausânias (6.4.11), que vira sua estátua em Olímpia, como pela inscrição (SEG 29.414) gravada na própria base daquela, que sobreviveu até os dias atuais e diz:

Ἐργοτέλης μ' ἀνέθηκ[ε ὁ Φιλάνορος, ὃς δόλιχον δὶς]
Ἕλλανας νικῶν Πυθί[ωι ἐν τεμένει],
καὶ δύ' Ὀλυμπιάδας, δ[ύο δ' ἐν Νεμέαι τ' Ἰσθμοῖ τε],
Ἱμέραι ἀθάνατον μν[ᾶμα ἐτέλεσσε πάτραι].

Ergóteles erigiu-me, o filho de Filánor, que no dólico duas
  vezes venceu os gregos no templo de Pito,
e duas Olimpíadas, duas vezes em Nemeia e no Istmo,
  à Himera pátria, imortal memória ganhou.

Pela presente ode, sabemos que, à época de sua composição, Ergóteles havia ganhado uma vez nos Jogos Olímpicos de 472,[745] uma data confirmada pelo *P. Oxy.* 222, duas vezes nos Jogos Píticos e uma vez nos Jogos Ístmicos. Sua outra vitória olímpica, portanto, ainda não viera. Como os Jogos Olímpicos e Píticos se alternam a cada dois anos, é inevitável que esta ode, como a *Olímpica* 9, tenha sido composta e executada por ocasião

---

743 Pausânias 6.4.11.
744 Para mais detalhes, ver a introdução à *O. 2*.
745 Uma data confirmada pelo *P. Oxy.* 222.

do segundo resultado nos Jogos Píticos, muito embora celebre a vitória olímpica de Ergóteles, por ser essa, evidentemente, a mais importante. Pela mesma razão, foi colocada pelos editores alexandrinos ao final do livro das *Odes Olímpicas*, consoante ao seu método de lidar com odes problemáticas. A sua datação exata, no entanto, é um pouco complicada, dependendo do ano em que colocarmos a primeira vitória pítica.

Os escólios antigos datam a sua primeira coroa nos Jogos Píticos na 25ª Pitíada (485) e a segunda, na 29ª (470). No entanto, como argumenta BARRET 1973,[746] é muito improvável que Ergóteles pudesse ter ganhado nos Jogos Píticos antes de vir para Himera, em 475. De fato, o numeral para a 25ª Pitíada, κε', deve ser uma corruptela de κθ', 29ª, ou seja, ambos os escoliastas devem estar falando da mesma vitória pítica de 474, na 29ª Pitíada, *antes*, portanto, da primeira vitória olímpica de 472. A outra possibilidade seria colocar a primeira vitória pítica em 470, após a *primeira* vitória olímpica, e, a segunda vitória pítica na 30ª Pitíada, em 466, antes da *segunda* vitória olímpica, que pode ter sido em 466 ou mais tarde. Não podemos ter certeza porque o *P. Oxy.* 222 infelizmente apresenta uma lacuna entre os jogos de 464 e 460, retomando a lista para os anos de 456, 452 e 448, em nenhum dos quais Ergóteles é citado como vencedor.

Resumindo todo esse imbróglio cronológico, as possibilidades são (a) 1ª vitória pítica: 474; 1ª vitória olímpica: 472; 2ª vitória pítica: 470; ou b) 1ª vitória olímpica: 472; 1ª vitória pítica: 470; 2ª vitória pítica: 466. Portanto, a data da composição e performance da *Olímpica* 12 só pode ter acontecido em 470 ou em 466. No caso de (a), há pelo menos seis anos entre a primeira e a segunda vitória olímpica; no caso de (b), no mínimo dois. BARRET 1973, contrário ao consenso da época, defendia a data mais recente, aquela de 466, e seus argumentos, baseados sobretudo no contexto político de Himera, convenceram muitos pindaristas[747] até recentemente. No entanto, alguns helenistas, como CATENACCI 2005, GENTILI *et al.* 2013 e NICHOLSON 2015, revisando os argumentos de Barret,

---

746 Republicado em BARRET 2007.
747 RACE 1997a, por exemplo, acha "muito provável" que a ode tenha sido composta em 466.

propuseram um retorno à data mais antiga para a performance da ode, convalidando a opção (a), que a mim também parece a mais provável pelos motivos expostos em seguida.

O debate em torno da datação dessa ode não envolve um mero pedantismo cronológico, pois, como salienta NICHOLSON 2015: 238,

> A carreira atlética de Ergóteles estendeu-se para além do colapso do império Dinomênida[748] (...). A datação provou ser uma peça significativa em argumentos acerca das inclinações políticas de Píndaro e o valor maior da sua poesia, uma datação mais recente sendo usada para sugerir que Píndaro não apoiava pessoalmente tiranos e reis; ela representaria, além disso, um desafio potencial para a minha tese principal, de que o epinício estava fortemente ligado ao governo Dinomênida. Colocando-se a ode em 470, Ergóteles é retratado como um apoiador do regime [tirânico], que usa um instrumento padrão da política Dinomênida para anunciar sua afiliação política;[749] por outro lado, colocando-se a ode em 466, ele apareceria como adversário do regime e um contraexemplo à apropriação Dinomênida do epinício.

Nicholson, parece-me, tem razão no excerto acima em associar o epinício ao regime dos Dinomênidas e de seus aliados, dado o grande número de odes comissionadas por Hierão, sete ao total,[750] mais do que qualquer outro indivíduo. Além disso, a forma parecia também uma favorita de seus aliados como Hagésias, seu áugure e amigo, que comissionará a *Olímpica* 6; Crômio, que será louvado por Píndaro nas *Nemeias* 1 e 9 e fora cunhado de Hierão; e Psáumis, que, já depois da morte de Hierão, encomendara as *Olímpicas* 4 e 5. Por outro lado, as odes comissionadas por Terão e Xenócrates,[751] expoentes da casa dos Emenidas, podem ser vistas como uma reação a esse protagonismo de Hierão e de seus aliados, tentando contrabalançar sua influência e pres-

---

748   Isto é, a estirpe de Hierão, filho de Dinomenes, rei de Siracusa e tirano da Sicília, que assume o controle de Himera em 470. Hierão morre em 466 e a dinastia dos Dinomênidas entra em declínio.
749   Isto é, o epinício.
750   De Píndaro, *O.* 1; *P.* 1, 2 e 3; de Baquílides, *Epinícios* 3, 4 e 5.
751   *O.* 2 e 3; *P.* 6, 12; *I.* 2; *N.* 1 e 9.

tígio projetados por meio dos epinícios. Esse agonismo entre diferentes casas aristocráticas, que já vimos no caso das odes eginenses, insere-se dentro daquilo que Nicholson 2015: 79 s. chama de "atlopolítica", isto é, uma forma de instrumentalizar as vitórias atléticas nos grandes Jogos Pan-helênicos para difundir a ideologia política e cultural da aristocracia, promovendo os valores e as conquistas dos tiranos.

Nesse contexto, faria mais sentido que a ode de Ergóteles tivesse sido encomendada e executada em 470, quando Hierão, tendo recém-fundado a cidade de Etna, também havia ganhado uma prestigiosa vitória na corrida de carruagens nos Jogos Píticos, celebrada na *Pítica* 1, do que em 466, após a sua morte, como uma forma de "celebrar" a queda dos Dinomênidas. Essa tese, aliás, parece pouco harmônica com o próprio relacionamento entre Píndaro e Hierão, que parecia ser um, se não de amizade, pelo menos de respeito e admiração pelo "rei" (assim Píndaro o chama na *Olímpica* 1) de Siracusa e um dos seus mais importantes clientes.

O fato é que nossa propensão em querer ler inclinações democráticas na poesia de Píndaro choca-se não apenas com a realidade do espectro político-social a que pertenciam seus *laudandi*, mas também com os valores propalados e louvados – muitas vezes de maneira intensamente pessoal – pelo poeta, que são aqueles da aristocracia da época tardo-arcaica, ainda vigorosa no oeste, mas ameaçada pelos movimentos democráticos que começavam a varrer a Grécia. Não é mera coincidência que o gênero epinicial tenha entrado em decadência justamente após a morte de Hierão. Após a *Olímpica* 4 de Psáumis, temos notícia de apenas um único epinício, aquele composto por Eurípides para celebrar as espetaculares e polêmicas vitórias de Alcibíades na corrida de carruagem nas Olimpíadas de 416.[752]

Outros motivos bastante fortes para se propor a data de 470 para a *Olímpica* 12 são de natureza textual. O papel atribuído à Sorte Salvadora no exórdio do poema remete tanto a um evento de grande perigo, como nota Gentili *et al.* 2013: 288, como ao fato de que a conturbada imigração de Ergóteles de Cnossos para Himera em 476/5 acabara por

---

752 PMG 755. Para uma análise recente, ver Swift 2010: 115 s.

transformá-lo, contra todas as suas expectativas, em um atleta de sucesso. Essa referência seria mais bem apreciada em 470, cinco anos após ele se tornar cidadão himerense e apenas dois anos após sua vitória olímpica, do que em 466. A menção a Zeus Libertador, além do mais, parece tanto uma alusão ao governo semiautônomo, provavelmente de natureza oligárquica, instituído na cidade sob os auspícios de Hierão, após a morte de Trasideu (*c.* 472), quanto à vitória dos siracusanos sobre os cartaginenses na Batalha de Himera (480), que Píndaro, na *Pítica* 1.137-55, iria comparar à vitória dos atenienses e espartanos em Salamina e Plateias (479), onde, inclusive, foi instituído posteriormente um culto a Zeus Libertador. Há também muitas semelhanças textuais entre a *Pítica* 12, de 470, e a *Olímpica* 12, que serão apontadas nas notas a essa última.

Finalmente, alguns elementos de cultura material apontados por NICHOLSON 2015: 45 s. também parecem consubstanciar a data de 470. O galo com que Ergóteles é comparado – um animal, ademais, mencionado por Píndaro apenas no exórdio dessa ode – é uma clara alusão ao desenho daquela ave na didracma himerense instituída por Terão, após a expulsão de Terilo, e vigente até o ano de 470, quando, novamente após a expulsão de Trasideu por Hierão, é substituída pela tetradracma siracusana, que tinha, no seu reverso, uma imagem da ninfa Himera nos banhos termais da cidade, uma imagem aludida no v. 27 da ode. Píndaro, dessa forma, estaria executando uma sutil fusão entre a vida pregressa de Ergóteles, sob o reinado de Terão, e o seu sucesso como atleta olímpico, agora que a cidade caíra sob o controle de Hierão. Essa imagética faria mais sentido em 470, ano da mudança da cunhagem, do que em 466.

Esta pequena ode, constituída por apenas uma tríade, é de uma beleza excepcional e foi descrita por WILAMOWITZ 1966 [1922]: 305 como *eine Perle von ganz reinem Glanze*, "uma pérola de puríssimo brilho". Na primeira estrofe, o destino dos homens, dentro de um mundo que, seja no mar seja na terra, está sempre em movimento, é descrito como totalmente sujeito ao governo da Sorte (*Týkhe*), de acordo com a vontade de Zeus. A antístrofe retoma o tema já explorado magnificamente na *Olímpica* 7, e recorrente em muitas outras odes, de que, como seres obrigados a viver um dia após o outro (*ephémeroi*), não podemos prever o futuro, perscrutável apenas mediante sinais advindos dos deuses que, no entanto, podem ser mal interpretados. Há nesses versos uma impressionante semelhança com o fr. 1 IEG² de Semônides de Amorgos (séc. VII), que assim começa:

ὦ παῖ, τέλος μὲν Ζεὺς ἔχει βαρύκτυπος
    πάντων ὅσ' ἐστὶ καὶ τίθησ' ὅκηι θέλει,
νοῦς δ' οὐκ ἐπ' ἀνθρώποισιν, ἀλλ' ἐπήμεροι
    ἃ δὴ βοτὰ ζόουσιν, οὐδὲν εἰδότες
ὅκως ἕκαστον ἐκτελευτήσει θεός.

Meu filho,
    Zeus baritoante o fim detém
de tudo quanto existe
    e ele o arranja como quer,
entre os homens não há discernimento,
    mas dia após dia
como o gado vivem,
    e nada sabem
como cada coisa o deus a termo levará.

A conclusão da ode, no epodo, materializa essa filosofia no caso concreto de Ergóteles: ao sair de Creta como um refugiado de guerra, ele não poderia jamais esperar se tornar um vencedor olímpico e o que poderia ter lhe parecido uma infelicidade, revelou-se, ao final, como uma bênção. Ao contrário, se tivesse ficado no conforto do seu lar, jamais teria alcançado as glórias que lhe estavam destinadas. Há uma curiosa semelhança entre o destino de Tlepólemo, na *Olímpica* 7, e o de Ergóteles nesta ode, e a gnoma que Píndaro deduzia do mito do primeiro, naquela ode, poderia também facilmente ser aplicada à história real da vida deste nosso atleta, ou seja, que "é impossível descobrir / o que agora e ao final / melhor é a um homem alcançar" (*Olímpica* 7.46-8).

XII.
ΕΡΓΟΤΕΛΕΙ ΙΜΕΡΑΙΩΙ
ΔΟΛΙΧΟΔΡΟΜΩΙ
(470*)

Α' Λίσσομαι, παῖ Ζηνὸς Ἐλευθερίου,
Ἱμέραν εὐρυσθενέ' ἀμ-
φιπόλει, σώτειρα Τύχα.
τὶν γὰρ ἐν πόντῳ κυβερνῶνται θοαί
5 νᾶες, ἐν χέρσῳ τε λαιψηροὶ πόλεμοι
κἀγοραὶ βουλαφόροι. αἵ γε μὲν ἀνδρῶν
πόλλ' ἄνω, τὰ δ' αὖ κάτω
ψεύδη μεταμώνια τάμνοι-
σαι κυλίνδοντ' ἐλπίδες·

10 σύμβολον δ' οὔ πώ τις ἐπιχθονίων
πιστὸν ἀμφὶ πράξιος ἐσ-
σομένας εὗρεν θεόθεν,
τῶν δὲ μελλόντων τετύφλωνται φραδαί·
πολλὰ δ' ἀνθρώποις παρὰ γνώμαν ἔπεσεν
15 ἔμπαλιν μὲν τέρψιος, οἱ δ' ἀνιαραῖς
ἀντικύρσαντες ζάλαις

753 Cf. P. 1. 137. Notar que a P. 12 também se abre com uma prece e uma fraseologia semelhante: "Peço-te, amante do esplendor, / urbe mais bela dos mortais" etc.
754 "Vastipotente" (*eurysthenés*), que é usado por Homero apenas para descrever Possidão, é um epíteto incomum para cidades, mas aqui se justifica devido à grandiosa vitória dos gregos em Himera. A cidade, que estava situada na costa norte da ilha da Sicília, entre as modernas Palermo e Cefalù, foi fundada em 649/8 por calcídios vindos de Zancle (atual Messina) e fugitivos siracusanos chamados de milétidas por

12.
Para Ergóteles de Himera
pelo dólico
(470*)

I Suplico-te, filha de Zeus Libertador,[753]
 à vastipotente Himera
  protege, ó Sorte Salvadora.[754]
 Por tua agência, no mar, guiam-se as céleres
5 naus; na terra, os lestos exércitos de guerra
 e as assembleias conselheiras.[755] Dos homens, porém,
 muitas ao alto, e, de novo,
 abaixo, entre vãs ilusões,
  as esperanças vagam.

10 Sinal algum, nenhum dos sobreterrenos,
 fiel, de uma ação futura,
  vindo de um deus, já descobriu,
 e, do porvir, nos foi cegado o entendimento.[756]
 Muito aos humanos já adveio na descrença,
15 até o inverso do prazer; alguns com dolorosas
 procelas se encontrando,

 Tucídides 6.5. Em 408, Himera foi invadida e arrasada pelos cartaginenses, numa vingança pela derrota e massacre dos exércitos de Hamílcar por Gelão em 480.
755 Provavelmente uma alusão às assembleias do governo oligárquico instituído pelos himerenses após a queda de Trasideu.
756 Os mortais simplesmente não têm como saber se os presságios que os deuses mandam são para exaltá-los ou destruí-los, como, aliás, fica claro pela cena do "sonho destrutivo" do primeiro canto da *Ilíada*.

ἐσλὸν βαθὺ πήματος ἐν μι-
κρῷ πεδάμειψαν χρόνῳ.

υἱὲ Φιλάνορος, ἤτοι καὶ τεά κεν
20   ἐνδομάχας ἅτ' ἀλέκτωρ
συγγόνῳ παρ' ἑστίᾳ
ἀκλεὴς τιμὰ κατεφυλλορόησε ποδῶν,
εἰ μὴ στάσις ἀντιάνειρα
Κνωσίας σ' ἄμερσε πάτρας.
25   νῦν δ' Ὀλυμπίᾳ στεφανωσάμενος
καὶ δὶς ἐκ Πυθῶνος Ἰσθμοῖ τ', Ἐργότελες,
θερμὰ Νυμφᾶν λουτρὰ βαστάζεις ὁμιλέ-
ων παρ' οἰκείαις ἀρούραις.

757   Para uma ideia semelhante, cf. Semônides de Amorgos, fr. 1 IEG[2], cujos versos iniciais são citados na introdução a esta ode.
758   O galo, além de ser o símbolo de Himera, também era um animal associado ao atletismo, pois a rinhas de galo eram comuns na Grécia Antiga.
759   A metáfora mistura imagens do reino vegetal e animal, em que as penas do galo são vistas como as folhas de uma árvore.

>   um bem por uma dor profunda
>   em pouco tempo cambiaram.⁷⁵⁷
>
>   Ó Filho de Filánor, bem o sabes
> 20   que, como um galo⁷⁵⁸ de quintal
>   junto à lareira ancestral,
>   inglório o valor dos pés ter-se-ia desfolhado,⁷⁵⁹
>   se a antagônica sedição
>   de Cnossos,⁷⁶⁰ tua pátria, não te tolhera.
> 25   Mas eis que agora, coroado em Olímpia,
>   duas vezes em Pito e no Istmo, Ergóteles,
>   das Ninfas nas tépidas águas te banhas,⁷⁶¹
>   entrando terras que são tuas.

---

760 Nada sabemos sobre a guerra civil em Cnossos que teria obrigado Ergóteles a emigrar.
761 Referência tanto aos banhos termais que estavam localizados perto de Himera, possivelmente, como se deduz da ode, junto às terras de Ergóteles, quanto ao templo das Ninfas de Himera, onde a ode provavelmente fora executada.

Ολυμπιονίκαις XIII | Olímpica 13

A *Olímpica* 13 de Píndaro celebra um feito inédito, a vitória, num mesmo dia, de Xenofonte de Corinto nos Jogos Olímpicos de 464 (79ª Olimpíada), em duas provas distintas: no estádio e no pentatlo.

Xenofonte provinha de uma rica família, distinta por seu histórico de vitórias atléticas, os Oligétidas.[762] Seu pai, Tessalo, já havia vencido a corrida de estádio em 504 (possivelmente celebrada por uma ode de Simônides),[763] o que justifica a alcunha de "tricampeã olímpica" com que Píndaro começa caracterizando a casa dos Oligétidas nesta ode. A família teria vencido ainda seis vezes nos Jogos Píticos, sessenta vezes nos Jogos Nemeios e Ístmicos e em muitos outros jogos epicórios, como os Jogos Panatenaicos, os de Tebas, os de Sícion e os de Pelene. Afora essas informações, não sabemos muito mais dos Oligétidas ou de Xenofonte, exceto que Píndaro também irá lhe dedicar um escólio[764] (fr. 122), no qual nos informa que, por sua vitória, o atleta teria prometido, e posteriormente dedicado, cem prostitutas para o famoso templo de Afrodite[765] na acrópole de Corinto, conhecida como Acrocorinto.

É igualmente difícil reconstruir o contexto político sincrônico da ode porque, a bem da verdade, de todas as grandes cidades gregas, Corinto é aquela sobre a qual menos sabemos.[766] Após a morte de Periandro (*c.* 585), o último tirano de Corinto, Psamético, seu sobrinho, governa por apenas três anos antes de ser morto, vítima de um golpe. Sabemos muito pouco sobre a nova constituição da cidade, mas segundo Nicolau de Da-

---

762 Sobre os Oligétidas, ver BARRET 1978 republicado em BARRET 2007 e HORNBLOWER 2004: 203.
763 *P. Oxy.* 2326 (= SLG 319-86), F 54 POLTERA.
764 Identificado como um encômio na edição de SNELL-MAEHLER. Segundo HARVEY 1955: 161-2, o escólio era provavelmente uma canção cantada sob o acompanhamento da lira por um poeta profissional.
765 Ateneu 13.33, 573e.
766 Sobre a história de Corinto, SALMON 1984.

masco,⁷⁶⁷ que é nossa única fonte, ela era essencialmente oligárquica:⁷⁶⁸ um comitê de oito delegados (*próbouloi*), um de cada tribo, organizava a administração da cidade e apresentava matérias para serem votadas pelo Conselho dos 80, formado pelos próprios delegados e mais nove representantes de cada uma das oito tribos. Além disso, é possível que um colégio de generais (*strátegoi*) ficasse responsável pelas questões militares.⁷⁶⁹

Heródoto, no início de suas *Histórias*, salienta a habilidade política de seus habitantes, sobretudo como intermediadores de conflitos,⁷⁷⁰ e o valor que seus cidadãos acordavam aos artesãos e ao trabalho manual (*kheironaxía*) em geral, no que diferiam de todos os outros gregos, que o consideravam uma ocupação indigna do homem livre,⁷⁷¹ cujas únicas atividades aceitáveis eram a política e a guerra.

Há várias evidências da proeminência coríntia nas artes manuais. A cerâmica coríntia em figura negra era a mais difundida em todo o mundo grego até meados do séc. VI, quando começa a perder mercado para a produção ática. Corinto também foi o epicentro do luxuoso estilo arquitetônico nomeado a partir da cidade, a ponto de a demanda por arquitetos e artesãos coríntios para projetos de construção ter continuado alta em toda a Grécia até o final do séc. IV.⁷⁷² Segundo Tucídides (1.13.2-4), os coríntios foram os inventores da trirreme, um tipo de navio de guerra mais ágil e manobrável que a penteconter, e que continuaria

---

767 FGH 90 F 60.2. De acordo com Diodoro Sículo 16.65.6-9, esse comitê era uma gerúsia, isto é, um grupo de senadores, que se reunia em um Conselho (*bouleutḗrion*).
768 Algo aparentemente confirmado por Plutarco, *Dion* 53.2, ao dizer que Dion notara que "os coríntios se organizavam politicamente numa oligarquia estrita e não conduziam os seus muitos assuntos públicos junto com o povo" (τοὺς Κορινθίους ὀλιγαρχικώτερόν τε πολιτευομένους καὶ μὴ πολλὰ τῶν κοινῶν ἐν τῷ δήμῳ πράττοντας).
769 SALMON 1984: 233.
770 Heródoto 6.108, quando os coríntios arbitram os limites da cidade de Plateias entre os atenienses e tebanos; e 7.154, quando intervêm no conflito entre Siracusa e Gela, o que resulta na devolução de Camarina para Hipócrates.
771 Heródoto 2.167.
772 OCD, *s.v. Corinth*.

em uso até o período romano, tendo sido instrumental para a vitória dos gregos contra os persas nas Guerras Médicas. Além disso, a primeira batalha naval grega teria sido travada entre Corinto e Córcira. Nesse contexto, podemos entender a ênfase dada por Píndaro, por meio do mito de Sísifo, Medeia e Belerofonte, às qualidades de inventividade e industriosidade associadas aos coríntios desde o período arcaico.

Devido às terras irrigadas e à presença de muitas fontes, a agricultura sempre foi uma atividade de relevo para a economia coríntia, mas já no séc. VII as receitas advindas do comércio e de transações comerciais com outras cidades adquirem um papel central para a economia de Corinto devido à sua posição geográfica, na entrada do istmo de mesmo nome, mais ou menos no meio do caminho entre Atenas e Esparta. Tucídides (1.1.5), de fato, nota que:

> οἰκοῦντες γὰρ τὴν πόλιν οἱ Κορίνθιοι ἐπὶ τοῦ Ἰσθμοῦ αἰεὶ δή ποτε ἐμπόριον εἶχον, τῶν Ἑλλήνων τὸ πάλαι κατὰ γῆν τὰ πλείω ἢ κατὰ θάλασσαν, τῶν τε ἐντὸς Πελοποννήσου καὶ τῶν ἔξω, διὰ τῆς ἐκείνων παρ' ἀλλήλους ἐπιμισγόντων, χρήμασί τε δυνατοὶ ἦσαν, ὡς καὶ τοῖς παλαιοῖς ποιηταῖς δεδήλωται· ἀφνειὸν γὰρ ἐπωνόμασαν τὸ χωρίον. ἐπειδή τε οἱ Ἕλληνες μᾶλλον ἔπλῳζον, τὰς ναῦς κτησάμενοι τὸ λῃστικὸν καθῄρουν, καὶ ἐμπόριον παρέχοντες ἀμφότερα δυνατὴν ἔσχον χρημάτων προσόδῳ τὴν πόλιν.

> Os coríntios, habitando a cidade do istmo, sempre foram um entreposto de comércio, pois dentre os helenos, desde antigamente, fosse por terra, principalmente, ou por mar, os de dentro do Peloponeso e os de fora precisavam passar por eles para terem comércio uns com os outros, e, por isso, os coríntios adquiriram uma grande fonte de receitas, como os antigos poetas comprovam, caracterizando a terra como "opulenta" (*aphneiós*). Depois que os gregos dominaram a navegação, eles construíram navios e reprimiram a pirataria, e, assim, assegurando para si ambas as vias de comércio, tornaram-se uma potência financeira graças ao acesso representado pela posição da cidade.

Além da preeminência inovadora e econômica, Corinto também era uma potência bélica, algo ressaltado de maneira enfática por Píndaro logo no começo da ode ao dizer que "lá, Ares floresce, dos jovens, /

junto às destrutivas lanças", o que a história da cidade comprovava.

Em 520 os coríntios uniram-se aos lacedemônios e aos rebeldes sâmios no ataque frustrado contra o tirano de Samos, Polícrates. Depois, quando os atenienses contra-atacaram Egina pela emboscada no Cabo Súnion em 490,[773] Corinto, que nessa época mantinha boas relações com Atenas, lhes disponibilizou vinte trirremes por um preço simbólico. Finalmente, durante os anos 481/480, a cidade foi uma das principais participantes das Guerras Médicas, enviando 400 soldados para defender Termópilas, fornecendo quarenta navios de guerra para a Batalha de Salamina sob o comando de Adimanto, bem como 5.000 hoplitas para a Batalha de Plateias.[774] Depois dessa última vitória grega e do cerco e a captura dos tebanos medizantes, Pausânias, o general dos gregos, levou-os para Corinto, onde foram julgados e mortos. A participação dos coríntios na Batalha de Plateias lhes valeu esta menção nos versos elegíacos atribuídos a Simônides de Ceos (15-16 IEG²):

μέσσοις δ' οἵ τ' Ἐφύρην πολυπίδακα ναιετάοντες
    παντοίης ἀρετῆς ἴδριες ἐν πολέμῳ
οἵ τε πόλιν Γλαύκοιο Κορίνθιον ἄστυ νέμοντες·
    κάλλιστον μάρτυν ἔθεντο πόνων
χρυσοῦ τιμήεντος ἐν αἰθέρι· καί σφιν ἀέξει
    αὐτῶν τ'εὐρεῖαν κληδόνα καὶ πατέρων.

e em seu centro, os que habitam Éfira de muitas fontes,[775]
    experientes em todas as virtudes da guerra,

---

773 Sobre isso, ver a introdução à O. 8.
774 Heródoto 6.87-9; 3.60; 7.202; 8.1-5, em que o historiador, escrevendo a partir de um viés claramente pró-ateniense, nos diz que Adimanto teria sido subornado por Temístocles para participar da ofensiva grega. Sobre o contingente em Plateias, ver 9.28. Em 9.69, o relato da deserção coríntia é descartado por alguns historiadores como propaganda anticoríntia ateniense. Plutarco, De Mal. Her. 42, já denunciava esse relato de Heródoto como calunioso, aduzindo como prova em contrário o epigrama de Simônides 15-16 IEG² citado em seguida.
775 Ou seja, no centro da linha de ataque, estavam os coríntios. "Éfira" era o antigo nome de Corinto, a partir da ninfa local, Éfira, filha ou, segundo Eumelo (fr. 1 PEG), esposa de Epimeteu, o irmão de Prometeu, e filha de Oceano e Tétis.

e aqueles que residem na cidade de Glauco, Corinto,
   (os quais) de sua lida belíssima testemunha obtiveram,
uma que vale como ouro no céu e para eles faz crescer
sua vasta e própria fama, bem como a de seus pais.

As relações entre Corinto e Atenas durante a *Pentēkontaetía*, isto é, o período de 50 anos entre o fim das Guerras Médicas e o início da Guerra do Peloponeso, parecem ter sido de mútua tolerância. Ainda que fizesse parte da Liga do Peloponeso, Corinto precisava saber jogar de maneira muito hábil entre os dois centros de influência em meio ao qual se equilibrava: Atenas e Esparta. Dessa forma, tanto rejeitou a proposta espartana de atacar Atenas durante a revolta sâmia em 440 quanto tampouco parece ter se envolvido com as campanhas espartanas contra os argivos e os arcádios nas décadas de 70 e 60 e a quase revolta dos helotes depois do terremoto que abalou a Lacônia nessa mesma época. É possível que, na década de 60, a cidade tenha passado por tensões políticas internas. O *Ditirambo* 70c de Píndaro parece fazer alusão a uma guerra civil (ou *stásis*) que precisaria ser evitada, mas é impossível de se determinar qualquer coisa devido à escassez de informações das fontes.

Após 462, no entanto, devido às alianças de Atenas com Argos (uma cidade que representava uma grande ameaça ao poder de Corinto), com a Tessália e, sobretudo, com Mégara, no verão de 461/0, foi que o "intenso ódio" (*tò sphodròn mîsos*), como o caracteriza Tucídides (1.103), entre as duas cidades começou a se desenvolver e que, por fim, as colocaria, nos anos seguintes da Guerra do Peloponeso, em polos diametralmente opostos.

Do ponto de vista de sua estrutura, a *Olímpica* 13 adere bastante àquilo que acreditamos ser o modelo convencional de um epinício. A ode se abre com um elogio eloquente à família do louvado, *trisolimpioníkēs*, "tricampeã olímpica", e passa, em seguida, ao louvor da cidade, ressaltando as virtudes associadas com uma oligarquia: a Eunomia ("boa-ordem"), a Justiça e a Paz. Píndaro promete conhecer e fazer conhecida a cidade dos Coríntios, que se destaca pela sua inventividade, amor pelas artes e virtudes bélicas. Segue-se, a partir daí, um catálogo das vitórias do atleta louvado e de sua família. O mito ocupa a porção central da ode, e irá ilustrar as qualidades dos coríntios já mencionadas no proêmio, com especial ênfase à sua inventividade e preeminência bélica. O exórdio do poema é uma prece a Zeus para que continue abençoando os Oligétidas e Xenofonte com muitas vitórias e, num retorno oblíquo ao tema dos perigos da *hýbris*, deixado subentendido no mito de Belerofonte, pede que o deus conceda também ao atleta *aidṓs*, "modéstia", "respeito reverente" adequado à sua condição humana.

O MITO

A inovação de Xenofonte ao se coroar vencedor em duas provas distintas no mesmo dia dá azo para que Píndaro possa introduzir a seção mítica da ode lembrando de outros personagens que, ainda que bastante controversos, eram também igualmente famosos por sua "esperteza" (*métis*): Sísifo e Medeia, num primeiro momento e, então, Glauco e Belerofonte, cuja história da doma do cavalo constituirá o núcleo da narrativa mítica da ode. A esse respeito, é interessante notar, como faz GENTILI *et al.* 2013: 306, que todos esses heróis eram estrangeiros que teriam vindo para Corinto e lá se distinguido, o que pode não apenas apontar para a natureza etnicamente diversa da classe comerciante da cidade a que Xenofonte provavelmente pertencia, mas igualmente para uma origem internacional dos Oligétidas.

Sísifo, cujo nome parece estar ligado ao substantivo grego *sophós*, "sábio",[776] e que Píndaro caracteriza como "de densas artimanhas, / tal um deus", era filho de Eolo com Enarete, e bisneto de Deucalião e Pirra por intermédio de Heleno, o patriarca das quatro tribos gregas originárias: dórios, aqueus, jônios e eólios. Ele estava ligado, no mito, a uma série de astuciosos estratagemas e crimes, como o assassinato de seu irmão Salmoneu. Mais conhecidas, contudo, eram suas várias tentativas de enganar a morte. Primeiro, ao ludibriar e acorrentar o

---

[776] EDG, xxxiii e s.v. σοφός. Segundo Estrabão 8.6.21 havia um tempo dedicado a ele, o Sisifeio, no sopé de Acrocorinto, ao lado da fonte Pirene.

próprio deus Tânato (Morte), que viera buscá-lo, sob as ordens de Zeus, para amarrá-lo no Tártaro, pois Sísifo havia revelado ao rio Esopo o paradeiro de sua filha Enone, que Zeus sequestrara e levara para a ilha de Egina;[777] depois, ao pedir à sua esposa que não prestasse os ritos fúnebres ao seu cadáver, mas o abandonasse na ágora e, dessa forma, pudesse convencer Perséfone a deixá-lo retornar dos mortos para puni-la. Tendo isso conseguido, recusou-se a voltar para o Hades, até ser levado à força por Hermes. Foi, por todos esses crimes, condenado a rolar uma rocha morro acima por toda a eternidade sem, no entanto, nunca conseguir, pois, quando estava quase no topo, seu peso o vencia e ela rolava de volta para o plano.[778]

Medeia, cujo nome está diretamente ligado ao substantivo *métis*, "esperteza", "astúcia", bem como ao verbo *médomai*, "planejar", "calcular" e, possivelmente, a *métron*, "metro", "medida",[779] uma palavra-chave para essa ode, era filha do rei Eetes da Cólquida, sobrinha de Circe, a feiticeira experta em ervas mágicas (*phármaka mētióenta*) da *Odisseia* (4.227), e neta de Hélio (o Sol). No mito, ela se destaca pelo papel de conselheira e salvadora tanto de Jasão, por quem se apaixona sob a influência de Afrodite, quanto dos outros argonautas, fugindo com eles contra a vontade de seu próprio pai a fim de se casar com Jasão; daí Píndaro chamá-la de "ordenadora de suas próprias bodas" (75-6).

No entanto, as ações de Medeia, como as de Sísifo, também são moralmente ambíguas, já que ela não apenas foge com os argonautas, mas mata e desmembra o próprio irmão para atrasar a frota de Eetes, que os perseguia. Ao longo da viagem, será ela que irá encontrar o caminho de volta para Iolcos, uma peripécia que Píndaro conta, em parte, na *Pítica* 4. Já naquela cidade, ao mesmo tempo em que Medeia rejuvenesce o pai de Jasão, Éson, por meio de ervas mágicas, também engana as filhas de Pélias a mergulhá-lo em um caldeirão fervente, alegando

---

777 Apolodoro 1.9.3.
778 *Od.* 11.593-600.
779 Pelo radical do PIE *meh$_2$-*, EDG, *s.v.* μέτρον, μῆτις, μήδομαι.

que assim também poderiam rejuvenescê-lo, o que na verdade o mata, pois Medeia subtraíra do caldeirão as ditas ervas mágicas. Finalmente, o infanticídio que comete para se vingar de Jasão a transforma numa figura monstruosa.

A ligação entre Sísifo e Medeia, separados por muitas gerações na versão mais tradicional do mito, pode se justificar pelo uso, por parte de Píndaro, de uma versão epicórica da história fundada sobre o poema épico *Coríntica* de Eumelo de Corinto (c. séc. VII), já que Pausânias nos informa que (2.3.10-11):

> Εὔμηλος δὲ Ἥλιον ἔφη δοῦναι τὴν χώραν Ἀλωεῖ. μὲν τὴν Ἀσωπίαν, Αἰήτῃ δὲ τὴν Ἐφυραίαν· καὶ Αἰήτην ἀπιόντα ἐς Κόλχους παρακαταθέσθαι Βούνῳ τὴν γῆν, Βοῦνον δὲ Ἑρμοῦ καὶ Ἀλκιδαμείας εἶναι, καὶ ἐπεὶ Βοῦνος ἐτελεύτησεν, οὕτως Ἐπωπέα τὸν Ἀλωέως καὶ τὴν Ἐφυραίων σχεῖν ἀρχήν· Κορίνθου δὲ ὕστερον τοῦ Μαραθῶνος οὐδένα ὑπολειπομένου παῖδα, τοὺς Κορινθίους Μήδειαν μεταπεμψαμένους ἐξ Ἰωλκοῦ παραδοῦναί οἱ τὴν ἀρχήν. βασιλεύειν μὲν δὴ δι' αὐτὴν Ἰάσονα ἐν Κορίνθῳ, Μηδείᾳ δὲ παῖδας μὲν γίνεσθαι, τὸ δὲ ἀεὶ τικτόμενον κατακρύπτειν αὐτὸ ἐς τὸ ἱερὸν φέρουσαν τῆς Ἥρας, κατακρύπτειν δὲ ἀθανάτους ἔσεσθαι νομίζουσαν· τέλος δὲ αὐτήν τε μαθεῖν ὡς ἡμαρτήκοι τῆς ἐλπίδος καὶ ἅμα ὑπὸ τοῦ Ἰάσονος φωραθεῖσαν – οὐ γὰρ αὐτὸν ἔχειν δεομένῃ συγγνώμην, ἀποπλέοντα δὲ ἐς Ἰωλκὸν οἴχεσθαι –, τούτων δὲ ἕνεκα ἀπελθεῖν καὶ Μήδειαν παραδοῦσαν Σισύφῳ τὴν ἀρχήν.

Eumelo conta que Hélio teria dado a terra esópica para Aloeu e a efíria, para Eetes.[780] Esse, então, partindo para a Cólquida, deixara a terra para Buno, um filho de Hermes e Alcidameia. Depois que Buno morrera, Epopeu, o filho de Aloeu, assumiu o governo de Éfira. Mais tarde, quando Corinto, o filho de Maratono, morreu sem deixar filhos, os coríntios mandaram chamar Medeia de Iolcos e deram-lhe o governo da cidade. Foi por meio dela que Jasão obteve o reino de Corinto. Medeia, depois de dar à luz seus filhos, sempre os trazia para o templo de Hera, onde os escondia, intentando fazê-los imortais. Por fim, porém, descobriu que seus esforços eram vãos e, ao mesmo tempo, foi flagrada por Jasão. Ele, não a perdoando, partiu para Iolcos e, por causa disso, Medeia também foi embora, deixando o governo para Sísifo.

---

780 Respectivamente, Sícion e Corinto.

Essa versão do mito, ainda que não canônica, permite a Píndaro resumir de maneira sinóptica as origens míticas dos primeiros governantes da cidade de uma maneira unificada, já que Glauco, a cuja saga ele irá aludir em seguida, era tataraneto de Sísifo por meio de Glauco I, seu filho com uma das Plêiades, Mérope. Glauco I, por sua vez, fora pai de Belerofonte, que fora pai de Hipóloco, pai de Glauco II, o personagem do sexto livro da *Ilíada* que se recusa a lutar com Diomedes por terem seus antepassados sido, um dia, unidos por laços de hospitalidade. Ao evocar o episódio iliádico, Píndaro efetua uma transição magistral da tradição local, representada pela versão inicial de que Medeia teria passado o governo para Sísifo, para a tradição pan-helênica representada pelos épicos homéricos, inserindo, dessa forma, o contexto do louvor de Xenofonte num quadro muito mais amplo do que seria possível apenas a partir do referencial da *Coríntica*.

A figura de Glauco, na ode, também é importante porque ela é ilustrativa do valor bélico dos coríntios e, portanto, introduz um tema diferente daquele associado com Sísifo e Medeia. Glauco na *Ilíada* é mormente descrito como *amýmōn*, "irreprochável" (*Il.* 2.876), um adjetivo que alude tanto ao seu valor como guerreiro quanto ao seu caráter ilibado, mas manchado pelas acusações falsas da mulher de Preto. Na *Ilíada* (12.102) ele é representado, junto com Sarpédon, a quem está subordinado, e Asteropeu, como "os melhores dentre os aliados" (*agakleitôn epikoúrōn*) dos troianos e (*Il.* 12.315) como "o primeiro entre os lícios" junto com Sarpédon. Após a morte deste último, como o "chefe dos homens" lícios (*Il.* 17.140, *agòs andrôn*).

É Glauco, por fim, que conta a versão mais detalhada do mito de Belerofonte para Diomedes na *Ilíada* (6.150-206), quando os dois guerreiros se encontram, um episódio que merece ser citado na íntegra:

150 εἰ δ' ἐθέλεις καὶ ταῦτα δαήμεναι ὄφρ' ἐΰ εἰδῇς
 ἡμετέρην γενεήν, πολλοὶ δέ μιν ἄνδρες ἴσασιν·
 ἔστι πόλις Ἐφύρη μυχῷ Ἄργεος ἱπποβότοιο,
 ἔνθα δὲ Σίσυφος ἔσκεν, ὃ κέρδιστος γένετ' ἀνδρῶν,
 Σίσυφος Αἰολίδης· ὃ δ' ἄρα Γλαῦκον τέκεθ' υἱόν,

155 αὐτὰρ Γλαῦκος τίκτεν ἀμύμονα Βελλεροφόντην·
τῷ δὲ θεοὶ κάλλός τε καὶ ἠνορέην ἐρατεινὴν
ὤπασαν. αὐτάρ οἱ Προῖτος κακὰ μήσατο θυμῷ,
ὅς ῥ' ἐκ δήμου ἔλασσεν, ἐπεὶ πολὺ φέρτερος ἦεν,
Ἀργείων· Ζεὺς γάρ οἱ ὑπὸ σκήπτρῳ ἐδάμασσε.
160 τῷ δὲ γυνὴ Προίτου ἐπεμήνατο δῖ' Ἄντεια
κρυπταδίῃ φιλότητι μιγήμεναι· ἀλλὰ τὸν οὔ τι
πεῖθ' ἀγαθὰ φρονέοντα δαΐφρονα Βελλεροφόντην.
ἣ δὲ ψευσαμένη Προῖτον βασιλῆα προσηύδα·
'τεθναίης ὦ Προῖτ', ἢ κάκτανε Βελλεροφόντην,
165 ὅς μ' ἔθελεν φιλότητι μιγήμεναι οὐκ ἐθελούσῃ.
ὣς φάτο, τὸν δὲ ἄνακτα χόλος λάβεν οἷον ἄκουσε·
κτεῖναι μέν ῥ' ἀλέεινε, σεβάσσατο γὰρ τό γε θυμῷ,
πέμπε δέ μιν Λυκίην δέ, πόρεν δ' ὅ γε σήματα λυγρὰ
γράψας ἐν πίνακι πτυκτῷ θυμοφθόρα πολλά,
170 δεῖξαι δ' ἠνώγειν ᾧ πενθερῷ ὄφρ' ἀπόλοιτο.
αὐτὰρ ὁ βῆ Λυκίην δὲ θεῶν ὑπ' ἀμύμονι πομπῇ.
ἀλλ' ὅτε δὴ Λυκίην ἷξε Ξάνθόν τε ῥέοντα,
προφρονέως μιν τῖεν ἄναξ Λυκίης εὐρείης·
ἐννῆμαρ ξείνισσε καὶ ἐννέα βοῦς ἱέρευσεν.
175 ἀλλ' ὅτε δὴ δεκάτη ἐφάνη ῥοδοδάκτυλος Ἠώς
καὶ τότε μιν ἐρέεινε καὶ ᾔτεε σῆμα ἰδέσθαι
'ὅττί ῥά οἱ γαμβροῖο πάρα Προίτοιο φέροιτο.
αὐτὰρ ἐπεὶ δὴ σῆμα κακὸν παρεδέξατο γαμβροῦ,
πρῶτον μέν ῥα Χίμαιραν ἀμαιμακέτην ἐκέλευσε
180 πεφνέμεν· ἣ δ' ἄρ' ἔην θεῖον γένος οὐδ' ἀνθρώπων,
πρόσθε λέων, ὄπιθεν δὲ δράκων, μέσση δὲ χίμαιρα,
δεινὸν ἀποπνείουσα πυρὸς μένος αἰθομένοιο,
καὶ τὴν μὲν κατέπεφνε θεῶν τεράεσσι πιθήσας.
δεύτερον αὖ Σολύμοισι μαχέσσατο κυδαλίμοισι·
185 καρτίστην δὴ τήν γε μάχην φάτο δύμεναι ἀνδρῶν.
τὸ τρίτον αὖ κατέπεφνεν Ἀμαζόνας ἀντιανείρας.
τῷ δ' ἄρ' ἀνερχομένῳ πυκινὸν δόλον ἄλλον ὕφαινε·
κρίνας ἐκ Λυκίης εὐρείης φῶτας ἀρίστους
εἷσε λόχον· τοὶ δ' οὔ τι πάλιν οἶκον δὲ νέοντο·
190 πάντας γὰρ κατέπεφνεν ἀμύμων Βελλεροφόντης.
ἀλλ' ὅτε δὴ γίγνωσκε θεοῦ γόνον ἠΰν ἐόντα

αὐτοῦ μιν κατέρυκε, δίδου δ' ὅ γε θυγατέρα ἥν,
δῶκε δέ οἱ τιμῆς βασιληΐδος ἥμισυ πάσης·
καὶ μέν οἱ Λύκιοι τέμενος τάμον ἔξοχον ἄλλων
195 καλὸν φυταλιῆς καὶ ἀρούρης, ὄφρα νέμοιτο.
ἣ δ' ἔτεκε τρία τέκνα δαΐφρονι Βελλεροφόντῃ
Ἴσανδρόν τε καὶ Ἱππόλοχον καὶ Λαοδάμειαν.
Λαοδαμείῃ μὲν παρελέξατο μητίετα Ζεύς,
ἣ δ' ἔτεκ' ἀντίθεον Σαρπηδόνα χαλκοκορυστήν.
200 ἀλλ' ὅτε δὴ καὶ κεῖνος ἀπήχθετο πᾶσι θεοῖσιν,
ἤτοι ὃ κὰπ πεδίον τὸ Ἀλήϊον οἶος ἀλᾶτο
ὃν θυμὸν κατέδων, πάτον ἀνθρώπων ἀλεείνων·
Ἴσανδρον δέ οἱ υἱὸν Ἄρης ἆτος πολέμοιο
μαρνάμενον Σολύμοισι κατέκτανε κυδαλίμοισι·
205 τὴν δὲ χολωσαμένη χρυσήνιος Ἄρτεμις ἔκτα.
Ἱππόλοχος δέ μ' ἔτικτε, καὶ ἐκ τοῦ φημι γενέσθαι

150 Mas, se queres também isso saber, a fim de que bem conheças
nossa genealogia, por muitos homens já conhecida:
há uma cidade, Éfira, no coração da equífera Argos,
lá viveu Sísifo, o mais astucioso de todos os homens,
Sísifo, o filho de Eolo, que um filho, Glauco, gerou,
155 e Glauco, por sua vez, o irreprochável Belerofonte.
E para ele os deuses beleza e varonia invejável
granjearam. Mas Preto maldades em seu coração concebeu,
como poderia expulsá-lo, por ser muito mais forte que ele,
de entre os argivos, pois Zeus os submetera ao seu cetro.
160 A esposa de Preto, divina Anteia, desejava com ele
secretamente se unir, mas não fora capaz de dobrar
a vontade do belicoso Belerofonte, de honesto pensar.
Mentiras contando ao rei Preto, isto então ela disse:
"Preferes morrer logo, Preto, ou matar Belerofonte,
165 que queria deitar-se comigo mesmo eu não querendo?"
Assim falou, e uma cólera tomou seu senhor, isso ouvindo.
Descartou matá-lo, pela reverência em seu coração,[781]
mas o enviou para a Lícia, portando funestos sinais,

---

781 Porque Belerofonte era seu hóspede.

muitos, que numa tabuleta dobrável escrevera, homicidas,
170 e ordenou que mostrasse ao seu sogro, a fim de que perecesse.
E assim para a Lícia partiu sob a inexprobável[782] guarda dos deuses.
E quando por fim na Lícia chegou, junto ao curso do Xanto,
honrando-o, o senhor da vasta Lícia o recebeu favoravelmente;
com festas, por nove dias o entreteve e nove bois abateu.
175 Mas, quando sobre o décimo a dedirrósea Aurora raiou,
questionou-lhe então sobre os sinais e lhe pediu para vê-los,
os que teria trazido a pedido do seu genro, de Preto,
Mas, assim que recebeu os sinais malignos de seu genro,
primeiro lhe ordenou que a inelutável Quimera enfrentando
180 matasse, descendente de divina estirpe e não de mortal:
na frente, leão; atrás, um dragão; no meio era cabra;
terrível fogo expirava de uma força incendiária.
Mas ele 'inda assim a matou, pondo fé nos divinos prodígios.
Num segundo desafio, contra os sólimos[783] lutou gloriosos,
185 disse ter sido a mais violenta batalha a se dar entre os homens.
Num terceiro, outra vez, matou as Amazonas, símeis a homens.
E, quando retornava, o rei outro dolo lhe armou mui sagaz:
escolheu os melhores barões da vasta Lícia e lhe armou
uma emboscada, donde à casa nunca mais retornaram,
190 todos porque os matara o irreprochável Belerofonte.
O rei, quando soube que era um valente e filho de um deus,
lá o manteve, e mais ainda: deu-lhe a sua própria filha,[784]
e deu-lhe também metade das honras de todo o seu reino,
e para ele os Lícios demarcaram um lote, o melhor de todos,
195 bom de frutas e de searas, a fim de que o cultivasse.
E ela gerou três filhos ao belicoso Belerofonte:
Isandro e também Hipóloco e por último Laomedeia.
E o astuto Zeus deitou-se ao lado de Laomedeia,

---

782 Neologismo meu: que não pode ser exprobado.
783 Povo da Lícia, parte lício e parte cário, segundo Heródoto 1.173.4, e também conhecido como mílias, famosos por seu valor bélico. Sarpédon, após a disputa pelo governo de Creta com seu irmão, Minos, teria se exilado entre eles e os governado por um tempo (Heródoto 1.173.2).
784 Anticleia, segundo o Σ 82e; Filonoé, de acordo com Apolodoro 2.3.2.

a qual lhe gerou o antidivo Sarpédon do elmo de bronze.
200　Mas então, quando Belerofonte os deuses todos odiaram,
pela planície Aleia, sozinho, ficou a vagar,
o coração remoendo, evitando os caminhos dos homens.
E ao seu filho Isandro, Ares insaciável de guerra,
enquanto lutava com os Sólimos gloriosos, matou,
205　e, à filha, a aurifrênia Ártemis matou em sua fúria.
Hipóloco, porém, me gerou, e dele afirmo ter vindo.

Píndaro, na *Olímpica* 13, toma algumas liberdade em relação a essa versão tradicional do mito.[785] Em primeiro lugar, ele faz com que Glauco seja filho, e não neto, de Belerofonte, encurtando assim a distância entre aquele e Sísifo, que acabara de citar. Em segundo lugar, ele prefere expandir sobre um tema não tratado por Homero (ou apenas deixado subentendido por meio do verso "pondo fé nos divinos prodígios", que parece aludir à cena do sonho nos vv. 94-9[786] desta ode): a doma do cavalo alado Pégaso, filho de Possidão e Medusa, e que nascera, junto com Crisaor, do sangue desta última que jorrara sobre a terra após Perseu ter decepado sua cabeça.[787] A versão utilizada por Píndaro é a mesma reportada pelo escólio 56c e Pausânias 2.4.1, que diz:

> (...) τοῦ μνήματος δέ ἐστιν οὐ πόρρω Χαλινίτιδος Ἀθηνᾶς ἱερόν· Ἀθηνᾶν γὰρ θεῶν μάλιστα συγκατεργάσασθαι τά τε ἄλλα Βελλεροφόντῃ φασὶ καὶ ὡς τὸν Πήγασόν οἱ παραδοίη χειρωσαμένη τε καὶ ἐνθεῖσα αὐτὴ τῷ ἵππῳ χαλινόν. τὸ δὲ ἄγαλμα τοῦτο ξόανόν ἐστι, πρόσωπον δὲ καὶ χεῖρες καὶ ἀκρόποδες εἰσὶ λευκοῦ λίθου.

> (...) Não muito longe do túmulo [dos filhos de Medeia] está o santuário de Atena do Bridão (*Khalinítis*). Pois dizem que Atena foi, dentre os deuses, a

---

785　Que Apolodoro 2.3 reproduz sem acrescentar maiores detalhes.
786　Muito embora KIRK 1993: 183 (vol. 2) reconheça essa possibilidade, ele a vê como "muito improvável", um ceticismo de que não compartilho.
787　Hesíodo, *Teogonia* 274-86; Estrabão 8.6.21. Pégaso teria nascido na fonte (*pēgḗ*) do rio Oceano, que os gregos acreditavam que circundava o mundo, daí seu nome. Ao voar pela primeira vez, teria batido seus cascos no topo do monte Hélicon, fazendo brotar a Fonte do Cavalo, Hipocrene.

que mais ajudou Belerofonte em suas peripécias e que lhe teria entregado Pégaso, após tê-lo dominado e lhe colocado o bridão. A imagem [da deusa] é de madeira (*xóanon*), mas sua face, mãos e pés são de pedra branca.

Havia ainda duas outras versões, numa das quais era o próprio Possidão (que, segundo Hesíodo, no *Catálogo de mulheres* (fr. 43a; 81-5 M.-W.), era o pai divino de Belerofonte) que domava e entregava Pégaso, já com o freio e demais implementos, ao herói.[788] Numa segunda versão, era o próprio Belerofonte, sozinho, que domava e colocava o freio no cavalo alado.[789] Esses pequenos detalhes devem ser variações de um mesmo mitema, mas é interessante notar como Píndaro toma cuidado para conciliá-los, de modo a incluir tanto Possidão quanto Atena, mormente deidades antagônicas, no mesmo relato, provavelmente porque Possidão tinha uma importância central para os Jogos Ístmicos, que se realizam a poucos quilômetros de Corinto.

Uma outra figura que Píndaro introduz no relato é Poliido ("Multi-sapiente" ou "Multi-vidente"), bisneto do legendário vate Melampo e pai de Euquenor, que é morto por Pátroclo durante a Guerra de Troia (*Il.* 13.660 s.). Ele é descrito como o "filho de Ceraneu" e o "vate local" e contribui, dentro da economia da ode, para fazer referência à habilidade técnica (*sophía*) e astúcia (*métis*) dos coríntios também no âmbito da adivinhação e profecia.

Píndaro, assim como havia passado por cima das partes mais desabonadoras dos mitos de Sísifo e Medeia, também se escusa de contar à sua audiência coríntia (e a nós) qual fora o fim de Belerofonte. Ele o faz, no entanto, na *Ístmica* 7.63-6, quando nos diz que "até o alado / Pégaso expeliu / seu senhor, que queria ao alicerce do céu / chegar, junto à corte de Zeus, Belerofonte". Isso parece ter motivado a peça *Belerofonte*, de Eurípides, de que temos apenas fragmentos, em que o personagem do título, desiludido com os deuses, aparentemente decide voar até o Olimpo com Pégaso para se certificar se os deuses existiriam ou não,

---

788 Hesíodo, fr. 43a, vv. 81-85 M.-W.
789 Estrabão 8.6.21.

sendo arremessado do cavalo alado, ocasião em que, caindo sobre um espinheiro, acaba ficando cego.

Os versos 200-3 da *Ilíada* – "[m]as então, quando Belerofonte os deuses todos odiaram, / pela planície Aleia, sozinho, ficou a vagar (*oîos alâto*), / o coração remoendo, evitando os caminhos dos homens" – são, finalmente, muito parecidos com a maneira como Píndaro nos descreve o castigo de Tântalo ainda em vida, na *Olímpica* 1, quando, enlouquecido pela visão da pedra na iminência de esmagá-lo e "procurando da cabeça demovê[-la], do convívio se afasta". No caso, o verbo para "afastar-se", "errar", *alâtai*, é cognato do substantivo "Aleia", mormente identificado com os "campos da errância", que seriam um região da Cilícia à leste da Lícia, entre os rios Sarro e Píramo,[790] onde Belerofonte teria passado seus últimos e melancólicos dias, punido por sua *hýbris* contra os deuses.[791]

---

790 Heródoto 6.95.
791 Será que Álcman estaria se referindo a esse mito no fragmentário verso do *Parteneio* 1 PMGF: "Nenhum dos homens queira ao céu voar, / nem algum conceba se casar com Afrodita, / a cípria Senhora ou com alguma / semideusa ou com a filha de Porcos, / o marinho"? Essa hipótese já era aventada por HUTCHINSON 2001: 82.

XIII.
ΞΕΝΟΦΟΝΤΙ ΚΟΡΙΝΘΙΩΙ
ΣΤΑΔΙΟΔΡΟΜΩΙ ΚΑΙ ΠΕΝΤΑΘΛΩΙ
(464)

Α' Τρισολυμπιονίκαν ἐπαινέων
οἶκον ἥμερον ἀστοῖς,
ξένοισι δὲ θεράποντα, γνώσομαι
τὰν ὀλβίαν Κόρινθον, Ἰσθμίου
5 πρόθυρον Ποτειδᾶνος, ἀγλαόκουρον·
ἐν τᾷ γὰρ Εὐνομία ναίει κασίγνη-
ταί τε, βάθρον πολίων
ἀσφαλές, Δίκα καὶ ὁμό-
τροφος Εἰρήνα, ταμίαι ἀν-
10 δράσι πλούτου, χρύσεαι
παῖδες εὐβούλου Θέμιτος·

—

ἐθέλοντι δ' ἀλέξειν Ὕβριν, Κόρου
ματέρα θρασύθυμον.
ἔχω καλά τε φράσαι, τόλμα τέ μοι

---

792 Xenofonte ganhou duas vezes no mesmo dia nas provas de estádio e pentatlo – algo, aliás, nunca visto até então – e seu pai uma vez, na corrida de estádio, c. 506. Daí a "casa tricampeã".

793 Forma coríntia do nome de Possidão e utilizada por Píndaro apenas nesta ode, provavelmente em deferência à cidade e, por isso mesmo, preservada na minha tradução.

794 *Eunomía*, lit. "boa-lei" ou "bom-governo", isto é, o estado de direito quando a lei e a ordem vigem, e a vida política segue sua normalidade. Opõe-se ao estado de guerra, externa ou civil. Ver nota ao v. 3 da *O. 4*.

795 Dice (*Díkē*) e Irene (*Eirḗnē*), respectivamente. As Horas (*Hṓrai*), ou, mais precisamente, as Estações, nomeadas a seguir. Aparecem aqui na mesma ordem dada por Hesíodo na *Teogonia* 902.

13.
Para Xenofonte de Corinto
pelo estádio e o pentatlo
(464)

I   Tricampeã⁷⁹² olímpica uma casa ao louvar,
        gentil aos cidadãos e, aos hóspedes,
        solícita, tornarei conhecida
        a abençoada Corinto, vestíbulo
5   do istmo de Potidão,⁷⁹³ de ilustres mancebos.
        Nela, pois, habitam Eunomia⁷⁹⁴ e suas irmãs:
        base firme das cidades,
        Justiça, e a irmã colaça
        Paz,⁷⁹⁵ dispensadoras de divícia
10   aos varões,⁷⁹⁶ áureas filhas
        de Têmis conselheira,

        querem frustrar a Soberba, do Fastio
        a mãe de áspera fala.⁷⁹⁷
        Belezas tenho para expor e uma audácia

---

796 Cf. Baquílides, *Peã* 1.61 s. Eunomia, Justiça e Paz são "dispensadoras de divícia" porque garantem o comércio e a circulação de bens e riquezas, oferecendo oportunidades de negócios. Para Corinto, uma cidade para a qual o comércio era a principal atividade econômica, a estabilidade política era muito importante.

797 Respectivamente, *Hýbris* e *Kóros*. Soberba é mãe do Fastio no oráculo de Bácis relatado por Heródoto 8.77.1: "Divina Justiça (*Díkē*) irá afogar o violento Fastio (*Kóros*), filho da Soberba (*Hýbris*), que, ensandecido, tudo procura devorar". Interessante também a semelhança com o fr. 8 IEG² de Sólon. Cf. ainda o *Ditirambo* 70c comissionado pelos coríntios, que parece falar de uma guerra civil (*stásis*), o que tornaria o fragmento de Sólon ainda mais relevante.

15   εὐθεῖα γλῶσσαν ὀρνύει λέγειν.
       ἄμαχον δὲ κρύψαι τὸ συγγενὲς ἦθος,
       ὔμμιν δέ, παῖδες Ἀλάτα, πολλὰ μὲν νι-
            καφόρον ἀγλαΐαν
            ὤπασαν ἄκραις ἀρεταῖς
20   ὑπερελθόντων ἱεροῖς
       ἐν ἀέθλοις, πολλὰ δ' ἐν
       καρδίαις ἀνδρῶν ἔβαλον

—

       Ὧραι πολυάνθεμοι ἀρ-
            χαῖα σοφίσμαθ'. ἅπαν δ' εὑρόντος ἔργον.
25   ταὶ Διωνύσου πόθεν ἐξέφανεν
       σὺν βοηλάτᾳ χάριτες
            διθυράμβῳ; τίς γὰρ ἱππεί-
            οις ἐν ἔντεσσιν μέτρα,
       ἢ θεῶν ναοῖσιν οἰω-
30   νῶν βασιλέα δίδυμον
       ἐπέθηκ'; ἐν δὲ Μοῖσ' ἁδύπνοος,
       ἐν δ' Ἄρης ἀνθεῖ νέων
            οὐλίαις αἰχμαῖσιν ἀνδρῶν.
)—

798 Píndaro refere-se aqui tanto a seu próprio caráter (sendo um poeta, é-lhe impossível, diante da glória de outrem, não o louvar) quanto às qualidades dos coríntios que irá evidenciar nos versos seguintes.
799 Segundo Pausânias 2.4.3, Aletes era o tataraneto de Héracles que, tendo invadido Corinto, expulsara os filhos de Sísifo, substituindo a aristocracia local por dórios.
800 Gnoma que preludia o catálogo de obras que revelam a inteligência e inventividade dos coríntios, bem como o mito que se seguirá. Um catálogo das invenções coríntias também pode ser encontrado em Élio Aristides, *Or.* 17.20.
801 Os coríntios teriam inventado o ditirambo. "Taurífero" porque o ditirambo era entoado por aqueles que conduziam o touro na procissão do festival em honra de Dioniso entoando o refrão *áxie taûre*, "nobre touro" (fr. 871 PMG). Segundo o Σ 26a, doutra forma, porque o vencedor na competição de ditirambo levava um touro como prêmio; assim também o LSJ, *s.v.* Ο Σ 25a, informa que, nos hiporquemas, Píndaro dá Naxos como a pátria do ditirambo, mas no primeiro ditirambo, Tebas. Não temos, contudo, nenhum desses dois textos. Certamente diferentes versões acerca

15   franca incita-me a língua a dizê-las –
          impossível esconder um caráter conato.[798]
          A vós, ó filhos de Aletes,[799] muitas
             celebrações esplendorosas
             deram por supinos talentos
20   de exímios atletas nos sagrados
          Jogos, e muitos, nos corações
          dos homens plantaram,

          as multiflóreas Horas,
             prístinos engenhos. Toda obra é do inventor.[800]
25   De Dioniso, donde surgiram, alegres,
          as canções c' o taurífero
             ditirambo?[801] Quem, pois, ao hípico
             jaez o metro[802] ou, ainda,
          dos deuses sobre os templos,
30   dídima a rainha da aves
          apôs?[803] Lá,[804] dulcíssona a Musa;
          lá, Ares floresce, dos jovens,
          junto às destrutivas lanças.

---

da origem do ditirambo conviviam pacificamente. O Σ 26b, por exemplo, diz que ele teria sido inventado em Corinto pelo semilegendário Árion de Metimna e, depois, sido desenvolvido por Lasso de Hermíone, que pode ter sido professor de Píndaro em Atenas, a se crer na notícia da *Vita Thomana*.

802   Isto é, o freio, invenção dos coríntios também, se bem que, mitologicamente, a descoberta é atribuída a Atena, em sua função de contrabalancear a natureza violenta de Possidão, pai dos cavalos.

803   A dídima rainha das aves é, obviamente, a águia (*aietós*). Segundo o escoliasta (e a maioria dos comentadores modernos), essa passagem seria uma referência metafórica aos dois (daí, "dídima") frontões dos templos gregos (ditos, aliás, *aétōma*) na medida em que a forma triangular lembra uma águia de asas abertas pousada sobre o edifício. O escoliasta informa ainda que essa era a interpretação de Dídimo, que citava, ademais, o historiador Timeu (FHG I, 202) como autoridade na atribuição da invenção aos coríntios.

804   Corinto.

Β'   ὕπατ' εὐρὺ ἀνάσσων Ὀλυμπίας,
35   ἀφθόνητος ἔπεσσιν
           γένοιο χρόνον ἅπαντα, Ζεῦ πάτερ,
           καὶ τόνδε λαὸν ἀβλαβῆ νέμων
           Ξενοφῶντος εὔθυνε δαίμονος οὖρον·
           δέξαι τὲ οἱ στεφάνων ἐγκώμιον τε-
40   θμόν, τὸν ἄγει πεδίων
           ἐκ Πίσας, πενταέθλῳ ἅμα
           σταδίου νικῶν δρόμον' ἀν-
           τεβόλησεν τῶν ἀνὴρ
           θνατὸς οὔπω τις πρότερον.

—

45   δύο δ ἀὐτὸν ἔρεψαν πλόκοι σελί-
           νων ἐν Ἰσθμιάδεσσιν
           φανέντα· Νεμέα τ' οὐκ ἀντιξοεῖ·
           πατρὸς δὲ Θεσσαλοῖ' ἐπ' Ἀλφεοῦ
           ῥεέθροισιν αἴγλα ποδῶν ἀνάκειται,
50   Πυθοῖ τ' ἔχει σταδίου τιμὰν διαύλου
              θ' ἁλίῳ ἀμφ' ἑνί, μη-
           νός τέ οἱ τωὐτοῦ κρανααῖς
           ἐν Ἀθάναισι τρία ἔρ-

805 Aqui, como em muitas outras passagens da oratura grega, a vida de um indivíduo é comparada a um navio sobre o mar. A viagem pode ser tranquila sobre mar sereno e o vento a favor ou tempestuosa, com vento contra.

806 Passagem de difícil interpretação. A "encomiástica ordenança" (*enkṓmios tethmós*) é, provavelmente, a celebração (*kômos*) da vitória atlética, instituída por Héracles como uma ordenação sagrada (*tethmós*) a ser seguida no futuro, cf., por ex., O. 3.10 s. e O. 10.76 s. Preferi "ordenação" como tradução para *tethmós* porque, em primeiro lugar, o substantivo está relacionado à deusa Têmis ("ordenança", "base") mencionada no v. 8 e, em segundo, porque o termo preserva em português uma acepção religiosa que estava presente no original. É importante ressaltar ainda que *enkômios*, apesar de ser glosado como *laudatorius* pelo iminente lexicógrafo de Píndaro J. RUMPEL 1883, *s.v.*, preserva ainda o seu sentido literal de "no *kômos*" (gr. *en* + *kômos*), isto é, "que se dá por ocasião da celebração comástica"; por isso, resolvi manter o helenismo "encomiástico" que em português tanto tem a acepção de "laudatório" quanto faz alusão ao *kômos*, cuja natureza já tivemos oportunidade de explicar na

II	Supino e largipotente Senhor de Olímpia,
35	oxalá rico de versos
	sejas para todo o sempre, Zeus Pai!,
	e guardando incólume este povo,
	divino o vento arrima de Xenofonte.[805]
	Aceita o ordenado encômio de coroas[806]
40	que ele traz desde a planície
	de Pisa,[807] no pentatlo vencendo
	como também no estádio,
	conseguiu o que nenhum homem
	mortal lograra anteriormente.
45	Duas tranças de salsão[808] o coroaram,
	nas competições do Istmo
	se exibindo, e Nemeia não se lhe opôs.[809]
	Do pai Tessalo,[810] junto à correnteza
	do Alfeu, jaz dedicado o brilho dos pés;[811]
50	em Pito[812] tem, do estádio, o prêmio, e o do diaulo,
	no giro de um só sol.
	Na mesma lunação, na alcantilada
	Atenas,[813] com três vitórias,

introdução geral. A partir dessa passagem, começa o impressionante catálogo de vitórias de Xenofonte e de seu pai, Tessalo.

807 Olímpia.
808 Uma referência à cerimônia da *érepsis*, a "cobertura" da cabeça do vencedor com uma coroa de folhas. O prêmio ao vencedor nos Jogos Ístmicos era uma coroa de salsão seco (*sélīnon*, o *aipo graveolens*), ver introdução geral.
809 Isto é, o mesmo aconteceu em Nemeia.
810 Todas as vitórias a seguir, vv. 48-59, referem-se ao pai de Xenofonte, Tessalo.
811 Uma referência, talvez, a uma estátua ou algum outro tipo de ex-voto dedicado em Olímpia pela vitória de 506.
812 Nos Jogos Píticos.
813 Nos Jogos Panatenaicos, que aconteciam a cada quatro anos, como os Jogos Píticos. Aqui, provavelmente devido ao descompasso entre os dois calendários regionais, as duas competições excepcionalmente caíram na mesma lunação.

γα ποδαρκὴς ἁμέρα
55   θῆκε κάλλιστ' ἀμφὶ κόμαις,
—

            Ἑλλώτια δ' ἑπτάκις· ἐν
            δ' ἀμφιάλοισι Ποτειδᾶνος τεθμοῖσιν
            Πτοιοδώρῳ σὺν πατρὶ μακρότεραι
            Τερψίᾳ θ' ἕψοντ' Ἐριτί-
60   μῳ τ' ἀοιδαί· ὅσσα τ' ἐν Δελ-
            φοῖσιν ἀριστεύσατε,
            ἠδὲ χόρτοις ἐν λέοντος,
            δηρίομαι πολέσιν
            περὶ πλήθει καλῶν· ὡς μὰν σαφές
65   οὐκ ἂν εἰδείην λέγειν
            ποντιᾶν ψάφων ἀριθμόν.
)—
Γ'   ἕπεται δ' ἐν ἑκάστῳ μέτρον· νοῆ-
            σαι δὲ καιρὸς ἄριστος.
            ἐγὼ δὲ ἴδιος ἐν κοινῷ σταλείς
70   μῆτίν τε γαρύων παλαιγόνων
            πόλεμόν τ' ἐν ἡρωΐαις ἀρεταῖσιν
            οὐ ψεύσομ' ἀμφὶ Κορίνθῳ, Σίσυφον μὲν
            πυκνότατον παλάμαις
            ὡς θεόν, καὶ τὰν πατρὸς ἀν-
75   τία Μήδειαν θεμέναν
            γάμον αὐτᾷ, ναΐ σώ-
            τειραν Ἀργοῖ καὶ προπόλοις·
—

814 Festival coríntio em honra a deusa Atena Helótia (interpretado pelos antigos como oriundo do verbo *heleîn*, "capturar") e à doma de Pégaso.
815 Os Jogos Ístmicos.
816 Segundo o escólio 58b-c, Pteodoro é pai de Tessalo e, portanto, avô de Xenofonte. Térpsias era irmão de Pteodoro e pai de Erítimo e Namértida (não mencionado na ode). Todos pertenciam ao ilustre clã de atletas dos Oligétidas.

num dia de pés velozes,
55   belíssimas se coroou.

            Nas Helótias,⁸¹⁴ sete vezes;
            e nos anfimarinhos jogos de Potidão,⁸¹⁵
            com o pai Pteodoro , Térpsias e Erítimo⁸¹⁶
            canções ainda mais longas
60   se seguiram, e o quantas vezes
                em Delfos fostes melhores
            e na guarida do leão,⁸¹⁷
                disputarei com muitos
            a multidão de belos feitos. Por certo,
65   exato não saberia dizer
            o número dos seixos marinhos:⁸¹⁸

III   cabe, a cada coisa, um metro. Discernir
                a oportunidade é o melhor.⁸¹⁹
            Eu, cidadão privado vindo a público,
70   a astúcia dos prógonos garrindo
            e a pugna em heroicas varonias,
            não mentirei sobre Corinto: Sísifo
                canto, de densas artimanhas,
                tal um deus, e, do pai a imiga
75   Medeia, ordenadora de suas
                próprias bodas, e da Argo⁸²⁰
            a salvadora e dos comparsas,⁸²¹

---

817 Respectivamente, nos Jogos Píticos e Nemeios.
818 Cf. *O*. 2.178-80.
819 Isto é, para o panegirista, é importante saber o quanto deve louvar e até quando.
820 Assim se chamava a nau dos *Argo*-nautas.
821 Ver a introdução a esta ode para o mito.

τὰ δὲ καί ποτ'· ἐν ἀλκᾷ πρὸ Δαρδάνου
τειχέων ἐδόκησαν
80 ἐπ' ἀμφότερα μαχᾶν τάμνειν τέλος,
τοὶ μὲν γένει φίλῳ σὺν Ἀτρέος
Ἑλέναν κομίζοντες, οἱ δ' ἀπὸ πάμπαν
εἴργοντες· ἐκ Λυκίας δὲ Γλαῦκον' ἐλθόν-
τα τρόμεον Δαναοί.
85 τοῖσι μὲν ἐξεύχετ' ἐν ἄ-
στεϊ Πειράνας σφετέρου
πατρὸς ἀρχὰν καὶ βαθὺν
κλᾶρον ἔμμεν καὶ μέγαρον·

—

ὃς τᾶς ὀφιώδεος υἱ-
90 ὸν ποτε Γοργόνος ἦ πόλλ' ἀμφὶ κρουνοῖς
Πάγασον ζεῦξαι ποθέων ἔπαθεν,
πρίν γέ οἱ χρυσάμπυκα κού-
ρα χαλινὸν Παλλὰς ἤνεγ-
κ'· ἐξ ὀνείρου δ' αὐτίκα
95 ἦν ὕπαρ, φώνασε δ'· «Εὔδεις,
Αἰολίδα βασιλεῦ;
ἄγε φίλτρον τόδ' ἵππειον δέκευ,
καὶ Δαμαίῳ μιν θύων
ταῦρον ἀργάεντα πατρὶ δεῖξον».
)—
Δ' κυάναιγις ἐν ὄρφνᾳ κνώσσοντί οἱ
παρθένος τόσα εἰπεῖν

822 Em Troia.
823 Píndaro segue a tradição homérica ao caracterizar Glauco como "lício". No entanto, no próprio sexto livro da *Ilíada*, no famoso encontro entre Diomedes e Glauco (6.119 s.), esse herói se identifica como tataraneto de Sísifo (6.152), filho de Hipóloco, filho de Belerofonte, filho de Glauco I. Píndaro, aqui, o faz filho direto de Belerofonte.
824 Segundo Estrabão 8.6.21, Pirene era a fonte que ficava na acrópole de Corinto e por metonímia, portanto, a própria Corinto.
825 A "ofióidea Górgona" é Medusa. Como sabemos pela *Teogonia* 280, Possidão havia impregnado Medusa e, portanto, quando Perseu corta sua cabeça, nascem o sangue

	também as gestas de força face ao dardânio
	muro,⁸²² outrora quando criam,
80	nas duas pontas da luta, dar um fim:
	os que com a aliada raça de Atreu buscavam
	resgatar Elena, e os que, de todo,
	os rechaçavam. Defronte a Glauco, da Lícia
	chegado,⁸²³ tremeram os Dânaos,
85	e para esses jactou-se
	ser-lhe, do pai, na cidade
	de Pirene,⁸²⁴ o reinado,
	vastas terras e um palácio,

        que, da ofióidea Górgona
90   ao filho Pégaso,⁸²⁵ em volta aos olhos-d'água,
        tanto sofreu por, um dia, cabrestear,
        antes mesmo que a Moça d'Áurea Fita,
        Palas, o bridão lhe entregasse.⁸²⁶
        Súbito de um sonho acorda
95   a uma visão que diz: "Dormes,
        rei filho de Eolo?⁸²⁷
        Anda, hípico este filtro agora toma,
        e ao Domador,⁸²⁸ sacrificando
        um alvo touro, vai e dedica".

IV   Cíana sob a égide da treva⁸²⁹ ao sonhador
        a Virgem tanto dizer

---

    que escorre no chão, Pégaso e Crisaor.
826 Para os detalhes do mito, ver a introdução a esta ode.
827 Eolo (pronúncia: *Eólo*), filho de Heleno, filho de Deucalião e Pirra, era pai de Sísifo com Enarete.
828 Possidão. De acordo com os escólios a essa passagem (99b) e à *Ilíada* 6.155, Glauco era o pai adotivo de Belerofonte, e Possidão, seu pai verdadeiro.
829 Cf. *O.* 1.114-18 e *O.* 6.104. Píndaro descreve aqui uma prática conhecida como *incubatio*, que consistia em o consulente de um determinado oráculo dormir no templo do deus a fim de receber uma mensagem por meio de um sonho.

ἔδοξεν· ἀνὰ δ' ἔπαλτ' ὀρθῷ ποδί.
παρκείμενον δὲ συλλαβὼν τέρας,
ἐπιχώριον μάντιν ἄσμενος εὗρεν,
105 δεῖξέν τε Κοιρανίδᾳ πᾶσαν τελευτὰν
πράγματος, ὥς τ' ἀνὰ βω-
μῷ θεᾶς κοιτάξατο νύ-
κτ' ἀπὸ κείνου χρήσιος, ὥς
τέ οἱ αὐτὰ Ζηνὸς ἐγ-
110 χεικεραύνου παῖς ἔπορεν
—

δαμασίφρονα χρυσόν. ἐνυπνίῳ
δ' ᾇ τάχιστα πιθέσθαι
κελήσατό μιν, ὅταν δ' εὐρυσθενεῖ
καρταίποδ' ἀναρύῃ Γαιαόχῳ,
115 θέμεν Ἱππείᾳ βωμὸν εὐθὺς Ἀθάνα.
τελεῖ δὲ θεῶν δύναμις καὶ τὰν παρ' ὅρκον
καὶ {τὰν} παρὰ ἐλπίδα κού-
φαν κτίσιν. ἤτοι καὶ ὁ καρ-
τερὸς ὁρμαίνων ἕλε Βελ-
120 λεροφόντας, φάρμακον
πραΰ τείνων ἀμφὶ γένυι,
—

ἵππον πτερόεντ'· ἀναβαὶς
δ εὐθὺς ἐνόπλια χαλκωθεὶς ἔπαιζεν.
σὺν δὲ κείνῳ καί ποτ' Ἀμαζονίδων

---

830 O bridão ou, mais precisamente, a embocadura do bridão, com o qual conseguiria domar Pégaso.
831 Poliido, filho de Ceraneu, descendente de Melampo.
832 Isto é, que traz o raio (*keraunós*) na mão.
833 De novo, o bridão. Em grego, *damasíphrōn*, isto é, que acalma, que domina a mente.
834 Possidão, pai dos cavalos e responsável, em algumas versões do mito, por domá-los. Nessa função, era cultuado como Hípio, um epíteto reservado, nesta ode, a Atena.

lhe pareceu. Dum salto, firme finca o pé.
   Recolhendo o prodígio adjacente,[830]
   animado; do local, o vate achou
105 e, ao filho de Ceraneu,[831] expôs todos os fatos
      da história: como, no altar
      da deusa à noite se deitara,
      tal lhe houvera dito o orago,
      e como, de Zeus mani-
110   ceráunio,[832] a filha, lhe trouxera

   o ouro quebrantador.[833] Como, ao sonho,
      o mais rápido obedecer
   lhe demandara e, quando ao largipotente
   Susterra[834] largípede touro imolasse,
115 que à Atana Hipeia[835] altar logo erigisse.
   O poder dos deuses leva a cabo o feito
      além da jura e da esperança
      facilmente. Prova é que o forte
      Belerofonte se adiantando
120   e em volta a boca gentil
      filtro lhe atrelando, tomou

   o alado cavalo. Solevado,
      na érea couraça jogos de guerra empreendeu:
   co' aquele, então, das Amazonas ao exército

---

835 Cultuada sob esse título em Tégea, Olímpia e em Acarnas, na Ática. Esse verso provavelmente faz alusão à fundação do festival da Helótia, que celebrava justamente a doma de Pégaso pelo herói com a ajuda de Atena, dita por isso mesmo a "Captora" (ver nota ao v. 56).

125   αἰθέρος ψυχρᾶν ἀπὸ κόλ-
          πων ἐρήμου τοξόταν βάλ-
          λων γυναικεῖον στρατὸν
          καὶ Χίμαιραν πῦρ πνέοισαν
          καὶ Σολύμους ἔπεφνεν.
130   διασωπάσομαί οἱ μόρον ἐγώ·
          τὸν δ' ἐν Ὀλύμπῳ φάτναι
          Ζηνὸς ἀρχαῖαι δέκονται.
)—
Ε'   ἐμὲ δ' εὐθὺν ἀκόντων ἱέντα ῥόμ-
          βον παρὰ σκοπὸν οὐ χρή
135   τὰ πολλὰ βέλεα καρτύνειν χεροῖν.
          Μοίσαις γὰρ ἀγλαοθρόνοις ἑκὼν
          Ὀλιγαιθίδαισίν τ' ἔβαν ἐπίκουρος.
          Ἰσθμοῖ τά τ' ἐν Νεμέᾳ παύρῳ {δ'} ἔπει θή-
          σω φανέρ' ἀθρό', ἀλα-
140   θής τέ μοι ἔξορκος ἐπέσ-
          σεταῖ ἑξηκοντάκι δὴ ἀμ-
          φοτέρωθεν ἁδύγλωσ-
          σος βοὰ κάρυκος ἐσλοῦ.
—
          τὰ δ' Ὀλυμπίᾳ αὐτῶν ἔοικεν ἤ-
145   δη πάροιθε λελέχθαι·
          τά τ' ἐσσόμενα τότ' ἂν φαίην σαφές.
          νῦν δ' ἔλπομαι μέν, ἐν θεῷ γε μάν

---

836 Para mais detalhes sobre o mito, ver a introdução a esta ode.
837 Que, por inglória e eivada de *hýbris*, não caberia num poema de louvor.
838 Pégaso.
839 As palavras são como os dardos que os pentatletas lançam, elas devem ser usadas na medida exata para se atingir o alvo (nesse caso, o louvor do atleta vencedor), nem mais nem menos.

125	de femínea arqueiras, desde
o frígido seio do empíreo
ermo, exterminou, e ainda
da ignívoma Quimera
cabo deu, e dos sôlimos.[836]
130	Silenciarei de todo sobre sua morte.[837]
Aqueloutro,[838] de Zeus, no Olimpo,
vetustas baias o acolheram.
	Quanto a mim, reto lancei um dardo rodopiante,
e do alvo à margem não se deve
135	muitos tiros, co' ambas as mãos, desperdiçar.[839]
Das Musas d'irisante trono, de bom grado,
um auxiliar ao clã dos Oligétidas, vim.[840]
Dos feitos no Istmo e em Nemeia, em breves versos,
a todos farei preclaros,
140	e vero e adjurado ser-me-á,
do honesto arauto, o dulcíloquo
anúncio,[841] sessenta vezes
ressoado em ambos os jogos.
	Seus feitos olímpicos parecem-me já
145	ter sido relatados,[842] e, os vindouros,
possa um dia contá-los claramente.
Assim espero, mas ao deus o êxito

---

840 Começa aqui o segundo catálogo das vitórias dos Oligétidas em jogos epicórios e pan-helênicos. Cf. *O.* 1.176 s.
841 Após a prova, os vencedores eram anunciados pelo corifeu oficial, quando era dito o nome do atleta vencedor, o nome de seu pai, a prova em que fora vencedor e o nome de sua cidade. Sobre isso, ver a introdução geral.
842 Na primeira parte da ode, vv. 40-7.

τέλος· εἰ δὲ δαίμων γενέθλιος ἕρποι,
Δὶ τοῦτ' Ἐνυαλίῳ τ' ἐκδώσομεν πράσ-
150   σειν. τὰ δ' ὑπ' ὀφρύϊ Παρ-
νασσίᾳ ἕξ· Ἄργεῖ θ' ὅσ-
σα καί ἐν Θήβαις· ὅσα τ' Ἀρ-.
κάσιν ἀνάσσων μαρτυρή-
σει Λυκαίου βωμὸς ⟨Διὸς⟩ {ἄναξ}·

155   Πελλάνα τε καὶ Σικυὼν
καὶ Μέγαρ' Αἰακιδᾶν τ' εὐερκὲς ἄλσος
ἅ τ' Ἐλευσὶς καὶ λιπαρὰ Μαραθών
ταί θ' ὑπ' Αἴτνας ὑψιλόφου
καλλίπλουτοι πόλιες ἅ τ' Εὔ-
160   βοια· καὶ πᾶσαν κάτα
Ἑλλάδ' εὑρήσεις ἐρευνῶν
μάσσον' ἢ ὡς ἰδέμεν.
ἀλλὰ κούφοισιν ἐκνεῦσαι ποσίν·
Ζεῦ τέλει', αἰδῶ {τε} δίδοι
165   καὶ τύχαν τερπνῶν γλυκεῖαν.

843 Epíteto de sentido e etimologia obscuros de Ares, o deus da Guerra. GILDERSLEEVE 1886: 236 crê que faz referência a um culto particular do deus dentro do clã dos Oligétidas.
844 Referência aos Jogos Píticos, mais precisamente, ao vale de Crisa, sob a sombra do monte Parnaso, onde, no tempo de Píndaro, ficava localizado o estádio.

pertence. Acaso natalício o gênio os siga,
deixaremos a Zeus e a Eniálio[843] isso cumprir.
150   Seis os feitos sob a celha
       do Parnaso.[844] Quantos em Argos, quantos
em Tebas!, quantos, sobre os árcades
       vencendo, dará testemunho
       o sumo altar de Zeus Liceu.

155   E Pelene[845] e também Sícion
       e Mégara e o bem-cercado bosque dos Eácidas[846]
e Elêusis e a luzente Maratona
e, do Etna à sombra do alto cume,
       ricas cidades, e a Eubeia:
160   assim, por toda a Grécia,
procurando, encontrarás
       muito mais que o olho vê.
Mas com pé ligeiro é hora de partir.
Zeus Perfazedor, modéstia dês
165 e uma doce sorte de prazeres.

---

845 Ver nota ao v. 156 da O. 7.
846 Egina.

Ολυμπιονίκαις XIV | Olímpica 14

A *Olímpica* 14 é dedicada a Asópico de Orcômeno (Ercômeno, na variante beócia que Píndaro usa e que preservo na tradução) pela vitória na corrida de estádio para meninos (*paîdes*).

A cidade de Orcômeno estava situada no lado noroeste do lago Copaís, que foi drenado no séc. XIX EC, tornando-se um vale com o mesmo nome. Na Antiguidade, o lago era alimentado principalmente pelas águas do rio Cefiso e foi a casa dos mínios de Orcômeno que, segundo a mitologia, eram hábeis cavaleiros. Durante os períodos Arcaico e Clássico, a cidade foi rica e poderosa a ponto de ameaçar a hegemonia de Tebas.[847] O culto das Graças tinha um papel central na vida religiosa de Orcômeno e era aí, segundo Pausânias (9.38), que se localizava o templo mais antigo dessas deusas. Filhas de Zeus e Eurínome, uma filha de Oceano e Tétis, segundo Hesíodo,[848] elas se chamavam Aglaia ("Esplendor"), Eufrosina ("Alegria") e Tália ("Festa"). As Graças eram deidades associadas à fertilidade e, portanto, aos cursos d'água, como se pode ver nesta ode, que as chama de "padroeiras das águas do Cefiso". Em Orcômeno eram cultuadas na forma de três pedras que teriam caído do céu.

A *Olímpica* 14 é uma ode peculiar em muitos aspectos. Em primeiro lugar, Píndaro não menciona, no texto da ode, a prova em que Asópico teria sido campeão, uma informação que ficamos sabendo apenas por meio da epígrafe aos escólios, que diz: Ἀσωπίχῳ Ὀρχομενίῳ σταδιεῖ παιδὶ Κλεοδάμου νικήσαντι τὴν ος′ Ὀλυμπιάδα ("Para Asópico de Orcômeno, no estádio para meninos, filho de Cleódamo, vencedor na 76ª Olimpíada").[849] Como sabemos pelo *P. Oxy.* 222 que o vencedor no estádio para meninos nessa Olimpíada fora um atleta lacedemônio cujo nome se encontra em lacuna,[850] a data para esta ode deve estar errada. Alguns

---

847 *Il.* 9.381; Pausânias 9.38.8.
848 *Teogonia* 906-10.
849 No ano de 476.
850 *P. Oxy.* 222, l. 14, [........ λ]ακων παι^δ σταδιον.

outros manuscritos dão a 77ª (οζ´) Olimpíada (472), mas nem mesmo essa data pode ser a correta já que, nesse ano, o vencedor foi um atleta coríntio.[851] Como sabemos, por meio do papiro de Oxirrinco mencionado, os nomes dos vencedores na corrida de estádio para meninos para as Olimpíadas 75ª-78ª (e, para a 79ª, ROBERT 1900: 149 s.[852] parece ter demonstrado que o vencedor nessa prova teria sido Pítarco de Mantineia), só nos resta buscar uma data anterior a 75ª Olimpíada, sendo a mais provável, como argumenta GASPAR 1900: 50, aquela da 73ª edição (488), já que os números ΟΓ´ (73) e ΟF´ (76) são bastante similares a ponto de se poder supor um erro do escriba.

Se essa data estiver correta, esta ode teria sido composta no mesmo ano em que Gelão, o tirano de Gela e irmão de Hierão, ganhara a corrida de carruagens em Olímpia, tornando-a a ode mais antiga de todas as *Olímpicas*, talvez contemporânea da *Olímpica* 5, se igualmente aceitarmos a cronologia mais antiga para aquela ode. Ao menos do ponto de vista estilístico e estrutural, ambas parecem compartilhar muitas semelhanças.

Outra característica desta ode é que, como a *Olímpica* 5, ela não apresenta uma seção mítica, sendo construída na forma de uma prece às Graças, que, como ressalta GENTILI *et al.* 2013: 334, lembra bastante a estrutura dos *Hinos homéricos* mais curtos: uma apóstrofe ao deus invocado, indicação de seu domínio geográfico, que muitas vezes substitui a história de seu nascimento e instituição de culto, os feitos da divindade, suas virtudes, sua função específica e seus poderes. É possível, portanto, que a *Olímpica* 14 tenha sido executada durante a celebração às Graças (talvez para agradecer a vitória conquistada), cujo culto era importantíssimo em Orcômeno, em vez de ser, como a *Olímpica* 11, uma ode composta para ser executada logo após a vitória do comitente ainda em Olímpia.[853]

A estrutura formal da ode também é peculiar: esta é a única ode

---

851 *P. Oxy.* 222, l. 27, [. . .]τανδριδας κορινθιος παι⁸ σταδιον.
852 ROBERT 1900 149 s.
853 Assim, GENTILI *et al.* 2013: 339.

monostrófica, isto é, composta por apenas duas partes ("perícopes") de 18 e 17 cola, respectivamente. Ainda que a crítica moderna tenha insistido numa interpretação antistrófica do tipo A-A', o argumento de GENTILI et al. 2013: 339-338 e outros de que se trata de uma forma poética identificada por Heféstion como *apolelyména*, isto é, "solta", no sentido de ter resposta estrófica livre, é a mais plausível. Composições desse tipo são fartamente exemplificadas nas partes corais de caráter hínico do drama ático, especialmente aqueles compostos por metros eólicos ou mistos. Um possível outro exemplo dessa forma em Píndaro é o prosódio do fr. 52v, classificado como o *Peã* 21 na edição de SNELL--MAEHLER. É muito provável que a *Olímpica* 14 tivesse sido composta para ser executada durante uma procissão até o templo das Graças em Orcômenos, constituindo-se, assim, ao menos do ponto de vista funcional, um verdadeiro prosódio.

A estrutura da ode tem a beleza e a simplicidade dos hinos cléticos da época arcaica. Na primeira perícope, Píndaro invoca as Graças como padroeiras de Orcômeno e dispensadoras de prazeres aos mortais e aos imortais, ocupando um lugar de honra ao lado de Apolo, o deus da música (1-18). Na segunda perícope, o poeta expande a epiclese para invocar as deusas por seus respectivos nomes (18-22), pedindo que velem sobre a vitória olímpica de Asópico e descrevendo o avanço "leviligeiro" dos passos do cortejo para algum lugar, provavelmente, como já dissemos, o templo daquelas deusas em Orcômeno. Num belo exemplo de *chiaroscuro*, o esplendor e a alegria representada pelas deusas olímpicas é contrabalanceada com a invocação a Eco (28-30) para que leve a notícia da vitória de Asópico para seu pai, já falecido, até as "atras muralhas de Perséfone".

XIV.
ΑΣΩΠΙΧΩΙ ΟΡΧΟΜΕΝΙΩΙ
ΠΑΙΔΙ ΣΤΑΔΙΕΙ
(488*)

Α' Καφισίων ὑδάτων λαχοῖσαι
    αἵτε ναίετε καλλίπωλον ἕδραν,
    ὦ λιπαρᾶς ἀοίδιμοι βασίλειαι
    Χάριτες Ἐρχομενοῦ,
5   παλαιγόνων Μινυᾶν ἐπίσκοποι,
    κλῦτ', ἐπεὶ εὔχομαι·
    σὺν γὰρ ὑμῖν τὰ τερπνὰ καὶ τὰ γλυκέα
    γίνεται πάντα βροτοῖς,
    εἰ σοφός, εἰ καλός, εἴ τις ἀγλαὸς
10 ἀνήρ. οὔτε γὰρ θεοί
    σεμνᾶν Χαρίτων ἄτερ
    κοιρανέοντι χορούς
    οὔτε δαῖτας· ἀλλὰ πάντων
    ταμίαι ἔργων ἐν οὐρανῷ,
15 χρυσότοξον θέμεναι
    πάρα Πύθιον Ἀπόλλωνα θρόνους,

---

854 O rio Cefiso nasce no nordeste do monte Parnaso, em Lileia, na Fócida, e até 1887 desaguava no lago Copaís, já na região da Beócia, perto de Tebas. Posteriormente esse lago foi drenado e o curso do rio foi desviado para o lago Ilice, a 8 km daquela cidade. Em seu curso atual, ele passa pelas cidades de Anficleia, Kato-Titoreia e Orcômeno, que ainda existe.

14.
PARA ASÓPICO DE ORCÔMENOS
PELO ESTÁDIO PARA MENINOS
(488*)

I   Padroeiras das águas do Cefiso,[854]
         vós que habitais a sede de belos corcéis,
         decantadas rainhas da opima
         Ercômeno, ó Graças,
5   guardiãs da antiga linhagem dos mínios,[855]
         ouvi-me, posto que eu rezo:
         com o vosso auxílio todo o prazer e também
         toda doçura aos mortais vêm,
         se sábio, se belo, se ilustre
10   um varão, pois nem os deuses,
         sem as sacrossantas Graças,
         coros de dança logram
         nem convívios. Mas de todos
         os eventos, guardiãs no céu,
15   ao lado do Arco d'Ouro,
         o Pítio Apolo, tendes tronos

---

855 A antiga linhagem dos mínios, o povo mais antigo de Orcômeno e já mencionado por Homero no Catálogo das Naus do segundo livro da *Ilíada* (Ὀρχομενὸν Μινύειον, 511); era descendente de Tessalo, filho de Possidão. Mínias foi o primeiro rei de Orcômeno e "da raça dos Argonautas", segundo o Σ 5c.

ἀέναον σέβοντι πατρός
Ὀλυμπίοιο τιμάν.

πότνι' Ἀγλαΐα φιλησίμολπέ
20   τ' Εὐφροσύνα, θεῶν κρατίστου παῖδες,
ἐπάκοοι ⟨'στε⟩ νῦν, Θαλία τε
ἐρασίμολπε, ἰδοῖσα τόνδε
κῶμον ἐπ' εὐμενεῖ τύχα
κοῦφα βιβῶντα· Λυδίῳ
25   γὰρ Ἀσώπιχον ἐν τρόπῳ
ἐν μελέταις τ' ἀείδων
ἔμολον, οὕνεκ' Ὀλυμπιόνικος ἁ Μινύεια
σεῦ ἕκατι. μελαντειχέα νῦν δόμον
Φερσεφόνας ἔλθ', Ἀχοῖ,
30   πατρὶ κλυτὰν φέροισ' ἀγ-
γελίαν, Κλεόδαμον ὄφρ' ἰδοῖσ', υἱὸν εἴπῃς ὅτι οἱ νέαν
κόλποις παρ' εὐδόξοιο Πίσας
ἐστεφάνωσε κυδίμων ἀέθλων
35   πτεροῖσι χαίταν.

856 Zeus.
857 Refere-se, provavelmente, à escala (*harmonía*) utilizada no canto. A escala lídia grega era bastante diferente do *modo* lídio da nossa teoria musical moderna. O prosódio do *Segundo Peã Délfico* (21 DAGM) está na escala lídia, assim como a O. 5, a se crer na referência dos vv. 44-5.
858 Isto é, ao Hades. Perséfone é filha de Zeus e Deméter, esposa de Hades e, portanto, rainha do mundo dos mortos. As muralhas são "atras", isto é, "negras", porque não recebem a luz do sol.
859 A oréade Eco, uma ninfa das montanhas. Seu nome em grego significa "som", "fala". Na tradição das *Metamorfoses* 3.362-69, teria sido amaldiçoada por Hera, vindo a per-

   e sempiterna reverenciais,
   do Olímpio Pai,[856] a honra.

   Ó Senhora Aglaia, e tu, amiga da canção,
20   Eufrosina, filhas do mais poderoso
   dentre os deuses, escutai, e tu, Tália,
   que amável o canto fazes, este cortejo,
   tendo visto em auspiciosa sorte
   leviligeiro a avançar. Lídia
25   numa harmonia,[857] a Asópico
   cantando bem pensados versos
   vim, pois campeã olímpica é a terra mínia
   graças a ti. E agora às atras muralhas
   de Perséfone vai,[858] Eco,[859]
30   ao pai portando a ínclita nova,
    a fim de que, ao veres Cleódamo, possas
    dizer-lhe que o seu filho,
   nos bem-afamados vales de Pisa,
   jovem suas madeixas coroou, dos ilustres
35   jogos, com as asas.[860]

 der a própria voz, sendo capaz apenas de repetir as últimas palavras a ela dirigidas, uma pena aplicada pela deusa porque a ninfa a distraíra com sua loquacidade, impedindo-a de flagrar Zeus em um de seus inúmeros casos amorosos. Aqui, no entanto, Eco deve ser entendida como uma personificação da difusão do som da celebração, tanto da voz quanto da música, por todos os domínios do mundo, inclusive no Hades. Cf. O. 8.102-110, em que Mensagem, filha de Hermes, tem um papel semelhante.
860 Devido à forma da guirlanda que coroava os vencedores e aos filetes que nelas eram pendurados, as coroas pareciam-se com asas.

APÊNDICES

Apêndice 1

APÊNDICE 1

VIDAS E APOTEGMAS DE PÍNDARO

Vida Papirácea
(*P. Oxy.* 2438 – séc. II-III EC [Lobel 1961])

Píndaro, o poeta lírico, quanto à origem,
era tebano; filho, segundo Corina
e outras poetisas, de Escopelino, mas, de acordo
com a maioria dos poetas, de Daifanto. Nasceu
5 na época das Guerras Médicas; mais novo, com o mais
velho Simônides [de Ceos] conviveu. Os que dizem
que morreu no arcontado de Hábron,[861]
com cinquenta anos, são sabem do que estão falando.
Pois competiu no arcontado de Árquias[862] em Atenas
10 pelo ditirambo e venceu. De Árquias para Hábron
são quarenta anos, então é impossível que
tivesse apenas dez anos ao competir, do que
se conclui que não morreu no arcontado de Hábron.
Qualquer um sabe que (...) de Hábron a Queréfanes[863]
15 são oitenta anos, na octogésima olimpíada, (...)
[quando] Psáumis venceu na quadriga e (...)
    Píndaro lhe escreveu o encômio
cujo início é "Sumo Auriga do trovão (...)"[864]
(...) já estar morto.[865]
20   [Compôs] epinícios (...) filho

---

861 Em 458/7.
862 Em 495/6. Segundo Lobel 1961, há um equívoco aqui, já que o arconte deveria ser Hiparco. Há um Árquias em 420/19, mas evidentemente não pode se tratar dele.
863 452/1.
864 *O.* 4.
865 Quem? Píndaro? Ou Psáumis? Provavelmente Píndaro, mas é impossível deduzir a partir do estado do texto do papiro.

(...) segundo alguns (...)
mas, de acordo com outros
(...) não sabia(m?) (...)
e canções de moças.
25 Protômaque e Eumétis
(foram) suas filhas (...)
o irmão. (...)
às filhas Protomaque e Eumétis,
que recorda na canção cujo início diz: "O Líder
30 das Musas me chama a dançar" (...) em muito.
(...) [Morreu?] em Argos (...)
(aconteceu?)
(...) foi erigido (...) e ainda (...)
de acordo com a poesia (...)
35 separados desse[866] (...)
em 17 livros, 2 de ditirambos, 2 de prosódios,
1 de peãs, 3 de parteneios, 4 de epinícios,
1 de encômios, 1 de (entronizações?),
(...) 1 de hinos, 1 de hiporquemas, 1 de trenos,
40 [ininteligível]
(...) [na] canção do poema(?) (*faltam 9 letras*) (...)
[ininteligível]
(...) na carruagem e, em tudo, a índole (...)
(...) e isto costumava dizer: "Sábio é quem muito
45 sabe de nascença, mas os rixosos aprendizes
em algazarra, tal dois corvos, inânias grasnam
face ao divo pássaro de Zeus".[867]

---

[866] Provavelmente o "adendo às canções de moças" de que fala a *Vita Tomana*.
[867] O. 2.

APÊNDICE 1

VIDA TOMANA OU VATICANA
(data incerta, provavelmente anterior ao séc. II EC [DRACHMANN 1903])

Origens de Píndaro

Píndaro é tebano de nascença e filho de Daifanto, segundo as fontes mais verídicas. Alguns, no entanto, dizem que é filho de Escopelino ou, ainda, que o próprio Daifanto era filho de Escopelino. Há os que dizem que era filho de Pagondas e Mirto, e originário da cidade de Cinoscéfalas. Essa Mirto teria sido dada em casamento a Escopelino, o auleta, que teria ensinado Píndaro a tocar o aulos; quando viu, porém, que esse lhe superava em habilidade, entregou-o ao compositor Lasso de Hermíone, de quem aprendeu a arte da lírica.

Nasceu na época de Ésquilo, do qual foi um contemporâneo, e morreu quando as Guerras Médicas atingiram o ápice. Teve duas filhas, Eumétis e Protomaque. Morou em Tebas e sua casa localizava-se perto do templo da Grande Mãe dos Deuses. Piedosíssimo, honrava muito a deusa, Pã e Apolo, para o qual compôs muitas canções. Era mais novo que Simônides, mas mais velho que Baquílides. Chegou ao ápice da juventude durante a invasão de Xerxes. Foi muito horado por todos os gregos em virtude de ser tão amado por Apolo a ponto de ter direito a uma parte das oferendas trazidas ao deus. O sacerdote, durante os sacrifícios, gritava: "Que Píndaro se apresente ao jantar do deus". Existe uma história de que um dia encontrara Pã cantando sobre Pélops. Outra história conta que, quando os lacedemônios incendiaram a Beócia e Tebas, pouparam apenas sua casa ao verem nela o seguinte verso inscrito: "Que não se queime o teto de Píndaro, o poeta da Musas". Diz-se que Alexandre também, tendo arrasado Tebas, poupou apenas a sua casa. Quando havia inimizade entre os atenienses e tebanos, esses o multaram em dinheiro por ter dito em um de seus poemas "Ó esplendente e grandiosa Atenas"; a multa, no entanto, foi paga pelos atenienses. Dezessete livros foram escritos por ele, dos quais quatro são do assim chamado "Período": as

Olímpicas, Píticas, Ístmicas e *Nemeias*. Os Jogos Olímpicos são celebrados em honra a Zeus; os Píticos em hora a Apolo; os Nemeios também para Zeus e os Ístmicos para Possidão. Os prêmios são, respectivamente, uma coroa de oliveira, de louro, de aipo seco e de aipo verde. Acerca desses outros livros e dos acréscimos a eles, falaremos depois.

Agora é preciso que se fale da instituição dos Jogos Olímpicos. Alguns a conectam ao tempo dos acontecimentos entre Pélops e Enomau, mas outros dizem ter sido tão vergonhosa a causa que o costume foi logo esquecido. Outros a atribuem a Héracles, como Píndaro (O. 10), dando ainda mais fama aos Jogos. Depois de ter limpado o estrume da estrebaria de Augias e não ter recebido o prometido pagamento, ele teria reunido um exército e, matando Augias, teria ocupado a Élida. Depois de reunir um enorme espólio, fundou os Jogos com aqueles que guerrearam do seu lado. E assim o costume continuou, mas dessa vez também não se manteve, pois trazia uma lembrança desagradável do que se passara. Certo Ífito e certo Euríloco, guerreando contra os cirreios (piratas que haviam atacado a costa da Fócida), reuniram um grande butim. Ífito refundou os Jogos Olímpicos; Euríloco, os Píticos, e dessa vez o festival perdurou.

Píndaro morreu com sessenta e seis anos, tendo nascido no arcontado de Ábion, durante a 86ª Olímpiada [436]. Foi aluno de Simônides [de Ceos].

O epinício cujo introito é "Excelente é a água", foi colocado em primeiro lugar [no *corpus* das odes] por Aristófanes [de Bizâncio], que organizou a obra de Píndaro, porque engloba um encômio aos Jogos e o mito de Pélops, que foi o primeiro a competir na Élida. Foi composto para o rei de Siracusa Hierão. Siracusa é uma cidade da Sicília. Ele também foi o fundador da cidade de Etna, nomeada em virtude da montanha. Tendo enviado cavalos para competir em Olímpia, venceu na corrida de cavalos. O metro desse poema é triádico. Triádico é o poema em que há estrofe, antístrofe e epodo.

VIDA AMBROSIANA
(data incerta, provavelmente anterior ao séc. II EC [DRACHMANN 1903])

VIDA DE PÍNDARO

Píndaro, o poeta, foi um tebano de Cinoscéfalas, uma vila em Tebas. Seu pai foi Daifanto ou, segundo alguns, Pagonda. Outros, porém, dizem que descendia de Escopelino, mas há também os que dizem que Escopelino fora seu padrasto e que, tendo sido auleta, tal arte lhe ensinara. Por mãe, teria tido Cleódice (alguns grafam Clédice). Camaleão e Istro contam que, quando Píndaro ainda era criança, fora caçar no monte Hélicão, no que, devido ao cansaço, sucumbira ao sono. Enquanto dormia, uma abelha, pousando em sua boca, aí construiu um favo. Já outros dizem que ele teria sonhado que tinha a boca repleta de mel e cera e, por causa disso, dedicou-se à poesia.

Alguns dizem que em Atenas seu professor foi Agatoclés; outros, Apolodoro. Este último, tendo que viajar enquanto ainda treinava o coro cíclico,[868] o confiara a Píndaro, que nessa época era ainda um menino. O poeta fez tanto sucesso que se tornou famoso por toda a Grécia. Já na idade adulta, quando chamou Atenas de "baluarte da Grécia" (fr. 76), foi multado pelos tebanos em mil dracmas, que foram pagas pelos atenienses em seu nome.

Foi não apenas um poeta genial como também amado pelos deuses. Prova disso é que o deus Pã foi visto entre os vales do Citerão e do Hélicon a cantar um peã de Píndaro. Por causa disso, escreveu uma canção para o deus mostrando gratidão pela honra que lhe conferira. A canção começa assim: "Ó Pã, Pã!, da Arcádia o Guardião e Protetor de seus áditos sagrados!" Deméter então, visitando-o em um sonho, censurou-o por ser ela a única dentre os deuses que não recebera um hino. Ele, então, compôs o

---

868 Provavelmente o coro ditirâmbico para dançar nas Grandes Dionísias, que era normalmente circular, ao contrário dos outros, que eram dispostos num arranjo retangular.

poema (fr. 37) que inicia assim: "Aurifrênia Senhora Ordenadora." Ainda, construiu, para ambos os deuses, um altar em frente à sua própria casa. Quando Pausânias, o rei da Lacedemônia, incendiou Tebas, alguém escreveu sobre a sua casa: "O abrigo de Píndaro, o poeta da Musas, não deve ser queimado", e, por isso, foi a única moradia a não ser tocada pelo fogo e ainda hoje serve de pritaneu[869] em Tebas. Em Delfos, o profeta, todo dia quando vai fechar o templo, proclama: "Que Píndaro, o poeta das Musas, junte-se à ceia com o deus!" E, de fato, ele nasceu durante a celebração de abertura dos Jogos Píticos, como ele mesmo diz (fr. 193): "A festa quinquenal da procissão de touros, em que primeiro fui deitado, filho amado, sobre os cueiros". Conta-se que, um dia, os peregrinos que foram ao Oráculo de Ámon pediram que fosse dado a Píndaro o que houvesse, entre os homens, de melhor, e que ele então morrera naquele mesmo ano. Sua vida coincidiu com a de Simônides, como a de um jovem imbrica-se com a de um velho, pois fazem menção aos mesmos acontecimentos: Simônides escreveu sobre a batalha naval de Salamina (fr. 83) e Píndaro lembra do reinado de Cadmo. Além do mais, ambos estiveram presentes na corte do rei Hierão, em Siracusa. Casou-se com Megacleia, filha de Lisítelo e Caline, da qual teve um filho, Daifanto, para o qual escreveu uma canção dafnefórica (*Parteneio* 3, fr. 94c). Teve também duas filhas, Protomaque e Eumétis. Escreveu dezessete livros: um de hinos, um de peãs, três de ditirambos, dois de prosódios; dois, ainda, de canções de moças, entre os quais o assim classificado como "adendo às canções de moças"; dois livros de hiporquemas, um de encômios, um de trenos, e quatro de epinícios. O epigrama transmitido sobre sua morte é o seguinte:

> Ah, tanto te prantearam Protomaque e Eumétis,
> Píndaro, tuas modestas e clarífonas filhas,
> quando de Argos trouxeram dentro de uma urna
> aquelas relíquias deixadas pela estrangeira pira.

---

869 Templo da deusa Héstia que abrigava o fogo comunal da cidade e também o edifício onde os representantes de cada cidade se reuniam para cuidar dos assuntos públicos e fazer suas refeições em comum às expensas do Estado.

VIDA MÉTRICA
(séc. IV-V ec [Drachmann 1903])

A vida de Píndaro em versos épicos

        Ao altíloquo Píndaro, no chão de Tebas cadmeia,
        Clêidice, com o belicoso Daifanto tendo se deitado,
        deu à luz enquanto habitava a Cabeça do Cachorro.[870]
        Não só a ele, a Erítimo também, perito na caça,
5   perito no pugilato e na arte da pale dolente.
        Quando ainda criança, e sua mãe no chão o deitara
        adormecido, uma abelha, como se sobre um favo voando,
        nos lábios do infante pousou para alimentá-lo com mel.
        Estridulosas palavras e canções cheias de sabedoria
10   ensinou-lhe a diva Corina, que o fulcro dos mitos
        lhe deu. Depois dela, partilhou da voz de Agatoclés,
        que da canção o caminho lhe ensinou e a medida.
        E quando de Alexandre, filho de Filipe, a vontade
        fazendo, os macedônios vieram queimar a cidade,
15   de Píndaro a morada não tocou reverente o fogo.
        Mas isso depois se passou. Ao cantor ainda vivo
        mandou o Senhor Apolo da aurífica morada em Pito
        provisões e doce vinho sempre trazer para Tebas.
        E, como contam, entre os montes, belícorno Pã
20   uma canção de Píndaro, sem inveja, sempre canta.

---

870 A cidade de Cinoscéfalas, que tem esse significado.

Quando em Maratona e em Salamina o pé fincaram
os persas para saqueá-las com o facínora Dátis,
vivia ele ainda, quando Ésquilo em Atenas morava.
Ao seu lado, deitou-se Timoxene, divina mulher,
25 que Eumétis deu à luz, o corajoso Daifanto e ainda
Protomaque, a mais nova. Cantou o fascínio das quatro
competições e peãs acolhidos pelo deuses beatos,
e canções de dança, e mui gloriosos hinos aos deuses,
e canções que são o cuidado de melífonas moças.
30 Esse foi Píndaro, tudo isso viveu e o que alcançou.
Morreu perfazendo de oitenta anos o ciclo completo.

VERBETE DO DICIONÁRIO BIZANTINO *SUDA*

(Π 1617 Adler, séc. x ec)

Píndaro, de Tebas, filho de Escopelino. De acordo com alguns, porém, filho de Daifanto, como é mais provável, já que Escopelino é um parente desconhecido de Píndaro. Alguns relatam que ele era filho de Pagônidas. Foi aluno da mulher conhecida como Mirto e nasceu na 65ª Olimpíada. Tinha quarenta anos por ocasião da invasão de Xerxes. Possuía um irmão chamado Erótion e um filho chamado Daifanto, suas filhas eram Eumétis e Protomaque. Foi-lhe concedido morrer como pedira em suas preces, pois, ao pedir que lhe fosse dado a coisa mais bela de todas na vida, subitamente faleceu no teatro, deitado nos joelhos de seu amado, Teoxeno. Tinha 55 anos. Escreveu os seguintes dezessete livros no dialeto dórico: odes olímpicas, píticas, prosódios, parteneios, entronizações, báquicas, dafnefóricos, peãs, hiporquemas, hinos, ditirambos, escólios, encômios, trenos, dezessete dramas trágicos, epigramas em versos épicos e encômios em prosa para os gregos, além de muitas outras coisas.

APOTEGMAS DE PÍNDARO
(Drachmann 1903)

Píndaro, o músico e poeta, questionado por alguém o que era mais afiado que uma faca, disse: a calúnia.

Chegando em Delfos e perguntado o que trouxera para o sacrifício, disse: um peã.

Outra vez lhe perguntaram por que, se Simônides [de Ceos] fora embora para viver entre os tiranos, não quisera ele também ir. "Porque", respondeu, "desejo viver para mim mesmo e não para um outro".

Quando foi questionado por que não dera sua filha a um noivo bem de vida, disse: "porque não basta apenas ser bem de vida, mas agir bem na vida".

Perguntado de novo por alguém por que, se compunha canções, não sabia cantar, respondeu: "porque ainda que os construtores de navio saibam projetar o leme, não sabem dirigir".

Os materialistas, disse, colhem o fruto de uma vã sabedoria (fr. 209).

Apêndice 2

TABELA SINÓPTICA DAS ODES OLÍMPICAS

O asterisco (*) ao lado da data indica que ela é incerta ou disputada.

Olímpica	Data	Vencedor	Cidade	Prova	Mito
1	476	Hierão	Siracusa	Corrida de cavalo	Pélops e Enomau. Fundação dos Jogos Olímpicos.
2	476	Terão	Ácragas	Quadriga	Filhas de Cadmo; Édipo. Escatologia.
3	476	Terão	Ácragas	Quadriga	Corsa da Cerineia; Hiperbóreos. Origem da oliveira.
4	452	Psáumis	Camarina	Quadriga	Ergino.
5	488*	Psáumis	Camarina	Carreta de mulas	–
6	468*	Hagésias	Siracusa	Carreta de mulas	Íamo.
7	464	Diágoras	Rodes	Pugilato	Tlepólemo, Helíadas e nascimento de Atena.
8	460	Alcimédon	Egina	Pale (meninos)	Eácidas, construção da muralha de Troia.
9	466	Efarmosto	Opúntia	Pale	Teomaquia de Héracles, Deucalião e Pirra.
10	474*	Hagesídamo	Lócria Ocidental	Pugilato (meninos)	Vingança de Héracles contra Augias. Fundação dos Jogos Olímpicos.
11	476*	idem	Idem	idem	–
12	470*	Ergóteles	Himera	Dólico	–
13	464	Xenofonte	Corinto	Pentatlo e estádio	Belerofonte e a invenção do bridão.
14*	488*	Asópico	Orcômeno	Estádio	–

Referências bibliográficas

ABEL, E. (ed.). *Scholia Recentia in Pindari Epinicia*. Budapest e Berlin: Academia Litterarum Hungaricae, 1891.

ADLER, A. (ed.). *Suidae Lexicon*. 1928-1935. 4. v. Leipzig: Teubner, 1994 [1928].

ADORNATO. Phalaris: Literary Myth or Historical Reality? Reassessing Archaic Akragas. *American Journal Of Archaeology: The Journal Of The Archaeological Institute Of America*, 116, n. 3, p. 24, 2012.

AGÓCS, P. Performance and Genre: reading Pindar's κῶμοι. In: AGOCS, P. *et al.* (eds.). *Reading The Victory Ode*. Cambridge: Cambridge University Press, 2012. cap. 10, p. 191-223.

ALI, M. S. *Versificação Portuguesa*. São Paulo: EDUSP, 1999.

ALMEIDA SILVA, A. DE. *Territorialidades, identidades e marcadores territoriais: Kawahib da Terra Indígena Uru-Eu-Wau-Wau em Rondônia*. Paco e Littera, 2015.

ALMEIDA, N. M. D. *Gramática Metódica da Língua Portuguesa*. 46ª ed. São Paulo: Saraiva, 2009 [1943].

ALVES, C.; VARELA. F. *Vozes d'África. Navio negreiro. Cântico do calvário*. Rio de Janeiro: Livraria Academica de J. G. de Azevedo, [1950].

ANDRADA E SILVA, J. B. D. *Poesias de Americo Elysio*. Rio de Janeiro: Eduardo & Henrique Laemmert, 1861.

ANDRADE, Carlos Drummond de. *Claro Enigma*. Rio de Janeiro: José Olímpio Editora, 1985.

ANDRADE, K. E.; RONDININI, R. B. Cruzamento vocabular: um subtipo da composição? *Delta: Documentação de Estudos em Lingüística Teórica e Aplicada*, 32, n. 4, p. 26, 2016.

ANTONIOU, G. P.; ANGELAKIS, A. N. Latrines and Wastewater Sanitation Technologies in Ancient Greece. In: MITCHELL, P. D. (Ed.). *Sanitation, Latrines and Intestinal Parasites in Past Populations*. Farnham: Ashgate, 2015, p. 41-67.

ARAUJO, A. A. D. *Píndaro em fragmentos: estudo, tradução e comentários aos hiporquemas, prosódios e partênios*. Orientador: WERNER, C. 2013. (Doutor) - Faculdade de Filosofia, Letras e Ciências Humanas, Universidade de São Paulo, São Paulo.

ATHANASSAKI, L. The Lyric Chorus. In: SWIFT, L. (Ed.). *A Companion to Greek Lyric*. Oxford: John Wiley & Sons, 2022. cap. 1, p. 1-18. (Blackwell Companions).

BANDEIRA, Manuel. *Estrela da Vida Inteira: Poesia Completa*. 5ª ed. Rio de Janeiro: Nova Fronteira, 2009.

BARNABÉ, A. (ed.), *Poetarum Epicorum Graecorum Testimonia et Fragmenta*. Stuttgart e Leipzig: Teubner, 1996. (*Bibliotheca Scriptorum Graecorum et Romanorum Teubneriana*).

BARRET, W. S. Pindar's Twelfth Olympian and the Fall of the Deinomenidae. *Journal of Hellenic Studies*, 93, p. 23-35, 1973.

BARRETT, W. S. *Greek Lyric, Tragedy, and Textual Criticism. Collected Papers.* Oxford: Oxford University Press, 2007.

BARTOLETTI, V. (ed.). *Hellenica Oxyrhynchia.* Leipzig: Teubner, 1959. (*Bibliotheca Scriptorum Graecorum Et Romanorum Teubneriana*).

BECKBY, H. (ed.), *Anthologia Graeca*, 4 vols., 2ª ed. Munich: Heimeran, 1957-1958.

BEEKES, B. *Etymological Dictionary of Greek*, 2 vols. Leiden/Boston: Brill, 2010.

BENJAMIN, W. Charles Baudelaire, Tableaux Parisiens. *In*: REXROTH, T. (Ed.). *Walter Benjamin Gesammelte Schriften.* Frankfurt am Maim: Suhrkamp, 1991. vol. 4, p. 9-21. 5 vols.

BERNARDINI, P. A. La *dike* della lira e la *dike* dell'atleta (Pindaro, *P.* 1, 1-2; *O.* 9, 98). *Quaderni Urbinati di Cultura Classica*, n. 2, p. 79-85, 1979.

BERNARDINI, P. A. *Mito e Atuatualita nelle Odi Di Pindaro: La Nemea 4, l'Olimpica 9, l'Olimpica 7.* Roma: Edizione del'Ateneo, 1983.

BOECKH, A. *Ueber Die Versmasse Des Pindaros.* Berlin: Realschulbuchhandlung, 1809.

_____. (ed.). *Pindari Opera Quae Supersunt.* Leipzig: Gottlob Weigel, 1811-1821.

_____. (ed.). *Pindari Opera quae Supersunt. Pindari Epiniciorum interpretatio Latina cum commentario perpetuo. Fragmenta Pindari et indices.* Hildesheim: Weidmann, 1963. 862 p.

BOILEAU, N., Art Poétique, vv. 71-2, in: *Ouvres de Boileau. Avec un nouveau commentaire de M. Amar.* Vol. 2. Lefèvre: Paris, 1824. 2 vols.

_____. Discours sur l'Ode, p. 207, in: *Ouvres Complètes de N. Boileau. Précédée de la vie de l'auteur d'après de documents nouveaux et inédits par M. Édouard Fournier.* Nouvelle Edition. Laplace, Sanchez et Cie.: Paris, 1824a.

BRAGA, E. V.; PACHECO, V. Balanceamento do Número de Sílabas e Haplologia Atuando no Processo do Portmanteau. *Id On Line Revista Multidisciplinar e de Psicologia*, 13, n. 43, p. 13, 2019.

BRASWELL, B. K.; BRASWELL, B. L. Notes on the *Prooemium* to Pindar's Seventh Olympian Ode. *Mnemosyne*, 29, n. 3, p. 233-242, 1976.

BRITTO, P. H. *A Tradução Literária.* 1ª ed. Rio de Janeiro: Civilização Brasileita, 2012. (Filosofia, Literatura e Artes).

BROSE, R. de. *Os fragmentos atenienses de Simônides: um estudo das fontes epigráficas anteriores a 480 a.C.* Orientador: WERNER, C. 2007. 232p. /Dissertação (Mestrado em Letras Clássicas) - Departamento de Letras Clássicas e Vernáculas, Universidade de São Paulo, São Paulo. Disponível em: "http://www.teses.usp.br/teses/disponiveis/8/8143/tde-19052008-114517".

_____. Ἐπιγραμματα/ Epigramas Bélicos de Simônides de Ceos. *(n.t.) Revista literária de Tradução*, n. 2, p. 18, 2011.

BROSE, R. de. Píndaro e o Nomos de Terpandro. In: BROSE *et al* (org.). *Oralidade, Escrita e Performance na Antiguidade*. Fortaleza: Núcleo de Cultura Clássica da UFC e Expressão Gráfica, 2013. Cap. 3, p. 47-59.

_____. *Epikōmios Hymnos: Investigações sobre a performance dos epinícios pindáricos* São Paulo: Humanitas, 2016. 314 p. (Produção Acadêmica Premiada).

_____. Oralidade e Poesia Oral: paradigmas para a definição de uma oratura grega antiga. *Conexão Letras*, 15, n. 24, p. 25, 2021a.

_____. *Cognitive Aspects of Pindar's Poetics of Orality*. In: "Performing Texts": 6th Open International Conference, 2021b, Center for Hellenic Studies in Greece.

_____. "Arquitetos de Canções": metáforas conceituais para a composição poética em Píndaro. *Classica: Revista Brasileira de Estudos Clássicos*, 34, n. 2, p. 18, 2021c.

_____. Translating Pindar as Oral Poetry: the role of a hermeneutics of performance. In: AGNETA, M. e CERCER, L. (eds.). *Textperformance und Kulturtransfer*. Leipzig: Roehrig, 2021d.

_____. A Terceira Ode Pítica de Píndaro: protótipo de uma tradução comentada. *Nuntius Antiquus*, [S. l.], v. 18, n. 1, p. e36732, 2022a. Disponível em: https://ufc.academia.edu/RobertdeBrose. Data do acesso: 01 de maio de 2023.

_____. Píndaro antes de Alexandria: a conexão aristotélica. *Codex*, 10, n. 1, 2022b.

BUNDY, E. L. *Studia Pindarica*. Berkeley: University of California, Department of Classics, 1962.

BURKERT, W. *Homo Necans: Interpretationen altgriechischer Opferriten und Mythen*. 2ª edição apliada. Berlin, New York: Walter de Gruyter, 1997.

_____. *Griechiesche Religion der archaischen und klassischen Epoche - zweite, überarbeitete und erweiterte Auflage*. Stuttgard: W. Kohlhammer, 2011. (Die Religionen Der Menscheit, v. 15).

CAMPOS, H. de. *Transcriação*. São Paulo: Perspectiva, 2013. 256 p. (Estudos).

CANCIK, H. *et al*. *Der Neue Pauly*. Brill Reference Online. Disponível em: https://referenceworks.brillonline.com/. Data de Acesso: 25 de outubro 2020.

CANNATÀ FERA, M. (ed.). *Le Nemee*. Roma: Fondazione Lorenzo Valla/ Mondadori, 2020. (Scrittori Greci e Latini, v. 3).

CAREY, C. The Performance of the Victory Ode. *American Journal Of Philology*, 110, n. 4, p. 545-565, 1989a.

_____. Prosopographica Pindarica. *Classical Quarterly*, 39, n. 1, p. 1-9, 1989b.

_____. The Victory Ode in Performance: The Case for the Chorus. *Classical Philology*, 86, n. 3, p. 192-200, 1991.

CATENACCI, C. La Data dell'olimpica 12 di Pindaro. *Quaderni Urbinati di Cultura Classica*, n. 81, p. 33-39, 2005.

CATENACCI, C. *et al*. = GENTILI, B. *et al*. 2013.

COLLINS, D. "Corinna and Mythological Innovation". *The Classical Quarterly*, n. 56, vol. 1, pp. 19-32, 2006.

CHANIOTIS, A. et. al. (eds.), *Supplementum Epigraphicum Graecum*. Leiden: Bril. 1923-presente.

CHANTRAINE, P. *Dictionnaire étymologique de la langue grecque*, 2 vols. Paris: Éditions Klincksiek, 1968.

CHRIST, W. (ed.). *Pindari Carmina: prolegomenis et commentariis instructa*. Leipzig: B. G. Teubner, 1896.

CHRISTESEN, P.; MARTIRISOVA-TORLONE, Z. The Olympic Victor List of Eusebius: background, text and translation. *Traditio*, 61, p. 62, 2006.

CHRISTESEN, P. *Olympic Victor Lists And Ancient Greek History*. Cambridge: Cambridge University Press, 2007.

_____. Whence 776? The Origin of the Date for the First Olympiad. In: PAPAKONSTANTINOU, Z. (Ed.). *Sport In The Cultures Of The Ancient World: New Perspectives*. Londres e Nova Iorque: Routledge, 2010. cap. 2, p. 20. (Sport in the Global Society).

COELHO, I. L.; MARTINS, M. A. Padrões de inversão do sujeito na escrita brasileira do século 19: evidências empíricas para a hipótese de competição de gramáticas. *Alfa: Revista de Linguística*, 56, n. 1, p. 17, 2012.

CROTTY, K. *Pindaric Beginnings: The Use of Structure in Pindar*. Dissertação de Doutorado em Filosofia. New Haven, Yale University, 1975.

CROWTHER, N. B. Olympic Rules and Regulations: some observations on the swearing of Olympic oaths in ancient and modern times. In: WEILER, I. e ULF, C. (Ed.). *Antike Lebenswelten: Konstanz, Wandel, Wirkungsmacht: Festschrift für Ingomar Weiler zum 70. Geburtstag*. Wiesbaden: Harrassowitz, 2008. (Phillipika: Marburger Altertumskundliche Abhandlungen).

CURRIE, B. Reperformance Scenarios for Pindar's Odes. *In*: MACKIE, C. J. (Ed.). *Oral Performance and its Context*. Leiden: Brill, 2004. cap. 3, p. 49-70. (Mnemosyne Bibliotheca Classica Batava Supplementum).

CURRIE, B. *Pindar and the Cult of Heroes*. Oxford; New York: Oxford University Press, 2005. (Oxford Classical Monographs).

D'ALESSIO, G. B. The Lost Isthmian Odes of Pindar. *In*: AGOCS, P. *et al* (eds.). *Reading the Victory Odes*. Cambridge: Cambridge University Press, 2012. cap. 2, p. 28-57.

DAVIES, M. (ed), *Poetarum Melicorum Graecorum Fragmenta*. Vol. 1. Oxford: Clarendon Press, 1991.

DELATTRE, A. L. *Bulletin de Correspondance Hellénique*, vol. 12, 1888, pp. 294-302. Disponível em: <https://www.persee.fr/doc/bch_0007-4217_1888_num_12_1_3950>. Data de Acesso: 28 Julho 2022

DIAS, Gonçalves. *Poesias de A. Gonçalves Dias*. 5ª edição. Rio de Janeiro: B. L. Garnier, 1870.

DICKEY, E. *Ancient Greek Scholarship*. Oxford: Oxford University Press, 2007.

DIGGLE, J et al. (ed.), *Cambridge Greek Lexicon*. Cambridge: Cambridge University Press, 2021.

DISSEN, L. (ed.). *Pindari Carmina quae Supersunt cum Deperditorum Fragmentis Selectis*. 2nd, aucta et emmendata, curata a F.G. Schneidewwin ed. Göttingen: Fridericae Hennings (sumptibus), 1843.

DITTENBERGER, W. E PURGOLD, K. (eds.) *Inschriften von Olympia*, (1896). Recuso Online. Disponível em: <https://epigraphy.packhum.org/book/224?location=1647>.

DORNSEIFF. *Pindars Stil*. Berlin: Stefan Geibel & Co., 1921.

DOVER, J. K. *A homossexualidade na Grécia antiga*. Tradução L. S. Krausz. São Paulo: Nova Alexandria, 2007 [1978]. 333 p.

DOVER, K. J. *Greek Homosexuality*. Massachusetts: Harvard University Press, 1989.

DRACHMAN, A. B. (ed.), *Scholia Vetera in Pindari*, 4 vols. Stuttgart e Leipzig: Teubner, 1997 (1903). (*Bibliotheca Scriptorum Graecorum et Romanorum Teubneriana*).

ECKERMAN, C. The κῶμος of Pindar and Bacchylides and the semantics of celebration. *Classical Quarterly*, 60, n. 2, p. 302-312, 2010.

_____. The Landscape and Heritage of Pindar's Olympia. *The Classical World*, 107, n. 1, p. 31, 2013.

EVANS, V. *A Glossary of Cognitive Linguistics*. Edinburgh: Edinburgh University Press, 2007.

FARNELL, L. R. *Critical Commentary to the Works of Pindar*. Amsterdam: Hakkert, 1961.

FIGUEIRA, T. The Chronology of the Conflict between Athens and Aegina in Herodotus Bk. 6. *Quaderni Urbinati di Cultura Classica*, 28, n. 1, p. 41, 1988.

FILLMORE, C. J. Frame semantics. In: GEERAERTS, D. (Ed.). *Cognitive Linguistics: Basic Readings*. Berlin/New York: Mouton de Gruyter, 2006. cap. 10, p. 373-400. (Cognitive Linguistics Research).

FINNEGAN, R. *Oral Poetry*. Cambridge: Cambridge University Press, 1980.

FRACCAROLI, G. *Le Odi Di Pindaro*. Verona: G. Franchini, 1894.

FRAZER, S. J. *Apollodorus, The Library*. London; New York: William Heinemann; G. P. Putnam's Sons, 1921. (Loeb Classical Library).

FRISCHE, P. Die Klassifikation der ΠΑΙΔΕΣ bei den griechischen Agonen. *Zeitschrift für Papyrologie und Epigraphik*, 75, p. 7, 1988.

FUNK, M. G., 1996, Universidade do Minho (Braga). *A questão da ordem das palavras na Gramática Portuguesa tradicional*. 1996: APL. 419-427. 2 v. Disponível em: https://apl.pt/atas-2/. Acesso em: junho de 2020.

GARDINER, E. N. *Atlhetics of the Ancient World*. Cambridge: Cambridge University Press, 1930.

GASPAR, C. *Essai de Chronologie Pindarique*. Bruxelas: H. Lamertin, 1900.

GENTILI, B. *Poetry and Its Public in Ancient Greece: From Homer to the Fifth Century*. Tradução A. T. Cole. Baltimore and London: Johns Hopkins University Press, 1990.

GENTILI, B.; BERNARDINI, P.; CINGANO, E.; GIANNINI, P. (ed.). *Le Pitiche*. Roma: Fondazione Lorenzo Valla, 1995. (Scrittori Greci e Latini, vol. 2). 4 vols.

GENTILI, B.; CATENACCI, C.; GIANNINI, P.; LOMIENTO, L. (ed.). *Le Olimpiche*. Milano: A. Mondadori, 2013. (Scrittori Greci e Latini, vol. 1). 4 vols.

GERBER, D. E. *Pindar's Olympian One*. Toronto: University of Toronto Press, 1982.

_____. Pindar's Olympian Four: A Commentary. *Quaderni Urbinati di Cultura Classica*, 25, n. 1, p. 7-24, 1987

_____. A Commentary on Pindar Olympian Nine. Hermes: *Zeitschrift für Klassische Philologie*, 87, p. 91, 2002.

GILDERSLEEVE, B. L. (ed.), *Pindar: Olympian and Pythian Odes*. Cambridge: Cambridge University Press, 1886. Reprinted 2010. (Cambridge Library Collection – Classics).

GOLDEN, M. *Sport and Society in Ancient Greece*. New York: Cambridge University Press, 1988. (Key Themes In Ancient History).

GRENFELL, B. P.; HUNT, A. S., *Oxyrhynchus Papyri*. Vol. 2. London: Egypt Exploration Society, 1898.

HARVEY, A. E. The Classification of Greek Lyric Poetry. *Classical Quarterly*, 5, n. 3/4, p. 157-175, 1955.

HAVELOCK, E. A. *Preface to Plato*. Harvard University Press, 1963. (History Of The Greek Mind).

HAVELOCK, E. A. *Prefácio a Platão*. Tradução de Enid Abreu Dobránzsky. Campinas: Papirus, 1996.

HEIMSOETH, F. Erklärungen zu Pindar. *Rheinisches Museum für Philologie*, 5, n. 6, 1847.

HEYNE, C. G. (ed.). *Pindari Carmina cum Lectionis Varietate et Adnotationibus*. Leipzig: Vogelii, 1817.

HILST, H. *Da Poesia*. São Paulo: Cia das Letras, 2017.

HORNBLOWER, S. *Thucydides and Pindar: historical narrative and the world of epinikian poetry*. Oxford; New York: Oxford University Press, 2004.

HORNBLOWER, S., SPAWFORTH, A., EIDINOW, E. *Oxford Classical Dictionary*. 4ª ed. Oxford/New York: Oxford University Press, 2012.

HUMBOLDT, W. V. Einleitung Zu Agamemnon. *In*: HEIDERMANN, W. (Ed.). *Clássicos da Teoria da Tradução, Vol. 1 - Alemão-Português*. 2ª edição, revista e ampliada ed. Florianópolis: Editora da UFSC, 2010. cap. 4, p. 104-117.

HUNTER, R.; RUTHERFORD, I. (ed.). *Wandering Poets in Ancient Greek Culture: Travel, Locality and Pan-Hellenism*. Cambridge: Cambridge University Press, 2011.

HUTCHINSON, G. O. *Greek Lyric Poetry: A Commentary on Selected Larger Pieces: Alcman, Stesichorus, Sappho, Alceaus, Ibycus, Anacreon, Simonides, Bacchylides, Pindar, Sophocles, Euripides*. Oxford: Oxford University Press, 2001.

IRIGOIN, J. *Histoire du Texte de Pindare*. Paris: Klincksieck, 1952.

JACOBY, F. (ed.), *Die Fragmente der Griechischen Historiker*, 15 vols. Weidmann, Berlin,

1923-1959.

JAKOBSON, R. Closing Statement: Linguistic and Poetics. *In*: SEBEOK, T. A. (Ed.). *Style in Language*. New York, London: The Technology Press of Massachussets Institute of Technology, 1960. p. 350-377.

_____. On Liguistic Aspects of Translation. *In*: *Roman Jakobson Selected Writings*. The Hague, Paris: Mouton, 1971. v. 2, p. 260-266.

_____. Poetry of Grammar and Grammar of Poetry: (Excerpts). *Poetics Today*, 2, n. 1a, p. 83-85, 1980.

KAMBYLIS, A. (ed.), *Eustathios von Thessalonike, Prooimion zum Pindarkommentar*. Göttingen: Vandenhoeck & Ruprecht, 1991.

KIRK, G. S.; EDWARDS, M. W.; JANKO, R.; HAINSWORTH, J. B. *et al.* (ed.). *The Iliad: A Commentary*. Cambridge: Cambridge University Press, 1993. (The *Iliad*: A Commentary).

KRAKIDIS, J. T. Die Pelopssage bei Pindar. *Philologus*, 80, n. 5, p. 16, 1930.

KRATZER, E. A Hero's Welcome: Homecoming and Transition in the Trachiniae. *Journal of the American Philological Association*, 143, n. 1, p. 23-64, 2013.

KURKE, L. The Economy of *kudos*. In: DOUGHERTY, C. e KURKE, L. (Ed.). *Cultural Poetics in Archaic Greece : Cult, Performance, Politics*. Oxford: Oxford University Press, 1998. cap. 7, p. 131-163.

LAUSBERG, H. *Elemente der Literarischen Rhetorik. Eine Einführung für Studierende der klassischen, romanischen, englischen und deutschen Philologie*. 10ª ed. Ismaning: Max Hueber, 1990.

LEFKOWITZ, M. The Pindar Scholia. *American Journal of Philology*, 106, n. 3, p. 269-282, 1975.

_____. Who Sang Pindar's Victory Odes? *American Journal of Philology*, 109, n. 1, p. 1-11, 1988.

_____. *First-person fictions - Pindar's poetic 'I'*. Oxford: Clarendon Press, 1991.

_____. The First Person in Pindar Reconsidered - Again. *Bulletin of the Institute of Classical Studies*, p. 139-150, 1995.

_____. *The Lives of the Greek Poets*. 2ª ed. Baltimore: The Johns Hopkins University Press, 2012.

LEVINSON, S. C. *Pragmática*. São Paulo: Martins Fontes, 2007.

LIDDELL, H. G., SCOTT, R., JONES, H. S. e MCKENZIE, R. *A Greek-English Lexicon*. Ed. revisada e aumentada. Oxford/New York: Clarendon Press; Oxford University Press, 1996.

LOBEL, E. *Oxyrhynchus Papyri XXVI*. Oxford: Egypt Exploration Society, 1961.

LOURENÇO, F. (trad.) *Poesia Grega - de Álcman a Teócrito*. Lisboa: Cotovia, 2006. 175 p.

LURAGHI, N. *Tirannidi arcaiche in Sicilia e Magna Grecia: da Panezio di Leontini alla caduta dei Dinomenid*. Direnzi: L.S. Olschki, 2010 1994. (Studi e Testi - Fondazione Luigi

Firpo. Centro di Studi sul Pensiero Politico).

MACDOWELL, D. Aigina and the Delian League. *The Journal of Hellenic Studies*, 80, p. 4, 1960.

MACEDO, J. M. *A Palavra Ofertada: um estudo retórico dos hinos gregos e indianos*. Campinas: UNICAMP, 2010.

MALHADAS, D.; DEZOTTI, M. C. C.; DE MOURA NEVES, M. H. (orgs.), *Dicionário Grego-Português*, 2ª ed. São Paulo: Ateliê Editorial e Mnēma, 2022.

MARTANO, A., MATELLI, E., MIRHADY, D. (eds.), *Praxiphanes of Mytilene and Chamaeleon of Eraclea*. New Brunswick: Transaction Publishers, 2012.

MARTINS, N. S. *Introdução à estilística: a expressividade na língua portuguesa*. São Paulo: Edusp, 2008.

MEEUS, J. *Astronomical Algorithms*. 2ª ed. Richmond, Virginia: William-Bell, 1998 [1991].

MEHL, E. 'Sport' kommt nicht von dis-portare, sondern von de-portare", *Die Leibeserziehung*, n. 15, 1966.

MEIRELES, Cecília. *Poesia Completa*. Vol. 1. 1ª ed. São Paulo: Global, 2017. 2 vol.

MERKELBACH, R. e WEST, M. L., *Fragmenta Hesiodea*. Oxford: Clarendon Press, 1967.

MEUSEL, E. *Pindarus Indogermanicus: Untersuchungen Zum Erbe Dichtersprachlicher Phraseologie Bei Pindar*. Berlin: W de Gruyter, 2019. 852 p. (Beiträge Zur Altertumskunde).

MEZGER, F. *Pindars Siegeslieder*. Berlin: B. G. Teubner, 1880.

MILLER, S. G. *Ancient Greek Athletics*. New Haven e London: Yale University Press, 2006.

MOLYNEAUX, J. H. Two Problems Concerning Heracles in Pindar *Olympian* 9. 28-41. *Transactions and Proceedings of the American Philological Association*, 103, p. 26, 1972.

MOMMSEN, C. I. T. *Pindari Carmina*. Berlin: Weidmann, 1864.

MONTANARI, F. (ed.), *Vocabolario della lingua greca*, 3ª ed. Torino: Loescher, 2013 (1995).

MORAES, Vinícius de. *Antologia Poética de Vinícius de Moraes*. 2ª edição revista e aumentada. Rio de Janeiro: Ediautor, 1960.

MOST, G. W. *The Measures of Praise: Structure and Function in Pindar's Second Pythian and Seventh Nemean Odes*. Göttingen: Vandenhoek e Ruprechet, 1985. (Hypomnemata, vol. 8).

_____. (ed.), *Hesiod*. Vol. 1: *Theogony, Works and Days, Testimonia*. Vol. 2: *The Shield, Catalogue of Women, Other Fragments*. Loeb Classical Library. Cambridge, Massachusetts: Harvard University Press, 2006 e 2007. 2 vols.

MÜLLER, K. W. L. (ed.), *Fragmenta Historicorum Graecorum*, 5 vols., 1841-1870. Recurso Online. Disponível em: <https://www.dfhg-project.org>. Data de acesso: 15 de abril de 2019.

NAGY, G. *Pindar's Homer*. Baltimore: The Johns Hopkins University Press, 1990.

NICHOLSON, N. *The Poetics of Victory in the Greek West - Epinician, Oral Tradition and the Deinomenid Empire*. Oxford: Oxford University Press, 2015.

NORWOOD, G. *Pindar*. Berkley, Los Angeles, London: University of California Press, 1945.

OBBINK, D. A., New Archilochus Poem. *Zeitschrift für Papyrologie und Epigraphik*, v. 156, 2006, p. 1-9.

PAGE, D. L. (ed.). *Poetae Melici Graeci*. Oxford: Clarendon Press, 1962.

_____. (ed.), *Supplementum Lyricum Graecum*. Oxford: Oxford University Press, 1974.

_____. (ed.), *Further Greek Epigrams: Epigrams before AD 50 from the Greek Anthology and other sources, not included in 'Hellenistic Epigrams' or 'The Garland of Philip'*. Cambridge: Cambridge University Press, 1981.

PANTELIA, M. C. (ed.), *Thesaurus Linguae Graecae*. Thesaurus Linguae Graecae® Digital Library. University of California, Irvine. Recurso Online. Disponível em: <http://www.tlg.uci.edu>.

PANNWITZ, R. *Die Krisis der Europaeischen Kultur*. Nürenberg: H. Carl, 1917.

PAVLOU, M. Aegina, Epinician Poetry, and the Poetics of Conflict. *Phoenix: Journal Of The Classical Association Of Canada = Revue De La Société Canadienne Des Études Classiques*, 69, n. 1-2, p. 1-23, 2015.

PEÇANHA, S.; ONELLEY, G. Imagens escatológicas em Olímpica 2. *Humanitas: Revista do Instituto de Estudos Clássicos*, 66, p. 22, 2014.

PESSOA, F. *Mensagem*. Lisboa: Planeta DeAgostini, s/d.

PEZATTI, E. G. A ordem de palavras e o caráter nominativo/ergativo do português falado. *Alfa: Revista De Linguística*, p. 17, 1993.

PFEIFFER, R. (ed.), *Callimachus*. Oxford: Oxford University Press, 1954. 2 vols.

PFEIJFFER, I. L. Pindar, 'Victory Odes': 'Olympians' 2, 7 and 11; 'Nemean' 4; 'Isthmians' 3, 4 and 7. *Classical Review*, 46, n. 2, p. 216-219, 1996.

POHLMAN, E. e WEST, M. L. (eds.), *Documents of Ancient Greek Music*. Oxford: Clarendon Press, 2001.

POLIAKOFF, M. B. *Studies in the Terminology of the Greek Combat Sports*. 1981. Michigan, The University of Michigan Press.

POLTERA, O. (ed.). *Simonides lyricus: Testimonia und Fragmente. Einleitung, kritische Ausgabe, Übersetzung und Kommentar*. Basileia: Schwabe, 2008. 664 p. (Schweizerische Beiträge zur Altertumswissenschaft (SBA)), v. 35).

POPE, S. W. The Origin and Diffusion of Modern Sport. *In*: PHILLIPS, M. G.; BOOTH, D., et al (Ed.). *The Routledge Handbook of Sport History*. Londres e Nova York: Routledge, 2021. cap. 12, p. 100-109.

PRADO, A. L. do A. de A. Normas para a transliteração de termos e textos em grego antigo. *Classica - Revista Brasileira de Estudos Clássicos*, [S. l.], v. 19, n. 2, p. 298–299, 2006. Disponível em: https://revista.classica.org.br/classica/article/view/123. Acesso em: 28 abr. 2023.

PRIETO, M. H. e PRIETO, J. M. *Índice de nomes próprios gregos e latinos*. Lisboa: Fundação

Calouste Gulbenkian, 1992.

PRIVITERA, G. A. (ed.). *Le Istmiche*. Italia: Fondazione Lorenzo Valla, 1982. (Scrittori Greci e Latini, v. 4). 4 vols.

RACE, W. H. *Pindar. Olympian Odes, Pythian Odes*. Massachusetts e Londres. 1997a. (Loeb Classical Library). 2 vols.

_____. *Pindar. Nemean Odes, Isthmian Odes, Fragments*. Massachusetts: Harvard University Press, 1997b. (Loeb Classical Library). 2 vols.

RENEHAN, R. F. Conscious ambiguities in Pindar and Bacchylides. *Greek, Roman and Byzantine Studies*, 10, p. 2, 1969.

RIVAROL, A. de. *De L'université de la langue française*. Clube Français du Livre: Paris, 1964.

ROBERT C., Die Ordnung der Olympischen Spiele und die Sieger der 75-83 Olympiade, *Hermes: Zeitschrift für Klassische Philologie*, vol. 35, 1900.

ROBERTSON, N. *Religion and Reconciliation in Greek Cities*. New York: Oxford University Press, 2010.

ROCHA, R. (trad.) *Píndaro: Epinícios e Fragmentos*. Curitiba: Kotter Editorial, 2018. 490 p.

ROMANO, D. G. Greek Sanctuaries and Stadia. *In*: FUTRELL, A. e SCANLON, T. F. (Ed.). *Oxford Handbook of Sports and Spectacles in Ancient Greece*. Oxford: Oxford University Pres, 2021. cap. 30, p. 391-401.

RUMPEL, J. *Lexicon Pindaricum*. Leipzig: B.G. Teubneri, 1883.

RUSTEN, J.; KÖNIG, J. (ed.). *Philostratus: Heroicus, Gymnasticus, Discourses 1 and 2*. Cambridge, Massachussets; London, England: Harvard University Press, 2014. (Loeb Classical Library, v. 521).

SALMON, J. B. *Wealthy Corinth: a history of the city to 338 BC*. Oxford: Clarendon Press, 1984.

SANSONE, D. *Greek Athletics and the Genesis of Sport*. Berkeley, Los Angeles, Londres: University of California Press, 1992.

SCHLEIERMACHER, F. D. E. Ueber Die Verschiedenen Methoden Des Uebersetzens. *In*: STÖRIG, H. J. (Ed.). *Das Problem Des Übersetzens*. Darmstadt: Wissenschaftliche Buchgesellschaft, 1813. p. 38-69.

SCHROEDER, O. (ed.). *Pindari Carmina cum Fragmentis Selectis*. Leipzig: B. G. Teubner, 1914. (*Bibliotheca Scriptorum Graecorum et Romanorum Teubneriana*).

SCHWARTZ, A. Large Weapons, Small Greeks: The Practical Limitations of Hoplite Weapons and Equipment. In: KAGAN, D. e VIGGIANO, G. F. (Ed.). Men of Bronze: Hoplite Warfare in Ancient Greece. Princeton e Oxford: Princeton University Press, 2013. cap. 8, p. 157-175.

SEVERYNS, A. (ed.) *Proclus. Chrestomathia*. Recherches sur la Chrestomathie de Proclus, vol. 4, Paris: Les Belles Lettres, 1963.

SINN, U. Origins of the Olympics to the Sixth Century Bce. *In*: FUTRELL, A. e

SCANLON, T. F. (Ed.). *Sport and Spectacle in the Ancient World*. Oxford: Oxford University Press, 2021. cap. 5, p. 65-73.

SMITH, R. R. R. Pindar, Athletes, and the Early Greek Statue Habit. In: SIMON HORNBLOWER e MORGAN, C. (Ed.). *Pindar's Poetry, Patrons, and Festivals: From Archaic Greece to the Roman Empire*. Oxford: Oxford University Press, 2007. Cap. 4, p. 82-139.

SNELL, B.; KANNICHT, R.; RADT, S. (ed.). *Tragicorum Graecorum Fragmenta* (TrGF). Göttingen: Vendenhoeck & Ruprecht, 1971-2004.

SNELL, B.; MAEHLER, H. *Pindari Carmina cum Fragmentis*. 6ª ed. Leipzig: Teubner, 1980 (1971). 2 vols.

SOFER, J. Kurze Bemerkungen zur Vorgeschichte des Wortes 'Sport', *Leibesübungen, Leibeserziehung*, n. 14, 1960.

SWIFT, L. A. *The Hidden Chorus*. Oxford e New York: Oxford University Press, 2010. (Oxford Classical Monographs).

_____. (ed.). *Archilochus: the poems. Introduction, text, translation and commentary*. Oxford: Oxford University Press, 2019.

TAFEL, T. L. (ed.). *Dilucidationum Pindaricarum Volumina Duo*. Berlin: Gerogium Ramerum, 1827.

THOMAS, R. Pindar's 'difficulty' and the performance of epinician poetry: some suggestions from ethnography. In: AGÓCS, P. *et al*. (Ed.). *Reading The Victory Ode*. Cambridge: Cambridge University Press, 2012. Cap. 11, p. 224-245.

THUMMER, E. *Pindar - Die Isthmichen Gedichte*. Heiderberg: C. Winter, 1968/1969.

TRÜMPER, M. The Dirt on Clean: Sanitary Installations in Greek Sanctuaries. In: *Logistics In Greek Sanctuaries. Exploring The Human Experience Of Visiting The Gods*, 2018, Atenas. Palestra. (Palestra não publicada).

TRÜMPY, C. *Untersuchungen zu den altgriechischen Monatsnamen und Monatsfolgen*. Heidelberg: Universitätsverlag C. Winter, 1997.

TURYN, A. (ed.). *Pindari Epinicia*. New York: Polish Institute of Arts and Sciences in America, 1944. (Polish Institute Series, v. 5).

VARELA, F. = ALVES, C.; VARELA. F. (1950).

VENUTI, L. (ed.). *The Translation Studies Reader*. London, New York: Routledge, 2000.

VERDENIUS, W. J. *Commentaries on Pindar. Vol. 1, Olympian Odes 3, 7, 12 e 14*. Leiden: Brill. 14 1987.

VERNANT, J. P. *Oeuvres: Religions, rationalités, politique*. Paris: Éditions du Seuil, 2007. 2 vols.

VIKATOU, O. *Ολυμπία: Ο Αρχαιολογικός Χώρος και τα Μουσεία [Olympía: O Arxaiologikós Xoros kai ta Mouseía]*. Atenas: Εκδοτική Αθηνών [Ekdotikí Athenón], 2006.

VÖHLER, M. *Pindarrezeptionen: Sechs Studien zum Wandel des Pindarverständnisses von Erasmus bis Herder*. Heidelberg: Winter, 2005. (Bibliothek der Klassischen Altertumswissenschaften. Neue Folge, 2. reihe).

VOIGT, E.-M. (ed.), *Sappho et Alcaeus: Fragmenta*. Amsterdam: Athenaeum – Pollak & Van Gennep, 1971.

VOLTAIRE, Ode XVII, in : *Voltaire, Œuvres complètes de Voltaire : Poésie*. Nouvelle Édition conformé par le texte à l'édition de A. J. Quentin Beuchot. Garnier: Paris, 1877.

WATKINS, C. *How to Kill a Dragon*: Aspects of Indo-European Poetics. Oxford/ New York: Oxford University Press, 1995.

WATKINS, C. Pindar's 'Rigveda'. *Journal Of The American Oriental Society*, 122, n. 2, p. 432-435, 2002.

WEHRLI, F. *Die Schule des Aristoteles*. 2nd ed. Basel, 1967–69.

WEST, M. L. *Poesia e Mito Indo-europeus*. 1a ed. brasileira. São Paulo: Mnēma, 2022. 605 p. (Mnēma Estudos Clássicos).

WILAMOWITZ, U. von. *Pindaros*. 2ª ed. (não modificada) ed. Berlin/Zurique/Dublin: Weidmann, 1966 [1922].

WILLCOCK, M. W. *Pindar: Victory Odes, Olympians 2, 7, and 11, Nemean 4, Isthmians 3, 4, 7*. Cambridge: 1995. (Cambridge Greek and Latin Classics).

YOUNG, D. C. *Three Odes of Pindar*. Leiden: Brill, 1968. (Menmosyne Bibliotheca Classica Batava).

YOUNG, D. C. *The Olympic Myth of Greek Amateur Athletics*. Chicago: Ares Publisher, 1985.

_____. *A Brief History of the Olympic Games*. Malden, Oxford, Carlton: Blackwell, 2004. (Brief Histories of the Ancient World).

ZUMTHOR, P. *Introdução à Poesia Oral*. Belo Horizonte: Editora da UFMG, 2010.

Este obra foi composta em tipologia Gentium, corpo 10,5/14,5, no formato 13,8 x 21 cm, com 528 páginas, e impressa em papel Pólen Natural 70 g/m² pela Lis Gráfica.
São Paulo, julho de 2023.